北流文艺

（2024卷）

诗歌

主编 吉小吉

团结出版社

© 团结出版社，2025 年

图书在版编目（ＣＩＰ）数据

北流文艺. 2024 卷 / 吉小吉主编 . -- 北京：团结
出版社 , 2025. 7. -- ISBN 978-7-5234-1770-6

Ⅰ . I218.674

中国国家版本馆 CIP 数据核字第 2025ZA8516 号

责任编辑：郭　强

出　版：团结出版社
　　　　　（北京市东城区东皇城根南街 84 号　邮编：100006）
电　话：（010）65228880　65244790
网　址：http://www.tjpress.com
E-mail：zb65244790@vip.163.com
经　销：全国新华书店
印　装：四川科德彩色数码科技有限公司

开　本：185mm×260mm　　16 开
印　张：32　　　　　　　字　数：540 千字
版　次：2025 年 7 月 第 1 版　　印　次：2025 年 7 月 第 1 次印刷

书　号：ISBN 978-7-5234-1770-6
定　价：200.00 元（全四册）

《北流文艺》编委会

主管：中共北流市委宣传部

主办：北流市文学艺术界联合会

目 录 Contents

北流文艺 2024年 诗歌

曲赋抒怀

卓越写作营

未来诗星

艺术之窗

侯珏的诗

耕耘

父亲站在蓬勃的土地上

束手无策

他的远行计划

被母亲的怀孕打断

面对太阳的光影

父亲一脸茫然

他知道，有一粒种子

正在石缝里发芽，牵扯他的心

春天，河流一去不返

春天，野花浪费时间

父亲必须留下做一些发明

以打发此后的漫漫长夜

世界是巨大的漩涡

需要河流和山脉划清界限

在漩涡的中心是房子和菜园

是男人和女人

父亲因此放下打猎的武器

把绳索挂到石壁

整整一个晚上，他走遍四野

刺探森林中的野兽会议

第二天，他的肌肉紧绷、汗水淋漓

他用肩膀换来房子，用手指变出农具

他放出胸中的老虎，推翻一片松树林

他用身体拖回一只麋鹿

山谷于是出现缺口

父亲在缺口处安放他的小家庭

一条取水的小路，铺满嫩草和树叶

原先躺在河床上的滚石

像黑叶猴的头颅，被父亲堆叠成围墙

墙内是一棵棵青菜

泉水濯濯来自青山腹部

通过一根竹管流进父亲的喉咙

流进母亲的肚子

变成我最初的血液

血液是力量之源

就像河流推动平原

血液推动一个人的疆域

使肉身膨胀，叫作成长

使发鬓斑斑，叫作成熟

父亲在劳作中逐渐明白

生死之间的通道是人

人是真理的桥梁

一念之间，无限可能

父亲想要种点什么作物

却不知向谁打听秘密

他与稻谷的相遇纯属偶然

那时，飞鸟衔着谷物和豆类

那时，山坡上长满荆棘

飞鸟只能降落到这片河湾

把修长的脚趾，印在黏稠的湿地上

雨水过后，雪白色的嫩芽像婴儿的毛发

一点一点地从稻壳的内部抽出

无形之手很快把沙砾变成稻浪

把绿色的风染成金黄

秋天，水牛咀嚼干草，生出小牛

秋天，一部分禽兽被父亲驯化

山里的无数颗果实，像无数盏灯

照亮一家人和所有动物的胃

胃居于生活的中心，维持着消化

被消化的谷物维持着人

而人维持着农具——

优美又沉重的农业史哟

像一首诗，翻垦着大地洪荒

勤劳的父亲为了一家数口能睡个好觉

没日没夜打理着木头和石头

打理着手中的锄，手上的茧

他要和泥土做一把交易

他要兑现一年四季的承诺

日出而作，日落而息

农具在父亲的一次次使用中定型

母亲也从消瘦变得圆润

她把我从体内释放出来

让我接受世间的命名

命名，是一件无比辛苦的工作

需要语言，需要想象力

人们在大自然的迷宫中不断寻觅

一把解开生活枷锁的密码

一把辛酸泪

他们在春天翻开泥土，在夏天翻开草丛

在秋天翻开霜冻，在冬天翻开小雪

繁重的农活让他们喘不过气来

另外一条河，我的父亲并不知情

有更多的人同样也经历过失败

人们明白农具一旦离开了手便荡然无存

农具和农具之间构成一个时代的横切面

除了石头，而这些石头做的农具

是奉献给神灵的礼物

包括牛骨做的梭，鱼骨做的针

千年以后，人们在博物馆

依然可以看到当初的劳动秩序

那些被挖掘出来的神器

大石铲、石锛、石斧、石锄、石凿

虽然没有文字的叙述

但这些被许多双手掌抚摸过的农具

本身就是文字。它们在无声地言说

那时的人们，怎样面对漩涡一般的生活

悬崖

悬崖首先是一种仇恨

其次是无法逾越的鸿沟

一种愤怒的表情

由大地的震动造成

大地为什么震动？

因为她还没有达到最合适的结构

因为她睡不着，还有内部的斗争

需要腾出一些空间，占用另外一些空间

需要向下又向上

竖起一面墙，让下面的人膜拜

让上面的马停住脚步

在节制与张狂之间
一堵巨大的墙从地平线上升
那是救命的契机，也是放弃生命的地方
这种地方往往容易产生爱情
骆越人理解这种沉默的、坚硬的存在
红色的激情接近虚无
他们运来铁矿石粉末涂在岩壁上
在岩壁上可以看得更远
更远的河流和炊烟，更远的云和风
只有王者才能登临悬崖边上的巨石
王，面对辽阔的远方黯然神伤
那是面对日月星河的孤独
面对肉身界限和灵魂深渊的孤独
而普通人只能在悬崖下止步
奉上燃烧的香火和祭祀品
但是那些勇士可以在悬崖上绘画
还有那些飞鸟可以逾越
藤蔓攀升不到的地方

夏天，把河水抬上天空
有时候更高的水，从云朵冲下来
那是河流
为了让人们看清她回归的身体
高山上的水不惜粉身碎骨
以瀑布的形式跌落，回到统一的秩序中
秩序往往萌芽在世界的最低处
越往上越缠绕不清
就像众神住在穹顶
虽然安逸却也少不了风雨雷鸣
只有悬崖的底部无比安宁

神兽

神兽真实存在于记忆之瓮
比如麒麟、独角兽，比如南方的九头鸟
平静的水面冒出九头蛇
冒出人面兽身的裸体祖先
所有奇怪的力量和神秘的力量
需要野兽的动作来描述
野兽群居在人的体内
舞蹈都是人类试图挣脱兽性的行为
但人又离不开肉身的桎梏
经常面露狰狞
只有死后的灵魂才可以出窍
因此半人半神半兽出现在睡梦中
可以说，神话是人类记忆深处的一窝蜂
是人在自然界挣扎过程中的闲话
是一副哄人开心的面孔
是岩洞里火光摇曳的黑影
有一些人把这些面影变成几何图形
刻在陶器青铜器身上，刻在石头上

骆越人最初是和野兽们混居的
有一些马可以喷火，有些人长着翅膀可
    以飞行
他们身上的羽毛是铁做的
那时还没有确切的名字
众神的疏忽反而造就自身的权威：
人们把虫叫作蛇，把蛇叫作鱼
有一种鸟戴着两个头
它的一双翅膀分别为红色和绿色

还有一种鸟住在清水的西面，长着人脸
有一种人携带三个身体
只有一条腿，或者一个肩膀
有一种动物前后两个头互相打架
还有一种野兽都是成双成对出现的
天狗可以吐火，天马可以行空
可以说，兽类教会人类各种情感
包括恐惧、怜爱，疯狂和绝情
有的人想占有并吃掉对方，有的人任人
　　驱使
不同的野兽占据大自然不同的方位
不同的野兽有不同的道路和脚印
万能的人类何尝不是？

骆越人传说青蛙是雷神的儿子
是睡在稻田里的星星
人们如果将其吃掉，那么雷神就不再降雨
人间就无法生育
蚂拐舞就是这么来的
但是如今的人们什么都能消化
食物改变路线，大象这种动物已经灭绝
只有少量的小型动物陪伴着人类
不管安全还是危险
人们从野兽身上学会反击
学会战争这种暴力游戏
当然，动物繁衍的仪式也让人惊讶
飞鸟和青蛙，一个在天上，一个地下
对于鸟和青蛙的崇拜
是骆越人对移动和坚守的矛盾心态

闪电

闪电用光和声音的波纹
刺激人的耳目，提醒天空的存在
闪电转瞬即逝
是太阳通过天神向大地传导的信号
这种信号就是火
可以劈断岩石，劈断树木
把权力的愤怒变成灾难
火灾显示出太阳的神圣意志
治愈人类的健忘症

闪电是一种撕裂，是黑暗中的狭缝
对于未成熟的孩子而言
闪电是某种力量在上升途中露出的尾巴
也可以说它是云朵的舌头
它的形状有时像树根，有时像掌纹
它是一种抽象和形象的合一
往往伴随着一阵阵鼓声
那是天神换届大会的征兆
它像一把利剑从天空插到大地
利剑所指的山脉，住着红铜和黑铁块
住着绿松石和结晶的锡石
这些太阳的子孙往往住在高山

只有那些隆起的高山才能迎接闪电
骆越人躲在岩洞中目睹
巨型蛋壳的开裂
所有的动物惊讶万分
在漫长的岁月中，云朵一直漂泊着

正如生活并不总是一帆风顺
有时云朵也会遇到猛烈的撞击
其结果便是闪电
它是大地之上最粗暴的发明家
它告诉人们怎样制作青铜
装上温热的酒水拿来敬拜他自己

少女

少女是花的代名词，是人类之花
少女洁白如玉有时候蒙受尘土
少女一旦走进生育，她的爱就变得扩大了
她们的目标是要结出果实
少女只有在发育即将成熟时才萌生感情
在萌生感情时才她发现自己的美
少女身上的香味
是令人迷醉的气息，往往和歌声在一起
古代骆越少女的心还有很多野性

她们有时候是被争夺的对象
因为人们把她当作土地
有时候，少女因为别人的贪婪
而沦为牺牲品奉献给神
有时候，少女是英雄最好的慰问品
因为她们代表了世间一切的美好
她们在身上刻有许多花纹和色彩
她们采摘野花和蘑菇
她们模仿鸟类和昆虫的舞蹈
她们在武器、农具和居所画上优美的图案
树枝上的记号也是她们留下的

那是一点爱情的私心

因为权力的桎梏，她们有时候被压抑
歌声是他们释放情绪的形式
那微微张开的嘴唇如同她善良的内心
她们是生灵之中最精巧的结构
她们坐在船上，把脚趾头伸进水中和鱼
　　说话
她们躺在草丛中让蝴蝶在身上采蜜
她们背着竹筒把溪流带回家
她们在草叶上收集露水
用白色的棉花织布
她们用植物和花朵的汁液为衣服染色
她们在清澈的湖水里沐浴
把长发放在石头上让太阳晒干
她们在冬天出嫁时
虽然内心很美，但一定要哭
少女的忧伤，也是大地的忧伤

作者简介：侯建军，笔名侯珏，汉族，1984年生，广西三江人。中国作家协会会员，文学创作二级职称。现任南宁文学院副院长、南宁市作家协会副主席，南宁市文联兼职副主席。著有诗集《在水上》、人物传记《两粤宗师郑献甫》、长篇小说《一厘米国境线》、散文集《儿戏》等多部。歌曲《骆越谣》获广西第十六届精神文明建设"五个一工程"奖，《渔家美》《寻梦丹洲》获广西新民歌大会优秀作品奖。

唐允的诗

那儿

带着胸中的石子，你可是去赶集？
有人在那儿卖日常用品和罕见的书。
有人在那儿吞下宝剑。有人痛哭
可是无人听到。在那儿，你的草绳停了
　　一下，变成蛇。
你看，它在笼中，又被人捉住了。

而带着胸中的狮子，你可是要卖掉它痛
　　苦的皮毛？
那多美丽，如女人早已丢失的容颜。
但是人们那儿有香水，毒药，斧头，刮
　　胡刀
——没有什么物品是不适合你的。

斧头上的情感

有些过去的情感留在斧头上
像灰尘一样
某天刚从外地回来的我用那把斧头劈柴
　　做饭
父亲在旁轻声说："你只给我买了东西，
那你妈呢？"
我忽然流下泪来。大山中的暮色降落
我们三个人的那顿晚餐
我记得。六十瓦的灯泡太亮了
我们变形的影子贴在墙上默默划动

我们吃了很多
但桌上的饭菜不可能吃完
它们被留到下一餐
下一餐吃不完也没有倒掉
有一天自然就不见了
有一天我在屋子的某个角落
看见这把斧头，身上落满尘埃

傍晚

傍晚，走下陡峭的小街，
我想，我们能看得明白的，无非月亮，
我们能够亲近的，无非是山野的寂静
——我们能够找到的信任与爱，也都是
　　孤孤单单地
立在它们旁边，被遗忘多时。

前夜

像是不辞而别的前夜，
黑暗中的雨滴
总有一些声响。
像是将被告别的人坐在床头抽烟，
并无聊地想着抽烟的害处。

夜总是渐渐深了。
太阳在另一边照着他乡，
那些美丽的人，也总是沉甸甸的。
而无物可替代
眼前的烟灰缸。

总像是有人在世上打听不好的事情。
总像有悲哀的梦又找到了替身。
面对一堵墙壁，
不得不想到曾经爱过的人。
推开窗户，发现窗户已旧了好多。

就像是将要离开的人来到身旁，
却不知道他将真的离开。
就像是回到母亲痛哭的一刻，
而父亲沉默着。
就像在学习最困难的事情，却毫无所得。

县城

在刚刚开走的火车里，好像
有人在喊我。那窗帘低垂，铁轨滚烫

——它消失后，几只野狗在街上互咬，
因为四周空空如也。

而太阳试图用光线钓走一切

树木

那些树木看过去
就像不得不
活在这儿的你
毫无特色，拘谨

就像风带来了命令
它们颤抖。继而为之
舞蹈。然后雨
落了下来。暴雨
如注

最后它们站在那里
披着奄奄一息的叶子
以及雨滴
光线

你不得不跟它们
站在一起
你不得不忍受你与它们之间
忽然出现的距离

灯火桥头

卖唱人走调的歌声，在夜空中飘荡
人来人往，试图去纠正的人
早已走出他的生命
卖糍粑和茶叶蛋的老人知道她们的商品
可能已有点坏了
但买过的人，下次还会再买
谁看到，谁走过，谁就有安静的面孔
在流水之上，灯火桥头
足以消磨人生中许多的夜晚
单那长长的椅子，就值得
一坐再坐

虽然黑暗中的流水不一定有
你记忆中的河的气味
刚刚走过去的年轻男子和女子
也许感受不到
你经历过的那些柔软
但如果，你在生活中学了足够多的东西
就不会在意好的歌声，好的买卖
好的河水和更柔软的比喻
如果你在生活中
什么也没学到，那你一定走了很远
才来到这个伤心的地方

牛依河的诗

归途

我终于回到家了
而一路上，我并不知道
哪条是别人的路
哪条是自己的

我突然记起多年前
母亲坐在我的车上
从乡下老家刚来到我生活的城市
她看着车窗外的滚滚车流，问我
这么多车，它们要去哪里

两棵树之间

一棵树与另一棵之间的落叶
分不清是哪一棵的

我路过它们
把风的抚摸与鸟的婉语
编进简短的诗里
也把别人不可领会的秘密
隐藏在树枝般
长短不一的句子中间

树与落叶在拉开距离
一个原地摇晃，一个随处飘散

而这两棵树像相投之人，一直弯腰交谈
不愿散席

夜里的呼吸

黑夜如伏地而眠的小黑狗始终在身边
风是它的鼻息呵，轻轻送
路上的人都是时间的余烬，在风中忽闪
　　忽闪
努力地活

元旦，凌晨

广东菜场

那时，一个从广东菜场打工回来的人

掏出他顺回来的割菜小刀给我们看：
"我们村里是不会有这样的刀的。"
那小刀带着锋利的鹰嘴钩
他说，在家种地不如去广东割菜
就这样，一批批人跟着去了广东
他们省吃俭用，不定期给家里寄钱
每次回来都穿得光鲜，说话也硬气
跟村里人讲起外面的世界
新鲜美好的样子

我喜欢那带鹰嘴钩的割菜小刀
喜欢一切锋利的事物
记得有一次
一个小伙伴从家里偷拿了一把出来
在我们面前晃悠
不小心割伤了手，他号啕大哭：
对吧，我说得没错吧，很锋利的！

那年头，打工潮像一把割菜刀
从我们村里割走一茬茬人
逢年过节又把他们放回来
看看老人和孩子

热风里的灵魂

烈日藏到我身边
这个女人的头发里。
风救不了她，
还在她头上翻了一遍又一遍。

生活被分割成好多份，
她不知道，先活哪一份好。

树叶间的蝉越唱越热，好像
要烧起来。
她跟着烧了起来——

世上的灵魂都一直在烧。
烧不完的，
风会先把一部分灰烬
吹散。

但永远不会
凉下来。

途中的覆盆子

清明，我们喜欢在前往山坡密林
的途中摘覆盆子。红红的
像迷路的人打着小小灯笼
从山岚迷雾中寻找返回人间的便道
给我们送甜甜的果酱
我们摘够了
它们伸出钩刺
扯住我们的衣角，像真诚的挽留
刺进肉里的
像来自隔世的疼爱

危险的影子

我蹲下去，悄悄靠近自己的影子
告诉它，不要老是跟着我
这没什么意义，你要自己好好活
它低着头，缩成一块沉默的黑色
我起身，它又马上跟着舒展开
惊慌的样子
像是怕我抛弃它一走了之
我再一次警告它
不要把我的秘密说出去
说完我转身就走
而它，像个忠诚的尾巴
却又危险，不可信任

作者简介：牛依河，本名黄干。壮族。
1980 年生于广西大化县江南乡。广西作
协会员，广西作协理事。鲁迅文学院第
一期少数民族文学创作培训班学员。"文
学桂军"新锐签约作家。《广西民族报》
签约作家，"芭莱诗会"2022 年度诗人。
迄今已在《民族文学》《诗刊》《诗潮》
《星星》《诗歌月刊》《广西文学》《中
国诗歌》《青年文学》《诗林》《作品》
等发表作品，有诗入选多种诗歌选本。
著有诗集《落日抱紧我》。现居南宁。

晨田的诗

砍一棵树

这棵树长得太好了
不到半年时间，使得我第二次
寻找一把可以砍伐用的刀具
多么难，在城市里
我认识的朋友们，没有人拥有
一把砍柴刀。对付
一棵种在花圃中央的树木，物业
把它栽成对称的美，挡住了
我们 24 小时便利店的闪亮招牌，需要
被看见，需要更多人来
我询问房东，砍掉
一棵树的可能。他并不反对
也不同意，让我
看着办？我想砍掉它所有的枝丫
我在网上购买镰刀、锯子，它们锋利
像我努力的心，只能够使用一次
我打扫，整理花圃，在夜晚
割锯树枝，我甚至不知道树的名字
我再一次割下它的茂密
当锯子突然断掉，我沮丧
望着，树木为什么长这么茂盛
我为什么一定要砍掉它
我朝一个方向用力
折断它的枝丫，我的手触碰到潮湿
是植物死去时流出的血液吗？我的汗液
会换来什么？一种新鲜的刺鼻的

气味。散发，随即消失
在我的四周。我抬头，秋风抚面
路灯昏暗，一种孤独沿着墙体高耸
眼前是来路空荡，我继续
掰断枝丫，又把它们搬运到垃圾桶旁
我想着，我会得到吗？在这里
在这个陌生的地方
我做完这些，提了一罐啤酒
面对这棵树，我喝下
它光秃秃的样子，也和我一样
在这个秋天里
有一颗茫然的、受伤的心脏

星期五

在星期五，中午我又走去沙江河
度过。沉闷的中年
人间因上班，略显寂静
城市污水处理建设的河流，响声淙淙
愈来愈接近，我的心跳
我爱上草丛中养殖的白鸟，和黑鸟
悠然飞出，扎进另一处
让我想起弹弹球。草也茂密
从水泊中长出花朵，我看见清澈
偶尔露出鹅卵石堆垒的河道
也有鬼针草，小叶榕和大花紫薇
红色风车突兀，破坏了
自然，几只蝴蝶一直扑着
贴地的小花，蜻蜓飞得更高一些
在阴沉的天空下，我走得缓慢

不是为了邂逅这些
我无处可去，走到河的远处
躺下，昏昏然睡着了
当我醒来，睁开眼睛
陌生的景物正在快速排列
成为我熟悉的世界

有风的夏夜

有风的夏夜过去了
许多年，路灯昏黄照亮
高楼间，我想起一明一灭的萤火虫
蟋蟀和虫子的鸣叫似乎应和
未知的命运，我追寻并扑捉它们
玉米地沙沙作响，天空
深邃，群星耀眼
夜晚坐在群山的怀抱中
宁静，辽阔。只有我横行霸道
我记得那风，多么舒服
风吹着那蓝
山里的蓝，消失的蓝
多么的蓝，在夜晚
在头顶上，我现在理解了
宇宙，星球的运转
和我这样的人类
没有多大关系
我坐在小区的石凳上，仰望
不见那蓝，又挥手
驱赶蚊子
广场音乐，和舞蹈

就是没有风吹

总是没有风吹

我大汗不止，莫名暴躁

回到方形的房间里

工业制造的冷风，贯穿我

臃肿的肉身

赏梨花记

我们沿着山路

一路上好几次停顿，下车观望

都认为不是观赏梨花的好处

我们看得见那些梨花

和我们心中认为的梨花，洁白的

梨花。总是差一点点白

我们不停地观望，不停地选择地点

看见梨花开在这边的山上，也开在那边

　的山上

梨花有单独的一棵，也有成群成片的梨花

还有别的我们认不出名字的树木、花朵

在群山之中，苇草摇晃路边

我们缺乏勇气，在灌木丛

和石头中间，扒开一条道路走进去

走到一棵梨树下，看它满头白发

看它细芽嫩叶，看这看惯的

梨花，如何比得了那想象中的梨花

想象的白，想象的美

开放在我们空洞的星期六

除夕

除夕晚上的城市安静

我们带上孩子，去快环外路上放烟花

路灯依旧亮而人烟稀少

烟花昂贵，易逝，但是欢乐啊

一年唯一的一次，我们想

重温记忆中的年味，我们想

回到沸腾的乡村，如烟花集中

在零点爆炸。一年里

这一天如此隆重

一年里这一天不能悲伤，不能

所以最后，我们围着电视机看一场晚会

跳舞啊，歌唱啊

在又一个深深的，冬天的寒夜里

壹元集市

马戏团来的那个夜晚

我经过这个冷冷清清的集市

江湖贩子使用广播吆喝

地摊上的古董玩物炫目，日用品简朴

又便宜。驻足只有几人挑拣

并不购买，大概是内心

一半好奇，一半计算，又分心于

坐在游乐车上绕圈圈的孩子，多么高兴

他们沉迷于五彩车轮的速度

甚至激情处高喊。烟火气来自烧烤摊

羊肉串、鱿鱼丝和生蚝，让人嘴馋

手打柠檬茶是个招牌

没有生意的少妇坐在汽车尾箱边，没有
  人注意
她其实也是一条蛇。她眼望
近处处。耍蛇人在行江湖礼数
小型卡车上的探射灯把他影子照得像
黑衣人飞檐走壁，他是这夜晚
光芒的中心，在菩萨雕像座下
嘴巴喷火，兜售少林寺一百零八位高僧
开光的信物，可避邪、增运、旺财
跌打药水更加神奇，接骨续命
看大石碎在胸口上，大蛇最后出场
从木箱子里爬出温顺如一头黑发
缠绕身体，人们沉默拍照
他伸出收款二维码，大喊菩萨保佑
菩萨降临人间，也有一面背对着我们

想起大海

只有在深夜，我经过时才意识到
这里有一个海鲜市场，大门靠近马路
拱形的铁架上名字剥落部分红漆
树木高大遮挡，隐约闪耀上个世纪的锈铁
也没有人会抬头，特意看它一眼
只有货车长途跋涉，在夜里先于我到达
排队停在黑暗的路边，我是下夜班的劳工
小心翼翼，看见车灯昏黄一闪一灭
像瞌睡时合上又努力睁开的眼睛，多么
  疲倦
三五个工人沉默搬卸，似乎是习惯
在黑夜中劳作。每一次经过我都想起大海

那辽阔，我多么渴望，现在只是想
蹬上三轮车，一袋袋水产拥挤爬上高处
海鲜市场里灯火通明，声音鼎沸
口罩遮挡人脸。大海的气息越发微弱，
  氨气
和鱼腥味，方形冰块的寒气，水泥池子
和黑斑遍布的白色泡沫箱，水扑腾出泡泡
人繁忙中挪动，哪里才是出口？我需要
分辨道路，眼前的生活
和远方的真实部分，我曾因为好奇
莫名的渴望，不止一次，在更深的夜里
闯进海鲜市场，在货车的缝隙中腾挪观望
劳作的烟火。也偶尔在下夜班的上午
骑电单车进去挑选一条鱼，白日掀开它
  的破落
钢架结构的棚子撑起天空，奄奄一息的
挣扎，呼吸似有若无，在碎冰上
我心中犹豫，小摊贩强调它来自大海深处
那时我又想起，我甚至无法
想到具体的海，眼里苍茫，只有虚弱的
  海浮现
这已经足够，我感到某种安慰并试图放下
厌倦，在这个糟糕的世界里
我怎么也如此用力地活着

作者简介：晨田。男，1984年生，广西都安人，现居南宁。有小说、诗歌发表于《广西文学》《青春》《民族文学》《汉诗》《诗歌月刊》等。小说获2021《广西文学》年度优秀作品奖。

桐雨的诗

卖糖人

他挑着箩筐
在夜幕下穿行
灰白的手工糖
像沉寂多年的石头
安静地等待
凿开、分解，送入
一张张温润的嘴

他边走边敲击着铁块
熟悉的声响
穿透街巷
仿佛来自久远的童年
那些布满阳光的日子
一张张饥渴的小嘴儿
在时光隧道里微微张开
又闭合

红月亮

没有守住那轮圆月
黑暗一点一点地吞噬
又一点一点地吐出来
然后变亮变红
红得耀眼
周围的一切黯然失色
冥王星躲在她的背后

这千年的奇观
黑狗没有出现
而我在梦中
遇见一轮洁白的圆月
多彩的光圈环绕着
闪闪发亮
在宇宙的深处
璀璨而神秘

盲者

她习惯了倾听
比如花开
比如蚕食
那些细微的常常被
忽略的声音
以各种形状存在于
她黑色的世界
她用声音丈量脚步
用声音感知黑夜或黎明
用声音描摹
你脸上的表情
她能听到你的心跳
以及心尖上掉落的碎片

在古道安放灵魂

踏上汉代黔桂古道
我把脚步放轻

紫色的翠雀

在古道两侧绽放

妖艳得像精灵

又如紫色的轻烟

把我引向历史的城池

去聆听远古的叹息

清脆的铃铛以及马蹄

带来多少希冀

又制造多少绝望

只有青石见证

当繁华落尽

唯有星辰浩瀚如昨

古道如一条年迈的巨龙

盘伏在喀斯特九万大山

我以滑倒的姿势

匍匐在青石道上

如虔诚的信徒

掌心朝下

与蛰伏在道旁的蝼蚁一样

用古道的厚重

安顿不安的灵魂

古道惠风

一阵风扑来

夹杂千年的气息

辛辣、醇香

酒和茶都已醉倒

南瓜在地上打滚

葫芦摇晃着窗棂

年迈的老人端坐门口

细数时光的褶皱

雨未达之前

旌旗招展

抖落厚积的风尘

松果聆听青石呢喃

十字隘口

挡箭牌分流富贵

左往岑山

右往岩寺

作者简介：桐雨，仫佬族，中国作家协会会员，鲁迅文学院高研班学员。著有诗集《风的形状》。

文青的诗

阳光错过棉花

阳光把热爱和遗憾泼洒在墙上

在棉花去过的地方

然后，留下巨大和绝望的阴影

垂直下坠，绝尘而去

它等待了整整一个春天

最终错过让棉花

重新活色生香的机会

棉花萎靡邋遢在棉被里
相拥而哭
在去春的霉味上
增加了泪气
有些面孔已发黑斑驳
有些经络已零乱脱落
在最需要阳光的时候
它们没有手脚和翅膀
困在室内，与阳光一墙之隔
互相听着对方的呼唤呐喊
呼吸叹息渴望和绝望

最美好的春光已错过
挣扎而出的棉丝
在宿命的风中
摇头晃脑，摇来摆去
越来越沉重或轻飘
泪痕未干，哭声隐约

女人的命运

下雨了
说过的话就像雨
淋过就淋过了

只是要自己找烘干机
这半辈子的雨
总有衫脚和褶皱的地方

无法烘干

不想变成水洼
捻着光线
挤进晴天

"享受晴天，请汇 50 万！"
原来是误入了"钓鱼网站"

杀不了毒，又无钱汇款
被拘 30 年
女人的命运就这样吗？

雨后，叶上明珠

每一颗，都有
自己的样子和方向

它们紧趴在绿色梦想上
风吹不尽，蝶诱不去

那梦想，无比庞大
覆盖尘世

它们深知，途经自己的
只是幻影

萝卜有魂

带泥的萝卜安详地躺在袋子里

头顶青葱绿叶
我忍心手起刀落破坏这完美的静穆吗

今年它们身价暴跌
也因此使更多人能一亲芳泽
它们结伴来到我家

我颇费思量：
炒萝卜煮萝卜炖萝卜腌萝卜
这是它们最好的归宿吗

又或者，看着它们一点点地腐烂
静静地走完余生？
我最擅长此举：让事物自生自灭

只可惜那些玉液琼浆
未能在世上一展芳华
便要被黑暗腐蚀

而它们只要冲破那层薄薄的皮儿
就能杀进人间
在人间，千姿百态，莺歌燕舞
撩拨你的眼睛，让你落泪或欢笑
进入你体内，死得其所

好吧。我拿起刀，噙着泪
它们将在我的血液里奔腾
化为维生素、糖和蛋白质

我将深切怀念它们

就像怀念，某位故知

作者简介：文青，女，毕业于华中师范大学中文系。中文副教授。中国诗歌学会会员、广西文艺理论家协会会员、广西作家协会会员、广西语言文学学会常务理事、北海市文艺评论家协会副主席。作品散见于《名作欣赏》《星星》《出版广角》《散文百家》《杂文选刊》《红豆》《广西文学》等刊物。有诗入选《2008中国诗歌年选》(花城出版社)、《大诗歌》(2012年卷)。著有散文集《情思图案》、诗集《空日子》。

李会鑫的诗

年月日

风摸清了土地的空旷
候鸟折叠身体，在天空
辨别南方北方
我们沉迷某种空旷
为远处的幻影掏空躯体
直到泪腺退化，想起某月某日
该向天空大哭一场
想起年月日不是一只鸟或
一座山的算法
是以人为尺度的损耗

错位

流水搬到城市中央就消磨了
野性。它的漂泊，它的孤独症
带刺的骨头，一旦移植
就会消失。我常常怀念
它在石头上的扭曲，亮出獠牙
奔跑。从不顾及旁人，从不
刹住脚步。当它立在城市中央
没有老虎的杀气
害怕粉身碎骨，不敢吼叫
我想起了身体内部的错位
不知道身处何方
不知道自己是谁。流浪汉，货车司机
修理工，流动摊贩，泥瓦匠
这些认识的人无法将我替代
原始的粗粝被红绿灯和人群
驯服，獠牙因为无法使用而磨损
这么多年，匍匐在地上的影子
站立起来，替代了我的肉身
我的真身卑微地躺在地上
顺从别人的旅程，像流水
在石头的锋利处翻腾
这么多年，落日反复召唤
创世者一直漂泊

幻象

河水的落差小了，石头上
不再形成波浪

更老的躯体接替我们，牙齿的脆弱
从沉默的惯性开始
吃饭，喝茶，在摇椅上小憩
接受意料之外的事物
像向日葵在地平线上举起双手
风会填充田野的空旷，风中的
幻象，让农夫每天复活一次
让他略带幸福地早起，躬身劳作
略带幸福地死于疲劳
我们并不清楚这些幻象
起了不同的名字
神，秩序，或者命运

归途

横断山脉上的白云起了火
寻找巢穴的鸟在火的下方
坠入大地边缘
必须这样走下去，一旦停留
身后就会传来呼喊
一旦听到呼喊，同伴就会惊慌走散
同行的瀑布往下跳去
回到大海深处
蒲公英的灵魂在辽阔之处
被风收走
必须这样走下去，方向不偏离
才能沿着地球的圆
找到故乡
天空是巨大的深渊，唯一的出口
就是落日。它在褪色

我抬头向它招手，朝它走去
每一步都像逃亡

马的姿势

马鞍和犁头堆在旧屋，田野不再区分姓氏
他背起孙女，模仿不同的马嘶鸣
复制一个春天至少需要二十四马
孙女用骑马的姿势抱紧他
说他的脖子最像一匹马
他回头笑了笑，加速往前冲
头越来越低，嘴巴几乎可以啃到草尖
轰的一声倒在田野中间
孙女称赞他大口喘气的样子
最像一匹马

信任

我时常回头看自己的脚印
像一条迷失开端的河
那些脚印向我延伸
好像有一个人奔跑着追上来
他没有告诉我离开的方向
只是进入我的身体
和我重新组合成一个人
这样的信任过于沉重
我每天醒来，都感觉身体里
立着一块人形的石头

峡谷中

直立的石壁是神造的栅栏
囚禁无家可归的蛇鼠、蜜蜂和鸟类
几十场雨在山的内部重新落下
一条河向下寻找另一条河
无法确定哪里是它的下游
无法确定过了峡谷它是否活着
风被荆棘层层包围，锐利的呼叫
转几次弯，又回到原处
落日牵引两只斑鸠的叫声
万物像朝圣者向西匍匐
天空没有岸，我黑得像一具空壳
胸膛走出几头大象

作者简介：李会鑫，广西梧州人，作品见于《星星诗刊》《散文选刊》《广西文学》《南方文学》《胶东文学》等，并有作品被《散文海外版》《读者》等转载，多次入选各种年度选本。曾获《广西文学》年度优秀作品奖。

吕斐的诗

平原上的呼喊

秋风中行走。公元 1993 年
10 月 24 日，一个温和的秋天
我听见原野上传来

一句撕心裂肺的呼喊
接着，这声呼喊被深秋的风声
送出很远。我环顾四周
又下意识地看了看
天空，灰黄的颜色让我想起
某个人的眼睛，曾这样注视着我
深邃，具有接受命运的平静
在这片世代耕耘的土地上
我见过太多，这样或者那样的
眼睛。因此我看过更多颜色
的天空。而土地依然坚硬、辽阔
那句呼喊似乎已经被永久地
埋入地下，或者什么也没发生
只是我的一句幻听。

1993 年 10 月 24 日，我就这样
从村东头的原野上
走回了家。感觉步伐从来
没有如此沉重。当母亲喊我
吃饭时，仿佛我已经在
原野上，度过了
短暂而平淡的一生。

观鸟者

我在看一只鸟
一群鸟中的
一只，正在缓慢地飞过
湖面。不一会儿
又有一只，斜斜地

穿过天空和我不在意的
一只，形成交叉线
它们飞得不远
但没有人怀疑它们
可以飞到更远
我更不怀疑
用一个下午观鸟的人
能用翅膀说出
所有想说的语言

无花果的话

我将更多的时间留给花园
没什么是我的，开着的
和已经凋谢的。即使是一个人
我也不习惯再占有什么，不急于从
枯萎中发现几句真理。尽管真理
始终在大地和树木中隐匿
但我还是在不经意间得到一枚
青涩的果。朝着阳光的那面如同
劳作后的脸，微微泛出高贵的紫色。
寒冬将至，花园颓废
仅余的果实存在于荒芜和沉寂

不知道从何时起，我便拥有此种
神奇的法术和未卜先知的能力
人群中一眼我就能认出同类
废墟累积，我仍能从灰烬中
拍打你，接过你
像个父亲那样默默将屈辱

用力按进一平方厘米
孩子，你应该相信
如果秋天的枝上
仍有果实。也并不意味着
春天有花朵

小菜园

杂草，从来就是推波助澜的力量
小小的苗在眼前一闪就湮没了

世间但凡有荒凉的地方
总有一个老父亲手拿锄头
弯下腰去——

卑微的土
顺应人世也眷顾上天
我每年回来
都摘下一枚果子
也许不如
想象的那般甜

作者简介：吕斐，安徽阜阳人，桂林某高校教师，曾有诗作发表于《诗歌月刊》《广西文学》《山东文学》《红豆》等期刊，出版诗集《凝固的碎片》。

旭阳的诗

降温

车辆接连驶过相思湖北路
车灯亮起，这是白昼对人间最后一瞥
这仅仅是安放过四季轮回的一天
风掀开属于它的流程
掀不开冬衣背后
春天隐藏的秘语
美团共享单车载满这春天
一双手环扣一个腰
长发贴住后背，夹克扣子在前方被颗颗
　　扣起
秀发向风后面凌乱，马路向车速后面扩展
这是黄昏留在人间的念想
春天截胡了它，这位背叛了秘密的坏孩子

晴日

这冬天属于这个年头
西北干涸的沙洲
雪在日头上奔驰
他把臭袜子画上云端
老妇人狐妖好汉的故事，土炕上喋喋不休
他戳破曾经的泡泡
土地裸露，苍黄的土地埋葬过几代人
而今，时间到了第三层，那个哈士奇
土狗尾随着它，一滴滴伤痕
昨日他们斗得很凶

莫名其妙，这一切翻了页码

日头，他歪歪扭扭呼喊
桥边的手插入飞过的誓言
就这样没找到地方，照样了了
哈士奇，哈士奇
陌生的镰刀喊道

纸片人

涠洲岛码头雾气腾腾
渔民分配好一天的海鲜
你拥抱凌晨三点在玫瑰花的幻觉里
你要的爱不在海这一边

他总是你解决麻烦的借口
等来等不来，海鸟飞过头顶
你便把眼泪送给大海
海水知不知道这是诉说
还是你的心，观海者捕捉
刺痛从远方袭来，你却像治疗者
假装若无其事，任凭海水褪去

寄居蟹期待日出的平面，任重道远地行走
顺从天意，还是反复无常
反正，海风留在额头的冬日盐渍
在莫名的和弦继续生根
会不会发芽，会不会开花

麦苗

麦苗在深春，根须与白杨树扭结
月光把风收走，把镰刀挂在墙上
他——持斧的人，大胜子喊他父亲
他就这样被呼喊，靠在白杨树旁
有如三月三燃烧的纸张，轻飘飘向上天
　　旋转而去
——这本该是向下走的火焰，为受难离
　　开后的人们
向上裹进月光。向下是一声声命运的鼓槌
敲打木门，他不停地回应，只有回应

这一眼就看得见尽头的田地
羊儿再也不会咀嚼麦苗
他的绵羊，他的黑狗，他的眼睛
与照片相比，年轻的眼睛留给了摄影师
　　的底片
月光与风把一切从木门后面带走

留下几亩麦苗，供他不停咀嚼，让老鹰
　　以为他是只绵羊
把苍天的礼物，借助速度递交给他
可是，没人原谅他
大胜子的奥迪在村口狂吠
——他把麦苗拉入胃，无法穿越到地下
　　的口水
吸引偷食的野兔，掠夺他眼泪走过的路

下一个愿望

看月亮挂在西边，郊外的风一年一次，
　　如它本身轻盈
春天的抑郁轻轻落向黄花风铃木，任它
　　不小心
任它漫游向故事的尽头

一群人在街道上，制作成标本的三角梅
　　怀抱淡淡的火苗
在燃烧纸货的江边，它陪伴古老的习俗
　　跑过历史
径直跑向幽怨者的午夜，他想喝一杯唱
　　一首情歌
而他的歌唱是他听不到的

他把观察的视角转让给祖先，诉说有关
　　吃喝的每个细节
一首情歌的时间短于一朵花看过的世界，
　　眼前的花儿长势把春天紧紧框住
他继续喝第三杯米酒。待情歌的四分之
　　三音程断掉
六点钟的凌晨摇摇摆摆框住他在一棵老
　　榕树底下

他腾空胃口，点燃一支烟，烟的味道令
　　他明白
许下一个愿望：我在说什么，我在反省，
　　面向烟火扑腾

成为一朵会爱世界的花儿，藏起俏皮可
　　爱的一面
静观歌声变成建筑，凝固在荒原一头
故事刚好从这里开始

作者简介：旭阳，原名吕旭阳，90 后，男，汉族，现居南宁，广西作家协会会员。有作品发表于《诗刊》《中国诗歌》《广西文学》《诗歌月刊》《海峡诗人》《诗江南》《天津诗人》《散文诗》《海花都市报》（美国费城）等刊物，入选《中国地学诗歌双年选2011—2012》《2013 中国高校文学作品排行榜·诗歌卷》等选本，曾获第三届中华校园诗歌奖、第四届"包商银行杯"全国高校诗歌奖、"中国散文诗人—中国校园作家大奖赛"提名奖、第二届"中华情"全国诗歌散文联赛银奖，执行主编《相思湖诗群》（第11 辑），参与第十六届国际诗人笔会活动，出版诗集有《曼陀罗花的沉睡》。

朱天蔚的诗

新工作地

好烟丝在我手里燃烧。
秋日末的湿气。一所中学向山而鸣。

每个傍晚的工作之末
从楼顶眺望群山，发现

事理从来难以明了。我来这里已好几日，
远离妻子已有些年头。

白日里响起的烟花。
我穿上爸爸的鞋。

黑衣壮

一场山雨降临前，天空
总是异常灰沉。云里传来擂鼓声
如一支铁骑压境。他们叫嚣，
怒吼，挑衅领袖。

黑衣壮行走在林里，摘蓝靛草，始终
用银坠般的嗓音唱歌。当雨打下来，
只让黑衣更黑。

消失的工资

从冰凉的夹被间醒来
听到——雷鸣，那是石料车
出动的声音。工人整装待发，
穿着洗得锃亮的橡胶鞋，
跳上三轮车，去往
几公里以外的公路现场。

他们已被交代清楚，
明白今日的施工任务，以及
自二〇一九年以来
不停消失的工资。

那颗不断下沉的太阳。

西乡塘的夜与雾

陈旧的居民楼是两岸延绵的山脉，
一条新马路像河流般淌进来，
给沿街的老店铺冲来钞票。

奶茶店一间接一间在这不算干净的街道
形成二十一世纪不可抵挡的潮流。

她每根手指根部都纹着哥特式的英文字母，
腕部有一些新划痕，覆盖了旧划痕。
每天晚上上班她都会打理香水，
过来清理桌子的时候
忽而俯下身子，
类似新摘橘子的气息
就从她胸脯里扑上脸儿来。
她的 T 恤衫里藏着夏天的果园。

临近下班时
她会到店外面
点一支淡淡的白万宝路。
我看到她把烟雾吞进身体里
又把眺望世界的眼睛
给关上。
"还没下班呀"，我说
"嗯嗯，一会儿。"

作者简介：朱天蔚，1995 年出生，
广西贵港人，现居南宁，自行车诗社成员。

陆辉艳的诗

相对

隔着车窗玻璃看外面
站台上的人是一种虚像
但绝非虚无。他们真的来过
电线是一种虚像，但它们确实
铺设在空中

列车离开了站台
铁轨旁有燕子低飞。它们是虚像
你记录下它们
时间停在某个下午的潮汕站

我们抽象又具体地爱着一些人和事物
光阴的相对论
在观察者眼中呈现
一晃而过的森林，隐藏了过去的砂砾

一条路

一条远离闹市的路
我每天来回于它所到之处

有时，它延伸到了自然中
那一天，我停在它的尽头
是什么理由，让我直视了太阳——
如此灼人的事物
它何其日常，每天升起

又多么遥不可及
当我从光芒中收回视线，望向街头
巨幅广告牌，棕榈树
灰色路面，穿梭的车辆
和每个行人身上
都闪烁着神秘的光圈
那是经过黑洞时转弯的微光
闪现在人世

太阳快落下时我往回赶路
它仍孤悬于空中
却已不再刺眼，变得柔和，亲近
而这条路和我的心
在一首不起眼的诗中
亦孤悬于世上一日之久

盐碱地

一个又累又渴的人，歇息在盐碱地
衣服上沾着劳作后的薄霜
当他在风中站起身来
大海带着盐粒，重返他的身体

洁白的滩涂，有的地方寸草不生
有的地方，长满了绿色的盐角和碱蓬
空荡、白茫茫的盐碱地
充盈、风吹草低的盐碱地
每一种都如此寂静，永恒
每一种都让悲伤减少一点点

不远处是渤海
在它与黄海的交汇处
浑浊的广阔挨着深蓝的广阔
只有奔涌，只有无边

去江边时

去江边时，你带上了
心里的绳索和茧

江滩上，遍布不规则的石头
它们被铁丝网紧锁，固定在江堤
像误入命运的迷宫

而你看到的
是否真的如此——

春天，会有一场洪水
将它们身上的青苔冲刷干净
留下了淤泥，不久会长出
红蓼、香蒲和鼠曲草
你的母亲会去采摘它们

去海边时，你什么也没有带
色彩斑斓的石头，砌成了房子
在坚硬的石头内部，有比回忆
更柔软的东西——
洁白的日子，带着海风的腥味和幻想

傍晚回家时，月亮已升起

你的手腕上，多了一条
玛瑙石手串，细细的
仍有石头的重量。月光反复解开
灵魂的绳索和茧

悬空

这根悬空伸过来的枝条
几乎是突然出现在我窗前
只有它自己知道，暗处的秘密生长
耗费了多少时日
它孤寂、独立，和不确定的虚幻感
在一个下雨的早晨，引起我的注意
它弯曲的样子，又兼有着
一条河流所拥有的温柔和空旷

关于这棵树，我只能看见
它的这一根枝条
高悬的摇曳，需要具体的物所承接
它将早春的黄叶和风中的
喧嚣赠予我，有时它将光斑
投射在我脸上、书架上
在那些漫长的夜晚
枝条甩动它有力的手臂，似乎在将我
从斑斓梦境中拽出来
去看看它生长在怎样的土地上

作者简介：陆辉艳，1981 年生于广西灌阳。出版诗集《途中转折》《高处和低处》等四部。作品发表于《青年文学》

《十月》《诗刊》《扬子江诗刊》《天涯》
《上海文学》《星星》等刊物。现居南宁。

慧明的诗

蜉蝣一梦

我们和岁月交谈
和倦怠的飞鸟同行
它憔悴的眼眸越过山野
看向我们的来处
（你的亲人正在千里之外
以同样的目光回望）
枪响之前
我们深埋弱水河底
祁连山的冰川终年不化
黄藏寺的秋冬寸草不生
我曾在高台逐水而居
途径额济纳旗，消失于居延海
枪响之后，我们颠沛流离
许多美丽的花朵顺水而去
山丘内外，飞鸟迷途
我们浮出水面
捕捉目光
在河流干涸之前
如果你遇到我——
一瞬，便能穷尽我的一生

雨很大

雨很大，
像我的一生滚滚而来，轻轻落下
买菜的人、杀鱼的人、骑车的人
嬉笑、叫骂过后
把沾满我的重量的塑料袋
拎起，让我再次走在雨中
雨很大，
在路上，我不得不
染湿一件鲜红大衣的一角
一块干净的地板
和
她粗糙的手指
即使是这手指
把我轻轻提起，轻轻放下

龙江

龙江，站在铁质的栏杆旁
我看了很久车流汹涌，水流匆匆
看到傍晚，人们才从你的流淌中
捞出自己被夕阳染红的身体
龙江，我知道，接下来是夜晚
会有更多人从河水中爬出
去寻找被尘世困住的灵魂
在宜州
从南到北，从东到西
如果时间再充裕一些
他们也会从出生走到死亡

龙江，这种时刻
我希望你沉默不语
并以沉默的姿态
紧紧握住这些夜晚

穿越云海

每次看到云海，我都想起泰山
想起在泰山纵身一跃的冲动
向美丽的事物投降
是我的一贯作风
要给它生死相拥，爱意纵横
给它漫无目的的流浪
直到前方一片空旷
空旷多么像高原之巅的雪山
洁白、神圣、美丽
每次，看到美丽的事物
我的身躯就会矮上几分
这多么不公平：
我的爱，让我从一匹高大疾驰的马
变成一丛低矮的寒冷

在此时停留

你匆匆而来，带着黄昏的光彩
只是此时，我们都不再夺目
像潮湿温暖南风
从旌山吹到这里
只追上了一片沉默
在此时停留

沉默比黄昏更暗淡
而我们比黄昏更明亮

作者简介：付慧明，女，1995年生，河南人，广西民族大学中国现当代文学专业在读博士生，河池学院文学与传媒学院专任教师。

李路平的诗

晚秋时雨

晚秋时雨，偶然的天晴
让事物回到原来的样子
变得更灵活、轻盈，雨水
在隐秘之处消失，仿佛
以另一种方式重新降临
鸟鸣在林间穿梭，轻风
拂走云层，水更清澈了
静的是树影，动的是余波

鸟群

比你更清楚美好短暂的
是窗外的鸟群，一夜
安眠后，它们与晨光同时
醒来，互相问候，抖擞翅膀
然后放声歌唱。它们也许
庆幸活着，或许在歌唱太阳

它让万物散发微光，变得
温暖。它们毫不保留
尽展歌喉，在枝头合唱
当你尚未清醒，它们早已
四散而去，融入大地和生活

喜鹊

喜鹊无声地飞落枝头
隔着紧闭的窗户与我对视
那么多年了，它在我的
生活里像一个过客
从天空，从屋梁，从夹竹桃
与垂柳、楝树的杂丛中飞过
沉默多于尖叫，正如现在
它的鸣叫多么珍贵
它的停留也成为殊荣
我独享着这一刻的静默
直到它骤然飞离
展现翅膀的花纹和
枝头颤动的阴影

珊瑚石

桌上放着一块珊瑚石
因为长久脱离海水而失去
光彩，变得轻飘和粗糙
细小的孔洞不再神秘
偶尔会掉落碎块和沙粒
你把它拿在手里，想起很久前

你们去往一个岛屿
那里的海水那么干净，美丽
沙滩上留有很多贝壳和火山石
每个人都要带走一些
但总有更多的被大海冲上来
你们经历过甜蜜与争吵
也经历了怀疑和失去
如今早已回归平静

远江边

从没沿江走那么远
此处的江水与来处也
不一样，落叶掉进水里
仿佛落在玻璃上
桥墩下有人看书，风
吹着排水口处的垂钓者
但是仍有鱼上钩
野鼠不惧怕行人，出洞觅食
它们用漆黑的目光注视我
恍然发觉我是外来人

等待

等待是枝头上的一只鸟
倏然飞落你的窗前
吸引你的眼睛
令你着迷
如此沉着又安静
它的目光与你相遇

将你引燃

你的身体颤抖着发出赤焰

它长久栖于枝头

使你厌倦

日夜如风吹拂

它长久的陪伴

给你安慰

清晨的雾气

清晨，雾气从山谷爬上来

盈满山岗、小路和低矮的房屋

与最高处的炊烟融在一起

狗停止了吠叫，公鸡也不再啼鸣

早起的人从白雾中出现

想要辨认时，又在雾色里消失

巨鸟飞临

你在雾气弥漫的清晨穿行

万物寂静，天地仍在沉睡

早起的人仿佛消失影踪

你始终看着远处，但远处

并不遥远，一种舒适的安全感

笼罩着你，你仰头

一只巨鸟忽然从天空飞过

轻盈，无声

就像残存的半个梦

作者简介：李路平，1988 年生，江西赣州人，现居南宁，作品散见于《天涯》《青年文学》《散文》《诗刊》《长城》《青年作家》《星星》《散文选刊》《散文海外版》《小说月报·大字版》等，入选十多个选本，中国作协会员。

鹿野的诗

花间词

在人间四月天

人们提取一枚最干净的日子

——三月三，来表达一生

最浓烈而芬芳的情感

以吹皱一池春水的歌

以翻飞如蝶的舞

以摇响春天发髻上的银佩

以十里桃红入画的笑靥

青山青，碧水碧

在这枚干净而芬芳的日子

我倾听八桂大地壮民族

妩媚而干净的歌

如村庄升腾的炊烟袅娜缓缓

如禅坐半山腰上云朵轻轻

如一枚花间词

在热烈的少女眸底

恣肆绽放

三月花

是谁，提一蓝芬芳的花
提一蓝闪烁的星晨
来到人间三月，把美好
在旷野，在山川
温柔地种下

千年琵琶语
高山流水意
都入住人间三月，开成
提篮里的娇羞
开成梦里的画

我策马扬鞭，遇见三月
马蹄如花。一路迤逦
一路芬芳，春风难画
辗转人间，为念，为梦
奔赴天涯

带着春天

仿若虫蛇蛰伏一冬
触摸春天的摇篮
仿若一世醒来
回到人间

你是那样的荣光
大地柔情而松软

破土而出的向往
低吟浅唱，蛙鸣水响

那就合唱一曲心中的歌
一曲久违的天籁
你在其中
欣然弹响春天的琴弦

每一次呼吸都是美好的时光
牵一只麋鹿前行
在浩渺的长天，云朵之上
带着春天

春天之门

以一季的雪白与宁静
推开春天之门

让路过的阳光饱满
让种在诗行里的花籽发芽
让一颗心跃上枝头
让一支柳笛在风中吹响

爆竹点燃了天空
春天就会从远方赶来

花开了一遍

花开了一遍
路过的红尘熙熙攘攘

有人嬉戏，有人端庄
都不是那年那人的模样

春风来过，蝴蝶飞过
远方的消息没有来
又开了一遍，春枝上
几滴晨露晶莹，凝在花瓣

一直相信啊，来年会来
花依旧开，只是沉默着
又过了一年。红尘路过
那人依旧未来，不知何方

只为一个曾经的诺言
在熙熙攘攘的红尘
花又开了一遍
只是那人未来

认养一支春

认养一缕霞光，映照轩窗
认养一朵花，在枝上发芽

认养一支春
回到青花瓷，回到家

命运让我们花间词上相遇
露珠晶莹，回到大地

作者简介：鹿野，中国逻辑学会会员，广西人文社会科学发展研究中心智库专家。发表诗歌、散文、时评、诗歌评论、诗歌理论研究文章若干。

卢鑫婕的诗

白兰

带你认识它的那天
也是我重新认识它的时候
——叫了多年的玉兰
真名其实叫作白兰
白兰——每次叫都如此拗口
这么多年了，认知还是难以改变
如同我对爱情多年的认知
不肯落下，永远高悬枝头的白兰
白兰——你语气缓慢地
缓慢地，将一朵
白兰花放在我的手中

海洋球场

在巨大的海洋球场
抛来抛去，滚来滚去的海洋球是时间
翻滚在巨大的游乐场里，无止境
你挪动小小的身子，穿越蓝的
白的，黄的，无数的小球爬向我
好像穿越无数个秋冬和春夏

在那些等待你的时间里
爱而不自知的日子——
一直等待着，谁来按下停止键呢？
在你扑向我怀里的那一刻，你按下它
一切都结束了。一切又开始了
时间开始重新转动
我们重新踏入海洋球场

秘语

将声音压到最低，再低
光也慢慢暗去，慢慢
停在最适宜的亮度
那是对世界说过晚安之后
慢慢，用同一个节奏呼吸
逐渐修正偏移的心跳

语言已失去交流的能力
通向外界的窗口已经关闭
有如音符般跳跃的质地
嗡嗡细声，诗意已至
开始了，安抚所有躁动的秘语

白马

多年以前
少年将你拴在湖心的岛上
发誓永远离开，不再回来
他逃离的时候
你听见了风的哭声

多少年后，湖水动荡
白发少年，持剑锈而归
你眼里水波沉静
沉默无语。只有春风吹来
轻轻打在你们脸上

裸胸鳝

你匍匐在海底的岩石。
水波浮动，带来遥远的光
爱情的感觉可能是——
当潜水员遇到一个深海中的裸胸鳝
他们发出以下对话：
裸胸鳝：他们说我长得不美。怎样让人
　　喜欢我。
潜水员：怎样让人喜欢？
裸胸鳝：也许端上餐桌，会比较吸引人。
潜水员：不用。这样不美。你这样就很好。
裸胸鳝：那你为什么总是离我有点远。
潜水员：因为海底太暗礁石太多了我看
　　不清你。
裸胸鳝：所以，你可以变成一束光照亮
　　我吗。
所以，你可以变成一束光照亮我吗？

　　作者简介：卢鑫婕，柳州人，90后。
第二届中国公安诗歌新锐诗人奖获得者。

凌丽的诗

触摸

我触摸土地时，头顶上的
白云张开，细长又明亮
当它作为背景
在照片里，我离土地更近

我正贴着地面，抓拍
城里的孩子，手执镰刀
摁住成熟的稻穗。小小的
身影，把一个触点伸向未来

——镰刀下，有一种
不可知的力量，像蝴蝶扇翅

荷塘边

荷塘深处，开着记忆，
是上次列队的身影。

有人打开微距，拍出毛孔
一样的细节。
有人眯着眼睛假寐。

我从一条捷径经过，
来到荷塘边，植物的气味
是我理想的家园，我不想走了。

风卷着我。阳光卷着我。
所有植物眷恋着我。
我从一片荷叶的倾斜中探究
今夏的小秘密。

年味

风刮了一夜，棉服取代秋衫，灯笼挂上
　　竹枝。
红色的围巾裹在头上，装扮成喜欢的样子，
你是否看见，左手的鸡和右手的鸭，
用翅膀拍打乡下的尘土，
把记忆中喧闹摇晃的场景拖回来。
你是否听见，鼓点咬着琴弦和人声，远
　　远地
灌入剪刀尖，挑开某个图案细小的镂空，
促使快乐的轮廓，模糊而悠久。
还有浓稠的墨色，不知什么时候，
变深变宽，奔跑在纸上，呐喊着
我们听不到的口号，它拐弯时瞬间的摇摆，
你能想象吗，不曾见过的"福"字
正歪着脑袋陪你，某个舞台极其自然地
在你的面前燃烧，重返旧时月色。

围炉

第一只烤熟的红薯，再也不愿意安静地躺着
它在炉子上面大口大口地喘气，仿佛跑
　　了漫漫长路
终于浑身香甜地来到此时此刻

来到这个草庐下面，倾听我们，等候我们
在闲聊的间隙，用一种温暖，喂养我们
它如此明亮，照进缓缓舀起又倾泻的茶水中
犹如一颗虚晃的太阳，一闪而过一念千年
我剥开它，我的指尖沉溺在
一种用结构和回忆构成的语言中
一刹那，我的指纹收藏了它，滚烫的回音

回南天

燃烧艾草。白色的烟雾是桌边升起翘羽
湿气中，枯叶又绿了，仿佛在倾诉
折回头的欣喜
我困在这里很久了，想从墙壁上
密密麻麻的水气中，找到夏天的故事
以及故事里的大笑和歌声
这一刻，风准备刮起，多么希望
现在就把寒冷，灌进膝盖骨
撬动埋在骨骼深处的，岁月的忧伤

苦楝树的诗

第一次碰撞

今年的第一次碰撞是在厨房里
他切菜，我洗奶瓶
我估摸着父亲的体重是一百三十斤
比上一次轻了三斤
他的肩膀顶着我的胸膛

胛骨的尖，微微发烫
像缺少润滑的齿轮
其实我都记得，在他变老后
这二十年间的每一次无意识的碰撞
他都在变轻。在生活中我们也
尽量小心地避免碰撞到彼此
但这又是美好的
有时，我也会冒一身冷汗
害怕老父亲通过碰撞
递给我一句粗口，或一个真理。

这些年中的一个冬夜

"不必为未来担忧，
我们的过去还真假难辨"
这是一块镜子碎之时
说的。在浴室里

看着围在烛光前的影像
蒸汽迅速变成冷水汀
内心坚定有下坠之势
声音留在挂钩上，是帽子

是饱受疾苦的火车
夜雨，急需一个小镇
容纳被举报的极少数
雨声，落在挂钩上，是帽子

及不远处的小丛林
经验，急需一个中年男人

把全身擦洗得足够干净
然后回到黑名单，等鸡打鸣。

在冬夜

舔完煤油灯的灯罩，老猫
终于安静卷睡在柴堆里了

一个女人摸黑抠掌上的茧
肉体的衰老，贫穷与欢愉

此时灰烬的余温中
突然"劈"的一声，一粒沙子

如一个矿山上的男人
深夜里爆炸

我们把一生当作一天
一刻，硅石般献出
纯度，菱边和矿香。

暮色

郊区有一棵秃树
秃树上有一对果子
看见紧拥的生命就想到
等待死亡也是件美好的事情

我只是来人间透透气
点一根烟，点第二根

当感觉天快要降霜时
这对果子如父子，安静且坚挺。

暮年

能看清，能呵斥，向一条恶狗走去
这是我今后一个人的生活
天黑做饭，闻到锅巴的焦味时
我把剩下的火薪从灶膛取出
顺便点一根烟，这和很多人
在一起生活没什么区别
我保持沉默，认真吃饭和勤洗碗
饭后再点一根烟
出门，星辰无几，迈开腿，向一条恶狗走去。

登高

上午抓到一只蜜蜂
养在白色运动袜里
一种晚年的嗡嗡响
我想穿着它出门
去登高，去糟蹋，去俯
瞰人间繁华的缩影
我把耳朵贴在一块巨石上
一种地球的嗡嗡响
我想带着它回家，我有
足够喂养它成年的米虫。

作者简介：谢福嘉，笔名苦楝树，80后，木匠，诗歌爱好者，现居南宁。

寒云的诗

人生的另一现场

从现在开始，
我要重整内心的山水
收拾自己的江山
把弯弯曲曲的路拉直
把汪洋的湖泊排干
把天空涂上黑色的油漆
再把大海染成白色
如果高兴，还可以在海里
丢落几颗黑色的星星

这世界并非非黑即白
它常常颠倒
你深深爱过一辈子的那人
可能一辈子都在爱别人
你头顶的这片天
可能只是所有河水倒影的地
你所拥有的所有繁华
可能只是别人丢弃的荒芜

在茫茫人海中
你一个人熙熙攘攘
你可能不是你自己
你只是借宿于你的肉身
寄居于别人的思想
你不是真实的自己
你不过是你自己的虚无

所有的相爱相杀
也不过是你的南柯一梦

追求着别人的追求
梦想着别人的梦想
你渴望的星辰大海
也可能只是别人的修罗场
如果爱因斯坦的相对论对人生有效
那么，你将如何面对
一个你不在现场的人生现场？！

在北京

我曾从北京东郊十里堡路南里27号的
鲁迅文学院
拐进红领巾广场
为一个叫作芳妮的土家族姑娘
点唱一首十五块钱的《涛声依旧》

和芳妮还去了故宫
在转换四五个地铁站之后
我们抵达排队现场
过安检的时候
我们被告知：
因没有携带居民身份证
你们不能入内

2018年的春天
我和芳妮在北京鲁迅文学院
一起用手掌

接住那年的第一场雪
她转起圈快乐地舞蹈
而我则忙着给她写一首长诗

后来我去了北京大学
在未名湖的边上
我写下一首伤感的小诗
芳妮没有跟去
在后来的离别信里
我告诉她那首诗的结句：
未名湖，一个无法命名的湖
溺亡的魂灵把它当作坟墓
而岸上的人们把它当作风景

在上海

我去外滩的时候
走过一截没有封闭的小巷
那时人们的口罩
还没有那么肆无忌惮

我和爱人在外滩码头
背对着明珠塔自拍了一张照片
有一艘巨轮刚好经过
于是我们的明珠塔
突然矮了半截

后来我和爱人去吃了重庆火锅
去鲁迅故居走了走
还在法国梧桐大街漫步了一个下午

那时阳光特别灿烂
一片一片落在地上的叶子
像极了美好生活的本尊

但当我们坐着地铁驶入
上海浦东机场准备离开
从我们身后赶来的
是我们所住的街区
发现了新冠疫情的消息

那一刻
我们感觉到法国梧桐大街上的阳光
只是上海赠予我们的
美好生活里最灿烂最温暖的
回眸一笑

在广州

从南宁乘坐动车到广州
不过三个小时的车程
但我却花了四十一年
才走完这样一截路

五华饭店老板娘馨怡女士
让老板成哥给我们弄了一桌菜
热气腾腾的上等土鸡汤
蒸煮着花蟹、斑节虾和鲍鱼
这餐饭
多年之后成了我爱人
念念不忘的回忆

在广州最疯狂的事情
是扫了人生中第一辆共享单车
后座上坐着咯咯笑的爱人
在小蛮腰广场一路狂奔
秋日的阳光照耀全城
充满了暧昧的情愫
我突然想起了她新娘时的模样

再后来
我们去登白云山坐缆车
花几十块钱照了一张
悬空的全家福
在长隆欢乐世界
儿子突然拍了拍我的肩膀
他决定体验一把
从未挑战过的最为刺激的过山车

在广州的最后一晚
我们去恒大足球场看了一场比赛
那时候的恒大足球还如日冲天
势如破竹场场爆满一票难求
我很感谢恒大足球
是它给了我最好的回忆
让我在生活最低迷困顿的时候
感受到了哪怕镜花水月般的
希望和美好

在凤凰古城

我和一大群广西作家
突然造访凤凰古城
这让痴书如命的作家田耳
好一阵兵荒马乱

他竭力守护着他的书籍
宛如四面楚歌的项羽
守护他岌岌可危的城——
这本不能动
那本不能拿
还有这本
你都不能多看一眼

在田耳的万册藏书房
我看见沈从文的孤本
被塑料书膜精心包裹
宛如一个脆弱又警醒的新娘
随时提防不怀好意的新郎
雷霆的一击

直到我们走进黄永玉艺术博物馆
田耳才松了一口气
他告诉我们：
如果想在凤凰城喝一瓶酒鬼酒
那对不起
我这里只有凤凰镇的地瓜烧

那一年在凤凰古镇

我们什么也没有得到
当然什么也没有留下
只是不小心地
把田耳掳回了广西

在拉仁

在广西都安瑶族自治县拉仁镇
我教了十年书
虽坐拥三千弟子
却常常是孤家寡人
除了由教室改装成的一座老房子
和一堆无用的诗
我一无所有

野马河是远在广西拉仁镇上的小溪
却曾让远在北京的毛主席操碎了心
野马河里数万钉螺上的一条小虫
总让他和他的人民寝食难安
但我睡在野马河边上
却总能一觉天光

野马河后来闯进作家李约热的梦里
拉仁成了他笔下家喻户晓的野马镇
三十多年前他和我一样
在拉仁的老旧时光里走来走去
走 来 走 去
走得久了
就错把这个弹丸小镇
当成了故乡

如今，李约热成了炙手可热的作家
而我依然是一无所有的诗人
离开拉仁十多年了
好像只是换了另一种一无所有的方式
把生活继续过下去

　　作者简介：寒云，本名石肖永，号
习江老鸟，广西河池市都安瑶族自治县
人，瑶族，70后。中国民主促进会会员。
广西作家协会理事、广西文艺评论家协
会会员。现为河池市文联副主席、河池
市作家协会副主席。在《民族文学》《诗
歌月刊》《扬子江诗刊》《北京文学》
《散文诗》《天津文学》《东京文学》
《广西文学》《红豆》等刊物发过诗歌。
现居广西金城江。

卢悦宁的诗

崖壁上的人群

在崖壁上保持一个姿势千年
就相当于把自己交给了历史
交给了时间
崖壁下的左江滚滚流去
俯瞰即是拥有

夜晚有时是闹腾的

江水在黑暗中微泛涟漪
就有人闻风而动，决胜千里
夜晚静谧，众人也静默
与鱼群比邻而居，比它们
更能分清混沌与澄明
更懂得自由

崖壁收留了所有秘密
仿佛，我们的游船到来之前
崖壁上的人群刚刚静止下来
仿佛，他们一直替我们守着
无边的光阴。直到我们走远
他们才开始了又一次的
跳跃，蛙舞，祈祷……

湿地美学

仿佛接续了河流的断代
我们仍在逐水草而居

这是我唯一能接受的暧昧
静水深流，土地松软
草字头和三点水整整齐齐
在《诗经》深处
在游人眼前的芦苇、蒹葭或茅草间
在我步履走过的水之湄与河之浒

让不知天高地厚的人
去做比翼双飞的鸟儿吧
在湿地，我愿和你做一对蜉蝣

曾经茕茕孑立，而今
寻一时阴时晴处，互为经纬
此生同船共渡

那考河，美人蕉

水汽何其氤氲，慢慢蒸腾暮色
而将白日的种种沉淀

这是南国的春夏
燠热先人一步
尘世的快乐也先人一步

那考河的美人蕉也是快乐的
趁夜脱落汗湿的亵衣
如入清凉世界
如入无人之境

竹排冲边有竹林

有窗户，即可收割窗外的竹林
——以目光，以梦境。顺便收割
竹排冲越来越清明澄澈的流水

竹林、湿地或溪流
都是农耕时代具象化的诗意之物
而我由字节、大数据和二维码构成
好在内心仍有竹露荷风
仍迷恋湿地般的模糊面目和暧昧气质

像顽童，我突然想截住水流
仿佛这样就能形成时光的截图

白日邕江

正如你所看见的
邕江就在眼前
环绕着浑圆饱满的半岛
日色使其更见清澈，更见
作为水体的奔忙与温润

21世纪的妇人仍在江水里浣衣
身旁的一捆青菜也在等待濯洗
她相信，江水才有人间烟火气
才能彻底洗净一些东西
江水，才使她更接近
远在源头的列祖列宗

你已饱读诗书，深知
古往今来的所有汤汤之水
席卷着人们的生和存续

作者简介：卢悦宁，女，文学硕士，中国林业生态作家协会会员，广西作家协会会员，广西文艺评论家协会会员，鲁迅文学院广西青年作家高级研修班学员。曾获第八届全国新概念作文大赛一等奖、第四届长安散文奖优秀奖等。作品散见于《诗刊》《人民日报》《青年文学》《民族文学》《山花》《青春》《诗歌月刊》《诗选刊》等。出版有诗集《小经验》。入选广西作家协会"文学桂军"新锐作家扶持计划项目。现供职于广西民族出版社。

高寒的诗

建政路

想成名还未曾想结婚还未结的时候
每天起得最早的，
是我；每天回得最晚的，是我
我正在学习新闻写作，歌唱我最不想歌
　　唱的
赞美我最不想赞美的
从建政路到云景路上公交车下公交车
我只是上班，我只是下班
无限循环往复
我总是埋怨蜗牛爬得太慢太慢
忽略了选择的重要性
我默默地告诉自己再等等大叶紫薇花就
　　开了
我也在学习怎么重新爱上除了你以外的
　　女人
去迎接年轻的文学爱好者
和初中同班同桌同学
去跟知名作家索要新书亲笔签名
去听公益讲座，去桂剧坊看《花桥荣记》
去广西儿童剧院看木偶剧

去实验电影院看电影
去南宁剧场看《最后的莫西干人》
去东葛路的光线书店聚会
听诗人们讨论我最近写的诗作
对于你来说我是月亮，你说出了我的苍白
对于我来说你是黑夜，我看出了你的黑暗
穿过那个潦草的夜晚我不准备去捡红豆
我打算收养流浪猫
让它从书架和钢琴上跳出从前
让它听我的话
我想说点什么却找不到合适的抒情对象
我把香樟树留在原地
直到现在我也无法走出建政路
仿佛我才是那个从来也没有离开过的人

留肖坡

在留肖新村的租房里我没有招待过什么人
妈妈来看过我
我带她去银林山庄看荷花
去过五象湖公园
我和我的师父需要聊一聊
从中午喝到傍晚盘算着不确定的未来
我知道有个最重要的客人
将在秋天光临
她的微笑像中华白海豚
藏着爱我的所有细节和我爱的全部纹路
在爱河的拐弯处
我们曾经隔着一张课桌或一张床
我等了很多个夜晚

从前的酒越喝越甜，现在的酒越喝越苦
树和树无话可说。树还是树，
花还是花，没有结果
这么多年只有我和你想要爱得更久
爱得越久丢失得越多
你留下的爱
给夜晚更多空间和更多时间
分享身体的蝴蝶
不止拿走你最珍贵的东西
第二天下午我们穿过十里花卉长廊
很多年以后我后知后觉
紫薇花落下来的傍晚我终于彻底失去了你

冬花路

我该怎么称呼眼前穿白大褂的男人
退休医生或者老板打开微信搜一搜
输入隐翅虫几个字
强调隐翅虫皮炎的严重性
告诉我是为了我好
就像钓友所说
下更多的饵料才能钓到更大的鱼
他在处方单上写下
那些连卖药的护士也认不出的字
然后按照惯例询问患者
有无药物过敏史
暗示我打针输液恢复得更快
我知道他说这么多的目的
扫码进群，扫码付款，回家吃药
再来这家新开的小区诊所

开药或者吊瓶输液
被隐翅虫咬过以后
我想到从脚烂到头的有机体
想到卡夫卡的甲壳虫
想到小说的开头
这些年我总是在伤口上发笑
反复咀嚼无效的药片
经常生病的人比医生更加通晓医学
我排列疼痛、灼烧、瘙痒
愈合的过程如此便宜
只要涂抹绿药膏
我告诉你隐翅虫是人心里长出来的

纳桑安置点

经过四小时高速我回到三石镇纳桑安置点
乡下的阳光和城里的阳光没有什么区别
这里的山风暂时抚平我坎坷的内心
我在最高兴的时候难过
仿佛玉米和水稻正在遭遇前所未有的干旱
父亲提醒过我要随身携带钥匙
不然回家进不了门
我重新检查背包确定自己带有钥匙后
给父亲肯定性回复
走到家门口我才发现钥匙怎么也打不开锁
没有熟悉的叔伯兄弟
周围全都是陌生的邻居怎么好叨扰
小卖部的阿姨建议我找个开锁师傅
弟弟建议我到镇上找宾馆
等明天晚上他们从南丹回到这里再进家门

妹妹建议我坐东巴凤一体化公交车去县城
因为现在镇上还没有宾馆
我不愿意相信我没有掌握回家的钥匙
不如去看家乡的假想云
去看家门口那座阴阳平衡的无名青山
去看年初开垦的土地
我知道没有奇迹出现。我的心如此荒芜
连土地上的鬼针草都死了
不是所有人都在秋天丰收而是夏天收获
无论是夏天还是秋天
丰收都是别人的
家乡的闪电虽然没有那么吓人
但是大风从外部吹到内部
我的心多云转阵雨
晚上父亲打电话问我到县城了没有
他刚刚睡醒还没有吃晚饭
今晚上夜班。我说我在韦拔群纪念馆散步
等下随便吃点东西，然后回宾馆开始写作

九里香

突然我发现九里香死于夏天
没有任何预示
甚至叶子也不落下一片
除了我没有人关心
九里香的过去
几个月前
我在网上直播里听说
它开花很香
毫不犹豫买了两盆

我喜欢容易养活的植物

何况是水培

多么省事

两个星期淋一次水

偶尔冲一冲叶面上的灰尘

从半阴处端到阳台

给它晒晒太阳

循环往复

等待开花的那一天

现在不可能了

仿佛没有热爱过的植物

没有香味

死亡不会通风报信

一直很冷静

亲爱的

太阳靠自己发光

不要着急赶路

花点时间看看风景，看看云

　　作者简介：高寒，本名潘正伟，1993 年 10 月生，广西东兰县人。中国自然资源作家协会会员，中国林业生态作家协会会员，广西作家协会会员，东兰县作家协会会员。作品散见《诗歌月刊》《中国诗歌》《广西文学》《南方文学》等刊物。作品入选《青年诗歌年鉴（2017年卷）》《2015—2016 中国新诗年鉴》等多个选本。

邓小英的诗

赶路的雨

雨

没有

海边的朋友

说的吓人

到城中村时

它在灰色地上

印出一件长长的

不合身的

外婆的碎花上衣

远望当归

从南宁西乡塘区

向西北远望凤山

能感觉到几分熟悉

如今夜宿凤城

母亲来电提醒

不要过量饮酒

问候忙完是否回家

从县城向西南远望

家的感觉隐约出现

故乡离我很近

故乡又离我很远

接收从家发出的信号

就当回过

一次家

访黄鹤立故居

山风年复一年地照看花草树木
云在天上研墨
雨在土地上作画
大地春绿秋红
野兽越来越少了
勾勒记忆的笔画越来越轻
森林变矮
杉木像生长茂盛的头发
泥土之下是厚厚的
一层往事

村庄去往村庄的河流
未到达大河之前便已断流
我和你的联系如此
流水把你的脚印
用岁月的流沙一层一层盖住
直到有一天它也走不动了
它曾见过你，也见过我
你的回音是否被山谷的磁场记住
再次回响时我能否听见？

我沿河而上
直达你的村庄
你已经快哑巴了
我也是，我看到
长在坍塌的
越来越窄的房子里
的草木——

是你残留的语言吗？
要消失了吗？
你老房子的砖头
是一些坚硬的词语
一些新房子在此建起来
这些词语会被撕碎
谁能给你一些慰藉
而我可能永久地，失去你的名字。

你曾亲吻过这片土地，
也曾远赴万里守护这片土地。

白日旧梦

在江洲街上
碰到余班长
她脸蛋比十五年前好
梨一样白
桃一样红
在初中的教室里
她回头看我
我们目光碰到一起
真像十四五岁的情景
余真有这么年轻吗？
比十五年前更青春
阔别那么久
我们走走吧
然而走着走着
她身影远去
在将要消失的路口

她被丈夫毒打

她大喊救命

她离我距离很远了

她看我的眼神里带着恐惧

她像断肠草疯长

时间已经远去

我出不了手

作者简介：邓小英，笔名天育，瑶族，90后，广西凤山县人，作品散见于《民族文学》《中国诗歌》《凤山文学》《金田》《华星诗谈》等刊物，有诗入选《中国先锋诗歌年鉴：2017卷》《文学桂军二十年·诗歌精选》《前·后》等多个选本。

罗永胜的诗

背柴刀的人

柴刀在他背后保持饥饿的状态
每次下山，刃口总有季节的信息

这把刀像从他后腰内部抽出来的
亲近粮食，也关心天气
每当下雨
山上的枝条压过头顶
他的腰部开始隐隐作痛
好像藏着那些不被平均分配的日子
他会把雷声收入刀鞘，以此挺起自己身板

他停下来时
也不去数过手背上的伤口
伤口太轻，坡草太浅
它们倾斜角度相同
不需要地图也能找到每一条
隐藏的山路

我和他去过水边
他把柴刀卸下来递给我
我削出一条河
河边就长出了野花
——他正弯着腰装满水罐

一条鱼死在他的河流

一条鱼把身体趴开
成翅膀形状
它扁平地在火上裸露出自己
面积刚好够铺上佐料

那条鱼
眼睛保持睁开
——它第一次上岸，需要正视人间
不远处，一条猫在舔食锋利的刃口

光膀子的男人举起酒杯
牙齿像星星一样，咀嚼夜晚
他的叹气声掉落在地上
面前的酒杯随时有坍塌的危险

他说，他的河流和这条鱼一模一样

他说，雨下在了河的右边

用身体刨木头的人

从他身体里取出的木头

不再关心它的身高和肩头的风

月亮越来越亮

他把鸟鸣往天上扔

不知道最后落在了哪里

一棵树总在逼问他的来路

直到茂密的声音

掩住刚发生的木屑

刻刀紧紧逼问第一圈年轮

那一骂人就挺直腰杆的木头

在他断了半截的食指下

偶尔也会沉默

他实在接受不了比他多出一个指头的春天

他把它都一一计算好

右眼埋伏着的那条墨线

在角尺最远端亮起来

再次走入深山

摘艾草的母亲

一株艾草拥有最茂盛的水声

她置身于拥挤的人间

伸长脖子

将自己的耳朵贴近河面

十里之内，住着马匹

老人们从靠近五月的地方走出来

和艾草对视，目光里滴着水

日子生长在她们的驼背上

没有具体数目

她们的拇指和食指如同狡猾的鱼

顺着艾草叶尖方向游去

粗糙的声音被采下后挂在门边

孩子读过书

正忙着泡米和煮饭

风在左岸跑起来

腾出更多土地给艾草

年轻人脚下有两把娴熟的砌刀

在路上前后交替

刮平倒在河里的黄昏

一辆火车晚了两分钟

一辆火车晚了两分钟

站台上的人

朝着两头张望

在这多余的两分钟时间里

他们抽烟，暧昧，咳嗽

几根突然散落在地上的火柴

又被整齐地收进盒子

当时，他们还相信爱情

他们还不是凶手

两分钟后

一个年轻人的皮箱

砸出婴儿急促的哭声

关于事故的新闻
就在不到两步的距离发生
一只被手表勒出印子的左手
自然地举起来
分针像多年未愈的旧疾
高悬在空中

从湛江到金城江

一条铁路将一条河岔开
火车露出身体
骨骼惊奇、对称
左边的人朝左边看过去
右边的人朝右边看过去
他们眼里都有风的擦痕

水稻长着一千只耳朵
它们站在田野
需要八个小时三十二分钟
来认清各自的儿子，并递上不同的方言
车上的每个行李都像沉重的印章
将要落在早已裁定好的土地

几百吨的汽笛
把最轻的那部分留给了门把
车厢里，脚尖的方向并不统一
小心翼翼地避开
人们摇晃而坠落的呼吸
没有人觉得异常
相对车里，河水是松弛的

月亮还没升起
我和刚坐下的人打了个招呼
河流在岸边交换了名字
却没有交换鱼群

骑车经过一个路口

我的车轮是圆形的
影子像一条黑鱼游动在城市血液
我有预谋
从地图上取出一个路口

读秒器在第八秒的时候
准备好了谎言
红灯闪烁、静止
它让时间早于我
让洗净泥土的汽车旧病复发
新鲜的喇叭声被掏了出来
捻成直线丈量路面

我庆幸我一直靠着右走
并注意路口每一个颜色的交换
一对恋人挤入我的铃铛
他们没有结婚
还需要认识的每一块路牌

作者简介：罗永胜，男，壮族，现居柳州，作品散见《星星》《广西文学》《红豆》等刊。

巴雷河的诗

飞行吧，河水

想到那个翱翔的姿态
河水不再浅吟低唱
水滴飞跃岸边的青草
与石头擦出了旋律

天空赐给的无限
或许只要一小块就可以了
它化云作雾，永远那么柔软
在燕子的翅膀上
俯视人间草木枯荣

那一汪蓝色的海洋
并不是它最终的归宿
更远的远方，是多彩极光

抓住风

把马步扎稳
安静等待一阵风
吹过树叶时
吹过花间时
吹过门口时
以起飞的姿态，紧紧抓住它
去掉伤痛和欲望的枷锁
飞跃山川河流，飞向遥远的时空

播撒种子，让大地四季如春

要不就像抓住时间一样的抓住风
抓住耶路撒冷的仇恨
抓住非洲蔓延的饥饿
抓住入侵草原的黄沙
抓住飞行的炮弹，把弹壳变成酒杯
用火药来点火，温暖流浪的猫

迎接朝阳来到，庆祝夕阳落山
为鸽子自由飞行，倒上满杯的香槟

一朵云

我所认为的
游子就是一朵云
漂泊，像蒲公英在风中飞舞
但更需要一个台阶
承载他们一样的心事

离家的孩子
随遇而安的岁月
正在演奏希望的歌曲

一朵云有一朵云的故事
游子有游子的返乡时刻
他们互相在某个早晨抵达彼此
故乡，就飞进梦中了

这个美丽的时代

这繁花锦簇的国度
每一朵花都是自由的生命
像一个绝佳的句子
无须歌颂。按照季节枯荣就好了

静静倾听河流与山川
鸟儿们没有惊慌
狮子和斑马，也回归自己的森林

生活在这样的时代
梦想，被一抹红色保护
灯塔指引游子的航程

群星下面，万家灯火
他和她，手挽手一起走着

多么想赞美这个时代
多少语言的张力
都无法描写她的精彩

作者简介：巴雷河，壮族，广西东兰人，广西作协会员，有作品在《民族文学》《诗选刊》《上海诗人》《广西文学》《南方文学》《延安文学》《红豆》等刊物发表。著有《母亲的稻穗》。

王秋娟的诗

含羞草

七月
从山中归来
攥紧的手心里
是几颗含羞草的种子
它们轻盈的身体
与其他的草籽并没有任何区别
是的，回到最初的模样
谁又能用锋利的言辞
刺痛残缺的灵魂

一场大雨之后
每一片细碎的叶子里
会隐藏起一颗羞涩的心
替失语者，阅读
一桩积满尘埃的心事

船中记

盛大的落日无数次
匍匐于一颗草叶的尖叫
河流推开迷雾
潜入更深的峡谷
一朵白云带着前世的影子
游荡、翻滚、撕裂
尘缘往事
在虚无缥缈的时间里

成为牧羊人手中的鞭子
成为暴雨中的那道闪电

一座山
在凝视中重现
一个人
在悲恸的词语里走失

车过古塱

黄昏时分
落日在风中与我告别
隐入另一个山头
此刻，车过一个名为古塱的村落
一群白鹭不再低飞
它们错落有致站在干枯的树枝上
沉默不语
像在思考着人生的难题

我的心是愉快的
在这静谧的黄昏

白鹭永远不会听见
这世界的另一端
猎人的枪声正响彻云霄

采矿人

采矿人站在河道上
金色的阳光散落河道
缄默的乱石泛着光芒

采矿人有乱石一般粗粝的轮廓
他点燃最后一支香烟
深邃的眼睛穿过乱石
仿佛能从瞳孔中分离出某种物质

当最后一缕烟隐入微光
采矿人把自己融进尘世的河流

作者简介：王秋娟，广西平南人，写诗写散文，广西漆诗歌成员，现任职于平南县平南街道第二小学。

风吹过南国（组诗）

安乔子

旧竹笛

父亲在木箱里保留着对一根竹笛偏执的爱
跟随父亲半生的竹笛，却是晚年羞于说
出的
一段往事，一段沉匿在老竹里的爱恨
有时我听到他身体里的笛子发出的呜咽
更多时候他坐在角落里抽烟，喘息，咳嗽
故事还在进行，插曲已经蒙尘
被遗忘的竹林里，他以一根老竹的一截
保存着一生的清白和尊严，吹它的人
用最后的气息握紧它，用混浊的喉咙
吹出此刻的黄昏，但他已经显得无能为力
此刻，他借一根老竹的身体
提前给自己准备一场葬礼

风吹过南国

风吹过南国
一粒红豆落下
风吹过窗前，提醒明天的信件
风在动，草叶割据着黑夜
我们猜想着风的页码
想起某个夜晚
风吹星星一点点，月光消瘦
在辽阔的内部
只有一粒红豆越来越丰满

阳光下，一个渔人在撒网

阳光铺开古老的河面
河水浸到了他半身

河水寒凉，渔人赋予了河流一点想象
让看河的人有了注目
一个在河里撒网的人站在河的深处
像钉子一头扎进去
撒网的过程是有声音的，贴着河面
从容地摊开一种生活
又一次被打湿的渔网
泛起秋天的鱼纹
他知道，这日子还很远

祖母

一位老人，像我们很多人的祖母
总是在秋收后的黄昏
去田野上捡拾落地的稻谷
或用簸箕筛谷，把那些干瘪的筛掉
留下那些饱满的谷粒
然后又把那些干瘪的拿去做成糠
饲养家禽，从来不浪费一点
那时，我们的祖母管着一大个家
米缸空了，也会硬着头皮跟别人借
她总有办法，没让一个人挨饿
她珍惜每粒米饭，在晚年依然那样
总是吃孙子吃剩的米饭
她依然固执，不听我们的劝阻
也骂我们大手大脚，不懂过日子
当她再也吃不动时，她瘦骨嶙峋时
她的身体小得容不下一粒米粥
她的骨头容不下任何的苍凉

群山之上

风车在山顶，默认了日复一日的事
我们看山，山也看我们
千里人间好像没变
又好像变了，只是我们看不见沉静的背后
隐藏了多少秘密

好句子在人间
而纸上我常常难以落笔
群山沉默，人间莽莽不可知

往往是山顶能理解人间
往往是风能够理解万物
往往是苍茫能解释无边的荒原

风在吹，落日退到了半山腰
金色的花朵如同灵魂的雀跃
上山的车正缓慢地往上爬行
这时，一场雨白茫茫地落在山巅那边

秋天的芒花

她们在阳光里，收获金色的羽毛
她们的灵动是高于世界的部分
芒叶是不能更改的笔直
芒花的弯曲有令人着迷的美学
爱上芒花的人并不介意芒叶
芒叶是锋利的刀，而芒花治愈了人间
在乡下到处都有这样的芒花

摘芒花的人也被芒叶割痛
被芒叶割痛之后，你才会理解芒花
深秋过后你才知道芒花有多美
你会看到肆意飘舞在芒花里的村庄
遍地的金黄有多美

苍莽瞬间

一日，我爬上天堂山最高那座山
累了，坐在最高那个土丘上
大风吹向我
心中仍有风铃的回响
人生已知足，不惧沧海
顺着风的方向，忽见大地苍莽
万物沿着一个方向伏倒
如同某种神圣的跪拜
每次动情都因为万物的慈悲
万物有我，万物引我
无所求，心如明镜
照见一只大雁向苍天飞去
雁过后，山峦呈现古老的箴言

扎稻草人

又一个深秋的黄昏
母亲站在稻草堆旁边
把它们扎成一个个稻草人
它们站立在田野或田埂上
那时刀痕还没退去
混夹着泥土和稻草的芳香

还没退去
鸟群在不远处凝望
有的久久地停立在上面
鸟鸣就有了一些沧桑
而天空高远，一眼望不到边
这不起眼的工作
是为这个冬天储备柴火
为越冬的牛准备干草

大容山

什么能与大容山媲美
那日早晨，早起爬山的人
是为了在山顶目睹日出
日出前的山顶，在等一种深情的跃出

当太阳缓缓升起了
山顶也长满金色的小花
像我离开了我，金色的灵魂
在山顶雀跃、欢喜

大容之道，也是向天大道
唯有干净的灵魂才配得上山顶的小花
唯有太阳才配和大容山产生
千百年的凝视
以及千百年不变的包容

凝视中我们必定隐去，一座山容下了我们
容下了我半生疲劳
容下了这颠沛流离的人世之苦

土豆花

她们披着蓝在风中跑
像起舞的蓝蝴蝶
在夜色里跑，在疼痛中跑
脚下有小小的爱
头上有小小的天
她们脸贴着脸
说着那些苍凉的往事
土豆在下面静静地听
他们拼命地长
仿佛一夜之间
就能变成她们喜欢的样子
不管怎么变天，一朵花怎么疯
都有一个温暖的土豆爱着她
无论花开、凋谢还是腐烂
像我爱着的你

我允许……

我允许我活着的小缺陷
少量的污点
少量的罪恶感
这让我更爱大海和天空
我允许我，慢慢老去、生病、遗忘
我允许生活漏洞百出，泥沙俱下
我允许人间冷风萧瑟
暴雨吞食雷鸣
我允许春天迟到
花朵失踪

我允许在深夜
一种痛苦袭击我
像允许……停留在肉体里的一根刺
拔出它是缓慢的
也许我终不能拔出
就当这肉体缝隙里的一根杂草
我让它生长
它必定开出玫瑰

在天堂山顶

往东是和容县交界的黎村，迷雾笼罩
往西是我们的安平村
望南的一条小路隐藏了起来
往北是茫茫不可见的群山

风车在山顶，默认了日复一日的事
我们看山，山也看我们
千里人间好像没变
又好像变了，只是我们看不见沉静的背后
隐藏了多少秘密

好句子在人间
而纸上我常常难以落笔
将有什么发生，风一吹就远去了

往往是山顶能理解人间
往往是风能够理解万物
往往是苍茫能解释无边的荒原

风在吹，落日退到了半山腰
金色的花朵在雀跃着什么
上山的车正缓慢地往上爬行
这时，一场雨白茫茫地落在山巅那边

月亮挂在山顶

那晚，我抬头，看到月亮弯弯地
挂在山顶
像是从山顶长出来的

那晚，月亮很亮
人间像一座老房子
这让我容易想起从前的事从前的主人

从前的油灯昏黄，掐灭了

夜里就只有月色
从前奶奶唱了又唱：月光光，照地堂
阿嬷织网要织到天光……

从前的月亮很亮，照着屋里的新娘
年轻的婶婶肤白如雪
黑瓦青砖小小的房，装着小小的她
红红的嘴唇含着半瓣月光

作者简历：安乔子，女，本名冯美珍，出生于1986年4月，广西北流人，中国作协会员。有诗发表在《人民文学》《诗刊》《扬子江诗刊》《星星》《青年作家》《草堂》等。获诗探索·第十届红高粱诗歌奖，2020年广西年度诗人。为四十一届鲁迅文学院高研班学员。

在铜石岭（组诗）

扬 臣

水滑道

白云贴紧天空，滑行，冲刺
浅蓝变成深不见底的蓝
绿树们伸长脖子，跃跃欲试
少数排成两队，硬着头皮滑行
水长时间助跑，突然加速
在玻璃滑道上冲刺，或者转弯
调整步伐，准备下一个冲刺
在铜石岭，马路和我同坐一筏
加速冲刺，水花跟紧我们
风声与尖叫纠缠，跟紧我们
时间加速，也跟紧我们
"高度诞生速度，速度控制滑道内外"

水池是母亲，接住我们
仿若伸手接住，滑下来的小孩
或许它只是接生婆
接住产道里突然涌出的婴儿

玻璃栈道

感觉腿是硬的，玻璃是软的
感觉头发丝总想往上翘
白云下沉，像要压住深渊
从天蓝底部不断涌出的
念头，比白云还白
比陌生人的劝慰更加不切实际
我跟紧谢夷珊和马路

"别总盯着脚下，要看远方"
我只能看清楚最近的远方
想念的远方，还在几千里之外
于是，我频繁举起手机
群山之巅从屏幕里朝我靠拢
我也是一坐小山丘
野草偶尔伸手，每隔几米
便从铜石岭崖壁托起迟钝的双脚
仿佛这样我才能顶天立地
人到中年，第一次走玻璃栈道
在广西，在2024年的第一天
还好，栈道只有388米，只走一个来回
还好，他们全是过来人，除了我

新年的礼物

铜石岭门票上打穿六个洞
我在射击场打中六枪
总觉得新年还应该有第三个六
一年的好运就差一个数字
我等到天黑
却不知它藏在哪里
直到黄成龙将车开上玉湛高速
恍若隐形的手控制方向盘
车在不同的岔路开了三个来回

仿佛花钱才能接续时间
北流段11元
玉林西段28元
玉林南段8元
每一段都要开一个来回
凑够第三个幸运的六
我们才走上正道，一路畅通
在这几天，玉林大地为我们端出
一盘又一盘雾气盘绕的馒头
每一个都蕴含巨大能量
都能让游客抵达完美的精神空间

作者简介：扬臣，原名杨亚军，男，甘肃天水人，现居广东，中国诗歌学会会员，湛江诗群成员，作品见于《诗刊》《星星》《诗潮》《诗林》《诗歌月刊》《诗选刊》《绿风》《飞天》《草堂》《青年作家》《中国校园文学》等，出版诗集《我的口音，我的刀锋》，获中国诗歌学会2021年度优秀会员，《岱山海色》（组诗）获第十一届"岱山杯"全国海洋文学大赛三等奖，《猴星座之恋》（组诗）获第二届"猴王杯"华语诗歌大奖赛三等奖等，《带龙桥散贴》获2022年"第三届中国·黄姚诗会"三等奖。

北流行吟（组诗）

蒙子奇

坡中飞出金凤凰

一只凤凰
张开双翼
轻轻掠过原野　冰河
仰视层云尽染
对望落日霞光
有一首诗押着时代的新韵
缀满一段忽高忽低的长路

这只枝头上的金凤
落到金坡上
眼观棋盘一样的远山
笑意如一条盘着的青蛇
缓缓地爬到眼前

邕江　南湖　花城

双翅过处
海阔天空
双翅掠过长安
京城已在眼前

貌似一闪眼
抱头一滚
左一撇　右一捺
借一支神笔
滚出一个大写的人字

回头巡视
长城内外的老墙
满目沧桑的外壳
挟着奔到眼前的往事
成了最自然的流苏

探视前方
诗中有画 画中藏诗
手指轻扬 抹出平湖秋月
推出一屏山水画
那只凤凰
再次振翅起飞
那身段
更似一行行诗
平平仄仄 起承转合处
成了最自然的韵脚

扶阳书院吐芬芳

梦里都想骑上高头白马
到扶来去
品扶阳书院
一百余年龙吐玉书的芬芳
放马巡视
一方诗书与礼乐的交融和对接
聆听如波涌起的书声
续成远远近近的绝唱

不时地记起
鱼贯而入的童子
时而来 时而去

轻风沉醉的晚上
盘腿而坐
感受文明的春风

伴随童心与飞花
在诗乡怒放
四书五经 唐诗宋词
灿然而放成一朵朵梅花
在童子的笑窝旁
怒放成一方奇特的风景

我仿佛看到
游龙一般的童子
在轻吟短唱中
将童真和烂漫
开放成一节节诗
描绘成一幅幅写意的画

天马行空

揖别漫天烟雨
携来烈烈金风
驾一匹天马
踏过百涧千溪
我们一行游人
向顶峰进发

低伏的黄花
仿佛还在讲述当年剿匪的故事
昔日的战壕
虽然早已没有弹雨的痕迹
冬日的风却不停地扯着衣角
在轻轻絮语
好似在说

你可别把往事一一忘记

高峡出平湖
天马跃过的山下
不知从什么时候开始
生出了一枚绿的胎记

天马继续腾空而上
离天不过三尺三

我手摘数朵白云
缀在心上
翻身下马
接过吴刚捧出的桂花酒
盘腿坐在地上

只想夜里能顶一轮明月
轻轻地举起酒杯
与李杜饮个痛快

勾髻顶心语

是谁胡说
朕是欧美的移民
朕天生就脱胎在
两广相会的高处

朕已习惯金发飘飘
劈面而至的风
一度吹乱长长的发辫

身为女王
朕最爱的便是黄袍加身
最钟情的便是
脚下的子民
日夜不停地为朕
量身定做出湛蓝湛蓝的飞天镜

顶着日月
对镜梳妆
风儿你想狂吹你便吹吧
闪电你要电闪你便带上你的雷公雷母一
齐发力
朕威仪依旧
无畏 无惧
只管借自然的神助
时而穿针 时而走线
朕别无所求
只求借女红 熟门熟路
手指翻飞
随意勾出一个髻来

谁说春色满园才是春
朕立于高山之上
皇袍披身
盘起发髻
对镜梳妆
此时
人生何处不风光

朕看到 骑士驾着天马

四方八面来相迎
你看
黄花争艳斗芬芳
好一个
不似春光胜春光

朕心荡漾
荡漾在十里春光　无它
盼只盼朕的白马王子
来到跟前
与朕鸳鸯戏水
续一段水到渠成的姻缘
供四方朝贡的子民
八方传唱

最爱是上珍

最先是一对黑色的眼珠
灵光一闪
率先在炉渣废料中
发现了黄金　白银

那双慧眼
眨呀眨的
在贫困交织的夜空中
闪耀出向往小康的星河
心的海浪开始在
村落中摇过来荡过去

村中人有样跟样

在大陆的广阔天地
星星点灯一般
上演了
同步登场创业的好戏
转眼间
渣中淘金
成为村中的时尚
变为村中的眉眼
点化成有别于人的胎痣

知否　知否
昔日一如水洗的贫困村落
变戏法一般
在村中扭动着别有风韵的蜂腰
眼前的秧歌
透露出那份得意
满是对未来生活的向往

碧水与蓝天自然地结成了姻亲
和风细浪处
心随浪涌
笑容里勾画出
人生七彩的画
生活的馨香
在心的广场上
踏着时代的舞步
一支支欢歌
在笑声中鼓舞飞扬

别了 一位名叫冬雨的姑娘

在北流的石窝
在石窝的龙源庄
一位名叫冬雨的姑娘不约而至
急着性子
门也没敲
便强行闯进诗者的天地

是提前探知了诗的使者
要在天亮之后
起身去会陇西园
羡慕嫉妒恨
一齐涌到心里头
或是诗者
一连多日对她漠不关心
她开始蛮不讲理
从天而降定要横刀夺爱
妒火点旺起来之后
这妖精
一闹便是老半天

罢罢罢
好事儿活生生地被拆了个七零八落
你不就是要棒打鸳鸯吗
我轰不走你
劝不了你

在石窝这个窝
我还另筑了爱巢
你越纠缠于我
我越想离开你

诗的使者
不再理会这个不速之客
侧一侧身
心的翅膀腾空而起
就到了上珍村
并不理会一路追随而至的冬雨
上珍和诗者
谁也说不清
到底是谁抢先钻到对方的怀里
旁若无人地撒起欢来

冬雨牙根咬得格格响
一头撞向荒野
气呼呼地溜了

此时
文明和友谊的诗者
在上珍村的巢里
谈的正欢
那份爱意
比蜜还甜

把一湖春光带回家（组诗）

顾奇清

把一湖春光带回家

湖边的草芽短而青黄

在微风呼喊中醒来

桃花鼓起腮帮

湖面讨好露出时深时浅的笑

一群灰白相间的小鹅

排着整齐的队伍嘎嘎……

唱着浑厚不变的红歌

未到岸边却自乱了阵容

争着扑通扑通……用翅膀割出

金片、银片、玉片，片片溅飞

飞出的还有珍珠、玛瑙，五颜六色的梦

柳影、山影、云影……都跟着舞动

不经意惊起几只白鹭飞向彼岸

一会儿又悠悠然的驮回朝霞

或许是忘了把一湖的春光背回家

归家

沉积多年的乡愁

被春风拥入怀

我如出笼的鸟

随人潮飞回久违的家山

家山挨挨挤挤的芦苇都等白了头

白了头的灯臂高举着灯笼花

灯笼花让归家的路永远不会黑暗

旧日村舍变成白墙、灰窗、黑瓦、木门

如江南烟雨中迎面而来的少妇

香风携着毛雨轻吻着我的脸

我笑了，果蔬也笑了，鸡鸭鹅也笑了
我醉了，桃花也在枝头红了腮
喜鹊、燕子穿梭在窗檐下歌舞
春风的力量是无穷的
我仿佛看到村里齐头并出的新芽

那次买菜

已是日挂中天
我翘着嘴角经过一个菜市
水泥路热得能煎熟鸡蛋
一位头发芦花般的奶奶靠墙蹲着
守着竹篮里几把通菜、豆角
因为没挂出收款码
来往的两三人也只是拿起又放下
我庆幸自己小挂包里习惯放一些现钱
虽然想起家里的冰箱还存有两天蔬菜
但还是停下车问：
老人家这些菜卖多少钱一斤
老奶奶抬头拭去眼角的汗珠笑答：
"自家种的，不用称斤，
一把本来买两元，光朝了，全部算十元啦。"
"好的，那我全要啦。"
她手脚麻利把菜放在我车踏板上
我给她一张二十元说：
"不用找了，赶紧回家吧！"
她却追了好几步才肯停
后视镜模糊的瘦影忽与母亲的影子重叠
我的车速稍加快
并决定明天周末回一趟老家

一块旧窗帘

真的不想换掉
哪怕已经挂了二十多年
哪怕风吹日晒改了容颜
只要十五的月亮高悬
那一帘幽梦依然
最大的让步就是拿下洗洗
洗掉昨天的
或是今天的尘埃
让窗保持
洁净

小溪的梦

也许一出泉眼
便注定我是细流
但我有想走出深山
融入江河，奔向大海的远梦
带着大山的叮咛
我如放生的银蛇穿过了小桥洞
我的生途竟是
土湮……沙磨……石撞……百转千回
我与雨水相拥而泣
鸟儿的低啭，日月星辰的高照
还有那萤火虫的亮光
我并不孤单，也不用悲伤
只顾一路哗啦啦地自由歌唱
我不会

不会妥协泥土的拦截

不会在乎杂草的困扰

不会屈服山坳的围堵

我必须学会逆流而上，顺流而下

纵然飞身悬崖万丈，粉身碎骨

也要留下洁白如练的洒脱

一泻千里的无悔

我仿佛听见

山脚那棵大榕树上的知了

在拼命地为我擂鼓呐喊

我仿佛看到

村口河边那片美人蕉正悄然绽放

江海还远么

陪母亲散步

暮春的阳光好暖好暖

照在久病初愈的母亲身上

仿似一尊发光的佛像

只是不知是否唯美了天地

母亲说能在小区走走已很满足

出门还习惯拿了一张玉林日报

我忽而想起一块干燥的海绵掉进水里

还有山区小孩子那双双渴望的大眼睛

母亲的高大让我挽扶她的手也有些颤

母亲说想像从前那样做做老人操

我无奈又害怕放开了手

倔强的母亲却只能如刚出生的婴儿

慢慢地摇摇手、伸伸腿

那可爱的样子

让旁边殷红的三角梅也有点逊色

母亲说倦了我便扶她坐到石椅上歇会

可她却又低头读起报来

不知名的鸟儿躲在榕伞里叽叽喳喳

偶尔会有一两片老叶子悠然飘落

一只红嘴灰身雏鸟蹦跳到母亲面前

似乎寻找遗失的东西

身边的小儿扮个鬼脸分享它一小块糕点

转身又去追逐几只彩蝶跑上了小石桥

母亲抬头对儿影笑叹：

这个胎精若像上铭哥那样能读名牌就好咯

当今社会好呀！想我小时候呐……

你要安心教好书……过两天想回老家

了……

母亲的叮咛仿如春风

唉……原来

奔五的我一直把母亲当成宝孩

而在古稀的母亲眼里我永远也是个宝孩啊

蝴蝶之恋

总爱用诗的银线

串起生活的珠子

不管形状大小

色彩明暗皆欢喜

纯真的心总似莲花

执念成蝶

在微风细雨中穿梭

在电闪雷鸣时起舞

让蜕变后的自己倾情

不管那是谁家的庭院

只要没有网罩遮盖

都可翩跹而过

不仅花若盛开，蝶自会来

磨房里的女人

灯光照着磨房的四周

如雪般白

磨房里的女人

戴着白帽子、白口罩

穿着一套洗得泛白的衣衫

喘着似有若无的白雾

自言自语：

人们都说原生态的好吃

明天排队来的人更多

不能让人家久等了

加油干，撸起袖子干

干上三五年儿子就大学毕业了

再干上三五年又可以给儿子订一套房

再干上三五年又可以给孙子交托保费

还再干上三五年嘛……

就不用这样

一圈圈地转

一天天地转

一月月地转

一年年地转

生活磨我，我亦磨生活

谁怕谁

回不去的昨天

缘分

不知何时来，亦不知何时去

忧伤被岁月叠加

纵然柔情如熨

却怎么也不能让一条皱巴巴的旧裙

平复如初

在生活中注视着

起初

水和茶在壶里相遇

自以为是千万年修来的缘

茶如石

却在热情的水里变软、伸舒

慢慢敞开心扉

还温柔地与水共舞、缠绵

那情景

醉了春风，润了夏旱

惊了秋月，暖了寒冬

可是激情过后便是沉淀

水累了，变了色

茶倦了，没了香

壶觉得保质期过了

清空了

又过了一段时间
壶注入了新的水
放入了新的茶
插上了电源……

重逢

热闹的大街
人车有序，整洁美丽
花叶如蝶翻飞
经过斑马线
你我竟不期而遇
你牵着孙子
我却牵着儿子
相视一笑
一句：好久不见
便擦肩而过
深秋的天空却分成两边
一边是晴一边是雨

在干吗呢

周末
你常在微信问我：
在干吗呢

如微风熨过平湖
触到堤岸又折返铺回
闪光的微波注定是上不了岸

我也只能回复你傻笑的表情
或者回一句：
忙着看老小、做饭菜……
或看书、赶稿子……

其实很多时候
我是独坐在飘窗

对着你的方向发呆
但我已不敢告诉你
我正在干吗

作者简介：顾奇清，北流市作家协会会员、玉林市诗词学会会员、中华诗词学会会员。有作品见《诗词》报、《玉林日报》、《千家诗词》第四卷、《千家诗选粹》第一卷、《狼社·百家诗词》等省内外书刊。

雨落在大地上（10首）

韦 璐

小镇

小镇，青春的偶遇，
每逢周末，都会如约而至。

穿过斑驳的石子路，
爬上铜石岭，
听晨钟暮鼓，看花开花落，
如此安静，只有时光在流淌。

午后下山。在一杯苦咖啡里，
慢品人生百味。
日子像流水，走着走着，
繁华已凋谢。

雨落在大地上

寒冬腊月，
楼顶的水仙花失去了往日的娇艳，
繁忙的街道浸泡在一粒粒飞尘里，
收割后的田野喘着粗气。

雨，像指尖滑过的丝绸，
更像玉手弹奏着的手风琴，
木棉花疯狂地吮吸着

万物抖动着葱郁跳跃的音符。

我撑着雨伞，
走进宁静的校园
足球场的枯草丛中新长出两朵蘑菇，
一朵是老师，一朵是学生。

风满南窗

独倚窗沿，
风，摇动荔枝花，
和柳絮跳舞。霓虹灯
眨着调皮的双眼诉说情话。

月色穿着洁白的婚纱，
一如生命的单纯而温柔。
情思，像滚动的银屏
在窗前上演。

那年，情窦初开，
美丽的梦如美丽的诗一样。
风，像一首情歌，
吹醒一池春水。

那晚，我们静静坐着，
聆听花开的声音。

我将侧身走过冬天

穿着黑色的羽绒服，
仿佛裹进漆黑的夹缝，
四周是冰冷的桎梏，
布满荆棘的小路，蛇鼠横穿。

被一缕阳光惊醒，
那一瞬，颓废如流星闪过，
路的尽头。高大的木棉树，
枝丫间冒出尖尖的小角。

朝阳与落日之间

站在绿草如茵的操场上，
霞光映红稚嫩的脸颊。
童年，是记忆中的一缕阳光，
给生活涂上了太阳色。

告别年少时的轻狂，
时光，赋予生活五彩斑斓的梦。
今夜，月光净美，
星星如诗般静谧，
晚风吹散心底的脆弱，
穿过落日的唯美，拥抱朝阳。

日出日落，这滚动的圆，
多像我的一生。

2024 年来信

风掀开屋角的荔枝树，
雨，滑过厚重的羽绒服，
泪水模糊双眼，
星河日月，交织成纸上的修辞。

徘徊在黑夜边缘，
记忆承载太多的往事，
故事穿越四季，
镌刻在鬓角的白发里。

皓月如你，凝眸婉约，
思念叠加着生活的疲惫，
裹紧身上的寒意，
拥抱你，拥抱黎明的曙光。

关于冬天的白描

凛冽的寒风，
冲破北方的屏障，
无情地吞噬
穿着白衬衣和超短裙的少女。

秀美的大容山银装素裹，
沉甸甸的冰挂，
能滑冰的九瀑溪，
尖叫声，笑声在山谷回荡。

被窝里躺着的热水袋，
暖我，也烫我

近不得，退不得
割舍不了若即若离的爱

五颜六色的羽绒服，
像一幅幅五彩的画卷。
你和大地深情地拥抱，
你给人间送来了希望。

每个人心里住着一座寺庙

风，打翻了五味盒，
酸甜苦辣咸洒了一地。
雨，蒙住了双眼，
揉碎了温暖的记忆。

每月初一、十五，
踏着朝露，来到佛恩寺，
默默地与你禅坐，
与你呼吸。

可是，我找不到你，
高大的身影、慈祥的面容。
巴掌大的牌位里传来，
你一声声亲切的呼唤。

往三尺讲台一站

往三尺讲台一站，
理想就扎下根这方净土，
值得你用挺拔，干净，忠诚的站姿

去爱
你一撇一捺，一丝不苟
在一块黑土地上开疆拓土
播种真理。
你的满头银发，究竟耗用了多少粉笔的清白
深夜里的孤灯，裁剪出
你孤美的身影
伏在一摞摞作业本上
像默不作声的蚕，
吐出丝
也吐身体里的晶亮

立春

轻轻地，雪融化了，
悄悄地，春如的而至，
一枝新绿，
在黑暗的寒冬中醒来。

太平洋的风吹动着情思，
桃花争相开放，
柳条摇曳着丰姿，
燕子忙着垒巢。

春雨如丝如棉，
春牛耐不住寂寞，蠢蠢欲动，
春笋破土而出，拔节成长，
我张开双臂，拥抱美妙的春光。

每一滴雨都是新生（组诗）

陈奕娟

每一滴雨都是新生

生活是只魔球，半边画满风花雪月
半边撑起地狱绞刑架
一场及时的雨，令这个小镇
灵魂出窍，击落岁月的现实与魔幻

变形的艺术，还原雨后沙田的原型
勾勒出一副缤纷、灵动的画卷
那是先辈千篇一律的劳作身影
那是沙田百年沧桑巨变花样翻新

在沙田，一场接一场的雨，都是新生
闪着清冽的光，落向草地，河流
屋顶，树梢，以及烟囱

全是一只无形的手在操作
苍茫之间，全是灵异的诗魂
迷茫、迷幻、迷藏，无法找到真身

在南流江

在南流江，我鼻翼发酸
其间，白鹭、赤麻鸭
纷纷划过水面，水波动荡
有些水波走失于草丛

我着迷于南流江的另一面
荒芜、鸢尾花、黄蝉花
堤岸，举着一团团火把迎接我
想起遥远的春夏山野，江河流水

我忍不住长久地战栗
我知道这里不是故乡，但它分明
又是我的故乡

在南流江，河流似疾风般的追索
极像缠绵无尽的深邃等候时光
我被时光隐为虚无
被每一滴南流江之水还原成影子
在水中把天空擦亮
擦亮我内心深处的悲伤

牛塘人家的旧单车

牛塘人家里，一辆又一辆的旧单车
咿呀着古人的趣事，唠叨今人的轶闻
树枝着火，点亮了生活的快乐
植物枯干了宿命，燃旺了一群人
对美好未来的向往，随南流江南流
直至南得不能再南的边地绝界

而人类生活在绝界绝处逢生
开启生锈的旧单车
旋转旧日的慢时光
循着月色，晨光
在山与山的弯道中超越
却与自己撞车

失落于星定的宿命
期待盛世年景，把希望之花
安放在一粒饱满的粮食里绽开芬芳

舒缓诗和远方，又缩写成美好的一瞥

看单行的光阴单车
行驶在生命年轮扶摇直上
在你的头顶上的一根白发停泊
完成命运中必然的涅槃

相遇在沙田

我们都是被相遇的秋千
荡进沙田的一股风
无论是颠簸着行走的
还是正常直立的
全都相遇在沙田这片泊心静地

把淡泊的高古向往
一只白鹭在铜鼓坡歇息
它什么时候飞离，不由己定
而是神的意志设计

一场距离和空间的魅力
像爱情，不能相守却相遇
更无法预测何时冰崩雪离
歇息的白鹭，它和铜鼓坡一样
并不在意我胡思乱想的悲喜

一个人无情或多情，光阴知晓
光阴是公义判官，将你投进尘世
未来你就会在天堂或地狱遇见
或拒见，那些懂与不懂的结局

生命的本真，是骨殖中的一粒脐血
像阳光一样穿透，走出母腹的初啼
钟扬莆后来感人励志的故事
全在那纯净的声音里传播
直至耽入风尘，又经时光漂洗
像草木时代的河水一样回归清澈
然后像雨后天空一样蓝洁

而坠落的雨，却在路上由纯蓝变苍白
在人类翘望的目光中
化作一颗混沌的泪

南流江的前世今生

一条河流，让我看见了水的前世今生
江里的鱼虾拼命往回游，遥映一片天蓝

南流江的前世今生
凝聚在老榕树的目光里
源头的第一滴水，隐忍潜过多少
土壤和岩石的缝隙，才与我们相逢？

河流不懂悲喜，她似乎习惯了潜流
等到她撞开命运的水门
冲破黑暗的羁绊，在汇入
阳光和大海的时刻，一朵浪花

便是一个洋溢着原始快乐的孩童

南流江，它时而沸腾，时而污黑
最终又还原为水静天光
不变的是清澈歌谣
不改的是崖上野花

沙田故事

在沙田这片包容的土地上
所有人都是大地的儿女
团结友好，生生不息

南流江，以上善若水的宽厚
与善良安抚了沙田人的焦虑与不安
汇成奔腾不息的生命力

每一滴雨的落地，都是一种祭拜
水的面孔不需要去辨认
让雨滴的窥视渗透身体的各个角落
把沙田的故事说给白鹭听
从此，不再为归宿愁了岁月的禅

　　作者简介：陈奕娟，广西作家协会会员，有散文、诗歌在《诗歌月刊》《星火》《散文诗》等报纸杂志发表并入选各种文集。出版诗集《睫毛下的雨季》。

春之意象（三章）

韦以富

春困

酣睡了一冬，人们肉也松了，骨也酥了。

仿佛吃了麻药一般，总是感到浑身困乏，酥软无力；仿佛睡不够的瞌睡虫，总是哈欠连连，睡眼惺忪。

仿佛"慵懒倦梳头"的迟起美人，总是睡眼迷离；仿佛"十年一觉扬州梦"的风流才子杜牧，总是流连春梦；仿佛"借酒消愁愁更愁"的诗仙李白，总是"但愿长醉不愿醒"！

倒春寒

一个娇俏、柔弱的江南女子，被一阵自北而来的意外寒风，吓着了。

许是受不了这样的冷遇，她刚从温暖的春梦中醒来，便得了伤寒症，咳嗽不止，并且一夜之间，便环素速减，衣带渐宽。她打着冷颤，浑身瑟瑟发抖的样子，如风中孤零零的嫩叶，令人为之心疼不已！

可也有人偏爱这样的女子。闻一多就曾对此赞美有加，他说："美人呀，何妨瘦一点儿！"看来，在他的心目中，这样的春美人就是赵飞燕无疑。

回南天

风自南来。

这时候，春天是杨贵妃，是个风韵十足的肥美人，只要玉体稍作移动，便娇喘连连，香汗淋漓，暖风熏得男人醉，直把春天当夏天！

这时候，春天是林黛玉，是个多愁善感的病妹妹，日夜不停地伤心落泪，以至于抹泪的手绢时时都能拧出水来。

这时候，春天是唐琬，是个失意的恋人，"泪痕红悒鲛绡透"；是李清照，是个闺中的怨妇，"凄凄惨惨戚戚"，咋寒还暖时候，最难将息。

推窗放入一枝春（11首）

顾奇清

河村印象

春风约会网红村，却见江南格韵存。
瓦屋砖墙经妙艺，乡愁锁住旧时门。

芒果树

古树婆娑映水中，香枝绿翠鸟鸣东。
如龙欲跃追云月，鹤立塘边世代红。

赏司马第生态公园

今来逐梦觅桃源，入眼瑶塘映半园。
古树人家花鸟影，风开画轴客欢言。

乡村音乐会

人潮有序入歌场，浪漫星空喜气洋。
意曲仙音谁不醉，童声妙舞月浮香。

司马第讲理堂

赵氏捐房设理堂，生尘凳桌证和祥。
诗书满屋家风好，富健河村奔小康。

忽见

沿村树上挂灯笼，转角铺开一串红。
热烈何须燃爆竹，欢欣艳蕊接春风。

春游所见

一径桃腮映浅湾，双亭静立水云间。
春风有约佳人至，半是红妆半碧山。

无题

雾漫桥头倩影孤，莺啼柳岸燕相呼。
心城一夜纷飞雨，落入春江有却无。

迎春

门前树草望清晨，柳下莺歌燕逗人。
好是风来芳满院，推窗放入一枝春。

游穿镜湖

粼粼碧水泛银光，草木逢春沐暖阳。
最爱明湖飞白鹭，双双镜里秀情长。

回乡乐

如纱绿雾罩初晨，母放家禽满草茵。
嘎嘎高歌先领唱，一场趣会正迎新。

苍穹穿可补，岁月去难追（14首）

李　战

新年随想

不尽水流东，天边起大风。
凭栏搔白首，拭目觅飞鸿。
梦绕江滨客，心随陌上骢。
千般抛脑后，只顾向前冲。

听风

杯茶饮尽自频斟，未破残书夜已深。
老眼虽昏难入寐，窗前正好与风吟。

惜春

细雨飘摇润柳丝，风和正是力耕时。
长天破漏犹能补，白日消磨不复追。
篱下荷锄栽野意，田间种粟折桑枝。
躬行一路休疏懒，点翠涂红乐在斯。

毛毛雨

久旱有人愁，春归雨不休。
回潮何必怨，正是贵如油。

独竹踏春

田畴一色新，独竹共寻春。
入寺长明火，攀岩不老身。
天高当有路，意远自无尘。
莫道归来晚，抬头月半轮。

蝉

日上照南枝，攀高莫许迟。
长歌驱寂寞，百感作参差。
四载修身后，今朝得意时。
和风知淡荡，舍我有何谁。

桂林红色纪行

为仰先贤向北行，追风一路意难平。
硝烟已散山川秀，虎魄犹存步履轻。
馆立依然何肃穆，图呈往昔尽峥嵘。
大坪渡口心潮起，耳畔长闻战鼓声。

大容山消暑

欲逃暑气上容山，路转峰回百道弯。
似带空调杉树影，偏迷老眼岭云颜。
情归有处随溪水，意在无求学野鹇。
日夕霞光千万缕，清心已驻九霄间。

游中国第一滩

滩宽接九垓，叠浪裹风来。
海气携新味，椰香胜旧醅。
情闲群鸟影，意满众人腮。
缥缈时光里，堆沙作小孩。

游鼎龙湾

戏水鼎龙湾，波翻白玉环。
层云横海郡，叠鼓壮瀛寰。
且拥今秋爽，何求此日闲。
心飞随雨燕，共舞地天间。

谒陆川滩面伏波庙

江吹飒爽风，引我谒英雄。
佐汉前朝事，平蛮万世功。
陆阳栖老骥，滩面饮长虹。
胆魄今安在，涛声耳欲聋。

鹧鸪天·登龟岭谷长城

直上长城四野新，摩天得趣共芳邻。
秋风景里无边画，烽火台中不老身。　皆
好汉，岂闲人。开襟向远可求真。情怀
未改缘家国，欲放狂歌作虎臣。

窦州古城印象

幸共芳邻览窦州，凉风与我抚红楼。
苍苍旧主千年府，赫赫前朝万户侯。
南玉都名传海外，沉香茶味润心头。
锦江河畔流连处，多少乡情在晚秋。

立冬吟

枫红别秃枝，忽又入冬时。

岂碍闻鸡舞，何妨策马驰。

苍穹穿穿可补，岁月去难追。

莫等青头白，锥心悔已迟。

泛舟画卷揽清辉（五首）

曹 燕

鹧鸪天 · 柔柔柳情

"老市长"千年盛名，一尊雕像塑真情。柳侯祠里尽沾柳，娇柳柔柔绿满城。

废苛税，助农耕。一身正气秉公清。诗文留世传经典，天妒英才多不平。

瘦西湖

柳桃相伴几芳菲，旁树婆娑争翠微。

流水行云连景点，泛舟画卷揽清辉。

冬来雪白湖宜瘦，夏至草青鱼更肥。

二十四桥多故事，游人满载月明归。

冬日枫树林

秋末树林红似火，今朝枝秀叶无踪。

根深不怕雪风压，静待春来绿又浓。

千年古刹栖霞寺

梵音缥缈绕山腰，蜡烛火红香味飘。

藏宝藏经藏古迹，玉楼金殿赛琼瑶。

乾隆行宫遗址

乾隆曾驻跸，建筑势恢宏。

战火硝烟毁，今留愧叹声。

楼桥镶白玉，草木染豪情（四首）

覃 圣

沁园春 · 南海

碧水滔滔，风起云飘，万里石塘。有九龙巡界，岛礁出没，千帆逐浪，神采飞扬。鸟舞蓝空，鱼游深海，享自由生活久长。群沙耀，看波澜壮阔，荡气回肠。　　虾兵蟹将嚣张，逼龙子龙孙拿起枪。幸西沙鏖战，收回三岛，黄岩对峙，守住全场。威武鲲鹏，神州特制，吞水吹沙绣玉章。乾坤定，列强皆过客，羡我朝阳。

题北流乡贤文化公园

闹市藏清静，乡贤大爱倾。

楼桥镶白玉，草木染豪情。

曲径听花语，长廊赏鸟鸣。

悠悠河水转，入夜火通明。

冬咏容山

寒潮骤至冻铜州，一夜容山变白头。

应是心忧天下苦，愿遮风雪立千秋。

题两广第一关

古朴城门墨迹斑，风车慢转享清闲。

欢谈两广千秋事，四海云来闯大关。

"文学进消防 书香漫基层"
文艺征稿评审结果

由北流市消防救援大队与北流市文学艺术界联合会、北流市作家协会共同主办的"文学进消防 书香漫基层"文艺征稿启事在"北流文艺"公众号推送以后，至截稿日期止，共收到来稿 131 篇首/组。经北流市"文学进消防 书香漫基层"文艺征稿评委会（名单附后）认真审读打分，并于 2024 年 1 月 11 日集中评审，评出征稿结果如下：

一等奖（3 篇首/组）

《暖暖的火焰蓝》散文 黄应樑

《消防出警，每一个都像射出的箭（三首）》诗歌 马路

《爸爸给你一个惊喜》小说 韦延才

二等奖（5 篇首/组）

《烈火雄鹰》小说 李宏伟

《守候》散文 曹美兰

《燃烧的火（组诗）》诗歌 胡游

《火焰蓝的答案》纪实散文 莫晓霞

《晨光》小说 车丽娜

三等奖（10 篇首/组）

《致敬（组诗）》诗歌 陈一默

《蓝火焰之歌》诗歌 安乔子

《消防站，蓝朋友！》散文 龙海锋

《从蓝开始》散文 覃琼燕

《永不褪色的火焰蓝》散文 陈丽冰

《那一抹蓝》歌曲 伍裕生 韦庆夫 李庆武

《最爱那抹火焰蓝》散文 陈奕娟

《观消防官兵速降表演》诗歌 彭奋

《蜕变》散文 李广强

《谁的停车位》散文 黄正旺

优秀奖（15 篇首/组）

《初心赤诚，诗写北流消防人的大爱无疆》诗歌 马倩倩

《消防员（外二首）》诗歌 吴真谋

《"四色"英雄——我眼中的北流消防员》散文　潘丽春

《北流火焰蓝，构筑一道让人最安心的防线（组诗）》诗歌　路书华

《今天我生日》散文　彭波

《淬火青春 最美的年华献给最美的事业》纪实散文　王祥丽

《那一抹火焰蓝多美啊》诗歌　朱苡菁

《他逆光而来（三首）》诗歌　清欢

《等你回来》诗歌　顾奇清

《云梯之上（外二首）》诗歌　诺尘

《致敬，北流"火焰蓝"！》散文　晓宇

《致敬消防员》诗歌　曹燕

《北流消防救援战士礼赞》散文　孙利

《北流英雄志：写给消防员（组诗）》诗歌　李珂珂

《圭江如此美丽》散文　蒋振泉

北流市"文学进消防　书香漫基层"
文艺征稿评委会（代章）

附：

北流市"文学进消防　书香漫基层"
文艺征稿评委会名单

主　任：朱山坡（中国作家协会会员、原广西作家协会常务副主席，现为广州文学艺术创作研究院专业作家）

副主任：梁晓阳（中国作家协会会员、玉林市文联副主席、玉林市作家协会主席、北流市文联主席）

成　员：潘雄杰（广西作家协会会员、北流市文联副主席）

吉小吉（中国作家协会会员、玉林市作家协会副主席、北流市作家协会主席、《北流文艺》执行主编）

谢夷珊（中国作家协会会员、玉林市作家协会副主席、北流市作家协会常务副主席、北流市外宣中心主任）

消防出警，每一次 都像射出的箭（外二首）

马 路

在云梯上
站在云梯上
看见不一样的大好河山
看清北流的名字和城市的肺
你好，亲爱的故乡和人民
这个太平的城市如我所愿
安静，整洁，祥和
有一种大写的幸福

在云梯上
看见匆匆而过的好时光
看见圭江之水日行千里
看见军人筑牢的一道屏障
挡住了妖魔的去路
看见消防出警，每一次
都像射出的箭

在云梯上，我想到一只鹰
想到飞翔的本质
我一再挥手
还摘了一片云彩

可以摸到的白云

这一天
白云再也不是一个人的名字
云梯之上的云不请自来
风与往事擦出了火花
浮云像一件披风
伏在另一个人身上

轻飘的白云触手可及
可以摸到的白云
轻盈，洁白，有一缕青丝
也有一颗年轻的心

此刻，白云在窃窃私语
它们也在谈论天下之事
谈论火灾水灾等各种灾难
风一来，它们又化整为零

自上而下的梯

没有人称过一把梯子的重量
却有人用一把梯子平步青云
梯子的前世今生都一高一低
很多时候，一架独立的梯子
它站立的姿势，高过我的姿势

灾难面前，梯子应运而生
向火而行者越过梯子的简陋
一些燃烧的语词在啪啪作响

一些卡住喉咙的呐喊灰飞烟灭

敢问，谁手执龙头

谁把大义捂在胸口

向上或者向下，都是梯子的命

我喜欢从梯子上爬上的星辰

我更喜欢从梯子上下来的人

燃烧的火（组诗）

胡 游

消防员

（一）

清晨的雾裹住车的眼睛

将它们从繁忙的公路拖到了山谷

车子都很忙，车上不是人

就是养活人的活计

它们没有雾那么闲，可以躺在山谷休息

所有的车挣扎着

撞在一起，翻滚起来，像绞痛的肠子

人和车都变形了，雾也不忍心再看

受伤的蝴蝶在悬崖边尝试展开自己的翅膀

火焰似空气一样蔓延

几个年轻的消防员来了

女子还有呼吸的身体

被小心翼翼地托出车外

奄奄一息的蝴蝶正被急救

（二）

电线和电线过于亲密

总是绽开危险的玫瑰

拥挤的老街

着火的楼房燃起浓烟

车辆快速让出一条救火通道

闪光灯不停咔嚓

直到，长长的消防水管钻进这焦黑的房子

老婆婆的身体

又重新长出康乃馨和向日葵

燃烧的火

水是柔软的、温顺的，随波逐流

水泥地面光滑平坦，坚硬

但无法保护自己

躲藏是躲藏不了的

火可以找到一切

他们走了

火带着他们找到失去的词语

高大的事物还在燃烧，它们不能倒下

层层叠叠的手机上的眼睛

烟雾笼罩我们的头脑

这烧过的、焦土一样的房子

救火队无法抢救

观《烈火英雄》有感

婚纱照还未拍完
家长会还未结束
从父亲的葬礼上抽身
他们接到命令就奔赴火场
火焰挡住了他们的脸庞
变成一颗颗缺水的白菜

水和泡沫在他们的手里就是生命
他们燃烧自己的青春
消灭火的滥情

作者简介：胡游，1994 年生，湖南湘潭人。中南大学博士研究生在读。曾获"青春先锋诗歌奖"等。诗歌散见于《人民文学》《诗刊》《作家》《扬子江诗刊》《山花》等。小说见《作品》等。有作品入选《2018 年中国诗歌精选》等选本。系中国作协会员。

致敬（组诗）

陈一默

致敬

致敬一座城市
致敬一种典范

乃至——致敬一种新步伐
需要的，不仅仅是敬业、专注和速度
救生抛投器
正压式长管呼吸器
到无人机排险
高视野搜寻，提高救援效率
快速响应灾害
搭建通讯支持。运送医疗设备
再到精准应对灾害
创新的应用
职业荣誉感加上身份认同感
这都是一种叠加的兴起
在北流消防大队的现场。我看着
演练的浓烟高高腾起
往返式返降器
载着矫健的身影
他们腾挪的英姿。都构成了一种敬礼的
　姿态

破壁之斧

红与蓝
以盾牌为经纬
国旗、长城和橄榄枝
环绕之下。消融着水与火的分界线
火焰与天空蓝
是什么时候开始碰撞的
天生是一对孪生的姐妹
还是彼此相克的敌友
拿起斧头。拿起斧正的扳手

红是挑战的存在
达摩克利斯之剑。一种
可以升华的力量
一种破壁的驱动
我听到一阵噼啦啪啦的声响
在人民安宁的钢铁里分享出来

李明瑞家乡的消防队

清晨入怀
宁静的长夜迎来了朝霞
随着口号和起床的步伐
训练的节奏迎来了阳光的冲刷
走村过巷
查患排险
邻里家常，都是一张笑脸的事情
消防救援。是人民群众
更是生命财产安全和社会稳定的救护者
群众的子弟兵
他们乐意在乡村里扎根
李明瑞家乡的消防队
以李明瑞的精神激励着自己
家乡的安宁
乡村的振兴与和谐
有赖他们用最端正的队礼
去：诠释

清蜂侠

连体式头罩、上下衣、胶靴

头罩内置帽壳、帽衬，视窗为钢网面罩
爬树干，钻树洞
攀居民楼，跨危险地带
平息"蜂"波
到处都有"清蜂侠"的身影
小小马蜂能掀什么波浪
事无巨细。关联着百姓
关联着生活和性命
伸出毒针的一刹那
就是考验"敢于捅破马蜂窝"
的胆识。现代化的装备
有着得天独厚的依附
最重要的是：在关键时刻
有人替你
顶"蜂"作案
有人因为你而"蜂"拥而至

送考路上

六月的天空有点炸裂
暴雨，说来就来了
考试之日。孩子
茫然地看着脚下的积水
父母果断拨响了消防的通讯
被洪涝围困
三年的学习生涯意味着什么
警情就是命令
冲锋舟出动。全副武装加码
消防救援队员抱起孩子
合力的。帮他铺出了一条干爽的

晋升之路

哪里有困难。哪里就有身影
和江河，和湖泊，和洪涝
和一桩桩难缠的险难
打造平安和谐北流。是他们的信念
孩子在冲锋艇上坐
他们在水里走着推
这相互的信赖。也是彼此的考验

以人民的名义

拉开"消防"，或者是拆开
二字都是相同的
相似的命运
避火，防化，隔热
相连的频率
云梯，水带，可燃气体探测仪
一支队伍
出现就是承重，战斗和托举
安全与责任
财产及生命
无法复制轻重的谁与谁
警情传递
其实就是速度，激情还有战术的澎湃
在没有冲锋里冲锋
该陷的阵就拿下来
人民子弟兵应声而动
这就是：赴汤蹈火，竭诚为民

蓝火焰之歌

安乔子

在铜州消防救援站 119 号
蓝迎着第一缕升起的阳光
是蓝，是蓝
是大地最坚定的保护色
蓝是整齐嘹亮的口号声
是铿锵有力的奔跑声
蓝是他们冲锋的战袍

他们在火的中间
是蓝，是蓝
勇敢的蓝
忠诚的蓝
毫不犹豫的蓝
时刻准备出发的蓝
永不后退的蓝
他们是北流消防救援中最出色的蓝

在最危险的地方，蓝铸成了一堵安全的
　城墙
他们一次次熄灭了大地的怒火
是蓝，是蓝
是向火的方向挺进的蓝
是一个个往上攀爬的爬山虎

他们用蓝扭打成一条救命绳索

他们用蓝歌唱着年轻之歌
用蓝诠释着忠诚和责任
是蓝，是蓝
是铁血男子峥嵘岁月的
一曲豪迈的歌

蓝是岁月里燃烧的青春之光
蓝是警报声中吹出的一阵猛烈的风
是蓝，是蓝
是最勇敢的战士
冲向人民最需要的地方
是横渡在最汹涌的洪水中
那一朵勇敢激越的蓝
在最凶猛的火光中挺进，挺进
他们是蓝忠实的践行者
在生与死的考验中
蓝已经淬炼成钢铁般的意志
闪烁着蓝宝石般坚毅的光芒
他们是蓝，是蓝
是希望的蓝
是骄傲的蓝
是岁月静好的那一抹
让人感到心安的蓝

观消防官兵速降表演

彭 奋

梦里总记得那片森林
浓烟如同一只巨大的麻袋
邪恶地收割所有草木的枝丫
柳杉树冠宽厚，火光冲天
红嘴蓝鹊跃起、滑翔
从这棵树到另一棵树
拖着华丽的长尾巴
逐一驱散山风和雾霾
待阳光重新穿透树林
红嘴蓝鹊飞走了
那些半夜潜逃底下的竹笋和杜鹃花
用柳杉的树洞悄悄传话
春天，野草还会发芽
野花将会开遍整个山谷
青苔也能顺势而上
一直到达树冠
成为柔软的鸟巢垫料

此刻，我确信世间总有重逢
一群蓝色，长着翅膀的人
在楼顶停留
他们张开双手，紧抓绳索往下速降
正如大鸟张开了翅膀
沿着他们初心栖息的方向

初心赤诚，诗写北流消防人的大爱无疆

马倩倩

一

他们的行动，迅疾
他们的站姿，如松
巍然、挺括、高拔、宽阔，是抑止无情
　　的水火
他们是震慑的力量，克服一次次险情
他们是依靠，是支撑

在经年里锻造沉默的黄金
他们如炬的目光是直抒胸臆的表白
挺拔之美，守望人间和美
把内心的呼唤汇入岁月汤汤的书写
汹涌、激荡，热情饱满

那一刻，荣光在晨曦的斑斓里启航风帆
他们肩扛的旗帜，那么鲜红

二

在北流，实践塑造信仰
从一次次赴汤蹈火里取出一枚赤诚的内核
浓缩所有的语言和汗水，结晶不悔的冷
　　雨寒霜

提及北流消防人
哦，市志的书写不容许一笔带过
必须饱蘸浓墨，大书特书，分量重于长
　　城的蜿蜒
是风刀雨剑，在他们身上却刻下经年沧桑

他们手握着生死的时针，诠释着水火的严肃
他们是界限，也是轨迹
他们是泥土，也是树木
他们拱立生的希望，培植绿野葱茏
在爱的册页里串联大美和光明
将一个个生机盎然的名词聚合成指向的
　　风标
在视觉上，在想象上，他们倾情的姿态
　　切合胜利的意象

三

写到威严和肃静，云梯上站立的支点
护持着一座城市的巍巍
写到他们的呼喊
哦，那语言的硬度，好似峭壁悬崖上松柏
他们急速奔跑，战胜死神
他们的脉搏啊
感受大地跳动，有力的步履牵引季节的行走
写到北流消防人，胸怀的度量以海水测量
大爱无疆，人间之美，表征山河万丈
写到一道长城在掌纹上的起伏，是火与
　　水的律动
清除所有的谜团，澄明岁月的隐喻

新时代的映照，他们对称完美
写到时间里的长河，表情不曾凝固僵持
自有一腔热忱，茂盛着抒情的家国
从浩荡的春天泵入激越不息的热血
雄起乾坤，鼎立英雄群像

四

消防救援，坚硬的专有名词
出自烈火的煅烧
一粒粒细沙融合，鼎立高耸的大厦，悠
　　远苍穹下
雄鹰飞翔的翅膀扇动彼岸的飓风

伸出手臂，指出前行的方向
抵达人间的朝日，彻照大地的方寸，砥
　　砺信念永恒
闪烁金色的光芒，爱的太阳石
温煦整个人间。我感受到春风，点燃经
　　典的火焰蓝

回放宣誓的刹那，泪水湿润丹心
在北流，群山和田畴拓延爱的范畴
力量不竭，火种传递，为人民服务
铁肩担道义的勇气，激荡尘世的埃土，
　　滚滚涛声

五

要理解旗帜鲜红的真义

必须奔赴危险的一线
波澜脱离了河道，幸福正与大地相悖
他们抵达，做出捍卫的姿态
站在生死决口的位置，迎接着冲击的刺痛
先是葱绿，后是灰黄，再是赤金
在浩荡的大水里他们以信念的铁索揽住
　　江山的滥觞
纵然生命的褶皱里灌满泥浆
而那无垠包容的胸怀却拥住了福祉的根
　　基，牢不可摧
长城的范畴，嘹亮的军号
使命的光荣温润了乡愁的信札
哦，北流消防人，生命的担当，用铁的
　　笔触不断地书写

六

他们的抵达，拦住了火情的蔓延
他们运用水
阐释了五行中的相克相生
建造屹立的工事，初心、民心和丹心
交织成光芒的谱系

一线上的党旗，漫漶希望的红色
在无畏的消防人面前，大火畏首畏尾
退却，消灭，回归
在钢铁人墙的震慑下，吐出内心的软弱
热烈的欢呼，我们的战士所向披靡

七

人民希望和平
草木呼唤阳光
一切遵循时令，水火相容
在北流，万物的美好正在发生
生命啊，新的渠道开通
有消防人守护着，城市安宁
暮色里的万家灯火，那么温馨
但是，他们在漆黑的夜色里不曾安眠
灯盏明亮，丹诚初心
红色的旗帜在心中飘荡，更美的歌声从
　　我的诗句里
唱响——

　　作者简介：马倩倩，女，诗人。有诗歌作品三十多篇发表在《诗刊》《映山红》等省市级期刊。曾获各级各类征文比赛奖项十余次。

消防员（外二首）

吴真谋（仫佬族）

从眼睛里挤出火焰
从窗口里挤出过往的旧时光

从汗水里挤出自己的影子
从影子里挤出残酷的青春

在烟熏火燎里煮三次
在血水里还要煮三次

像一只壁虎，钉在高高的墙壁上
你把自己的姓名，写进了铮铮誓言

艰难作业中，疼痛的伤口在风雨中
结了痂，又在风雨中脱了痂

岁月深处，你的目光，一寸一寸
插进高楼大厦的缝隙里

归来

出警归来，已是满天繁星
万家灯火已经熄灭了

大地在母腹中阵阵胎动
你们疲惫得，像去年漏收的几棵稻谷

没有一棵是花花公子
没有一棵是媚骨的贵族

抓一把蛙鸣塞入喉咙中，然后弯腰
再吐出来，把它当作是深夜的咳嗽声

前方，是遥远的地平线
那里，是我们亲爱的祖国

小区的门口，站着一个瘦小的身影
双手合十，为你们祈祷平安归来

永生

再也看不见，亲爱的爸爸妈妈
再也听不见，女儿那甜甜的笑声

摁住一座城市微弱的呼吸
摁住大片大片火焰的头颅

背一条河流一步一步上高楼吧
我愿掏出自己的心脏

一缕风曾经拉住我
一些善良的目光曾经拉住我

时光逆流而上，滚烫的废墟
终于覆盖最后一声喘息

一颗青春的魂魄，再也不会
呐喊了。我在烈火中，获得永生

作者简介：吴真谋，仫佬族，广西
罗城人，农民，曾获全国主题征文大赛
诗歌组一等奖。广西作家协会会员。

北流火焰蓝，构筑一道让人最安心的防线（组诗）

路书华

一

晨曦，开启这北流新一天的序幕，幸福
　　在这里驻足
一个个北流消防员也就二十几岁的年纪，
　　看上去却如此老练
这严阵以待的勇士们威严的目光，扫视
　　着一切人间苦厄
火情，是响在他们耳畔冲锋的号角，一
　　瞬间装备上身披挂上阵
是那样的义无反顾，又是那样的大义凛
　　然冲向水火无情的战场
看见，从火场中他们扛出那滚烫的煤气罐
看见，从火场中他们背出的一个又一个
　　遇险人员
看见，他们完成救援任务后，那疲惫的
　　身躯早已瘫软
憔悴的面容被污浊覆盖，令人心疼的样
　　子不禁让人回忆起从前

二

昨天，你还在母亲心里那个没有长大的孩子
昨天，你是否还和女友在灯影下做着长

情地呢喃

可当一声刺耳的警铃划破长空，你矫捷
　　的身姿如子弹般出膛

明亮的眼睛、青春的轮廓，带着火焰蓝
　　神圣的职责和使命

驾着红色战马义无反顾地奔向未知的战
　　场，哪里有危难，就在哪里及时出现

在无数个日夜里，与火魔交锋，与水怪
　　抗衡，与险情作战

为了大义，为了人民的生命，为了群众
　　的财产

你放弃了温馨的港湾，毅然决然身涉险地

三

119，多么形象的数字，这两个 1 是你那
　　冲锋陷阵直挺挺的姿势

后面那个 9，又多像你们为人民鞠躬尽瘁
　　而躬下的身躯

火焰蓝啊，谁都知道这是一抹让人最最
　　安心的颜色

曾经你是火灾的救世主，如今你把人民
　　的一切困苦都扛了起来

大到抢险救灾，小到蜂窝蟒蛇，只要一
　　个电话你都如同会神兵天降

给老百姓一份最最迫切的救助

所以，每当念出这"火焰蓝"三个字，
　　情感仿佛就有了去处

这一颗悬着的心啊，便能重回胸腔

四

因为肩负使命，所以眼神坚定步履铿锵

就算是耗尽自己所有的光和热

也是在所不惜，只为这北流家园的幸福
　　和安宁

每一个善良的人们，都该为无私奉献的
　　消防员讴歌

给你们点上十亿个大赞，你们永远是人
　　民心中坚不可摧的靠山

一遍遍地苦练本领，一次次的奔赴险情，
　　街头宣传，苦口劝说

当这北流家园，在秩序井然中为你展示
　　出无穷的生机与活力

在北流人民的心目中，总会有那北流消
　　防员的身影

像这大容山一样高耸，像这北流河一样
　　悠远柔情

五

穿上这身火焰蓝的制服，就是将那沉甸
　　甸的责任扛在肩头

将日常的工作，演变成使命与担当，为
　　这北流擎起一方别样美丽的天空

北流大地，富美家园为了你的岁月静好，
　　总要有一些人

为此挥洒血汗，为此默默奉献

那火焰蓝的身躯啊，是这北流大地上最
　　美的诗句

他们用自己的身影和足迹，描绘这北流
　　的新时代画卷
书写下的是这北流的新时代诗篇
有你们在，这北流的每一天啊都将会充
　　满平安的祝祷
以无悔牺牲迎党性洗礼，用奉献担当铸
　　百年基业
丰碑上永远镌刻着你们闪光的名字

　　作者简介：路书华，在《帕米尔》《大
中华文学》《北方作家》《亚省时报》《贵
州作家》《新大陆》《敦煌》《当代国
际汉诗》《华文文学》《香港散文诗》《湖
南工人报》等发表各类作品，获得全国
各类征文 60 余次。

云梯之上（外二首）

诺　尘

云在云梯之上
他也站在云梯之上
云梯一级一级上升
云在想，他在和它比
谁高？

13 楼冒着滚滚浓烟

地面水枪正在扑救
没有抛物线，也没有洒出彩虹桥
那一道道水柱
是架起的生命天梯

当云梯到达指定位置
一个身影闪进了浓烟之中
听不到风声
云在云梯之上停止了脚步
俯身搜寻

浓烟还没消散
他厚重的装备下疲惫的身躯，扶着一老一小
站立在云梯之上
云梯一级一级下降
而云梯之上的云
开始一滴，一滴
落泪

绿色豆腐块

走进消防员的宿舍
床上绿色的豆腐块
方正平整，棱角分明
它不是从模具出来的六麻豆腐
它由救火英雄屈膝双手雕出
没有裁切

豆腐块叠起来的每一步

都如同出警救民于水火般沉稳
它的每一条边
都是丈量国土的线
每一个面都大写着国泰民安

五指山下的马蜂

窗台上马蜂嗡嗡地
携带火箭筒飞进飞出
嚣张的模样对外宣示
在那个小小的马蜂窝里
仿佛藏着无数核武器

来自森林深处的嗡嗡
惊扰了多少人的梦
火焰蓝的五指山拔地而起
又从天而降
噗噗的心跳声
慢慢成了主旋律
火箭筒、核武器都已经找不到定位

纵使千军万马
仅仅是这一双手
足以宽慰长夜里的不眠

那一抹火焰蓝多美啊

——展现新时代北流消防救援队伍的新
形象、新风貌

朱苡菁

穿过时空的车轮
撑一舟长管划过时光的河面
每一个人怀着梦想和憧憬
满腔热血
充满着向往
毅然选择了当一名消防员
背起行囊
远走在他乡
迈进红色的大门
这是每个人一生无悔的选择
天空的颜色，蓝色的衣装
挥洒着青春与梦想
与祖国同在
火海，悬崖，事故的现场
一次次的灾情
一次次的冲锋
一次次的生离和死别
都是忠诚与奉献的验证
每次随着利耳的响起
这就是离弦的箭
午夜的秒针哒哒哒，一头扎进滚滚的浓烟
——即便双眸都布满了血丝
——即便疲惫的脸庞长满汗痕
你们还是毫不犹豫

你们是没有军章的勇士
因此
在各种环境下已经把我们练成了一身坚
　硬的本事
在危难的时候你们挺身而出
捐躯卫国，舍己为人，舍小家为大家
即便在万家团圆的时候你们经受着不眠
即便对脚下的土地你们依然充满着眷恋
可你们依然是坚守着，固守着
你们是世上最可爱的人！
但是——
你们甘愿把青春献给市民
把生命贡献给国家
踏着梦想而来
为忠诚与奉献你们可以永远离去在响亮
　的高歌中
毅然融化渺小的泪花
将其洒向圭江的大地上
爱你，那一抹火焰蓝

他逆光而来（外二首）

清　欢

他逆光而来，
冲破万丈火海，
他是北流的消防员，
是我们的希望和未来。

在灾难的黑暗中，
他如猛虎下山，
无所畏惧，勇往直前，
他是人民的守护者。

火焰狂舞，烈火熊熊，
他穿梭于危险之中，
用血肉之躯，筑起安全之墙，
他是逆行的勇士。

他身披厚重的战斗服，
头戴沉甸甸的钢盔，
背负着人民的期望，
他是无畏的战士。

当大火熄灭，他疲惫归航，
民众的欢呼声中，
充满了敬意与感激，
他是我们的英雄。

在北流这片土地上，
他们是最值得尊敬的人，
他们的英勇与无私，
是我们永远的记忆。

他们是消防员，是我们的光，
在火与水的世界里，
他们是最美的风景。

当火海狂飙，吞噬着城市的喧嚣，
他们，挺身而出，与火魔展开殊死搏斗。
铁打的营盘，流水的兵，
在烈火中，
英雄们用行动诠释着忠诚与担当。

在灾难面前，他们如同巍峨的山峦，
镇定自若，无畏无惧，为民众筑起一道
　　道防线。
熊熊烈火，能烧毁万物，却烧不毁他们
　　的信念，
在火与水的世界里，他们是最美的逆行者。

身披厚重的战斗服，头顶沉甸甸的钢盔，
他们，是灾难面前的猛士，是民众的守护神。
无数次，在火海中穿越生死线，
他们的背影，是最坚毅的诗篇。

当大火熄灭，他们累倒在救援现场，
民众的欢呼声中，饱含着对他们的敬意
　　与感激。
在这片土地上，他们是最值得尊敬的人，
他们的英勇与无私，是我们永远的记忆。

他们是消防英雄，是灾难面前的守护神，
在火与水的世界里，他们是最美的风景。
让我们向他们致敬，为他们的英勇与无
　　私歌唱，
他们是消防英雄，是人民的骄傲，是国
　　家的脊梁！

让我们向他们致敬，
为他们的英勇与无私歌唱，
他们是消防英雄，
是人民的骄傲，是国家的脊梁！
在灾难的黑暗中，照亮希望的星光，
他们是逆行的勇士，是消防英雄的赞歌。

夜空中最亮的星

在尘世中，有一种职业，
赋予他们无畏的勇气和炽热的情怀。
他们，是北流的消防员，
是无论何时何地，
都会冲向危险的勇士。

他们是夜空中最明亮的星辰，
是无尽黑夜中的灯塔。
当灾难突然降临，
他们义无反顾，挺身而出。
在熊熊烈火中，
他们无所畏惧，勇往直前。
他们是希望的化身，
是生命的守护者。

他们的身影，如山一般坚实，
他们的目光，如炬一般明亮。
他们的步伐，如风一般迅疾，
他们的承诺，如铁一般坚定。
他们是逆境中的磐石，

是危难中的支柱。
用血肉之躯，抵挡万丈狂澜。
以赴汤蹈火的决心，守护万家灯火。

他们的面庞虽无修饰，
却充满坚毅与果敢。
他们的双手虽粗糙磨砺，
却也温柔与力量并存。
他们是平凡中的伟大，
是生活中的强者。
用行动诠释责任与担当，
用生命书写壮丽的诗篇。

他们是默默耕耘的守护者，
是慷慨赴难的勇士。
在危难之中显英雄本色，
在平淡之中展人间真情。
他们是夜空中最明亮的星辰，
是无尽黑夜中的灯塔。

当灾难突然降临，
他们义无反顾，挺身而出。
在熊熊烈火中，
他们无所畏惧，勇往直前。
他们是希望的化身，
是生命的守护者。

他们的英勇无畏、坚定执着，
让我们感受到了人间的真情与大爱。
他们是夜空中最亮的星，

他们的付出和奉献将永载史册。

最美的人间烟火

在繁华的世界中，
有一群特殊的人，
他们身披金色铠甲，
心怀无畏的勇气。
他们是北流的消防员，
是生命中最美的烟火。

当灾难突然降临，
当恐慌和混乱弥漫，
他们如星辰般闪耀，
照亮了无数惊慌的心灵。
他们面对火海，毫无畏惧，
他们冲破万难重重，
用血肉之躯铸就一道防线，
守护着我们的生命和财产安全。

他们是平凡中的伟大，
是生活中的强者。
他们用行动诠释着责任与担当，
他们用生命谱写着壮丽的篇章。
每一次逆行都是一场英雄的壮举，
每一次救援都是一次生命的奇迹。
每一次的呼救，他们都不曾犹豫，
每一次的挑战，他们都勇往直前。
他们是消防员，是人民的守夜人，
他们是城市的护航者，是最美的人间烟火。

在浓烟中，他们如猛虎下山，
在火海中，他们如雄鹰展翅。
他们是勇士，是战士，是英雄，
他们的英勇无畏、坚定执着，
让我们感受到了人间的真情与大爱。

他们是北流的骄傲，
是人民的守护神。
用炽热的情感和无畏的勇气，
为我们的生活撑起一片安全的天空。
他们是默默无闻的英雄，是心怀大爱的使者。
在生死之间，他们作出最坚定的选择，
在危难之中，他们展现最美的风景。
愿每一个生命都能被温柔以待愿，
愿每一个善良的人都能被感恩在心，
守护下幸福安康就是最美的人间烟火！

　　作者简介：林思妙，笔名清欢，曾用笔名半夏、林八岁、声留雁等。女，汉族，广西北流市人。北流市作家协会会员。

等你回来

顾奇清

"救救我……"
"谁在呼救？快拨打 119。"

是阳台被困的小孩
是浓烟滚滚里的老少
是被洪水猛兽叼在嘴边的群众
……
"收到……"
你如飞蛾扑火
架云梯、举水枪、伸双手、用肩膀……
　　为他们搭起一条条绿色的生命通道
可你……
却化成了天边的云彩

致敬消防员

曹　燕

橘黄色，吉祥的色彩
看到它，人们满眼柔光
消防员，百姓的救星
看到你们，人们满怀崇敬

在单位，你们排除万难练本领
校园里，你们把消防知识传播
大街上，你们不分昼夜地演练
竞技场，你们宛如那天兵天将

火光中，有你们不屈的背影
洪水里，有你们矫健的身躯

悬崖边，有你们穿梭的英姿
高楼上，有你们雄鹰般的魂

被熏黑的脸，烧灼的肌肤
湿透的衣服，浑身的泥巴
"危难有我，国泰民安"
你们的口号响彻祖国大江南北
你们的事迹遍及神州长城内外
你们奏响了大美、大爱的音符

"预防为主，生命至上"
这是善良的人们对你们的疼爱
"消防员，你们辛苦了"
这是我们发自内心最想说的话

烈火英雄（三首）

吉小吉

肩扛烈火的英雄

他从烈焰和浓烟中走出
肩上的煤气罐
还喷燃着熊熊烈火

他的步伐快捷而坚定
每一步都写着勇敢

和死神赛跑
让他喘着粗气
直到远离火场和人群
他才把烈火从肩上卸下
在战友的协助下
煤气罐险情彻底排除

但他没有停下来
他只喝了一口水
又站在了正在上升的云梯上

云梯还在向火源靠近

火苗从四楼的窗口窜出
滚滚浓烟直冲四楼以上的楼层
云梯迅速上升

云梯之上，是高压喷发的水柱
是向火场一再靠近的请求
而天公不作美
突变的风向
让浓烟蔓延而出

云梯时隐时现
云梯还在向火源靠近

背影

他们迎着大火
往前冲

一个个背影
被火光映得高大无比

跑在最前边的背影
是小刘的
他从小就身着消防服
眼望消防车
立志长大做一名消防队员

他和他们一样
是逆行英雄
也是我的亲人

北流英雄志：写给消防员（组诗）

李珂珂

一

"电视新闻里的画面定格"
哭泣、嘶喊、紧张、奔忙、熊熊火光
温馨，幸福，宁静，安全连缀起城市里
　　的万家灯火
是他们将这一枚枚饱含希冀的词组夯实，
　　并时时加固
手里的钢枪早已擦得锃亮，水，是上膛

的子弹
这一群甘愿扑火的飞蛾，这一群烈焰腾
　　飞的凤凰
这一群最无畏的逆行者，在刀山火海里
　　冲锋陷阵
左手攥着血与火，右手抉择生与死
北流消防员们身后的火光，雕刻出一组
　　英雄的群像
于是，平安被牢牢锁定在一个位置上，
　　固若金汤

二

我说的是北流消防队员们
我说的是久旱时的雨露或寒冬里的暖阳
我说的是那群结实小伙子，是白鸽，是
　　风筝，是花香
在北流的岁月静好里，以坚守的使命担
　　当搭建人民幸福的框架
美好的，坚定的信念或初心，在人民内
　　心深处长出粗壮的根茎
北流消防队员们，以虔诚的身姿护卫着
　　身后的城市和群众
他们是黑暗里见到第一缕光，他们是绝
　　望里最后一丝希望
这一样群年轻人，是把心交给北流，把
　　命交给了担当
水枪和救援设备，在他们手中变成一只
　　神奇的笔
写出岁月平静的诗章，写出温馨美好的日常

三

一笔笔描绘，或者勾勒，北流消防队员
　　们整齐的步伐

移动着永远不知疲倦的步伐，风风雨雨
　　中前行的伟岸身影

这就是北流消防员，踩着厚重的足印，
　　扛起沉甸甸的责任

将一腔大爱一腔热血，挥洒在这北流的
　　点点滴滴里

从此，你们无惧风霜雪雨，从此，你们
　　展示高风亮节

北流消防，就是一枚镶嵌在红色的旗帜
　　上让人安心的词语，春风翻动

恰如洋溢在浩然的浪波，恰如一支在宣
　　纸上悄然转笔

现在，我开始讴歌，我开始赞扬，我开
　　始表白

北流消防队员们啊，侧目的神情多像新
　　时代号角的波澜壮阔

多像我们的兄弟姐妹，"贡献自己所有
　　的能量"

给北流，给这片朝气蓬勃的大地从容不
　　迫的底气

四

装扮一座城，不需要绚烂的霓虹
默默坚守的消防队员们在人群中逆行，

隐没

一篇优美的诗歌就这样诞生，不需要生
　　僻的词汇

唱响热爱生活热爱家园的歌谣，他们和
　　你、我没有差别

他们也是北流的主人，也是北流怀中的
　　孩子

为了北流变得更美，更好，为了人们的
　　生活安然有序

甘愿成为最后的屏障，用躯体和意志筑
　　起一道钢铁长城

警笛一响，就是出征的号角，他们的身影，
　　犹如神通般闪现

于无尽的平凡平淡中彰显着伟大与崇高，
　　用大爱和责任，兑现庄重的誓言

这北流的新时代的崭新征程上北流消防
　　员，不忘初心牢记使命

用一颗博爱的心，感动无数的人，也感
　　动着这北流的大地和岁月

放眼这北流的满目繁华与美丽，就是写
　　给北流消防员们的最美颂词

作者简介：李珂珂，在《北方作家》
《亚省时报》《贵州作家》《新大陆》《敦
煌》《当代国际汉诗》《中华文学》《香
港散文诗》《湖南工人报》等发表各类
作品 500 余篇。

那一抹火焰蓝

——致人民消防员

伍裕生 韦庆夫 词

李庆武 曲

1=F 2/4

神圣地

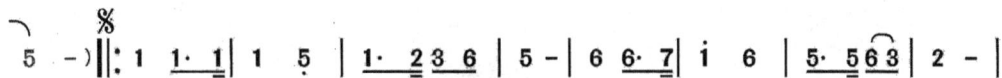

一声声警笛 那 就是命 令， 一个个身影 集合出 征，
一次次训练 为 了老百 姓， 一颗颗雄心 对党忠 诚，

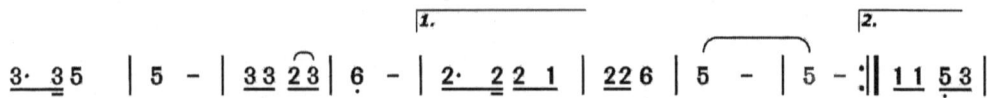

赴汤蹈 火， 竭成为 民， 危难时刻 彰显真 情。　听党指挥
有警必 出， 有难必 救，

纪律严 明。 啊，人 民 消防 员 勇往直 前 召

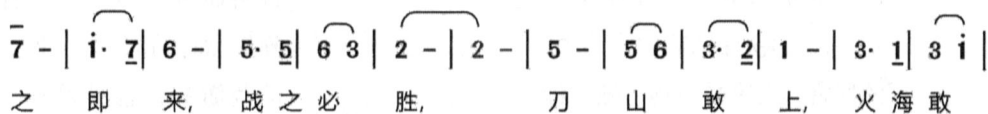

之 即 来， 战之必 胜， 刀 山 敢 上， 火海敢

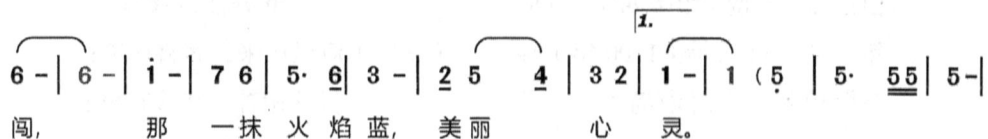

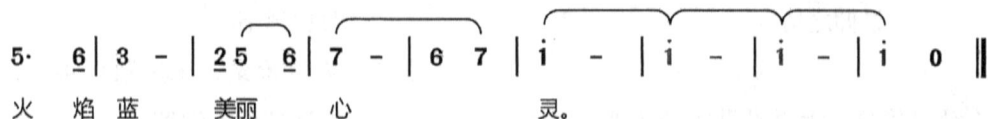

闯， 那 一抹火焰蓝， 美丽 心 灵。

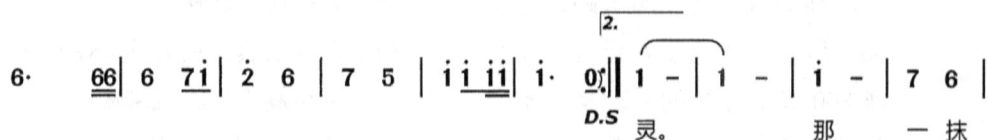

灵。 那 一 抹

火焰蓝 美丽 心 灵。

景苏楼怀古（粤曲，平喉独唱）

罗崇荣

（题意）苏东坡是北宋文坛巨擘，作品极"天地奇观"；在坛上，他是一位"关心民瘼""许国匡时"的好官。人民爱戴他、敬重他。但他却屡贬谪。绍圣四年（1097年）至元符三年（1100年）他被贬琼州（今海南岛），前往任职和遇赦北还，两次路过北流。后人在他乘筏处建起了一座 800 多平方米的景苏楼，寄托着北流历代人民对苏东坡的景仰之情。

（贵妃醉酒）十里平湖水波不兴，片片轻舟点缀画屏。
且看游人喜盈盈，又听阵阵笙歌抒情兴，寄闲情。
动我游兴，置身得月亭，此处楼台幽静。

（念白）清风徐来，客喜而笑；
行歌相答，江流有声。
好一座景苏楼呀！

（中板）石刻依然，只见竹筏戏浪花。
一位高人，临风赋咏。
我爱东坡，他仙风道骨，衬以月白风清。

（滚花）人世沧桑，宋后数百年来，人们犹把苏公崇敬。

我凭栏远望，江山秀丽，发思古之幽情。

（反线中板）想那苏东坡，是盖世奇才，

有锦绣词章，为官清正。

我对圭江，唱他"大江东去"，

"婵娟千里"，河岳震惊。

在朝中，他请命为民，

志济苍生，直抒心性。

岂料被诬陷，说他词含犯上，

哲宗怒愤，贬谪他南征。

（沉醉东风）万里坎坷路径，你潇洒惯听鹃声。

连天风雨，万水千山飘零；

你却吟啸不羁，且作徐行。

心底记挂着民情，发心声，

声声衬着孤鸿影，心声响处万山应。

（减字芙蓉）圭江何多幸，得鸿迹此一经！

浪花淘尽英雄，风流谁与竞？

当官为民众，万古仰英名；

一座景苏楼，是人心的好见证。

坡仙橇筏处，喜听颂歌声。

（滚花）今日北流呈现新姿，处处画意诗情，正堪吟咏。

若是东坡再世，他锦心绣口，定会焕发新声。

罗慧明的诗（13首）

罗慧明

剪刀

我思念那把乌黑的老剪刀
她裁剪过什么
那时候的我并不知道
她告诉我
在磨刀石上蹭几下，就可以锋利无比

一把老剪刀
被搁置在没有灯的楼梯转角
一天
一只木匣子把她装进去
没有灯
她与木匣子融为一体

我还不知道她的故事
我想知道她的故事

继承者

祖爷爷有个草房，不遮风不挡雨
爷爷说：爸爸，我以后要住你的房子
祖爷爷说：马得！

爷爷有个土房，总是岌岌可危
爸爸说：爸爸，我以后要住你的房子
爷爷说：马得！

爸爸有座水泥房，简单，牢固
哥哥说：爸爸，我以后要住你的房子
爸爸说：得。

我不说，我是女孩

大坡外的荔枝

大坡外的荔枝
是世界上最好吃的荔枝
它永远有一种特别的味道
无论哪一个水果摊都无法出售

那一天，大丰收
在荔枝山上，他的呼吸像拉风箱
他说：没事，就是累了

第二年
他就在荔枝山霸了一棵树的土地

杀死一只蚂蚁的凶手

一只蚂蚁爬在墙上
我摁住它
从上到下撵下来
在水龙头上方猛一翻手
洪流将其冲走

它出事的地方
有一只蚂蚁经过
那只蚂蚁很慌张
沿着那条它牺牲的路
飞快地寻找
往上爬，往下爬
在它气味消失的地方转圈圈
紧张地告知或询问迎面而来的其他蚂蚁

我的负罪感
铺天盖地袭来

八卦

一些妇女的嘴
淬毒后
嚼碎一些女孩
"阿滴野"
恭敬一些男孩
"阿只仔"

熟悉的男孩离婚
女孩再找到的丈夫叫作"阿只佬"
这时候女孩是罪恶
是贱人
熟悉的女孩离婚
男孩再找到的妻子叫作"阿只货"
这时候男孩是罪恶
是人渣

狗

驯服一只狗
只需要给它一块
被吮吸干净的骨头
它便感激涕零，津津有味，忠心耿耿
"猪～猪～猪"
发出猪的读音
是我们这里最神奇的人说的狗话

只要听到
哪怕是陌生人
不太警惕的狗,会迅速跑去
谄媚地等吃肉
而聪明的狗,只是回头看看

鲜红的项圈
证明,它被驯服过
缺失的长绳,雨中觅食的凌乱,皮毛的肮脏
显然,它不甘枷锁
在酒席的桌下找沾满唾沫的骨头

六月天的水

真正要下的大雨是很善良的
它会先让乌云取代白云遮住整个天空
然后让风吹响树叶草叶禾苗
可能提醒他们松松骨头
吹起地上能飞起来转圈圈的东西
尘土、枯叶、塑料袋等
期间还含蓄预告般地落下一滴能被察觉
的雨
闪电打雷
风还在吹着

早在乌云出现的时候
我们大声呼喊着奔跑着
紧张地收晒在楼顶的
龙眼干、黄豆、衣服
又急急忙忙地拿起地上的任一根木棍或竹子

去赶中午放出去逛的鸡

干完这些
雨还没下
开始放松,甚至有一些失落
直到快吃晚饭
雨终于下了
不大
天也渐渐凉了

螺丝刀

仰起头
把眼睛全部交给天空
然后转转头
你会觉得
你把天拧紧了一些

路灯

一架梯子
一辆三轮
两个蓝色工装的男人
五个黄色的旧灯
五个白色的新灯
寿命耗尽的灯掉在地上
像篮球一样跳动
像气球一样在地上随风飘动
一眨眼
路灯的黄色眼睛换了白眼球

羽毛的独立飞行

清晨，成缕的阳光送来一片羽毛
它缓缓飘着
我心的心为之一动
不管手里东西沉重
抬起来去接它
我甚至由于距离不够跟跄了一下
略显狼狈
我抓住了
灰色的，轻盈的小巧
无从得知
它是飞行的时候独立
还是被欺负了，不自主脱落的
现在，它暂时属于我

疑问

毫无疑问
头顶的灯在熄灭
说来也怪
火车在轨道上飞驰
不禁怀疑自己
坐火车的时候
是不是因为我的原因，火车负重过多
无法飞驰
毫无疑问
这个答案在天明之后

打一桶诗

从井里打上来一桶诗
新鲜的，湿漉漉的
散发着青苔的香气
用一点煮饭
用一点做菜
用一点来洗碗
最好是还剩一点
口渴的时候，可以喝
于是
我的饭，我的菜，我的碗
我自己
弥漫着青苔的香气

晚安，星星

炎彬侄儿叫我看星星
正看着，他的妈妈唤他睡觉
他恋恋不舍，对星星说：再见！再见！
再见！
没有回头，但在招手

睡觉的时候
跟星星说再见吧

    作者简介：罗慧明，2002 年生，广西北流市人。河池学院汉语言文学专业2020 级学生。

诗 九 首

石扬翠

鱼块

食堂的一味好菜
深得我心赖
我把青葱鱼块吃了
阿姨，来一份愉快
一份愉快
这是它的另一面
它最简单的配料只有酱油和葱
你的配料也只有简单的生活
这一点也不影响
点菜的时候，我确信
你心中总有自己的调味品
不多不少
愉快就好，仅仅只有你知道

我向往的冬

寒是一个摄影师
把河水波浪定格
冰它是相框
无数瞬间的冰结
留下寒来过的痕迹
不似风拂水面
波光粼粼的细碎闪光
它铺满整面金色
大方而慷慨
风有了形状
冷有了定义
不再似波光粼粼轻拂我心
它深深地烙在我的印记里
定格成为永恒

永不落地的雪

我不再是那个懵懂的少女
不再是忙忙碌碌的马车
有时候还是会想
冬天总有暖火的时候
有时候还是会想
回去的路漫长却总有期许的时候
如果我可以
我要多穿几件棉袄
放大那点温暖让我暖烘烘的像太阳
我要即刻行动
跨过坎坷渡过时间河流也要回头
冬有多么凛冽
路有多么冷漠，时间有多么无情
允许我跨过长河
我要一直收藏那破碎的光
在上面点火，放柴，取暖
即使明知雪会压灭
我也一意孤行
——你看路上忙忙碌碌的人
用尽毕生的力气点燃
她们将化为永不落地的雪

红水河

风是逆着河流吹过来的
拂着运货的船只　泛起鱼鳞的水波
还有那跨过河的红桥蹭得愈发鲜艳
其实岸边众多是铁矿厂

从烟囱蹦出一簇一簇的棉花糖
远远望去看不见忙碌的人们
也看不见散落一地的生活
没有看见创建一线城市的标语
跨越千里　奔流不息的它
反而在这里变得安静了
润色着两岸的生活
放慢着我的步调

多巴胺

有时候一直想不明白的事情
一瞬间，你能细细体会到
有时候，我们好像与生活一体
好像有时又不是
我们畏惧路的尽头，担心像是
氧化的苹果，让果肉发了黄
生活身体的复杂性，不像是呼呼而过的风
吹过少女的发丝，轻拂少女的脸
留下的只是存于少女心悸的余温
我们不是风，我们不是叶
却是生活绘制的画
我们不是路，没有固定的方向
而是努力感受走路步伐快慢的旅者
路边盛开的花，盛开着愉悦
抬头，感受多巴胺的分泌
正午的烈日被一团棉花云遮住
榕树下昆虫的鸣叫。感觉愈发的清晰
像是拨动你触感的琴弦
弹奏你流淌在内心舒适的乐曲

抬头,你细听感受它给你弹奏的曲儿
调和着你的苦咖啡的生活
好像加了点牛奶,好像也加了点糖
不浓不淡,刚刚好的感觉
往前走,烈日的光穿过树叶缝隙
生活不会一直都是舒坦的多巴胺
伸出双手,感受缝隙光的热
暖,氧化了我,发黄的苹果
与它一样,我庆幸着 我还能被改变
抬头,让我扬起心中的帆船
它是我生活的答案
开着来往骑着自行车的他们
捧着书的少女
穿过一片片生命力的光束
她们和光融为一体
感受 这本身就是光

烟花

它是转瞬即逝的代名词
五颜六色的它
仿佛囊括了世间万物一切
会发光的有色彩事物
像是夏天的西瓜红
像是春天的薄荷绿
又好像是秋天的枫叶黄
或者是冬天的飘落的雪白
烟火向天空 所愿皆成真
是所愿的四季
也像是年轻时的誓言

像是绽放年轻的笑颜
可终究是成为记忆
汇聚成了那红色发簪上点点光
是年轻时候自己的愿望
却祝福成今天和他的另一半
烟火向天空
你今天所愿成真了吗?

晚安

关了月亮
发丝缠绕格子布的枕头
杂乱的我和按部就班的日子
思绪一点点渗透枕头里
黑夜就像棉被
铺盖着一切 也铺盖着我
可是却难以入眠
像是没有冷却的机器
也像是准备跨入春天时冬的冷
分不清晚安到底是动词还是名词

夏

我所拥有的,除了蓝天白云
还有潺潺的流水的夏天
那铺满的热浪的沥青路面
夏天让我感到燥热不安
冰块撞击的声音打破夏日蝉鸣
我心动不已,随着夏的伴奏唱起
罗曼·罗兰的诗:

世界上只有一种真正的英雄主义
就是认清了生活的真相后还依然热爱它
热浪滚滚的夏日
像是剥开一片绿丛，发现它，认识它：
那里是精灵的王国
与烈日为敌的冰雪，我把融化吸吮。
水将我包裹，抚平了我思绪。
我生活着 就是主义

船票

纸质船票，跨越几百公里
亮着暖灯的家攥在手中
挥手告别之间，许多美好的感觉

缓缓涌上心间
时间电影片段播放，一帧一帧的画面
像波浪推动远航的帆
溅起的浪花打湿着船票
晕出一片片雪冰花
青春、理想、爱情和生活
漂流啊漂流
漂着我的旅程，流走她们的岁月
现在，看着这张船票
我更为明白距离的远近
而多年来，这一刻起
我想千方百计地返航珍惜
攥紧
眼前的船票

诗 七 首

莫运喆

初冬寒风

迷蒙的夜
寒风悄声而至
窗子似乎是被吹疼了
飘来阵阵哀号
大树兴许是被吹恼了
长出几根黄发

初冬时
太阳总喜欢拉上帘子
精心打扮几天
在某个上午盛大登场

粘在门槛上的泥巴
站在暖阳下的少年

玻璃上的祈愿与玩笑
寒风是一个跋扈的强盗
曾将记忆掳掠而去
而今又裹挟记忆回来显摆
又是一年冬
它又会带去什么呢

笔纸呢喃

笔盖声
翻页声
这是暗号
似乎早有预谋
笔与纸互诉衷肠
贴在耳边
轻轻地

说着沙沙的悄悄话

水墨化作字，填满纸白
水迹未干，流墨如泪痕
诉说重逢的喜悦
一笔一画，笔纸缠绵
在互相交融中消亡、重生

大地早已脱去金色霓裳，盖上了厚重被子
我将笔夹在书中
让他们相拥入眠

大树繁星闪烁

树叶是生机盎然的小岛
金色河流环绕
岛上
有崇山峻岭
有河谷密布
我站在树下
阳光在树上流动
我抬头
满目都是金闪的星
适逢河流起澜
此刻树影起舞
大树繁星闪烁

河

清澈的河静静地躺着

我沿着河轻轻地走着
河边杂草浓密
好似被什么滋养着

我走着走着
河水变红了
是那河水含着炮仗呢
我走着走着
河水变黄了
是那河水在与孩童们嬉戏呢
我走着走着
河水变白了
是那河水在吸吮织物的污渍呢

我继续走着
我从人迹罕至走到人声鼎沸
又从人声鼎沸走到人迹罕至
我走着 我停下
这里生机苍白
小河正在枯萎
我只好原路返回

黑夜的星

有人说
星星是人们许下的愿望
也有人说
星星是死去的人变成的
给走夜道的人儿照明
而我说

星星是一个没扎紧的袋子而留的口子
袋子里装满黑夜
袋子外阳光明媚

树叶咧嘴大笑

树是叶的独子
叶是树的母亲
树的破土而出
没有啼哭声
地底是埋葬它的棺椁
走过奈何桥
它再次投入母亲的怀抱

无数根脐带连接着树
脐带上是烈光浊泥的侵蚀
脐带下是风雨不动的安详
凸起的青筋扎根在细长的手臂上
黑夜愈加漫长
树叶的叹息渐渐有了形状

它将自己衰黄
以翠绿换取苍劲
它将脐带扭断
蹒跚地走向坟墓
从此大树在寒冬里有了鞋子
叶面上干枯的裂痕是树叶的咧嘴大笑
它死前看过大树的全貌

雨儿

云海蒸腾翻涌
雨儿从天空浮上大地
并非向往大地的春色
云朵正被银线缠绕
雷电呵斥下，它已无家可归

雨儿或许是害羞的
它总羞怯地躲在一层薄薄的面纱之下
雨儿或许是活泼的
瓦片上、泥土上
沙沙的嗓音在风中飘荡
树叶和湖水为它们伴舞
正摇晃荡漾

屋檐挂上了晶莹的帘子
村人坐在门前
静望青菜在田地里沐浴腰肢
顽童冒着雨在水洼中蹦跳
雨儿所落之处纷乱
却各有家园
各有使命

作者简介：莫运喆，笔名云泽，男，现年 21 岁，贵港市人，玉林师范学院计算机科学与工程学院软件工程 2022 班学生。

榕（外一首）

文　敏

榕树未曾葳蕤之时
被扎根于柏油路旁
钢筋水泥，日夜向上盘踞
城市里裸露的泥土被时代的浪潮、
冲刷，最终被精心铸造的
防水砖，覆盖
当然，连同穿梭在泥土中的尚小的榕树的根

成为道路守卫的榕树比来往的行人
变化更加显著
她垂下的长条触须
向着这个世界致以最高的敬意
附带着被防水砖封印的根
向上、向外、向阳
努力挣脱着这个城市给她套上的枷锁与框架
寻找更多的阳光、泥土与空气
延伸、延展、扩张

顺着防水砖的紧密缝隙
有谋略地挤压、碰撞与撬动
向世界彰显她蓬勃的生命力
并不是所有的树都是要规规矩矩
生长在固定的绿植框架中

展现绿色、生气与张扬
阳光与雨水见证了她健硕的根
看见了她与时间的征途
包围与反包围
在这规矩方圆中长成了属于她的
亭亭如盖的生命篇章。

我一直在等待

我一直在等待
等待下一场见面时将你抱一个满怀
等待在灯火阑珊中，将梦想与你说尽
等待在酒杯碰撞声中，与未来勾指起誓
等待在风驰电掣中，将青春高声呐喊
等待于黎明之前，将隐晦的爱意说尽；
我一直在等待
等待汽笛消失，路上归程
等待叩响家门，大睡一场
我一直在等待，
等待春暖花开
等待呼吸新鲜的空气
等待阳光洒满没有疫情的大地
等待在草地上，顺畅地撒欢。

黄青遇的诗

黄青遇

没走过的路

风从上岗上下来
每一次吹，都暗藏窥探之心
我深知它就是岭南的冬，来去匆匆

雨滴没有翅膀，形姿缥缈
穿梭在你的发梢，也在我的身体里飞
今晨赶路，脚踩满地落花雨

那条我从未踏足的小路
我猜不透任何一只昆虫的心思
想起。昨夜又梦见，紫荆落满你的肩

旧围巾

日光依旧灼热，蒸消一些念想
翻开日历，我的讶异在于——
我们的日子什么时候滑入了这冬季

干净的旧布包，发黄的是它和我的
记忆。将那条围巾叠放其中
连同不再泛起任何涟漪的幻想

就放在那棵树下。树下还有两个大垃圾箱
和一位老人。她常常在那里捡瓶子
她轻轻捡起那只布包
像我放下时那样轻松自然

做风筝

二十几个春秋里，我做着同一个梦
梦里我不停地，只做一件事
做风筝，做漂亮、飞得高的风筝

臻于完美，我不止一次
废寝忘食地
扎、捆、拉、提……

今夜，惊醒。满目泪水
我的梦里，永远缺着
一阵广阔而柔软的风

我看见

你的衣角飘动，我才看见风
等到树梢的叶子金黄了，我才看见秋
你的发间蘸了雪，那时我恍惚
才看见了时间。

我坐在窗边读天空的信，
它说晴朗，云白。气温适宜
日光太刺眼，不适合想念
只是，山风一阵一阵。又穿过树林

老照片

周末，气清景明

拉开窗帘，
阳光和树影一齐跌落进来
侍弄已久的向日葵
未开花就已经要枯萎

我似是要寻些什么东西
却捧着本相册坐下来
轻轻掸掉时间的颗粒
翻开它，满手回忆沙沙作响

她和朋友手挽手，露着青涩的笑
我摩挲着，感慨着她的纯粹
也忘记了，
自己正是照片里的人

瓶中鱼

翻滚，游弋，吐出泡泡
绕着瓶壁转啊转
看看放大或扭曲的
画面。分不清白昼和黑夜
在水里接受投食，也在水里排泄
没有娱乐，也没有工作；
没有生病，也谈不上健康；
既没有快乐也没有悲伤。
就只是活着。在瓶子里活着
同伴沉下去那天，
女人将瓶子移至朝南的窗口
高楼万丈，车流如海。我跳下

离开保护我，囚禁我的
——瓶子

你的眼睛

你的眼睛，一湾清澈的湖泊
装下世事万物，或人情冷暖
它会在起雾的清晨
升起一轮朝阳。也会
因暴雨忽骤，湖水决堤

你的眼睛，重复枯燥的工作中
越渐模糊。架起来厚厚的镜片
也义无反顾

你的眼睛里，映着
散步的，叫卖的，吵闹的
或什么流浪的人来来往往
栖息天真的孩童
也有垂垂老矣的人驻足

我的脑子里有一只鸟

我的脑子里有只鸟
雄健又体弱
它从来不曾学会飞翔

我常带它进食，就寝

也常常带着它在风里发呆
这世上复杂不受控制的事太多

我带着它在夜晚里奔跑
能听见风在林间的低语
它有时也会到心海底里衔起一些石块
好让我的心不那么快石化
至少不会那么快

但更多时候，它被人从树上打落
而我还在打坐，而后它只是长久的睡着
久久的，我都快忘了
我的脑子里有只鸟
雄健又体弱

不要告诉我

呼出一口气
雾里藏满了冬日的秘密
不要告诉我，山那边的夜雨有多冷
我怕母亲的手
密密麻麻地又冒出冻疮
不要告诉我，寒风吹向遥远的故乡
我怕体弱的父亲
又扶着额头，偷偷按住体内的疼
不要告诉我，离开家有多久
我怕回家的火车开得太慢
太慢

在夜里听猫

起初我分不清
究竟是谁的哭声
是小猫吗？还是婴儿？

发出呜呜的声音
像是从幽远的洞穴传来
像是诉说黑暗中的无助
又像是怨着寒冬的无情

现在我清楚了
夜里不会有孩子的哭声
因为他们的妈妈在身边

返回路上

返回的路上，开满了夜色
它给我披一件银色华裳
也许因为夜里清冷，寂寞

风路过夜的旅途
草丛里传来蛐蛐的变奏曲
我又一次按下随风而起的思绪
和裙摆

天边的银月，一个被凿开的洞
月光就是从那一处漏下来
夜从来都黑得不彻底，我想

雨天

雨水淅淅沥沥地打在地面，屋檐
和我的神经上
构成绝佳的催眠曲

雨后，空气里弥漫着潮湿泥土和嫩草的
味道
横亘于马路中央的蚯蚓
一定不知道自己处身于危险之境

它搭载着我鞋侧面，顺利回家
我轻轻地说，回家吧
你的幸福就是我的幸福

电话

乌云聚集过来
狂风不止
惊雷刺穿了夜的心脏
快要下雨了

手机唱起那首歌
接听，"吃饭了吗？"
母亲以传统的开场问候
"吃了"

互报着生活的美
从不戳破谁的谎言

我却总是不知道
她私吞下多少生活的苦

风邀落叶固执地
跳了一场圆舞曲
"多注意身体啊"我收场
电话线掐断后
地面落满了雨滴

雪

落下来,以苍茫的天地为枕
沉睡在白天和黑夜里
圣洁的六角花朵
像风。可它不选择自由地飞

而是落下来,热情地抚着那座城
一尘不染 单纯又热烈
带着人们难以觉察的决心
待来年 春日里
它又带着热情前往
农民的庄稼田、汪洋大海
又或者重新回到天上
等待着有一天再次飘落
完成它天生的使命
我在南方,惺忪的梦里
也下了一场浩浩荡荡的雪

作者简介:黄青遇,女,00后,百色平果市人,广西玉林师范学院汉语言文学 21 级学生。

"做风筝，做漂亮、飞得高的风筝"

——关于黄青遇的诗歌写作

吉小吉

二十几个春秋里，我做着同一个梦
梦里我不停地，只做一件事
做风筝，做漂亮、飞得高的风筝

臻于完美，我不止一次
废寝忘食地
扎、捆、拉、提……

今夜，惊醒。满目泪水
我的梦里，永远缺着
一阵广阔而柔软的风
——黄青遇《做风筝》

是的，作为大学三年级学生的黄青

遇（原名黄慧婷），需要"一阵风"，需要一个契机！她一直在为自己的"诗人梦"储蓄着能量，"废寝忘食地 / 扎、捆、拉、提……"她很专注地把"梦想"做成"风筝"，"做漂亮、飞得高的风筝"。

黄青遇的诗歌，有生活，不空泛。因为她的"眼睛里，映着 / 散步的，叫卖的，吵闹的 / 或什么流浪的人来来往往"，也"栖息天真的孩童 / 也有垂垂老矣的人驻足"（《你的眼睛》）。离家后对亲情的思念，像"乌云聚集过来"，像"狂风不止"，像"惊雷刺穿了夜的心脏"，这强烈的情感却在"互报着生活的美 / 从不戳破谁的谎言"的电话里，回归到"多注意身体啊"这一日常问候体己语上（《电话》）。作者的情感表达，能够让人产生共鸣，因为有很实在的事物支撑，远离了无病呻吟。

黄青遇的诗歌，有态度，不含糊。有论者指出，能够看见"人"的诗歌，才是好诗歌。这个"人"，就是作者自己。也就是说，作品应该有立场，有态度，能体现作者的"文品""人品"。从黄青遇的文字中，我们可以看到她与这个世间万物的"平等"关系。"树下还有两个大垃圾箱 / 和一位老人。她常常在那里捡瓶子 / 她轻轻捡起那只布包 / 像我放下时那样轻松自然"（《旧围巾》），作为弱势群体的拾荒老人，出现在了作者的视野之中。拾荒老人对"旧围巾""布包"的"捡起"，与"我"的丢弃，呈现了一种人与人的平等关系。还有对小动物关注，面对黏着鞋子的蚯蚓，一句"你的幸福就是我的幸福"（《雨天》），也呈现了作者毫不含糊的平等态度。

黄青遇的诗歌，有技巧，不做作。很多人都想不到，写夜里听猫的叫声，竟然是对天下母亲的赞美！黄青遇《在夜里听猫》就是把这种看不见、摸不着的赞美之情，呈现在了"听猫"这件具体可感的事情上！而"呼出一口气 / 雾里藏满了冬日的秘密"（《不要告诉我》），写的则是对父母强烈的关心与思念，自然而不生硬。作者已经意识到，化虚为实，对于诗歌创作的重要性。在处理情感表达上，往往能够很好地找到相应的寄托之事物。

生活是文学的源泉，是文学的根系。诗歌也一样。再伟大的想象、诗思，其的生长离不开根系的营养供应。期待黄青遇的诗歌梦想，能够贴着生活，在她手中像风筝一样放飞在广袤的天空。

北流文艺

（2024卷） 小说

主编 吉小吉

团结出版社
UNITY PRESS

图书在版编目（ＣＩＰ）数据

北流文艺 . 2024 卷 / 吉小吉主编 . -- 北京：团结
出版社 , 2025. 7. -- ISBN 978-7-5234-1770-6

Ⅰ . I218.674

中国国家版本馆 CIP 数据核字第 2025ZA8516 号

责任编辑：郭　强

出　版：团结出版社
　　　　（北京市东城区东皇城根南街 84 号　邮编：100006）
电　话：（010）65228880　65244790
网　址：http://www.tjpress.com
E-mail：zb65244790@vip.163.com
经　销：全国新华书店
印　装：四川科德彩色数码科技有限公司

开　本：185mm×260mm　16 开
印　张：32　　　　　　　　　字　数：540 千字
版　次：2025 年 7 月　第 1 版　　印　次：2025 年 7 月　第 1 次印刷

书　号：ISBN 978-7-5234-1770-6
定　价：200.00 元（全四册）
　　　　（版权所属，盗版必究）

目 录 Contents

我的爷爷姓甚名谁

韦延才

关于那场战役，以及爷爷肖福来的故事，肖致松只能从一些志书与人们的回忆录中寻找到一些线索，但这些线索都是零碎、片面和不完整的，要把他爷爷曾经的那些烽烟岁月连接起来，形成一个连贯的画面，或者画出一个时间轴，作为一个八零后，他还是觉得非常的吃力。

隆隆的枪炮声、弥漫满天的火药味、刀光剑影、出生入死、八路军、四野军团、粤桂边纵队、新桂系、白崇禧、鬼门关……这些与战争有关的符号，最初肖致松能够与之联系的，只是爷爷身上一个个大小不一的丑陋的疤痕。如今，这些符号早已在历史的长河中定格。历史的滔滔长河大浪淘沙，浪潮退去，英雄毕现。但至今肖致松也无法知道，他的爷爷肖福来，一个默默无闻而又饱经坎坷与战火洗礼的老兵，何日才可以魂归故里？而至于他到底是不是英雄，或许都不再重要……

1

听父亲说，爷爷肖福来是在 1950 年 2 月落户于肖家村的。20 世纪 50 年代的肖家村是个什么样子呢？山上有多茂密的树木，林中有出没的老虎和野猪，屋前常常停着成群的麻雀，以及爷爷从此之后的人生，肖致松都是从父亲的口中和别人的陈述里知道的。肖致松眼里所认识的爷爷，只是一位脸上满是皱纹、身上伤疤累累、脸色像古铜一样毫无光泽，既平凡而又非常慈祥的一位老人，完全想象不出他曾经是一个兵，以及一个军人应有的英姿飒爽。当然对于那些刀光剑影的岁月与残酷的战争，刘经元的《九死一生——我的自传》一书，给肖致松还原久远的历史画面提供了极大的帮助。

肖福来是作为一个"兵"存在于肖家村的。但他并不是一个光彩的兵，因为他是国民党新桂系里的兵，追随的是白崇禧。在 1949 年，解放军第四野战军第 12、第 13 兵团和第二野战军第4兵团等三大兵团解放广西的战役中，肖福来于攻打鬼门关的战斗中被俘。简单地说，他就是个俘虏兵。村里人也因此常常把肖福来叫为匪兵或者土匪、国军、国民党兵。因为有了这些符号，肖福来在村里自然成为一个被人看不起的人，一个人人可以欺负的"兵"，正应了"虎落平阳被犬欺"这句古话。肖致松对于爷爷的认识或者说对于爷爷的喜爱，并不是爷爷给了他玩具、糖果这些诱人的东西，而是他手脚上的疤痕。这说来有些奇怪。肖致松在刚学会爬行的时候，爷爷来抱他，他就看到了爷爷手上的疤痕，便好奇地用手去抚摸那些个丑陋的伤疤；小时爷爷经常带他玩，有时候爷爷坐在一旁抽烟，他又爬过来找爷爷，双手往爷爷的身上扒扯，看到爷爷小脚上的伤疤，就又不断地用手在疤痕上面抚摸着，像玩弄一件玩具似的。爷爷对于他的抚摸，有一种幸福与快乐，脸上总是浮露出很高兴的神色，忍不住说这小子不怕爷爷的丑样，将来一定是个和善有出息的人。

肖福来的手上、脚上和身上，有大大小小十多处的伤疤，都是子弹射过或弹片划过留下来的。从这些疤痕来看，肖福来一定是经过了无数的战役，打过不少的仗，当然也挂过不少的彩，可谓九死一生。有些枪伤，伤到的位置特别险要，尤其是胸口那个如拳头大的疤痕，距离心脏极近，那可真是命悬一线啊。可是，这些伤到底是怎么得的，是在哪一次战斗中挂的彩，肖福来都说不上个子丑寅卯来。每当有人说起这些伤疤，肖福来总是像没发生过一样，呵呵地笑着说，没事啦，没事啦。

肖福来被俘的时候已经是奄奄一息了，其实对于他这个俘虏，用被俘这个词来描述当时的情境也是有些不恰当的。为什么呢？因为他不是在战斗中投降被解放军俘虏的，也不是在逃跑的路上被截下俘虏的，而是在解放军清理战场的时候，被人们从尸体堆里发现的。解放军看见奄奄一息还有一口气的肖福来，就把他送到了医院救治。然而不管他是在战场上被俘，还是在战后被抓回来，都改变不了他作为俘虏的性质。

肖福来命大，没有死于战场。但他的幸运不死，以及他不是在战斗中放下武器投降而成为俘虏，都使他的人生埋下了扑朔迷离的伏笔。同样扑朔迷离的，还有肖福来的身世。肖福来在医院里医治了两个多月，伤口痊愈，可以出院了，然而他去哪里便成为县里头疼的一个问题。肖福来被送到医院的第二天，在医生的救治下醒了过来，接着解放军对他进行了讯问，可他却是一问三不知，自己是谁，是在白崇禧的那个部队，他的上级长官是谁，家是哪里的，都回答不出来，问什么他总是把头摇得像拨浪鼓似的。对于他的症状，医生诊断后认为他在打仗中受到外力的冲击，包括严重的枪伤而得了失忆症。当然这个只是从肖福来的伤情和他的临床表现来判断的。医生皱了皱眉头，也不十分肯定地说，我们只是从患者的伤情与表象来进行判断，至于他是不是真的失忆，或是为了逃避制裁而假装失忆，则只有他自己清楚了。来调查的解放军点了点头。医生最后还是从医学的角度，一分为二地补充了一句，说凭着一个医生的直觉来判断，他们觉得他失忆的可能性比较大。

有了医生的这句话，加上找不到有关的线索，也查不出其他的什么嫌疑，而且从他被俘时身上穿着的军装来判断，他只不过是一个普普通通的士兵罢了。解放军历来优待俘虏，既然他失忆了，不知道自己来自何方，无法将他遣送回原籍，那就只有就地安置了。县里再三思考，最后作出决定，把肖福来安置到距县城几公里外的天门公社肖家村。肖福来在医院里没有名字，按入院的编号是163，看病、查房、换药，医生和护士都叫他的编号163。去肖家村成为当地的一个村民，接受改造和群众的监督，自然不能再像在医院里叫编号了。人都得有个姓有个名字，不然就不能上户口。大队支书肖振国想了想，就给他取了个名字：肖福来。来到肖家村安家落户，成为肖家村的一员，自然得跟村里的人一样的姓氏。肖姓是肖家村的大姓，那就让他姓肖吧，肖振国说。至于给他取福来的名字么，是希望他在肖家村里能够好好地改造，迎来他幸福的新生。

肖致松一直有个想法，就是帮助爷爷寻找回他的过去。虽然历史无法改变，但爷爷也并非是个十恶不赦的人，凭着他对历史的了解，新桂系在民族危亡的关头，即在抗日战争中也是一支重要的劲旅，在正面战场上打过不少的抗日战役。尽管后来国共关系破裂，可爷爷也只是一个普普通通的兵。抛开

这些政治因素不说，我们可以不管爷爷的过去，他的信仰如何与曾经为谁打过仗。毕竟这些都是久远的事情了，都成为了历史，我们应该用一种包容与向前的眼光去看历史，做到既不忘却历史，又去开拓未来。爷爷的未来是什么呢？那时候爷爷已经是八十多岁了，爷爷的未来在很多人看来，就是如何能够让他更好地安度晚年，过好剩下的每一天。但肖致松知道，即使一点也想不起过去的爷爷，在他的内心深处，依然有一个故乡在召唤着他。爷爷到底是从哪里来的，今后又将魂归何处，都是爷爷和他们应该思考的大事。人不能够忘祖，咱们泱泱大国上下五千年的传承，靠的是什么？靠的就是不忘自己的根！他们在肖家村历经了几代人的历程，如今已经在肖家村安家落户，开枝散叶，幸福地生活着。可当对后代说起他们的祖先，他们的根在何处的时候，特别是在各种表格上填写祖籍时，肖致松总有一些迟疑与缺乏一些底气，心中充满着迷惘。水出有源，他们肖家的源头在哪里？如果在他这一代再不去寻找的话，到以后随着时间的飘逝，一丝丝微小的线索也会消失殆尽，到那时候找寻起来可就是难上加难了。

肖致松曾经问过肖福来：爷爷，咱们的祖籍是哪里，您记起来了吗？

那时的肖福来已经八十多岁了，脸上布满了皱纹，皱纹之间是一条条的深沟，仿佛藏着逝去的岁月与谜一样的过去。肖福来的目光在孙子身上停留了好一会儿，然后轻轻地摇了摇头，说咱们就是肖家村的，你和你

爸他们都在肖家村里出生长大，肖家村就是咱们的家，就是咱们的祖籍。

肖致松故意找碴反问，我不是在医院出生的吗？肖福来没有多思索，脱口就说道，你妈是在医院里产下了你，但你也得算是在肖家村出生的，谁会在简历中说自己是在医院出生的呢，如今谁又不是在医院出生的呢？见问不出什么名堂，肖致松也就没有再追问下去。

2

肖振国一开始是不愿意接收肖福来的，对于这样一个来历不明的俘虏，说不定在什么时候会给村子捅出啥子麻烦来。可这是命令，他的不同意自然无效。我们的政策是优待俘虏，县里来的政府办主任给他做思想工作，说你们肖家村村民的革命热情高，又有红色基因传承，对于俘虏的改造是有帮助的，把俘虏放到你们村接受改造我们也放心；而且你们村"地大物博"，多安排一个人居住那是九牛一毛，完全没有问题。

肖家村确实是有着红色的基因，新中国成立前里里参加了红军、粤桂边纵队的革命青年就有三四人，有一个当时还官至师长，如果不是后来在战斗中牺牲，他的前途当是不可估量；说肖家村地大物博虽然是夸张之词，不过肖家村在铜石县里绝对是个数一数二的大村庄，全村一千多的人口，却有着四千多亩的耕地，上万亩的山林，别说多来了一个俘虏兵肖福来，就是再安排两个连的人进来，这些耕地上种出来的粮食，也完全

能够将他们养活。因为村里土地肥沃，水源充足，肖家村历来是全县顶呱呱的种粮大村。新中国成立前，桂系军队就经常来村里征缴粮食。那个红军的肖师长，在加入红军前就加入了地下党，在村里设了地下交通站，转送情报，还组织过粮食运往苏区，后来地下组织遭到破坏，他就辗转到了延安，加入了红军队伍。

面对上级的命令，肖振国心里虽有抵触的情绪，到头来也只能绝对地服从。关于肖福来如何安排，颇让肖振国为难了一番。作为一个俘虏，当然是不能够直接安排进入村民家里和村民一起居住的，面对这个身份不明的俘虏，必须提高十二分的警惕，要是弄出些子闪失，谁也负不起这个责任。当然也不会有村民愿意去接过他这个烫手的山芋，与他同居在一个屋檐之下。但既然上级把其安排进了村里，也不能把肖福来与世隔绝起来，他落户肖家村，就是肖家村里的一分子，和原村民一起同生产同劳动。思来想去，肖振国想到了村尾的砖瓦窑。砖瓦窑在农闲时节就烧烧青砖蓝瓦，为村集体换些收入。砖瓦窑的旁边有一个生产砖瓦坯的厂房，厂房的边上有两间放泥瓦匠衣服和工具的屋子，其实泥瓦匠们也没什么值钱的工具，平时就留在工作台上，也懒得放到屋子里。肖振国就把肖福来安排到砖瓦窑的工具房里居住，一来与村民隔开了一定的距离，确保村民的安全，照顾了村民的顾忌；二来可以让他帮忙看管砖瓦窑的物什，可以说是两全其美之策。后来村里的集体经济转为种植养殖业和

加工业，砖瓦窑不再烧砖烧瓦了，便弃之不用，年长日久，风吹雨淋，砖瓦厂的房子就倒塌了。正好肖福来的儿女也渐渐长大，征得村里的同意，他就在旧砖瓦厂房上盖起了自己的房子，一家人就在这里繁衍生息。

肖福来人长得瘦瘦的，说话声音不大，却蛮有力气，干起活来浑身有使不完的劲。生产队里没人愿意干的重活累活自然落到了他的头上。他也没有怨言，就是有怨言也不敢说出来，肖家村能够接纳下他，解决了他的安身立命之地，是对他的关爱。人要学会知恩图报，他等于是赤条条地来，吃着肖家村的粮食，喝着肖家村的水，享受着肖家村的清新空气。一无所有的他如何报恩，把自己的力气释放出来为肖家村效力，便是报恩了。肖福来领了工作任务，就屁颠屁颠地去干。平时砖瓦厂里有几个师傅在生产青砖蓝瓦，肖福来就帮着和泥。和泥是一件很受累的辛苦活儿。每天他就牵着一头大水牛，在泥池里不停地来回走动，把里面的泥踩踏均匀，土话叫和泥，将泥和熟也就是将泥和均匀了。泥不能有和不透的，也不能和得太稀，稀了就成不了型，做出来的砖和瓦就会变形，变形了就是废品换不来钱。和泥一般要进行三次，第一次叫初和，是将泥拌匀，然后留置上几天，叫沤制，当泥土完全被水渗透之后，再进行二和。二次和之后又隔上三两天，也就是让泥土与水相互渗透和融合得更充分，然后再进行第三次和泥，使泥巴更柔顺细嫩。经过前后三次的和泥，人和牛在泥池里进行了无数次的踩踏，基本上每一丝泥土都已经

被脚踩过，泥土中的小石子在踩踏中也被发现，从而将它们取出来，尤其是对于瓦片，泥土的细腻与黏合度要求较高，搅拌出来的泥浆不能有小石子，哪怕是一颗谷子大小的小石子，如果在制作过程中没被发现及时取出来，也会使烧制出来的瓦片出现小孔子和容易出现渗漏水的现象。泥池里的泥浆往往都是没膝深，一脚踩下去泥浆就没过膝盖，泥土的黏性也极强，要把深陷在泥浆中的脚拔出来是非常的吃力和事情，一天下来，能把人累得散了架似的，有好几次，大水牛都累趴在泥池里，好几个强壮的汉子用木柱架着它，费了九牛二虎之力才把牛给"拔"起来，走出"泥坑"的牛，便一屁股坐到地上，一副奄奄一息的样子。经过了三遍的和泥，就可以将泥池里的泥浆搬运过来制作砖瓦了。

肖福来血气方刚，为人和善。村民们上山挑了烧窑的柴草、松枝回来，人已经累得气喘吁吁，因为那些柴草都要垛到窑口之前，累成一个小山，以方便到时烧窑的师傅送入窑里燃烧。要把一窑的砖瓦烧制好，要不停地将窑进行烈火焚烧上几天几夜。每天不停歇地焚烧，需要烧掉多少的柴草可想而知。一些年纪稍大者和妇女，从山上挑了柴回来，再也没有力气将柴草堆成垛，就随地一扔，像狗拉屎一样摆了长长的一地，队长看见了少不了一顿指责。为此，看见年纪大者和妇女挑柴草回来，肖福来就过来接过他们的担子，将柴草堆到垛子上去。这一帮忙，就为他在村里赢来了一个好人缘，加上他人长得也不赖，村里有一个陈姓的姑娘就看上了他，

可遭到女方父母的坚决反对，说什么也不肯让其嫁给一个来历不明的俘虏兵。那陈家女子原来是铁了心要嫁给肖福来的，父母不同意，就使起了性子，哭哭闹闹甚至搞起了绝食，父母的态度也是铁了心，经历了风风雨雨的他们明白，表面上看去很好的人，也未必是一个好人，特别是对于肖福来这样的俘虏，未来的日子是怎么样谁都不敢打包票，嫁给他，那不是在拿女儿和他们自己的幸福在下赌注吗？因此，他们不管女儿如何的闹，愣是下定决心铁石心肠，对女儿撂下一句话：不同意！他们也请来亲戚朋友、大队支书肖振国和村小学里教过女儿的老师来为她做思想工作，但女儿依然不为所动。闹来闹去，父母实在也没有办法，就来了最后一招，以其人之道还治其人之身，以死相逼，拿着刀子架在自己的脖子上，对女儿说只要她不断了这个念头，将马上人头落地。这一招果然灵验，女儿只得答应他们不再与肖福来来往。为防夜长梦多，在父母的安排下，不久那女的也嫁到外村去了。肖福来当然也渴望得到一份爱情，组建起一个家，安安稳稳地过日子，但他也知道自己的命是什么样子，对此也只能是无可奈何，由上天安排。

后来，村里有个寡妇叫覃小兰，丈夫在一次上山采药为母亲治病中，不慎从悬崖上摔了下来，当场殒命，母亲不久也西归。覃小兰有个不满一岁的女儿，嫁来本村前，也结过一次婚，结婚没多久，丈夫有一次去河边钓鱼，失足掉进河里而丧命。一连两次丈夫都死于非命，算命先生说覃小兰命带克夫星，所以丈夫都不得好死。她的第二任丈夫去世后，再也没人敢向她提亲。覃小兰见肖福来善良，人又老实，觉得他是个可以托付终身的人，就有心嫁给他。那时肖福来也老大不小了，况且像他这样的一种情况，要找个黄花闺女可不是一件容易的事情。肖福来就对覃小兰说，你要是愿意，咱们就一起过日子吧。这事当然也不能说说就算，肖福来去找了大队支书肖振国，肖振国听了，也没说啥，就一句话：你们男孤女寡，你情我愿，想在一起就在一起吧。于是，肖振国就给他俩开了个证明，第二天肖福来和覃小兰就去了公社，登了记扯了结婚证。然后回来的时候，他们到圩上买了点肉，还买了瓶米双酒，回家里炒了一盘肉、一碟花生和一个青菜，叫来肖振国和村长一起撮了一顿，他们就算结婚了。

肖福来和覃小兰的婚姻，在肖家村里是没有一个人看好的，原因是覃小兰是个克夫的命。结婚没多久，便有算命的先生说，肖福来的小命活不了多久矣。然而随着时间的推移，算命先生的话却失灵了，肖福来在婚后的第三年，他们爱情的结晶，肖致松的父亲肖安邦出生了。于是，那个算命先生就改口说，覃小兰虽然是个克夫的命，但遇到带过枪打过炮的兵，在炮火连天的战场上都能捡回一条命的人，说明肖福来的命硬，不会轻易被克倒，正好是以刚克刚，两人半斤八两，各自平分秋色，肖福来虽然可以保命，不至于被覃小兰克倒，但命运必将是充满坎坷。对此，人们还是半信半疑，毕竟人的命谁也不可预见，覃小兰连克了两任丈夫这个事实还是让人心里一想就起毛。

3

肖致松相信船过水必留痕，爷爷在被俘前的25年漫漫人生过程，必然是有一些痕迹留下，留在他的故乡，留在他年少的伙伴与亲人的心里，留在他战友的记忆中。然而由于他的祖籍地不可考究，而且时过境迁，到他出生的地方去找寻似乎是一个不可能完成的任务。父亲肖安邦回忆道，听人们说你爷爷被俘的时候说的是客家话，落户肖家村不久，爷爷就被本地的语系同化了，村里人见的世面少，也不知道爷爷当时说的客家话带的是哪里的口音，客家在全国很多地方都有后裔，尤其是南方大部省份都有客家人和保留着客家语言，铜石县说客家话的人也有不少。肖安邦从其懂事的时候起，就没发现他父亲的语音与肖家村人的有什么差异，也没见他再说过客家话。

要了解爷爷的过往，最好的办法是从爷爷的战友间入手，只要找到与爷爷一起出生入死的人，那爷爷的身世与谜团或许就可以迎刃而解。然而这也是一个比较难行得通的办法。因为那场战斗非常惨烈，据《铜石县志》记载，鬼门关战役，四野部队勇猛作战，共歼敌二千余六百人，倘有小股敌人仓皇逃往钦州与南宁方向。与爷爷一起打仗的那些兵们，可能都牺牲了，即使有逃出来的，因为不知道爷爷是桂系里的那个部队，谁是他的长官，又没有档案可查，找寻起来实是难觅

头绪。况且肖福来是后来肖振国为他起的名，他原来姓甚名谁都不知道。这就使找寻的难度大大增加，是比大海捞针还要难百倍的事情。肖致松曾经也去访问过县里县外的一些国民党老兵，打探爷爷的消息，但均一无所获。尽管没能找到一丝线索，肖致松还是没有放弃，后来肖致松就迷上了一些老兵的回忆录，希望从中能够觅得一线曙光，找到一个突破口。最近，肖致松在看刘经元的《九死一生——我的自传》，这虽是一部解放军老兵的回忆录，可刘经元在书中详细地记载了他从军以来，特别是1949年他们部队解放广西时的经过，讲述了一场场惊心动魄的战斗。肖致松想，说不定能从刘经元的叙述中可以寻找到一些蛛丝马迹，为爷爷所在的部队和他的身世打开一扇瞭望的窗口；退一步来说，即使书中的陈述对于寻找爷爷没有帮助，起码也能够让他了解那血雨腥风的岁月，增长他对历史的一些认知。

刘经元所在的部队是第四野战军，1949年10月衡宝战役后，白崇禧部5个兵团由湘南退守广西，全线防御，阻止解放军入桂。解放军第四野战军第12、第13兵团和第二野战军第4兵团共9个军及粤桂边纵队等共40万余人，遵照毛主席关于大迂回大包围的作战方针，从广东湛江的粤桂边境分南中北3路向广西突进。刘经元所在的部队是四野的一支劲旅，是突进的主力。在回忆录中，刘经元是这样描述的：

11月24日，国民党第3、第11兵团向廉江、茂名、信宜一线的我军发起进攻，我

南路军顽强阻击，经过三天激战，敌军被我击败，27 日，南路军主力发起反击，并乘胜追击，接连攻占容县、北流、铜石、郁林，歼敌第 11 兵团大部。30 日攻占陆川后，我军于晚上又突入博白县城，全歼敌第 3 兵团部，俘华中军政副长官兼第 3 兵团司令官张淦。期间，敌军余汉谋部乘我军后方驻防军力不足之机，于 29 日突袭占领廉江，我第 4 兵团所属第 13 军主力回师反击，歼其大部，余敌逃往海南岛，粤桂边纵队乘胜解放了雷州半岛。为配合南路军作战，北路军和西路军第 39 军分别由湘桂边界地区和桂北南下，迫国民党军第 1、第 10、第 17 兵团纷纷南逃，至 12 月 1 日，北路军和西路军解放广西省省会桂林，进至东兰、上林、武宣、梧州一线，追歼国民党军大部，余敌逃向南宁、钦州、防城，白崇禧逃往海南岛。

以上这段内容，肖致松在县志上也看到过，是刘经元从县志上引述的。接着，刘经元描写道：

在解放广西的战争中，我英勇的人民解放军势如破竹，所向披靡，已是穷途末路的白崇禧部一路溃败，溃不成军，但是，即使是到了穷途末路，敌军也不甘心于自己的失败，他们总要进行一场鱼死网破的负隅顽抗。我南路军在突进途中，遭遇了两场非常顽强的战斗。一是天堂山战役，二是鬼门关包围战。

天堂山是进军容县、北流的必经之地，据地下党收集的情报，驻守在天堂山的白崇禧部共有一个师的兵力，师长梁朝柱是桂系中的一员猛将，在抗日战争中曾经身经百战，

他不仅勇猛，而且诡计多端，是一个较难对付的对手。以敌我双方兵力对比，我方的兵力明显占了相当的优势，但敌军居高临下，且武器装备精良，要拿下天堂山高地必须智取，硬攻必定会造成较大的人员伤亡。如何智取？指挥部经过研究，决定采取正面佯攻，从侧面由老虎连穿插进入敌军后部突袭的方法。午夜过后，老虎连在熟悉地形的粤桂边纵队队员的带领下，悄悄地向天堂山摸去。老虎连的连长叫徐剑龙，是四野的一员虎将，他十五岁入伍，曾是四野司令部的一名警卫员，有一次在战斗中负伤，他留在地方医治，伤愈后追赶部队，当他找到前方部队时正巧又遇上了战斗，他马上加入战斗，其机智英勇精神深受当时指挥作战的旅长张田赞赏，战斗结束后向上级申请让徐剑龙留在了他的部队，补替牺牲的老虎连连长。

梁朝柱也不是吃素的，他对解放军可能采用的迂回包抄、突然袭击、穿插敌后等战术都有分析和预案。这是我们后来从俘虏中获知的。因此，他在加强一线攻防的同时，严防解放军的突袭。当老虎连迂回敌后，悄悄摸到半山腰的时候，遇到了埋伏的敌军 39 连，徐剑龙和几个战士以迅雷不及掩耳之势，将两个岗哨制伏，然后战士们快速出击，歼灭了大部分敌军，余下的敌军和敌军连长胡子金被俘，这些俘虏当场丢下枪械，知道国民党的大势已去，纷纷表示要弃暗投明。在胡子金的带路下，老虎连如一支利箭，突插敌军腹中，一时枪声隆隆，火光冲天，前线的解放军乘势展开攻势，还在梦中的敌军以

为解放军已经攻入守地，纷纷逃窜，来不及逃跑的只得乖乖缴械投降，到黎明的时候，天堂山高地就被我解放军一举拿下……

4

肖福来的一生是充满坎坷和波折的，当然人的命运也与时势环境有着极大的关系，在社会大环境里，任何人都不可能独善其身，正所谓树欲静而风不止。尤其是在二十世纪五六十年代，人民政权刚刚建立，保卫人民政权和革命成果是首要的任务。不久，镇压反革命运动开始，有群众检举肖福来可能是敌特分子，是国民党留在大陆做卧底的。大队高度重视，肖振国指示大队民兵营把他关在大队部的一间闲置屋子里，几天几夜地审问，问不到可疑的情况，也查不到什么通敌的线索，就把他给放了。但肖福来的自由从此便受到了限制，就是不能够擅自离开村庄，要上城或者离开肖家村到其他的地方去，要向大队干部报告，经大队批准后方可出去，这种限制直到两年后才被取消。

在肖福来婚后的第二年，村里发生了一场严重的自然灾害，在三四月间，一场蝗灾突然而至。这些不知从哪里飞来的蝗虫，飞在天上是黑压压的一片，如暴风雨前的一团漆黑的乌云，降落在田里，则把一块块稻田都覆盖住，用不了多长时间，便把田里的庄稼吞噬掉。蝗虫漫天遍野，所到之处草木不生，庄稼颗粒无收。面对蝗灾，村里动员全村的男女老少村民全体出动，拿着扫把、竹枝，到庄稼地里去驱赶蝗虫，可到头来还是无济

于事，因为蝗虫实在是太多了，仿佛全世界的蝗虫都飞到了村里，赶走了这片地里的，它们又一窝蜂地飞到另一块地里去。人少虫多，赶根本起不了作用，村里的人们也想了用烟熏、用石灰粉撒禾苗、用农药除灭等办法，可是作用均不大，而且这些办法想出来时，蝗虫便已迅雷不及掩耳之势，将庄稼残害了一遍。眼看着一片片庄稼，只过去了两三天的时间，就被蝗虫吃掉了，田野变得光秃秃的。接着蝗虫又飞到了其他的村庄去，重复着它们的厉害，真是蝗群所过，赤地千里。蝗灾后，又遇上了水灾，新种上的庄稼又给洪水全淹了。

那一年，村里和很多地方一样粮食严重失收，人们分到的口粮比往年少了一半，本来就已经吃不饱，又少了一半的口粮，村民们的生活就更难以为继，为了果腹，人们只得挖野草刨树皮来充饥。山上能吃的野草诸如鱼腥草、车前草、蒲公英、马齿苋、勒勾枪、野芋、野葛等等，都被人们采挖了个精光。年底的时候，村里发生了一件盗窃事件，生产队里的仓库被盗了，留作来年的水稻种子被偷去了一个角儿，偷了约莫有一袋半袋这样子。仓库保管员例行查看仓库时发现了这个情况，不敢怠慢，马上上报到大队，大队干部也逐级上报了公社。大队支书、治保主任、派出所的公安都来了。从现场看，盗贼是撬开仓库的门直接进入仓库里行窃的，公安查看了许久，又询问了保管员和一些群众，初步确定了一些嫌疑人。后来公安来到肖福来家里，见他们家里正煮着一小锅白粥，锅里白米翻腾，米香随着缕缕洁白的水汽和

柴火发出的青烟袅袅上升。公安看了看粥锅，然后就对肖福来进行了询问。公安的目光盯着肖福来，语气坚定地问："你家里煮粥的白米是哪来的？"肖福来看见公安的目光像两把利剑盯着自己，就把目光移开看着地下，说那是家里留下来的口粮。公安又不置可否地说："现在正是青黄不接的时候，多少家庭都断粮了，你家怎么还有粮食？你家以前都不吃粮食吗？不吃粮食你们一家人怎么熬过来？"公安一连串地发问着。说完，看着气色都不错的肖福来夫妇，让另一名公安和大队治保主任一起去搜了肖福来的家。果然，在肖福来房子的米桶里搜到一小袋大米和一大袋的炒蝗虫。公安指着搜出来的那小袋大米，咄咄逼人地说："怎么还有这么多的口粮，作何解释呢？"肖福来眨巴着眼睛，指着挺着个大肚子的覃小兰，唯唯诺诺地说："我老婆怀孕了，这些粮食是咱们省吃俭用节约下来的，是给我老婆生孩子时准备的；在闹蝗灾的时候，我就知道年景不好，所以就把粮食给节约着。"公安又指着那袋炒蝗虫，说："这个又怎么解释？"肖福来看着蝗虫，显然是底气十足地说道："这个不是公家的东西吧？在驱赶蝗虫的时候，我就把那些蝗虫抓了起来，回到家就把它们炒熟留着。""这些蝗虫能吃？"肖振国问。肖福来点点头，说："当然能吃了，它的营养可丰富呢，或与鸡蛋相比美。"肖福来的回答可谓是天衣无缝，但公安还是根据他问话时肖福来移开目光不敢正视他，而把肖福来定为粮种被盗的重大嫌疑对象。

最后，由于找不到其他的线索和嫌疑人，爷爷就成为替罪羊，被作为盗窃犯游村、批斗，而原本属于他的那小半袋粮食，也被充了公。

"爷爷是无辜的，怎么不抗争呢？"肖致松不解而又认真地问道。"那个时候，谁会认真听你辩争？"父亲无可奈何地回答说，"这不明摆着吗，因为爷爷是白崇禧的兵，家里又有一小袋的精食，你说是自己节省下来的口粮，有什么证据能证明呢？"自己说自己是清白的，在怀疑者的目光里那就是狡辩，所以为了结案，公安就把这个案子落实在了爷爷的身上。

而那个真正的盗窃犯，就这样逍遥法外了。对于仓库被盗窃，肖福来在仓库被盗的前两天晚上，曾经看见队长和保管员来过仓库，但人家的理由很正当，查看仓库。作为队长和仓库的保管员，对仓库进行巡逻那是很正常的事情，而且他们根正苗红，家里祖辈三代都是贫农，盗窃的事情没人往他们身上想。后来说起这个事情，肖福来说，他怀疑是他们监守自盗。但那是后话，肖福来也没有足够的证据证明他们是监守自盗，只不过是他的一种猜测而已。在那样的岁月，物质匮乏，生命可贵，为了活命，有的人就会将良心、道德抛之脑后，铤而走险，即使是大队干部和生产队的干部，他们也不可能个个清白。但肖福来没有证据，其他群众也没有提出其他的可疑线索，这事就这样了结了。

5

每到梅雨季节，或者下雨之前，肖福来

的筋骨就会隐隐作痛，那是枪伤留下的风湿病后遗症。有一次肖福来患病，到医院里做了个 X 光检查，结果意外地发现他的肩膀里还留有一枚子弹头没有取出来。肖安邦就建议肖福来将弹头取出，但肖福来不同意，他说子弹在身体里藏了几十年也没什么大碍，说明它已经和身体融为了一体，成为身体里的一部分，就让它继续留在身体里做个纪念吧，这也是他作为军人的最好的见证。

肖安邦知道肖福来是怕做手术要花一笔钱，更怕不知道医生的手术刀剥开他的血肉之躯之后，会发生什么不测，如今生活渐渐好了起来，他想好好地更长久地享受早晨的阳光、晚上的夕阳、小鸟在屋檐上安详地叽叽喳喳和含饴弄孙这样一些美好的日子。人越上了年纪，其实越怕时光的流逝，巴不得一天能有 240 个小时，或者如传说中的天上一日人间已经千年的模样，要是人能够度上神仙的几天时光那该多好。但肖安邦没有捅破父亲的这层心里面纱，而是微笑着平静地说，你身上的那些疤疤痕痕，不就是你作为兵的最好的记号吗？肖福来听了，使劲地摇着头，说："子弹既不影响我吃饭，又不影响我睡觉，这人老了多划一刀不仅多受一次罪，又得在医院里住上十天半月的，多不划算。"

爷爷就是那么倔强。在和肖致松说起肖福来的往事时，肖安邦总是显得有些无可奈何。肖致松高中毕业后，没有考上大学，先是随打工大军去了珠三角一带打工，没赚到什么钱，倒是认识了一个姑娘，后来就回家结婚生子，结婚之后也去了深圳的电子企业

干了两三年，因老婆孩子都在家，两地分居，也觉得打工没什么前途，叶落总得归根，不如回家找些事干干才是长久之计，于是就打道回府，在一家陶瓷企业里打工。改革开放之后，本县的企业发展飞快，水泥、陶瓷、饮料、鞋业、皮革等产业快步发展，办的企业越来越多，路也越修越大，很多村子也慢慢地城镇化，被厂房、房地产吞并。虽然在家打工的工资收入比在深圳的收入明显差了一大截，但小县城的消费水平没有深圳的高，除去来回的车费、房租水电等也凑合着。更重要的是可以和家人在一起，能够帮家里做做家务农活。2015 年的一天，肖致远听一位工友说，在"9·3"中国人民抗日战争胜利 70 周年前夕，有参与抗战的国民党老兵收到了由中共中央、国务院、中央军委联合颁发的"中国人民抗日战争胜利 70 周年"纪念章。这让肖致松很受鼓舞。他的爷爷肖福来，曾在白崇禧的部队里服役，身上的十几处枪伤，有多少是在抗日战争中留下的呢？只要查出他的身世，理清他在鬼门关战斗前的从军足迹，或许能够让人有一个惊喜的发现，说不定从此之后，在他们肖家的族谱上，爷爷就可以记上厚重而光彩的一笔。

抗日战争是全中国人民同仇敌忾的一段难忘的岁月，多少有志之士、多少国共的军人在长达十多年的抗战中抛头颅洒热血，甚至牺牲了宝贵的生命，他们是民族的英雄，是永远值得尊敬和怀念的人。从爷爷的年纪与身上的枪痕推测，肖致松断定爷爷一定参与过艰苦卓绝的抗日战争，杀过日本鬼子，

只是因为爷爷失忆，找不到目击者见证者，那些岁月，那些往事就被尘封甚至是被雪藏了起来。肖致松要把那些蒙在岁月之上的尘埃扫掉，让雪藏的岁月再现它的芳华。要想尽办法去寻找回爷爷失去的那些岁月，起初肖安邦是极力反对的。肖福来几年前已经离开了人世，如今人事已非，爷爷的一生其实在他加入肖家村的时候也早已盖棺定论，在村民心中，肖福来就是一个伪军匪兵，是桂系白崇禧的兵，是与解放军有过血肉交锋的国民党兵。即使他曾经参加过抗日战争，打死过日本鬼子，为抗日战争做出过一点贡献，那又怎样呢？对于一个已经死去的人来说，再大的荣誉也没能让时间倒流，为他饱受的磨难添上一抹笑容。相反，这样做只会让人劳心费神，在那么久远的过去，没有很明确的线索，像个无头苍蝇地乱窜，说不定寻找的结果也将是一无所获，竹篮打水一场空。兜了一圈，最后还是回到原点上，这样的找寻有什么意义呢？

但在这件事情上，肖致松是铁了心肠，一副不撞南墙不回头的架势。他说："我们不去找寻，怎么知道我们做的事情是毫无意义的呢？怎么就知道结果将是一无所获呢？"他相信有付出就会有回报，哪怕是有百分之一的希望，也要尽百分之九十九的努力去干，这样才无愧于爷爷。对此，肖安邦也只好作罢，他要找就由他去吧，寻找到父亲的部队，找回父亲曾经的烽火岁月，对父亲也是一个最好的纪念。肖安邦也帮着想了不少的办法，但到头来还是没有找到一丝有用的线索。后

来肖致松请他的工友带路，找到了县里获得抗战纪念章的国民党老兵。老兵已经104岁了，新中国成立前也是在白崇禧的部队里服役，曾是国民党的一名少将。他们去到少将家的时候，老人正坐在院子里的一株荔枝树下，目光散乱地看着院子里的小鸡走来走去。老人安详的脸上写满沧桑，一块块指头大的老人斑占据了古铜色的脸，他的精神状态尚好，只是耳朵背，大声地说话他也不知道你在说什么。肖致松嘴对着他的耳朵，大声地说老爷爷，你当兵时是在白崇禧的哪个部队呢？老人眨巴着眼睛，眨巴着眼睛，一副努力地听努力地分辨他声音的样子，然后高兴地说，是啊，院子里很凉快，生活得很幸福。肖致松又问了其他的几个问题，老人都是答非所问，令肖致松哭笑不得。肖致松又拿出他爷爷的照片让老人辨认，老人大概明白了他的意思，看着照片摆了摆手，说不认识不认识。

肖致松一连去找了多个幸存的老兵，都是无功而返。肖安邦说，同你爷爷出去当兵的，也都是一把年纪了，而且又过去了几十年，音容笑貌早就记不得了，这个希望不是很大。不过肖致松还是觉得，这个找法虽然是最原始最笨拙的办法，但也是最有效和最有希望的，只是他暂时没有遇上对的人而已。

6

晚上肖致松吃了饭，又捧起刘经元的自传接着往下看。

攻下了天堂山，四野就打开了进入桂东南的大门，解放军以势如破竹之势突进容县、

北流，并迅速拿下了这两个小县城。然而部队向前推进中，在铜石县的鬼门关前遭到了敌人的顽强阻击。

鬼门关自古就是官方的一条驿道，也是中原贬谪官员流放海南岛的必经之地，在两山对峙之间，一条小路从山谷中穿过，这里地势险要，历来为兵家必争之地，因为控制住了鬼门关，就等于扼制住了通往钦州、雷州半岛和海南的咽喉。节节败退的白崇禧部队把鬼门关作为阻击解放军的最后一道屏障，为他们的逃离争取时间。解放军与敌人在鬼门关前展开了正面的交锋，战斗从中午打响之后，双方就呈胶着的状态，因为敌人掌握着制高点，解放军的伤亡也较重。天将黑时，枪声渐渐稀落了下来，解放军暂时停止了进攻。看着一个个往后抬的伤亡人员，古师长的眉头紧锁着。看来固守鬼门关是敌人早有防备之策，硬拼只会带来更多无谓的牺牲。于是，师长果断地下达了暂停进攻的命令，面对强敌，必须调整进攻的策略，找到敌人的弱点进行重点突破。

古师长让参谋拿出地图，看着鬼门关一带的地形，陷入了深深的思索。在每个要塞与制高点上，敌人都有重兵把守，敌人居高临下，是造成我部队伤亡过大的直接因素。参谋长盯着地图好一会，说："师长，我们需要炮兵的火力支持。""等不了"，师长摇了摇头，回答道。"他们是先头挺进的队伍，炮兵还在半路上，等炮兵赶到，至少还得一天的时间。"古师长继续说道，"我们不能让敌人有缓气的机会，就要乘胜追击，把他们全歼，更不能给逃跑的白崇禧部队时间，早一小时攻下，就能让他们败得更惨。"

参谋长赞同地点着头。古师长的手在地图上画着圈，说："这注定是一个硬仗，但从来没有我们四野啃不下的硬的骨头，敌人以鬼门关险要地形负隅顽抗，那也是不自量力，我解放军部队正在节节推进，咱们就来个迂回包抄，来个四面打击。"参谋长分析道："从当前的敌军火力判断，他们的兵力也不少，我们先头部队的兵力大体与他们相当，但他们占据着有利的地理位置，而且也有杀伤性极强的重型武器，对我们非常不利，要进行迂回包抄，也会减弱我们正面进攻的力量。"古师长点着头，分析说："我们来给他一个迂回包抄的假象，分散他们的兵力，然后在正面的点集中打击。"接着，古师长进行了新的作战部署，先给敌人一个迂回包抄的假象，由地方人员在西侧运动至龟山，从西侧的猪峡口进行佯攻，让敌人以为我们改变了进攻的策略，制造出要从龟山的猪峡口突破的假象，从而吸引正面的敌军支援龟山；而我们在南面由老虎连突入敌军后部，于半夜时分与敌军展开敌后战，正面部队发起反击，四面夹攻，使守敌以为我们的部队已经从龟山袭击至敌后，造成敌人的心里防线崩溃，丧失战斗力，我们就一举将敌人歼灭。

部队按照新的作战部署迅速行动，傍晚时分，地方人员迅速向龟山移动迷惑敌人。天黑下来之后，老虎连乔装成敌军，从南部大象山一侧秘密突进，迂回至鬼门关敌后。大约晚上 9 点，龟山猪峡口火光冲天，枪声密集响起。但驻守在鬼门关的敌军或已经猜到解放军的计谋，并没有派出部队支援龟山阵地。枪声大约持续了半个多小时便平静了下来，夜复归宁静。到了晚上的 11 点多，鬼门关敌后突然响起枪声，古师长知道老虎连已经按计划进入了敌后，于是组织部队迅速展开进攻，两侧的解放军也对驻守的敌军开火。一时间，战斗全面打响，面对四面八方响起的枪声，背腹被打，尤其是从南路支援的解放军及时赶到，给了敌人狠狠的打击。到了黎明时分，敌人被击溃，鬼门关终被解放军攻克，余敌趁着夜色四散逃走。在这场战斗中，解放军付出了非常大的代价，特别是老虎连英勇无比，他们乔装打扮成敌军，一直深入到鬼门关敌后，终因寡不敌众，全连战士全部遇难……

刘经元的文学才华不错，整本书写得非常吸引人，肖致松总会被带进他所描写的荡气回肠的故事里。特别是老虎连这样的英雄群体，是非常值得我们后人去怀念和致敬的。岁月沧桑，历史远去，英雄的故事永存，英雄的精神永存，要是没有老虎连这样的英雄，没有千千万万的前辈抛头颅洒热血，就不会有我们今天的美好生活。他们肖家村今天的发展与小康的生活，就是先烈们用鲜血缔造的。肖致松在看这本书的时候，往往忘记了自己寻找爷爷线索的使命，当掩上书本，他才意识到自己没有认真地在字里行间去查找，于是又回忆起书中的那些细节来，这个时候，他忽然就有一个很意外想法，要是他的爷爷是解放军，是老虎连的一员，那该多好。可

现实生活中不会有要是、如果这样的假设，人生不可能重来，时间也不可以返回重走一次，虽然那时钟走了一圈之后又会再从一开始重新计时，可它所走的，已经不是原来的那一圈了，而是一个新的开始。

7

对于肖家村来说，肖福来的落户是不受大家欢迎的，但他的落户，却不能不说是肖家村人的一个"福星"。因为有了不一样的背景，肖福来便成为"坏人、敌特"的一个符号。在肃清暗藏的反革命分子运动的时候，肖福来因为是白崇禧的兵，自然被列入了镇压的名单，被拉去批斗。后来的整风、反右等运动，为了完成上级布置的任务，村支书肖振国脑子里的第一反应就是肖福来，自然地就把他与之相联系。肖福来成为万恶不赦的对象，肖家村的原住民也因此得以免了一些劫难，尽管他们当中确实有一些人是应该罪有应得的。

大队支书肖振国不能不说是一个有头脑有远见的人物，每次对于肖福来的批斗，他都吩咐手下的人要适可而止，千万不要把他往死里整。一方面既然肖福来已经落户了肖家村，他就是村中的一员了，彼此都是邻里，来日方长，大家日后还是要见面相对；另一方面也是一个重要的因素，那就是以后再遇上了什么运动，咱们得找个替罪羊。当然最后的一个想法他没有明说。因为肖振国的这个策略，肖福来的一生虽然是吃了不少苦头，可总体上也没有受到太大的伤害，起码是没

有性命之虞。

肖福来变得沉默寡言了，尽管后来改革开放，经济建设成为发展的首要任务，没有了批批斗斗，肖福来也不怎么与人说话，在家里，他也是极少开口，该下田干活去干活，该吃饭时吃饭，问他就答，就是与妻子覃小兰，也没有很多的语言，妻子说他，他也只是嗯嗯地应着，或者用眼睛看看她，算是对他的回答。到了他生命的最后几年，他的脑子是真有了问题，嗓子也有了问题，变得语音不清，他总是无缘无故地一个人说一些话，但谁也不知道他在说什么。肖振国也老了，早就不做大队支书了，大队也改名叫了村委会，村里的田地都分到各家各户耕种，后来村里的支书、主任也都不是由乡镇上面来任命了，而是由村里的党员、群众自己选举出来，选上谁就由谁来当村支书、村主任，一切都在改变。有一次，已经是耄耋之年的肖振国和肖福来两人相遇，肖振国拉着他的手，说："老兄，过去让你吃苦了，但我也是没有办法，老兄你多多担待。"肖福来脸上极为平静，拍着肖振国的手，说："你好，你好。"不知道是不是他没听清楚老支书说的意思。肖安邦说，上了年纪之后，肖福来就耳背了，听不清楚别人的话，往往是看着别人的口型来猜测着回答。

8

这天晚上，肖致松打开电视，里面正在播放一部当前热播的抗战电视剧。这是一部讲述江城地下党与日军斗智斗勇的故事，地下党为了营救被日军逮捕的革命同志，打扮成日军，闹进日军的关押区，与驻守的日军展开一场你死我活的激战，最后终于将被捕的同志营救了出来。肖致松忽然想起了刘经元回忆录里也有老虎连乔装成敌军深入敌后的描述，便取来这本书认真翻了起来。果然在书的第128页找到了解放军攻打鬼门关战斗时的记述中有这样的记载，解放军为迂回敌后包抄，老虎连乔装成白崇禧的部队，从南面迂回潜入敌后直插敌人腹部，在鬼门关与敌人展开激烈战斗，最后全连战士壮烈牺牲，如今在鬼门关烈士陵园里，还刻有老虎连战士的全部名字。

咱爷爷是不是老虎连的一员？这个念头在肖致松的脑袋里闪了出来。肖致松急忙把已经休息了的父亲叫了起来。肖安邦揉着睡眼从房里出来，说："什么事儿呢，明天说不行么？"

肖致松让父亲在客厅的沙发上坐下，说："爸，我记得你说过，有一次爷爷被批斗的时候，说过自己是林彪的卫士？"

肖安邦想了想，说："爷爷确实是说过这样一句话，但他这样说，可能是出于一种自保而脱口而出的。"

"不对不对。"肖致松摆了摆手说，"那时候是1974年初吧？"肖安邦点了点头，说："是的，我记得很清楚，那年正是1974年的初春，也就是你的三弟刚出生不久。"

那就对了，肖致松拍了下大腿说。肖安邦看着儿子，一会儿不对一会儿对的，弄得他一塌糊涂。肖致松就分析道："爷爷可能就是解放军四野部队老虎连里的战士。"肖安邦摇了摇头，说："你的爷爷是国民党兵，怎么会是四野的呢。"肖致松坚持道："怎么不是呢，一切皆有可能。"接着，他把四野老虎连乔装成白崇禧部队深入敌后迂回包抄的经过跟父亲说了。

"你看电视迷糊了吧。"肖安邦瞪了儿子一眼，揉了揉惺忪的睡眼，拿起遥控器，没容肖致松把话说完，一边把电视关了，一边打断他，说："都什么时候了，睡觉吧明天还要上城呢。"肖安邦说完就站起来要返回房去，肖致松拦住他，说："我也不是空穴来风，这个是有根据的。""什么根据？几十上百年的历史了，你去哪找根据？"肖安邦盯着肖致松说道。

肖致松把父亲按在沙发上坐下，说："你想想，爷爷说他是四野部队林彪的卫士是吧？那是1974年初，当时正是批林批孔运动开始，所以爷爷话没说完，自然又因此被打了。"肖安邦还是不明白。肖致松又说道："时间再往前推，解放的时候，爷爷被人从鬼门关抬下来的时候，是不是国民党兵？是不是已经失忆了？"

肖安邦说："这又能说明什么呢？"

肖致松点着头，说："这不就对了么，爷爷当时是失忆的，也就是说到了1974年的时候，爷爷在批斗中，他的神经突然间不知被谁的拳头打了一下，正好打回了原来的位置，正好这时候就记忆起了以前的事情，所有的一切都浮现在了他的眼前，所以他才会不分形势地说自己是林彪的卫士。"

肖安邦听着，似乎觉得有些道理，但心中还是有解不开的疑团，便疑惑地问："那他为什么是穿着国民党军队的服装。"肖致松看着父亲，说："这回你算是问到了点子上，问题就出在这里，我看过刘经元的回忆录，他在书中说当时四野的老虎连是乔装成白崇禧的部队进行敌后迂回包抄的，所以，从这些证据和迹象来看，咱们的爷爷，有可能就是四野老虎连的。"

"这个推理能成立吗？谁能证明？"肖安邦反问道，"那从战场上抬下来的、幸存的那些国民党兵，他们不就都可以说自己是老虎连的？"肖致松却是信心满满，说："只要我们能够找到足够的证据，有人证物证，就可以为咱们的爷爷正名，找到爷爷的出生地，我们也可以认祖归宗。"肖安邦何又不想找到他们肖家人的祖籍呢？爷爷在世的时候，他也还像肖致远一样年轻的时候，也有过这样的念头与志向，也想知道他的父亲、孩子的爷爷到底是姓甚名谁，来于何处。可到头来不也一样是无功而返毫无收获？而且随着年龄的增长，这样的欲望也会更加的强烈，好像冥冥之中有一个故乡在内心不断地召唤。但又能怎样呢，这基本上已经是一个无头公案了，想也没用，不如就这样吧，既然上苍作了这样的安排，那肖家村就是他们最好的归宿，是他们的故乡，是各种表格上该填的籍贯，肖福来就是肖福来。在父亲去世的前几年，肖安邦还问过一次父亲，说："爸，我们到底是哪里的人呢？你难道一点记忆也没有了吗？"听了肖安邦的话，肖福来看着他好一会儿，才说道："咱们姓肖，是肖家村的村民。"也许，肖家村已经完完全全地融入了父亲的血液里，作为后代，他们还有什么无法与之相融的呢？都说血浓于水，一脉相承。不管后来父亲有没有恢复记忆，既然父亲认了肖家村为故乡，咱们还有什么可说的呢？他们就是地地道道的肖家村人，肖家村不抛弃肖福来，不抛弃他的后代，他们也不能放弃肖家村。就是找到了父亲的出生地，都几代人了，又能够怎样，你难道还能回去吗？肖家村已经成为他们生命中无法割弃的部分，不管是过去、现在，还是将来。不过现在回想起来，种种迹象表明，父亲也确确实实像是想起来了以前的一些事情，如果真的是这样，他为什么又要避而不谈？是因为他那个曾经的家遭遇到了太大的变故，还是因为他受到了太多的折磨与痛苦，不想因此而为他的那个家族带来困扰？肖安邦想着，头脑里不觉也有些迷迷糊糊。

肖致松还在想着那些可以相互佐证的证据，希望他它们能够形成一条完整的证据链条，互相印证。可是，现在他手上的证据都非常的有限，他又该去那里找证据呢？仅凭刘经元回忆录中的一句话，以及肖福来被俘后就失忆这样的事实来证明肖福来就是四野老虎连里的战士，未免显得过去勉强和太空洞无力了。因为它们彼此之间没有太多的联系，更说不上做到无缝对接。

后来，肖致松把自己的这些想法和推理跟同事说了，同事觉得也不无道理。"可要让这些物证与事实能够有效地为一个目标服务，我们显然还缺乏一个强有力的证据来支撑。"同事分析道。"那这个证据是什么呢？"肖致松反问道。

"人证，人证。"同事顿了顿，恍然大悟地说，"要是有人能够证明你爷爷是四野的，那这一切证据也就顺理成章了。"

哪里还能找到这样的一个证明人？

"刘经元。"肖致松和同事异口同声地说了出来。

9

寻找刘经元的工作颇费了些周折，肖致松先是按照书本上的电话，询问了出版刘经元自传的出版社，对方回答说那是十几年前出的书了，他们早已经没有了其联系方式。在求助出版社未果后，又从书上了解到刘经元曾经工作过的南流市，于是又打电话到南流市的一些单位去询问，被问及的单位皆答查无此人或说不认识。虽然屡屡碰壁，肖致松还是相信既然刘经元在南流市工作，就肯定会有人认识他。有一次他到南流市去办事，特地到南流公园等人群聚集大的地方，向那些遛鸟遛狗的、打牌打麻将的、散步拍手打太极的老人家询问，可也是一无所获。

　　肖致松没有放弃，他一有空就继续寻找相关的线索。有一次他来到县里的党史部门，查找当年鬼门关战役的一些史料，希望能够从中找到解开父亲谜团的一些线索。接待他的是一位返聘回来的老党史研究员，研究员告诉肖致松，刘经元的自传是目前反映鬼门关战役描写得最全面的一本书，在县里出版的党史书籍中，记载鬼门关战役的史料，也大多是来自他的书本和以他的口述为主。

　　"您认识刘经元？"肖致松急忙问。老研究员点了点头，说："我们几年前专门收集过鬼门关战役的一些资料，那时去找过他。"真是踏破铁鞋无觅处，得来全不费功夫。老研究员告诉肖致松，刘经元已经退休 30 多年了，其退休前是南流市地震局的副局长，退休之后他就到省城里和儿子一起居住，不再在南流市了。地震局是一个很小的单位，加上他又退休了这么多年，难怪肖致松在南流市找的时候，没有找到认识他的人了。

　　几天后，肖致松按照老党史研究员的指引，拿着爷爷肖福来的照片，来到位于省城吉庆路 301 号的一个机关大院，找到了刘经元的家。开门的是一位 30 多岁的男子，肖致松说明了来意，男子脸上有些凝重，说："你来迟了，我爷爷两个月前已经走了。"听到这个消息，肖致松来前心里升腾起的那缕希望的曙光，像被一场骤然而至的倾盆大雨，把仅有的一丝曙光给熄灭了。

　　走出机关大院，看着街上熙来攘往的车辆和川流不息的人流，肖致松忽然找不到了方向……

踩三轮车的葛老头

陈启发

居住在这个商住结合的小区里的人谁也不知道葛老头那辆自行改装的三轮自行车能装几斤几两果蔬。那辆车的前轮胎与普通的自行车轮胎并无二样，但后轮及货斗上却装着两个像电摩那样大的轮胎，货架用锈迹斑斑的铁条焊接而成，货斗的下面铺着几块薄薄的木板，上面放着一把秤，一张自制的土里土气的两脚木凳子，几张发黑发黄的薄膜。这便是葛老头长期谋生的工具。

这辆没有动力的三轮自行车，让人看到都感到笨重费力。每当上长坡的时候，葛老头就会跳下车来，弓着腰，用一双被太阳晒成黑褐色的手用力握住车把，脚撑地面，用尽全身的气力推车。葛老头的后背就这样渐渐被汗水湿透，头发上脸上开始滴落豆大的汗水，模糊着他那双混浊的眼睛。他便微眯着眼睛一路前行，直到坡到尽头，他才停下车来，从车斗上拿起一条沾满汗渍的毛巾，擦拭一下头上脸上的汗水。然后再上车，用力踩车。人们不明白，在汽油和电动充斥着世界的今天，葛老头为何还要保留这样一辆笨重的三轮自行车。这样的车辆除了那些上门收购废旧物品的农村老头继续使用外，它几乎在市面上消失了。难道他掏不出几千块钱来"改朝换代"，还是他有固执的怀旧情结？

住在 12 幢的人和附近 13 幢的人，都觉得他怪，怪得不近人情，怪得不可理喻。

本来，小区属于商住两用小区，一楼

铺面，二楼三楼住人，这样的小区吵闹、混乱，因而才便宜，住在小区里的人，都是城市的"贫困户"。如果有钱，谁不去住"高大上"啊，因此大家应该和谐相处，团结齐心才对。可是，这葛老头却像一根没有开窍的"筋"，跟人老死不相往来。每天早上或傍晚，12幢和13幢的住户门前，总有一群人坐在门口大榕树的石凳上做手工或闲聊，这时候，葛老头就会骑着他那辆三轮车，旁若无人地经过，他跟谁也不打招呼，曾经有人主动向他问好，但他总是装作没有听见，甚至把头扭向一边，高傲得像不食人间烟火的神仙。从此以后，再也没有人理会他，因为谁也不想平白无故自讨没趣。

葛老头50多岁，1.60米高，腰板挺直，头发花白，穿着朴素。当现在流行小车、摩托车和电动车的今天，他仍骑着改装的人力三轮自行车。每天早上，他都会踩着三轮车，到城东批发市场装满一车蔬菜、瓜果等，然后躬着腰，吃力地将果菜车推回到附近的申花市场摆卖。他就这样戴着一顶破旧的草帽，顶烈日，冒寒暑，长期在那儿摆卖。

与葛老头截然不同的是，葛嫂看上去是一个面善的人。以前，葛嫂开三轮电摩搭客谋生。但自从去年政府整治取缔三轮车出租搭客后，葛嫂就"下岗"了，没见她做什么工作。人们真不知道他们仅靠葛老头贩卖那点蔬菜何以为生？然而，虽然葛嫂看起来面善，但是，或者是受到葛老头的影响，她一般也不跟人闲坐聊天，因此，人们对这夫妻俩的情况知之甚少。他们有没有儿女？老家

在那儿？他们靠什么买房供房？这对夫妻俩真的有点像让人猜不透的谜团。

小区虽然共有十多幢楼房，但因楼层较矮，建筑面积不多，又有三个大门，收入不多，用人不少，因此，自从原来的物业公司撤走以后，再也没有物业公司愿意进驻。小区从此以后就没有物业了，随后，路灯也熄火了，小区从此混乱不堪，卫生情况堪忧，经常有住户、商家被盗窃。这样的情况，让政府头痛，住户心痛，商家伤痛。

为了应对这样混乱不堪的局面，很多家庭都增加了防护的设备，如加装防盗网、安装摄像头、购买铁棒、刀剑等物品。但失窃的事情却还是时有发生。人们在超过晚上十点或早上六点出门或回来的时候，都会随身携带防护的器械，来确保自身的安全。

光泽习惯早上六点就出门到附近的龙荔公园散步，七点回来冲凉后再去上班。他在县直单位当一名公务员，妻子在企业上班。每当他早上打开铁门的时候，他都会看到葛老头，手提一根坚硬光滑的竹棍，在小区里巡弋。那时天色未明，薄薄的晨曦披在榕树和楼上，小区里安静沉寂，几乎看不到人影，偶尔只有路过的垃圾车和早起卖菜的电动车经过。有几次，光泽与葛老头擦肩而过，但他们依然没有互相问候，只是默默地对视一眼。光泽记得，去年冬天的一个夜晚，夜风凛冽，寒气逼人，他从局里加班回来，路过申花市场的时候，看到一个花白的脑袋和一辆三轮自行车停在路边。那辆三轮车上还有几把蔬菜，几只石瓜冬瓜。葛老头穿着一件

破旧的大衣，坐在三轮车的车斗上瑟瑟发抖。光泽见状，连忙停车，想把葛老头的瓜果蔬菜买了，好让他早点回去。然而，当葛老头在凛冽的北风中认出他后，竟然将头高傲地转向一边，不再看他，夜空中冷冷蹦出一句："不卖，扔进圭江也不卖给你。"

那一刻，光泽的血猛然往头上涌。本来，他是可怜他，好心善意想帮助他。然而，却好心被人当驴肺，马屁拍在牛腿上，还被狠狠地踢了一脚。光泽真的弄不明白，他和葛老头同住一幢楼，尽管以前无亲无故，但现在能同在同一屋檐下，便是有缘人，何必这样对人呢？那时候，他真想一脚将葛老头的三轮车踢翻，以解心头之恨。但看到葛老头在寒风中瑟瑟发抖的单薄身子，他又忍住了，不想跟这样的怪人一般见识。他悻悻然，开车一溜烟走了。从此以后，他再也不想自讨没趣，再也没有跟葛老头有直接的交往。

而更怪的事还在后头。

随着稻黄谷熟的秋天过去，北风从遥远的北国越界南下，冬天渐渐到来了。小区的大榕树开始落叶，原来浓浓密密青绿一片的树叶全部枯萎发黄，随着北风一吹，黄叶纷纷扬扬掉落下来，给整个小区铺上了一层厚厚的绵软的金黄。人们开始感觉到物业的重要性，但这样的烂摊子谁也不愿再来收拾。小区里的那群在家留守闲得发慌的老头老太们，逼不得已自发地清扫落叶，然后把落叶拉到围墙边焚烧。随着"噼噼啪啪"的响声，围墙边升腾起浓浓的烟雾，一股难闻的气味在小区里弥漫开来。那些在一楼开铺的人首

先受到了侵害，他们出来抗议。但大爷大妈们认为他们是出勤出力做好事，而那些商家是不劳而获还要骂街，双方就争吵起来。有人就报了警。就在双方争得不可开交的时候，一辆警车来了，警察首先表扬了老头老太们自发搞清洁卫生的好事，然后又委婉地批评了他们在小区焚烧树叶的错误做法，这是禁止的和会被罚款的。老人们做了好事还挨批评，就愤怒地提来水，将那堆熊熊大火浇灭了。从此以后，无论树叶堆积如山，他们都不想再动扫把了。

黄叶开始越落越多，过了冬至后，大榕树几乎成了秃头，只有那些粗的细的枝条挂在高空，没有绿叶帮扶衬托，这些枝条都露出了狰狞丑陋的面容。这是一年中最落败的季节，地上聚积了厚厚一层黄叶，人踩上去只感到一阵绵软，就像踩在棉被上。冬雨在一个夜深人静的时候不请自来，雨不大，但却沥沥淅淅地下了半夜。天亮之后，光泽打开门，见地面上积了一层水，那些黄叶随水漂动，把出水口堵塞住了，水无处可去，只能四处乱窜。小车和电动车经过，扬起一片水柱和黄叶，小区成了汪洋泽国。

光泽穿好雨衣，找来一根木条，来到出水口，他把那些堵塞在出水口的黄叶拨开，水开始慢慢流动，但不一会儿，黄叶随波逐流，又把出水口堵住。光泽有点无计可施了。他只好悻悻然开小车上班。他觉得，如果不能想办法处理掉这些黄叶，大雨一来，小区就会被水浸街了，那些小车、摩托车、电动车，以及一楼的商铺，都会成为危险对象。

一个星期天，光泽吃过早饭，穿上雨衣、雨鞋，拿上木棍、扫把，想到小区里清理一下出水口。打开铁门，见葛老头正跟他老婆穿着雨衣雨鞋，两人合力将一袋袋滴着水的黄叶抬上他的三轮车上，装满后，葛老头弓着腰用力踩车，他的老婆在后面推车。门口还装满一袋袋落叶，地上的黄叶已经被打扫得干干净净，门口的积水也已经干涸了。光泽惊呆了，开门出来的邻居也惊呆了。

等葛老头骑车回来，光泽和大家就扛起沉重的湿漉漉的袋子往老葛的车上抬。老葛却伸出脚来，一脚将袋子踢翻："你们家里没车吗？你的狗眼瞎了不成？是不是成心要压坏我寻生活的工具？"

大家被葛老头骂得狗血淋头，在纷飞的小雨中像一根根木桩呆住了。葛嫂抬起头，有点不好意思看了一眼大家。葛老头又高声吼叫："看什么看？有什么好看的？不想干的回家去，别在这儿阻手缠脚！"

在纷纷扬扬的小雨中，邻居们的血直往头上涌。光泽气恼极了，真没想到葛老头如此不近人情！他颤抖着身子喊："你们等着，我去把车开来！"说着，光泽一把掀掉雨衣，走回去，发动自己那辆"轩逸"爱车，开过去，打开后备厢。众人还在呆愣着，光泽手一挥："装车！"大家就七手八脚抬起滴水的垃圾袋扔上后备厢。葛老头回来了，见光泽用小车装运垃圾，眼睛有点说不出的诧异，但他没有说话。从此以后，小区里的人对葛老头更是视若路人。

小区里的十来亩绿化地和停车场，成

为了开发商变尽戏法梦寐以求谋取暴利的焦点。虽然业主们多次顽强抵制，但都没有彻底打消他们的霸占欲念。业主们都明白，如果让开发商将空地霸占了，不但小区里没有了树木，以后停车的地方也没有了，加上临时建筑一般都用铁皮当顶，太阳正照的时候，热量会像火炉那样向周边散发，下大雨的时候，雨点击打在屋顶上，会发出巨大的震耳欲聋的"噼噼啪啪"的响声，这会让周边的住户苦不堪言，因此，这必然引起广大业主的激烈抗争和反对。

春节过后，年轻的人们都去上班或者外出打工了，开发商乘此之机，他们请来几十人，开来钩机、汽车、电锯，拉起警戒线，开始在 12 幢、13 幢的门口锯木。听到响声，在家的老头老妇们走出门口，想进入阻止。但却被开发商带来的几十个膀大腰圆的汉子拦住，一个老头冲破人墙，却被几个人当即拦截，抓住手脚，抬出警戒线，像扔死猪那样扔在地上。老头老妇无计可施，只好一边谩骂，一边给家里人打电话搬援兵。接到通知，光泽赶回来了。业主们越聚越多，但都是一群乌合之众，面对手拿棍棒、铁棍的一群打手，谁也不敢冲破阵线，只能眼睁睁看着高大的树木被连根拔起。光泽也不敢太出面露头，只是不断给有关部门打电话、报警，期望他们早点过来及时处理。

随着时间的过去，不断有树木被连根拔起，发出"嘭"的一声惨叫，重重地摔倒在地，将附近的楼房也震动得微微摇晃。光泽的心痛极了，站在旁边观看的业主们的心也在淌血。"有关部门"没来，警察也还没来。这时候，被连根拔起的树木越来越多，12幢一单元的树木渐渐被拔光了。正在人们越来越绝望时，葛老头踩着三轮车回来了，他一下将三轮车推向一边，提起车架上的那根光滑坚硬的竹棍冲进警戒线，一边大声呵斥，一边向吼叫着的钩机冲去。站在警戒线外的几个打手回过神来，他们提着棍棒向葛老头围堵过来。葛老头提起棍来，手起棍落，一下将两根木棒击飞。葛老头喊道："来吧，狗吊东西，想空手套白狼，非法占地，想得美！当年老子当兵没赶上打仗，今天，就让你们尝尝老兵的厉害！"

几个打手见葛老头一根棍棒神出鬼没，出神入化，有点怯场。他们只是开发商出钱请来的帮衬，利益与他们无关，因而也不想发生流血事件，所以有点出勤不出力。那个秃头矮胖的开发商恼羞成怒："你们几个小子是吃屎长大的？几个人都搞不过一个老头子？给我往死里整，完事后我给你们加钱，出了事我来担着，怕什子！都给我上！"

听到秃头的喊叫声，附近站着的几个纹身的小子加入了群殴。开始，葛老头的棍棒使得出神入化，在一阵阵"噼里啪啦"的响声中，有木棒甩了出去，飞落在被锯断的树杆上；有人的手上臂上挨了一棍，发出一声凄厉的惨叫。那场面很像电影里的武打片，让人看得眼花缭乱。人们都没想到平日里不近人情性格怪异的葛老头，竟然是一个深藏不露的拥有高超武艺的退伍兵。他一人独战群魔的英勇气概让人们一下子刮目相看。

然而，葛老头毕竟年纪大了，加上双拳难敌四手，时间一长，渐渐落了下风。他的棍子开始渐渐慢了下来，他的脚步慢慢有点零乱。光泽心说不好，他将眼睛朝四周看了一眼，希望看到戴大头帽的人出现。然而，周围除了里三层外三层的业主以及看热闹的人之外，他没有看到大盖帽的影子。就在这时，一棍水管铁将葛老头的竹棒砸断，然后七八棍棒子"噼里啪啦"砸在他的身上，葛老头倒在地上。广大业主再也忍耐不住，纷纷从家里拿出菜刀、铁铲、棍棒，冲了过来，场面很快失控。正在这时，几辆警车鸣笛呼啸而来，随后，住建局、城市执法局的车辆也鱼贯到来。那些打手开始作鸟兽散，但还是有几个腿慢的和秃头开发商被警察手到擒来。人们拉起葛老头，只见葛老头浑身冒血，脸上早已被血水和泥土模糊一片。

住建局的车辆将葛老头送医院，业主们都伸长脖子想看看葛老头，但他被几个穿制服的人围着扶上了车。警察开始拍照、扣压钩机、货车、电锯、棍棒等作案工具，并在原物业办公室开始问话。光泽因为曾经给"有关部门"打过电话，他和小区业主龚老师、开诊所的陈"教授"、做装修的吴师傅等几个人一起被叫过去调查问话。光泽和龚老师作为公职人员，除了被询问之外，还被综治办的人进行了严厉警告，说他们作为公职人员，不但没有为社会稳定作出应有的"贡献"，而且还为事件的发展推波助澜。说这样下去，他们将事情通报给纪检委，由他们进行问责处理。光泽和龚老师对这样的批评警告大为不满，但他们不敢据理力争，因为他们内心里隐隐觉得，这件事的背后不会这么简单。秃头开发商既然敢这么大胆，他肯定有他背后深藏不露的背景。现在，很多地方出现了棘手的问题，如征地、拆迁，如果里面涉及有公职人员的关系，总会通过组织施压，要公职人员"顾全大局"，说服、教育家属放弃或降低要求，否则，就会让公职人员吃不了兜着走。有时候，公职人员及其家属有点像唐僧肉，成为任意宰割的对象。当光泽和龚老师从物业办公室走出来的时候，他们的背脊感到一阵阵发凉。

业主们都被这事件激怒得群情激愤，同时也被葛老头的英勇壮举所折服。大家都关心着葛老头的受伤情况，祈祷着好人一生平安。到了很晚，见葛老头的家里还没有亮灯，大家才突然想起不知葛老头在哪家医院留医，觉得当时没派人一同前往，有点后悔不迭。

大家商议一阵，决定派代表到县医院、中医院，逐一打听探望，县城就巴掌那么大，肯定能找到，我们不能让葛老头流血又流泪。同时，还开始自发捐款，毕竟葛老头发生事情后再也不能出去卖菜挣钱了。

出去的三批人陆续回来了，葛老头就在县医院急诊科观察治疗，拍了CT、X光、胸片。医生说无大碍，葛老头受的都是皮外伤，左手骨折，头部有外伤，脸肿得像脸盆，有点脑震荡，流血不少，需要留医观察。去县医院的人见到了葛老头，他的头发被剃了半边，头缠满了白色的纱布。见几个邻居去看他，

葛老头又骂人了："都是一些没夹卵的软蛋！都被别人欺到家门口了，还不敢出手，还算男人吗？"众人被骂，脸红红的，但内心里却不再像以前那样反感。但他老婆葛婶的眼睛里却充满了哀愁，骂他总爱出风头，得罪了恶人，以后怎么死都不知道呢。葛老头说："我当兵五六年，连自己有份的权益都没能保护，何谈去保家卫国？这样的事我不但现在敢管，将来一样会管！恶人算什么？何况还有这么多的邻居，还有政府，还有法律呢！朗朗乾坤，还能让他们无法无天不成？"

众人听了，都向葛老头投去敬仰的目光。大家现在才知道老葛原来当过兵，难怪他临阵如此勇敢，难怪他平时脾气有点倔。居民代表拿出捐赠款，葛老头又开始骂人了，说什么也不肯收，只收下带去的水果、奶粉。

这天晚上，夜深人静的时候，小区里不时呼啸着震耳欲聋的摩托车和小车的声响，那些车辆好像故意敲穿了烟囱，声震夜空，格外刺耳，似乎房屋都在微微地颤抖。人们从窗口看下去，见三五成群的人在小区里巡游，有人家的窗户发出"啪"的声响，然后是"哗啦"的震响，一块玻璃从二楼三楼摔在地上，粉碎性掉满一地。人们都胆战心惊，许多人一夜未眠。第二天一看，那块掉下玻璃的窗户，正是葛老头家的。

事情还远远没有完结。有天晚上，光泽从局里加班回来，那时天下着飘飘扬扬的小雨。他开着小车缓缓地通过车水马龙的火烧桥，爬上望街岭，进入了他居住的没有路灯没有物业落叶遍地的小区。正想从球场拐入

12幢的路口，蒙蒙细雨中，雪白的车灯照见转角处赫然停着一辆黑色的越野车，那辆车的号牌只能看清两个字母和一个数字。光泽心说不好，正想倒车，这时候，从那辆黑色越野车上下来了两个用连衣帽裹着脑袋的人，光泽看不清他们的面相，只是能看到他们身材高大，膀大腰圆，他们的手放在衣袋里，他们一左一右，走到光泽的小车旁边，左边的人用力猛然敲打光泽的车窗，车窗发出"嘭嘭"的响声。光泽吓了一跳。他想喊人，可他又怕惊动已经像惊弓之鸟的邻居；他想掏出手机报警，但他们还没有做出太出格的行动。逼不得已，光泽只好在雨中把车窗摇下来，那个人把光泽的左手抓住，用力将他拖下来。光泽说："你们想干什么？抢劫吗？"

这时候，因为下雨，加上近期小区里不太安宁，空气紧张，偌大的小区里早已经没有行人，只是那条南北相通从小区穿越而过的道路还偶尔有车辆经过。光泽的内心里有点害怕，他在心里思忖着，如果他们动手，他肯定干不过他们，何况，他们有备而来，他们隆起的衣袋里隐藏着什么样的凶器，也不得而知。

两个高大的人向他包抄过来，一左一右把他夹在中间。右边的那人狞笑："你这辆破车，三辆不如我们一辆。谁要你的破车啊？"

"那你们要干什么？"

"干什么，你不知道？别装蒜！等下你就知道了。"左边的那人说："你叫徐光泽，在发改局当股长，前途无量，对吧？"

"说不上前途无量，混餐饭吃而已。"

"你老婆叫文思维，在恒达制药厂上班，平时上班接送孩子开一辆红色的鲨车，是一个人见人爱树见花开非常漂亮的少妇；你儿子叫徐德亮，今年10岁，在城区小学读三年级，对吧？"

光泽似乎一下子被人抓住了软胁，他恐慌极了："我跟你们上世无冤，今生无仇，你们究竟想干什么？"

"哼，如果你不想你夫人及儿子发生什么意外，今后请你不要再出谋划策！否则，哼！"说着，他们朝光泽摇晃了一下拳头，然后抛下呆若木鸡的光泽，跳上车，那辆黑色的越野车发出极其强烈的光亮，把光泽照得两眼昏花。然后，越野车开始倒车。到了13幢的路口，汽车"呼"一声开走了。

见越野车开走了，光泽才懵懵懂懂走上车。刚才的一幕虽然没有让他受到皮肉之苦，但让他的内心很受伤，让他受到了一场突如其来的惊吓。他为老婆孩子担心，更为他们对他一家三口的情况了如指掌的神通广大感到恐怖。这些情况他们是怎样掌握的？他们是警察，还是侦探？这不是黑道是什么？这几年，不是对黑恶势力和保护伞进行了严厉打击么？可是，一些潜藏的黑道白道仍然存在，官商勾结从来没有得到过彻底的清除。一些人就是暗中利用着看不见光的手段，用最低劣的成本，去获得最高额的利润。

住在这个市场住宅结合小区里的人，本来就是一些贫穷的人，他们是一些基层的收入低廉的公职人员，是一些货运司机和建筑工人。他们购买这个小区作为住宅就是看中它的价格低廉，空间宽阔。然而，现在，开发商看中了那块空地这块肥肉，想一口吞掉。这样，住户们就没有了活动的空间，也就没有了生存的空间。而他们中的很多人，奋斗半生才能缴交首付取得这套赖以生存的房子，他们没有能力搬迁，让他们拱手送白狼怎么能心甘情愿？

光泽心乱如麻停好车，他忙了撑伞，把自己淋湿在冰冷的蒙蒙细雨中。他打开那扇铁门，拧亮手机电筒，在二楼的拐弯处，一个黑影无声地站立在那儿，把光泽吓了一跳，以为是单元楼梯里进入了歹人。他抖着手用手机电筒抬高照了照，见是二楼的邻居吴师傅。

吴师傅以前是县水泥厂的机修工，企业解体破产后，他拿着那笔买断工龄的赔偿款，思考再三，颤抖着用买断自己前半生的那点钱，在这儿买了套房，跟光泽做邻居。他十分敬重羡慕既有大学文凭又有稳定职业的光泽，每次见面都毕恭毕敬的叫他"徐科长"。其实这个县级小城里的县直单位只有不算职级的小股长而不是科长，他工作了十几年才享受了"副科级"，让他十分汗颜。但面对邻居的热情，他也不好纠正，就暗中享受着不知情的人的尊称吧。

吴师傅小声问："徐科长，你被堵截了吗？"

光泽点点头，然后看到做装修的邻居手里拿着一根长长的水管铁，铁棒有一头被锯得很尖利，在微弱的手电光下闪着寒光。

吴师傅说："我也被堵截、威胁恐吓了。刚才龚老师来电话说，他也受到了威胁。"

光泽像腊月天被人当头倒了一盆水，浑身感到寒冷。光泽小声说："吴师傅，我们大家以后都要小心谨慎！"

吴师傅点点头："我们该怎么办啊？"

"见一步走一步，天塌不下来的！"

光泽说完，走上楼梯。

连续几天晚上，都相继出现这样威胁恐吓的情况，大家都对事情的出现心知肚明，但是，恐慌已经像雾霾那样在小区里弥漫。有人报了警，警察来了，拍了照，问了话，然后对围拢过来的人语重心长说，我们的警力有限，你们小区太多事了，不可能经常把人力物力都放在你们小区里面。你们可以安装摄像头，重新聘请物业或者组织巡逻队。建设和谐平安社会要大家共同努力，有时候退一步海阔天空。说完开车一溜烟走了。

这一天，秃头开发商带着几个膀大腰圆的汉子在小区里耀武扬威走来走去。没人知道他被关了几天，更没人知道他受到了怎么样的处理。业主们更加觉得岌岌可危，没有安全感。人们开始加装防盗锁防盗网，安装摄像头。孩子们放了学，就被大人锁进屋里，不准出去。晚上，再也没有人在门口榕树根的石凳上聚集、聊天了。

这天傍晚，葛老头回来了，他戴着一顶草绿色的帽子，帽檐还露出白色的纱布。他环视了一下被破坏了的绿树，又抬头看了一下他家的窗户，看见那个像狰狞的豁口，脸色变了一下。葛嫂见了被砸得稀巴烂的窗玻璃，忍耐不住谩骂起来。人们见葛老头回来了，几个胆大的男人打开门，走过去向葛老头问候，然后，告诉他近日发生的事情。业主们见葛老头回来了，觉得有了主心骨，纷纷开门出来，一下子围拢过来，把葛老头围在中间，有的问长问短，有的对没能保护好他家的窗户表示内疚，有的向他诉说了这几天晚上的情况。葛老头说："没事，想恐吓我，让我害怕他们，门都没有。"葛嫂说："就你颈硬，头都破了，有天人家会将你吃饭的家伙换个地方。"

老葛说："我都死过几回了，还怕再死一次么？当武警几年，我抓过毒贩，当过潜水斗过黑头目，那一次不是惊心动魄？"

"老葛，你打过仗吗？"有人好奇地问。

老葛说："我开过枪，打死过坏人，算打仗吗？"

人们向老葛投去敬佩的目光。

"你们还记得云南昆明的暴乱吧，那一次，我们指导员带着我们几个人奉命赶到现场，制止暴乱。赶到现场的时候，已经有十多个人倒在血泊中，那些人有普通群众，也有警察。旁边，几个长着长发的人拿着寒光闪烁的大砍刀在挥舞、追砍。偌大的候车厅里，人们四散逃命，喊声，哭声，惨叫声响成一片！指导员带着我们冲近凶手，喝令他们住手。但是，他们仗着人多势众，根本不把我们几个人看在眼里，号叫着挥舞大刀向我们砍来。我们一边避开，一边用枪指着他们发出严厉的警告。但仍没能阻止他们的疯狂，一个领头的喊：他们不敢开枪的，抢他

们的家伙！听到喊声，他们一边挥刀，一边抢枪。混乱中，我看到指导员的手臂血流如注，又似乎听到了他开枪的命令。在又一个战友受伤后，我的半自动响了，随着枪声响起，两三个狂徒倒在地上……恶性事件随着枪声响起，得到了遏制。事后，因为没有得到上级批准的开枪命令，指导员被降职，我被退出现役复员退伍。"

"难怪你的一条棍使得出神入化。"

老葛谦逊说："老了，加上十年不耕九年不锄，生疏了。要是像当年那样天天锻炼，他们三几个真近不了我的身。"

人们终于明白，老葛的车架上为什么总有一根棍，明白老葛为何总在天色末明的时候踩着他的三轮车在小区里转动。

光泽忽然想起："老葛，你为什么不把青菜买给我？怕我没钱白拿白吃吗？"

老葛的脸一红："我知道你是看到我早出晚归，摆摊辛苦，想让我早点卖完回家。我知道你们的好意，但我不愿领你们的同情。说句不怕见笑的话，发生暴乱前，我已经入了党，正准备提干，连表都填好了，就差送审那一关，美好的前程已经向我招手。但是，时运不济，正在我人生的关键时刻，就出了那件事，紧急情况下，我开了枪，死了人。复员后，我消沉、低调，开始把自己封闭起来。"

有人不解："暴徒已经砍杀得血肉横飞，血流成河，怎么还不能开枪制止啊？难道还要让他们抢枪后再发生大规模屠杀不成？那你们不是更加失职吗？"

老葛说："军队有非常严明的纪律，谁

都无法擅越！向谁开枪，在怎么样的情况开枪，都有严格的规定。比如，中越、中印边境的摩擦、对峙，即使对方打了第一枪，没有中央军委批准，我们解放军也不能开枪还击；制止暴乱，连级首长是没有权力下令开枪的。"

老葛叹息一声："往事不堪回首……"

对老葛的经历，人们都投以敬佩的目光。以前，谁能想到这个头发花白的小老头，曾经是一个出生入死、身经百战的武警兵。大家都暗自庆幸小区里有了一个不怕死的主心骨。开发商与物业和业主的矛盾，很多城市的小区都曾经时有发生，有的甚至大动干戈。虽然业主众多，但因为都是乌合之众，各打算盘，很难形成一体，很容易被人家各个击破，最后都是以开发商胜利告终。

正说着话，秃头胖子又带着几个人来了，见了老葛，秃头一怔，喊："葛老头，头没事了？没被敲烂吧？我以为你会一躺不起呢。"

老葛看了一眼秃头说："没事，我的头硬着呢。你都没走，我哪好意思先走一步呢。没我陪你玩，你会寂寞的。"

秃头听了，有点气恼，开始话里有话反击："老葛，有句老话说，识时务为俊杰，我棍子也给你了，面子也给你了，砖头也给你了，你见你好就收吧。你一个踩三轮车卖菜的老头，玩不过我的。牛角不尖不过界，我经商几十年，黑白两道不认识点人，那玩得转？"

"我踩三轮车起早摸黑卖菜怎么了，不偷不抢，不骗不诈，自食其力。不像有些人，总想空手套白狼。谁不知道城区的土地值千金？你的棍棒、砖头我都心领了，但那几块砖头——20 万人民币我没领。我虽穷，但志不短，那点钱是没办法收买我的。当年，我当武警时，就曾经有过毒贩给过这个数，我都不受，何况物价飞涨的今天，那点钱还算钱吗？要是你觉得我还玩不过你，那就等我儿子回来，让他接着陪你玩。现在，他在中印边境当兵，正在跟印度佬耗着。但年底他可能就要退伍了，这套房子就是买给他结婚当新房的。谁都会有辉煌的时候，谁也会有落魄的时候，但绝不能仗势欺人，仗钱欺人！"

秃头听到老葛的一席话，怔了一下，然后，用不认识的眼光默默看了一眼老葛，不再说话，掉头走了。

接下来的一段时间，小区相对平静，再不见秃头露面，半夜也没有狂吼飞驰的小车和摩托车穿梭。每天，老葛都戴着那顶草绿色的帽子，在小区里走来走去，用扫把打扫落叶，然后，带着一群老头老太装上三轮车，拉到门口的垃圾池。小区渐渐变得干净整洁起来。

业主们看到老葛受伤后再没有出去卖菜做小本生意，怕他的生活失去来源，几个代表就将前段时间的捐款，买回大米，食油，面条，腊肠，腊肉等物品，偷偷堆放在他家门口，上面用纸写明老葛收。第二天早上，老葛开门见了，眉头一皱，然后出来，逢人便问："我家门口的那些食品，是你送的吗？"

人们都摇头否认："老葛，你为大家流了血，付出了那么多，现在又不能出去卖菜，日子肯定会紧巴。人家的好意你就领了吧。"

老葛摆摆手说："小区也有我的一份，我哪里是为大家？我是为我自己。让我接受嗟来之食，真过意不去。"

从那天开始，老葛就戴着草绿色的帽子，像从前那样，很早就骑上三轮车，到龙祥市场批发蔬菜，拉回到百花塘市场摆卖。或者是他受伤后气力不够，他车架上的青菜没以前多。但他见到小区里的人不再掉头，也愿按市场价格卖给邻居。小区里的人见了老葛，都热情地跟他打招呼："老葛，好生意，早卖早回，大家都等着你回去吹牛聊天呢！"

老葛满面笑容："好的，托你的福，生意兴隆！"

从此以后，老葛回来得早了，不再摸黑回来。吃过晚饭，就跟一群邻居坐在榕树的石凳上聊天吹牛。小区里难得的安宁和祥和。

然而，平静安详的日子总是好景不长。住户们发现，11幢、12幢和13幢的一楼商铺开始纷纷搬迁，商铺的人悄声告知住户们，说开发商已经停止租赁铺面，这些铺面都还没有出售，产权属于开发商所有，开发商已经与一个外来的老板合作，要在这里开餐饮。业主们听了大惊失色，如果让他们在小区里开餐饮，不但改变了市场的用途，而且油烟、喧嚣、人来车往都让他们不得安生。这天晚上，业主们集中到12幢的榕树下商议，大家群情激愤，决定誓死抵抗。

商铺搬空后，在几幢楼前留下了满地的垃圾，有瓷砖的碎片，有塑料薄膜，有泡沫。风一吹，那些较轻的垃圾随风飘飞，飞到榕树根下，飞到被锯掉树木的空地上。11幢、12幢、13幢的门前成了垃圾场。而且还有一股莫明其妙的难闻的臭味。此外，开发商请来的人故意又从商铺中把垃圾扫出来，住户们的门口倒。

垃圾清理完之后，12幢的底层开始拆除承重墙，他们要把原来设计的单间商铺担空成一间大厅。"噼噼啪啪"的响声震得人耳朵生疼，震得楼宇微微颤抖，那些墙面原有的裂缝似乎在逐渐扩大。人们坐不住了，纷纷涌出来到一楼制止。那些砸墙的人说："我们跟老板订了合同，限我们半个月完成工作，如果不按时完成，我们不但得不到工钱，还要被罚款。你们找我们没用，要找就找老板。"

业主说："你们这样胡乱砸墙，要是出现了崩塌事故怎么办？你们赔得起吗？你们总不能见钱眼开，伤害他人吧？"

工人说："这不是我们的责任。老板既然敢请人拆墙，说明他心中有数。"

说完，他们继续拿起钻机、磅锤开工。"轰隆隆"的响声一下一下击打在业主们的心里，疼痛和愤怒让他们再也无法忍耐。老葛、吴师傅带着男人女人一齐涌上前去，人们抢钻机抢磅锤，满地残砖碎片的地上成了混乱的战场。光泽怕出大事，作为公职人员他不好继续出面，也怕老婆孩子遭暗算，连忙叫妻子文思维分别向公安、住建部门打电话，反映这件事的严重性。

那些工人见业主人多势众，只好停止施工，并打电话向秃头开发商报告情况。

公安及住建局的人未到，秃头开发商却闻风而动来到了。他的身边总会带着几个年轻力壮膀大腰圆的人，围拢在他的身边。秃头见老葛带着几个男人把钻机压在脚下，就说："老葛，这就是你的不对了。你带头反对我在 12 幢 13 幢建仓库车库，我停止了，算给足你面子了吧？现在，我通过市里面的招商引资，与一个广东老板准备在这儿成立个海鲜的餐饮公司，好不容易引得一个外来的老板在自己的商铺上合作。你怎么又来搅水了？你不是搅屎棍吧？"

老葛说："这个小区经政府已有关部门批准的名称是什么？你没忘记吧？它叫'建材商贸城城'，简称'建材市场'。它的商铺主要是销售买卖建筑材料。现在，你要把它变成餐饮场所，完全是与批准建设的初衷背道而驰，风马牛不相及。你为了建餐厅，将承重墙拆除，让这些原本质量就不好的房子加速成为危房，让我们广大业主有朝一日无家可归，你才是搅屎棍呢。"

秃头说："你看看整个小城有多少家建筑市场了？现在经营建筑材料还有生意可做吗？我把承重墙拆除，中间不是还有柱梁吗？那些柱梁不是用来摆花架子占地方的吧？它们的作用比那些墙壁的作用大多了。你们没学过建筑就不要在这儿瞎嚷嚷。再说了，这样的房子我就没份子吗？我就不怕它崩塌吗？只有你们才是业主？告诉你们，我不但是小区的开发商，我还是小区里最大的

业主呢，这里面还有我 69 间铺面呢。一间铺面值多少钱？一套房子又值多少钱？老葛，我们以前是邻居，现在是邻居，将来可能还是邻居。邻里之间应该和睦相处，和谐共赢，你带大家走吧，不要再跟我作对了好不好？"

老葛正想说话，吴师傅站出来了。他高高瘦瘦的个子站在人们面前有点鹤立鸡群。吴师傅说："秃头老板，你说话别站着不知腰疼。我们倾其所有在这儿买了套破房子，让你搞得乌烟瘴气，没有路灯，垃圾遍地，小偷经常光顾。今天要锯木，明天又要砸墙，从来没有安静过。这些都不是我们住户们干的吧？你要在这儿做餐饮，不但要拆除承重墙不说，以后的油烟、噪音、外来的人员外来的车辆，我们还能过得安生吗？说什么我们都要抗争到底了！"

秃头一听，脸色一变："那你们是要跟我作对到底了？"

老葛说："我们不是要跟谁作对。但是，谁要让我们不得好过，我们也一定不让他安逸。"

秃头说："老葛，你可不要好了伤疤忘了疼。"

吴师傅说："我虽然没受过伤，但是也被你派人堵截过威胁过。我们不像你腰缠万贯，财大气粗。但我们贱命一条，明的暗的随便你放马过来！"

秃头被气得脸色铁青。

气氛一下子紧张了起来。

正在这时候，一辆敞篷警车和一辆喷

"公务"字样的车辆来到了现场。两辆车上下来10多个人，他们开始动员人们分散出去。人们吵嚷着往外走。公安和住建局的人开始拍照，然后当着秃头和老葛、吴师傅等人的面责令"停止施工"，不经有关部门鉴定批准不准砸承重墙，否则出现其他事故责任"自负"。

秃头急了："领导，我这个项目可是市里招商引资回来的啊……"

住建局带队的股长说："我们是建设局建筑质量监督管理股的。不管是谁引进的项目，要改变房屋的结构，必须经有关部门的审批并经有资质的机构鉴定，方可动工。否则，出现问题谁也负不起责任！"

秃头一下子蒙了。

两辆公车的人走出外面，看到满地的垃圾和吵嚷的人群，都无奈地摇了摇头。

秃头恨恨地瞪了几眼老葛他们，然后在几个膀大腰圆的汉子的簇拥下走上了他那辆"霸道"车，呜的一声扬长而去。

此后的一段时间，小区的业主们再也没有见过秃头开发商。人们说，他是扫帚星，一见准没好事。但愿他像泡沫那样永远消失。

人们发现，有一天11幢、12幢和13幢一楼商铺的卷闸门关上了，但那些垃圾和碎片仍堆积在住户们的门口。光泽和老葛及龚老师、吴师傅他们商量了一下，认为这样拖下去不是办法，反正谁也不知道秃头过一段时间之后又会想出什么歪点子来跟住户们对抗，但自己的住宅面前总是要搞干净的。于是，他们就组织业主们对门口进行了一次

清洁大扫除，轻的收拾进蛇皮袋用老葛的三轮车运到小区外的垃圾收集点，重的就堆积到围墙边暂时存放。

人们希望这样的日子能长远永久。但他们的内心也有隐隐约约的不安，他们知道秃头不会就这样放弃他的小动作，他不会对这些穷佬缴械投降的。不过，他们没有办法，他们能做的只能是车来山挡，水来土掩。反正有老葛做主心骨，他们什么也不怕了。

到了6月，在老葛外出摆摊的时候，葛嫂开始变得有点不太正常。她开始在小区里喃喃自语："我家存能已经有几个月不通电话，音讯全无。""那边是不是打仗了？""你们知道那边出现了什么情况吗？"

那些老头老太只是极力安慰，回来后就问家里的年轻人："中印边境是不是发生了战争？老葛的儿子已经几个月音讯不通。"那些经常上网看新闻的后生人的心就提了起来。从网上隐隐约约的报道中得悉，从当年的6月起，中印边境因为印度军队的越境入侵，两国军队正在发生严重对峙事件。血脉相连，母子连心，看来葛嫂的担忧并非空穴来风。中印边境环境恶劣，空气稀薄，人烟稀少，山高路陡，别说发生战争，便是从这一界碑巡逻到另一个界碑，路途都充满了危险。每一年，边境的战士都会有人出现意外。人们的心开始挂了起来，但对葛嫂却总是装得若无其事："放心吧，葛嫂，印度人跟我们国家根本就不在一个档次，如果他们胆敢挑衅，几个钟头就可以打到他们的首都新德里。""20世纪60年代的那场战争，早已

经把他们打痛了打趴了。""你们家存能肯定会好好的，只是现在执行任务，不方便联系而已。说不定过几天，他就会带着立功喜报回来见你。"

老葛回来，就把葛嫂拉回家。这段时间，老葛回来得较早，他批发的菜比往常少。在小区里和葛嫂面前，尽管老葛装得若无其事，但是，每当人们上班下班从市场经过，都看到老葛的面色有点凝重，时常出现若有所思的神态。人们知道，老葛其实也对边境的对峙牵肠挂肚。但人们也不敢对此有太多殷勤的表露，不敢刺激他们那根敏感的神经。

有一天，光泽从乡下扶贫回来，刚把车停好在围墙边，就见榕树根下走出个人来，吓了他一跳。那时天色已晚，小区内家家炊烟四起，外面已无人走动。光泽定睛一看，见是老葛。老葛见了他，说："很忙吗，怎么这么晚才回来？我在这里等候多时了。"

光泽感到诧异，内心里有了一丝不安的感觉。老葛从来没有主动找过他，现在趁黑找他，肯定有事。而且肯定与他当兵的儿子有关。忙问："葛叔，有事吗？"

老葛看看四下无人，有点尴尬地说："光泽，你年轻，有文化，又是当干部的，知道的事情多。我就想问问，中印边境上的情况怎么样了？严重吗？有军人牺牲的消息吗？"

光泽的内心一惊，尽管官方对边境的斗争没有太多详细的报道，但是，从小道得悉的消息，知道那儿的对峙还是很严重的。但光泽脸上却装得若无其事："葛叔，放心吧，

边界上虽然发生了两国军人的对峙，但都没有动刀动枪，证明双方都是克制的，不会有大事的。"

老葛仍旧是忧心忡忡："可是，我家存能已经几个月没跟家里通信了。他出发执行任务前，曾偷偷给我打过电话，说要到边境执行任务，回来就给我打电话。可是，几个月过去了，至今都没接到他只言片语。你家葛婶担心极了。"

光泽拍了拍老葛的肩头："放心吧，葛叔，没事的。现在边境上双方还在对峙，没有撤兵，证明建成还在执行任务。印度人不是我们的对手，20 世纪 60 年代的那场战争就是证明，何况今天我们已经拥有世界一流的军队！现在，您要保重身体，照顾好葛婶，等待着存能带着军功章回来见您吧！"

老葛听说后，似乎放下了心来。光泽挽着他的肩膀，他觉得老葛的步履仍然有点沉重。他一直将他送进楼梯口，望着他一步步走上去，直到消失在转弯处。

夏去秋来，又到了稻熟谷黄的季节，日子就在平平淡淡中度过。有天上午，小区来了两辆车，其中一辆军车，直接开到 12 幢门前，走下了十来个人，有穿军装的，有穿便服的，他们的神色凝重，依次进入了老葛的家。看到部队来人，人们的心一下子提了起来，人们都将眼睛看向 12 幢一单元。大家互相猜测着，不说话，连平时吵闹的孩子都静悄悄地偎依在大人的怀里或身边。不一会，就从老葛的屋里传出了哭声，哭声尽管很压抑，但坐在外面的人都听到了。附近楼

层的人及开铺的人越聚越多，人们小声地打听着，但没有人敢说出来。人们的心都揪了起来。大家感觉到老葛家里出事了，而且部队来人，肯定与他在中印边境服役的儿子有关。

到了中午，老葛嫁出的女儿及女婿带着包裹来了，他们的眼睛都红红的，像哭过的样子。进去后大约半个钟头，人们出来了，一个军人和老葛女儿搀扶着葛嫂走出来，母女俩都小声哭泣着，葛嫂几乎是别人拖着走。我们听到葛嫂一边哭，一边喊着："存能，你等着，别走，妈带你回家，妈接你去了。"老葛没哭，但我们可以看到他的双眼红肿。几个军人和陪同的地方干部听到葛嫂的喊声都已经泪流满面了。

就在这年夏天的中印边境冷兵器的冲突中，老葛的儿子及战友们面对入侵者的袭击，以少胜多，奋起还击，葛存能和几个战友牺牲了，成了英雄和烈士。人们默默地看着他们一家上车，离开。

半个月后的一天，小区里忽然来了很多人，有军人、警察，也有很多穿便服的人。公务车、私家车将小区的停车位停得满满当当。秃头也开着他那辆"霸道"来了，但他身边再没有那几个膀大腰圆的保镖，他在一辆公务车前唯唯诺诺，像鸡叮咪米那样不断点头应允。上百个人在小区里搞清洁卫生，那些多年堆积在树根下、绿化带中的垃圾、黄叶、泡沫、砖头碎片都被捡出来扔上垃圾车。业主们都不知道发生了什么事，但很快，揪心的信息便在人们中间传开了，人们开始泪流满面，然后悄然无声加入清理的人群中。

县长陪同着几个军人特地走到了12幢，抬头望去，见老葛家的窗玻璃破了，只用几张牛皮纸封着。一个军人问县长，这就是英雄家？他家的窗玻璃是怎么回事？县长叫过秃头责问，秃头嘴巴里嘟囔着，那寸草不长的脑袋瞬间汗如雨下。县长责令秃头两个钟头后必须叫人重新装上玻璃。军人首长（军分区司令员）说："必须切实保护好英雄家属的切身利益，如有侵犯，必须严惩！"秃头听了，更加大汗淋漓。

干部职工和环卫工人除了将多年的垃圾清洁干净外，小区街道的地面还用水清洗一遍。十几台洒水车缓缓驶过，干部职工和环卫工人挽起裤脚用拖把将尘渍清除。交警对一些僵尸车进行拖走，并逐一要求"车头向外"统一摆放。县长责令路灯管理所当晚就要将路灯放光，所有费用由财政支付。到了傍晚，小区的面貌已焕然一新，球场上和显著的地方都用淡红纸挂出了"欢迎英雄葛存能回家"的横幅，通往12幢的路面摆放了100多米的红地毯，两边还摆放了花篮。那个夜晚，小区里所有的娱乐活动都已经停止，人们的内心里都有一种悲伤肃穆感。

第二天早上，小区的几个门口都有警察站岗，几辆警车停在旁边闪着警灯，那条穿越小区的道路暂时封闭。小区里的商铺、住户都在自己的门口摆放了烟花和彩炮，12幢的住户们还用萝卜插上香火蜡烛，用自己的方式迎接英雄回家。

上午10点，高速引道两边站满了戴着

黑纱迎接英雄的人群。一辆闪烁着警笛的警车开道,然后是几辆草绿色的军车缓缓地从北向南驶来。有人哭出了声,更多的人在无声地流泪。从引道到小区只有 3 公里,10 分钟之后,英雄将回到小区内他的家。人们连忙从屋子里走出来,站立在屋两边,静静地肃穆地等待着英雄回家。人们忽然在等候的人中看到了秃头,看到秃头的袖子上戴着黑纱。他的脸上也有一股悲伤的神色,在他的面前摆放着几箱烟花和彩炮,再没有了往日的嚣张和傲气。

过了 10 分钟,小区里等候多时的人们还没有看到迎送的车队到达,人们开始有点骚动。在高速引道参加迎接英雄归来的光泽哭泣着打来电话告知大家,由于老葛担心将儿子的骨灰带进小区,给大家带来不安和不吉,所以,他和家人商量决定将儿子带回老家,领导们只能尊重老葛的选择,现在车队已经驶离城区,向他们的老家驶去……那一边,站岗值勤的公安交警也接到了通知,他们连续放了三声长长的警笛。这一边,商铺的老板和住户们听说后,有人高呼一声:"老葛啊,你让我们情何以堪?"说着,有人就大哭起来,瞬间便是哭声一片。

秃头得悉消息后怔了一下,然后,他掏出打火机,点燃了礼花和烟花。人们也跟着点燃了烟花。一时之间,整个小区的上空鞭炮齐鸣,火花飞舞,哭声一片。

自此以后,人们很长时间没有见过老葛和葛嫂。人们都想念他们,不知道他们现在过得怎么样了?他们是否从失去儿子的痛苦中走出来了?整个小区的人,包括住户的、开商铺的,经常有事没事都走到 12 幢来询问一下,看三楼老葛家的门是否打开,开灯了否?但是,人们总是失望至极。那套房子的门总是紧闭着,没有灯光。到了农历八月,中秋节前的一天,12 幢一单元开来了一辆卡车,老葛从车上下来。他瘦了,精神也大不如前。坐在榕树石凳上乘凉的人们终于认出了老葛,大家一个子围拢过来,对他问长问短,也问了葛嫂的情况。老葛一一作答,然后老葛说:"作为多年的邻居,承蒙大家的关心照顾,葛老头在此多谢各位了!现在,儿子在边境的斗争中牺牲了,作为老军人,我知道他的死值得,不冤枉,很应该。但是,这套房子是买给他准备成家的,现在,他不在了,老伴的身体也不太好,成天念叨着儿子;住在三楼,人老了出入也不太方便,我们已经搬回老家居住生活了。这套房子我们准备卖掉,回老家养老算了。老家还有一亩三分地,平时种点水稻、花生、青菜,也是一种乐趣。"

人们听了,一下子泪流满面,哭泣起来:"老葛,你们不要走,今后有什么困难,只要说一声,大家互相帮衬,我们保证不迟疑。"

"老葛,都几年邻居了,俗话说远亲不如近邻,以前,你帮助了大家,大家不会冷漠你的,有事吩咐一声就行。"

"不要走,老葛,我们舍不得你们!"

正说着,已经很久没露面的开发商秃头来了:"老葛,你不是说要继续跟我玩下去吗，怎么中途退出了？你让我以后没了对手，还有什么乐趣？"

人们一听，肺都气炸了："秃头，你不要落井下石，往英雄的家属身上撒盐！"

"你是不是印度人的走狗？别以为有几个臭钱，就可以为所欲为！"

"再在这儿胡搅蛮缠，看我们怎么收拾你！"

秃头连忙摆手："大家别误会，我不是那个意思。其实，自从知道老葛是退伍军人，他儿子又在中印边境保家卫国中光荣牺牲，我就已经放弃了在小区建车库、仓库的计划。同大家一样，我也想留老葛他们一家住下来，作为我们的邻居。"

"谢谢你的好意！"老葛说，"儿子走了，我们逐渐老了，落叶总是要归根的。但是，以后，请你不要仗钱欺人，不要倚势欺人，否则，我还是不会放过你的。告诉你，我当兵时的指导员，现在就在我们军分区当副政委，我已经将这里曾经发生过的情况向他作了汇报，他说，他会将这些事情反馈给县领导的。"

秃头说："放心吧，我已经将建仓库和办餐饮的协议跟合作方退掉了，尽管损失了一笔钱。人心都是肉长的，我也不会继续昧着良心做事情。但是，老葛，房子还是不要卖掉，有困难就跟大家说一声。有空了想大家了又过来住几天，这是城中心，出入方便，以后老了就医也方便。留下吧，老葛！"

老葛流泪了："谢谢大家，谢谢各位！但是，我还是要走的了，房子已经找到了买主，并且已经签订了协议，就差没办手

续了，我老葛一生忠直，总不能让我临老变成骗子吧？"

说着，老葛带人上去扛东西，光泽和业主们见阻止不了，也上去帮忙，其实，老葛家里的东西也不多，他儿子的房间基本没有家具，还留空着。一个来钟头，东西就搬完了。老葛跳上驾驶室，一下将门窗关紧。人们把汽车围拢起来，不断地拍打着汽车，呼喊着老葛。但是，老葛没有开窗，光泽却看到他早已经泪流满面。汽车发出一声响，慢慢启动，人们追赶着汽车，呼喊着跟在后面。汽车渐渐加速，与追赶的人逐渐拉开距离，驶出了小区，然后彻底离开了人们的视线。

人们像心头被剜去了一块肉，沉重、疼痛地回到小区，来到12幢的榕树底下。忽然，有人尖叫一声："三轮车！"人们看到，老葛那辆三轮自行车还静静地倚靠在一颗榕树上。像寻回了失而复得的宝贝，人们呼喊一声围了上去，紧紧地、长久地围观、抚摸着那辆老葛作为谋生工具的三轮车。

（2023 年 12 月 11 日二稿）

作者简介：陈予启，笔名陈启发，20世纪 60 年代生，当过农民，做过打石工泥瓦匠。1989 年参加工作，历任乡镇党政办副主任、企业管理站站长、经济发展保障服务中心主任、市（县级）发改局副局长。2023年 9 月退休，现为自由撰稿人。

先后在省市级刊物发表作品若干。其中，短篇小说《阵痛》获得 2004 年度《广西文学》金嗓子文学奖。系广西作家协会会员。

薛梅的火车

安乔子

　　薛梅和周杨是正儿八经在大学时谈的恋爱，薛梅学的是汉语言文学，周杨学的是金融学，他们是在湖南上的同一所大学，恋爱时该做的事儿都做了，大四时两人的关系就出现了疲软，有点山重水复疑无路的窘迫。毕业时两个人就去哪个城市工作发生了分歧，薛梅和周杨都是家里的独生子女，薛梅的父母早早就给她打了预防针，毕业后必须回广西玉城老家工作，他们使出了浑身解数，以死相逼，薛梅不得不放弃了周杨在广州给她找的工作，应聘到玉城一所中学，做了一名语文教师。而周杨是广州人，家住在广州市城郊，父母在一家金融银行工作，没毕业前他父母顺理成章地给他安排在同一家银行工作。周杨的家庭不算富裕，但他父母东借西凑给他在城区买了一套小三房，唯一的要求就是他必须服从他们的安排，在本市工作生活。周杨不愿违背父母的意愿，毕业后回广州发展也是他的目标，况且这些年父亲身体不好，他需要他在身边。两个人谁都不愿屈服，他们心知肚明谁屈服谁就在这场恋爱等待收割时处于被动的状态，这就预示着他们在以后的关系走向里谁更胜人一筹，在这方面他们很快就暴露出独生子女以我为中心的自私自利。就这样薛梅回了玉城，周杨回了广州，他们的关系这么僵持了半年，中间出现几次分分合合。有天晚上周杨喝得醉醺醺的，主动给薛梅打了电话，说："梅，你不爱我了吗？我想你了，你过来吧。你过来，我们好好相处，我想和你好一辈子。"周杨的主动和哭诉让薛梅心软了。那个晚上他们聊了几乎一夜，聊理想聊人生，还聊到了结婚生小孩，好像又回到三年前他们刚谈恋爱的样子，只是现在甜蜜中多了一味痛苦，这甜蜜隔着四百多公里。打电话那天是星期三，薛梅这边雨下得很大，像周杨的话一样哗啦啦地落在她身上。打完了电话薛梅又兴奋又痛苦。第二天一大早薛梅拖着疲惫的身体买了周五下午五点钟去广州的火车票，她买的是坐票，这样她可以看看窗外的风景，在窗边吹吹风。到达广州站时已经是晚上十点，周杨来火车站接了她就前往一家餐厅，周杨已为她准备了烛光晚餐。看到这场面，薛梅在旅途上的奔波劳碌都烟消云散了。吃过晚餐后他们回到周杨的住处，小别胜新婚，两个人已有半年未见，如同干柴遇到烈火般，在周杨挑逗下，两个人被点燃一般，义不容辞地赴汤蹈火。晚上两个人又在床上温存了一番后商量起两个人今后的事，鉴于周杨周末会经常加班，薛梅决定每周末过来和他一起过。幸好玉城和广州差不了多远，四百多公里而已，四百多公里对她而言就是窗外一闪而过的风景。星期

天晚上十一点薛梅又赶火车回玉城，票是周杨订的，是卧铺，她在火车上沉沉地睡了一觉，回到玉城已经是早晨六点，她回到住处收拾一下自己就回学校，回到学校是八点十分，正好是上班时间。

这妥妥的时间安排让薛梅觉得那趟火车仿佛是她的专车。

周一到周五薛梅又回到一个人的生活，周杨还是每天晚上准时给她打电话，薛梅无比怀念大学时光，那段时间他们天天都在一块，不像现在天各一方，彼此煎熬。时间久了，薛梅越来越没安全感，她对他说，她不在他身边的那些日子，他除了上班，不能去见其他女孩子，他必须如实汇报他的行踪。周杨对她信誓旦旦，薛梅对他也是信任和忠诚的。

但薛梅还是不放心，薛梅在周杨家的周末，周杨白天出去上班后，她都要仔细检查一遍，床上有没有其他女孩子留下的头发，挂着的外套有没有女孩子沾上的香水味，洗漱台有没有其他女孩子留下的蛛丝马迹。床头柜里有薛梅放着的避孕套，她会数一数，是否和上次剩下的一样。一切无误之后她才安心。

薛梅父母也知道女儿周末去见周杨的事，他们是心疼她的，坐火车跑来跑去不累？有哪个姑娘这么恬不知耻地迎合一个男的？你这么为他付出傻不傻？要么和他分了在本地找一个，要么让他过来和你一起生活。你找一个本地的，我们之间可以相互照顾，将来你生了孩子我们可以照顾你和孩子，等我

们老了生病了，我们还指望你来照顾我们，你要是一走了之去了外地，把我们扔在养老院我们还不如死了算了。父母的话薛梅听得耳朵生茧。薛梅也反击了，为了你们我都放弃了在广州的工作你们还想怎么样？我这么跑来跑去还不是因为你们？你们当初怎么就不多生几个，多生几个说不定现在你们都灯笼高挂子孙满堂了，你们别再逼我，否则哪天我一走了之再也不回来了。薛梅的父亲有高血压，那天他们吵得凶，父亲当即就如触电般倒在地板上，从此父亲就只能坐在轮椅上，看到轮椅上歪瓜裂枣的父亲，薛梅就知道自己提前进入赡养老人的角色。薛梅后悔说了那些话，对为了追求爱情而离家出走的行为她更加没有底气了。父亲病倒前在一家陶瓷厂工作，母亲在乡下一间小学做老师，父亲不得不申请提前退休，母亲把父亲接到了学校，她一边上班一边照顾他，也没有给薛梅添多大的麻烦。父亲倒下的那个周末薛梅没有去广州，她和周杨说明了情况，那个周末正好是他们相识五周年的纪念日，周杨精心为他们的见面准备了庆祝晚餐，连亲朋好友都请来了。周杨是个要面子的人，他很失望。薛梅把情况和他说了，但他还是无法接受。那个晚上周杨喝醉了，他给她打电话，像个孩子在她面前哭哭啼啼，他唱起了他们相识时学校广播放的那首歌，薛梅听着也哭了起来，她恨不得马上赶到他身边。周杨说，她爱他多一点还是他爱她多一点？他那么爱她，她为什么不愿到他身边和他一起生活？他们这样下去会不会有结果？他要等她等到

什么时候？薛梅无言应对，她感到疲惫，她也不知道这种情况能持续到什么时候。从前薛梅以独生女为荣，被父母捧在手心，父母全部的爱都给了自己，没有人和自己争风吃醋，现在薛梅多么讨厌自己是独生女这个身份，她要不是独生女，父母就不会把全部心思和注意力放在自己身上，她可以去哪个城市就去哪个城市，现在独生女就意味着一种逃不掉的责任，没有任何人帮你分担。

薛梅二十五岁了，这个年纪正是结婚生孩子的最佳年龄。薛梅不急，急的是她的父母。母亲对她说父亲身体不好，说不定哪天就不在了，他就想亲眼看你成家，在有生之年抱抱孙子。周杨有什么好的，全世界又不是只有他一个人，等你交了新男朋友你就会忘记他了，等你生了孩子你就觉得生活就是那么回事，跟谁过都是过，只要他对你好，你也不讨厌他。无论他们怎么说，薛梅还是听不下去，薛梅就是那么一根筋，认定谁就是谁。薛梅想也许是因为自己还年轻，她无法理解母亲的话，等她不再年轻，她是否也会像母亲说的那样随便和一个男人都能过。但现在薛梅无法认同母亲的想法，跟谁过都是过，那跟猪狗有什么区别？除了周杨她无法再爱上其他男人，她无法忍受心里装着一个人，却和另一个人生活，那倒不如不结婚。

他们逼她去相亲，对方是本地的一个公务员，比她大两岁，家境殷实，有车有房，她要是同意，一切都水到渠成。

薛梅长得好，虽然她没怎么打扮，但她天生丽质，皮肤水润白皙，身材凹凸有致，

对方对薛梅是满意的,他问她有什么条件。薛梅说你会和一个心里已经装有别人的女人一起生活吗?就是这么一句话,对方就被她吓得逃之夭夭。把相亲对象吓跑是薛梅的目的,成功后她有一种报复父母的快感。

母亲哭哭啼啼地骂他良心狗肺,不懂他们的用心良苦。"你怎么那么执迷不悟,我们玉城本地有钱有相貌的男人大把抓,你何必把自己吊在远方那棵树上?你周周都去他家,他来过看你一次吗?你要是这么下去,总有一天你会成为老姑娘的。"薛梅说:"我要是变成老姑娘也是你们害的。妈,你想什么我还不知道,你希望我找个本地的,最好是我能找个上门女婿,可你看看那些能上门的女婿,不是穷光蛋就是脑残面残,跟他们结婚,我不如死了算了。"母亲说:"谁说我要找上门女婿,你能找个本地人踏实过日子我就阿弥陀佛了。"

这样的无休止无结果的争吵在薛梅后来的生活里断断续续地出现。薛梅还是那样周末赶火车去广州,每次都是坐同一辆火车,就连这列火车的声音和气味她都了如指掌,当火车缓缓开过来,她就觉得一个熟悉的恋人走向她,这算是她平静生活里的一段美妙的乐章。

那天薛梅在火车上认识了一个叫许涛的男人,他就坐在她对面,看得出许涛比她大,面容俊朗,从侧面看有点像秦昊,秦昊是薛梅青春期的偶像,薛梅看到他时内心不禁翻起了一片小小的浪花。他们的聊天很愉快。原来许涛是广州人,他和人合伙在玉城开了

一间玻璃门窗厂,周末他就回广州老家。

许涛问她:"你去广州是看男朋友吧。"

薛梅两只大眼睛盯着他:"你怎么知道?"

许涛说:"每周能让你跑来跑去的大概只有爱情了。"

薛梅说:"你怎么知道我每周跑来跑去?"

许涛说:"我注意你很久了,你总是坐周五下午这趟火车去广州,我见过你几次。"

薛梅说:"哦,你的推理能力不错。你怎么也喜欢坐火车?你是老板,怎么不坐飞机,那不快点吗?时间对于你们来说宝贵,一分一秒都是钱,不像我,坐火车只是为了慢,只为看看窗外的风景,只为听火车轰隆轰隆的声音,那声音叫人踏实。"

许涛没有回答她,而是扭头看向窗外,眼里掠过无奈的伤感,一眨一眨的睫毛像在替他回答。

许涛每个周五也是乘坐这列火车,只要薛梅愿意,她都能从这列火车找到他,他只要和别人换个座位,他就能坐在她对面,他们算是旅途的旅伴。

薛梅还是照常上班,周末还是照常去广州,像荡秋千一样在两广之间来回摆荡。周杨还是那样口口声声说爱她,可她就是觉得有什么不妥,她捕捉到了那一丝微妙的变化,他不再每天准时给她打电话,她给他打电话,他又经常说在忙工作。那天薛梅班上有个逃学去广州打工的学生,领导让薛梅请几天假去广州找孩子,薛梅也愿意,这样她可以趁

机去广州和周杨多待几天，周杨以前总是抱怨她和他待的时间太短，每次都是匆匆而来，又匆匆而去，多待几天就是奢求。那天是星期二，薛梅是和学生父母去的，找到学生后学生就跟父母回家了，薛梅则留下来。薛梅没有把来广州的事提前和周杨说，而是准备给他一个惊喜。薛梅打算先回周杨的住处，她有他家的房门钥匙。可是这一进门薛梅就吓傻了，地面乱七八糟，客厅的茶几上放着一束快要凋谢的玫瑰花，夹在玫瑰花那张纸上写着另一个女人的名字，阳台上晒着另一个女人的内衣内裤，床上有一根黄色的头发，卫生间里原来放着她的毛巾的地方放着一条陌生的毛巾，她的脑瓜子瞬间被震碎了。

薛梅蹲在地上，像个不知所措的孩子，委屈地哭起来。哭完了她从房间退出来，天色慢慢暗了，她从小区门口的便利店买了一包烟，蹲在小区的树丛里一根根抽起来。直到周杨和那个女人出现了，女人的身材很好，他搂着那个女人的腰身，薛梅想变成一条疯狗冲上去撕咬他们，但她没有，她跟在他们后面，跟他们上楼，直到门关上后她被锁在外面。

薛梅贴着房门，听到里面传来的笑闹声和物品跌落的声音。一只猫从薛梅身边窜过，吓得她大叫了一声，惊出一身冷汗，她迅速躲到了楼梯中间，看到周扬打开一道门缝，探出裸露的上身，往外面看了几眼就关门了。薛梅喘了口气，过了一会儿她给周杨打电话，周杨没接，估计是静音了。薛梅在楼梯那里坐了很久，直到周杨打电话给她，他说他还

在外面应酬，刚才太忙，没空接她的电话，你的声音怎么变成这样。薛梅说："哦，这么晚了还加班？要注意身体哦。我最近感冒了，所以声音变了。"周杨说："你好好照顾自己，我晚点再打电话给你。"他就挂断了电话。薛梅本来有很多话要和他说，她想骂他，把她看到的一切告诉他，她还要告诉他，她就在他家门口，她要问他为什么要背叛她。可她偏偏只说了那几句让她都觉得呕吐的话，她讨厌自己的倔强和虚伪，或者她讨厌自己作。归根结底这一切都是因为她是独生子女，如果她不是独生子女，她就会去他的城市工作生活，就不会发生那样的事。

薛梅又回到了周杨家门口，她把耳朵贴在门口，屋里传出了女人的笑声和谈话声。

那天晚上薛梅连夜赶回了玉城，薛梅当什么事也没发生一样，晚上还是跟周杨打电话，星期五下午还是照常去广州。表面上她还是那样大大咧咧、开开心心的样子，但平静的下面隐藏的汹涌只有她自己知道。

这次周杨的房间一切都整理得有条不紊，房间里不该有的统统消失不见了，像一个反侦探的高智商犯罪分子，把现场清理得干干净净，只是周杨忽略了一件事，那就是家里的避孕套用光了，那些避孕套本该能用到下个月的，他没注意到这一点。

一进屋周杨还是那样挑逗她，只是她说太累了，她想先洗个澡，他跟进来，他们一起洗的澡。他在后面抱着她，他吻她的身体的时候她想到了那个女人，他也是这么吻她的，他是否也会想到那个女人的身体，肯定

会，因为那是两种不同的体验，是人都会比较。他热烈地激吻着她的身体时，水沿着她的身体往下流，而她感到是泪在她心里流着。他说："你是我最爱的女人。"她听懂了，最爱说明她只是其中一个，但不是唯一的最爱的。花洒的水冲向她的脸时，顺便把她脸上的泪水也冲走了。他们还是像以前那样做了，那一次他们没有戴避孕套。她觉得自己的身体是另一个女人的，这是他和另一个女人的亲吻、抚摸、做爱，她冷笑起来，她只要使出功夫迎合他，她就从心里瞧不起自己，突然觉得自己就像一个献身的妓女，那列带她跑来跑去的火车就是老鸨，她感到一种从未有过耻辱感和羞辱感。火车，火车，它从不会停下，带着义无反顾的狂奔，带着耻辱的兴奋翻过一座座山峰。

薛梅明显地感觉到自己没有从前那么配合他，周杨怎么了，这不像他，要是以前她不配合他，他也会加倍地要她，他想方设法挑逗她，把她藏着掖着的那面打开，把一潭死水弄得风生水起，像一个高超的调酒师，她喜欢他这样。周杨问她："怎么了？"薛梅说："对不起，我身体有点不舒服。"周杨说："没关系，不舒服就不做了。"这句话简直如一棍子打死一般，薛梅心里想一个吃饱了的男人当然不会计较吃得少一点。

薛梅想努力挽回她和周杨的爱情。果然不出一个月，薛梅担心的事还是发生了，她检测出自己怀孕了。她曾经是那么爱周杨，她要留着这个孩子。

天下没有父母不希望自己的儿女获得幸福的，薛梅想只要她怀上了周杨的孩子，他们就不会再说什么了吧。怀孕三个月大时薛梅跟父母摊牌了，父母没有像以前那样责骂她，而是沉默。一连几天都是沉默，薛梅没有和父母住在一起，以前母亲总没事找事给她打电话和她闲聊，现在他们电话也不打了。薛梅摸不透父母心里想什么，这沉默是默认、同意还是绝望，还是爆发的前兆。有一天母亲终于打电话给她了，她说她可以和他结婚生孩子，但她必须和他们生活在一起。孩子生下来后由他们来照顾。薛梅把父母的话转告了周杨，周杨父母则不同意，凭什么媳妇不住他们家，他们的孙子还要住在别人家，由别人来照顾，这样子这个家还像家吗？

薛梅又把他们的话转给了父母。父母则不屑地说："他们不同意又怎么样，只要你同意就得了，我们没住他们的没喝他们的，我们干吗要看他们的脸色。"

薛梅像一个钟摆在他们之间来回摇摆，把自己的青春一点点耗尽。

薛梅第二次在火车上见到许涛时，他的胡子拉碴不见了，衣服也没上次邋遢，整个人看起来精神多了，可见他是经过一番打扮。

许涛问："你怎么看起来不高兴？发生什么了？"

薛梅冷笑一声说："没什么，我很好。"

许涛问："你喜欢坐火车？"

薛梅说："坐了这么久火车，戒不掉了，就像上瘾一样，就像火车上有我心爱的人，你呢？"

许涛说："我这么来回地坐火车有两年

了，你知道我为什么要坐火车吗？"

薛梅转向他，等他的答案。他说："我的妻子和孩子是坐飞机出事的，那天她带着孩子从四川娘家飞回广州，两个多小时，我生命中最重要的两个人消失不见了。从此我再也不敢搭飞机了，连看看飞机也不敢。"

薛梅看到他眼眶发红，提给他一张纸巾，他说："没事，人生就是这么无常的。"下车前他们交换了电话号码。

那天晚上薛梅在火车站没有见到周杨接她，她打电话问他，他说今晚要加班，让她自己乘坐出租车。薛梅心里没底，周杨什么时候晚上加班过，薛梅在出租车里，她改变了注意，她让司机师傅掉头去兴发银行。司机问她去哪里干吗，那里晚上都是关门的。薛梅心里虚着，即使有一点的可能她也不愿放过，她要亲眼看见。果然等薛梅到达兴发银行，银行大门是关着的。

他真是在骗她。

薛梅蹲坐在银行门口的石阶上，无助地哭起来。人来人往的大街不会理会她的哭泣，路过的车灯不停地射向她，像不停地朝她打过来的巴掌，在这个陌生的城市，连灯光也欺负她。

薛梅又给周杨打电话，手机接通了，却没有周杨的声音，手机里有一个年轻女人的声音，薛梅什么也没有说，女人没有挂电话，她听见她在手机里喊道："周杨，你洗得了没有？"

这一切都验证了薛梅的猜想。

薛梅想在这个城市找个人哭诉，她想到了许涛。她给他打电话，他听见了她的哭泣声，他说："你怎么了？你不是去找男朋友了吗？发生什么事了？是不是他欺负你？"薛梅只是哭，她说："你出来吗，我等你。"

半个小时后，许涛果然出现了。许涛一出现她走上去拥抱他，他一时措手不及。

薛梅说："他骗了我，他和别的女人在一起。他宁愿骗我也不告诉我。"

许涛为了安抚她，带她去附近的商场逛逛，他们也聊了很多，薛梅的心情也好了很多。那天晚上，薛梅是在旅馆度过的，房间是许涛开的。周杨打电话来时已经是凌晨一点，薛梅没有接，她见不得手机一直响着，她干脆把手机关了。

第二天，薛梅答应周杨出来见他。周杨一看到他就解释说昨晚接电话的是他同事，他那会正在上厕所。看到他一本正经地撒谎的样子，薛梅死心了。她把他送给她的东西一样样还给他，却找不到身上他送给她的项链。她说："这些东西你也许还用得上，别浪费了。"周杨说："你这么做是分手的意思吗？"薛梅忍着泪说："是，孩子我打掉了，你不用对我负责任。"周杨问："为什么？那是我们的结晶啊，我们不是相处得好好的吗？你为什么突然这样子？"薛梅冷笑了一下说："我们相处得好吗？我爱上了别人，我这次来就是为了告诉你这件事。"

薛梅强忍着泪水，她为什么这么说，也许是为了那一点可怜的尊严，但她真的很讨厌自己，她本来想质问他难道他以为她一点都不知道吗？那个女人是谁？他为什么要背叛她？不是说好一辈子都在一起吗？她突然觉得自己这些话可笑又幼稚，她更讨厌自己表现出一副大义凛然勇于牺牲自我的样子。那个她，她自己都讨厌。

周杨说："你爱上别人是什么时候的事？"

薛梅说："什么时候的事还有什么要紧？你不会到我的城市生活，我也不会到你城市生活，这些年我觉得自己一直生活在火车上，我们这样下去是没有结果的，你应该在这个城市找个女人照顾你，而不是我这样的。"

看着这个她爱了几年的男朋友，薛梅摸了摸肚里那个小东西，她心底还存有一丝丝的侥幸，她希望他哭着抱着她说他知错了，他对不起她，他没有好好爱她，今后他会好好弥补她，他会努力改变他们之间的状态，他会到她的城市生活，哪怕只到那里看她，但他没有，他头也不回地离开了她。

这一点也不像薛梅认识的周杨，以前她要是闹别扭，说分手，他总会低声下气地迎合她，给她买礼物，哄她开心，哀求她原谅，直到她回心转意。

薛梅在他们分开后第一次搭火车去周杨家是两个月后的星期三，她是请假去的，没有提前告诉他。她还有他家的钥匙，门锁没有换，进门时她看到了女人搭在架上的一套薄款的女制服，面料和颜色和他的一模一样，衣服上面还印有"兴发银行"的字眼。看得出女人是周杨的同事，她看到女人晾在阳台的文胸，尺寸、码数和她的一样，紫色的小

内裤她也有一条，是周杨买给她的，她看得出这条也是周杨买给那个女人的。薛梅退回客厅时她如同撞到了那个女人似的倒吸了一口气，她不知道女人长什么样，却看到女人和自己长得一模一样，她把她逼着步步直退，她是谁，她自己又是谁呢。

那一趟回去的火车上薛梅不停地刷抖音看，看得她哈哈大笑，车上的人都在注视着她，她也不怯，依然旁若无人地笑，她很久没这么开怀大笑，泪水都笑出来了。

随着肚子一天天大起来，薛梅的脚开始水肿，连走路都会痛，她哪里敢出门搭火车。最后一个月她在家待产时大学的好朋友联系了她，问她和周杨的情况，问他们是不是结婚？薛梅不敢把怀孕的事告诉她，只说毕业后周杨回广州发展，他们就分开了，也好久没联系了。朋友说："周杨怎么这样，当初他是怎么跟我说的，要好好爱你一辈子，没想到他那么渣。刚刚我在朋友圈看到他发了一张他和另一个女人的合照，两个人搂搂抱抱的，但很快他又删了，你知道吧。"薛梅笑了笑说："我知道又怎么样，我们已经分开了，他发谁的照片与我无关。"

六月的一个下午，薛梅生下了一个男孩，名叫薛小东。薛小东学会说话后就喊薛梅父母为爷爷奶奶，平时薛小东由爷爷奶奶照顾着，周末薛梅就把薛小东接过来。这也是父母的意思，他们为了薛梅的未来着想，对外说这孩子是他们捡来抚养的，薛梅却不同意，这对孩子不公平，小东以后会怨我的。母亲说："小东长大了会理解你的，你要是带着

这个拖油瓶，你一辈子别想嫁出去。"薛梅说："一辈子也嫁不出去又怎么样，我觉得这样也挺好的，法律也没规定不结婚就是违法，小东已经没有爸爸，他不能没有妈妈。"母亲擦了一把泪说："说你还嘴硬，你当初和周杨在一起时怎么没想到这个后果，你要是听我的，也不至于混成这个样子。当初我就应该阻止你去找周杨，我就应该把你堵在火车站。"

薛梅搭火车又一次去广州是小东一岁的时候，火车还是那个样子，却觉得少了什么，薛梅想起了许涛，她没有在火车上见到许涛，但这有什么奇怪，她不也很久没搭火车了吗。她不知道自己是想重温坐火车的感觉还是想去见周杨，分手后周杨也没再联系她，她想知道他过得怎么样。她没和周杨说她来广州了。薛梅犹豫了很久，她还是去了周杨家，她在屋外停留了一会儿后，确认屋里没有人后她才把钥匙插进去，没想到周杨家的门锁没有换，她很顺利地打开了门，她内心忐忑得就像一个小偷，她打开之前就想好了，要是他们回来看到她，她就说她回来是为了拿走她曾经留下的东西，这么久他还会留着她的东西吗，或者她会说她来是为了把这根钥匙还给他，这么想时她就变得理直气壮了。

进去时她闻到一种特别的味道，像小时候回家的感觉，那是家的味道，有男人女人的味道，有烟火味，一种甜蜜的幸福扩散在空气里。房间又经过了一番装修，布置得比从前温馨多了，物品放得整整齐齐，一看就知道有女主人在打理。她在客厅的墙上看到

了他和那个女人的婚纱照，婚纱照很大，几乎占了半壁江山。照片是在海边照的，他曾经跟她说将来他们结婚，婚纱照要去海边拍。周杨还是她认识的周杨，阳光帅气，就是微胖了一点，女人很漂亮，笑得很灿烂，他们应该很幸福。他们曾经在一起幻想过他们照婚纱照的样子，如何拥抱，怎么摆姿势，如何把最美的自己拍出来，转眼间别的女人就替她做了，他也做了别人的新郎。她恨恨地注视着照片上的周杨，似乎要把他从画里揪出来，她要质问他这一切，她要他在她们之间重新选择。

阳台上没有晾衣服，窗户都关得紧紧的，锅碗瓢盆都干得不见一点水的痕迹，看得出他们是出远门去了，薛梅想他们是度蜜月去了吧。薛梅来到主人房，布置得很漂亮，衣柜换了个大的，那里装满了女人各色衣服，床单和被子都换成了粉红色的。薛梅像从前那样躺在床上，她闻到了周扬的味道，幻想着他拥抱她的样子，他们做爱的样子，可现在这张床上只有她一个身体，只有她一个颤抖的灵魂，最后她控制不住自己，卷曲着身子哭起来。

从周杨家出来后，薛梅给许涛打电话，她问他是如何从那段痛苦的经历走出来的。许涛和她聊了很多很久。聊到最后薛梅才知道许涛病倒了，他现在正躺在医院里。

许涛说："我想见你。"

第二天薛梅就去医院看他，薛梅的到来让他兴奋，脸色也变得红润，好像病一下子就好了大半。薛梅给他削苹果，他在悄悄看

着她，她也偶尔抬头看许涛，许涛虽然病了，胡子长长了，但他依然是帅气的，她内心有一丝丝心动的。

许涛一直在看着薛梅，她说："我好看吗？"

许涛说："好看，你治愈了我，你一来我就好得差不多了。"

薛梅说："嘴巴这么甜，就不用吃苹果了吧。"她还是把一个削好的苹果塞给他。"吃吧，还是要塞住你的嘴。"

许涛说："你和他怎么样了。"

薛梅说"我们早就分开了。你找我干吗？"

许涛从背包里拿出一样东西，说："这是那天你留在旅馆的，是服务员打电话告诉我的，我想着还给你，但一直没有记起来。"

那正是周杨送她的项链，她二话不说就把它扔进了垃圾箱。薛梅没想到自己会扔得那么干脆。

薛梅说："你找到我不只是为了这个吧？"

许涛说："我……"

薛梅说："你喜欢我？"

许涛的脸瞬间就红了。薛梅看到他脸红就哈哈大笑："我逗你玩的。"

许涛说："我是认真的。"

薛梅说："别认真，认真你就输了。对了，怎么没见你搭火车了？"

许涛说："最近订单多，厂里很忙，很久没空回广州了，等忙过这段时间我们一起搭火车去玩，你还搭火车吗？"

薛梅说："偶尔，很少。厂里很忙？你是忙得病倒的吧？"

许涛说："也许是，还是女孩子比较心细。"

薛梅说："你一个大男人不懂得照顾你自己，这里又没有你的亲人，你得找个人。"

薛梅不知道为什么自己在他面前变得絮絮叨叨，像在周杨面前一样。

许涛说："我们试试怎么样？"

薛梅明白他的意思，她没有回应他，却把一只没有削好的苹果塞到他嘴里，"叫你胡说。我要走了，我要赶火车回玉城。"说完她就从医院跑出来了。

薛梅害怕了。她根本没有做好和第二个男人交往的准备。

薛梅最后一次搭火车去周杨家时是一年后，薛梅不知道自己为什么还去，她讨厌自己这样子，这就像一个她改不掉的陋习和毒瘾，她搭火车就像男人在某个时候需要抽烟一样，车瘾来了，她就直奔火车，义无反顾，火车就像一块巨大的磁铁吸引她，不由得她拒绝和思想。薛梅还是去了一趟周杨家，房间又变了，屋里略为凌乱了些，客厅的茶几旁边多了一张婴儿床，墙壁的婚纱照旁边上多了一张男宝宝半岁的照片，那宝宝好像小东小时候的样子，薛梅一看就知道他是周杨和那个女人的儿子。

客厅里很静，静得让她觉得心慌，在这里，她完完全全是个入侵者，连这里的空气都不是。

阳台上没有他们的衣服，连孩子的衣服也没有，屋里似乎很久没有人生活的痕迹，他们可能是住在周杨父母家，有孩子的人家都这样。

进入主卧，薛梅躺在那张床上，有点像躺在火车的卧铺上，闭上眼睛，还能感觉到车厢轻微的晃荡，但人生不是搭火车，没有回头路，她回不到从前了。她又想起发生在这张床上的故事，她竟然没有了悲伤，她想着想着，就想到了许涛，他替代了周杨出现在这张床上，仿佛这张床本该是属于许涛的，等她想累了，她差点在那张床上睡着了。

那种感觉就像搭火车，她只是短暂的过客，到站了她就得离开。离开前，薛梅把钥匙放在鞋柜的抽屉里，算是交还给他。她看了一眼这个熟悉又陌生的房子，她突然听到了一列火车正慢慢停下来，她身体抖了一下，房子就是火车的一节车厢，她现在就站在车厢门口，她要下车了。

生活，是多么残酷和滑稽。

薛梅出来后她好好把广州玩了一下，她来广州那么多，却从没好好认识这个城市，这个陌生的城市。以前薛梅觉得，只要拥有了周杨，她就拥有了整个城，即使她对城一无所知。现在她失去了周杨，整个城远远地把她抛在后面，城只能是她生命里一个过客。

回去的火车上薛梅看到满城灿烂的灯火，可有哪一盏灯是她的？满城的灯火仿佛是她的点点泪光。薛梅对着夜色里的广州城喊：再见了，你生活的城市。再见了，周杨。

回来后薛梅倒下了，她不是得病，而是患了抑郁症，那个周末薛梅在屋里听到远处传来火车的轰隆声，她周围根本没有火车经过，那是她的幻觉，甚至三更半夜她也听到那轰隆声，从她耳朵的左边进，右边出，火车的轰隆声越来越响，火车失控一样朝着她撞过来，她无法忍受，她服用了大量的安眠药。幸亏五岁的薛小东看妈妈没有反应，他懂得打电话给爷爷奶奶，薛梅才从鬼门关捡回一条命。为了照顾和监视薛梅，父母就搬来和她一起住，他们带她去看医生，母亲还和她睡在一张床上，她开导她，安慰她，逗她开心。为了让薛梅尽快忘记从前的事，母亲把她的手机号和微信号都换了。手机通信录里唯一找不到周杨的号码，这是母亲故意为之的，这时薛梅才发觉，她连周杨的手机号也记不住，她彻底和他失去了联系。

薛梅对母亲说："你这样能拯救我吗？搭火车的习惯能戒吗？"

母亲说："我们看着，不让你搭火车。"

薛梅调皮地说："除非火车从这个地球消失了。"

母亲说："这有什么难戒的？最难的时候都过去了，你还有什么过不去的。"

薛梅搂着妈妈说："妈说得对，我听妈的，世上最好的还是妈。"

说这话时薛梅三十三岁了，她的抑郁症已经在医生的指导下慢慢好起来了。薛小东已经七岁了，令薛梅欣喜的是薛小东很懂事，虽然薛小东长得越来越像周杨，她开始慢慢接受这一切，她比从前懂得了更多。

母亲住院了，薛梅过来照顾母亲，她忽然觉得母亲明显比以前苍老了。

母亲说："你别总把心思放在我身上，

我好着呢，你有时间多出去走走，你一把年纪了，该好好找个人了。"

薛梅说："我不找了，这辈子我就守着你们和小东。"

母亲急了，"将来你老了怎么办，没个伴多凄凉啊。"

薛梅说："不是还有小东吗？他不会养我吗？"

母亲说："你这不是给小东增添负担吗？"

薛梅撇撇嘴说："哟哟，你怎么那么替小东着想，你当初怎么不替我想想，你要是多生几个，我至于那么大压力吗？"

母亲说："你不能怨我吧，我当初是没办法，就只规定生一个，多生一个就违法了。现在你却怨我，那我该怨谁去？"

薛梅不知道再说什么，母亲说要喝水，她出去给母亲打水。出到门口她就想哭，没想到在转角处碰到了许涛，两个人几乎撞到了一起。许涛带了个鸭舌帽，但她一眼就认出来了，许涛还是没怎么变。薛梅的出现让他的脸上掠过一阵惊喜的涟漪。薛梅说："你怎么也在这里？"许涛说："我来看一个朋友。我总算找到你了，你的手机怎么也换了，你怎么也不搭火车了？我一直在找你，在每周五的那趟火车上，我相信你总有一天会出现的……"

薛梅想，这个傻子，一下子就把自己的情感暴露无遗。他滔滔不绝地说着时薛梅突然吻了他一下，说："你这个傻子，喜欢我又不说。"这一吻被小东看见了，他突然朝他喊爸爸。许涛愣了一下，他蹲下来，孩子

正好和他的头一样高，他的孩子要是活着也是和他一样高，同样一双滑溜的眼睛，他抚摸着他的头说，看来我跟这孩子有缘。

薛梅说："你别介意，他乱叫的。"

许涛说："这孩子是他的吧？"

薛梅说："孩子跟他无关，我们好久不联系了。"

许涛顺便过来看看薛梅母亲，母亲眼前一亮，目光一直停留在他身上，他忙前忙后地跟在薛梅身后，母亲一眼就看出了这个男人的心思。母亲悄悄地对薛梅说："有个这么好的男人，怎么都不跟我说？"

母亲很快就知道薛梅和许涛的事。她对薛梅说："你别再瞒我了，小东把一切都告诉我了。我觉得他不错，看得出他喜欢你，你这么大年纪了，该找个人了，你不能再挑了。"

薛梅说："你真够啰唆的，我要是一天嫁不出去，你就一天不会放过我吧。"

母亲问："你们怎么认识的，认识多久了？他有没有结婚。"

薛梅不耐烦地说："我们早就认识了，目前他单身。"薛梅没有把他妻儿遇难的事告诉母亲，说不定母亲又会怎么想，以母亲的性格，她肯定又会跟他提起这件事，这不是给人家添堵吗。

母亲就急了，早就认识还不赶紧下手，这么好的单身男人别让别人抢走了。

薛梅："再等等吧。"

母亲拧了她一把说："人家长得也好，又不嫌弃你有个儿子，多好的男人，放着

这么好的男人还说等，真是不知好歹。现在你还不算老，还可以挑别人，再等等就是别人挑你了，到时候后悔都来不及……可是他条件那么好，你又带着个儿子，就怕他心里不平衡。"

薛梅瞒不过去，就把许涛妻儿的事和母亲说了，半天母亲才哦了一声，"我就说这么好的男人怎么就单着……你怎么不早告诉我……"

薛梅说："你怎么没问他。你想想吧，人家这么优秀，要是没结婚，指不定看不上我了。"

母亲说："这说不定，我觉得我闺女也挺好的。他有过婚姻，你也有个孩子，你们不就平衡了吗？再说你们两个都是受过伤的人，彼此更懂得珍惜。我觉得你们两个有缘分，你不妨试试看。"

薛梅觉得母亲明显站在许涛那边。

母亲说："你好好想想吧，我觉得他人品好，对你是真心的，我觉得你跟他不亏。"

薛梅无法应对母亲，只好找个借口从医院溜出来。她想了想母亲的话，觉得她还是有道理的。

那天小东发烧了，薛梅一边应付学校里的工作，一边照顾父母和小东，忙得手忙脚

乱、一地鸡毛，幸亏许涛过来帮忙，许涛是个勤快人，坐在轮椅上的父亲哼哼唧唧地说着什么，脸上挂着一丝久违的笑，以此表示他对他满意，自从父亲中风以来，薛梅很久没见父亲脸上露出这种和颜悦色了。一旁的母亲也越看越欢喜，一会儿叫他歇息，一会儿叫他喝水。等许涛忙完，母亲对他说："你在本地没有亲人，你就把我们当作亲人，你在我们这里住下吧。"薛梅不作声，默认了母亲的做法。许涛就这样在她家住了下来。

那次周末薛梅跟许涛回广州，许涛说带她去广州玩，搭的也是那趟火车，还是绿皮火车，只不过是那火车由慢车变成了快车。这一次她没有退缩，犹如一次重新出发。

在火车的轰隆声里，薛梅说："不如我们试试。"

薛梅主动握住他的手，许涛惊喜地看着她，像个大男孩一般，脸红到了耳根。

薛梅笑着说："这么大个人了还脸红，羞不羞？"

许涛认真地说："我们可以吗？"

薛梅说："不试试怎么知道。这回我是认真的，我妈说过，人生就是那么回事，跟谁过都是过，只要他对你好，你也不讨厌他。"

山寮里的故事

黄正旺

一

所谓山寮，就是在山上用木材和茅草搭盖的勉强能够遮风挡雨的小屋，有了它，在山上辛勤劳作的人们，就能在风雨中和烈日下有个小憩的地方。它虽没有家那么温馨，但至少能煮个便饭吃，有一张能让人躺着伸伸腰的"床"，对于那些靠山吃山的山里人来说，这就够了。

在桂东南一个叫铜鼓县的中北部有一座约十平方公里，海拔四百米左右的山。由于它以水的流向为界分属四个乡镇管辖，因比被称为"鸡鸣四镇山"。山上密密麻麻地生长着高大挺拔的松树，那些松树在生长期间，只要把它的皮割破，就会源源不断地渗出一种黏乎乎的液体，它就是可以制作"农药"等化工物品的松脂。

由于松脂的用途很广，收购价钱自然就不菲。于是山里便产生了无数个割松脂的队伍。所谓割松脂，就是在松树的根部以上约一米的地方，把粗糙的表皮剥去，待看见米黄色的第二层皮后，再用锋利的专用割脂刀，像倒立的人字形那样用力往树上割两刀，之后它便会慢慢地像受到委屈的孩子那样，不停地流出"眼泪"。如果在"倒立的人字"下面装上容器，然后天天重复着那有力的两刀，一个月下来，一棵直径二十厘米的松树，至少可以收取三到四斤左右的松脂，如果一个人承包五六百棵松树的割脂工作，那么一个月的收入还是相当可观的，因此便有很多人进山割松脂。

在割松脂的过程中，为了防止偷盗，更为了节约那花在往返六七公里路程的时间，脂农们便在山里搭起了简便的山寮。

扬锋初中毕业那年，正是国家从站起来到富起来的改革开放如火如荼的头十年。实行联产承包责任制后，农民终于可以放开手脚，为发家致富各尽所能。或种或养或加工，但都是清一色的小打小闹，植在人们心里那根深蒂的观念就是靠那一亩三分地刨食，他们根本就不知道也不会想象外面的世界到底有多大。

由于是家里七口人中除父母之外最接近劳动力的年龄，扬锋也不得不放弃有可能改变其祖祖辈辈都面朝黄土背朝天命运的课堂。尽管他从小学到初中一直都是班长，也只能含泪回到"三农"大学，继承祖辈的衣钵，像之前的知识青年那样战天斗地，接受贫下中农的再教育。

秋收过后，山里人再也没有什么农事可做，扬锋的堂叔扬文松由于他女婿在县松脂厂当出纳，便近水楼台先得月地向他提供了割松脂大有"钱"途的信息，并承诺凭关系比别人的收购价多出一毛钱每公斤。

因为扬锋的死党，扬文松的第三个儿子扬小军要跟随父亲进山割松脂，考虑到家贫如洗的自己连最起码的能容得下一张床的房间都没有，于是扬锋也决定报名加盟其中。

割松脂工作比称为世上三大重活的扛包、推石磨和拉锯还要辛苦，而且要拥有蚂蚁一样的腿上工夫和神仙那样耐得饿的肚子。但只要勤劳，收入还是非常可观的。据堂叔们说，如果有能力承包五百棵树的话，每月收入两三百元不在话下。所以为了改变家里的贫穷面貌，扬锋明知山有"苦"，也只有偏向苦山行了。

从村子向山里大约走了三个多公里的山路（其实没有路，只是走的人和牛多了便叫路），来到一个比较背风的山坳里时，只见一左一右相隔一米多依山而搭的两排呈 A 字形的茅草屋，正像两队整齐的士兵那样站在扬锋跟前，寮顶的茅草伴随着寮边的松树的枝叶被风吹得呜呜作响，仿佛在迎接新来的主人。

进入寮内放下行李后，放眼望去，大约二十个平方的条形山寮，用木板横向铺着七八张"床"，仅此而已，其他什么家具都没有。因是午饭后，那些先来的割脂人正躺在上面休息。第一次在野外生活，且还是孩子的扬锋由于胆小，便选了两张床之间的那张。处在大山之中，白天还没有什么，一到晚上，那些山鸟虫儿和山风吹打松树发出的怪声还是非常恐怖的。特别是山上那些星罗棋布的坟山和小时候听大人讲的以及自己读的童话故事里描写的鬼故事，再就是那些大蛇、山鼠等等，对于一个没有一丁点野外生活经验的人来说，说不怕是假的。

安顿好后，扬锋来到另一排山寮里，向住在这里的堂叔扬文松报到，并接受他的安排，到什么山场，负责多少树的割脂工作。因为是多劳多得的制度，每个人负责一片山场的六七百棵松树，如果体力足够强壮的，如扬文松的第二个儿子扬火生那样的精壮人员也可以承包一千多棵，反正谁割的松脂多，谁的收入就越大。

这个近二十个人的割脂队伍中，年龄最大的就是扬文松，他五十多岁，高高瘦瘦的，由于长年在野外工作生活，身材黝黑的他练就了粗犷、豪爽的性格，不管对谁，不管做得对与错，都要先爆几句粗口，管你得罪不得罪，先骂了再说，转而咧嘴大笑，惹得你正想反口对骂又不成，因此大家都称他粗口司令。

报到后，扬锋来到那间独立盖的，作为厨房用的寮里找了一碗粥喝。他们这群割脂人虽然工作是独立核算的，但吃饭却是由扬文松的老婆"三齿钉耙"煮好后，再集中蹲在地上围着一起吃的，只是每人扣除相应的伙食费罢了。

粗口司令的老婆三齿钉耙本名叫刘理清，生得强壮结实，像个大男人的身材，模样虽不是很出众，但也不至于影响观瞻。她那一张几乎全部看到牙龈的嘴巴特别滑稽，由于上面的门牙本就向外生长，使那个嘴巴从来就合不拢，加上据说是小时候玩游戏时不小心摔了一跤，摔断了一颗门牙，因此就更加口没遮拦了。但是这一点也不影响她口若悬河，搬弄是非的本事，久而久之，大家就都叫她"三齿钉耙"了。

在那原本是男人的世界的山寨里，"三齿钉耙"除了给包括她男人和几个儿子在内的近二十个人煮饭外，还顺便打两担柴，到

收工时与粗口司令各挑一担回去卖给村里的砖瓦厂，然后在下一天早上买好二十个人的菜和米再进山，天天如此，因此他们就无须在山里过夜。另外像扬锋、扬小军和扬火生等没有成家的年轻仔，都被以防偷盗松脂的名义安排在山里留守，当然也有不怕走几公里的山路回家住的，若村里有人办喜事请电影队来放电影时，他们就全部回家过夜。

二

扬锋到山里割松脂，除了想跟随一起光屁股长大的哥们扬小军和帮助家里脱贫外，还有一个最最主要的原因就是，山上天天都有十几个山那边的大姑娘小媳妇到他们割松脂的山上打柴，其中有一个就是与他同在一个初中读书，他扬锋剃头挑子一头热地暗恋已久的同学，他们曾经的校花梁小兰。如果在山上割松脂的话，就有可能天天见到心仪的姑娘，又何乐而不为呢。

梁小兰比扬锋早一届到那所初中读书，作为上下届，又兼隔着一座山的同学，本来交往不多，也就是相识而已。但由于都是班长，就自然是学校的值日生，学校的一切活动，特别是每天早上做操时，作为值日生就必须轮流领操，这样就使两人从相识到相知，再到好朋友。梁小兰虽然家里也很穷，那些长征路上红八连流传下来的"新三年、旧三年、缝缝补补又三年"的衣服穿在她婀娜的身上却一点也不显得寒碜，相反更衬托得朴实无华，婀娜多姿。作为校花的她别说同届同班的男生，就连包括扬锋在内低两届的男

同学都把她视为梦中情人。只是可惜品学兼优的她也是因为兄弟姐妹太多，同样是祖祖辈辈都姓农的父母实在无法继续供她读书。因此，也只好无奈地继续父辈的命运了。

由于再也不怕被割尾巴，正如火如荼地搞改革的山里人几乎家家户户都办了一个加工腐竹的作坊，兼养猪养鸡什么的，人口众多的梁小兰家也自然不例外地办了一个腐竹作坊。而那时候的山里人别说天然气，就连煤炭是什么东西都不认识，数千年来都是上山打柴烧火做饭的传统一直不变。加工腐竹要燃烧大量的燃料，所以像梁小兰她们办有腐竹作坊的农户就是每天打三担柴都不够烧。砖瓦厂和石灰窑大量收购柴草，千家万户烧水煮饭也需要柴草，因此，虽然说野火烧不尽，春风吹又生，但方圆数公里的山头除了那些被保护的松树之外，几乎都是光秃秃的。梁小兰她们这些打柴妹要想在她们村附近的山头打一担柴是不可能的，只有到更深更远的，也就是粗口司令承包割松脂的大山里才容易些，这便给了扬锋天天都能见到暗恋已久的梦中情人一个绝好机会。

山里人有一个不成文的友好习惯，不管认识与否，只要入门便是客。特别是在野外孤孤单单的山寮里，就更加会受到热情的接待，主人有什么吃的，客人便有什么吃。不管粥也好，饭也好，至少开水绝对是有得喝的。像梁小兰她们那些走了四五个公里山路来打柴的人，口干舌燥是正常的。因此，时间长了，梁小兰她们与山寮里的割脂人便成了朋友。

也难怪，除了"三齿钉耙"这个半老徐娘是个女的外，连母狗都没有一个山寮里都是大水牛般强壮的大男人，如今天天都有打柴的大姑娘小媳妇到来讨粥讨水喝，特别是像仙女下凡般的梁小兰就更令那些瞪着饿狼见到猎物时血红眼睛的粗鲁男人如醉如痴了，尤其是她那被汗水湿透外衣后，那若隐若现的内衣和依稀可见傲人耸立的双峰，就更使像扬火生那样年近而立都娶不到老婆，极度饥渴的老男人们神魂颠倒了。因此，那些男人不管粗口司令怎样咒骂，都要天天每节（一天三节）至少提前半个小时收工，回到山寮里扯脖子扯到最长，把双眼瞪得似张飞，生怕错过相遇，而使一天的工作都索然无味。

由于与扬锋和扬小军是同学，而且与扬锋早就是朋友，因此，梁小兰虽被那些火一样不怀好意的目光看得心里发毛，好不自在，但有两位同学在场，倒也不至于怕有什么事情发生而太拘束，于是就几乎天天都如约而至地到山寮里找水喝，尤其是在"三齿钉耙"那心怀目的的过分热情中，就更泰然了。

扬锋进山割松脂住进山寮的一年后，由于风吹日晒雨淋，加上超乎寻常的劳动强度，使脱了几层皮的他简直就像变了一个人似的，本就瘦弱的他，经过这一年的洗礼，早就黑不溜秋，皮包骨头般不像人形了。好在除了刮风下雨外，天天都能见到他的梦中情人梁小兰这一精神支柱。而梁小兰也好像善解人意似的，几乎都是到扬锋负责的山场里打柴，她与扬小军虽然也是同学，但扬小军因不是值日生而没有太多交往，也就没有像扬锋那样成为知己。

在打柴的过程中，扬锋与梁小兰畅谈人生，畅谈未来。使扬锋烦闷的山寮生活和极度的疲劳得到了缓解，特别是她那柔情的目光就像一抹阳光照进扬锋灰暗的心里，使他至少在白天充满了快乐。

那天中午，梁小兰在烈日下好不容易打到一担柴，在正往山寮方向吃力地挑回来时，突然间不小心脚下一滑，挑着一百多斤柴草的她一个饿狗抢屎似的摔了一跤，那担柴不出意外地从扁担上滑了出来，像电视里放的古战场那样的滚石雷木那样，转眼工夫就滚到了扬锋家方向的山脚下了。由于梁小兰的家在山的另一边，绕山脚把柴挑回去要走数倍于山上回去的路程，这样肯定划不来，重新打过半担柴又因早已肚皮贴后背了，何况在山寮附近的柴早就被"三齿钉耙"打完了。唯一的，也是最快的办法就是到山脚下把那半担柴背到两三百米的山上来。但是，对于一个妙龄女子来说，别说负重向险峻的山上爬两三百米，就是徒步空行都是非常艰难的事情，可是，又有什么办法呀！

好在一直目送（主要是对梁小兰看不够）着她的扬锋恰好来到跟前，帮她把另一头的柴草放好后，二话不说就往山脚下走去。

都说十个肥婆不如一个瘦佬，只见十多分钟后，虽说累得上气不接下气，但扬锋总算顺利地把那半担柴分成一小担挑了上来。看着累得汗流浃背，面红耳赤的扬锋，怜爱之情油然而生的梁小兰忘却一切，举起手用自己的衣袖毫无顾忌地向扬锋的脸上就擦去。

梁小兰那充满爱抚的举动，使除了生养自己的母亲外，平生第一次与异性，特别是像梁小兰这样仙女般的少女发生肢体接触的扬锋，在对方那少女特有的，并伴有汗水味的芳香钻到鼻孔后，一时间云里雾里的他如痴似醉地简直不敢相信这是真的。心笙摇动、忘乎所以的他用力在自己的手上拧了一下，钻心的痛使他意识到这不是梦境后，忘却劳累，开心地傻笑着，语无伦次地说："最好明天你的柴又滑落掉到山脚下。"惹得梁小兰痴痴地笑着，佯装在他的手上又拧了一下。

经历了那次近似于英雄救美一样的事件后，扬锋与梁小兰的关系引发了令山寮里所有人都目瞪口呆地羡慕嫉妒恨起来。而他们干脆学起城里人那样手拉手地卿卿我我，出双人对地谈起了恋爱。几乎忘记了他们还要打柴，还要割松脂和还要生活，以及还要也是最主要的摆脱贫困的现状。他们如胶似漆的感人表现，使那十几个天天瞪着血红的双眼想入非非的壮汉不得不把火热的目光收收敛了一些，但却急坏了"三齿钉耙"。原本她是想着等时机成熟时，把如花似玉的梁小兰往自己儿子扬小军的怀里推的，谁知人算不如天算地被癞蛤蟆一样的堂侄儿扬锋捷足先登，摸到了天鹅的尾巴，就差张嘴吃肉了。

三

扬锋与扬小军相比，扬锋除了口才和歪点子略胜扬小军外，不管家庭面貌和人才相貌等方方面面都望尘莫及。好在脑子比扬小军灵活些，想歪门邪道主意多些。因此，每次偷别人树上那些还没黑核的龙眼和地里还没长成的瓜菜，以及捕鱼捉鼠什么的，都是扬锋在指挥扬小军他们几个光屁股长大的铁哥们。扬锋家众姐妹都是与父母挤在一间不到十平方米的泥瓦房里，逐渐长大的扬锋别说房，连床都没有，而扬小军虽然也是与他二哥扬火生同一间房，但人家好歹用木板搭了一张属于自己的床。因此，上初中后，扬锋都是到扬小军家搭铺过夜的。也正是这种几乎同穿一条裤子长大的发小，使他们成了无话不谈的比同胞兄弟还亲的兄弟。

其实不用讲也知道，扬小军也是暗恋梁小兰已久的，只不过是较内向的他还没来得及想好怎样表白，就吃惊地发现，扬锋又像小时候与他们一起偷生产队的番薯那样，每每都比他们快那么半拍而溜掉，以至被抓的总是他们。如今人见人爱的梁小兰又被快了半拍的扬锋捷足先登，早早揽入了怀抱。

经历了数次扬锋也许无心，但扬小军却认为很没面子的挤压后。原本是铁哥们的哥俩，在扬小军那既生瑜，何生亮的感慨中，逐渐貌合神离，加上在大山之中割松脂的生活确实又枯燥烦闷和太过辛苦，且也非长久之计。于是扬小军便毅然决然下山，并离开家乡，进城学起了维修家电的既轻松又赚钱的技术，成为当时为数不多的进城农民工之一。

"三齿钉耙"妒忌扬锋这个癞蛤蟆也是有原因的，她老公粗口司令扬文松年轻时也

是像他们的儿子扬火生和扬小军那样，生得仪表非凡，风流倜傥的美男子之一。但是由于父辈是煮酒卖的，虽不是很富有，但定成分的年代还是被定成了富农。而那时候由于越穷越红的原因，扬文松只好与同为富农，虽相貌平平，但身强体壮、男人一样的刘理清结婚，婚后生了四男二女共六个孩子，这些孩子中除了老大扬天水因小时候营养不良而较瘦弱多病外，其他个个都生得牛高马大，模样也像粗口司令那样，男的相貌堂堂，女的虽没有梁小兰那样秀色可餐，但至少比三齿钉耙出类拔萃。

然而，两个女儿还好办，一到结婚年龄便嫁了出去。而如此出众的四个儿子中，除了最小的还在读书外。包括扬小军在内的其他三个都已适龄和严重超龄。年龄最大的扬天水，因成分不好，仅读了三年书的他，都已超而立几年了，早就相了两位数以上的亲，偏就没有一个哪怕有点缺憾的姑娘愿意嫁给他这个四类分子的后代。

好在改革开放政策来得及时，几乎全是超强劳动力的他们家，通过几年的辛勤劳作，在村里第一个建起了一间五间头的、泥瓦结构的房子。虽然是瓦房，但至少是粉刷一新的，而且是那时候的山里人最引以为豪的"南装面、杉木料"的房子。这无疑给几兄弟的相亲提供了最有力的砝码，他们至少每人都有了一间新房啊！

可是，老大扬天水毕竟严重超龄，且生得没有弟妹们潇洒，较单薄，虽然不再受成分的影响，但想在本地找一个老婆还是不现

实的，因为他们村还没有"路"，还是全铜鼓县最贫穷、最闭塞的贫困村之一。他们每进一次县城，都要在那条羊肠山道上花上至少两个小时。因此，无奈之下的扬天水只好斥"巨资"和其他村的大龄男青年一样，到"滇、桂、贵"交界，比桂东南更穷的地方，找了一个老婆，美其名叫"进口"，总算胜利"脱光"，把相亲接力棒交到了老二扬火生的手里。

扬天水花不菲的钱财娶回来的那个一米五左右的老婆姓马，叫马玉丽，此女比扬天水小十岁，虽貌不惊人，但嘴巴却像赶鸡用的竹子（方言叫鸡捞）那样，天天喊个不停。特别是那双虽不妩媚，但也少不了风骚、滴溜溜转的，长在向天开的鼻子上边的小眼睛，一看就知不是一盏省油的灯。与她家婆"三齿钉耙"刚好是半斤八两，以致婆媳俩常常为了鸡毛蒜皮的事儿而指桑骂槐，正所谓大吵三六九，小吵日日有。用"三齿钉耙"的话说就是"要不是见几个儿子刚娶回她一个，早就……"而针锋相对的马玉丽也说："如果不是还没生到儿子，早就另立门户了。"的确要不是她连续生了五个女儿（被戏称为"五朵金花"），都没有生到儿子的话，早就尾巴翘上天了。

"三齿钉耙"好不容易娶回了一个媳妇，而且又是村里第一个建新房的，本以为从此可以在村里人前人后趾高气扬地说上几句被压抑了大半辈子现终可吐气扬眉的话。可偏偏媳妇的肚子就是不争气，尤其是当时国家的计划生育政策正风起云涌，那辆放着高音喇叭，喊着一胎放环，二胎结扎等计生政策的绿皮越野车，天天在村里转来转去，而且还听说有的地方开始强制执行，见到有怀孕的妇女都要捉去人工流产或结扎。那些计生工作队对孙子兵法熟读得信手拈来，像游击队员突袭小鬼子的据点那样，经常在午夜出其不意地到村里把孕妇捉去，闹得村里的孕妇，特别是像马玉丽那些纯女户的人家，不得不重读伟大的领袖和导师毛主席的"敌进我退"的战略方针。她们干脆不知不觉地搬到了粗口司令的山寮里。

"三齿钉耙"虽然也恨马玉的肚子不争气，但毕竟自己的儿子至少也有责任，若逼得急了，搞不好人家弃你儿子孙女而去也不是没有可能，因此，也只能忍气吞声，像以前招呼梁小兰那样把马玉丽照顾好，指望她能为自己生个带把的胖孙子出来。

"三齿钉耙"在山寮里热情招呼梁小兰，本指望她能与自己的三儿子扬小军处上男女朋友，最终成为儿媳妇，好能娶个像模像样的媳妇回来耀一下门威，谁知道被骨瘦如柴、虾一样的扬锋抢了先，成了这个三棍打不着边的侄子的女朋友，嫉妒心本就超强的她于是便不计后果地极尽巧舌如簧、搬弄是非之能事，只要扬锋不在梁小兰身边，都要对着梁小兰百般诋毁扬锋，说："扬锋家里什么都没有，有的只是几个打不烂的药煲，如果你不嫁我家扬小军都无所谓，要是嫁给了扬锋，那就有得你一世穷。希望你能擦亮眼睛，千万别一朵鲜花插在牛屎上。"说得本来就穷怕了的梁小兰不得不开始怀疑，爱情真的能当饭吃吗？加上她的父母也处在山区，虽然也常到扬锋这边的山上打柴，但自认为他们那边要比这边开阔些，也就是说没有扬锋这边那么闭塞。如果自己的女儿嫁到扬锋这边，简直就是向后倒退，脑子进水。

考虑再三，梁小兰终究还是现实胜过所谓的爱情和理想。虽然提出分手时，不知是不是真情使然，还是风吹泥沙飞入眼，总知流了两点泪。倒是摸着天鹅的尾巴却吃不到肉的扬锋因投入了全部真情，如今像在沙滩上建楼房那样轰然倒塌，有自知之明的他虽心有准备，但还是哭了三天三夜。毕竟，像梁小兰这样的窈窕淑女，他扬锋虽不算君子，但只要是男人，就都是想追的。

四

失恋后，扬锋虽然多少也知道是"三齿钉耙"在背后搞鬼，说了他扬锋认为的坏、但却是实实在在的话。

也是的，家也的确是太穷了，连小到能容下一张床，也就是一席之地都没有。人家如花似玉的姑娘若真的嫁给你，你让人家在那里安身，在何处立命。人家董永再不济，不是也有一个寒窑给仙女避风挡雨吗？

再说吧，人家梁小兰的父母说的也不是没有道理，你扬锋的家所在的小山沟连像样的路都没有，又有哪个做父母的愿意眼看着自己的子女往火坑里跳而无动于衷的呀！

如果扬锋家的基础夯实了，即使在沙滩上建楼房，只要把基础挖到足够深的实地；如果梧桐树种得足够茂盛，又何愁楼房倒塌，

凤凰不来呢？还是像那首歌曲《万水千山总是情》里唱的不怨天不怨命吧！

扬锋的父亲扬文富在八岁那年，父亲因病过世，母亲为了活命，不得不忍痛丢下无依无靠的扬文富改嫁。孤儿后的扬文富为了三餐不饿，小小年纪便到粗口司令的父亲办的煮酒坊帮工。稍大些后，因无人教育的他越来越懒，整天游手好闲。好在嘴巴还算伶俐，凭着三寸不烂之舌，专门做媒人，中介之类的近乎骗子的活路营生。

长大成人，成家立室后的扬文富好逸恶劳的习惯一直不变，加上他老婆也是由于太穷的原因，小小年纪就落得了满身疾病，以致被人称为"打不烂的药煲"。生下扬锋哥弟妹几个后，扬文富的上进心还是等于零，还是或趁圩或入铺地逍遥下去，以致被人称为"拂佬"，一穷二白的他，与他的名字简直就是天地之差。

扬锋哭过之后，痛定思痛的他下决心，在百花齐放的大环境下向命运挑战，决心告别贫穷，决心凭着还算灵活的头脑，创出一片天地，决心离开山寮，下山进城，在城乡接合部的市郊边开一间废旧回收的小店。凭着中华民族吃苦耐劳的光荣传统和诚实守信的经营之道，把生意做得有声有色。只用了不到十年时间，便脱掉了那顶祖祖辈辈、戴了数百年的穷帽。其间不但收获了他店铺旁边那位街边妹的爱情，还获得了其岳父赠送的八十多平方米地皮，建了一幢三层高的洋楼。并把父母接到身边，让他们也成了街仙，从奴隶到将军，过上了美满幸福的生活。

再说粗口司令的山寨，几年间茅草换了几茬，割松脂的人员当然也像扬锋和扬小军那样换了一批又一批。倒是"三齿钉耙"一如既往地继续着她的后厨工作。其中最主要原因除了协助粗口司令打理好山寨里割松脂的事务外，就是要陪伴媳妇儿马玉丽，生了几个女儿的马玉丽为了生个带把的，就必须回避计划生育工作人员的追查，而逃避计生工作人员的最好办法，也是不得已的办法就是到山寨里住。如今在山寨里住的孕妇虽然有三四个，但"三齿钉耙"还是不放心，因为马玉丽已生了五个女的，这第六胎一定不能含糊，如果还是女的，她准备像其他的人家那样，狠心地把婴儿丢到山那边的路口，让好心人抱走算了。她陪马玉丽的原因除了稍懂一点接生知识，要亲自为马玉丽接生外，就是怕到时马玉丽生的又是女婴但又狠不下心动手，她要亲自动手。虽然这行为很不人道，但那时又确实普遍存在。

在山寨里待产的大半年时间里，那些枯燥和乏味对于一个孕妇来说是难以想象的。她们晚上虽然害怕，但有老公陪在身边，一觉睡到天亮还容易打发，白天那些男人们上山割松脂后，虽然几个孕妇，能凑合着打打牌消磨时间。但像马玉丽这样性格外向、好动的女人打牌久了，便觉得索然无味了，何况扬天水偏偏又是一个三刀不出血，屁话不多一句的主，加上十来年的年龄差距和越来越差的身体状况所形成的代沟，使马玉丽对扬天水是越来越像贴错的门神——各向一边，一天到晚都说不上三句话，好在有"三

齿钉耙"隔三岔五地与她吵吵架，要不她会闷死。

那年秋收大忙之后，山里又来了几个邻村的壮汉，其中有一个姓赖，年龄与马玉丽相仿的男人。他之所以叫这么一有趣的名字，据说是他凡事都不太认真，做什么都事不关己的态度，能捱的就尽量捱，做一日和尚就撞一日钟的为人。因此，原本叫赖逸的他被人戏称"赖得过"，暗讽他得过且过。也正是这原因和家徒四壁的环境，虽然空有一张油腔滑调的嘴巴，却到了三十好几都讨不到老婆，如今他逼上梁山割松脂，也是为了多赚几分，把家庭基础夯实，早日讨个婆娘，哪怕是"再婚"的也无所谓，只要把那条光溜溜的棍子丢掉就行。

赖得过的到来，对于在山寨里死气沉沉地生活了几个月，同样有着伶牙俐齿的马玉丽来说，无疑是死水潭里投了一块石子，虽然没有激起多大的浪，但至少在她枯竭的内心泛起了一丝涟漪。本就风骚的她与赖得过那似火的目光一接触，马上一拍即合，几天相处后，便干柴烈火般地难舍难分了，也不管作为过来人的"三齿钉耙"的眼色有多难看，我行我素、旁若无人地眉来眼去，恨不得像真夫妻那样出双入对地拥在一起。

年关过后，马玉丽终于又生孩子了，只是还是没有带把的，这对于望眼欲穿的"三齿钉耙"来说，不管生活负担和心理负担都是不能接受的，于是她用一个装水果的纸箱，放上几条尿布，把孩子出生的日期写在一张废旧的红纸上，再放一个五元钱的红包，然

后不顾泪流满面的马玉丽是否真情实意的哭声，硬是把孩子抱到了山那边的一个三岔路口，指望着有好心人抱养，至于后果如何，那就要看孩子的造化了。

在家婆"三齿钉耙"遗弃刚出生、还没来得及多看一眼的孩子后，马玉丽总算回到了虽只几公里，却不得不离开差不多一年的家，休养了一个多月后，不管"三齿钉耙"和扬天水愿意不愿意，她帮扬天水割松脂的理由成立不成立，她就是要重上割脂山，与之前那个一说到山寨就皱眉的马玉丽判若两人。也许这是赖得过的爱的魅力吧！

上山又一个月后，马玉丽真的又开始害喜了，只是到底是不是扬天水的真种就只有天知道了。但不管是谁的种，只要大的是马玉丽的肚子，作为家婆的"三齿钉耙"你就得管，不是吗，对于一个生了五六个女孩的马玉丽和想男孙想到快要疯了的"三齿钉耙"来说，只要生出个带把的就行，而你马玉丽若想不被计生工作人员拉去引产甚至结扎，你就只有乖乖地待在山寨里。

说来也怪，不知什么原因，虽然这时同在山寨里的孕妇只有三个，够不上一支打牌队，天天都无所事事的。但马玉丽一点也没有像以前那样焦躁烦闷，相反还天天唱着"妹妹我坐船头，哥哥你岸上走……"，好

不逍遥自在，这或许也是受到爱的滋润的缘故吧！只是可惜好景不长，粗口司令在"三齿钉耙"吹了数次枕边风后，终于还是随便找了个借口，把赖得过开除出了山寨里的割脂队。

马玉丽虽心有不甘，但终究与赖得过言不正名不顺，也只有怅然若失的敢怒不敢言罢了。好在十月怀胎，一朝分娩，这次终于不负众望，生了一个又白又胖的小子，这回"三齿钉耙"那本就合不拢的嘴笑得像极了一个高音喇叭。

五

又是几年后，由于松脂的利用价值越来越低，加上全县号召大办绿色银行，全民行动大种特种经济林果荔枝、龙眼，使那个为割松脂的山寨失去了存在的意义。但是，当那些荔枝树长大长果后，数以百计的小山寨又如雨后春笋一样开在山里，为辛勤劳作的山民提供虽简陋，但不乏温馨的栖息之所。

作者简介：黄正可，笔名黄正旺，广西北流人，初中文化，农民业余作者，偶有作品在《金田》《广西文艺界》《玉林日报》和《北流文艺》发表，有散文《难忘第二故乡》被北部湾城市群散文选选登。

男旦甄雄与女生贾丁香

李洪波

"从前有座山，山上有座庙，庙里有个庙祝公。庙祝公在做什么？庙祝公在讲故事。"

这是一首南流县儿童耳熟能详的童谣。

话说南流县确实有座山，叫铜石山，山体巍峨，丹霞地貌，松柏参天。也有座庙，叫六祖寺，大雄宝殿，红墙绿瓦，庭院深深。

而今我也给大家讲个故事。话说六祖寺的方丈除了主持寺院外，还善于为香客占卦算命，且神机妙算，闻名遐迩。

有一天，六祖寺来了位香客。此香客烧了香，拜了佛，捐了功德金，便对方丈说："我姓袁名圆，南流人士，刚从广州返回。昨早曾去广州的八和会馆拜了华光祖师爷，今天是慕名而来……"

方丈将着胡须道："施主去拜华光祖师爷，莫非施主是梨园人士？"

袁圆惊道："方丈怎知我是梨园人士？"

方丈微笑道："众佛中只有华光大仙才是分管戏班的啊！"

袁圆道："正是正是。又说，不瞒你说，小人是南流县粤戏班的班主，因我的眼睛比较大，人们都叫我大眼袁。"

方丈呵呵笑道："我也听说过梨园有一个大眼袁，客串老旦，甚是了得，今天幸会幸会！老衲出家前也喜欢看大戏，曾多次买飞（戏票）去看粤剧《白蛇传》。但我很反感法海和尚破坏凡间美好婚姻的恶行，却赞赏峨眉山上的太极仙翁施舍灵芝草给白娘子救夫的善举。"

袁圆道:"小戏班也出演过《白蛇传》,那时正值小戏班最鼎盛时期。可叹目前戏班家道中落,面临解散。今想请大师测测小戏班的命运,并望指点小人迷津。"

方丈道:"不知施主想抽签呢?还是想抛银圆呢?"

袁圆道:"本人既姓袁,就抛银圆吧。"

方丈道:"妙得很!我手头上正好有一枚银圆,而且还是袁大头的银圆。说完便递给袁圆一枚刻有袁世凯头像的银圆。"

袁班主接过银圆,轻轻往上一抛,银圆哐啷的一声跌落在地上,头像的一面朝天,没有头像的一面贴地。连抛三次都如此这般。

方丈道:"奇了,你连抛三次见到的都是银圆的反面。"

袁班主急问:"点解?"

方丈道:"请问戏班中都有哪些行当?"

袁班主道:"容我一一道来,戏班中一般有生、旦、净、末、丑——

"生,戏曲角色,扮演男子,有老生、小生、武生等区别。

"旦,戏曲角色,扮演妇女,有青衣、花旦、老旦、刀马旦等区别。

"净,戏曲角色,扮演性格刚烈或粗暴的人物,通常称花脸。

"末,戏曲角色,扮演中年男子,京剧归入老生一类。

"丑,戏曲角色,扮演滑稽人物,鼻梁上抹白粉,有文丑、武丑的区别,也叫小花脸或三花脸。"

方丈又问道:"哪个行当不可或缺啊?"

袁圆道:"当然是生和旦啦。"

方丈道:"看来只有相反着做戏,才能解救贵戏班的生存危机啊!"

"相反着做戏?"袁班主问道,"难道大师说的是要靠反串?本该演生的要演旦,本该演旦的要演生?"

方丈哈哈大笑道:"善哉善哉,阿弥陀佛。"

袁班主大彻大悟,付过赏金,告辞方丈下山。

袁班主一边慢慢走着崎岖山道回家,一边回想着戏班的往事——

群工粤剧团是南流县的一个民办粤剧团。这个粤剧团有三十多位员工。为了大家有条活路,袁班主首先带头反串老旦,上演《胡不归》中的萍生母,把萍生母尖刻泼辣、蛮恶霸道的恶家婆演绎得十分生动形象。曾经有过一次演出,当演到恶家婆趁儿子萍生从军不在家,把病恹恹的媳妇颦娘驱赶出家门的情节,台下有观众向舞台上凶神恶煞的大眼家婆扔芭蕉皮橘子皮,甚至有几个臭鸡蛋径直打向恶家婆的脸上。被打肿脸的袁班主仍然坚持唱戏,不但不恼怒,心里还乐滋滋的。因为他觉得自己反串老旦深得广大观众的认可,从而增加了票房收入。

之后,袁班主还反串演过《西厢记》的相国老夫人、甚至《穆桂英挂帅》的佘太君,都是座无虚席……

后来他年纪大了不演戏了。其他演员

再无反串过任何角色了，从此剧团生意惨淡，面临解散……

想到这里，袁班主下定决心要把"反串"作为群工粤剧团的传家宝一代又一代传下去……

光阴似箭，日月如梭，不知过了多少年，袁班主早已去世，到了最新一代的群工粤剧团，新班主金越仍沿用袁班主"反串"救戏班的路线演下去。

新群工粤剧团的文武生由青年女演员贾丁香反串，花旦由青年男演员甄雄反串。

贾丁香的父亲是南流一中的语文老师，有一晚贾老师围炉煮茶读戴望舒的《雨巷》，正读到戴望舒盼遇丁香一样女子的诗句，忽闻妻子要临产了，便匆忙送其去医院妇产科。未几，产室传来新生婴儿的哇哇啼哭声，接生员告诉坐在产房外面的贾老师："尊夫人为你产下一千金！"贾老师高兴地闯入产房，对妻子道："女儿就叫贾丁香！"

甄雄一岁时其母为了测试其将来的志向，竟玩起了一个类似抓阄的荒诞游戏来。她将好几件有象征意义的物件摆在儿子的前面，让正在地上爬行的小儿子去抓取。其中摆有一把算盘，象征理财；摆有一本书，象征读书；摆了一件玩具，象征玩乐；摆了一盒糖果，象征吃喝；摆了一支钢笔，象征写字作文；摆了一张人民币，象征财富；摆了一支唇膏，象征女色。谁知在众目睽睽下，小屁孩什么也不抓，只抓了母亲常用的一支口红。

有旁观者惊叫道："这小子竟然喜好女人用的东西！莫非想变雌性？"

其父姓甄，是县政府第二招待所的大厨，用脚一扫地面上物件，大声争辩道："什么雌性？我儿真雄也！这游戏荒唐至极！"从此便为其儿子改名为甄雄。谁知待儿子长大成人，竟鬼使神差地当了男花旦。

甄雄现在是南流县粤剧团的当家花旦。

甄雄面临的挑战要比群工粤剧的老前辈袁圆大得多，因他必须得像女性一般，长相娇俏，动作柔美，更重要的是嗓音是子喉。粤剧的子喉类似京剧和昆曲等戏曲中，花旦演唱的嗓音，又叫小嗓儿。

甄雄虽身为男子汉，但长得并不武高武大，身高只有165厘米，极符合女旦的身材。加上他十指尖细，腰细腿长，眉清目秀，实在具备女旦特点。更喜的是甄雄平时爱看梅兰芳京剧艺术大师的表演录像。虽然他学的是粤剧，但他想既然同样是传统戏曲艺术，总有着许多的共通之处。甚至他喜欢观察现代青年女性的穿着打扮、喜怒哀乐和言行举止，以丰富自己的表演技巧。由于经常尾追大街上的靓女，为此他曾被路人讥为"咸湿精"和"变态佬"。

南流县城都记得男旦甄雄与小生贾丁香这对反串演员首次搭档演出粤剧大戏《梁山伯与祝英台》的感人场景。

南流的剧院其实就是南流人民礼堂。因一票难求，观众争先恐后地去"扑飞"，礼堂外面的戏迷早已不恭恭如礼了。戏票在粤剧的流行地被称为"飞"，"抢购戏票"便被称为"扑飞"。

当拿着飞的观众在礼堂里面对号入座完毕，观众席上的灯光骤灭，戏台上枣红色的天鹅绒大幕被徐徐拉开了。原来闹哄哄的观众们瞬间鸦雀无声。无数眼光齐刷刷地扫向灯光灿烂的戏台上。

第一场戏便是男演员甄雄反串女旦扮演的祝英台要求其父祝员外准许她出外求学。只见祝英台袅袅婷婷出场。那丹凤眼樱桃小嘴瓜子脸，那金莲碎步小蛮腰弹花指，有谁看得出这竟是一青年男子表演的呢？更令人喝彩的是甄雄那莺声燕语般的女腔，令男女观众都听得如痴似醉。

如果说第一场戏中祝英台的表演令人已有几分惊艳的话，那第二场戏《草亭结拜》便令人十分的惊艳了。因为扮演梁山伯的是青年粤剧女演员贾丁香。

观众看到贾丁香反串演小生，都觉得她既有女人的俏丽，又有男人的风流倜傥，便有人在台下议论纷纷，此演员到底孰男孰女？便有人理直气壮地指着戏单说，这分明写着贾丁香，既是贾丁即假男无疑了。后来此生观点终于得到确认。

女演员唱平喉演小生一般戏迷都能分辨出来，毕竟女性身材要比男性身材纤弱许多。尽管贾丁香穿了棉背心打底，还垫了肩托，穿了高底靴，比原来162厘米的身高增加了5厘米，但还是欠高大威猛。几乎所有观众都知道这是女演员反串的小生，但都愉快地接受了，并且为她略带女性化的英俊潇洒扮相，为她字正腔圆的既低沉又昂扬的平喉唱功热烈鼓掌与大声喝

彩。粤剧戏迷甚至评价她像极梁玉嵘或叶幼琪（都是广东著名平喉唱家）。等丁香演到《山伯临终》这一场戏，又有粤剧戏迷称赞她的腔口像极陈笑风先生（粤剧界演梁山伯第一人）。

甄雄反串花旦，丁香反串小生，除了演过《梁山伯与祝英台》外，还先后上演过《白蛇传》里的白娘子与许仙、《柳毅传书》里的龙女三娘与柳毅、《胡不归》里的颦娘和文萍生、《帝女花》的长平宫主与世显驸马、《刁蛮公主与戆驸马》里的刁蛮公主与戆驸马、《卖油郎独占花魁》里的王美娘与秦重、《搜书院》里的翠莲与张逸民……

由于甄雄反串的花旦角色举手投足女性味十足，且扮相娇俏，子喉婉转，被传为美谈。但真正知道演员本是男人身的却不多。

就有一房地产大亨叫许嘉章的，人称南流的许家印。许嘉章也是个粤剧迷，自小受到其姑姑、南流粤剧有名票友许雪芬的粤剧艺术熏陶，从小耳闻目睹许雪芬的演唱，所以对粤剧情有独钟，每到广州办事，便叫秘书安排晚上睇大戏。

许嘉章是至今不知道群工粤剧团的当家花旦演员是个男人身的戏迷之一，他看过甄雄演的戏，并且屡送花篮给甄雄。许嘉章虽然有一个老婆还有若干个情妇，但都觉得远远比不上群工粤剧团这个当家花旦让他着迷。好色的许老板便大胆向群工班主提出要请甄雄吃饭唱曲，并愿意赞助

北流文艺 BEI LIU WEN YI 2024年·小说

一大笔钱给经济拮据的群工粤剧团。金班主满口应承。

是夜，南流县城华灯初上，东方夜总会金碧辉煌。在一个豪华包厢里，房地产大亨许嘉章等候已久，正翘首以待，终于等到金班主领着甄雄走进他订的包厢。

当许老板见到金班主领着一个英俊的年轻小伙子进入包厢时，大感不解。

金班主向许老板介绍说，这位就是许老板想要见的当家花旦甄雄。

许老板万分惊讶道："他是男的呀？"

金班主微笑道："对呀，甄雄是著名男旦。"

好色的许老板始料不及……一场缪斯女神之约的饭局不欢而散，当然许老板那一笔要给群工粤剧团的赞助金也随之打水漂了……

此事过去不久。又有一名叫徐佩娜的正处级政府女官员提出要请甄雄吃饭。女正处与许老板不同，她早就知道甄雄是男旦，并且知道他尚未婚，对甄雄早生爱慕之意，只可惜自己是有夫之妇，要不真的可以和他产生一段姐弟恋。金班主知道徐佩娜是分管思想文化的高官，不敢得罪于她，便带着甄雄去见她。徐正处也是个粤剧迷，平时也常常和下属去唱唱粤曲卡拉OK，所以与甄雄相谈甚欢，不仅谈了粤剧，还谈了餐桌上的美食。末了还要与甄雄合唱一段《柳毅传书之花好月圆》，但指名甄雄唱生角，由她唱旦角。怎料甄雄也能唱小生，而且唱得挺好，倒是她唱得不怎么样。

最后趁着酒意，徐正处对金班主说："我想让甄雄改行做我的小车司机。"

金班主道："他是群工粤剧团台柱，他一走，群工便散了。你这样做在社会上影响很不好，恐对你的仕途有影响啊！"

甄雄也道："我乃一粤曲演员，当什么小车司机？"

徐正处说："你们知道演粤剧《鸳鸯泪洒莫愁湖》的著名文武生冯刚毅吗？他也当过出租车司机。"

甄雄说："冯刚毅后来不是不当司机了吗？他重返戏坛，还获得两届全国戏剧梅花奖呢！这司机我是坚决不当的！"

徐正处便想，心急吃不了热馍馍，此事暂且容长计议。便改口道："不做我的司机也行，但你以后得多陪我唱唱粤曲卡拉OK啊！"

金班主与男旦甄雄见好便收，一迭声道："那当然，当然。"

后来此事便不了了之。

暂不说许嘉章老板和徐正处各自的风流韵事，且说说广大观众对他们热爱的梨园角儿的各种各样流言。

有人说，甄雄与贾丁香不仅在舞台上扮演夫妻，在生活中也是真正的夫妻。

也有人说，他们是另一个版本的"凤凰传奇"，各自有爱人。

还有人说，他们不是再版的"凤凰传奇"，而是另一个版本的"玖月奇迹"，做过夫妻，但又离婚了并分道扬镳了。

最后有知情人说，甄雄至今未婚，人家贾丁香早已为人妇，嫁的还是一名二甲医院主任医生呢。

不过又有另外知情人说，贾丁香因外科医生嫌她长期在外地演出，聚少离多，婚姻关系早已破裂。不过又听到有人反驳说，导致两人婚姻关系破裂的原因不是聚少离多，而是外科医生出轨了一名比贾丁香更年轻漂亮的女护士。

至于甄雄至今仍单身，也众说纷纭。有人说有红娘曾先后给他介绍过几个姑娘，也说得上年轻漂亮且有地位，但到头来不是他不爱人家，就是人家不爱他。总之说不上情投意合，更说不上谈婚论嫁。甚至有人抹黑他，说他想学金星，要改变性取向，所以不好女色……

事实上正如知情人所云，甄雄至今未婚。贾丁香早已为人妇，嫁的是一个外科主任医师，但后来离婚了。

早有狗仔队跟踪过单身的甄雄和离异后的贾丁香，说他们俩其实是互相吸引的。

理由是，有一次甄雄学演刀马旦的戏《十三妹大闹能仁寺》，不慎跌伤了右脚，在骨科医院治疗的那段日子里，是贾丁香日夜坚守在病房里陪护他，后来又帮他做恢复功能的训练。在甄雄康复后重返舞台时，两人还合作演出了一场大戏《范蠡与西施》。当然是甄雄扮西施，贾丁香扮范蠡啦。

两人经过在骨科医院的日夜相处，早已擦出了爱情火花，再经过演出《范蠡与西施》这场大戏，两人心中豁然开朗，都觉得对方才是自己心中所爱，自己的理想对象就在身边，正如一首古诗词所云："众里寻他千百度，蓦然回首，那人却在灯火阑珊处。"

男旦甄雄与女生贾丁香喜结连理那晚，金团长特意安排他们上演了《柳毅传书》一戏。当他们演到压轴一折《花好月圆》时，台下的戏迷尤其是他们的粉丝欢声雷动，掌声与喝彩声此起彼伏。广大观众都津津乐道，说："真想不到台上是夫妻，台下也是夫妻啊！"

后来南流县有个粤剧戏迷，将《从前有座山》那首童谣略为修改，变成了："从前有座山，山上有座庙，庙里有个庙祝公。庙祝公在做什么？庙祝公在讲男花旦与女小生的故事。"

绕 弯

介 子

两个小袋子，每袋约十斤，中间串根小扁担，介子一低头挑起来："好轻。"

"轻担远路成重担。"厨爸说。

于是父子俩上路，经南门塘，衫棉木根，秧地村，长坡头，指月楼。到了邓屋。

介子有点兴奋，第一次与厨爸去贺平，还挑着谷子，像模像样。

"调皮二娘还系（是）个地么？"看到路边拐弯进去不远，有间瓦房，介子问。

介子跟在厨爸后面，看到厨爸两件单衣的背隆，在沉重的担子下有点弯曲，就像一棵树挂着一坨重量前后摇晃着。

调皮二娘是厨妈从藤县带上来的陪嫁侍女，跟厨妈一年后，就出嫁到邓屋，介子曾到过这里。调皮二娘脸上长斑，被人叫作头皮二娘，厨妈说，这样喊不好，就叫调皮二娘吧。二娘有个女儿，叫阿来，没有生出来就安好了名字，是"来个弟"的意思。待出生了，还是女孩，还是叫阿来，意思是一定会生个弟弟来的，厨妈是这样讲的。阿来与介子的姐姐同岁，同去牟塘第六小学读书。她上学必经村里，往往与姐姐一起走，有时还带点炒米给姐姐，有时也分点给介子。介子一想到这些，脑袋立马香喷喷一窝。

厨爸有节奏地走着，没回答，倒是放慢了脚步："重冇？"声音充满慈祥。

"冇重。"介子有点喘气了。

"太重就停下，倒一地（点）比（给）我。"厨爸一边说，一边换了个肩，担子随着发出"支嗄支嗄"的声音。

"到水研（水碾）仲（还）有几（多）远？"介子的肩膀不舒服了，他赶紧快几步跟上。

"直直走，拐个弯就到，冇（别）东睇西睇，快地走。"厨爸说。

这段路很平坦，却觉得很难走，介子脚步抬起时，不时踢起一些沙子。他趁厨爸走在前面，放下担子，很快将外套脱掉，挂在扁担头的钉子上，马上又抄起担子，追了上去。

厨爸回头看介子："前头上个坡，一半，有龙门电站。"随后，步子就慢下来，开始上坡。

"我是神行太保就好了，专门行路，一地事都冇。"介子看着路边的一排草儿，好像已经带着黄色，草儿下面有晃动的流水。

介子听到厨爸的扁担，发出"叽丫叽丫"的响声，像一种什么虫子在叫。

上坡就是一步一步，很清楚，很分明，

很慢，再不像平地那样，摇鼓郎当的，一连串叠着步子走也可以。

介子觉得浑身发热，想再脱衬衣，他看看前面的厨爸。

厨爸感觉到什么，稍微转了一下头，说："就要到了，看上面那个弯，再上五十米，就休息。"

"全部系（是）平地就好了。"介子嘟哝着，望着来路的沙坡。

"不可能，广西个（这）地方，山区，冇像河南中原，望冇到头。"厨爸对介子解释，"你长大到河南去睇睇就知道。"厨爸一只手扶着担子，手臂弯曲处有全部被汗水湿透了。

上坡，拐弯，紧靠山根，开阔一点，厨爸放下担子，呼出一口大气。

介子猛走几步，担子几乎是丢下来的。他马上脱掉衬衣，就穿一件背心。

厨爸一边擦汗，走过来想摸摸介子的头，一边从口袋里掏出一只烟斗。

介子头一歪，没有让厨爸碰到，脸上的汗水流到嘴边，他伸出舌头舔了一下，有点咸味："这个坡比长坡头的仲（还）长。"

厨爸一只手提起小担子摇了摇："轻担远路成重担，系冇（是吗）？"随后就在架在两只箩筐上的扁担中间坐下。

"冇上坡冇见重。"介子眼睛转向公路边的一排大管子。

四根水管，每根至少有两只谷桶大，紧挨山壁，从山顶斜着并排地摆下来，串到介子担子下面，穿过脚下的公路，进入下面一间房子。那房子顶上有个牌子，牌子在侧面的，介子还能看清上面的几个大红字："北流龙门电站"。

"小心路上有大车。"厨爸提醒介子。介子第一次看见这么大的水管，好奇，兴奋，跳着脚从山边一下子蹦到悬崖边。

轰隆隆的声音真的就来了。一架（辆）解放牌大卡车，从公路上方的拐弯处，摇摇摆摆地开过来。喇叭"哒哒哒"响起来，很霸气，有点声嘶力竭。嘿，还带着拖卡，满满一车木头。车轮滚过沙地路面，腾起漫天烟尘，形成一段段大黄圈。黄黄的大圈圈一下子就变成一段段的大弯弯，完全盖住了厨爸吐出来的烟圈小弯弯。

介子有点讨厌地仄过（转过）脸，用手捂住鼻子。这管子不像这些圈圈，老是弯弯绕绕的，人家就是直直的，从山顶罐下来，一点也不拐弯抹角："哦，睇睇（看看），个地（这些）大管，一条五只人都抱冇（不）过。"汽车过后，介子又对管子感兴趣了。

"你咁（这么）大个，要十只才抱得过。"厨爸好像对黄色烟尘毫无介意，继续吸着烟。

水管里面发出沉沉的嗡嗡声响，有微风顺着水管从山上散下来，介子觉得有点凉快，也很开心。公路左面有一排齐胸高的石头栏杆，下面是悬崖，介子挨在栏杆边上，惦着脚往下张望。

这是一个山谷，崖壁深下去，好像斧子劈削，凹凹凸凸，居然有几株小树，凌空横生，幽幽悠悠。这地方有点像剑阁，一夫当关万夫莫开，介子想。

休息了五六分钟，厨爸说："快走啰，上去，拐只弯就到。"

介子望着厨爸几乎是满满的俩箩筐谷子，看看自家这一点点，问："我密也（什么）时候才能担嘟（这么）大一担？"

厨爸哎哎一声，说："再过六七年吧，快点走。"

他们继续上路，介子挂在扁担头的衣服，一摇一摆的，像一面三角旗。

"这个坡比长坡头仲（还）陡，好多弯。"介子想说，额头又有汗珠了。当他看着前面老厨爸，承着扁担的肩膀，深深地凹下去，整个人身子都仄（半转、倾斜、不正）着，他就不敢大声讲出来了。

他们顺公路外边，慢慢往上走，转过一个弯，好像到顶了，又转了一个弯，还是没有到顶。

介子扭头仄眼，看路边下面的深弯，忽然听到厨爸说："龙门水库在水研前不远，河涌的水，是水库流到贺平，再流出来个嘞。"

"流过萝村么？"介子觉得自己不想讲话。

"经过邓屋，叫斗口河，到莲塘，叫莲塘河，到民乐圩，叫民乐河。"厨爸好像还很想讲什么，只是要大口喘气，就停下来了。

"为密也（为什么），冇在村里研米（碾米）？"介子用手抹了一把汗。

"村里，要排队，到后日，今日冇研好，晚上屋几（家里）冇得米煮饭吃嘞。"厨爸没看介子，只顾低头走路。

"我睇（看）见调皮二娘屋边，仲（还）有只水研。"介子继续说。

"个只（那个）系斗口水研，坏了好奈（久）了。"老厨爸顿了顿，"坚持一下，就到了。"

"咁样啊。"介子默不作声了，额头汗珠，就要滴下来了，他满脸通红，还有点气喘，不再想说话。路边的尤加利树，像涂了一层薄蜡，非常滑溜溜的，可是介子的双脚好像粘油油的，越来越不听使唤。

厨爸满脸是汗，大气直呼出来。他向河边方向抬了抬头，说："就到了哦，最后一只（个）弯。"

"爸，你个只弯，够弯过啰。"介子实在忍不住了，他觉得自己双脚好像被沙子粘住了。

"哦，是咁样（这样）个哦，我自（我们）系从萝村……到贺平，就系一个大……大弯。大弯中有细（小）弯……细弯仲有更细过（的）弯。大弯套细弯，细弯仲有细弯，弯弯个（的）弯……弯，弯到个地（这里）了。"厨爸很吃力地换了个肩。

走过一个差不多九十度的转弯，介子眼前豁然开朗，一片平地出现了。

"睇远远个（那）排房，大路绕山根过去，好大个弯哦，个边（那边）系贺平村。"厨爸对介子说。

介子一看，这个弯啊，比厨爸说的大弯，还要更大更弯，个只弯要走多久啊，他觉得自己就要像泄气的皮球，就要贴到地面了。

"睇左边河边，个只屋顶，就系水研啰。"老厨爸提醒介子。

"呵呵，系冇（是吗）？"介子一下子激灵。

公路下面一片梯田，公路边缘，隐约冒出一个水车，虽然只看到一个小半圆。介子忽然觉得，眼前这个大弯，一下子就缩小，变为那个小小的半圆了。

"我自从个地（这儿）岔路，往下走，恩住（小心），有田略窝，冇好走。"厨爸提醒介子。

介子张大嘴巴，用大力猛吸了一口气，长长地吁了出来。

"两父子来研米啊？"水研掌柜四十多岁，满脸笑容对厨爸说，转过头对介子，"冇去学校哎？"

"冇书读啰，"老厨爸说，将担子放下来，"有水么？"

"有，系（在）那只缸，"掌柜用手指着墙角，"你个只（这个）年龄，就冇书读啰？你偷鸡（偷懒），冇上学，系冇系（是不是）？够十二、十三？十二岁年就冇书读，那冇使得。"掌柜像位管家一般，比画着，拉过梁上吊下来的一根大称，准备将两筐谷子钩钩起来。

介子觉得掌柜大惊小怪，他跑过去，接过厨爸递给他一个大海碗水，"骨龙骨龙"一下子就喝光了："我都毕业两年啰。"他一脸满足，用手一抹嘴巴："睇我带个书。"他变戏法一样，从外套口袋里掏出一本书：线装、竖行、黑体、古董。

厨爸转过脸："难怪你要穿你哥个（的）衣服，衫袋大只（口袋很大）。"

"我系讲上学堂，嗯，你个书能睇得识（看得懂）？呵呵，《三国演义》，一册？"掌柜好奇地将书翻了一下。

"冇系讲个种书（不是说这样的书），你个书系课外读，个年龄，系要正规学习，去学校个。"厨爸在边上补充说。

在家里介子就计划好了，到贺平去，挑那么一点谷子，这么轻，就无所谓。研米会有很多时间，可以看看书呢。

厨爸过来，拍了一下他的肩膀："你第一次担重担，走咁远路，酸痛么？"随后就想捏捏介子的肩膀说。

"不入虎穴，不得虎子"，介子猛地往下一端（蹲），一下跳开，防止老厨爸压着肩膀。

"我们上昼（上午）研米，在水研吃晏（午饭），下昼整好就担米返去。"厨爸说。

"哪有饭吃？个地（这里）啊？"介子觉得水研给他们午饭吃，立刻就觉得肚子饿了。

厨爸将介子的两小袋谷子，一边一个，放到两个大笼筐里："成米，有七成？"厨爸问掌柜。

"看秤咯，共一百二十九斤，除十斤筐，就一百一十九斤。"掌柜用手捞了捞笼筐的谷子，"谷够恒（饱满），也够爽（干燥），有八十一二斤净米。"

"不止吧，一般有七成二，八十三四斤。"厨爸纠正掌柜的算术。

"就算出米来了啊？"介子抬头看看掌柜。

"你小孩冇得书读，你一定系外面回来咯，"掌柜对厨爸说，"我一睇就识得。"

"回来十几年咯，怎做都冇够吃。"厨爸与掌柜一起，将秤上的笼筐抬下来。

"有几个细捞哥（小孩子）？过只（这个）老几？"掌柜好像有意无意地问。

"四只。个只系老三。最大个只十六了。开始冇识得做农工，宜家（现在）可担一百斤了，厉害吧。"厨爸对掌柜好像不见外。

"咁系（就是），锻炼出来咯，也是逼出来咯。听讲萝村斗争好厉害，回乡个地人，好（很）受气，系冇？我自个地冇密也（我们这里没有什么）。"掌柜将笼筐侧着，将谷子倒进房间中间的圆槽，一路滚着笼筐带着谷子散开。

介子没再听他们讲什么，就拿起外套，搭在膀上，走向门口。他觉得外面凉快多了。

对面不远，一个木制的水闸，灰暗色，还长了些青苔小草什么的，懒洋洋的样子。闸门与台阶几乎平行，稍有点昂头，闸门边上有一些小缝隙，溅射几条小水流，像介子与伙伴们在某个角落的撒尿比赛。

紧靠闸门边，有个高高的大轮子，轮子几乎就靠着屋子背后。轮子中间有一根大木头，居然穿过墙壁通往屋里。这地方晚上做摸营游戏，有好多地方可以藏起来的啰。

轮子整个边缘，都有一格一格的小槽。轮子水槽与闸门水道连在一起。河面不宽，河水却很澄澈，比家门口的南门塘干净多了，在这游泳一定很爽。

有微风吹来，空气有点甜，除了水闸丝丝水流，周边一派宁静，介子看着河水在发呆。

忽然，地下传来隆隆的声音，有水从闸底猛地喷涌，屋子里传出掌柜的喊声："快来帮推磨。"

介子听到喊声，蹦跳起来，跑回屋里。掌柜对介子说："你过来，个地系开闸门板拉手，拉住，等会我喊到三，你就松手，识得有（知道吗）？"介子靠着窗口，卡开双腿站定。

房子中间是一个大圆盘。圆盘里有一条圆形石槽，有一尺来宽，有半尺来深，下小上大。槽里有个巨大的石轮，轮子中间有方孔，孔里插着一根木头。木头连着大圆盘中间那根竖着的桶大木圆柱底部。圆柱顶有个木轮子，有很多牙齿，咬着另外一个小齿轮盘。小齿轮盘通往窗外那个大水轮。介子觉得有点复杂，看得不太明白。

"个只大石头做咯大石炼（大石盘），咁大只，水能将大石炼冲转？"介子对水研里的机械感兴趣起来。

那个大石炼在隆隆的声响中欲动不动，掌柜与厨爸四只大手，同一个方向，攀在大石炼上，掌柜喊："一、二、三！"他们一下子同时发力，拼命将大石炼往前推。

听到"三"字落音，介子立刻松手，那块木板随之"克洛"一声，往下一沉。介子立刻就听到地底下面，轰隆隆轰隆隆的水流声，还有木头齿轮相互咬着的"吱吱"声，大圆盘里的大石炼，压着石槽里的谷子，随着大人推动，开始慢慢转起来。

老厨爸走七八步就靠边了，掌柜还一直跟着推着，直到大石炼往前走了大半圈。

"个只轮子，比村里水研个只，大多了，"介子走过来，看着这个巨轮，对厨爸说，"有我胸脯高。"介子对着轮子做了个手势比着。

"冇靠近轮子。"厨爸拉了一把介子，说完从口袋里掏出一个烟斗，走向门口。阳光从门口射进来，将厨爸的身影印在水研房间的地板上，影子显得比真人高大多了。

水研磨盘中间那根柱子，不停地飞快地转动着，带着大石炼，发出隆隆隆的轰鸣声，好像不知疲倦那样周而复始。屋子里一会儿就烟尘四起，光滑的地面一地谷壳与米粒。掌柜拿了个扫把，将不断飞出来的糠米扫回到石槽里。

"要研几奈（多久）？"介子问掌柜。

"至少一点钟，水够就快些，"掌柜一脸得意，"你自来得着时，前日个地（这里）堆满谷担，琴晚（昨晚）至（才）研嗮（完）。"

"密也喊做（什么叫作）水够？"介子好奇起来。

掌柜盯着介子："来，我话你知，"他拉介子走到窗前，指着窗外，"睇到水池了没，等阵放水耐（久）了，水就会少啰。水少了就冲不转个只大石炼，就要停一停，等水满了，再放，你自己睇好了。"

介子觉得掌柜讲得太啰唆，他听了一半，眼光已穿过靠窗的大石炼，望向窗外的大大的高高的木轮子。

大大的木轮子在慢慢旋转着，将外面河道与对面的山坡，割成一块块三角形，像厨妈捏鞋底剪的片片三角布。

他注意到，这个河道是一个转弯，还是个急弯。对面有个高坡，坡上有棵树，很大很高，"像村口那两棵衫棉树，在池塘边，这棵树却是在岸边，还是在转弯个地方。"

他一边盯着一边寻思着。

村口有两棵千年衫棉树，八字向上，高耸入云。介子他们常到树下玩，特别是春节前后，那时衫棉花盛开，花朵像金钟，有五个瓣，红红的，中间还有一束茸心，一条条很顺序地伸出来。

那片高坡，背靠山岗，在这里安营扎寨，进可攻，退可守，马谡听王平咯话，就冇会失街亭，六出祁山就冇会半途而废，害得诸葛亮不得不班师回朝。如果树上的花可以吃，军中粮草更是充足，介子忽发奇想。

厨爸抽烟回来，对掌柜说："你先比（给）两斤米我煲饭。"

"等下，啊？两斤米？你俩父子……吃两斤米？"掌柜睁大眼睛，拼命摇头，"你吃一斤，细佬哥半斤，最多一斤半，足够。"

"嗯，冇罗，要两斤，食唔晒（吃不完）就留你。"厨爸坚持着。

"我冇要你咯。好个，反正系你个。"掌柜嘟哝着，从墙上拿下一根小称。小称有个盘等，他用盘等从一个木桶里兜米。

"爸，我自能吃晒（吃完）么？"介子在边上听见了，跑过来问。

"你几多日冇吃一餐饱罗？试试睇。"厨爸坚持着。

介子没说话，跟着厨爸走到外面。门口左边有个简单的竹篷，厨爸找到一个砂锅，开始生火，介子就坐在石头台阶上。

这条河流好像没有什么特别，不过，那个水闸里一定有鱼什么的，刚才水面不停泛出很多的像逗号，弯弯水纹很多："能捞几条鱼上来蒸了送饭，美哉美哉。"

只是个只木质大轮子，够大，如果顺着轮子，爬到最高处，拔剑指天际，就能呼风唤雨，像七星坛孔明祭风，飘飘如有神仙之慨。

"你最好睇一地（一些）技术书。"厨爸不知道什么时候，来到台阶上，站在介子侧面对他说，"冇技术，密都弄冇来（什么都做不来）。你睇个只水研，有好多机关，水冲转木轮，木轮带动石轮，石轮研谷就成米罗，弄清楚个只，就有好多学问。"

介子觉得厨爸冲乱经文："知道了，爸，饭熟了未？"

"知道肚饿了？差唔多啦。"老厨爸对着那只冒出饭香的砂锅点点头。

介子转身抬头，一眼正视到厨爸正面，就笑起来："爸，你成关公嚟，个地黑一片，像只峨眉月。"他用手指指自己的右脸。

掌柜回去吃午饭了，大石炼停下来了，说是水不够，要囤积半个钟再开机。"个地就剩我自了。"厨爸对介子说。

厨爸在水研一只桶里找来两只大海碗，洗了，给介子装了个平面碗。

"我吃得敢大碗？"介子望着热气腾腾的一大碗饭问厨爸。

"你先吃。"厨爸给介子两条咸萝卜干，自己就坐在竹篷下面一个木墩上。

碗太大，介子在门口台阶上，半端半坐，将碗搁在膝盖上，一只手扶着。吃一口饭，咬一口萝卜干，介子觉得这饭特别香，好久没吃这么一大碗了。

居然吃完了，厨爸问他还要么，他说要一点吧，于是厨爸为他加了一小勺。介子已很饱，再吃一勺，就涨了。

"我自在屋儿（我们在家里）吃粥，就是涨而不饱，现咯（现在）系饱且涨了，"老厨爸忽然感慨起来，"就剩一滴滴（点点），等阵吧，等阵我吃了。哎哟，冇几多咯。"

终于得餐饱了，介子站在门口台阶上，轻轻地拍拍胀鼓鼓的肚子，懒洋洋地靠着门墙。边上的那只大水轮，居然也懒洋洋的一动不动。

厨爸将碗洗干净，将碗放回原处，掌柜就回来了："怎该（怎么样），你自把两斤米饭吃晒啦？"

厨爸说："食晒佐（吃完了），粘锅还有一滴滴，好饱了，啊。"

"厉害哦，你两父子。睇睇，一点钟啰，"掌柜昂头看看天，"要落水（下雨）哦？"掌柜讲完就进走进屋里。

又开机了。过了二十多分钟，厨爸走到磨盘边，在石碾子碾过后快速抓起一把米，摊在手上看。

"得了没？"掌柜坐在那张满是糠灰的桌边凳子上，低头看账本什么的。

"还没，再研一阵，"厨爸将糠米抛入磨盘，拍拍双手上的糠。介子也跟着走过来："你冇得跟我自大人抓糠米，你手冇够快，会被研扁个呢。"

"个只石盘有几百斤哇，知道没。"掌柜看见介子在边上，就过来对介子说。

"爸，轮子怎该敢（这么）慢咯？"介

子发觉了问题。

"哦，系。研米要经过三轮转，第一轮系脱谷壳，轮子要猛研，喊做脱壳；第二轮系研糠米，将谷壳碾碎，又冇要把米弄碎，轮子要缓慢；第三轮系米抛光，将糠研得更幼（细），轮子就要更慢地转。"

介子很认真地听着，"之后呢？"介子用手抹抹眼睛又问。

"之后就是宜家个过（现在这个）样，慢慢抛光，石轮慢慢转，使个地（这些）糠去摩擦米，米就光滑咯。"掌柜从边上补了上来。

"冇敢多（这么多）学问？"介子盯着不紧不慢转动的大石炼，若有所思地自言自语。

大石炼终于停下，打懒一般歪靠在圆槽壁上，隆隆的声响也静下来了。老厨爸找来勺铲，与掌柜的一起，将糠米铲到箩筐里。

介子帮忙着，把大圆槽里的米与糠，全部扫干净。

"仲有（还有），过来帮一下。"厨爸对介子说，随后将石轮子用力推动，移开一小段。石轮子压着一小堆糠米，厨爸一点点地扫干净，装入箩筐："个地至少有一斤米，你睇睇。"

厨爸将一框糠米，双手执着箩筐的两只耳朵，平衡用力挪到靠近角落的那个风柜前，随后就喊："掌柜，来帮下。"

两个大人同时用力，"哼"的一声，将一整筐糠米同时托起，"呼"的一下，倒进比人高的风柜斗里。箩筐仄着（斜着，不正）还留在风柜斗上面，风柜几乎晃动了几下。

"将两只空箩筐，放在风柜的两只出口。"厨爸喊话，同时用右手摇动风柜斗下面的铁把曲轴，风柜随即扇出呼呼的大风。

介子注意到，厨爸左手把着风柜的漏斗下面的开关，慢慢放开。从漏斗漏出来的糠米，被风扇着，像一条白色的拉链，流进第一个箩筐，灰黄色的粗糠流进第二个箩筐，像粉一样的细糠，就被扇出风柜尾。

这些细糠像黄尘子，漫天飞舞，就那么几分钟，整个角落都是灰蒙蒙一片了。介子觉得有点呛人。

风柜被厨爸不停地摇着，介子用手掩着鼻子，可无济于事，他看着自己的袖子、裤子、鞋子全部成了灰黄色。

介子抬头看厨爸，他的眉毛被染成淡黄色，脸上也涂着一层黄粉，头上好像戴了一顶绒绒的黄帽子，样子有点滑稽，介子很想笑，只是抿了抿嘴。他找来一把扫把，轻轻地将飞舞到边上的细糠，慢慢地扫回角落。

"等阵（等一会）再扫，风完再扫。"老厨爸对介子喊。

介子回到风柜前面，睁大眼睛，很仔细盯着。白色的米粒，经风柜扇过，沙啦啦地流进箩筐里。他一手攀着箩筐，一手岔开五指，插进弯弯的米链中间。不断流下来的米粒，穿过手指，合着那"缝缝缝"顿挫的风动声，很有节奏地合着心跳，介子觉得怪舒服的。

收拾停当，粗糠一袋，细糠一袋，白米俩箩筐，过秤。连箩筐袋子一起，共一百零六斤，拿掉糠袋再称，有九十二斤。

"除十斤箩筐，有八十二斤净，冇舌好多（没有减少很多），有七成几。"厨爸有点满意地对掌柜说。

"在我个地（这里）研米咯，都有个只数。你个米，研得够白，你睇睇，人家咯？"掌柜从边上的大木桶里掏出一把米，摊在手上，伸到箩筐边，比画着，"像咁样个，郑（还）会多两三斤咯。"

介子也过来凑热闹，也伸手从箩筐里掏出一把米。

"看你个仔，够力（能干），么懂事，"掌柜摇摇头，"刚才我还打了我仔，讲人家小学毕业就识睇《三国演义》《水浒传》，我个仔，初中了，么事冇识。"掌柜对厨爸说。

"差不多，好冇到边度（哪里），"厨爸嘴巴好像有些笑意，"我自要走啰，跟师傅讲再见。"厨爸对介子说完，躬身准备挑担。

"呵呵，吃饱，就走啰，煲饭个米冇使（不用）还咯？"掌柜对老厨爸笑着说。

"哎呀，真系，真系，忘记咯，忘记咯，即刻即刻。"老厨爸忙不迭地放下担子。

"郑讲（还说）留地比我啰。"掌柜补上一句，随后两个大人哈哈大笑。

介子好久没听过厨爸这样的笑声："这米要还？"介子嘀咕着，弯腰挑担，一抬头，看到厨爸弯弯的眉毛，他忽然觉得，这就像转过来转过去的弯弯。

作者简介：介子，本名陈乔柏，北流人，广西作协会员，曾出版散文、诗歌等若干本。

荔 枝 树

韦 璐

探望丈夫

"请问刘大强是在这间医院吗？"一个 50 多岁的妇女怯怯地问。她左肩背着一个黑色的小包，右手拿着一小袋苹果，上身是一件浅蓝色的衣服，下身穿着黑色裤子，身子有点胖，但脸色还是红润的。她刚从深圳回来，看望她的丈夫刘大强。

"你是他的妻子吗？"吴医生停住笔，抬起头打量了一下她问。

"不是，他是我堂哥。"翠花不敢看吴医生的脸，默默地转移了视线。

"哦。那我带你去看看他吧。"

"刘大强，你看谁来看你了？"吴医生带翠花来到病人区，推开了 201 房的门。

刘大强看看吴医生，看看医生身后的翠花咧开嘴傻笑。

吴医生说："家属探望病人的时间只有 10 分钟，你们试着好好聊聊，我在隔壁办公室，有事叫我，时间到，我来叫你。"说着她走了。

此时，病房里只剩下了刘大强和翠花，刘大强一味地傻笑，好像对面这个女人既熟悉又是那么的陌生，他喊不出她的名字，而她对他也是那样的陌生，他瘦骨嶙峋的，以前高大英俊的外表已不复存在，呆呆的眼神让人忍俊不禁地流泪。翠花眼含泪水没有喊他，只扫视了病房，注视着他的一举一动。他们没有重逢的喜悦，没有亲切的呼唤，更没有深情的拥抱，这对三十多年的夫妻，就这样一个呆呆地傻笑，一个默默地注视着。10分钟很快过去了，翠花放下手上的苹果大声说："刘大强，吃苹果。"刘大强拿起一个苹果狼吞虎咽地吃了起来。翠花走出了龙华精神病院，靠着门口的荔枝树，忍不住哭了起来。

荔枝结缘

三十年前，村边有一棵高大茂盛的荔枝树，6月，骄阳似火，荔枝树上挂满了一串串的红灯笼，鲜艳欲滴，惹人喜爱。一天，翠花从树下经过，突然，她手上的篮子一沉，一串荔枝从树上掉下来，不偏不离落在她的篮子上。翠花想发火，但抬起头看到做着鬼脸的刘大强和篮子里诱人的荔枝，忍不住笑了。就这样，年轻貌美的翠花认识了英俊潇洒的刘大强。每次村里放电影，刘大强都扛着两张凳子，他和翠花坐在最显眼的位置。不久，他们俩坠入爱河，半年后喜结良缘。那时候，村里人都非常羡慕他俩，说什么天仙配，说什么天造一对

地设一双，总之，他俩很般配，无论去到哪，人们都竖起了大拇指，或投去羡慕的目光。随着大儿子晓东的出世，这个家充满了甜蜜和温馨，再过一年，聪明乖巧的女儿刘露也来到了人间，这真是喜上添喜，有儿有女，孩子们都听话懂事，聪明伶俐，这"好"家庭，让多少人羡慕啊！

南下淘金

外面的世界很精彩，外面的世界很无奈。改革开放的春风吹富了广州、深圳，也吹醒了松山村。到广州、深圳等大城市淘金的人越来越多，他们挣钱建房子，给孩子读书，改善家里的生活。村里一座座红砖楼房拔地而起，"民工潮"成了这个村的热点和时尚。为了改善家里的生活，为了不让两个孩子成为"留守儿童"，刘大强和翠花商量好，让刘大强跟村里的青年到深圳去打工，妻子翠花则在家照顾这一对儿女，做点农活。按照风俗习惯，外出打工的一般在开年之后才出去。正月初六是刘家的开年，这天，刘大强家好不热闹，听说刘大强明天要去深圳，很多亲戚朋友来串门祝贺。有些眉飞色舞地谈着出去打工如何赚钱和外面如何好的事情，刘大强的心更是痒痒的。初七早上，踏着黎明的曙光，翠花送刘大强到荔枝树下，他们拥抱着，相约彼此记住他们的爱和他们的海誓山盟，荔枝树见证了他俩的爱情，荔枝树下他俩相拥着，叮嘱着，依依不舍告别。刚去那两三年，刘大强在一个电子厂打工，

每个月赚的钱是在家乡打工的几倍，他如约每月打电话回来询问家里的情况并寄钱回来，逢年过节不怕管刮风下雨，都回家来团聚。翠花和孩子以他为荣，为有一个好爸爸感到骄傲。翠花在家勤劳持家，除了农活和照顾孩子，她一有空就到旁边的河里捞沙，挑石头回来，准备建新房。到第三年，他们家建起了两层三间的小楼房，砌好围墙和门楼。漂亮的红砖洋楼，别致的庭院，高雅大气的门楼令村人赞叹不已，他俩也成了村里人学习的榜样。

美人诱惑

俗话说："爱江山更爱美人。"而刘大强在美人面前，不说妻儿，就连根都忘了。一天，龙华电子厂来了一个四川的姑娘春花。这姑娘粉嫩粉嫩的脸蛋。一双会说话的大眼睛，时尚的衣服，一口标准的普通话。风情万种的春花刚好坐在刘大强的对面。她的美，把刘大强的魂都勾走了，而她又是一个善于拍马屁的人。她经常以叫刘大强教她工作为由，接触刘大强。她娇滴滴的声音让刘大强听到心都酥了，无论她叫什么，刘大强都有求必应，这样一来二往他们就熟悉了。他们在厂的旁边租了两室一厅，过上了姘居的生活。开始的时候，刘大强还想着家里的妻儿心里有点内疚，每月都寄点钱回来。可是春花是个大手大脚，凶起来得理不饶人的人，若是知道刘大强偷偷地寄钱回去，有他的好受。刘大强那点工资越来越难应付和春花生活

的开销，往家里寄钱，间隔时间越来越长，寄回的钱也越来越少。一年春节，刘大强没有回来过节，听回乡的人说，刘大强在外面找了一个小老婆，翠花伤心欲绝。过完春节，翠花整理好行装到深圳去找刘大强，可是当他到刘大强那厂的时候，刘大强和四川妞已经辞工不做了，没有人知道他们的下落。翠花还听说那四川妞是个离了婚的女人，她生有两个女儿，在男方家养着……翠花听到这些消息，心里很不是滋味：茫茫人海，去哪里找他们？找到了又能怎样？他已经变心了，很明显他是因为听说她来找他而辞工的。她只好带着行李回家照顾儿女。从此，刘大强就像从人间蒸发一样，没有钱寄回来，没有电话，甚至连一点音讯都没有。

被迫辍学

"刘晓东，刘晓东在家吗？"邮递员扬着手里的录取通知书大声喊。原来，刘晓东被县城里的重点高中录取了。刘晓东看着手中的录取通知书，看到病床上的母亲黯然泪下。自从刘大强从人间蒸发以后，翠花忍受不了这个打击就病倒了，一病就是几年，刘大强切断了家里的经济来源，加上翠花的病，使这个家简直一贫如洗。哪有钱去县城读书呢？况且母亲和妹妹需要他的照顾。晓东是个懂事的孩子，他懂得家里的不容易。他坐在母亲的病床旁安慰其母亲说："这高中我就不读了，很多人不读高中，但凭借自己的努力，不是照

样有出息。妈，你安心养病吧，我打工来照顾这个家。"听着儿子的话，翠花的泪水像断了线的珠子，酸酸的往下掉，心想："我对不起儿子，我毁了儿子的前途，我要尽快站起来，不能再拖累儿子了。"从此，翠花挂着拐杖一步一步地站了起来。每隔三天，刘晓东便用凤凰单车车母亲莲花塘姓钟的医生家看中医。曲折不平的山路上，刻下了他们母子的身影。经过一个月的治疗，翠花的病慢慢好了，能下地干活了。每年春种夏收，经常看到母亲孩子三人在田间劳作的身影，家里的生活慢慢有了改善。

打工谋生

时间流逝，转眼间，刘晓东16岁了，办身份证的年龄。为了更好地改善家里的生活和供妹妹读书，他小小的肩上扛起了家庭的重担，他加入了"民工潮"像其他青年一起南下打工。他首先应聘在深圳绿地花园售楼部做销售，由于文化低，口才欠佳，业绩不好，工资低。后经人介绍和李伟合伙在梅州包了一张50多亩的大鱼塘，鱼塘旁边养猪、鸡、鸭。每天割草，喂牲口。在他的勤奋工作和精心照料下，这些牲口长得膘肥体壮。每年分红不少，妹妹也不负众望考上了四川师范大学。看到两个孩子长大成人，而且那么有出息，翠花的心里像吃了蜜，逢人便夸两个孩子，刘大强这个人连同名字在她心里慢慢模糊，慢慢地消失了。

成家立业

晓东的体型继承了他父亲的优点，人长得高大，帅气，加上他的勤劳，善良，深得很多女孩子的喜爱。本村有个姑娘兰花，今年20岁。她人长得美，还特别喜欢吃鱼。她经常到刘晓东的鱼塘来买鱼，一来二往他们渐渐熟悉了，成了好朋友。兰花看到刘晓东人长得不错，而且忠厚老实，心地善良。便和刘晓东处对象，兰花的父母死活不肯，说："我只有这么一个宝贝女儿，怎么能让自己的宝贝女儿嫁到外地呢？假如有一天，他不在这里包鱼塘了，而回到了家乡，那我的宝贝女儿该怎么办？"兰花父母进行百般的阻挠，可铁了心的兰花说："这辈子我非刘晓东不嫁。"父母扭不过兰花，终于答应了，但要求刘晓东上门落户他家，也就是说做上门的女婿。晓东和兰花两情相悦，上门就上门呗，答应了兰花父母上门做女婿的要求。八月十五中秋节，刘晓东和兰花在梅州兰花家举行了简单的婚礼，高堂上当然缺不了翠花，看到儿子成家立业了，看到这么漂亮的媳妇，翠花笑得合不拢嘴。刘露大学毕业，去到梅州教书。从此，翠花一家告别了家乡，告别了那颗荔枝树，和儿女儿媳一起过上了开心，平安幸福的生活。

落难回家

"翠花开门，开门，开开门，我是刘大强呀！"夜幕中，不管刘大强怎么喊？

只听到山谷的回声。满头银发的刘大强，哪怕是声音喊哑了，等待他的仍然是那把铁将军，他哪里知道翠花和儿子早已在外面定居了。他用石头锤开了锁，推门进去，这哪里有翠花和儿女的身影？有的只是孤零零的房子，冰冷的东西和生锈的铁锅及用具。他坐在客厅那把椅子上老泪纵横。他恨四川妞的无情卷走了他所有的积蓄；他恨自己愧对翠花他们；更恨自己没有做到丈夫和父亲的责任。可是一切都已成为事实，后悔又有什么用呢？他对翠花他们造成了伤害，他们会原谅他吗？村里的孩子看见他回来了，说他是坏人，是大坏蛋，甚至向他扔石头。父母已不在人世，妻儿定居他乡，他们肯定不会认他，家也不再是家，家对他来说已名存实亡。三叔从他家门口经过，在他的百般央求下，告诉了他父母的坟墓所在。刘大强长跪在父母坟前，向父母忏悔。在回来的路上不小心摔了一跤，头刚好撞到石头上，血止住了，他也失忆了，癫了。村干部看到这种情境，干脆把他送到了龙华精神病院，让他在这里自生自灭。村里人的瞧不起他，编顺口溜把他当作教看孩子们的反面教材，让全村人铭记教训，好好做人。

树下情思

山还是那座山，树还是那棵树，可早已物是人非。翠花回到家乡，出神地倚在荔枝树下，这荔枝树没有原来的苍翠茂盛，它已经变成了一棵老树，有一丫已经枯了，被砍作柴火了。翠花看着荔枝树心潮翻滚。她想起了和刘大强的相识相爱；想起了每一次的送别；想起了自己悲苦的一生……她不断地问自己："我该怎么做？要不要原谅他？"翠花掏出手机打电话告诉儿子，叫他带媳妇回来看看父亲。

"晓东，你父亲在龙华精神病院，你带兰花回来看看他，好吗？"

"妈，我没有父亲，我父亲在我很小的时候已经死了。"晓东挂上了话筒，翠花只听到"嘟，嘟"的声响。她又打电话给女儿刘露，得到的是同样的答复。孩子不愿意去，翠花也勉强不了。在孩子需要父亲的爱的时候，你远走他乡，和别人风花雪月；当你老了，穷困潦倒了，回来叫孩子赡养，孩子心里怎么会平衡呢？翠花无奈地看着荔枝树，陷入了深深的沉思……

虚惊一场

曹　燕

又到了准备回家过年的日子，阿迪叫他孩子网购高铁车票。

那天早上，离发车时间八点半还有半小时，阿迪来到了高铁站。孩子刚好发来信息：检票口是 B23。好不容易找到 B23，看到有好多人在排队，阿迪也就站到了队伍里。开始检票了，阿迪学着前面的人把身份证拿出来。孩子早早告诉他，说不用票，拿身份证就可以进去了。阿迪把身份证放到验证区，可是门不开。他想起在汽车站时也是拿身份证刷，进不去。服务员说行李在前面不行，只能拿票进去了！刚才是不是又把行李放在前面了？后面的人挤着上来，阿迪只好出列，把行李箱放在身后，

去旁边的那个入口刷身份证。可是门还是不开。他拿起身份证，看到后面的人放身份证门就开了，他赶紧进去了。

乘电梯下到站台，阿迪记得孩子说从三号门上车。上车找到座位，阿迪发现车上居然只有寥寥几个人。他好奇地问走过来的一个男人："老板，这是去杭州的车吧？"

"不是哟。"

"不是去杭州的？那是去哪里的？"

"终点站是柳州。"

阿迪一听，赶紧拿起皮箱下车了。看到站台上有个工作人员，问了才知下一趟车才是去杭州的。阿迪本来想在站台上等，可是工作人员让他上候车厅等。他只好拖

着沉沉的皮箱走上长长的台阶。回到候车厅，已经满身大汗了，虽然今天是这个冬天最冷的时候。坐在凳子上，阿迪庆幸自己没坐错车，想拿出背包里的毛巾擦擦汗，这时才发现背包不见了。他才想起可能背包在上错的那辆车上了。此时的检票处没有旅客了，只有一个穿制服的工作人员站在那里。阿迪走过去，说自己的背包在下面，要下去拿。那个工作人员不准他下去，阿迪想再迟可能车就开走了，于是把身份证给了工作人员，皮箱也放在那里，跑下电梯。可是哪里还有车的影子？眼前只是光秃秃的铁轨。阿迪想沿着电梯走上去。上面的乘务员大声喊："下去！"原来这电梯只管下不管上的。阿迪心力交瘁地下去，上来。回到乘务员那里时累得说不出话了。

"刚才你是怎么进去的？"

阿迪才想起刚才检票时怎么没看到一个工作人员？他也懒得理了，问："我的包在刚才那辆车上了，怎么办？"

"打 12306。"

阿迪赶紧打通 12306。里面的人可不跟你急，慢条斯理的问话，说着"听不清楚，再讲一次"之类的话。阿迪看看周围，也没看见有一个工作人员可以求助的，只好给孩子打电话了。这时才发现孩子在微信里给他发了电子车票，还提醒他：看好车次号，叫到那个车次再进去上车。他抬头一看，

刚好是他坐那辆车开始检票了，他顾不上打电话了，又去排队。这一次身份证一放下门就打开了。阿迪想难怪刚才老是不开门，原来是有原因的。他又找到了三号车厢，找到了位置，不久车就开了。这时来了个检查车厢的乘务员，臂膀上挂着"列车长"的牌子。阿迪把自己丢包的事情跟他说了，他叫阿迪拿手机给他打 12306。这次终于可以把事情说清楚了，电话那边说有消息会联系阿迪。这时阿迪打通了孩子的电话，告诉他丢包的事。孩子问背包里都有什么？还说在啥软件上报挂失。阿迪觉得 12306 答应帮找了就一定能找回来，放心坐车了。

十点多的时候，孩子打来电话，说背包找到了。是那个啥软件提交了帮助找到的。那辆去柳州的车的列车员说背包在行李架上，到站下完人才看到还有一个包。孩子还问 12306 有人打电话来吗？阿迪说 12306 没有电话来，可能人家根本不当回事。阿迪一直夸自己的孩子厉害，比列车长还厉害，这么快帮找回背包了。背包里虽然没有什么贵重的东西，可是却有他自己天天离不了的物品。阿迪暗暗地在心里笑开了：我不说的话，估计世界上没人能猜得着里面装的物品中有我的宝贝——水烟筒！

唉，虚惊一场！阿迪在飞驰的车上闭上眼睛，很快进入了梦乡。

陈丽冰小小说二题

陈丽冰

喝水

木子骑着电动车在街上溜达，突然他眼前一亮：那迎面走来的不正是黄胖子吗？木子的心跳加速起来："逮住他，不能让他跑掉！"此时黄胖子也看见了他，四目对视，似乎谁都跑不了啦。

两人靠边把车子停下来，木子盯着黄胖子的脸问："这些年你都去哪啦？这么久没见你。""我去广东打工啦，现在回来陪小孩读书，在一间净水店上班。"两人又寒暄几句，黄胖子就说没空了，留下一个电话给木子。

几天后，木子就打电话给黄胖子，黄胖子知道他是在催债，那是10年前的陈年旧账。那时木子在单位附近开着一间批发店，下班后就给一些店铺送货上门。黄胖子在某小学的路口经营一间杂货店，看起来生意不错，木子就把一些小吃类的产品推销到他的店铺中。别的店铺都能按时结账，唯独黄胖子的单子总是拖了又拖。木子心想，跑了和尚跑不了庙，迟早他都会付清的。两人慢慢地熟悉起来，黄胖子就向木子借钱，有时是300元，有时是500元，有时是1000元，都是承诺一周内还清。木子理解他的各种难处，但后来旧债没还又借新债。看店的老头告诉木子，黄胖子信不得，他迷恋于六合彩，总是向熟悉的人借钱，借来的钱输掉又借新债，已经欠下不少债务。木子对老头的话半信半疑。

很快地，黄胖子的店铺关门了，门口贴着店铺转让的告示。木子向旁边店铺一打听，才知道是被某些债主强行转让。木子慌忙给黄胖子打电话，电话忙音。怎么办呢？那一万多的货款及借款虽然不多，但也要付出不少汗水呀。木子想起之前问过黄胖子老家的地址，看来只有走一趟才行。

木子带上几斤水果和一个朋友，直奔30公里外的村子。黄胖子的老母亲跟他俩絮叨起来，儿子已经很久没有回家啦，现在建着的这半拉子房子，还欠着别人的材料钱，人家经常来追；由于脱不了一个赌字，老婆一直在闹离婚；人是不能太贪心的，老老实实干一份工作能养活这个家就好……看到这般情景，木子什么也说不出口，只是毫不犹豫地掏出几百块钱往老太太手里塞，继而打道回府。

日子一天天过去，木子的业务不断扩大，他早已不缺那几千块，但那些货款单他依然保留着。想不到那天就在拥挤的县城街头，给他遇见黄胖子。

黄胖子在电话中问木子自己还欠他多少钱？木子报出数目，还强调说借条和货款单都还在的。黄胖子沉默了一下："我一下子也还不了那么多，就一个月还几百吧。"木子知道他已离异，要抚养两个小孩，也理解他的难处就答应了。

刚开始的几个月，黄胖子还能按时转钱过来，后来就没有了下文。木子去净水店那里，黄胖子不在，店子里的人就猜他

是来讨债的。黄胖子得知木子找过他，他也是爱面子之人，生怕更多的人知道他的事情，于是立刻联系木子："反正你们家也要喝水，这水我就包了吧。多喝水，对健康有好处。"木子也不好说什么，只好默认。从此，他就经常开着电车过来拉水。店子的人就说，让黄胖子帮你拉呀，贵不了多少工钱。木子心里想，我躲他都来不及，才不愿意让他知道我家住在哪呢。

喝了大半年的水，也抵不了多少钱，一想到这里木子心里就犯堵。他给黄胖子发去一个微信视频，内容是教人怎么把老赖列入黑名单。提到黑名单，黄胖子感到有些害怕，也不敢说什么长志气的话："我慢慢还，总有还清的时候吧。你看我两个小孩都在读书，我一个人赚钱又要租房子住，收入又少。"一向心软的木子，这回又妥协了：算了吧，胖子还认账，也算是有良心的；我的目的是把钱要回来，打赢官司又怎样呢，还是一样没钱给，自己还要倒贴时间精力呢。

此后，木子家喝的水和他岳父母家喝的水，还有姐姐家喝的水，还有一帮好哥们家喝的水，都跟黄胖子的净水店产生了关系。

一张名片

那年冬天，大刘和小叶结婚十周年，他们决定来一场说走就走的旅行，以此来庆贺这人生中重要的节点。

在南方的一座城市，留下了他们欢乐

的身影。一天夜里，他们在公共汽车站等候着末班车回酒店。由于人多，夫妻俩便商量好了，各自从车子的前门和后门上去。他俩好不容易挤上了公共汽车，却没有被挤到一块。大刘睁大双眼竭力搜索小叶，看到的却是一个个肩膀和后脑勺，他想转过身去却也动弹不得，身子已被牢牢地"卡"住了，他只好一手抓住了吊环，站稳了脚跟。

大刘被挤得有点心烦意乱，他真心希望下一站能下去一些人。突然地，他空着的那只手被另一只手牢牢地抓住了。凭着直觉，他判断那是一只女人的手，而且，他可以十分地肯定，那绝对不是妻子的手。那是一只温暖而柔软的手，而小叶的手因气血不足，在冬天总是显得有点冰凉。当那一只手抓住他的时候，他也紧紧地把那只手抓在了掌心里，顿时，一股温热的激流飞速地串通了他的全身，使他感到了一阵被爱情击中般的眩晕，幸福而沉醉。这时，大刘不由得想起了读书年代的初恋情人，那是一种怎样的美好回忆呵！如今，抓着这个来历不明的手，大刘的心中充满了澎湃的激情，感觉找回了远去的青春。

这些话果真一点都不假。如果不是在这拥挤的车上，或者，如果小叶不在车上，他一定会一把拉过那个她，把她紧紧地拥入怀中。想到这些，大刘不由得用力抓了抓手中的那只手，明显地，那只手仿佛受到了感应一般，也跟着用力握紧了他，这使大刘愈加地陶醉了，他真希望这车一直开下去，永远也没有终点。

再长的路，也有走完的时候。公共汽车到站了，大刘松开了抓着吊环的手，伸进上衣口袋里摸出了一张名片，快速地塞到了那只令他神魂颠倒的手中，百般不舍地把那只手用力地握了握，然后带着遗憾的心情下车了。

大刘下车后，看见小叶也跟着下来了，于是他俩一起往酒店走去。快要走到酒店门口时，突然迎面开来了一辆大型摩托车，跌跌撞撞的样子，估计是驾驶员喝醉了酒。眼看就要撞上他俩了，想闪躲已经来不及了，只见小叶眼疾手快，一把推开了大刘，自己却倒在了车轮底下。

小叶被送往了医院。大刘轻轻地拉起妻子的手，发现一路上一直紧握着的拳头，正在慢慢地松开，一张被抓得皱巴巴的名片悄然从松开的手中滑落下来。

作者简介：陈丽冰，笔名七里，北流市作家协会秘书长。偶有散文随笔发表在各级报纸杂志，著有散文集《风景之外》。

"文学进消防　书香漫基层"
文艺征稿评审结果

由北流市消防救援大队与北流市文学艺术界联合会、北流市作家协会共同主办的"文学进消防　书香漫基层"文艺征稿启事在"北流文艺"公众号推送以后，至截稿日期止，共收到来稿 131 篇首 / 组。经北流市"文学进消防　书香漫基层"文艺征稿评委会（名单附后）认真审读打分，并于 2024 年 1 月 11 日集中评审，评出征稿结果如下：

一等奖（3 篇首 / 组）
《暖暖的火焰蓝》散文　黄应樑
《消防出警，每一个都像射出的箭（三首）》诗歌　马路
《爸爸给你一个惊喜》小说　韦延才

二等奖（5 篇首 / 组）
《烈火雄鹰》小说　李宏伟
《守候》散文　曹美兰
《燃烧的火（组诗）》诗歌　胡游
《火焰蓝的答案》纪实散文　莫晓霞
《晨光》小说　车丽娜

三等奖（10 篇首 / 组）
《致敬（组诗）》诗歌　陈一默
《蓝火焰之歌》诗歌　安乔子
《消防站，蓝朋友！》散文　龙海锋
《从蓝开始》散文　覃琼燕
《永不褪色的火焰蓝》散文　陈丽冰
《那一抹蓝》歌曲　伍裕生　韦庆夫　李庆武
《最爱那抹火焰蓝》散文　陈奕娟
《观消防官兵速降表演》诗歌　彭奋
《蜕变》散文　李广强
《谁的停车位》散文　黄正旺

优秀奖（15 篇首 / 组）
《初心赤诚，诗写北流消防人的大爱

无疆》诗歌 马倩倩

《消防员（外二首）》诗歌 吴真谋

《"四色"英雄——我眼中的北流消防员》散文 潘丽春

《北流火焰蓝，构筑一道让人最安心的防线（组诗）》诗歌 路书华

《今天我生日》散文 彭波

《淬火青春 最美的年华献给最美的事业》纪实散文 王祥丽

《那一抹火焰蓝多美啊》诗歌 朱苡菁

《他逆光而来（三首）》诗歌 清欢

《等你回来》诗歌 顾奇清

《云梯之上（外二首）》诗歌 诺尘

《致敬，北流"火焰蓝"！》散文 晓宇

《致敬消防员》诗歌 曹燕

《北流消防救援战士礼赞》散文 孙利

《北流英雄志：写给消防员（组诗）》诗歌 李珂珂

《圭江如此美丽》散文 蒋振泉

北流市"文学进消防 书香漫基层"
文艺征稿评委会（代章）

附：

北流市"文学进消防 书香漫基层"文艺征稿评委会名单

主　　任：朱山坡（中国作家协会会员、原广西作家协会常务副主席，现为广州文学艺术创作研究院专业作家）

副 主 任：梁晓阳（中国作家协会会员、玉林市文联副主席、玉林市作家协会主席、北流市文联主席）

成　　员：潘雄杰（广西作家协会会员、北流市文联副主席）

　　　　　吉小吉（中国作家协会会员、玉林市作家协会副主席、北流市作家协会主席、《北流文艺》执行主编）

　　　　　谢夷珊（中国作家协会会员、玉林市作家协会副主席、北流市作家协会常务副主席、北流市外宣中心主任）

爸爸给你一个惊喜

韦延才

到了学校门口，肖筱筱的心不禁紧缩了一下。

她心里的紧张，不仅仅是因为坚强没能依约来接孩子，而是心里对坚强有一层的担心。刚才在来学校的路上，就见有救护车不停地往医院与西郊的方向开去。位于西郊的一家化工厂发生了火灾，听说伤了十几个人，往医院送的也有消防员。

肖筱筱很想给坚强打个电话或发个信息，了解下他和现场的情况，但她还是强忍着没有打。她生怕她的电话或信息分了坚强的心。要知道，火场如战场，分秒必争，只要稍一分心和迟缓，就有可能错过救援的最佳良机，更有可能带来不可预估的危险后果。因此，每次坚强出任务，肖筱筱能做的，就是默默地祈祷他平安归来。

昨晚小雅和坚强已经约定，今天由坚强来接她。因为今天小雅在学校里参加小学生故事大赛。小雅说的故事，就是爸爸和他的同事消防员叔叔救火抢险的故事。"爸爸，你给我什么奖励呢？"小雅看着爸爸，撒娇地说。

坚强看了看可爱的女儿，装作很认真地想了想，道："那明天爸爸要是没任务，就去接你吧。"

读小学三年级的小雅听了，高兴地跳了起来："太好了，一言为定哦！"一年到头，他这个当爸的可没几次去接过孩子。

坚强看着女儿，十分坚定地点了点头。可意想不到的是，下午四点，值班室的警铃大作，他又一次失了女儿的约。

接到丈夫出任务的信息，肖筱筱苦笑了一下，他失信于女儿可不是一次两次了。

坚强的信息总是这样短短的几个字："出任务。告诉女儿我给她准备了一个惊喜。"

这也是夫妻俩哄女儿的方法。在上幼儿园的时候，有一次坚强假期休息，说好放学由他去接小雅的。可突发森林大火，坚强依令出征。放学没见爸爸来接自己，小雅闹起了性子，肖筱筱急中生智地说道："爸爸没来，但爸爸给你准备了一个惊喜。"小雅听了之后，好不容易才不再闹腾。

肖筱筱记得给小雅网购的那个玩具刚好到家。看着这个"爸爸给的惊喜"，小雅开心极了。自此之后，爸爸给你准备了一个惊喜，就成了坚强失信于小雅的最好借口与弥补。

肖筱筱还是计划一个办法用到老。刚才在来学校的路上，她就在心里盘算好了，还是使用那个屡试不爽的办法。虽然现在家里没准备有新玩具或好吃的东西，但一会她可以让坚强回家的时候到超市里给小雅"捎"个惊喜回来。小孩子家的，一个新鲜的小玩具，或者一个好吃的物品，就能让她开心上好一阵子。

学校门口聚集了很多来接学生放学的家长，救护车与消防车刺耳的鸣笛声不时传进耳里。站在肖筱筱旁边的几个家长，在谈论着西郊化工厂的火灾，有个大概是医院的护士，她说化工厂着火后发生了爆炸，有好几个消防员被爆炸引起的大火烧成了重伤呢。

说者无心，听者有意。肖筱筱听了，心儿紧张得突突地狂跳着，仿佛要从嗓子眼里跳出来。她正想向那护士了解下受伤的消防员的情况，这时，学校的大门打开了，放学的学生从校门里涌了出来，家长们纷纷向着自己的孩子迎上去。

肖筱筱在原地木然地站着。小雅脸上挂着笑，兴高采烈地走出了校门，当她看到来接她的不是爸爸时，脸上还是迟疑了一下。她扯了扯木然站着的妈妈，说："妈妈，你看什么呢？"

肖筱筱这才回过神来，拉着女儿的手，掩饰着心中的慌乱与不安，说："放学了啊，妈妈正睁大眼睛找你呢。"

小雅调皮地道："妈妈的眼睛真不好使。爸爸呢？"

肖筱筱轻轻地喘了口气，脸上挤出一丝微笑，看着女儿，说："爸爸有事儿来不了，但爸爸给你准备了一个惊喜。"

小雅边走边说："爸爸是出任务了吧？今天下午听到街上不时传来消防车的笛声呢。"肖筱筱一时不知该如何回答，小雅又说道："妈妈，我今天的故事比赛得了特等奖！大家听了我的故事，都为我爸爸和消防员叔叔的英勇壮举热烈地鼓掌；那掌声，可大得像要把屋子给掀翻了。"

肖筱筱脸上依然挂着笑，反问道："是吗？"

"当然了！"小雅不无骄傲地说道："老师和同学们的掌声，真的是鼓得老响老长呢！"

"嗯嗯，咱们小雅真棒。"肖筱筱说道："看来爸爸的惊喜，那可不是白给了。"

小雅顿了顿，忽然大声地说道："我长大了，再也不要爸爸的惊喜了，而我，要给爸爸一个惊喜呢。"

肖筱筱略显迟疑，好奇地问："说说，你要给爸爸什么惊喜呀？"

小雅边走边认真地说道："我也要像爸爸一样，长大了当一个英勇的消防员。"路上的行人，听了小雅的话，纷纷向她们投来赞叹的目光。

不远的街道，一辆红色的消防车，正呼啸着向西郊疾驶而去。

烈火雄鹰

李宏伟

十月的北流，晴空万里。

已经两个多月没下过雨了，草木枯燥，一点即着。这不？重阳还没到，一个多月来北流便发生了三起山火，幸亏报警及时，才没酿成大祸。想起刚才救火的场景，市消防三中队队长黄大鹏心有余悸，要不是山顶开有防火带，或者我们出警迟半个钟头，大火漫过山那边那片沉香树林，损失就大了。连续不断救了三个多钟头的山林大火，黄大鹏显得十分疲惫。夕阳已西下，天边那一片血红的晚霞，像一片火海，一直在黄大鹏的脑海里闪烁。黄大鹏摇了摇头，想闭目养神一会，但总是静不下心来。"我志愿加入国家消防救援队伍……赴汤蹈火，竭诚为民……不畏艰险、不怕牺牲，为维护人民生命财产安全、维护社会稳定贡献自己的一切！""我是一名光荣的消防卫士，为了祖国和人民的财产安全和荣誉，哪怕刀山火海，也绝不后退半步！"初入伍时的铮铮宣誓，犹响耳边。"作为一名消防队员，一定要敢于赴汤蹈火，时刻听从党和人民召唤，保持枕戈待旦、快速反应的备战状态，练就科学高效、专业精准的过硬本领，发扬英勇顽强、不怕牺牲的战斗作风，刀山敢上，火海敢闯，召之即来，战之必胜。"习总书记的谆谆教导，让黄大鹏精神振奋，"一天消防员，终身消防人。为了祖国、为了人民，我们的战友，有些献出了自己宝贵的生命，我吃这点苦算得了什么！"想到这，黄大鹏精神振奋了起来，目光坚毅地望着前方。

回到家时已是晚上7点，黄大鹏父亲黄新军拄着拐杖静静地站在家门口，等着黄大鹏归来，黄新军右腿很明显是安装了假肢。看到黄大鹏，黄新军着急地问道："山火扑灭了吗？有人员受伤吗？损失大吗？"听了黄大鹏的回答，黄新军才放下心来，"那就好！那就好！幸亏抢救及时！饿坏了吧？快点去吃饭吧！"

黄新军是一位老消防员，五年前在一次救火中为抢救一个被困孩子的生命，冒着大火冲进火海，孩子得救了，但他在即将离开火场那一刻，右腿由于被燃烧的坠落物体重重砸中而引起四度烧伤，出现休克、感染、多器官功能障碍等严重并发症。为让黄新军脱离生命危险，医院征求家属意见后，对黄新军实行右腿截肢手术，安装了假肢。为此，黄大鹏一家人都很难过，但黄新军总是安慰黄大鹏他们："干革命哪有不流血牺牲的？这点伤算得了什么？

比起那些牺牲的战友来说，老天爷算是很眷顾我啦！"

三年前，黄大鹏刚大学毕业，适逢市政府专职消防队面向社会公开招聘30多名工作人员，黄新军极力怂恿黄大鹏去报考消防员："我承认，做消防这一行，是有一定的危险，但你想想，做哪一行没有危险？做公安，抓犯罪人员，有没有危险？做医生，抢救高危病人，要动手术，有没有危险？供电公司技术人员，整天与电老虎打交道，有没有危险？有危险不可怕，只要是为了国家、为了人民的生命财产安全，即使有危险，我们也值得去干！"黄新军成功说服了黄大鹏，黄大鹏也如愿考进了消防救援队。

黄大鹏还清楚地记得三年前授衔宣誓仪式，消防大队邀请了黄新军参加，还特意安排黄新军为黄大鹏佩戴消防救援衔，黄大鹏和新入职的消防员一起，庄重地举起右手，面对中国消防救援队队旗敬礼并郑重宣誓。"一天消防员，终身消防人。"黄新军双手用力按住黄大鹏的双肩，对黄大鹏郑重嘱托。

黄大鹏也很争气，没有给黄新军丢脸。消防员入职训练，一直表现优秀，多次得到领导表扬。也因如此，黄大鹏入职才一个多月，便第一次参加了救火行动。也是那一次救火，令黄大鹏愧疚了很久，因为没有救火实战经验，便凭一股热情，拿着个干粉灭火器，贸然冲进火海中，结果很快被大火包围，处境十分危险，一中队队长为了救他而受了伤，幸好没有大碍。自此以后，黄大鹏认真学习消防理论知识，不断翻阅全国各地的救火案例，从中学习各种不同类型不同等级的救火技巧，几年来在实战中用理论印证实践，不断积累救火经验，终于成长成为一个优秀的消防战士，今年开春，黄大鹏被提拔为消防三中队的中队长。

"叮铃铃……叮铃铃……"黄大鹏的手机响了起来，黄大鹏拿起手机一看，是大队长的电话。"……我市辖区黄安镇红东村一所幼儿园对面一个废弃仓库起火爆炸，严重威胁周边民房住户安全。请迅速组织你中队人员出警！"当时已是晚上9时，黄大鹏马上打电话到中队办公室，"通知所有中队人员迅速集中，检查消防车，10分钟后鸣笛出发。"

晚上9时30分，黄大鹏带领中队20多名消防人员、4辆消防车，匆匆赶到出事仓库，但见一废弃仓库火光冲天，浓烟滚滚。据汇报，仓库内无人员被困，但堆放有大量废弃的木架、泡沫板等易燃物品，并且存储了10多个油桶，其中3个油桶内装有废弃的酒精（乙醇），不时有爆炸声传出。仓库周围民房密布，火势一旦蔓延，后果将不堪设想。

黄大鹏针对现场情况，立即封锁着火仓库，把人员分成三组，一组人员在着火仓库周围设立警戒区；二组人员逐户疏散转移周边群众；三组人员设置4个水枪阵地阻止火势蔓延。在疏散周围群众的过程

中，仓库内一角突然发生爆炸，仓库铁皮顶棚被炸穿，幸好疏散及时、防护到位，未造成群众及消防人员伤亡。

为避免仓库发生二次爆炸，黄大鹏在全面评估现场危险程度后，决定内攻进入着火仓库清理爆炸源。经过用水将钢结构仓库充分冷却后，黄大鹏带着着重型防护装备的三组消防员在水炮的掩护下先后进入着火仓库内，利用水枪熄灭明火，冷却装有酒精的油桶。晚上10时45分，火势得到控制，11时20分明火被扑灭，消防人员开始在现场清理余火，相关善后工作一直持续到次日凌晨2点。

十月下旬的一天，下午3时10分，黄大鹏接到报警，城郊一出租民房起火，需要火速出警救援。黄大鹏立即带领中队全体人员和4辆消防车鸣笛出警赶赴现场扑救。

起火民居主体建筑为钢筋混凝土结构，地上六层，东、南、北三面紧贴其他居民楼。其中，该居民楼一楼是公用地方，二楼是屋主居住，三至六楼为出租房。一层堆放有很多易燃杂物，建筑内楼梯位于东北角，未与一层进行防火分隔。

黄大鹏到达现场后，立即开展火情侦查，对现场实施警戒，组织人员进行灭火和搜救被困人员。当时，一楼已燃起大火，且火势正向二楼蔓延，短时间无法扑灭，明火和浓烟将一楼出口封堵，导致房内人员无法出来。二楼至六楼有10人被困。火势太大，被困人员只好退回房内，黄大鹏用喇叭大声喊叫大家集中三楼，用浸湿的

毛巾捂住口鼻，防止吸入有毒浓烟，并用衣物塞住门缝。

"蔡进健，你带2人在旁边设警戒线，负责维持秩序；陈东，你带4人利用两节拉梯铺设水带到二楼设置水枪阵地出水控制火势！姚俊，你带4人将消防车开到楼房旁边，将消防梯子架设在消防车上，搭到三楼窗口，抢救被困人员！其余人员和我一起参与一楼灭火！"

黄大鹏一边安排工作，一边指挥着。突然，黄大鹏发现，一楼有一个煤气罐，因为火势过猛，触发了煤气罐减压阀，煤气罐向外喷着火舌，更糟糕的是，煤气罐被倒塌的落物砸翻在地，在地上一边喷着血红的火焰，一边滚来滚去，危险万分。楼上还困有不少人，如果煤气罐爆炸后果不堪设想。说时迟，那时快，黄大鹏来不及细想，一边本能性地用手拉了拉防护服、头套、头盔、防护靴，一边穿过消防员的水枪，像箭一样向一楼火海中冲去……"队长，危险，快回来！"战士们失声叫了起来，脸上布满了惊恐。黄大鹏伸出两个钢铁般的大手，紧紧抓住喷着火舌已被烧得滚烫的煤气瓶两端，用力一举，把煤气瓶稳稳地放到肩上，只感觉肩膀一阵灼痛，黄大鹏顾不了那么多，扛着喷着火龙的煤气瓶，快速穿越大火，跨出大门，"危险，大家闪开！"黄大鹏一边呼叫，一边向远处田野飞奔。"队长，你不要命啦！"战士们还在大声呼叫。一些围观的群众，见到这个情景，都捏了一把汗！"煤气罐随时都会爆炸，这小伙子真不要命了！"围观的群众一边呼叫黄大鹏赶紧把煤气罐放下，一边拿起手机，拍照片，拍视频，有些还把视频传到抖音、网络上播出，引起不少网民围观，有些观众干脆便来个现场直播，"救火现场直播！救火现场直播！大家快来看，一名消防战士，一身橘红色的衣服，特别醒目，他冒着生命危险，穿越火海，从火灾现场扛着一个燃烧着的煤气罐，煤气罐上方喷着长长的火蛇，他仿佛一个空中翱翔的雄鹰，奋不顾身，在绿色的田野上狂奔……"一时网上围观者越来越多，纷纷为消防战士点赞！火还没扑灭，黄大鹏就成网红了。

滚烫的煤气罐压在黄大鹏的肩上，他明显感觉到肩膀上的温度不断上升，不时传来阵阵刺骨般的疼痛，加上快速奔跑，黄大鹏明显感觉到非常吃力，英俊的脸上已开始出现扭曲，但他还是咬着牙，把煤气罐扛到一个空旷的安全地带，小心翼翼缓缓地把煤气罐放了下来，煤气罐此刻还在喷着火……他的肩膀断裂般的疼痛……

"煤气罐应该不会爆炸了！大家放心！"黄大鹏用手揉了揉肩膀。此刻围观的群众也跟着聚拢来，听到黄大鹏的话，才放下一颗悬着的心。

这时有两位消防员带着设备也及时赶了过来，黄大鹏从消防员手上接过水，先用水浇在煤气罐罐体上，然后拿起湿毛巾盖在燃气罐门阀处，再浇上一些冷水，再将门阀慢慢关掉，将燃气罐的火熄灭。然后又扑入救火现场。

此时楼上被困人员已全部安全抢救了出来，一二楼火势已控制住，明火基本被扑灭，黄大鹏和消防战士佩戴上空气呼吸器，冲进楼房，逐层楼进行排查，消除余火。

这场大火烧毁了一辆电动车和一些杂物，未造成人员伤亡。经过排查分析，起火直接原因认定为：事发的居民房一楼楼梯旁边的电动自行车充电时间过长引起电气故障，引燃周围可燃物蔓延成灾。

此时，屋主和被救租客纷纷围拢了过来，屋主拉着黄大鹏手，千恩万谢："黄队长，你们消防官兵是我们的救命恩人、再生父母，没有你们的舍命相救，我们可能都不会再站在这里了！我们无以为报，只有给你们叩头感谢！"说完便纷纷跪了下来！"别！别这样！"黄大鹏被眼前群众这一突然的举动惊呆了，连忙叫消防队员一起把群众拉了起来。"别！别这样！""我们是人民的消防员！救火是我们的使命和责任！为了祖国的荣誉，为了人民的生命财产安全，我们哪怕上刀山下火海，也绝不后退半步！但你们一定要吸取教训，珍惜生命，时时刻刻注意防火用火安全，火患猛于虎，就像今天这场大火，如果你们报警再迟半个钟头，后果就不堪设想！不是所有的火都能够很快扑灭的！所以一定要防患于未然！注意安全、注意防火！""是是是！我们一定谨记！今后会一万分注意！"大家频频点头。

处理完相关善后工作，已是下午七点，太阳早已下山了，西边的天空中只剩下一大片火红的晚霞，鲜艳夺目，一只矫健的雄鹰正在晚霞中时而低空来回盘旋，时而展翅高飞，令人振奋。

黄大鹏正准备回程，"叮铃铃……叮铃铃……"手机又响了起来，是大队长的电话："黄大鹏吗！你那边情况怎样？""我这里工作已完成，准备返程！""你立即带队赶往青龙镇，协助二中队陈龙扑灭山火，你立即联系陈龙了解情况，协同作战！""收到！"

"全体都有！立即出发，赶赴青龙镇！"

"是！"

黄大鹏乘着晚霞，带领中队人员，开着消防车，鸣着警笛，像雄鹰一样风驰电掣地消失在道路的尽头，他们又奔赴了新的战场！

晨 光

车丽娜

天色阴沉，暴雨将至。这是一片老旧的小区，每一栋楼房都染着不知名的油污，排水口下像是流水一样的污渍镶嵌在墙壁上，透着铁锈的红，像是在流血。

一栋楼最高有六层，楼房之间起起落落的防盗网，将中间的通道逼得更加狭窄，让人喘不上气。天空闪过一道雷电，在云层之中炸裂，像狰狞的兽爪。空气干燥，又闷热，整块小区都像在微波炉里旋转。

一声突兀的电流，"嗞——"的一下，无事发生，接着没多久，又猛地发出几声，无人注意。几分钟之后，伴随着一声不大不小的"嘭——"，在一个生锈的铁门门口旁边，一辆正在充电的电动车倏地炸出火花，一下冒出黑烟来。一个住在二楼的男人探头看了看，闻到一股烧焦的味道。他连忙跺着拖鞋往下跑，才刚踏出门口，一声"嘭"，他的耳朵嗡鸣，捂住头皱眉躲开那股惊人的震动。

他躲到对面，只见那黑烟愈加浓厚，随之而来的是猛蹿的火花。男人大喊："着火了！着火了！"又想冲进楼里拿灭火器，可火势越来越大，每每他想靠近，都被强烈的热流逼退。男人下来得匆忙，手机也没拿，只能去喊对面楼的人，此时已经有许多住户探头一看究竟，瞥见火花大惊失色，纷纷抄起手机拨打 119，一边拿起灭火器往楼下赶去。着火的楼房中陆陆续续有人耐着火焰冲出，身上偶尔带有火花马上就被在一旁准备好灭火器的居民扑灭，住在下层的住户大部分都逃离了。

可火势蔓延极快，像火山爆发的岩浆，

没有多久就从一楼燃烧到二楼。

此时的火势已经不是灭火器能灭得掉的了。

一场熊熊燃烧的大火，正在吞噬一栋老旧的楼房。

有还被困在楼上的住户大开着窗，又被这浓重的黑烟逼退几分，像毒蛇一样要钻进室内，毒害人类，只好"呼"的一声将窗户紧闭。住户们透过窗玻璃，想从这烟雾中瞧见出路，可茫茫之下，除了大喊求救，眼睛几乎成为没用的工具。

另一边，消防队接到报警电话，火警铃声骤响，原本七仰八歪睡午觉的赵晨，猛地惊醒，他听到队长大喊："快点快点！有火情！"

他连忙从床上蹦起，被子被勾到地上也没去管，其他队友已经冲向门口，赵晨把脚掌塞进鞋子里，摆起手臂也跟着冲出去。路上不知道哪个队友掉的拖鞋，孤零零地躺在角落。

套上防护服，带好防护工具，副座大开着，赵晨抓住门边，手臂借力，猛地上了车，"啪"的一声，门被关上。

此时，一辆出租车正往市中心飞驰，车上坐着一对夫妻，还因疲累而微微喘气。妻子责怪丈夫忘了时间，让他们匆匆忙忙。丈夫满脸不耐，却又碍于面子不好反驳，彼此不满，正当他们争吵时，一辆消防车从旁边奔过。妻子听着消防车的警笛声，嘟囔着过于尖锐刺耳。

赵晨瞥到那辆极速的橙色出租车，刚好

和车里的男人对视，看到对方眼里压抑的怒火，只一瞬而已，消失在车辆之中。他抱着头盔，转回头看向前方，耳边围绕着消防车的警铃和队友说灾情的地方，他看着前方不断躲避让路的车辆，侧头问道："哎，为什么起火？"

"说是电车放楼下充电着的火。"驾驶消防车的消防员叫秦荣，他说："是个老旧的小区，估计电线电路之类的都不够完善。"

"要到现场才能确定。"他们的队长，许佑显得更加冷静，他没有参与讨论，只是在脑中构思每一种可能的救援行动。

六分钟之后，水罐车到达现场，刚才远远望去的浓烟带着迫人的沉重感，到跟前一看，更是如此，火势已经蔓延到了第四层楼，左右两边紧紧挨着的楼房也被波及，火势最严重的那栋楼只有火焰的"噼啪"声，厚重的黑烟遮住天空，像一场毁天灭地的灾祸。还没停车的时候，许佑观察到楼与楼之间狭窄的道路，根本无法让消防车驶进，他当机立断，让驾驶员停在最接近那栋楼的路口，下车行动。

"戴好头盔、穿好防护服，进入火场之后一定要保护好自己，不要莽撞！"许佑指挥着三个人进入火场，另一个留在门外，接着对正在过来的另一辆水罐车传达信息。

赵晨和剩下三名队友扯着水枪，抱着管子一点点探入这栋已经如同炼狱的楼房中。高温与热浪源源不断，侵蚀着他们的防护服，同样也在炙烤他们的内心。第一层楼几近倒塌，"先找电闸！"赵晨喊道。

"在这！"周鹤洋踩过被烤掉的白腻子，他掰开已经烧裂的电闸外壳，把整栋楼的电闸都关闭。

小区的总电闸在他们来之前已经被居民关掉，但为了以防万一，电是火的柴，楼房的电闸也要一一关掉。赵晨朝对讲机说："电闸关掉了。"

许佑应了一声，告诉他们现在可以打开水闸，"鹤洋你和齐恒在一楼救火，赵晨和黄胜去二楼寻找被困人员！"

四人回应了之后，周鹤洋转开水阀，水枪猛地喷出水柱，一点点压制着大火；而在门外的齐恒也将水枪对准了燃烧的电动车，沁凉的水源源不断地进攻着狰狞的火。周围的居民站得不远不近，心里轻轻松了一口气。

赵晨和黄胜上到二楼，二楼的火势虽然没有一楼的大，但也依旧是酷热难耐，他们大喊问有没有人，一层楼两间住户，所幸铁门不是特别烫，赵晨推开一点，让空气流通，黑烟慢吞吞地从门缝里透出来，带着令人不适的焦味。一楼的大火火势得到控制，二楼的火势也慢慢降下来。赵晨和黄胜打开铁门，走到窗台将窗户推开，让周鹤洋用水枪将二楼剩下的火焰扑灭。他们确认了二层没有受伤人员，继续分工。

黄胜留在三楼检查有没有二次引火的隐患，赵晨继续往楼上找被困的伤员。

第四层楼，赵晨摸了摸铁门，正常温度，也就意味着里面的火势并不严重，他轻轻推开一点门，露出门缝，黑烟从里面渗透出来，看起来相当可怖。他顶住眼睛的涩意，

推开门，火苗在客厅进行局部掠夺，另一边卧室的门紧闭。他快步走到房间门口，而楼下的周鹤洋与齐恒正配合爬梯用水枪灭四楼的火。

此时，一个紧闭的房屋的厨房里，煤气灶正发出"嗞嗞"的声音。

赵晨用手摸了把门，不烫，但门是锁住的，他拍了拍门，问道："有人吗？"

无人回应。

他转头朝对讲机说："四楼左边房屋卧室上了锁，需要开锁工具。"

"收到。"许佑指挥另一队的人带着工具箱上楼。

门打开之后，地面上躺着一位女士，她发尾焦黄，嘴唇发紫，面色发青，双眼紧闭，一看就是吸入过多浓烟导致的中毒，赵晨连忙让队友抱起女人，"快送去救护车。"

两个人带下去，剩下两个队员在四楼检查隐患，赵晨和另一个叫龙华的队员往上走，龙华留在五层盘查，赵晨赶着时间到了六楼，他按规定报告："我现在在六楼。"

火势得到控制，此时此刻，正当周围的居民们又放松不少时，一对夫妻从不远处跑来，神情紧迫，步履带着些许踉跄，大喊着："我们家煤气没关啊！"

"说什么？！"许佑一怔，又迅速反应过来，他猛地朝对讲机喊，"所有队员马上下楼！"

赵晨听到了队长的命令，正当他要服从命令，突然，他听到了哭声。

近乎是嘶哑的哭声，断断续续。

赵晨立即上前拍响门，问道："有人吗？"

"有，这里有人——"

稚嫩的声音微颤，带着惊恐与害怕。

"我和弟弟在这里。"

赵晨没有丝毫犹豫，触上的铁门没有被灼烧过的温度，他拉了拉门，锁得很死。

"赵晨，你怎么还不下来？！不要命了吗？"许佑的声音从对讲机传来，透着严肃。

"这里还有两个小孩，门锁了，我需要工具开锁。"赵晨以最快的速度把事情解释清楚。

许佑思索了几秒，还没等他开口，旁边传来一个声音："队长，让我去吧。"

龙华手里拿着工具箱，许佑最后还是点了头，嘱咐道："一定要快。"

"其他人去疏散群众！"

龙华将门锁打开，赵晨一手抱一个，和龙华冲下楼去。

可正在此时，六楼紧闭房门的屋子里，煤气灶突然点起一丝火花，一瞬间，萦绕的瓦斯被猛地点燃，"嘭——"巨响犹如天雷震动，浓雾与火光破窗而出，整栋本已伤痕累累的楼房开始坍塌，伴着掉落的墙块，龙华丢掉工具箱，接过赵晨手里的小男孩，他们一人抱着一个，用身体护住他们，防止被掉落的石块砸到。

小女孩躲在赵晨的怀里，她很惧怕，但圈着她的手臂仿佛给她无限的勇气，支撑着她不要大叫，也不要落泪。

告诉她——相信他们。

落石、火星，一声巨响，楼房彻底坍塌。

龙华在那一瞬扑出门外，而赵晨被倒下来的墙块压住，他感觉后脑一股湿润，眼前一阵阵地发黑。

在最后朦胧的一刻，赵晨护紧了小女孩，在疼痛中闭上了眼。

小女孩颤抖着，却还是张大眼睛，借一缕光，看到赵晨的额头在流血。她听到很多嘈杂的声音，警笛、救护车、脚步声、哭泣声，还有雷声。

下雨了。

一场凶猛的雷暴雨。

石块被搬开，雨水洒在赵晨的身上，晕染了鲜血，小女孩探出头来，看到爸爸妈妈抱着弟弟在不远处，着急地想跑过来，被人拦住。她被抱出来，回到妈妈的怀里时，转回头，黑色的眼睛里倒映着那个一动不动的叔叔，他躺在救护床上，额头还在流血。

每个人步履匆匆，穿梭在雨水之中，救护车缓缓离去，小女孩低头看到了自己衣服上的血渍。

几年以后，小女孩上了初中，在一次消防演习当中，她见到一位消防员叔叔，这位叔叔额头带着一道疤。

早已结痂的疤，却明显有一个抹除不了的痕迹。

小女孩在演习结束之后，把一朵向日葵送给他，他笑起来眼角有皱纹，可却像晨光一样明亮。

作者简介：车丽娜，笔名落光，女，00后，玉林人，就读于玉林师范学院中文专业2023级学生。

我和我的"猪"队友

诺 尘

　　三年前的一个雨天，也不知是哪根神经搭错了线，自己真到了县里的消防中队报到，做了消防队的宣传员兼材料员。这事说起来还真就赖我那可爱可恨的"猪"队友。

　　我这个猪队友姓"朱"，现在在县消防队管辖下的圩镇消防小队队长，所以就给他取了个"猪队友"的昵称。本来在县消防队里他也没啥职位，就是一名战斗员。五年前，他当兵退役回来就是干消防了。他说他命里属火，与火有缘。所以他说消防队才是他火起来的舞台。当时我就调侃他说："人消防队是灭火的，你还想火起来，不要命了啊！你这火命估计得凉凉。"可谁曾想，他脑瓜子一转："水陈陈，你不是水命吗？要不你来考验我这火呗，干脆你也进消防队来得嘞，我一旦火起来，你这水就泼过来。准保平安！"看着他一脸的坏笑，也还真让人又爱又恨。跟他谈恋爱那些时候，他可没少这么打趣我。当时自己也被他说到的队里的趣事吸引了，所以当时也真鬼使神差地去应聘了消防队的文职工作。

猪队友一开始也真是够猪的，虽说在部队练过，但实在有点弱鸡。他父母就是因为他体质弱，才主动叫他到部队去锻炼锻炼。可当两年兵下来，虽没当逃兵也没被淘汰，但各项指标基本合格而已，算是顺利退役。长跑3000米都还晕倒呢！不过值得肯定的是，他够勤奋和努力。他曾不止一次跟我说，他一定要好好表现，争取早日火起来，让我这盆水有立大功的机会。

进消防队的第一年，猪队友都是小跟班一样跟在指导员和队长身后，不管是训练，还是出警。当然他也想冲前线，像烈火英雄一样。但技术不过硬，队长也不会轻易拿人民群众的生命财产安全当赌注。但一年的艰苦训练和积极参与出警，猪队友成长得很快。到了消防队后，指导员经常在我面前表扬他之前他的英勇事迹，搞得我都有点不好意思了呢。

真正进了消防队我才知道，猪队友一点也没有夸张，真的是所有的消防队员除休假外，其余每天正常训练，跟在部队里一样。被子叠成豆腐块状，所有个人物品按要求整齐地放到指定位置。宿舍、食堂等区域每日轮流打扫。总之，用指导员的话来说就是，"一屋不扫，何以扫天下"。

在某一次训练中，猪队友受伤了。从二楼坠下来，本来是挂缓冲绳的，但还没挂好，脚一滑就坠下去了。幸好只是二楼，也只是左脚脚踝骨折。刚开始那一个星期，

他整天念叨要参加正常训练，他说不训练浑身不自在，可把我急死了，都那样了还想着训练，别人都恨不得多点假期休息呢，他可好，刚在家休满两周就申请归队了。后来在他的软磨硬泡之下，指导员只好让他归队休息，看队友训练，这家伙总是嚷嚷着要试试这个练练那个的，大家伙儿护着他，没给他上强度。那时我每天都担惊受怕的，怕他再来一个二次受伤可能就终身残疾了。

又经过一年的历练后，慢慢地他开始带队出警。他第一次出警回来跟我说，他感觉太有成就感了。他在大火中救出了两个小孩子。他说，当时接警报后，立即带队前往。当时发生火灾的地点是在一楼，二楼三楼都已经满是浓烟。他穿戴好装备从二楼的窗进去搜救人员，没发现有人。又辗转上三楼，也没听见有人呼救，正想转身下楼，在浓烟中隐隐看到有扇门关着，于是下意识地过去开门，屋内还没涌入多少烟，看到床上两个小孩正在睡觉，他一边通过对讲机报告警情，让队友随时接应，一边摇醒这两个小孩，用房子里的开水壶的水淋在两块枕头巾上，叫两个小孩子用湿的枕头巾捂住口鼻，然后左右各夹着一个，带他们从三楼冲到二楼的窗口……我能感受到他那时候的成就感和无上光荣。

好不容易把我忽悠进了县里的消防队，他倒好，主动申请到圩镇的小队去，还跟我说，去那直接就当队长，是做领导，他要火了！还说，他就是块砖，哪里需要就

挪哪里！把我气得，他脑子才真是块砖！可是他决定的事，可没谁改变得了。所幸，圩镇离县城不远。

还别说，圩镇的消防队在猪队友的领导下还真是有模有样。群众无小事，我这猪队友可是事事都上心。出警效率有口皆碑，连隔壁镇的百姓都竖起大拇指。也是因为如此，猪队友还跟我嘚瑟，说去年有一群作家到他们镇消防队去采风学习，是大指导员带队过来的。他说，他肯定要火了，因为座谈会上指导员让他发言。他说在会上发言的时候一点也不紧张，因为那些都是他亲身经历的案例和他内心真实的感受，他看到有些作家很认真听，也很认真地做笔记，他就更加口水纷飞了。直到第二天报道出来后，他才知道这群作家这么厉害的，居然有好几个是中国作协会员，还有几个在省级作协担任要职，那时他才感到有点后怕。不过他转念一想，他这些事迹有这群作家提笔，他肯定火了！他当时就叫我等着，看他如何上头条。

头条我就不指望看了，就想着能不能近距离多看看他而已。上个月他们镇上的一个村有一场"夜空之下音乐会"，请来了从本地走出去的国际音乐家，还有本地土生土长的"中国好声音"省级亚军同台演唱，宣传效果堪比贵州"村超"。当时我俩就提前约好去看，恰好也调好了班。到了音乐会那天下午，我俩通了个电话，猪队友说他队友请假去相亲了，他临时要顶班。他向我解释说，他那个队友三十好几了，家里人都着急，刚好遇上个媒人介绍，就想着在正月结束前把事给定了。当时我假装很生气，说他又爽约了，他当时也挺不好意思的。直到晚上音乐会开始，他顶了队友的班去维持现场的秩序，守护现场的消防安全。而我，也被派到了现场拉着警戒线……

那天晚上，我们在现场不同的地方，都看到了他那个队友和他女朋友坐在观众席上，挨得很近……我俩则在外围听着美妙的音乐响彻苍穹，偶尔看看微信信息，彼此聊些情话。

猪队友肯定猜不到，我就是那个媒人！

出警九月夜

龙海锋

北流，新圩。

九月的夜空，晴朗，闷热，七八个星天外。

秋稻刚插下没多久，定根拔节正当时，墨绿的禾苗正努力为新圩特色美食——石磨粉疯狂长身板。萤火虫在蛙鸣声中提着灯笼欢快穿梭，游戏田间。如果接下来没有特别恶劣的台风、暴雨、干旱来作梗，又将是一个多收三五斗的年景。

悬挂着五颜六色招牌的大排档里，食客的猜码声此起彼伏，狗肉、羊肉的香味与酱香、浓香、清香、米香的酒味缠绵在一起，笼罩在街头巷口，馋得过往者贪婪地猛抽鼻孔，久久不愿离去，似要醉倒在这小镇里。

消防站内，闷热尤甚，没有一丝风，令人窒息，总有一种无形的令人烦躁的不适粘在身上。无处躲藏，无处解脱。犹如狮子被看不见的蚊子纠缠，虽无伤大雅，却又无可奈何，焦躁难耐！

不好，如此状态，假如警情来袭，肯定影响救援效果，那可是人命关天的大事！朱站长突然意识到当务之急是急需调整队员的情绪，回到静如脱处子，动若脱兔的局面。

作为一名救援经验丰富的站长，时刻提醒自己要善于从平静的表面之下发现危机。他稍稍平稳了一下呼吸，随即招呼："全体队员，走，活动室集合！"

"头，有情况？"

"是不是浑身不得劲？"

"对，就是说不出的不得劲！这样子下去可不行啊。"

"所以我们要迅速调整好状态，以免影响到随时突发的出警。"

心静自然凉，喝茶是最好的心情调节剂。一茶一语，不喧哗，不声张，自有不动声色的力量。几个五大三粗的阳刚男子围在茶几前小杯小啜，几杯清茶缓缓渗入体内，分散游走到神经末梢，大到俄乌战争，小到家长里短，国际的风云变幻和各自家庭的幸福指数，相互切换，云淡风轻。闲扯一阵之后，话题逐渐回到自己的老本行上来了。公路车祸解救经验之谈、捉蜂趣事、捕蛇奇遇、居民厨房灭火等，虽说都是一些小儿科、小成本、小制作，但每一次出警都是一次历险与成长。既庆幸近年来无重大警情，也庆幸每次处置都是有惊无险。

茶叶在茶壶里浮沉起落，时间在你一言我一语中流逝。有人起身走向卫生间，有人转向一边拿起吉他随意拨弄。俗话说，未成曲调先有情，朱站长从节奏不一的脚步声和凌乱的琴弦拨弄声里听出了端倪。看来，队员们的心绪还是还没完全摆脱烦躁干扰。

既然如此，何不统一一下步调？

键盘手、吉他手、鼓手、主唱，各就各位！朱站长放下茶壶，招呼乐队排练。几番调试，活动室里传出了 Beyond 的《海阔天空》：

今天我，
寒夜里看雪飘过，
怀着冷却了的心窝飘远方。
……

在闷热的室内演绎寒夜看雪飘过，情到深处时，确实可以带来丝丝清凉的感受。心理暗示，朱站长在这方面有独到的一套。

其他队员或继续饮茶，或附和乐队。有一名队员上传了几张他们喝茶以及乐队合练的照片到微信朋友圈，并配文：无出警任务，喝茶，听歌。山河无恙，岁月静好。未几，有人在下面搭讪：明日早餐，新圩石磨粉约起；这些有始无终调侃的家伙他一般都直接无视，他更在乎的是自己一直心心念念的她紧跟在后面的留言：人间烟火事，你守护，我品尝……

呵呵，微信的两端，一端系着责任，一端连着爱情。炊烟起处亲情浓，火警生时责任赴。

几片薄云掠过天际，渐渐向月亮靠拢，

月明星稀犹如一汪清水被注入几滴墨汁，清澈透明就笼上淡淡的灰尘。霓虹灯下，街上的行人三三两两，奶茶、逛街、购物、闲扯，徜徉在满镇的幸福里，无人抬头注意到天上这一微妙变化。

朱站长的乐队合练了几遍《海阔天空》后，自我感觉差不多了，再选一首《听闻远方在你》：

我还是那么喜欢你，想与你到白头。
我还是一样喜欢你，只为你的温柔……

如果就此延续下去，这又是一个大国在崛起，小民有尊严的夜晚。

最终还是警情电话瞬间打破了这夜晚的宁静：宋村有一妇女因家庭琐事爬上自家楼房飘窗，扬言跳楼轻生。朱站长一边集合人员，一边电话了解更多更详细的情况，同时大脑飞速运转，酝酿救援方案。

关闭警笛警灯！对着刚刚打开的"呜呜"警笛声和闪烁的警灯，朱站长突然下了个一反常态的命令。

出警的标配啊，这次居然直接去掉，这算出哪门子警？大家脸上都写满了不解。

村中道路夜晚少车少行人，基本排除挡道塞车的因素，动静太大反而会更进一步刺激轻生者，到时就有可能人未到现场她就采取过激行动了。

原来如此。兵无常势，水无常形，救援如作战，没有固定的套路，一切都要根据实际情况作出应对。

为确保救援的成功率，还是无声渗透，秘密接近目标才是万全之策。

一路悄无声息，畅通，无人注意他们，顶多当普通的车辆入村，无心关注。毕竟是人命关天的大事，朱站长感觉自己站里的这点人马应对还不能十拿九稳，于是，他向市里的中队拨通了请求支援的电话。

旧时茅店社林边，路转溪桥忽见。静谧的乡村，平和夜！月光与窗户透出的灯光连成一片祥和。朦胧可见的开轩面场圃，把酒话桑麻。在向导的带领下，朱站长命令救援车熄火熄灯，弃车前行，背负装备器材向目标靠拢。

一幢民房楼顶窗户边上飘板处，一名情绪激动的年轻妇女蹲坐在上面，一条腿吊在外面前后地晃动，双手疯狂地拍打脑袋，涕泪俱下，歇斯底里，外人不知所云，稍有不慎，即使不主动跳楼，随时都有失身坠楼的可能。假如从如此高度落下，非死即残。

必须以最快的速度将人救下，夜长梦多，久则生变。

朱站长决定采取避实就虚的策略，表面看是一主攻两助攻，实则是主攻为佯攻，助攻为主攻。他把战略意图向大家作了简单介绍，得益于平时的训练和配合，只需寥寥几句，队员们即刻心领神会。于是，朱站长向左右一挥手，低声嘱咐，你们两个，到下方铺开救生垫，同时向周围居民调集棉被，尽可能扩大铺设范围，厚度要足够，以防万一。吩咐完地面作业的任务，他转身向后招呼，剩下的分成三组，我自己一组负责正面沟通谈话，你们分成两组左右分开迂回包抄，在我分

散她注意力的时候抓，住最有利的时机迅速行动，动作要稳、准、猛，干脆利落，一招取胜。

那妇女见有人接近，情绪更加激动，扬言："不要过来，你过来我就马上跳下去！"

"好，好，大姐你别激动，我就在这里不过去，有话慢慢说，好吗？"

在妇女对着朱站长大声吼叫的瞬间，左右两边的小分队迅速到达了隐蔽的位置，然后慢慢接近目标。

一个队员瞅准时机，借着脚下的墙檐角用力一蹬，然后不出意外地出意外了：也许是用力过度，也许是墙檐角的砖头长期日晒雨淋经受不了他那么用力的一蹬，扑通的一声就掉下来一块砖头。同时也卸掉了队员的反作用力，弹出去的距离根本够不到轻生妇女的身边又荡了回来。

砖头砸到地面发出的声音和围观群众的惊呼声同时响起，如此大的动静让那妇女似乎感觉到了不对劲，扭头环顾四周，月光出卖了救援队员。"你们想干什么？"她说着，就要做出往下跳的架势。下面围观的群众心都要蹦出胸膛，甚至下意识地向上伸出了作接托状的双手。

朱站长装作很生气的样子，当着那妇女的面对他们大声呵斥："你们发什么神经，赶紧停下，听大姐的话，在原地不能乱动。"

那两组队员很配合地把行动自觉按了暂停键。"好，我们现在都听大姐的，不动！"

可怜的施救队员就这样整个人吊在屋边，进退两难。

眼看第一次救援行动出师未捷，场面陷

入了僵持，朱站长一时找不到更好的办法。为了让这死一般的平静不被其他意外情况打破，他通过电话询问得知城区中队的增援队员快要到达村口时，马上提示，关闭警笛警灯，要像自己刚才那样弃车前往，徒步隐蔽到达目的地。

在朱站长的统一指挥下，城区中队和增援队员主要用于加强地面保护和楼上救援的力量。地面的所有围观群众都被疏散到了室内，救生垫和棉被再次被扩大铺设范围。

轻生妇女借着月光看到下面的围观者纷纷退回到家里并关上了门窗和灯光，如此转变，她一下子竟然不知用什么样的动作和语言示人了。

楼上的三组队员悄然完成了汇合。

楼下的环境由沸腾变成了宁静，只有消防队员在屋檐下对着轻生妇女直视，随时应对不测。朱站长抓住这难得的转机，作了几次深呼吸，重新组织语言："大姐，你看，这个世界上关心你的人还是很多的，你信不过我，我们城区中队的同志听说了你的委屈后，也马上赶过来了，你有什么困难，尽管跟我们说，我们会想尽一切办法帮你的！"

侧过身子，朱站长对下面守护在救生垫旁边的队员说："你们认真倾听大姐的委屈或困难，然后我们一起想办法怎么样才能帮到她。"说完，向旁边两组队员偷偷做了个只有他们才懂的手势：抓住时机采取行动！

就在轻生妇女对着月光疯狂输出自己的千般郁结时，旁边的一个队员迅猛出手。只见一个吊着绳子的身影突然向墙外弹出，

以迅雷不及掩耳之势准确地弹到轻生妇女身边，猝不及防间，她甚至还不清楚发生什么事情，那瘦小单薄的身子就被救援队员一个拦腰环臂抱紧紧箍住了。配合者默契地徐徐松开保护绳，像极了影视里女主被男主抱住从天而降的特写，浪漫，唯美！

惊呼声从紧闭的门窗里传出，伴随着重新亮起的灯光，左邻右舍纷纷涌出，用热烈的掌声和大拇指向救援队员表示点赞。

被救下的妇女呆呆地站在原地，一时不知所措，木然地等待被惊吓离身的魂魄回归肉身。更加令人后怕的是她手里还拿着一瓶农药。跳楼加喝农药，连自杀都要上双保险，如此双重求死的执着，这也是个狠人！

朱站长看了看时间，时针指示 21：18，从 20：20 接到警情到成功救下轻生者，用时将近一个钟头，有惊无险！

归来的路上，那位上传照片在朋友圈的队员在留言为"明日早餐，新圩石磨粉约起"者回复：新圩石磨粉，不见不散！

夜空晴朗依然，燥热散去，缕缕凉风拂动禾尖，蛙声依然，萤火虫游戏田间依然。

远处传来几声狗吠，偶有车辆驶过，灯光和车声远去之后，村庄复归宁静。再回首，依稀可见：绿树村边合，青山郭外斜。

小镇里，夜宵摊前的火气正旺，烧烤、炒粉、奶茶、啤酒、田螺……

（注：本文创作来源于北流新圩消防站 2023 年 9 月 16 日的一次出警，在真实的基础上进行了一定的艺术加工。）

念　娣

伍婧姿

　　我叫念娣，是一个平凡普通的农村女孩，我还有两个姐姐和一个弟弟。

　　在我们那个村子里，大部分家庭都还住着红砖砌的房子，木头做的房梁上用瓦片搭一个斜斜的屋顶，梅雨季前还要捡瓦，不然就会漏雨。而我家在村子里却是格外地穷，大姐招娣初中都没有念完，早早出去打工，二姐盼娣正在读中专，弟弟耀祖刚上小学。家里的经济来源只有母亲在那一亩三分地的辛勤劳作，大姐每月也会按时寄一点钱来，但不多，她说她文化水平不高，只能挣辛苦钱，每月的工资维持自己的生活都是难题。

　　父亲呢？父亲好像整日都是游手好闲，喝酒抽烟打牌吹牛，既不带孩子也不挣钱，还动不动就打骂母亲和我们姐妹。

　　但对于弟弟，父母的态度都是一样的，那便是无上限的宠爱。弟弟出生之前，父亲一直没有给过母亲好脸色，甚至在我出生时，父亲想把我扔进深山，还是母亲和大姐苦苦哀求，我才有命活到现在。从我有记忆开始，父亲一直都很不喜欢我，我做错任何一点点小事都会被骂，甚至会遭到父亲的殴打，母亲也只是沉默地坐在一旁，不看我，也不看父亲，低着头默默吃饭。

娘，你不爱我吗？你为什么不保护我呢？

我一开始不懂，明明我和弟弟都是父亲的孩子，为什么父亲对我们姐弟俩的态度截然不同，为什么总是和我说女孩子不要读太多书，反而总是期待着弟弟以后能考大学。

后来我懂了，在这个封建闭塞的山坳坳里，"女"就是原罪。

大姐在外工作，二姐上学寄宿，母亲天还没亮就下地劳作，照顾弟弟的任务就落在我身上，明明我也还只是个需要人照顾的孩子。

弟弟年纪虽小，可很敏锐地感觉到父母对他赤裸裸的溺爱与偏袒，也经常对我颐指气使，拳打脚踢。我心有不满，去父母那里一一列举他恶劣的"罪状"。母亲不说话，可父亲一听就打了我一巴掌："你这个当姐姐的不教好弟弟就算了，还来告弟弟的状，你让着点弟弟怎么了？你弟弟是我们家的香火，你个赔钱货也敢说他的不是？"

我震惊地捂着脸，默默地流眼泪，我不敢哭出声来再激怒父亲。弟弟就坐在床上玩他的沙包，见我这样，还把沙包扔到我身上，肆无忌惮地嘲笑我。

父母常常教育我，弟弟是我们家最重要的，我们几个姐姐可以少读点书，早点出去打工挣钱，好以后供弟弟上大学。

日子一天天过去，有一天父亲正躺在床上呼呼大睡，就接到了二姐班主任的电话。

说发现二姐在学校里和一个男的乱搞被老师发现了，肚子都搞大了，父亲只是翻了个身："随便她，和我有什么关系？"

我在隔壁房间里把他们的对话听得清清楚楚，傍晚母亲下地回来，父亲对这件事情一句话都没提。等父亲又躺回床上呼呼大睡时，我才凑到还在昏暗的灯下缝补的母亲身边，把这件事情一五一十地和母亲说了。

这是我第一次见母亲对父亲发火，也是第一次见母亲反抗父亲。

第二天，母亲搭上了最早的一趟班车，去了小镇上二姐的学校，很晚才回来，还带回了二姐。

二姐一直低着头，一进门，父亲就骂她不知检点，手都快指到二姐的脸上了，唾沫横飞。二姐一句话都不敢说，母亲也只是沉默地坐在一旁。

晚上二姐和我睡一张床，在二姐去读书之前，也是她陪我最多，我和她自然亲近一点。我摸到姐姐的肚子有一点突出来，我问二姐："二姐姐，这里面真的有小宝宝吗？"

二姐点头，我又问二姐："二姐姐，你喜欢小宝宝吗？"

这次二姐犹豫了一下，看着我的眼睛，好久才摇了摇头。

二姐抱住我："念念啊，如果可以，你不要过大姐那样的生活，也不要过我这样的生活，一定要多读书，知道吗？"

二姐有些哽咽，我不确定她是不是哭了。我很疑惑，努力从她怀里抬起头："可是爸爸妈妈不是说女孩子不要多读书吗？"

二姐不再回答我，只是摇头。

晚上我起夜，父母房间的门虚掩着，有昏黄的光漏出来。我以为是母亲又在缝补，但我隐约听到父亲的声音。鬼使神差地，我蹑手蹑脚地走过去，只听父亲语气急躁，但又隐藏不住兴奋："嫁了有什么不好，你不是说那小子家里挺有钱的吗，反正怀都怀了，我们干脆狠狠敲他们一笔彩礼，以后给家栋读书娶媳！"

我没有听到母亲的回应，又蹑手蹑脚地回到自己的房间。二姐没有睡着，而是坐在窗边。我走过去，问她在干什么。她说今天的月亮很圆，她在看月亮。我顺着她的视线看过去，果然在天上看到明亮的圆月。我想了想，才想起今天是农历十五。

明天还要上课，二姐催促我去睡觉。我本来就有点迷迷糊糊地，躺到床上没有多久，就又进入了梦乡。

下一个月的十五，二姐出嫁了，带回来了还算丰厚的彩礼。父亲和母亲一个劲儿地数着钱，但我突然想起，今天是中秋节。

在一个原本阖家团圆的日子，二姐离开了我们。

二姐出嫁后的生活和出嫁前好像并没有什么不同，母亲仍然早出晚归，父亲仍然游手好闲，我仍然带着弟弟，我总觉得父母是为我生了个孩子。

弟弟除了欺负我外，还有一个特别的爱好——烧蚂蚁窝。每次看到蚂蚁仓皇逃窜，他总是拍手大笑。可老师教过我们，世间所有的生灵都是平等的，我们不应该伤害小动物，所以我每次都会制止弟弟的行为。弟弟对我的管教愤愤不平，总是想尽办法捉弄我，以此作为报复。

这天放学放得晚，作业又多，天寒地冻的，我生了火，在厨房里拿高凳子当简易的小桌子，坐在矮凳上写作业。父亲又不知去哪里玩了，弟弟正在自己房里玩——在这个家里，我们三姐妹一直都没有自己的房间，总是挤在一张床上睡觉，但父母特意为弟弟留了一个房间。

没有弟弟的打扰，我沉浸在学习之中。我成绩好，又肯努力，老师很喜欢我，但父母好像对我这一点不是很满意。没过一会儿，院子里突然传来"嘭"的一声，紧接着就传来了弟弟的大哭，我赶紧放下笔出去查看情况。只见弟弟站在院子的墙根旁号啕大哭，手上还拿着已经熄灭了的小树枝，脸上糊了一脸血。我知道他是趁我不注意又去烧蚂蚁了，但此时弟弟满脸是血，我手足无措，不知道该怎么办，只知道站在院子里干干地看着他。这时父亲从外面回来，身上还带着浓浓的酒味。他听见弟弟的哭声，本想开口斥责我没有带好弟弟，可一转头就对上了弟弟那张满是鲜血的脸，他竟然慌得连责备我都忘了，抱起弟弟就往外走，没有再看过我一眼。我仍然愣愣地站在院子里，想跟上去时，已经看不到父亲的身影了，就连弟弟的哭声也一点也听不见了。

母亲回来没有看见弟弟，就向我询问情况，我把实情一五一十地告诉了她，她急忙拉着我去镇上的医院。到那里时，我看见父亲弯着腰，垂着头坐在手术室外的长椅上。说实话，我从未见过父亲这样灰心丧气，即使他不怎么挣钱，在家里，他也要维护他所谓"一家之主"的尊严，永远都是高高在上的模样。听到我和母亲的脚步声，他迟钝地转过头来，看到了躲在母亲身后探出一个头的我，他双目赤红，猛地站起来，冲过来踢了我一脚，这一脚没有收力，我被踹倒在地上，感觉意识都有点模糊了。父亲提起脚还要再踢，母亲一下子扑到我身上。父亲并没有因为母亲保护我而停止他的暴力，只是原本要落在我身上的拳头和脚印落在了母亲身上，母亲只是一声不吭地将我护在身下。还是医生强行把他拉开，我和母亲才从这种恐怖的暴怒下解脱，我和母亲被医生带去上药。母亲从头至尾没说过一句话，只是默默地流泪，再伸出粗糙的手，尽可能温柔地擦去我脸上的泪水。

弟弟的手术结束了，镇医院条件有限，父亲一直是徒步前行，把弟弟送到镇医院的时间也晚，弟弟被炸伤是因为那个蚂蚁窝里有一粒未燃烧的鞭炮，弟弟点燃了蚂蚁窝并且凑过去看，这才被炸伤了，而弟弟的一只眼睛彻底失明。父亲这时候才想起来要责备我，说我是灾星，天生就是给家里带来不详的，并且不再允许我去读书，要我天天在家里照顾弟弟。

我还记得父亲气得发抖，指着我，恶狠狠地说是我毁掉了弟弟的人生。

天气很冷，可我的手仍然泡在冰冷的水里洗衣服，做得不好还会挨骂，父亲说当初就应该把我扔掉，后面就不会有这么多麻烦，不会克了他的宝贝儿子。

我仍然在家里干活，和我同龄的人都上了初中。每天清晨起来在堂屋前干活时，我总能看到男生女生背着书包去读书，但是父母不送我去读书，这是我没有照顾好弟弟，害他一只眼睛失明的惩罚。

弟弟的成绩一直处于中下游水平，父亲认为男孩子开窍晚，小学初中成绩差一点也正常，以后成绩就会好了，那些排在他前面的女孩子以后根本考不过他。弟弟深以为然，但中考的成绩甚至都不够读一个普通高中，父亲硬是逼着在广东打工的姐姐拿了好几万的择校费，把他硬生生地塞进了县里的重点高中。

我已经好久没有听到过二姐的消息了，上次还是二姐生孩子时，母亲带着我去看了一趟，二姐生的是个女孩。我听见男方家人嫌弃二姐肚子没用，生不出男孩，还说继续生，不生出男孩不给名分，反正他们家不亏。

我当时还小，不懂这些话到底有多伤人。妈妈坐在外面和男方父母聊天，我就进了里屋，二姐正撩开衣服在喂奶，听见有人开门的声音也不做回避。我后来再回想起那个场景，想起当时姐姐的胸部都还没有发育完全，却要用它来哺育另一个和她一样不被欢迎的生命，我不知道二姐到底有多痛苦，以至于第二个孩子还没出生，她就带着女儿一起跳了河。那一年，她不过 19 岁而已。

今年弟弟上了高中，过年时大姐回家了，上次大姐回家还是二姐的尸体被发现时，大姐回来奔丧。和上次相比，大姐感觉老了许多，人也消瘦了。父亲是家里大哥，祖父母去世了，年夜饭自然是在我们家里吃。过年那天，母亲带着我和大姐在厨房里忙进忙出，做了两大桌子饭菜。男人先在桌子坐着等着开饭，等男人都坐完后还剩下几个位置，才允许几个女性长辈坐下，剩下的女人都站在桌子旁，围着桌子吃饭。

大年初三时，父亲对我说，弟弟读了高中家里钱不够用了，我正好成年了，后天就和大姐一起去打工。弟弟在一旁嗑瓜子，好像这些事情都和他没有关系，是我们两个姐姐应该的。

大年初五，我先是和大姐一起搭上了去市里的大巴。再然后又乘上了去广东的火车，提着一个蛇皮袋子，里面放了我所有的衣服，冬天的夏天的，都在里面。车票钱是父母出的，我印象里，这是父母第一次为我花这么多钱，父亲迫不及待地送我走，母亲拉着我的手，眼睛里还有泪水，偷偷往我手心里塞了 500 块钱："念娣，是娘对不起你。"

我一开始没哭，后来坐在火车的硬座上却忍不住流泪。我想起八岁那年在镇医院里把我死死护在身下的母亲，想起她拭去我泪水的那双粗糙的手，想起车站送别时，她那双噙满泪水的浑浊双眼。她向我道歉，到底是在愧疚不该把我带到这个世界上来承受这一切，还是后悔从来没有真正对我，对大姐二姐，履行一个作为母亲的职责。

不管是哪个，我认为该愧疚的都不是她，而是那个压在她瘦弱脊背上的、顽固的重男

轻女的封建落后思想。我也是她的孩子，是她辛辛苦苦怀胎十月生下来的孩子，在父亲要将我遗弃在深山中的时候拼命阻止，已经是她对命运能做出的最有力的反抗了。

我没有读过什么书，顶多不算文盲，只认得生活里比较常用的那些字，大姐带我去了她工作的工厂。大姐手脚麻利，做事勤快又任劳任怨，车间的主任很欣赏她，听姐姐说明来意，又看了看跟在大姐身后的我，最终点了点头："让她跟着你做事吧，实习期三个月，干得好就转正，干不好我随时喊她走人。"

姐姐拉着我向车间主任道谢，这个工厂包吃包住，因为大姐的关系，我被安排到姐姐的宿舍。宿舍里四个铁架的上下床，每个人有一个小衣柜放衣服和个人用品。这个宿舍没有住满，加上我一共三人。姐姐给我买了一个小小的按键手机，她用的也是这个，还带我去办了电话卡，把父母和她的电话都存好，并且告知了父母。

父亲除了要钱基本上不会联系我和姐姐，母亲倒是打过一两个电话，但怕用太多话费，每次也是说一两句就挂了电话。

我非常努力地工作，工厂流水线是按件记钱，我每天做的活很多，在试用期结束的时候，主任还特别表扬了我，年纪稍长的女工也很照顾我。我有时甚至觉得，在这个工厂里，比在家里还要轻松惬意得多。

我们工厂上六天休一天，这一天我会早早起来坐公交车从城西跑到城东的菜场里去买菜。中午时大姐会下厨，我们就在

宿舍里吃饭。我和往常每一个周日一样搭上公交车，下车后却有人追了上来，她一直在喊"姐姐"，想让我停下脚步，可我并不知道她在喊我，仍然自顾自地往前走。她干脆直接用衣服从后面绕过我的腰，在我腰前打了个结，我被吓了一跳，本能地挣扎起来，一扭头，对上了一张极美的脸，像那种开在荆棘里的野玫瑰。

她比我高一些，给我打结时微微弯腰，我才注意到她穿着蓝白相间的短袖，背上还背着书包，看样子应该是个学生。她围在我腰上的外套也是也是蓝白相间的款式，我觉得奇怪，为什么星期天还要上课，她又为什么冲上来给我系上外套。

给我系好后，她直起身子，又把背后的书包转到前面来，在里面翻找："姐姐，你生理期把裤子弄脏了，给你系上我的外套，诺，卫生巾，姐姐快找个厕所换一下吧。"

我不知道她所说的"生理期"是什么，但我认得她手上的东西，我立即红了脸，从她手里接过，赶忙藏在身后，扭捏地向她道谢，她笑了笑："没关系的，女生互帮互助是应该的，只是正常的生理现象而已啦，不用太在意。我要去上学咯，再耽误就来不及了，姐姐再见！"

我点点头向她道谢，等她彻底消失时我才想起来得还衣服给她，而我却不知道她的联系方式。

我找了一个公厕，我看着手里这片卫生巾精致的包装，都有点舍不得用了，撕开后触到它的表层，我才知道，原来卫生巾表面是这么的柔软。以前用的卫生巾都是很便宜的散装货，也不管舒不舒服安不安全，有用的就是好的了。

回宿舍后，我把她的校服洗好晾起来，初夏的光透过外套，有一种和其他衣服格格不入的感觉，姐姐告诉我这是物华中学的校服，是当地最好的中学。我头一次知道，原来在离我那么那么远的这里，女孩子可以活得这么精彩。

衣服干了后，我把它小心翼翼地叠好放在衣柜里。第二个周日，我提前半个小时在公交站等她。我才知道那附近不远就是物华中学，我眼睛一眨不眨地盯着公交车来的方向，盯着公交站下车的人，终于在人群中发现了她。找到她并不难，她本身就是人群里最出挑的那一个。

我把衣服递给她，她先是愣了一下，随后才想起上个周末她给我系外套的事，她笑着接过衣服走了，我也搭上了回工厂的公交车。

以后每个周日我都会在这里等着她，远远地看一眼这朵长在灿烂阳光下的玫瑰。幻想着我和她穿着同样的校服，并肩走在校园里的模样。

生活就这样毫无波澜地过下去，每月父亲都会定期打电话来催我们寄钱回家。弟弟一只眼睛失明，在学校里被别人嘲笑，他一怒之下直接抄起凳子砸向同学，那个同学额头裂了一道口子，幸好没有再受其他的伤。晚上父亲给我打电话要钱赔医疗费的时候，我正坐在物华中学公交站旁的花圃边上，看着穿着蓝白校服的学生来来往往。

父亲说完要钱的事情后，弟弟一把夺过了电话，开始咒骂我："你个臭婊子，要不是你，老子会瞎一只眼睛被他们笑吗？你最好别让老子见到你，不给钱，老子就打死你，这是你欠我的！"

我想说不对，这不该是我一个人的错，是他自己要去炸蚂蚁窝，可我刚想开口反驳，对面就挂了电话，我知道弟弟不是威胁我，他真的做得出来。还在家里时，他就把父亲的暴力行为学得淋漓尽致，打我骂我那都是常事，我只能默默忍耐着，以免换来更加痛苦的折磨。

我无力地垂下手，看着那些和我差不多年纪、从学校里走出来的学生们，我想，他们知不知道，在遥远的深山里，读书是一件极为奢侈的事情。我的视线逐渐模糊起来，我知道我哭了，但我都没有力气抬手去擦，我把视线从校门口移开，低着头，不知道以后该怎么办。

突然，我的视线里出现了一只手，上面有一张纸巾，我抬头看去，逆着光，我又看见了那朵"玫瑰"。看见我她似乎也很意外，见我只是看着她流泪，并没有要接她手里纸巾的意思，她弯下腰，一手撑在膝盖上，另外一只手伸过来，用纸巾轻轻地擦去我脸上的泪水。

我好像一下回到深夜里还亮着灯的镇医院，只不过母亲的手没有她的纸巾柔软。

她蹲下来，问我为什么哭。

我猜她一定是从小被父母宠爱到大的宝贝，既有富足的物质生活，又有家人全部的爱，和她比起来，我的生活太糟糕了，糟糕到我觉得都不配在她面前提起。我沉默地摇头，从她手里接过纸巾，自己把脸上的泪痕擦干净。

她不执着于要我说出原因，她说姐姐，我带你去个地方，带你去玩。

她先带我回了家，要我在地下车库出口等她。不一会儿，车库内响起了发动机巨大的轰鸣声，一辆全黑的摩托车停在我的面前。她打开面罩，把另一个头盔扔给我，让我上车。

我第一反应是拒绝，我说她明天还要上课，现在已经十点半了，她应该回去休息。她看了眼表，点点头："对，明天还要上课。"

我本意不想耽误她的时间，但当她真的决定放弃和我出去的计划时，我又觉得很失落。她拿过我手里的头盔，扣在了我头上，又帮我把扣子扣好："得早点请假。"

我就这样稀里糊涂地上了她的车，她拉过我的手环在她腰上，带着我向郊区疾驰而去。夜晚的风还有些冷，我紧紧抱住她的腰不敢松手，后来她竟然带我上了盘山公路，最后停在了半山腰的一个平台上。我想下车，可是她先我一步，把车停好，直接将我从车上抱了下来。我被这突如其来的亲密举止给打得不知所措，上次被人抱着，还是二姐抱着我，告诉我，要我不要过她和大姐那样的生活。

她帮我摘下头盔，兴高采烈地指向山崖边："你看！"

我顺着她的方向看过去，才发现这个地方几乎可以将整座城市都收进眼底，无数灯光在城市上空铺开一张充满色彩的网。我喃喃地开口："好漂亮啊……"

那天晚上，我们就坐在半山腰那个平台上，她听完了我过去十八年所有的人生。她包里还装着长袖校服，晚上山上很凉，她拿出来给我披上，把我抱在怀里。我没有这样彻底地哭过，我好像要把十八年来所受的所有委屈和偏心都在这一个晚上发泄出来。这个世界上并不是所有人都这样的，如果我没有见过开在我面前的"玫瑰"，还以为所有和我一样性别为"女"的人从来就该是这样。

她的名字叫清云，取的是"青云"两个字，她说她父母希望她将来出人头地，成为对社会有用的人，我说我叫念娣，她皱了皱眉头，但也没有多说什么。她问我，要不要试试逃离那个令人窒息的家庭呢？

我懵了，十几年来，父母一直都在教我顺从，说女的就是要在家侍奉父兄，照顾丈夫和儿子，从来没有人教我反抗，或者叫我尝试"逃离"。

现在已经凌晨三点了，我们面前的城市依然霓虹闪烁，好像黑夜无论如何也无法彻底将它吞没。而我们背后就是深山，一点光亮也没有，好像能把世界上所有的色彩都吸进去，那是一片恐怖的黑色密林。我说我不知道怎么逃离，我逃离不了的。

"要不要尝试一下呢？他们剥夺了你上学的权利，那是你还小，你走不出去，现在你已经走出来了，为什么还要让那些不好的

东西追赶着你呢？"

她坚持要把我送回我上班的地方，我只好让她把车开到我们工厂那边去，可我不敢让她开太近，怕惹人闲话。

我的生活好像又回到了原来的轨道上，那个夜晚的交谈好像只是我想象出来的一场梦，好像盛装出席舞会的灰姑娘一样，到固定的时间就恢复了原形。

她手机里存了我的电话号码，却一次也没有给我打过。

后来我遇上了一个男人，一个成熟稳重、事业有成、尊重女性的男人，我不知道他爱我什么，但我从来没有在一个男性身上感受到那么多的关心与爱护。我只知道他不嫌弃我穷，不嫌弃我没读书，他教我认更多的字，带我看书，给我讲很多我从来都不知道的事。他记得我所有重要的日子，并且都会很用心地准备一份礼物。

我和大姐说了之后，大姐要我提高警惕，不要被他骗了。谁还能从我这个一无所有的人身上骗到什么呢，最终，我选择了和他在一起。他要我辞掉工作，住进他买的房子里，给我买了很多漂亮的衣服鞋子包包，他说他会一辈子都爱我。

那时候，我以为他是那只拉我出深渊的手，但不知道，他是让我彻底死在地狱里的恶魔。

我和他上了床，他从不带套，每次都是我事后吃避孕药。但没关系，他那么爱我，我为他付出一点，也是应该的。

在某一天下午，我正在房间里看书，门

口突然响起了急促的拍门声。我以为是他回来了，连忙急匆匆跑去开门，可门一打开，门外站了一群人。站在最前面的女人二话不说就给我打了一巴掌，她的指甲长且尖，我感觉我的脸被划破了，门外的人把我推倒在地上，一边扒我衣服一边说我是小三，是不要脸的臭婊子，那个女人更是连着扇了我好几个耳光。我说不是的，我不知道他结婚了，他和我说他还是单身我才和他在一起的。但没人听我说话，听见的也不相信。他们对我拳脚相向，还拍了我很多照片，我剧烈地挣扎，我哭着说我没有，我不是，我不是小三，却猛然对上了清云失望与难以置信的眼神。

我那一瞬间僵在原地，我忘记了挣扎，任由他们打我骂我，清云直直地看着我，好久才喃喃地发出一声"别打了"。

没有人听见她说话，她直接冲上去，拉开了那个女人的手："别打了！这是犯法的知不知道！"

那女人一脸震惊："清云，你疯了，你知道妈妈在家里过得都是什么日子吗？你爸爸是怎么对我的你知道吗？都是这个女人，是她让我们的家庭变成这个样子的，是她勾引你爸爸，你爸爸才不爱我的！"

那女人指着我，声音和手都在发抖，眼泪顺着她的脸滴落在地上。她皮肤保养得很好，一点都看不出来是孩子已经18岁的人，这句话不长，却足以让我听出，我那个对我很好的男朋友，其实是已经结了婚的、孩子已经18岁的男人。

他是清云的父亲。

清云看过来，我一个劲儿地摇头我说我没有，我不知道，我什么都不知道。她妈妈拉过她的手，声泪俱下地说："清云，这一年我每天都在想，我到底是哪里做得不好，到底哪里没有尽到一个妻子的义务，才让你爸爸厌弃我，连和我多说两句话都不愿意。我日夜惶恐、日夜焦虑，你爸爸整日整日地不回家，我整日整日地失眠，都是这个狐狸精害的！她凭什么霸占我的丈夫！"

我从这个不大但很温馨的房子里被赶了出去，回到了那个工厂，回到了那间狭窄的宿舍。大姐问我发生了什么，我只字不提，但没过多久，那女人又带着人找到工厂里面来，控诉我"知三当三"。这件事情闹得很大，车间主任怕带来什么不好的影响，决定开除我，不愿意再让我留在工厂里干活。

我后来换过很多工作，但我走到哪里，那些人就闹到哪里，但我再也没有看到过清云的身影。

在这座城市里我已经待不下去了，父母知道了我的事，催促我回来结婚，说找了个好人家，彩礼给的也多，我答应了。

我很幸运，生的第一个孩子就是男孩，婆家人对我态度还算好，让我和丈夫领了证，可丈夫简直就是父亲的翻版，我一个充满暴力的家庭来到了另一个充满暴力的家庭。婆家和娘家很近，但丈夫不允许我回娘家，过年时也不可以。我背着孩子下地干农活，头顶的烈日将我的皮肤晒红晒伤。丈夫整日泡在茶馆里，和他那群狐朋狗友打牌喝酒，回来了就发酒疯，稍有不顺心就拿我出气。我沉默地接受着这一切，想起在半山腰平台上的那个夜晚，清云问我，要不要尝试逃离。

我之前以为我可以逃离，在遇上那个说要一生一世爱我，却再也没有出现过的男人的时候，我以为我的救赎来了，我可以活得和母亲，和大姐二姐都不一样，我可以离开深山里那间令我窒息的小屋，我的未来，或许还有救。

我脸上现在还有一条淡淡的疤痕，身上有数不完的青紫痕迹，今天丈夫又喝醉了，一回来就摔东西骂人，东西都扔在我身上，唾沫星子喷在我脸上，未熄灭的烟头也按在我身上。等他终于骂累了打累了，便躺在床上鼾声如雷，留下我收拾一地的烂摊子。我默默地把东西一件一件收拾好，走到床边看着我的丈夫。没一会儿，孩子又传来哭声，我给他喂奶，把他哄睡，再轻轻放回床上。

我点燃了一支蜡烛。其实现在很少用蜡烛了，我们家里通了电，但还是不稳定，动不动就停电，所以家里经常备着蜡烛。我把丈夫的手脚紧紧捆在一起，又死死绑在床上，让他动弹不得，抱起孩子，把家里的易燃物都扔在丈夫身边，最后把蜡烛扔进去，我看着蜡烛点燃床单，带着孩子，一头走进了漆黑的夜里。

丈夫很快醒了，我站在房子外面，听着他的咒骂与哀号，紧了紧裹着孩子的被子，转身离开了。

我敲开了父母家的门，母亲还没睡，问我怎么深夜回来了，我没说话，只是把孩子交给她，然后跪下来给她磕了一个头，要他

们带着孩子去改姓，看在他是个男孩的份上好好照顾她。母亲不放心我，问我到底怎么了，我也不说，只是让她回去，早点休息。

我知道附近有一个悬崖，我以前从来不敢去，现在却毫不犹豫地走了上去。我坐在上面，看着太阳冲破云层，从地平线上升起，我看到家里的火烧了大半夜，最终被扑灭了。不知道丈夫到底死没死，最好是死了。

我在悬崖上徘徊着，回想着我这一生。我不知道是不是我上辈子作孽太多，这辈子要来尝这些痛到极致的苦，来换我上一世欠下的债。

我想起母亲的手，想起和大姐在工厂宿舍里做饭时的温馨场景，想起八岁那年二姐的怀抱，也想起那个半山腰的平台上，披在我身上的、属于清云的蓝白校服。

她现在过得好吗？

很奇怪，明明我的一生都这么不幸，可最让我感到绝望的，是那天下午，我从无数只手交叉的空隙里，对上了清云的视线。

没有愤怒，也没有责怪，明明很平静，我却觉得自己一下就被判了死刑。

太阳终于冲破了云层，遥遥地悬在天上，我有点好奇，太阳的光和热有一天也会彻底消失吗？我站在悬崖边上，闭上眼睛，向前跨出了人生中最后一步。

悬崖很高，风从我的耳边呼啸而过，我想，这才是我唯一的救赎与逃离吧。

亏心事

白敏芳

"姑姑，我爸他快要走了，你们……快回来吧。"

那时夜正深，是人们熟睡的时候，侄子却这样打电话跟我说，我突然间从床上起身，失神地下了床。想到侄子一个人在照看我哥，我好像看到那孩子惶恐不安的表情来，我收拾东西，开着电瓶车回去。

夜风刮得我脸生疼，这个夜晚就像我赶回去见爸妈最后一面的那些晚上，我依旧觉得难以置信，好好的人，怎么就要突然地离去。

电瓶车在坑坑洼洼的村间小路上蹦起，车灯照出一个个往后倒的树影，像张牙舞爪的鬼在我身后叫嚣，路过几户人家，机警的狗十分尽职地吠喊。开到家门口那条小拱桥时，就看见家门是打开的，侄子就别在门口，他双目上长满了乌青，无措且不安。

"姑姑，你回来了。"

"阿明，你爸怎么样？"

我停好车，拿着东西边走边问。侄子不安地跟着我进门去，他叹气，"不行了，可能就是这几天了……"

"是啊，快月底了。"我也忍不住悲伤起来，这人要走，在村子里是有点说法，要么月中走，要么月底走，我哥熬不过这个月底，大抵就是这几天要走了。

我推开那个门，看见被病折磨得只有皮包骨的哥哥，我每次看到心口都会钝疼，这会又眼热，泪水忍不住溢出。

我颤声喊着他，他没有醒来，只是那微弱起伏的胸口还证明着他在我们这边。我和侄子守到天亮，公鸡准时啼鸣，嫂子很快洗米做粥。哥已经醒过来了，他精神挺好，我们却意识到这是哥的回光返照，便更加沉闷苦涩起来。哥好像看不到我们在为他即将离开而难过伤心，他艰难笑着，那张笑脸太丑，不忍心去看他，他拉着我们说话，说着以前的那些事。

古旧的时代大挂钟一摆一摆地嗒嗒响，在告诉我时间的流逝，告诉我留给他的时间不多了。

"哥，你有什么话，就对我说吧。"

他深陷的眼睛有些凸，看着我道："辛苦你了，阿婷啊……"

"是我应该做的。"

"应该？你为我做的太多了，要是没有你，哥跟阿明也没有今天的。"

我做的？我无非就是遵循着父母的意愿，在我们这些叔叔阿姨的年代，小的供着大的读书，我也跟常人一样，十二岁就读了几年的小学，去到某个工厂打工补贴家用，供着我哥他上完初中，学了一个本领就开始养家糊口。

阿明的母亲刚生下阿明就走了，我想当年她看到我们家的样子就想走了吧，我跟我哥养阿明长大，我哥也是后来跟我嫂子在一起了。

"我这辈子很失败，唉，也很后悔好多事情。"

"人都会有后悔的事情，只要不是亏心事。"我应和他。他突然没了声，我看他，他那浑浊的眼睛失去了焦距，似乎陷入什么回忆一样。

"亏心事，亏心事，哥是做过的，哥后悔了……"他喃喃着。

"都过去了，哥你不要再想了。"在哥最后弥留人间的日子，我并不想哥只能回忆起不快乐的事情，但是哥还是自言自语地叙说起来。

"当年阿明上中学，你那会儿还在家的那个工厂做活的，那个时候，哥做了一件亏心的事，这些年都不曾跟别人说过，哥只有你这么个妹子了，爸妈走了，我也快去见他们，以后……又要烦你多照看他们母子俩。"

他陷入回忆里，似乎回想起来什么快乐的事情，脸上的笑容竟也变得柔和起来，但是又忽地肉眼可见的灰败了。像是午后下起的倾盆大雨，连绵不断还夹着滚滚的雷声，他是被天罚的人。干裂的唇张张合合，过了一会儿才说出那件他隐藏多年的亏心事。

"你还记得四哥家的嘉福吗？"

"记得，他小时候最不老实，阿明跟他是从小玩到大的，之前我还看见他呢。"

"我千不该万不该的，我……偷了那套书。"

我愣了愣，仔细地回想，在我们那个一户人家只供得起一个孩子读书的年代，偷书，确确实实是一件十分让人诟病的事情，书是贵重的，知识是贵重的，省吃俭用拼拼凑凑出来的学费，包了一层又一层书皮的课本，哪一样都是我们在贫瘠村子里用血汗拼凑出来的，一个读书人就是那户人家的顶梁柱一般的存在。

可是哥竟然偷了书，这无异于毁灭别人家的希望，哥是怎么的一个人我是清楚的，他现在是这样的后悔，就意味着他确实是做了这样的事情。

"那天老师找到我说要买那套书，可我们家……我看见了嘉福的书。"

对的，我们那时候确实是过得很艰难的，我在记忆里不断地翻找着日期，终于在哥吐露完心声后，看到了那段时期的事情。

"要不是我，要不是我，嘉福不会过成这样，明明这该是阿明受的，我……我糊涂了，做了这种事情。"

嘉福和阿明已经成家立业了，阿明坚持着读书，我们一家也坚持着送他读书，如今阿明工作稳定，也有了他的家庭，还住在小镇上。而嘉福，并不如他的名字那样有福气，他跟我一样早早地不读书到处打工，在外面过的并不好，最后回到家里接手了四哥的田地。

"不是的，当年嘉福丢了的书不是找回了吗？"

"怎么会呢，是你四哥要面子，他才这么说的。"

不，我明明是还了，没错的，我不会记错的。

那个泛黄的下午，我回到家见着阿明给我看新得到的那套书，书里有很多我看不懂的卷子题目，可那被擦掉的名字还是被我发现了，我像往常一样跟阿明说要认真学习，动作却翻到书的背后去看标着的价钱。然后从我的席子下取出几张票子，去镇上的书店买了一本新的还给了四哥，并求他保密不要伤害彼此的面子。嘉福跟我说，他不是读书的料子，所以他看见阿明拿着自己的书说是哥买的，他没有拆穿。我同嘉福说了跟阿明一样的话，他想要学我去打工，我严厉地批评他，但是他还是在一年后跑出了我们的村子，四哥那一年老了许多。

想到这让哥误会了半辈子，悔了半辈子，我突然觉得这样的真相难以开口，该怎么说，哥当年是怀着怎样的心情才会去偷书。

"那年妈生了一场大病，我跟阿明说，他

阿婆要治病，他就说不要读了，这是大人的事情，是哥没有本事，还让你们跟着我吃苦。"

"人生来怎么会不苦呢。"

哥又开始咳嗽了，他这病就是劳苦害的，他又怎么能不劳苦呢，他也是爸妈跟我供出来的读书人。

如果因为这件误会让他带着悔恨离开，我是不会答应的。

我走出了门，哥的房间已经被清空了，要走的人睡的那间屋子只能有他的床，他的其他东西都要搬走，这是村子习俗，轻轻松松地来，轻轻松松地走，这样才不会留恋这一世，才会在来世有好的人生。

阿明跟嫂子在清理哥的东西，一本泛黄破烂的皮包书被挤在一堆乱糟糟的物品里，可我就是一眼看见了，我拿了出来，就是哥偷的那套书，撕开包书皮，就像打开了时间的封印，那保存完整的封面，这本书被它的主人爱惜了很多年，在那一刻还保留着它最初的容颜。

哥走了，那晚嘉福阿明都在，哥走得很轻松，我最后看了相伴了多年的我哥，他爱皱起来的，只有稀疏的几根毛发的眉毛，终于平整了。

火烧着，我们都哭得很伤心，那套书也烧完了，我想我哥会在那边继续珍惜着。

作者简介：白敏芳，笔名程秋河，女，00后，广西南宁市人，广播电视学专业2022级学生。

告别

黎 梁

那一扇木门闭上。

小水背靠着门，那一扇薄薄的木门如一道壁垒，隔开了她和过去。小水知道，是要告别这个家了。爸爸妈妈提着旅行包，比包更大的一个编织麻袋放在脚边，坨坨出一个形状。小水脚边也有东西，是他们家养的折耳朵小黄狗，安静地趴着。爸爸妈妈把他们都留了下来。

"小水，我们是去挣大钱，挣钱了才能给你买更好的东西，你要听奶奶的话，知道吗……"妈妈的唇角是微微向下的，就像她下一秒要轻轻叹一口气。

"没事的，小水一直都是很乖的孩子，长这么大我们都还没操心过什么，而且不是还有我哥和妈照顾吗？"爸爸夸奖似的信任堵住了小水的不安。

"你要乖啊，听伯伯的，听奶奶的。"

小水觉得爸爸妈妈应该还有话没讲，其实她也有话没讲，但他们都讲不出来。能说什么呢，她从来不知道家是会改变的，土地是会流动的，流动的土地把父母运向远方。他们无法扎根于这片土地，背着缩小的家庭比脚下的泥土沉默。

小水字都没认全，却懂了父母的沉默。她明白，此刻她不能说话。

（一）

笨蛋简直是我见过最聪明的狗！

它长得白白的，比我还小一圈，老鼠都不会抓，刨坑也没我快，尿的味道也没我的大。但它从来不用自己找东西吃，就因为聪明特招人喜欢，这家的人都喜欢夸它。

和小水搬过来这么久，她婶婶就没给我多吃一根骨头。我问笨蛋为什么，它提爪子磨磨水泥地板："你要知道人是很喜欢省事的。都是狗，我可以打滚，拜拜，帮主人拿东西，招呼客人，你只会抓老鼠，家里又还有只猫。你又不是我家的狗，给你吃什么呢。"

它说的有道理，我自己是想不通的。我长这么大被夸过可爱，听话，但就是没人夸我聪明。笨蛋和我完全不一样，所有见过它的人都夸它聪明。

笨蛋会站起来，和人拜拜爪子，听指挥转圈圈、打滚（这个我真不会）。小水伯伯最喜欢笨蛋，出去开三轮车拉客都会带着它。三轮车很宽敞，车架结结实实地蒙着硬实的篷布，防风防水，在县城里拉上一个人能挣几块钱，比县城的破烂公交生意还要好。笨蛋会用短腿在三轮车跳上跳下引着人来，客人来了它就拜拜讨客人喜欢，客人不理它，它就安静躲在三轮车座位底下的车厢里。

那些客人和我一样，总会说："这个笨蛋真是聪明。"

但是如此聪明的笨蛋说："我看不懂你主人。"

我主人就一个，小水。虽然住的是伯伯家，但我和他们不熟，我只认小水。

我摇摇尾巴："你也有不懂的？人有什么要懂的。"我从来没想过人是怎么样的，我就想吃肉啃骨头。

笨蛋说："你主人老看着我，但她不喜欢我，她也夸我聪明，可为什么她不喜欢我？"

我舔舔鼻子，打了个哈欠，没明白笨蛋想这么多。

（二）

小水的伯伯个子高，理着个刺刺的寸头，说话总是笑，眼角有几道皱纹挤着，鼻子瘦长，脸颊微凹，是一个活泼的人。他在家的时候，屋里总有笑声，他说各种听来的俏皮话，教笨蛋做各种动作。虽然他老说小白没有笨蛋聪明，但小水还是很喜欢他。

小水的婶婶胖胖的，干枯的长卷发常盘着，漏下几缕发黄分叉的头发趴在背上，她

脸盘圆，两个眼睛大且突，像一只瞪眼金鱼。这人总表现得体贴，讲话轻声细语的，也爱笑。但小水知道，其实婶婶不喜欢家里多一个小孩，她能明白。

小水总是在看。

来到伯伯家，她说话少了，而是用眼睛静默地看。婶婶说她文静，特别乖，不像她小弟弟一样从生出来就让婶婶不省心。

婶婶很喜欢说："小水懂事，弟弟啊要向姐姐多学。"比小水小两岁的弟弟就会哼一下，跑去追小白玩。

伯伯家收留了小水，一共两间房，他们一家三口睡一间，奶奶和小水睡一间。笨蛋睡屋里，小白睡屋外，还有一只猫带着崽睡墙边角落。

这是一个新的家庭，过去的房子小水是回不去了。她怕小白会不会想念它的狗窝，怕小白被卖去煲狗肉，怕小白在这里不讨人喜欢。她总和小白说话，希望它比笨蛋聪明。

奶奶是很有力气的女人，年轻的时候给人卸货扛米袋，老了也闲不住天天去种地。奶奶不高，留着一刀切的利落短发，臂膊粗壮，两腿有力，比其他老人更精神抖擞，走路目视前方从不浪费一点时间在路上。小水是奶奶孙子孙女堆里的一个，其实有点生分。她第一次和奶奶一起住，就那么躺在一张大木头床上，垫着薄薄的凉席，米白蚊帐垂下来，小水把蚊帐上的每一个眼看得清清楚楚，背后是她不够熟悉的奶奶。

血缘关系十分奇妙，她知道这个老妇人生下了她爸爸，她和奶奶甚至眉眼有两分像，

这是家人。但她就不亲，她就是没法像依赖父母那样依赖奶奶。她不知道她在害怕什么，在床上躺着就像虚浮在一个怪物利嘴之上，小水担心那看不见的虚无。

爸妈现在会不会在担心她？他们什么时候回来？小水数着蚊帐眼，一个个数着给自己织了张轻柔的网，不知道什么时候睡着了。

在伯伯家吃饭，小水是一边吃，一边眼睛轻轻扫过大人，她夹菜的动作很小，不会夹更远的菜。人吃饭的时候，狗也在吃，她看到小白碗里的肉总是没有笨蛋碗里多。她以前总会叫爸爸给小白吃肉，她要让小白长成一只威风凛凛的大狗保护他们的家，但小白好像不会长多大，它就是一只中小体型的狗。这微妙感觉细如蛛丝，原来土地流动时不仅流向远方，还会把留下的人推向别的方向。离开不是单向的，在父母走的时候，她也离开原地了。

她想，小白会不会吃不饱呢？

（三）

小水抱着我，坐在墙沿下，在月亮底下只有我和她。

她顺着我的皮毛，捏我的耳朵。她说："小白，你是一只黄狗，耳朵立不起来，是个掉下来的三角形，笨蛋是只白狗，总有人把你们弄错，你会不会不高兴？不高兴我叫你小白。"

坦白说，我是一只不聪明的狗，不能完全听懂她的人话。不过狗还能感觉到情绪，我能闻到小水沉沉的心。

我拱着她，呜呜地叫。

我们是一起长大的，我刚出生的时候，小水也刚出生，我现在是正当年华的狗，小水还长不大一点。我怎么不能明白她呢？

她抱着我说怕我过得不好，怕笨蛋欺负我。

这怎么可能！笨蛋比我还小个。

她说不明白打工是什么，都说打工打工，不知道打的什么工，种地就是种地，当老师就是当老师，打工就像科学家一样不知道干什么的。她不知道父母此刻在干什么。

她又抱着我说，她睡不着，她想爸爸妈妈了，她说不挣钱也可以，回来吧，别人的爸妈都在孩子身边。鸟儿有巢，蚂蚁有穴，她难道不是爸爸妈妈的家？过了一会儿，她又说挣不到钱，爸爸妈妈会难过，她会等他们回来接她的，可能是明天。

到底什么时候呢？

（四）

小水经常跟着奶奶去种地。奶奶提着一桶肥，小水拿着锄头，两人一前一后走着，把一片野草丛生的荒地翻成带腥气的黑土地。她干不好别的，就干点碎活儿。奶奶自己一个人就能很利索地收拾田地，到休息的时候两人坐在一块扁石头上，天上的云压成一层层鱼鳞状，被风吹着轻轻移动。

奶奶两手握着放在膝头，看着远处的一片片区分好的地，没有杂树遮盖，没有楼房阻碍，空旷连绵的田野。县城里没有那么多地方种地，有些人种菜，那些都是闲不下来的老人自己种的，卖不了多少钱，多是自己吃。小水坐着那块扁石头，它有点不稳，人坐在上面找到一个平衡点，一旦挪动，它就像跷跷板一样微微翘起。她看奶奶望着那些地，想到附近的潘奶奶之前和他们争地，能种地的地方不多，大家都在这种。奶奶开了一块荒地种上了，潘奶奶来了说这是她的地，她早看上了。两个老人就这样大吵起来，现在也辩不清。

天气是极晴朗的，温热的阳光照在人脸上暖烘烘的。奶奶微微眯着眼，略浑浊的眼睛里只有那片土地。小水手闲，拔完了石头边的野草，又开始捏着一点土，轻轻一搓，成灰了，她抖开又捏一点。

"那片地给他们种都种不好，浪费了。"

"哪里的？奶奶我没看见。"

"前面那片。现在这边的不太好种，要是给我多点地，能种更多，那就好了。"

归于沉默。

小水想想，自己最近考试考了一百分，隐秘的喜悦跃动着无人分享。她带有一点期待，假装不经意地说："奶奶，我最近考试得了一百分，满分只有一百，老师说要找家长签字在试卷上。"

"噢，挺好的，我不会写字，你找你伯伯签吧。"

小水没有话说了，奶奶想着种地，想着干活，没有更细腻的眼睛关照她。就像她的父母去打工，她离巢的惶恐没有一点底气吐露。没有人容易，她看着奶奶对土地的渴望，感受到奶奶对于土地流露出的感情比对她的

多，但土地与人的连结又藏着着朴素的愿望：地越多，种得越多，可以养活的人就越多。

奶奶也有自己的烦恼。

小水突然想到，也许父母离家打工的时候也是像她一样有惶恐，有不安，只是大人也隐忍不发。

"汪！"一白一黄两条狗跑来，小白甩着舌头狂跑直奔向小水怀里。笨蛋则围着奶奶转圈圈。

这是两条狗来叫他们回去了。

到晚上吃饭时，小水让跑车回来的伯伯给自己的试卷签了字。

伯伯笑着说："小水真有出息啊，我们家的女状元！"

笨蛋在伯伯脚边奋力站起拱着狗爪拜拜，把伯伯逗得哈哈大笑，直夸它聪明。几个大人像给赏一样丢给它嗍干净的骨头。

婶婶也笑，接着说："弟弟你要多向你姐姐学习，有什么不懂的你要问啊，别老光想着去玩。"

被点到名的弟弟闷闷的："姐姐聪明，我又不聪明，去玩还不行啊。"

伯伯皱着眉头："你真的是……"

奶奶："好了好了，吃饭。"

小水有点不好意思，其实弟弟调皮了些却从不为难她，他还说其他小孩都讲打工很挣钱，以后他挣钱了给小白买肉吃。小白的尾巴正好蹭着她的腿，她偷偷给桌下的小白丢了块骨头吃，没咬干净，还挂着点肉。

吃完小水主动去洗碗，端着盘走出去忘了拿筷子，想返回去继续拿了洗。一走回去

就听见婶婶训弟弟，她没敢吱声，静静地站在墙边听着，猫从她面前走过，绿澄澄的眼明亮锐利，让她莫名羞愧。

只听到婶婶压着声音说道："你大大就想着玩，你再看小水姐姐，今天你爸都生气了，你老是这样不听话，让人家抢风头，你呀你……"

弟弟说："我真搞不懂你们，姐姐成绩好就好，我只是贪玩点又没干什么，她考了一百分为什么会抢我风头？"

婶婶的手一下下戳着弟弟脑袋："你真的是……和你讲不明，我早和你爸说家里没这个能力多养一个，几个兄弟姐妹里就你爸爱充大头，我忙前忙后找谁说理！你也不争气，唉！"

小水走开了。

（五）

小水在这个家待了蛮久。刚来的时候，她喜欢抱着我问我有没有肉吃，我说不了人话就汪汪地叫。她已经很少说起她的爸爸妈妈了，偶尔，又是在月亮下，她揉我的狗头，很小声地说："他们什么时候来接我呢，我真想他们马上来。"

她说着说着，有泪流出来，滴进我的眼睛里，是重重的一颗眼泪。

第二天，笨蛋跟着拉客的三轮车回来。

笨蛋告诉我，狗群聚起来了。我们时不时这样围着交流，时间不确定，靠狗的自然本能，谁闻见路边狗尿里的气息会互相通知的。我和笨蛋高高地竖着尾巴去集会，一条大狼狗嗅过我们的味道放我们进去。狼狗比我们这的狗都大一圈，它结实威猛，能吃的骨头比笨蛋还高！

这有一群的狗，有的是我的狗友，有的是我的对手，附近的狗都在这，吵成一片。直到狼狗发出一声长嗥，狗群看着它，它黝黑的狗脸上有前所未有的严肃，这还是笨蛋告诉我的。

狼狗说："你们应该都知道打工，就是人去挣钱，钱又能买很多骨头和肉。"

"但是，现在和以前不一样。有的人去打工了，他的狗守着老人和家被毒死了；有的人去打工不回来，把狗就丢在这；有的人搬家进城，把狗卖给别人了……这里的人越来越少，你们要保护自己。"

一条黑狗烦躁地甩尾巴，腹毛沾着脏水。我认得它，以前它有个很暖和的狗窝，听说它的主人也去打工了。

我有点害怕，我问笨蛋："你主人，小水伯伯会不会去打工？"

笨蛋白白的狗爪子刨了刨地："我怎么知道，他如果去打工了说不定会给我吃大骨头，打工一定会赚钱的，他们都是为了好事去，你担心什么，人在管不了自己的时候更不会管狗。如果他把我丢了，我也跑回来，我跑到更大的城里去找他。"

"今天让你们来，是因为我做不了这个老大了，我的主人想把我接走，但城市里养不了我这么大的狗，我被卖去更远的地方了。以后你们自己找新的老大吧。"说罢它长嗥一声，所有狗仰头跟着它此起彼伏地嗥，而后它直接走了，不理任何一条好奇的狗，长长的黑尾巴依然高竖。

剩下的狗各自紧张起来，选不出一个老大就会导致这些狗谁也不服谁，反而伤害了狗群战斗力。

我想当老大，自然的本能让我也想争斗一番。笨蛋却叫我回去了，我不明白。它说："你看看我们比它们都小，你长得就比我大那没用，你的牙还没有对面的狗长，回去吧，我们不合适，当狗群的老大说不定也会被人类盯上卖了。"

我啥也没想到！笨蛋确实是一条聪明的狗，它违背自然本能，还可以想到人类的想法。我对它吃这么多肉算服气了。

但是意外就来得如此突然，那天我溜出去叫小水和她奶奶回来吃饭，笨蛋没去。我回来的时候，嗅见笨蛋的气味在淡开。

奶奶大骂着："谁给狗下药了！"小水着急地抠我的狗嘴，我啥也没吃都快让我吐出酸水来。他们说是有人想来偷东西就会先毒这家人的狗，还好我没有笨蛋聪明，还好我一直不算这家人的狗，不然我狗命就一命呜呼了。

笨蛋的主人，小水的伯伯很伤心，把白毛的笨蛋埋在黄土下。笨蛋走了后他试图教我拜拜，可惜我确实不聪明，我学不会。我也不能给他招揽客人，他说我是笨狗，我没有感觉。但是小水有些生气了，如同找不出凶手是谁把气憋回来的伯伯，她也把这点气憋回来。

笨蛋教会了我很多，它不在了我很难过，剩下一只凶凶的母猫，我不能和它相处，它不会狗语，我不会猫语。

只有把长长的草叼到那片黄土上，看着风吹动那根草时，我感觉到，笨蛋依然在教会我什么，只是我太笨了不能明白。

（六）

小水凝视着那只狸花猫，肥圆的身子，绿澄澄的猫眼。它的眼里似乎有人类的柔情，它一遍遍舔舐着幼猫，把小崽打理得干干净净。长久与父母的分离，居然让她看到母猫和猫崽的亲昵时，心里刺痛起来。小水又想到那次，这猫撞破了她偷听，又想到这猫抢小白肉吃，好像有那么多个理由。她伸手握住了那只白猫崽，混在狸花猫堆最显眼的一只。小水心底仿佛放大了妒恨，她也是个小孩，她不能对任何大人有一点气，凭什么猫都能比她多享受爱。她握着这只猫崽，讨厌它那么小，讨厌它白得那么显眼。在她未长大的手掌里也孱弱得可怜。她听说有个留守的小男孩捉弄那些猫狗取乐，她痛恨那些行为，她干不出来，只是妒恨比她弱小的动物已经让她足够羞愧。

恨和愧，像长出来的藤纠缠着、拧巴着才能生存。

猫盯着她没有动作，小水对上那双锐利的眼，绿澄澄的眼一动不动盯着，冷锋般的目光直切入小水心里，她被洞悉的情绪终究是愧压倒了。她把小猫轻轻地放下，向猫母亲道歉。

此后她很照顾那窝猫，也更加憧憬着父母来接她，一个小家庭一直在一起。她开始总是问奶奶，爸爸妈妈什么时候回来，奶奶也总说："别想这么多，你就跟奶奶住好了。"

不一样的，但她不会说出来。

伯伯似乎也在考虑出去打工，因为这个他和婶婶总有争执，弟弟哭着说："你们不能把我留下来！"

快回来吧，小水期盼着，她相信爸爸妈妈这回不会舍得再留下她，她长大了点，也不怕吃苦，只要能在一起就好了。

父母竟真的回来了！

奶奶告诉她，她激动地无以复加。她抱着小白说，小白看起来也很高兴。但她还不知道父母住哪，原来的房子拆了，地卖给了开发商，能得多少钱她也不知道，那么小一块地想也不多，反而把家拆了，不知道父母回来能住哪。小水听奶奶说，父母另外租了地方住。弟弟也悄悄说："打工回来是不是真的很有钱啊？"

此刻的她是雀跃极了，爸爸晚上就来接她去他们那看看！只是暂时还不能带小白去了。

（七）

小水和她爸爸开着电动车走了。我以为她不回来了，没想到月亮高高升起，她一个人回来了。我迎上去开心地狂摇尾巴，却闻到她的低落。

小水，你怎么了呢？可惜我不聪明，也不会说人话。奶奶、伯伯、婶婶，好像没有人意外她回来，各忙各的。

就像是我们经常做的，月亮升起，她抱着我靠在墙边轻轻诉说。

小水说："我原来打算不管怎么样我都要和爸爸妈妈在一起的，可是他们回来了，不像挣了钱，那他们在外面一定是更不容易才回来……他们住的屋子那么暗，透不进一点光，没有多余的房间，就一张床，离我学校也远……"

我舔舔她的掌心，她好像哭了，但这回没有眼泪。

小水接着说："我想说我不怕，我只想和他们一起，我闭上眼在妈妈怀里，我好久没这样了。他们小声争起来，我听明白了，我要是和他们一起，很多事都不方便了，我上学啊，他们住的地方小啊，很多。"她的嘴巴颤动着，连最瘦弱的话语都没能吹开。

"我听见妈妈说实在不行也一起住吧，不想再让我和他们分开。可是我想了，我和妈妈说我回来吧。"

我呜呜地叫着，拱向她怀里。她很久没说话，直到风把黑夜里的云吹开一次又一次，猫给幼崽梳理毛发又喂了一遍奶。她低着头，我跑开了，去到她前面的一小片水洼，院子里的地凹凸不平，积水的地方就像一个小小的湖。

这时候，我突然学会了笨蛋的拜拜，拱着狗爪上下摇晃，我想是笨蛋保佑了我，小水笑了。

她依然没有抬起头，但她低着头也能看见月亮，水洼里盛了一个月亮。小水对我说："小白，我们快长大吧。"

或许是明天，或许是更远的明天，他们不来，我们就去接他们好了。

北流文艺

（2024卷） 散文

主编 吉小吉

团结出版社
UNITY PRESS

© 团结出版社，2025 年

图书在版编目（ＣＩＰ）数据

北流文艺 . 2024 卷 / 吉小吉主编 . -- 北京：团结
出版社 , 2025. 7. -- ISBN 978-7-5234-1770-6

Ⅰ . I218.674

中国国家版本馆 CIP 数据核字第 2025ZA8516 号

责任编辑：郭　强

出　版：团结出版社
　　　　（北京市东城区东皇城根南街 84 号　邮编：100006）
电　话：（010）65228880　65244790
网　址：http://www.tjpress.com
E-mail：zb65244790@vip.163.com
经　销：全国新华书店
印　装：四川科德彩色数码科技有限公司

开　本：185mm×260mm　16 开
印　张：32　　　　　　　字　数：540 千字
版　次：2025 年 7 月　第 1 版　　印　次：2025 年 7 月　第 1 次印刷

书　号：ISBN 978-7-5234-1770-6
定　价：200.00 元（全四册）
　　　　（版权所属，盗版必究）

目录 Contents

北流文艺　　2024年
散文

回望青山

丰小辰

依山而建，傍水而居，依山傍水的老家，是老祖宗的智慧，在选址上满足了我们所有的梦想！山，不是大山，不算雄伟，更不张扬，是绵延起伏的群山，层层地把小村庄包围在一个山坳里。低调、沉静而内敛。当你翻山越岭气喘吁吁地走到白石岗坳，双脚软绵绵地又无比放松地走下了长长一个坡，到达山脚，拐个弯，忽地看见右边是一条俊秀的小河，河水淙淙，河两边满是翠绿的竹子，偶尔是几株高大的苦莲木，左边是一小片狭长的平原，平原的旁边，沿着山脚，就是我们村落的老房子。每个人心中的故乡，都是童年里不同的印记整合而成的，如今留下来的，是经过时间剪辑后，一些不同的片段。这些片段都是深深的烙印，回不去，忘不了，时常想起，思念成疾就会入梦。

20 世纪 90 年代的某年初春，绵绵春雨漫天飞洒，浸润着山野的每一寸土地、每一棵大树、每一株小草、每一片屋墙……回家的路，越发的泥泞而漫长。十四伯得了重病，刚做完手术，需要回家静养，那时候，如何应对这条崎岖泥泞的山路，将一个因伤只能平躺、稍遇颠簸便

会加剧伤口疼痛的病人送回家，是一个莫大的难题。父亲和众人商量了很久，最后他说："我们就是扛，也要把十四哥扛回来！"就这样，众人砍来竹子，做好担架，家族里年轻力壮的二十几个男人带着小孩出发了。我深刻记得当时的场景，那时候我也只是个小孩，未满十岁，我应该也是在这个队伍里的。为什么要带上小孩，父亲说，要让我们家族里的小孩知道，我们家族里的每一个人，都值得我们去守护，只要团结合力，就能干成别人认为干不成的事。十四伯躺在担架上，睁着倔强而坚强的双眼，似乎在告诉沿路屋檐下的每一个看客，我还没有倒下，我一定还会再站起来。我们浩浩荡荡的队伍，在十几公里的泥泞里，在满天飞洒的雨中，缓慢地走了将近一天，终于回到老家。

对于农民，无论四季更替里的寒冷与酷暑，春种秋收都得进行，至于收获大小，除了日复一日地勤劳耕作，剩下的那就得靠天吃饭了。我们处于南方边陲小镇，是典型的亚热带季风气候，雨量充沛，光照充足，土地肥沃，所以农民在肥沃的土地上，一年两造种植水稻，春

种夏收，秋种冬收。初春的水田里，还有一股寒气咄咄逼人，可也得光着脚踩进去，赶上牛，套上犁，先把土翻过来，放上几天，让泥与水慢慢交融，再赶上牛，套上耙，让泥和水充分搅和。这时候，就可以把育好的秧苗插进耙好的田地里，开始为一造的好收成施肥、赶水、拔草、再施肥……日复一日、年复一年。

十四伯又可以下地干活了，医生嘱咐，康复以后不可以再干辛苦的农活，他再一次倔强地赶牛、下地、耙田……他或许不知道，他得的是癌症，能康复已经是奇迹，往后余生，得好好歇着。又或许，他是知道的，正因为知道，所以往后余生，他更想好好地为他的土地，他的牛，他的狗……好好地活着，最重要的是这一切都是为他的儿女，他的家。生命越短暂，越不想苟且。他是个不识字的农民，可是他内心一定是这么想的，因为这一切，都写在他的脸上。

老屋的夏天，因为有那条温柔灵动的小河，有河两岸的竹子和苦楝木，有两棵六月红荔枝树，还有连绵的群山包围，我时常感觉到一地的清凉。那时候，我喜欢一个人坐在河边，看阳光透过竹子后，在河面泛起钻石般闪耀的光芒。我会幻想拥有一身白色的连衣裙，幻想一顿美味的午餐，幻想着有一天，我能走出这个小山坳，能有一份体面的工作，能功成名就，光宗耀祖，那时候，父亲的脸上，一定洋溢着最骄傲的幸福。

我那时候的幸福，就是过年能有新衣服穿。

父亲出门做点小生意，我们家的日子也终于一年比一年好过了。过年前几天，大伯和父亲也终于可以买一大捆甘蔗回家囤着，还有一些橙子，等到大年初一我们向大伯和父亲恭喜发财的时候，他们再奖励给我们。当然，还有我们小孩子的过年新衣服。可是，每当我们在除夕之夜洗了澡，拿新衣服出来穿的时候，我

满心欢喜之后总有一丝遗憾。父亲太忙了，没有过多关注我的身高，给我买的衣服不是衣身短了、小了，就是袖子短了。我穿上给父亲母亲一看，母亲总是怨父亲，又没买合身，又得送小姨的孩子了。而我总是立马回应，不送，我要穿。哪怕不是十分合适，也是新的，也是好的。这时候，父亲总是笑笑说，明年一定买长一点。有一年，父亲应该是花了不少钱，买了一件质量很好的天蓝色棉衣，衣服前面还点缀着一些像珍珠一样的装饰。我看着特别喜欢，这应该是我最漂亮的过年新衣服了，我迫不及待地试穿……可是，还是小了一点点，衣袖也短了点。没等母亲开口，我就说，不用送人，我穿的时候可以不扣扣子，衣袖短了也不要紧，我里面毛衣袖子够长。这样一件衣服，我硬是穿了两个冬天，终于实在是穿不进去了，才把它叠好，放进衣柜，又放了好多年才舍得送人。

村里的生活，日复一日。春节过后，即将迎来春耕，农民照样得把双脚伸进微寒的农田里。刺骨的寒意渗进骨髓。我对老家春天的记忆基本只有这种春寒料峭了。

当萤火虫开始在山野里漫天飞舞，虫鸣鸟叫炎热多彩的夏天已经扑面而来。下午放学，回家吃一碗中午剩下的白粥加空心菜，我就跟着堂姐上山打柴，堂哥阿成和阿水也会去，但是，家里的小孩也有帮派，堂哥们嫌弃女孩子力气不大，总要他们帮忙，所以基本上都是分头行动。堂姐阿广不嫌弃我，只要我愿意跟着，她都带上。山路两边的树和草，基本都比我们个头高，我们在崎岖的山路上拨开荆棘，勇敢前进。上到山上，我和堂姐还得分头寻找，看哪里有干柴，基本是一些人们平常来打柴时候就顺便砍下的树枝，树枝晒干后留下的就成了干柴。有时候，我们同时在不同的地方发现了干柴，就会分头收拾、捆绑。我胆子小，收拾一会儿，就会大声喊堂姐的名字，不停地喊，直到她有回应了，

我才放心。农村小孩的胆子小是有原因的。我们经常在山里走着走着会遇见坟山。若是一座完整的坟，我们还没那么害怕，怕就怕不小心路见一座新挖好的坟，棺木形状的大坑猛地出现在眼前，往往把我们这些年纪的小孩吓得把柴一扔就往山下跑。

运气好的时候，我们在捆好木柴挑着往山下走的时候，会在某段山溪附近发现金银花，这是一味中药。我们会仔细地把藤蔓上的金银花全部摘下来，装进预先备好的袋子里，到了山脚，拿到村里的药店换钱。记得有一回，我摘了满满一袋，估计都有一斤多重，柴还没扛回家，我就先拐到药店去了。村医把装满金银花的袋子拿在手里掂量了一下，笑笑说，这次摘了这么多呀，我很紧张很期待地也回馈了笑容。村医最后递给我五毛钱。五毛钱，在买一颗木薯糖只需一分钱的年代，我瞬间觉得我发财了。村医完全可以只给我三毛，或者两毛，我也会很感谢他，可是没想到他给了我这么多。那一回，我没有急着拿钱到药店隔壁的商店买零食，我急着回家跟爸妈报喜，我挣了大钱。后来，钱是交给爸妈了，还是爸妈同意我自己支配了，现在已没有了记忆。拿到五毛钱那瞬间的喜悦满满当当地把其他片段从我的记忆空间里挤出去了。

夏天的夜幕降临，小山村里的各方，响起无人指挥的交响乐。十四奶站在她家的鸡舍旁，学着母鸡的"咯嘚咯嘚"声，呼唤她家的鸡赶紧回家进窝；十二伯拿着一根细长的竹子，正在从河边回屋的小路上，赶着他家的鹅和鸭；下屋的大奶，也正在老柿子树下，把她家的两只性情猛烈如鸵鸟般的火鸡往鸡舍赶；十四伯手里牵着牛绳，赶着他家的老黄牛，正在河对岸慢悠悠的准备过河，老牛时不时哞哞叫两声；七嫂大声呼喊着她家孩子的名字，怎么还不回家吃饭……此时的我，大多是已经把木柴扛

回家了，正在吃饭，准备洗个澡，然后去学校上晚自修。

那时候的村小学，四年级到六年级都要上晚自修，其实就是去学校里做作业、自学。教室里明晃晃的灯光，照得我们都特别兴奋，总是想方设法趁老师不注意就聊天吃零食。我们的零食居然是生姜沾盐。从作业本上撕下来两页没写过的纸，用一张包好捶碎的生姜，再用另一张包上一点盐，一起放在桌子下敞开的抽屉里，趁老师不注意，拿生姜沾一点盐就放进嘴巴，一点清新的辣味加上一点咸味，刺激着我们幼小的神经，竟成了那时候时尚的美味。一边吃着零食一边偷偷交流着昨晚看的电视剧《射雕英雄传》，然后期盼着快点打铃下课就往电视机所在方向狂奔。

那时候，村村有电视机了，但不是每家每户都有。我们只能到下屋十一公的房间去看。等我们比赛似的跑回到十一公十几平方米的房间，屋里基本坐满了人，都是大人，有利位置已经被他们占据，我们小孩只能穿插着，挨着他们挤挤坐长条板凳一个角，有个支撑也算坐了，或者干脆坐地上，或者站在门口。每一个人都会科学找好自己位置，不挡别人视线，也会确保自己的视线。尿桶在十一公屋子的角落里，时不时散发着夜尿的味道，混杂着大人抽水烟筒的味道，伴随着黑白电视里的古装打斗场面，刺激着我们在场的每一个人。

没过多久，彩色电视登场了。勤劳能干的父亲母亲，建了个新房子，还终于为我们家添了一台彩电，放在大伯的房间。可那时候信号不稳定，稍微刮风下雨，架在楼顶一角的天线就开始给我们添堵，电视屏幕像人触电了发颤般不停地抖动。天线乱动导致了电视屏幕颤抖，那我们就得让天线不动。这种苦力活，只得男人做。于是，阿成、阿水、三哥、四哥、七哥……所有的男人轮流上楼顶紧紧抓住撑天线的竹竿，

抓得越稳信号越稳定。每个上楼顶值守的男人，听到楼下电视机里的武打声音和大家随之而来的阵阵叫喊声，总忍不住问，怎样了怎样了。有时候大家都停下来安静看下个场景了，楼顶的人还不停地问，怎样了怎样了。没办法，又改善值守方案，另外再安排一个人站在门口，负责传达剧情进度。在别人呼喊的时候，值守的人负责大声对楼顶的人解说谁跟谁打起来了，谁又赢了……遇到男女主角暧昧的场景，大家就都不吭声，那一刻，安静得有点尴尬，特别是大人小孩都在场，幸好，杨过和小龙女总不会暧昧太久。楼顶的觉得太安静了，猛地又问，怎样了，这时候屋子里总有人忍不住噗声一笑，然后引发众人大笑。从电视机里男女主角暧昧带出来的尴尬气氛瞬间气泡般破了没了。

那时候的农村，很多小水电站自行发电供电，遇到枯水期，或者农忙季节，水电站上游的水被引流去农田，这时候就会造成电压不稳定。电视机前的所有人，看着房间里的灯泡慢慢变暗又逐渐变亮，电视屏幕也慢慢变暗甚至关机。大家的心都要灰暗了，一致举荐七哥要去龙湾头"尿缸坝"看看。为什么叫"尿缸坝"，因为是很小的发电站，运转发电的所需水量不大，大人们常说，只要撒泡尿，电就能供起来。每回七哥出马处理，总能确保我们顺利看完当晚珠江电视台播放的电视剧。后来我才想明白，七哥不过是把上游供水进农田的口子暂时都堵住了。

有时候，电是彻底地断了，"尿缸坝"也无能为力。晚自修不用上了，电视也看不成了。十四伯的儿子阿玉很好地遗传了父亲的爱好，喜欢跟动物打交道。除了会看哪头牛力气大不大，犁田会不会耍滑偷懒，还会带着两条大黄狗上山赶野味，还会带领村里的小孩围攻老鼠。没有电的夜晚，他就召集一群小孩，打着手电筒，去他家的牛栏踩老鼠。吃了晚饭，阿玉一召唤，

我们就赶紧打着手电筒跟他出发。这时候，弟弟总是偷偷跟着我。他比我小一岁多，身体比同龄人瘦弱，父亲母亲一般情况下都不放心他跟着我们去野。等大家都进牛栏了，阿玉就会把牛栏门关好，用稻草临时封住牛栏的窗口，堵住了老鼠所有可能的出口，就安排我们十几个小孩的站位。牛栏不大，十几个小孩，大小搭配，适当间隔，基本能沿着墙壁站一圈了。位置都安排妥当，总指挥阿玉就会叫大家打好手电筒，都往地面照。这时候他就会再次跟大家强调，看到老鼠不要怕，一定要看准了，踩，踩，踩！一场恶战即将来临，大家屏住呼吸。我希望老鼠爬到自己脚边又害怕老鼠真的出现。阿玉拿棍子朝牛栏里的稻草堆猛地捶打，老鼠疯了似的窜出来，一只、两只，甚至三只。这时候，大家会呱呱叫，有的是因为害怕，被老鼠吓的，有的是因为兴奋……惊叫声和踩踏声持续不断，直到有人说，踩死了踩死了，大家才停下来，寻找战利品。在一次对老鼠的围攻中，大家太兴奋了，在黑暗中一边尖叫一边相互碰撞，弟弟被撞倒了，我们察觉到他的哭声，开始我们以为只是摔疼了，弟弟越来越痛苦的哭声才让我们意识到严重性……其实是手腕脱臼了，深夜的乡村找不来专业的骨科医生，父母一边安抚弟弟，一边托人找来隔壁村的骨半仙，在他的一番舞弄下，到底是治好了，还是治坏了，至今也说不明白。从那以后，弟弟的左手臂就再也无法伸直。

人对于自己曾经的生活片段，经过长时间的洗礼，还记忆犹新，那这些片段要么是让自己很开心的，要么就是很痛苦的，还有就是很重要的。我慢慢地长大，不会再去参与踩老鼠，也不会再跟一群男孩子去河里洗澡，我需要帮母亲干更多的农活。春寒料峭的时候我也把双脚伸进微寒的田里插秧；等秧苗长到快要吐穗的时候就得拔很多的杂草；在炎炎夏日下收割

稻谷，汗流浃背，腰酸背痛，太阳落山了，还得背着半包稻谷往家走，累得走走停停，坐在田埂上看着河边的苦楝木发呆；晒稻谷的时候，被南方多变的天气折腾得一天得收几次，跟乌云抢时间；提着半桶猪潲水去臭烘烘的猪圈喂猪，还得仔细观察猪仔有没有长大一点；荔枝成熟后，为了采摘鲜果卖个好价钱，凌晨五点就得起床……我至今对这一切心怀感激。

人在觉得自己很苦的时候，就想着怎么去改变，让自己过得更好一点。读书，唯有好好读书。在我小学六年级的某天深夜，雨下得特别大。在外做点小本生意的父亲回来了，敲打着我的房门，喊着我的名字。我迷迷糊糊地起来开门，父亲走进来，借着微弱的灯光，我看见父亲的外套在滴水，头发贴在前额，他从怀里掏出一本优秀作文集，跟我说，这是跟别人借来的，听说很好，明天好好看看。父亲对于我的学习，从来都是鼓励为主。在重男轻女的小山村，我多么庆幸自己能有这样一个父亲。那一夜，我把作文集放在枕头底下，久久不能睡去，仿佛我终于拥有了属于自己的武功秘籍。

九七年的除夕夜，父亲和我还有弟弟，照样在灶台前守岁。父亲时不时往灶里添点柴火熬粽子，热气腾腾的粽子满屋飘香。那一年，我已经考上了市里最好的初中。父亲看似漫不经心地和我们聊天，聊得很慢，仿佛因为一年已经过去，平常忙着在外奔波，所以除夕之夜，我们围着火热的火灶，应该好好享受这样的温暖。父亲对我们说，不管以后你们有没有大出息，但是做人一定要善良。父亲还说善恶一定有报，不报在自己身上，也会报应在后代身上，这不是迷信，是家风使然。他跟我们举例子，村里以前某大户人家，总是仗势欺人，到了他儿子那一代，社会变了，不再是旧社会，靠以前欺行霸市的路子，已经没办法生存，这个家族就开始没落，现在到了孙子那一代，已经没落成

村里最穷的了。父亲说，这种恶报，归根结底，就是家风不正，人心不善，总想着赚别人便宜，有钱有势时候总想着欺负人，这样教育出来的后人，肯定要吃恶果。父亲还说，积善之家必有余庆，是因为这样的人家，教育出来的孩子，起码是老老实实靠能力吃饭，可能不会一下子大富大贵，可是代代相传，福报也就积累了。所有的一切，都不是上天赐予的，它一定是努力的积累。

父亲一边和我们说话，一边往灶膛里添柴火。父亲说，他还很小的时候，他的父亲我们的爷爷就去世了，奶奶是好不容易拉扯大他们几姐弟，家里穷得叮当响，奶奶经常带着孩子到河里捞鱼捞虾，就靠一些小鱼小虾给孩子们补充营养。我那一夜才明白，为什么每每清明、重阳时节，我们给奶奶上坟，点燃一炷香插在坟前的时候，父亲都会说，阿妈，您到了哪里捞虾，赶紧回来啊，您的儿孙看您来了……父亲说，村里种田都要守水，如果你不守，水只是经过了你家的田地，而永远不会留下来。在他十几岁的时候，某天夜里，想着明天就要插秧的田，他就打着手电去赶水。上游水渠的水流进来了，把下游的出水口暂且堵住，让水溢满了自家那块田，再把出水口打开，让水流到下一家。父亲守着，水还没溢满自家农田，下屋的五公就拿着铁铲过来了，骂父亲偷水，举起铁铲就往父亲后背打，父亲被沉重一击之后便迅速跑走了，幸好父亲跑得快，不然命就没了。没有父亲守护的孩子日子过得是多么的艰难，即便如此，父亲依然认为是得到了上天的眷顾。他说，天无绝人之路就是眷顾，要不怎么还会有家，怎么还会有我和弟弟。灶膛里欢快的火苗，烧得锅里的水咕噜咕噜沸腾，母亲拿来铁钳，把锅里的粽子一个一个夹上来，晾在灶台上，屋里溢满了粽香，往事一件一件搭在了屋梁。

我这样一个从村里走出来的孩子，一开始，

很不适应城市里的学校生活。身边的同学，大多是城里的，他们衣着比我好，见识比我多，举手投足间都是满满的优越感。我不喜欢说话，总是默默地学习。那时候的周末，我很少回家。家有点远，回一趟不容易，费钱费时间。我要么是待在学校，要么就去郊区的同学家里过。父亲偶尔周末过来看我，没有电话没办法提前告知，有时候告诉门卫，门卫就帮忙进学校去找，确认我不在学校里，父亲就会在学校附近等，直到见到我为止。父亲常笑眯眯地蹲在路边等我，每次他身影映入眼帘的刹那，我心头总是一喜。父亲会带我去吃粤海快餐，有时候也去铜州市场里的小店炒两个菜。我至今记得粤海快餐的鸡腿，结结实实的鸡腿肉卤得足够入味足够香，也还记得铜州市场小炒店里的酸菜扣肉和大米粽。我的物质生活没有城里孩子的富足，我不能周末回家，或许，这些在他心里，都是一位父亲对女儿的亏欠。父亲似乎尽他的能力去弥补对我的亏欠。

那时候的我，对未来总有许多的念想与纠结。未来，能考上大学吗？如果考上大学，毕业了，能找到一份好工作吗？如果以后我在某座城市扎根了，我还会经常回老家吗？儿时的那些玩伴，他们又将散落到世界的哪些角落？他们都会过得好吗？……我感觉自己会离故乡越来越远，会更加想念，会不断地回望，我还没有足够强大的的心去接纳这种远离与想念，每到寒暑假，我竟把每一天都当成了离别前。

在我考上市里重点高中的那一年冬天，十四伯再一次倒下了。那时候，老家的路已经是硬化好的水泥路，医院的车直接把他送到了家。我寒假回到家的当天晚上，父亲领我到十四伯的房间。屋里早已站满了人，躺在床上的十四伯，手背打着点滴，人很瘦，大大的眼睛依旧是当年那样的倔强，跟每一个人打招呼，都只能是重重地"嗯"一声，然后盯着看好久

好久，仿佛从未认识我们，又仿佛要深深地记住我们。

大年初二，我们按照旧例，围在屋厅给老祖宗上香，迎接开年。新年的气氛显得有点沉重，当大家都在祈求老祖宗保佑十四伯可以渡过这一关的时候，阿玉走进来，眼睛湿润，他沉沉地跟大家说，老的走了……

那一年的春节，就像断片了，没有过完。依旧是寒冷，依旧是绵绵的春雨，当青青的竹竿撑着一大片深蓝的麻布在村口飘起，哀伤瞬间压满了整个世界。

许多年以后，我在武汉的大学校园里，在这座陌生的大城市里，好奇地接纳着这里的一切。我用一个月的时间，硬是把热干面吃出了我可以接受的味道；我到了黄鹤楼下，徘徊了很久，始终没舍得买一张登楼的门票，只是站在武汉长江大桥上，看那渡江的轮船来了又走……远离故土，我经常梦见家里的那条小河，梦见河边的竹子和苦莲木还有荔枝树，梦见家里的每一座山，梦见山里我经常走过的那些小路，梦见家里最最亲爱的那些人们。我们家里被人霸占的那块宅基地，没了就没了吧，以后路过，结实的土地还在脚下；那些曾经拿风水论作威胁，不让我们家布排水沟的人们，似乎也不值得记恨，不管水往东流还是往西流，始终会流入江河，流入大海；那个断定我考不上大学的风水先生，不知道母亲是否还见过他；阿成和阿水初中毕业就去打工了，不知道现在过得是否还好；小时候经常帮我扛木柴回家的九伯，不知道他是否还喜欢坐在门楼的木墩上等待；那个背着自己儿媳妇偷偷塞给我柿子饼的五祖婆，已经走了好多年，她曾经告诉我，燕子在我们家族的屋厅里结窝了，预示着族亲们会越来越好的……往事一幕幕，这些最柔软、温暖、坚强的存在，住在我的心底，是我取之不尽的力量源泉，从不干涸，历久弥醇。

那是骨子里就有的

艾贝保·热合曼

一

自从我们懂事起，哈萨克族大个子牧羊人哈比道拉，就已经开始和父亲来往了。据母亲讲，那一年刚开春，哈比道拉一家，就把羊群赶到了村上大涝坝一带的春草场。然而意想不到，不等他们把毡房完全扎好，将铺的盖的和生活家当收拾利索，风云突变，天降鹅毛大雪，让哈比道拉一家遭遇了猝不及防的一场倒春寒。白茫茫的积雪一时间覆盖了漫山遍野不说，也让春羔生产面临着极大的困难。因为没有圈舍，冰天雪地，寒风刺骨，小羊羔一落地，稍有不慎，就会因奇寒天气而夭折。而母羊产羔，导致身体极度虚弱，一时也面临着不可预测的风险。毡房本来空间就小，接二连三把刚刚产下的小羊羔抱到毡房，就愈发显得拥挤不堪、无处下

脚了。情急之下，哈比道拉别无办法，赶紧给家人交代了几句，骑上马一路小跑着来到我们家，可怜巴巴向我父亲求助。父亲二话不说，立马带着牧羊人找队长商量，最终答应危难之际，助哈比道拉一臂之力，腾出队里的一处圈舍，让牧羊人把羊群赶过来过渡，羊吃的草料也适当接济一部分，确保羊群渡过难关。土地是农民的命根子，牲畜是牧民的全部财富。哈比道拉说父亲是他们家的贵人，没有父亲和队上的救急，不知要遭受多大的损失，想想都感到后怕。就在牧羊人父子照顾羊群的往来之际，也常到我家吃饭、借宿，而父母宁肯自己一家人勒紧裤腰带，也要把煤块、面粉、土豆和白菜等生活物资，送给牧羊人父子带回家，多少改善一下生活。就这样，每年的春秋两个季节，

哈比道拉父子，还有带着一个小女儿的牧羊人家的女主人，轮流到我家做客，像是走亲戚一样，高高兴兴来，快快乐乐回。

而我们真正对哈比道拉的认识和了解，却是到了 60 年代末，70 年代初。牧羊人父子俩给我留下深刻印象：一个比一个个子高，一个比一个饭量大，来到我们家，如同回到了自己家一样，无拘无束，该吃的吃，该喝的喝，不把自己当外人。而我们兄妹 5 个人，正是长身体、能吃饭的时候，母亲也常感到巧妇难为无米之炊，因为精粉少，粗粮凑，一日三餐粗茶淡饭，清汤寡水，生活便少了应有的滋味。

当时有一个奇怪的事情，让人百思不得其解，那就是祖祖辈辈靠土地种粮食为生的庄户人，粮食却总是不够吃。记得那些年一到冬天，都要变冬闲为冬忙，开展诸如改造农田和兴修水利大会展。田间地头彩旗招展，喇叭声响，人头攒动，可是到头来雷声大，雨点小，粮食产量还是上不去。于是在水浇地不能满足需求的情况下，又想方设法，开垦出一片又一片大面积山梁上的旱地，种上春小麦、豌豆和谷子等农作物，最后也是广种薄收，不能从根本上解决吃饱肚子的问题。所以各家各户都必须精打细算，穷尽一切手段节约粮食，不然，很有可能吃了上顿愁下顿，甚至到揭不开锅的地步。

为了不让自己的孩子饿肚子，母亲经常打发我们兄弟 3 人，背着白面袋子，翻过一座山梁，到一分厂国有煤矿家属区，用 1 公斤白面，换成 2 公斤玉米面，以此暂时缓解一下粮食紧张的窘迫，于是我们就和乌麻什与苞谷馕结下了情缘。所谓乌麻什，就是玉米面糊糊，不过不是那种照得见人影的稀面糊，而是掺杂有土豆和恰玛古（芜菁）的稠面糊。就见母亲先将一坨羊脂油放入锅里，随后用葱炝锅，再盛进半锅清水，最后把搅好的生面糊，均匀倒入锅中，一餐家常便饭就做好了。一家七口人围着达斯特汗（餐桌布），低着头日复一日吸溜吸溜吃着乌麻什，没心情说话。如果有一盘咸菜，上面还浇了滚烫的熟清油，情况就会发生奇妙的变化——一家人的筷头子，都像离弦之箭一样，争先恐后一起伸向咸菜盘子，片刻工夫咸菜就被一扫而光，而一个个人的脸上，会不约而同露出久违的一丝笑容。

而苞谷馕最大的特点，就是开水或者茶水一泡，压缩饼干似的，立马开始膨胀，泡半碗馕，眼看着变成一大碗馕，狼吞虎咽吃进肚子，还真扛饿。不过，馕很顶用，打馕却不容易，一是费力，二是需经受高温炙烤，三是还带有一定的危险性。每每到了打馕的日子，母亲都会忙上大半天，从生火烧馕坑到和面饧面，再到揪面剂子擀生馕饼，一道工序接着一道工序，一个女人家一口气干那么多的体力活，实属不易。等馕坑坑壁烧得发白，母亲把一大面盆生馕饼端到馕坑上面，将盐水一遍一遍泼洒在坑壁上降温，随后用围巾严严实实把脸蒙住，套上又厚又长的手套，跪坐在馕坑上，头和胳膊一次次伸进火烧火燎的馕坑，把一个个生馕饼，迅速匀称地贴在坑壁上，一时间母亲汗流浃背，脸被火烤得通红，看着让人心疼。馕是我们生活中不可或缺的主食，自始至终在餐桌上占据着尊贵的地位。所以很小就听老人们讲：茶上来，馕就上来；而馕上来，饭就上来。然而苞谷馕吃的时间长了，难免有的人会产生胃胀，吐酸水，让肠胃有些难受。同样那种看上去粗粝，干硬的高粱面馕，过去也不知让多少人免遭了饿肚子的痛苦，不过也是吃的时间长了，肠胃要经受一定的考验。有人曾私下戏言，吃的高粱面，屙的石榴弹，穷日子就这样过得让人有些无可奈何。

尽管白面换成了粗粮，却依旧不能让父母多省一份力，少操一点心，相反却时时刻刻为我们 5 个孩子的吃喝焦虑和犯愁。尤其是母亲，一方面除去让粗粮拾遗补漏，填充白面带来的稀缺和不足；一方面还要在替代物上做文章，让土豆和糖萝卜扮演重要角色，走向餐桌，让孩子们虽吃不好，却能吃得饱。土豆我们称之为洋芋，过去都是五一劳动节种洋芋，十一国庆节收洋芋。用毛驴车一麻袋一麻袋拉回家，一上一下两个人，用绳子一筐子一筐子吊入菜窖。而我们这里不产糖萝卜，每年到了深秋，就有外乡人赶着马车来叫卖糖萝卜。因而各家各户的菜窖，除了储存洋芋、白菜、黄萝卜和大葱，又多了一种糖萝卜。

洋芋除了在炉灶下的炉灰中烧着吃，还可以切成片状，在炉盖子上烤着吃，与糖萝卜搭配蒸着吃。铁锅篦子下面盛半锅水，糖萝卜切成巴掌大的片，在水中煮，篦子上面一层洋芋洗干净，大火蒸。等锅里的水干，篦子上面的洋芋开了花，开了花的洋芋棉桃似的又白又沙，撒点咸盐，入口即化，吃进嘴让人回味。如果醮上糖稀，沙中带甜，肚子吃饱了，甘甜的滋味也留下了。而篦子下面，半锅水变成了一层黏稠的糖稀，红的白的糖萝卜片，又脆又软又甜，吃一片糖萝卜，咬一口洋芋，两种味道融合在一起，让我们过往单调枯燥的生活，多少就有了一点不一样的感觉。毫不夸张地说，早先那些日子，想吃一盘子过油肉拌面，需要一定的时间和等待。过一回油汪汪抓饭的嘴馋瘾，几乎成了一种奢望。而想要享用一次手抓羊肉，要么遇上红白喜事，要么肉孜节，要么古尔邦节，平常很少有这样吃肉的机会。

即使是整天和羊群打交道的牧羊人哈比道拉一家，吃肉也不是一件容易的事情。有一天我跟着父亲去大涝坝哈比道拉家做客，远远就看见毡房前一只黑狗，卷着尾巴，仰着脑袋，龇牙咧嘴冲着父亲和我狂吠。就在我们父子俩停下脚步，向毡房门口张望时，随着一声对狗的猛烈呵斥，大个子哈比道拉腰一弓，头一低，

从毡房的门里出来了。一见是父亲来了，哈比道拉急忙一边连连高声问候着，一边小步快跑着来到我们面前，伸出一双大而厚实的粗手，分别同父亲和我热情握手，口中不断"加克斯么赛孜，加克斯么赛孜"（你好吗）说着问候语，一脸的微笑和喜出望外。我和父亲都抬着头望哈比道拉，我除了感觉到他的手掌布满了粗糙的老茧，有点扎手之外，就是惊叹他超人的身高，一双骆驼趴蹄（驼掌）一样的大脚，而且穿着那种原始的，自己用羊皮做成的皮窝子鞋，像是一只羊皮筏子，用五麻六道的皮条紧扎着，走路似踩着海绵，高一脚，低一脚，让人有些好奇又好笑。听见毡房外父亲的声音，牧羊人的儿子居努斯腰一弓，头一低，说了声"热合曼大队长阿卡来了"，也兴冲冲从毡房迎了出来。阿卡即兄长，一般男性之间见了岁数比自己大的尊称阿卡，年龄小的则叫吾卡，也就是弟弟的意思。而父亲时任生产大队大队长，因为是个热心肠，乐善好施，人们都称呼他为阿卡。紧跟着女主人和女儿也出来，一声接一声向父亲和我嘘寒问暖，一个笑盈盈，一个羞怯怯。就这样，一家四口人，哈比道拉与儿子居努斯站一边，女主人和女儿站一边，每个人都伸出一只手，请父亲和我先进毡房。我们进了毡房才发现，面积不大，陈设简陋，没有炕，也没有床，面对毡房门的毡墙上，挂了一条花毯，地上铺着花毡，其他包包袋袋，坛坛罐罐，放得到处都是，有点凌乱。不等落座，父亲先将一块砖茶，两包方块白糖递到女主人手上，女主人接过礼，脸上再一次露出春天般的笑容。父亲被请到上席，我紧靠父亲身边，牧羊人父子则分别坐在父亲和我的一侧。女主人忙着烧茶，一个三角铁架，吊着一根铁钩，铁钩再吊水壶，下面是一个火塘，炊烟袅袅升起，由毡房天窗飘向天空。主人家的女儿，在我们面前打开了达斯特汗，有包尔萨克（油炸面果），酸

奶疙瘩，几块干馕，还有存放了很长时间的一些花糖。哈比道拉和父亲一会儿你一言我一语，相互聊着天气、草场、牲畜；一会儿转了话题，又兴致勃勃拉着家常。不一会儿茶烧开了，每人碗里兑了点羊奶，除了有点咸，茶的奶香味只能说是意思意思而已，远远出乎我的意料。后来才知道，牧羊人也有青黄不接之时，也就是刚开春羊群转场，羊乏力，消瘦，手一摸羊脊背，脊椎骨都硌手。母羊产小羊羔，草料跟不上，产奶量就很少，基本上都要顾及小羊羔吃奶，牧人则靠羊羔吃剩的那一点羊奶，奶茶品质下降，也就在情理之中了。

就像当下，我和父亲盘腿坐在哈比道拉家的花毡上，看父亲和牧羊人父子话说得眉飞色舞，茶喝得津津有味，我就觉得多少有点不适应，嚼几口包尔萨克，硬邦邦的。咬一口酸奶疙瘩，酸得人皱眉头。奶茶喝一碗，就不想再喝第二碗了，所以就学着大人的样子，伸开手捂住茶碗，女主人劝两句，就不再续茶了。说话间到了中午，父亲起身要告辞，哈比道拉一家却一再挽留，说父亲就这样走了，一家人会伤心。尤其是一家之主哈比道拉，硬是用双手将父亲按坐在原位上。"这时候羊都瘦得皮包骨头，实在下不去刀。新鲜羊肉吃不上，冬天的熏肉尝一口，也算是我们的一点心意，你和孩子就这样走了，让我这张老脸再如何见人？！"哈比道拉看上去脸有些扭曲，眼圈似乎都红了。实际上那一块冒着热气，有点发黑，也有点似乎变了味的熏肉，是哈比道拉特意留给父亲的。他将一把小刀，郑重递到父亲手上，父亲削一块肉自己先吃了，再削一块给了哈比道拉，当父亲随后又要将削好的肉递给女主人时，哈比道拉立马伸出大手挡住了，口中说："给你们爷俩煮的熏肉，都还给我们自己吃，事情就弄反了，那咋行呢，赶快给孩子尝一口吧。"这才轮到我吃熏肉，不过我咬了一口，却怎么也咽不下去，

最后趁人不注意，我将嘴里的熏肉吐在手上，装进裤兜了。

包括父母在内，我们一家很少去哈比道拉家，而牧羊人一家老小，来我家的时候却很多。或借一些家用的东西，或专门来做客，只要人一来，父亲母亲就忙得团团转，我们也跟着沾光，借机改善一下生活，吃个拌面和包子什么的。但我们很快就发现，母亲辛辛苦苦做一顿好吃的，先要紧着牧羊人家，等到我们再吃时，好饭好菜就所剩无几，只能垫巴垫巴肚子而已。一次哈比道拉来我家，正好赶上母亲做了一锅抓饭，我们三个人一大盘子抓饭，哈比道拉却是独自一人一大盘抓饭，抓饭上还有两块肉。我们用饭勺一勺一勺舀着吃，哈比道拉一撮一撮手抓着吃，同时冒着汗水一碗一碗喝着热茶。我们三个人，一大盘子抓饭吃剩下了，牧羊人一大盘子抓饭和肉却吃得精光，他嘴一抹，汗一擦，一遍又一遍心满意足地说："热合买提，热合买提（谢谢）！"发展到后来，好像生成一种规律，只要母亲做好吃的，牧羊人父子就会踏着饭点随后就到，正好应了"家里的食物一半是留给客人的"那句话。尤其是包饺子，特别费工费力，母亲一个人忙得脚不沾地，不辞辛苦、麻烦，我们兄妹5个人等得急不可耐，然而饺子刚一出锅，大个子牧羊人父子就神奇般出现了。好长时间才能吃上一顿的饺子本来就不富余，如此一来，客人吃去一大半，我们肚子就吃不饱，眼睛更谈不上饱了。于是弟弟就埋怨，发牢骚，一再说下次再吃饺子，先把院门关了，不然又没我们吃的了。说归说，怨归怨，母亲再做什么好吃的，院门依旧敞开着，来的都是尊贵客，有啥好吃的尽管端上来，哪怕大个子牧羊人一家，哪怕其他左邻右舍、亲朋好友，能到你家吃上一顿可口的饭食，那才是你家的"拜热凯提"（福气），父母亲总是这样对我们说。

父亲同样还有另外一个哈萨克族朋友，叫对山拜克，年龄和哈比道拉的儿子相仿，不过不是牧羊人，而是在乌鲁木齐工作。对山拜克人在城里上班，家却在一个叫甘沟的地方，父母都健在，家中还有兄弟姐妹。都说有父母的地方才是自己的家，对山拜克一年四季都要一次次往返于乌鲁木齐和甘沟之间，一头是城区，一头是牧区，中间则隔着我们这个农区。对山拜克一个来回行程50多公里，先坐公交车，再搭乘便车，剩下的就要靠自己的"11"路，迈开两条腿步行了。

夏天天气长，太阳落山晚，对山拜克回家看望父母和兄妹，天刚亮出发，很晚才能到家，真正意义上的披星戴月、翻山越岭。而且必须是马不停蹄，一路顺利没有一点耽搁才能在当天回到家。到了冬天，就由不得对山拜克了，天短不说，冰天雪地，寒风刺骨，不管从涝坝沟水洞子那条路回家，还是从我们二小队旱地梁那条路回家，期间有一段都是少有人走的盘山路，下一场雪就把路都封了，加之路途远，天又冷，不在中途停下来住一宿，那是赶不到家的。

而这个中转站，就是我们家。对山拜克第一次在我们家留宿，是有一年春节前的一个黄昏，人一进门，我起先还以为是一个上了岁数的人，头上的皮帽子结了厚厚一层霜，眉毛和胡子也是白的，而脸上青一块，紫一块，人冻得几乎张不开嘴。对山拜克放下手中的提包，向母亲问了好，和父亲握过手，这才和我们几个孩子打招呼。当他的手伸向我时，我一握他的手，才发觉像握住了一块冰一样，赶紧抽回了手。对山拜克脱了帽子，亮出一头黑发，手再抹一把脸，一看才知道是个年轻人。父亲寒暄几句，就把对山拜克让到炕上，紧挨着火墙坐下，而母亲则忙着烧茶和做吃的去了。炕是生火的热炕，火墙摸上去还有点烫手，不大的

工夫，对山拜克的身上就开始出汗了，一时话也就多了起来，父亲卷一根莫合烟，和他说长道短。对山拜克喝着热茶，微笑着积极回应，仿佛久违的亲人再一次重逢，言语间充满了浓浓的情意。原来父亲早先带着一干人马上甘沟林场拉木头，一来二去认识了对山别克的父亲，而对山别克选择在我们家借宿，就是因为父亲曾经对他父亲说过"家里人有什么事，别忘了来找我"这样一句话。因为我们都已吃过晚饭，母亲专门给对山别克炒了一盘土豆丝，烙了几个饼子，对山别克一路挨冻受饿，说了一声"热合买提"，就毫不客气地把饼子和土豆丝全部吃进了肚子。

对山拜克年复一年，把我们家当做了一个免费食宿的客栈，起先觉得父母有点傻，不沾亲不带故的，一次两次无所谓，长此以往乐此不疲，反过来给人家倒贴，确实有点不值得。后来随着年龄增长，看到不管远的近的，老的少的，而且不论哪个民族，都乐意有事找上门来，事后又普遍对父亲伸出大拇指，说"热合曼大队长是难得遇上的一个好人"时，我就开始释然，并且在心中默默敬仰起父亲来。

二

说起来父亲也真不容易，少小离开老家吐鲁番，跟着哥哥来到乌鲁木齐，夏天给人家割麦子，打土坯，天一黑就睡在麦草垛里。冬天先是在西山下煤窑，后来到东山的煤矿，当了十多年煤黑子，随后结婚生儿育女，一家人辗转到村上，再后来入了党，成了生产大队大队长，一干又是好多年，最后又转任村党支部书记。除了父亲为人厚道、热情，办事公平、务实，关键一点就是一心扑在工作上，兢兢业业，无怨无悔。不然，在我们那个以汉族和回族为主要民族的村上，父亲一干就是一二十年，没有一种高贵的品行和过硬的本领，是不可能

做到的。

到了我上高中，也就是 70 年代末的时候，乡下人的生活依旧好不到哪里去，尤其是在吃的方面，还是吃了上顿愁下顿。特别是家口大的人家，吃饱肚子就谢天谢地了，而让肚子充满油水，也只能是想想罢了。如果说餐桌上离不开馕，稻米就更是不可或缺了，因为红白喜事和逢年过节，没有一锅香喷喷，油汪汪的抓饭，是非常说不过去的一件事情。而稻米又十分精贵，去附近的米泉用白面换一袋子米，势必要精打细算，严严实实储存起来，不到紧要时候，是不会轻易打开米袋子的。

这就引出来父亲过去在煤矿时结识的两人，一个是大个子老吕，汉族，一说话带着浓浓的甘肃口音；一个是矮个子伊斯玛尔，青海过来的回族。两个人早先曾经和父亲一起下过煤窑，整天提心吊胆中互帮互助，关系一直很好，后来父亲到了芦草沟村上，老吕和伊斯玛尔则去了米泉县，一个在三道坝，一个在羊毛工，三个人从此失去联系。一天父亲去米泉县医院看病，与正在那里住院的老吕不期而遇，两个人仿佛见到了久违的亲人，喜出望外，热泪涟涟，两双手紧紧握在一起，久久不愿分开。

如此这般，出院后的老吕，四处打听，又总算找到了伊斯玛尔，三个人中断多年的关系重新接续。从此以后，不管是老吕来我家，还是伊斯玛尔过来，都不会空手，而是各自肩上扛着一袋子白花花、亮晶晶的米泉地产大米，让我们一家的生活，有了一种期盼已久的温馨和快乐。

当时我们家住在芦草沟杨家庄子，离公安厅煤矿还有三四公里距离，而这一段路只能步行，20 多公斤的大米扛在肩上，夏天热得汗流浃背，冬日冷得耳朵通红，实在让父母过意不去。其实无论从老吕所在的三道坝，还是伊斯玛尔所在的羊毛工，赶往米泉县城，同样还有七八公里路程，如果没有便车，扛着一袋子大米，那是要受很多的苦和累的，而且再从米泉县城到公安厅煤矿，又是七八公里路程，如果搭不上拉煤的卡车，就只能步行了。老吕和伊斯玛尔一次次往返于米泉和芦草沟之间，没有一种特殊的关系，没有一种深厚的情谊，是不会三番五次受同样一种苦和累的。

为了回报两个有情有义的好心人，母亲就得从面袋子里，一碗一碗挖着日渐见底的那些白面，施展她的拿手绝活，做一顿美滋美味的拉条子（拌面）。这也成了老吕和伊斯玛尔他俩到来的一个惯例，就像我们吃惯了面食，就想来一顿期盼了很久的可口米饭，而来自米泉三道坝的老吕和住在羊毛工的伊斯玛尔，一日三餐都是大米，用新疆人的话说，最渴望实实在在咥两盘子拉条子，那才叫过瘾呢。我们就发现，老吕偏爱鸡蛋韭菜和土豆丝拉条子，而且面要然窝子（不过凉水的面），总是眯着眼笑着说，这样吃才养胃。伊斯玛尔则迷醉于大杂烩，萝卜西红柿和莲花白一起炒，就是汤汤水水的那种拌面菜，于今一想就是家常拌面。吃饭的时候，也是父亲和两位客人最高兴的时候，要么回忆过去在一起的煤矿生活，哪个矿槽口宽，煤质好，一个矿就是一个大家庭，谁家有个难事，都会伸出手帮一把；要么相互打听了解各自的现状，老人都还健在与否，孩子的情况咋样，粮食收成好不好，啥时候要盖新房子，材料准备好了没有，手头紧不紧等。详详细细，面面俱到，就好像亲兄弟似的，想的自然，说的随意，听着亲切。

说实话，多亏了老吕和伊斯玛尔，在那个特殊年代，我们家的大米饭才吃的相对多一些，无论抓饭、干饭还是稀饭，只要端起饭碗，就能想起那两张熟悉而又亲切的面孔。一个喜欢给我们讲老家甘肃的奇闻轶事，讲到关键处，还要卖关子，说一声"今天就讲到这啦"，并做出要喝水的样子，我们赶紧去把茶壶端过来，给他碗里续上茶，老吕吸溜吸溜喝喝一口茶，才会继续接着讲下去。伊斯玛尔人虽个子小，饭量却不小，一盘子拉条子吃下去，似乎才吃个半饱，然而还不等他抬起头，准备喊一声："热娜汗嫂子，看样子我还得来一盘子面！"母亲就已经把下好的一盘子面，端到他的面前，并一再叮嘱他吃饱吃好。殊不知，这一顿拌面吃下来，就意味着我们再想吃一次拉条子，要间隔很长一段时间，而拌面的那几样菜，也是母亲向邻居家求助之后才凑齐的。母亲说人要懂得知恩图报，别人给你一个桃，你要还人一筐桃。就像老吕和伊斯玛尔打那么老远来，又是扛着那么重的一袋子大米，你能随随便便打发人家走么，而我们唯一能做的，就是让人家心满意足好好吃一顿面食。

实际上，在和老吕与伊斯玛尔的不断接触中，我们或多或少了解到了父亲鲜为人知的一些往事，其中就有让老吕和伊斯玛尔珍藏于心的特殊记忆。一次老吕给我们几个孩子讲故事的过程中，穿插着还给我们讲了这样一件事情，说是当年在下矿挖煤的时候，有一天他干完活准备收工，在煤窑下走到一半时，似乎隐隐约约听到头顶一阵奇怪的响动，期初没在意，继续向前走，突然闪过一个身影，猛地拉着他就向前跑，还没跑出去几步，就听得"轰"的一声响，身后突然就塌方了，一大堆石头一样的黑煤块，稀里哗啦从巷道顶上砸下来，他这才猛然从迷蒙中清醒过来，吓得头发都炸了起来，两条腿甚至不听使唤地不停抖动，几乎连话也说不出来了。煤窑最怕三件事：瓦斯、起火和塌方，弄不好就有死亡的危险。而当时那一刹那，如果不是那个人拉着他跑开，或许他就告别这个世界了。老吕说完再一次卖起了关子，问我们这个救命恩人是谁？我们自然一头雾水，一个个眨着眼睛说不知道。老吕这才告诉我们，"这

个人不是别人，就是你们的父亲，我的热合曼哥哥。"老吕激动地说，似乎眼圈也跟着红了。

而从伊斯玛尔那里听到的，则是另外一件事情。有一次伊斯玛尔对我们说，因为青海老家遭受灾害，他就一个人闯荡新疆，四处流浪，最后听说下煤窑能挣钱，就从昌吉硫磺沟开始下煤窑，熬过一个冬天，觉得冒着生命流血流汗，到头来却不能按时拿到工钱，就又辗转到了乌鲁木齐一带。这个窑上打几个月工，那个矿上干几个月活，听说这些地方煤窑瓦斯大，就又跟着别人来到了东山的煤窑，从此和父亲与老吕成了工友。因为个子小，有人见他就喊"伊斯玛尔矬子"，这还没完，还有人动不动在"伊斯玛尔矬子"后面，又加了"盲流"两个字。而且在喊他的时候，声音特别大，不仅如此，还要附加鄙视的面部表情，一时间让伊斯玛尔感到非常羞辱和压抑。一次那个喊叫最凶的一个家伙，甚至一边"矬子""盲流"叫着，口中还带有羞辱性地嚷嚷："躺倒没有板凳长，站起来没有桌子高，一顿能吃三碗饭，你说荒唐不荒唐！"一边把他头上的帽子打到地上，伊斯玛尔终于忍无可忍，和那个家伙发生肢体冲突。可他哪里是人家的对手，三下两下就被对方摆翻在地，并且拳脚相加，让伊斯玛尔吃了亏。就在这个时候父亲出现了，把伊斯玛尔从地上拉了起来，并对打人的那个家伙进行严厉的呵斥，如此一来，那家伙反过来冲着父亲要动手了，然而父亲早就对他这个所谓的"地头蛇"心存不满，正好借此机会，三下五除二就把对手制服了，而且对着围观的所有人说："伊斯玛尔和我是结拜弟兄，谁再欺负他，我就收拾谁！""其实我和热合曼大哥根本就没有拜过弟兄，是大哥为了保护我，才突然冒出那么一句话来。"伊斯玛尔说打那以后，再没有喊他"矬子"和"盲流"了，而且后来在他成亲和落户方面，也是父亲不惜出力才促成的，

所以他一辈子也忘不掉父亲的情分。

三

　　我和妻子从小学到高中，一直是同班同学，而且家都在一个队上。后来我们家从杨家庄子搬上来，就和妻子家成了前后院邻居。我们家5个孩子，妻子家就更多了，她父母一共生下4男4女8个孩子。大小10口人要吃饭，日子就更加拮据、难熬了。但是劳动人民的特有朴素情感和吃苦耐劳的高尚品格，让原本艰苦的生活就这样年复一年，日复一日坚强地支撑下来。岳父扛一把铁锹，从早到晚在田地辛勤劳作，练就一身超人的农活本领，而且从来都是指到哪，干到哪，一点不知道偷懒耍奸磨洋工，是出了名的实心汉。岳母则相夫教子，8个孩子衣服的缝缝补补，全靠一台老掉牙的缝纫机。不仅如此，队上谁家上门让裁个布料，缝件衣裳，岳母从来都是来者不拒，丢下自家的活，忙着去干别人家的活，而且分文不取，赢得很好的口碑。

　　岳父不仅农活干得非常出色，而且在紧要关头，挺身而出，救人于危难之中。其中最让我们感佩和钦敬的一件事，就是当一家素不相识的河南人，大雨之夜突然上门求救之时，岳父毅然冒着很大的风险，及时解救了危难中的母子三人，谱写了一曲民族团结的赞歌。

　　那还是20世纪60年代中期的事情。当时，附近一所国有煤矿派系斗争，连累到一个矿工的家庭，矿工的妻子就带着孩子，急忙连夜冒雨仓皇逃离家中。考虑到我们村上有几户老乡，女人危难关头就去投奔。不曾想，老乡都怕遭受连累，给自己家带来不幸，犹豫再三，还是婉言谢绝。万般无奈之下，她就四处求救，于是就意外遇到浇地归来的岳丈大人。看到拖儿带女的一家三口，大雨中孤立无助的凄惨景象，岳父心一软，不由分说带回家中，一住就是一

个多月。不难想象，原本就吃了上顿愁下顿的岳父一家，突然间又多了几张嘴，吃饭就成了最头疼的一个大问题，而且不但吃饭是一个问题，住宿也是一道绕不过去的坎，十几个人挤在低矮、狭小的空间，带来多少难以想象的不方便啊。最为关键的是，附带整整一个月的时间，因为藏匿了被矿上追逃的一家三口，还要整天经受提心吊胆的痛苦和煎熬，回过头来一想，当时岳父一家，实实在在是自己给自己找了一个天大的麻烦。

　　就这样，岳父一家后来就多了一个河南人家的汉族亲戚，逢年过节，亲戚一家大小提着大包小包，从城里到乡下，一次次来探望岳父和岳母，言语中充满了无限的感激和敬慕。河南人家不但大人从内心深处认定了岳父岳母家这门回族亲戚，而且他们的儿女，从小也把自己当作岳父岳母家孩子们的一员，哥哥长姐姐短叫个不停。直到后来当年被母亲抱在怀里，长大成人后去了日本留学，小名叫作钢蛋的小伙子，有一天深夜突然打来国际长途，回忆起当年岳父岳母家那些刻骨铭心的往事，依旧因为动了真情，几次哽咽着说不出话来。"永远忘不了大妈做的揪片子，那种从口香到胃味道，现在想起来还流哈喇子。还有煮熟的苞米棒子，又嫩又甜，一口气能吃三四个呢！"就听钢蛋在电话那头，满怀深情地对妻子说。而且当他在姐姐那里听说我们的儿子也已经上了大学，就一再表示要给儿子送一部日本产照相机，留作纪念。妻子急忙一再婉言谢绝，钢蛋却一口咬定，不容分辩。而且没过几天，钢蛋就把照相机跨洋过海寄了过来，让儿子爱不释手，喜欢得不得了，直到现在还时常挂在嘴上，口口声声表示谢意呢。

　　到了我和妻子结婚成家以后，生活条件已经发生了翻天覆地的变化，不再为温饱问题发愁了。走过的地方多，结识的面也广，交集的人亦不少。但是自始至终不会忘记两家长辈的

谆谆教诲，以及从他们身上所受到的潜移默化的影响，那就是乐善好施，以人为本，心中时时刻刻装着他人，想他人所想，急他人所急，只要是能办到的事情，竭尽全力，绝不推诿，就像母亲经常对我们讲得那样，让别人高兴，就是让自己高兴，替他人分忧，就是替自己解愁。

四

我是在农村上学和长大的，当时学校条件差，辅助教材少，尤其任课老师稀缺，导致课程也开不全。不仅小学初中如此，即便到了高中，学校依旧不能改变贫穷和落后的面貌。教我们数学的吴老师，即是任课老师，也是班主任，一直从初中把我们带到高中。因为吴老师是天津大城市来的科班出身，课讲得很棒，人也非常负责，一到上课时间，就完全进入角色，声情并茂、眉飞色舞，虽口干舌燥、身上落满粉笔灰，依然全身心扑在教学上，生怕哪儿漏讲了，错过了，给我们造成不必要的损失，一心让自己的学生多学一点，学深学透一点，那种希望我们快一点成材、跳出农门的迫切心情，从他动辄就忘了下课时间，即使下课铃响了好几遍，仍旧充耳不闻，视而不见，习惯性拖堂不下课的现象，体现得最为充分。

吴老师有两句口头禅，一个是"少壮不努力，老大徒伤悲"，一个是"良药苦口利于病，忠言逆耳利于行"，当时我们不解其意，这个耳朵听，那个耳朵出，不当一回事。现在想起来，就觉得吴老师用心良苦，实实在在是站得高，看得远，一直从内心在替我们着想。这一点我深有体会，有一段时间我曾迷恋打乒乓球，后腰总是别一个球拍，下课铃声一响，就急匆匆跑向水泥乒乓球台子，见缝插针打一阵球。即使放学了，也不愿赶紧回家，而是继续留在学校，着魔了一样，总是一刻不离围着乒乓球台子转，那种痴迷劲，想起来都可笑。就这样，一来二去

成绩开始急速下滑，作业本上不免留下一个个红"××"。吴老师多次提醒，我权当了耳旁风，一次拿到作业本一看，吴老师留下了这样一句批语："你光打球，能考上大学吗？？？！！！"一连3个大大的问号，再加3个大大的惊叹号，笔墨红得刺眼，口气恨铁不成钢，像鞭子抽，似棍子敲，让我一时间无地自容，耷拉着脑袋，一如霜打的茄子，一下子蔫了。应该说，正是吴老师这种激将式的严肃批语，才及时雨一般，让我这个班里的学习委员，所谓的尖子生，并且自尊心非常要强的农家子弟，赶紧来了一个急刹车，又重回归学习的正道，专心致志、孜孜以求，把所有精力都用在学习上，心无旁骛，发奋努力，以优异成绩完成了高中学业。

三年的高中学习转眼就结束了，到了1977年年底，突然传来一个特大喜讯：国家恢复了高考。这个时候吴老师越发显得着急，及时托人通知我们几个离他家近的同学，到他家给我们几个交代考大学的注意事项。一见面吴老师就问我们准备得如何，尤其谆谆告诫我说，不能再贪玩了，要多多练习写几篇作文，并一再提醒我，你看看人家那个谁谁谁，光作文就写了十几篇，一天足不出户，全身心都用在了复习上，你也要有这种劲头才行呢。好在我没有辜负吴老师的殷切希望，最终金榜题名，破天荒成了全班唯一的一名大学生，而且十八岁第一次出远门，千里迢迢来到孔子故里，山东曲阜师范学院学习深造。而后来当我成家立业，走上工作岗位，吴老师已经辗转回到了天津，一时间失去了联系。但我对吴老师的教诲和思念却与日俱增。多年之后突然听说吴老师来到乌鲁木齐，我们几个同学喜出望外，相互约着和吴老师见面、聚餐。见面那天，我们彼此有说不完的话，诉不尽的情，就像见到了久违的亲人，一个个喜泪涟涟，感慨万千。本打算吴老师返回天津时，一定要到火车站给他送行，

可是我突然公务缠身，一时无法离开，心中就留下了太多的遗憾。

一直到了2019年的8月，我有机会去北戴河参加中国作协会员疗养，疗养结束回到北京之后，和妻子一商量，就决定改道天津，专程去探望吴老师夫妇。当吴老师听到我们去看他，他很是高兴和喜悦，一再吩咐我们到了天津如何才能找到他们家。说得很详细，交代得很清楚，并一再重复着"几十年了，还没忘记我们，难得，难得！"就这样，我们第二天中午就赶到了天津吴老师家，那种师生几十年再重逢的感人场面，让驱车送我们的北京朋友深受感染，连连称赞。尤其让我们无比欣慰的是，当妻子把我们携带的新疆馕和奶茶粉送到师母手中的时候，师母喜出望外，非常激动，一下子把馕和奶茶粉拥入怀中，高兴地连声说："太喜欢了，太喜欢了！"似乎有一种重归第二故乡的亲切感觉，一种思念和向往的真挚情怀，溢于言表，乐在其中。实际上这个时候，不仅吴老师伉俪年逾古稀，我们也是双鬓斑白，成了有孙子的老人了。千言万语，惺惺相惜，皆为一次不期而遇，为了一种久别之后难得的重逢。拉家常，问长短，从班上一个个他教过的那些学生，曾经一起教学的那些老师，到新疆所发生的翻天覆地的巨大变化，一一仔细向我们打听、过问和了解。只感觉时间过得太快，人生太短暂，而那过去的一切，都是一种难以忘怀的美好回忆。

言谈中吴老师夫妇引领我们参观他们家居室，从客厅、卧室到厨房、书房，尤其那间宽大舒适的书房，一进门就给人一种书香之家的温馨感觉。一本本书籍，一摞摞报刊，一份份资料，摆放整齐、散发着墨香，无不显示着吴老师活到老，学到老的禀赋，一如当年，让人肃然起敬。因为我们还要急着赶乘当天下午的航班，只能来去匆匆，短暂停留，临行前再和吴老师夫妇吃一顿饭。不曾想吴老师夫妇已经

头一天在附近一条美食街，打过前站，为我们选定了一家新疆风味餐厅。在享用新疆特色美食的过程中，我先起身发表了一通感言，随后让吴老师说几句话，然而因为激动，吴老师一时哽咽着说不出话，就有师母代替。过了一会，吴老师的心绪有所平复，就满怀激情地有感而发，说了很多我们最想听的话，言语中饱含着难以释怀的深情，尤其我的妻子和随行的马女士，曾经都是他的得意门生，一边听，一边不住擦着眼泪，几十年后远道而来，再一次聆听老师的真切感言，能不激动，能不感慨万千么。

我们在依依不舍中，再一次和老师告别，并相约着下一次在新疆再见面。因为相互加了微信，回到乌鲁木齐后，我和吴老师就通过手机微信朋友圈，不断地交流、切磋，而这都是在夜深人静的时候进行。因为吴老师多才多艺，每日都有不少社会活动，吹拉弹唱，样样精通，白天闲不住，非常忙碌。只有到了晚上，他才静下心来，一条一条发微信。手机微信字体很小，而吴老师又是74岁的老人，却丝毫不影响他的执着和勤勉，而且因为时差关系，每每吴老师发微信的时候，在天津都应该是熄灯睡觉了，可他却总是没有睡意，一遍一遍浏览着我的朋友圈。哪怕是我的一篇文章，一幅随手拍的图片，抑或一则转发的信息，他都一个不剩，悉数过目，而且一一留言，从不丢三落四。我就有些于心不忍，一次劝他注意身体，早点休息。可是吴老师乐此不疲，一如既往，看过一条微信，势必要留一次言。特别是对我的作品，情有独钟，大加赞许和鼓励，而且每每洋洋洒洒，意犹未尽，用吴老师的话说："我教过的学生，能成为一名中国作协会员，写得一篇篇引人入胜的好作品，也是我的荣耀和自豪！"而且我发现，吴老师原本也是一个出色的文人，不但评论切中要害，一语中的，文字功夫也十分了得，让人过目不忘。譬如我的《看一只鹰飞翔》，

吴老师阅后这样写道："这篇散文诗被我破天荒收藏了，皆因写得太好了。收藏起来方便再看，闲时还会反复看，细品味，精心感受，缓缓领略，悠然汲取。一只山鹰翱翔于苍穹，原本司空见惯的场景，却被作者写得入木三分。优异独特的词语不仅细微描写出鹰的表象，更是将山鹰的内在精神刻画得淋漓尽致。"再比方我的《大美新疆》，吴老师又如此评价："全文字里行间浸透着作者对家乡的无比深情，而作者的这种情感也深深感染着我，不由产生对'大美新疆'的强烈共鸣，从而发自内心地跟随着哼唱：'我们新疆好地方哎，天山南北好牧场'……"一篇又一篇，不仅看得认真，评得仔细，甚至连一些错别字，标点符号，都给一一指了出来。言辞恳切，不遮不掩，让我平添一种动力，以吴老师为榜样，人虽老了，但热情不减，继续努力，笔耕不辍，写出更多更好的作品，奉献于读者。

不仅如此，吴老师的爱好还是那么广泛，从早年的谱曲、集邮，到如今对 CBA 篮球联赛也是情有独钟，而且尤其关注天津队和新疆队的比赛情况。每每我在手机微信朋友圈发出一些相关信息，谈一些观后感，吴老师都会给予热情回应。不仅对天津队的利弊做出中肯客观的分析，对新疆队更是寄予很大的希望。尤其他对一个个队员的名字如数家珍，再熟悉不过，谁三分好，谁抢断猛，谁助攻棒，一五一十，娓娓道来。显然把新疆队当作了主队，那种心系第二故乡的大爱情怀，让我这个同样是球迷的学生，自叹弗如。一个掐指一算已经是 76 岁的古稀老人，依旧这么热爱生活、学无止境，依旧那么老有所乐，发挥余热，实属难能可贵，令人钦敬。说实话，对我而言，吴老师的确是一个不可多得的良师益友，过去如此，现在亦如此。那种一如既往的关爱和真情，让我永生难忘。

五

再说帮一个北京作家朋友，为他父亲接力送药的一段经历。虽说只是一件看似平平常常的小事情，我却感到其中包含着一种难能可贵的中华传统美德，那就是亲情、友情和一片守望相助的真情。记得那是 20 多年前的一个冬天，窗外下着鹅毛大雪，我像往常一样，早早就来到了单位。刚一进办公室，电话就响了，我心里埋怨：这是谁呀，怎么比我还早？我很不情愿地拿起听筒，于是一个急促的声音传了过来，凭感觉是来自远方，低头瞧了一眼来电显示，原来是北京的号码。我刚想问对方姓甚名谁，就听电话那头传来一片咯咯的笑声："喂，朋友，想不起来了吗，我是伊犁的哈斯木呀？！"我就脸一红，觉得很对不住朋友，声音也有些不自然了。

对于哈斯木这个名字，早在很多年前就已熟知。那时我还在山东曲阜上大学，因为酷爱写作，对已在文坛享有盛誉的哈斯木尤为崇拜，因而冒昧去信讨教。不曾想很快就收到他的回信，言辞谆谆，情意切切，让我受益匪浅。到后来真正见到哈斯木时，他已调至北京工作。记得那次参加烟台笔会后借道北京，在他家吃了一顿久违的新疆揪片子，后来每每忆及此事，口中依旧留有余香。

后来娶妻生子，疲于生计，早年的文学梦业已被工作所取代。我逐渐和哈斯木失去联系，只是偶尔在媒体上看到对他的介绍，作品一部一部出，影响一天比一天大，喟叹之余也想重操旧业，可随后一忙也就搁置脑后了。

哈斯木在电话中告诉我，他的父亲得病，长时间卧床不起，中医西医都瞧了，仍不见好转。有人介绍了一种新药，说是疗效不错，建议让他父亲试试看，或许会有所起色。"拜托了，朋友，我父亲正等着药呢！"哈斯木说。我这才得知，他是通过航班乘务人员，将药带到乌鲁木齐机场，再让我转交给另一个朋友，由这个朋友最后负责送回伊犁。我自然满口应允。"什么时候的航班，和谁联系？"我问。"我随后再打电话！"哈斯木回答。

一直到下午快下班才得到确认。原来事情还比较复杂。药是在四川托人买的，先要通过熟人先带到北京，再赶着点送到飞往乌鲁木齐的航班，辗转再三，煞费苦心。我就从内心肃然起敬，对哈斯木佩服得不行。

飞机第二天晚上才到，但考虑到天寒路滑，我还是请司机早早发动好汽车，提前半个小时上路。正是一年当中最冷的三九天气，雪后的大街上行人很少，因为冰雪清除得不太干净，路面像是光洁的镜子，车辆都保持着车距，缓缓而行。

到达机场时，天已完全黑将下来。因为事先哈斯木说等飞机在北京起飞，他才可以告诉我航班号，我就看着从其他航班上下来的乘客，提着大包小包蜂拥而至，皆是一片到家了的喜悦情怀，就在心里说，在家千日好，出门处处难啊！

就在这时，我的手机响了，我自然松了一口气。还真是哈斯木的电话，不过情况已发生了变化。"实在抱歉！实在抱歉！"哈斯木一听到我的声音，就连连表示歉意。"真是计划不如变化，让你受累了。因为四川由于雾大，飞机不能按时起飞，等到了北京，原先那架航班已经错过，只好让你明天再辛苦一趟！"临了，他还一再说不好意思。

第二天我依旧提前赶到机场。还好，航班准时到达。很快就有人拨通了我的手机，一听是个女人的声音，甜甜的，柔柔的，像是一股和煦的春风，让人的心里暖洋洋的。"喂，请问您是北京哈斯木老师的朋友吗？我是航班乘务员，您已经到机场来接药了吧？！"我急忙

说："是我，是我，我正在候机大厅等候呢！"随后就像演戏似的，告诉她我的体貌特征，和不时举起拿着报纸的左手。正说着话，就看见身着一身藏蓝色工装的女乘务员，一边接听着电话，一边微笑着朝我走来，我心里的石头这才算是落了地。

从航班乘务员手中接过药，任务才完成了一半。接下来将药转交给谁，是我急需要知道的，于是将电话再次打到北京，在告诉哈斯木药已顺利接到的同时，向他索要下一个接头人的联系方式。"谢谢朋友，我也正在联系，估计在你进入市区之前，就会有人与你联系。"哈斯木说。

还正如哈斯木所言，不一会儿手机又响了。不过不是那个接头人，而是哈斯木远在伊犁的弟弟打来的。"大哥您好，让您受累了，我是哈斯木的弟弟。接药的人我已经联系好了，是我的一个朋友，就住在乌鲁木齐，正好他们单位有人明天来伊犁，顺便将父亲的药带回来，这是他的手机号，还得麻烦让大哥您再辛苦一下……""在家靠父母，出门靠朋友，既然都是朋友，就是尕尕的事情，没有麻达！"见哈斯木的弟弟客气得不行，我就用新疆人最简单，也是最直接的表达方式，和他开起了玩笑。于是，电话那头马上传来一阵会心的笑声。

哈斯木弟弟的那个朋友，我很快就联系上了，但找到其住处却是穿街走巷、颇费周折。所以，最后将药顺利交给他返回家时，夜已很深，家人都睡了。我就想，哈斯木带给父亲的药，还真是富有一段传奇色彩。辗转大半个中国不说，又像是传接力棒一样，虽几易其手，却是环环相扣，衔接紧密。而药本身以外的价值，就显得弥足珍贵了。

六

如果说早年岳父一家结交了一门汉族亲戚，

并引出一段感人至深的民族团结一家亲的故事。到了我们这里，同样也和一对年轻的汉族夫妻，结下了深厚的情谊。从他们的母亲老陈，也就是我妻子早年的同事、朋友和闺蜜开始，延续至他们的女儿已经到了上大学年纪，几十年下来，不是亲人，胜似亲人。一种不离不弃的至亲一样的彼此牵挂，相互照应，已经远远超越了民族界限，年龄差别。

老陈，一个有着强烈事业心的江南女子，先后从事过多种行业，最终在家乡儿童办服装厂打拼。从厂房建设到购置缝纫机，从招收员工到布料选择，直至生产经营和打开销路，跑细了两条腿，说干了一张嘴，不知淌了多少汗，流了多少泪，求爷爷、告奶奶，总算最终让产品打开一点销路。印象最深的一次，是在一个冬天的夜晚，我们都熄灯睡下了，就听得"咚咚咚"一阵急促的敲门声，原来就是老陈，为了谈一笔生意，错过了最后一趟公交车，她又舍不得打的，就步行往回赶了。不曾想还没到家，低血糖病犯了，正好此时路过我们家，就顾不得别的，急匆匆敲我们家门了。老陈平常到我家，即便正好赶上饭点，都很少动筷子，最多喝一杯水。这一次则不同，一进门就喊着妻子要吃的，头上冒虚汗，浑身有点颤。妻子三下五除二，赶紧把一饭盆汤饭热了，端到老陈的面前，随后又将一盘子馕块放在茶几上，劝老陈快一点吃了。我第一次见老陈如此旁若无人，狼吞虎咽般大口大口吃饭，不要说一阵工夫把一饭盆汤饭吃得精光，就着一杯一杯热茶，把一盘子馕块也吃得所剩无几。她这才抬起头，望着妻子，咧一咧嘴笑着说："多亏了小马妹子这及时雨般的一顿晚饭，不然我很可能就躺在马路边上了！"然而老陈心很强，命却很薄，没过几年就离开了人世。那天黄昏听到这个不幸的消息，我和妻子第一时间从乌鲁木齐赶到地窝堡，含着泪去送老陈最后一程。

不要说我和妻子心里不好受，事后当儿子和女儿听到老陈去世的消息，同样也是眼泪汪汪。平时老陈舍不得多花一分钱，可是对我们的一对儿女却喜欢得不得了，打小给儿女花钱买衣服，尤其是到了逢年过节，早早就把新衣服送到了家了。老陈知道儿子爱吃鸡，动辄请老婆孩子下馆子，而一盘子辣子炒鸡，就成了儿子的保留菜谱，百吃不厌。最让妻子感动的，是老陈生前一直为儿子和女儿的就业问题操心、着想，照她的意思，银行系统工资高、福利好，儿女大学毕业之后，要争取考进银行工作，这样就衣食无忧，生活有保障了，难得她一片好心啊。

老陈和妻子亲如姐妹，儿子和女儿见到老陈，一直就大妈长大妈短亲切地叫着。到了老陈的女儿翠玲这里，反过来就尊称妻子为姨姨，而我自然成了她和爱人小薛的姨夫了。翠玲和小薛一个热情贤惠，一个忠厚周到，共同一个特点就是继承了上一辈老人的美德，懂得知冷知热，体贴人、关心人、帮助人。母亲不在了，就将妻子和我视作亲人，十天半月听不到我们的声音，就要打电话过来嘘寒问暖，日子稍微一长见不到人，就要走上门来看望我们。特别是遇上逢年过节，要么翠玲过来，要么小薛过来，要么一家三口一起过来，真的就像走亲戚一样，一种割舍不断的亲情，让我们家充满特别温馨的氛围。最让人感慨的是，即便是到了春节这样最为隆重的节日，他们依旧像给自己的长辈拜年一样，早早就来登门拜访了。妻子就实在过意不去，说肉孜节、古尔邦节，他们来我家拜节，就已经情到意也到了。春节就应该在自己家里过，如此再反过来给我们拜年，就实在于心不忍了。听听翠玲她咋说："母亲临终前就已经交代过，说如果她不在人世了，姨姨一家就是我们在新疆关系最密切的亲人。更何况当初母亲办厂身处困境是，姨姨和姨夫给了那么多的无私帮助和热情鼓励，这份金钱也买不到情分，我们一辈子都不会忘记的。"

实际上凡事都是相互的，你对我有情，我对你有意，尤其是当一个人遇到一道难以逾越的沟坎，处于十分无助的境地之时，有人及时伸出援助之手，就是一种最大的心灵慰藉和精神寄托，永生永世铭刻于心，难以忘怀。比方说，翠玲和小薛唯一的女儿，因为要去北京做一次手术，举目无亲，人生地不熟，妻子一个电话，正在北京读研究生的女儿，就提前预订好了住宿的旅馆，联系了医院，省去了他们一家许许多多不可预测的麻烦，最终顺利给孩子做完了手术。比如我前几年术后刀口感染，导致一阵一阵间歇性昏迷，开门诊的小薛闻讯后第一时间迅速赶到我家，观察我的病情，不停掐我的人中，一次次让我从昏迷中清醒过来，直到后来儿子开车赶回，将我重新送往医院，小薛这才如释重负，长出了一口气。再比如，小薛远在宁夏的父亲也是因为发病，要南下到上海做手术，他们一家由于在上海人生地不熟，无法联系不到相应医院，急如热锅上的蚂蚁，吃不好饭，睡不好觉。尤其是赶回宁夏老家的小薛，给妻子打来长途电话的时候，着急得嗓子都哑了，而且带着一个男子汉少有的哭腔。一听是这种紧急情况，妻子二话不说，就直接把电话打到了上海，因为妻子的一个远方侄女婿，就是上海一家著名医院的科室主任。于是，就在这个很少联系的侄女婿的积极努力和热情帮助下，很快联系到了一家最适合小薛父亲做手术的医院，并按时顺利做完了手术，总算让小薛全家人心中一块石头落了地。

如今我们夫妻都上了年纪，有了自己的孙子。翠玲和小薛也人到中年，眼看着女儿今年就考大学。因为翠玲下沉到社区，工作太繁忙，很少回家，却依旧不停地和我们通过手机微信联系，每每出现疫情时，总是及时提醒我们老两口少出门，多保重。而小薛因为坐门诊，看病人，同样忙得团团转，因为两家间隔距离不算远，妻子时不时做一点好吃的饭菜给送过去。而我早晨徒步经过小薛的小门诊，总要习惯性看看门开了没有。尤其是身处封闭性学校他们的女儿杉杉，就成了我和妻子最为牵挂的对象，只要和他们夫妻通话，或者见面，总也忘不了先打听打听杉杉的学习情况，打算要报考哪一所大学，只要赶上杉杉正好回家，就约着一起好好吃顿饭，这样我们心里才欣慰和舒坦一些。但愿今年6月高考季，杉杉心想事成，金榜题名，给她的父母小薛和翠玲，以及我们两个长辈，一个意外的惊喜。

作者简介：艾贝保·热合曼，男，维吾尔族，中国作协会员，西部散文学会理事，乌鲁木齐市作协艺术顾问。出版《家园或一个春天的童话》《拌面传奇》《九颗珍珠》《一张纸拴了人一辈子》《味蕾的旅行》《斑鸠飞落的庭院》《绥远有多远》《新疆美食》《一根葡萄藤》《瓜棚纪事》等十余种。

祭　社

谢　泉

　　光阴在繁花似锦的轮回中，宛如一道道被岁月风尘犁出来的锦绣，五彩斑斓。祥和喜庆的春节一过，恰是一错步转身间便逼近了春社，儿时的祭社味是一坛深埋细放的陈年老窖，揭开来一品便觉得回味悠长。

　　老家地处桂东南的一个小山寨，历史很浅，祖上从别处搬往这里，到我们这一辈也就七八代人，因而稀罕物并不多，但传统节日倒是挺有讲究的，其中祭社一直是山里人家精神领域里最为重要的心灵盛宴。土地是百姓万民的衣食之源，居住之所，归宿之根，大凡客家人迁徙落户后，都会择地筑个土台，敬设土地神，俗称社公，几块石头就是居宅，一盏清油灯也算人间烟火。我们这地方，一个社公，就算是一个村庄，大致就是辛弃疾曾经见过的景象——旧时茅店社林边，路转溪桥忽见。《风俗通义》引《孝经》说："社者，土地之主。土地广博，不可遍敬，故封土以为社而祀之，报功也。"就指望冥冥中的社公能够带来灵气守护众人的资财与身家性命，意随人愿地开展耕读传家。为表达对社公的崇敬和感恩之情，每年里就分三次的开展祈福祭拜活动，其中农历二月初二为春社，主要是祈福，农历八月初二为秋社，答谢社公上半年的护佑，期望下半年继续得到福赐，农历十二月二十二为完福，酬还社公年头保佑到年尾的隆恩。村里人把春社和完福看得比较重要，举行的活动也较为隆重，家家户户都会参加，祭社的时辰一般选在中午十二时左右，就图个艳阳正照，鸿运当头。

老家的社公称为泰安社，位于村中间一棵老杨梅树下，树高七八丈，主干挺直，半腰才开枝杈，墨绿的枝叶把百来见方的社坛笼罩着，树根下几块大石头拼成的拜台中间立有一个龛洞，供奉着慈眉善目、苍髯赤面，一手拿元宝，一手执如意的社公像，像前摆放着一枚青瓷灯盏和一个香炉鼎，偶尔见到有红色的布帛绸缎批注在龛架上，就知到村中又有哪一家人遇上好事了。

老杨梅树就像一把巨伞插在村中间，是村民心头的精神树。记得童年时，村里专门安排了一位70多岁的罗姓老头管护社公的一切事务，称为主事。主事是一位马来西亚归侨，无儿无女，人缘极好，也挺热心村里的公益。大集体时期，村里按出工的劳力为他记上工分，保证吃上村里平均口粮，土地承包到户后，按村里的总人数计，每人每年5市斤稻谷为他筹饷，主事每日的工作就是搞好社坛的清洁卫生，管护好老杨梅树，遇到祭社或哪一家有祈福或还福去祭拜社公时，就帮助主持祭拜活动。印象中，木火四37岁那年因连生三胎都没有一个是带柄的，这在桂东南农村人心里是放不下的一件事，那年开春，木火四一家到社公里祈福，主事是这样说的，泰安社主在上，现有社丁木火四备有三牲酒礼，花烛纸帛礼烟前来叩拜，期愿年内家中添上一朵白花，恳望社主坐高照低，保佑佢哋出着钱门，踏着财路，四季禄马扶持，八方贵人拥护，丁财两旺，富贵双全，顺个事！因为在社公面前，主事说的每一句话都说到主人家的心坎上，因此村里大小老幼都很尊崇他。

主事尽职尽责的执拾管护，树荫遮盖下的社坛俨然一个微公园，内设有木墩、石凳、水烟筒、蒲葵扇、蓑衣等便民什物，这里便成了过往行人的歇息地，下地村民的避暑处。在这里，同姓和异姓都是一家亲，遇上孩童多的时候，主事经常同我们讲在马来西亚的过往事，我们很小的时候就知道在马来西亚货币叫作令吉，橡胶树叫作树榕等等，有时又当场考验一下我们的记性和想象力，能猜中一个谜语抑或背出族中字辈的还奖赏2分现金，每次都是阿水四得奖，惹得一邦哥们兄弟好生羡慕。杨梅成熟的时候，这里就是一村人的乐园了。夏至一过，树上的杨梅一个个跳上枝头，从小小的、浅红色的，变成圆圆的、深红色的，最后变成圆滚滚的、红黑色的，周围的空气都飞沁着丝丝的酸甜。放在嘴里，味蕾触碰到那甜津津的表皮，轻轻地咬下去，迸发出鲜红的汁液，那种微酸的甜让人满口生津。在这里，杨梅树就代表着社公，不管有没有果摘，都是攀爬不得的，如果攀爬了，就是踩了社公的背脊，就是对社公的不敬，肚子就会痛，那时，主事是这样对我们说的。于是，年长的就用一根长竹竿拍打，从树上掉下来的果，经过仔细打量，没有虫蛀的再捡拾。那时水果种类极其稀少，我们这一群孩童自然不愿错过这一美好时光，因此整日都在社坛周围屁颠屁颠地围着主事转，主事竹竿一扬，我们就像蜜蜂出箱逐花一样往树荫下扑，吱吱喳喳，热闹个不停。记忆中，五岁那年，有一次主事把我抱起来，让我跨开双腿坐在他肩膀上，绕着被密密麻麻杨梅果压低的树冠边缘，让我拣摘，在采摘过程中，他一只手把住我的身子，另一只手不时地探入我开裆的裤下，把玩着我的两个小蛋蛋，刚开始有一种酸涩不适感，但晃荡在眼前黑里透红的杨梅似牛眼一样瞪着我，诱惑力实在太强烈，稍作扭拧又唯恐掉下来，欲罢不能，可真正安静下来后，那种酸爽劲便有全身酥麻柔软，羽化成仙的感觉。我人生的第一次快感，就是从蛋蛋被人揉弄所体验到的。

一年三次的祭社活动是村里的盛事。主事在世时，他是活动的组织策划者，社日筹备中心就在他家，直到现在都没有改变。主事过世后，村里每年从村头到村尾依次轮值2户人家负责组织那一年的活动，称为社头。过去春社和秋社每户资助10元，大米2市斤，祭祀结束后，组织者将祭品中的三牲（猪肉、鸡、鱼）烹煮成酒菜，按户均匀分配，由各户领回，与家人享用。盛余的米也按户袋装分给大家，称为社公米，拿回后，与家中米缸里的米一起匀放，意为社公赐有粮饷，不会闹饥荒。完福就不同了，每户资助50元，大米5市斤，祭祀结束后，各家各户大小老幼都集中在筹备中心像置办酒席一样聚餐。因临近年关，外出的人基本都在这个时候回来，一年之中难得一聚，自然十分热闹。闲聊中，邻里间的恩怨化解，兄弟间的情谊维系，创业中的信息共享，晚辈间的励志共勉等等，淋漓尽致，叹岁月静好，情真依旧。场面的喜庆度和餐桌上的丰盛度与村民的满意度有着直接的关系，一家之中年内遇上了好事，诸如娶了媳妇、考上了大学、发了点小财等等，村民心里就认为是社公随了他们的愿，完福时就得还，于是献出一头猪，送上几个大阉鸡，捐款两三千，一两万的总是常有的事。对于这类款，每次活动过后，村里都进行清算公布，余款结存，村头到村尾的路灯安装就是靠这种活动的捐款来解决的。年幼时，我们总盼望着一年里家家户户都有好事，大人也是这样想的，村里就在这样的生活中习惯了祝福，岁岁年年。

祭社的仪式是庄重而虔诚的。社日这天，组织者精心准备半个上午后，临近午时，各户社员，男女老少，担箩执盆，带着祭品来到社坛。主事先将一块红绸挂在龛洞架上，点上九支香插在香炉鼎里，再点燃香炉两边的蜡烛，香烟缭绕，明烛高照，社丁的情意和社公的神明便和谐融合。之后，由村民在社公像前的拜台第一列摆上三杯茶，次列五杯酒，第三列五碗饭，第四列中间摆放一只公鸡，公鸡有报晓的特性，寓意鸡鸣富贵，两边各摆放一方猪肉盛着的猪头、一只大阉鸡、一条鱼以及纸绽、爆竹等物。待村民按尊卑长幼辈分在社坛上向着社公像排好队后，主事上前，向社公像鞠躬行礼，半说半唱道，泰安社主在上，今日社日，全村社丁前来祭拜，奉上三牲酒礼，香烛纸钱，请享用，就指望社公佑我全村家家户户好景常在，好运常来，兴旺发达，兰桂腾芳，云云。言毕，跪下来，对着社公像，献上一杯茶，敬上一杯酒，在下的村民便开始三跪九叩。一阵静默后，便是各自村民念念有词的许愿还愿。接下来就是焚烧纸钱，除了原来统一备置的，各家各户也自备有，这些纸钱，除了传统的钱錾火纸外，最耀眼的就是那印有100亿、50亿、10亿面值的冥币，他们讲究的是虔诚，是面值，他们认为，烧的纸钱越多，社公对他们的恩赐就越大。就在这样的心态下，弥漫的烟雾兴奋着等待每一个人。

在外久了，故乡便成了概念，繁杂的事务累多了，故乡的概念更模糊，我焦虑的思想和灵魂，对许多东西逐渐在麻木，眼睛里甚至很少有色彩，那些爱过念过的一切，终将被时间遣散、消释，唯有故乡里的习俗像生命暗处的花朵，兀自盛开，让我感到有一股灵动清晰存在于精神世界，有一种寄托。

文学对我的宽容

张运森

回到家乡工作也有几个年头了，从小性格内向的我到现在也不喜欢交际，也没有特别的嗜好，工作之余就喜欢阅读或者写作，读得多，写得少。读的是网络小说，或者一些文学刊物上的精短散文，写的就是带有乡土气息的情怀故事。偶有文章在报刊发表，让平淡的生活泛起些许涟漪，既是肯定了自己的努力，也是说明了我终于找到了自己的写作之路。回首在外漂泊的那些年，我与文学是若即若离的状态，既没有付出，更没有收获。但我回到家乡的那一年，仍然有一些人以为我的写作水平很高，他们对我的印象，还停留在我的少年。他们以为，我还是那个会写文章的少年。

我对文学的爱好，是从几本小人书开始的。也不记得是几年级了，大概是认得几百个汉字的时候，可以尝试阅读理解一些段落，我就从家里的旧书报堆里发现了几本小人书。这些小人书也不知存在了多少年头，装订针都已经生锈，有的书本甚至破损缺页，翻找出来时带着一股霉味，还沾染着一粒粒蟑螂的粪便。书的规格是半个作业本大小，几十个页码，薄薄的一本，非常适合识字不多的我拿来阅读。特别是小人书以绘画为主，文字只有两三句话，用简笔描绘得栩栩如生的图画，即使不认得字，也能看得明白故事梗概，我爱不释手。至今还记得其中有封面的一本小人书叫《魏征斩龙王》，由于书名是繁体字，我很长一段时间都误以为是魏微斩龙王。

小人书的存量太少，寥寥几本根本不够看，我反复看了几遍，故事都能倒背如流。在家闲着的时候，我就阅读父亲收藏的《故事会》《民间故事》等等，一开始是看字数很少的幽默笑话，然后看篇幅不超过一页的短小故事。最后实在没有找到更多的故事书了，我竟然慢慢地把整本《故事会》读完，包括最后的中篇故事。故事类的书籍也翻完了，就翻党建读物，《广西党建》《支部生活》，还有其他一些不记得名字的读本，翻到最后一页，可以读到几个简短的小故事。至于报纸就看得比较少，那时对新闻不感兴趣，但是每年大扫除我要清理一堆报纸出来卖掉。像《人民日报》《广西日报》这些厚厚一叠的报纸我是首先清理掉的，只留下相对单薄的报纸。《广西农垦报》《大众报》这些小版面的报纸，通常都能够幸存下来。因为版面小，占用的地方不多，我打算留着以后识字多了再看看写的是什么内容。但是后来的一次搬家，所有的报纸还是被母亲卖掉了，一起被卖掉的还有我中学时代发表的样刊样报。

小学五六年级，我把父亲收藏的所有自己认为能够阅读的故事都读完了，又没有其他渠道可以阅读到更多课外书，我就开始自己编小故事。以连环画的形式写故事，从最简单的火柴人开始，就是画个圆圈表示脑袋，再加个大字就是一个人。当时农场有一台黑白电视机，通过鱼骨天线能够接收到广东电视台珠江频道，我看过的电视剧有《雪山飞狐》《太极张三丰》《包青天》等，渐渐地在心中构建出一个虚幻的武侠世界，我就是通过那些简单的线条来表达了自己心中的武侠梦想。我还学会了吹笛子，喜欢笛子的原因是有一个同学用笛子吹奏出了《新鸳鸯蝴蝶梦》里的一句曲子，那正是当时热播的电视剧《包青天》主题曲。我们全校学生都在唱这首歌，当我把这首歌完整的吹出来，吹得比教我笛子的那个同学还要好的时候，他竟然辍学了，据说要帮家里放牛。

尽管我爱好阅读课外书，但是我的记性不好，书中精妙的句子和段落都没能记住，语文基础知识也不扎实，所以我的语文成绩在初中时都不算突出。大约初中二年级，我接触到了文艺类杂志，主要有《佛山文艺》《江门文艺》等。我对杂志的其他内容不屑一顾，只看最后的连载章节。每次班级里出现这类杂志，都是被争抢着阅读，至于后来出现的金庸小说，还有《武林传奇》系列通俗小说，更是成了学校屡禁不止的热门课外书籍。抢手的书籍传阅到我手中的机会很少，我手中的零花钱更少，购买杂志和书籍已经远远超出能力范围，因此我没有完整地阅读过金庸先生的任何一部小说。

没想到东边不亮西边亮。由于我回家路途遥远，为了节省路费就没有每个周末都回家，而是借住在姑姑家里。而惊喜来得太突然，我在表哥的房间发现了几部古龙小说。相对于金庸大段落的文字，我更喜欢一句话就是一个段落的古龙风格。我一个周末看不完一部小说，但没有把书籍带去学校，一是怕弄丢了，二是留着悬念到下次借住时继续看。因为我知道那几部小说总有一天也会看完的，好看的书得节省着看。看了一段时间小说之后，我对写作产生了浓厚的兴趣，于是开始写同题多篇作文。每当老师布置写作文，我都要写好几篇。我写作文不打草稿，写得非常快，写议论文时立论、驳论都要写，提出不同的观点，写记叙文更是可以写出很多个版本。因为写得多，也就引起了语文老师的关注。但当时我的写作水平在班上仍不突出，虽然写得多，却没有写出精品，也就很少有机会成为范文。

除了写作文，我还连载小说，在写作风格上模仿古龙。一开始偷偷在草稿本后面写，一个草稿本前面几页是乱写乱画的草稿，后面是正儿八经的小说。后来写得多了，也就更加规范，用空白的作业本来写，每写完一本，就在封面描上几个艺术字作为小说书名。一个作业本是写不完一个故事的，我写完两本、三本，甚至用很多个作业本连载一个故事。不记得是谁发现了我在写小说，我的小说就在班上传开了，还流传到同年级的其他几个班，一层楼都在传阅我的小说。当时竟然还出现了催更的情况，隔壁班的同学跑过来追问我故事的后续。我只能越写越快，一个学期发下来的空白作业本有十多本，学期才过去几周，我就已经写完了。

到了高中，我继续偏爱语文，继续是同题多篇作文。此时我写作文的质量已经提升，通篇作文几乎是一气呵成，很少有错字和涂改。而我因为写了大量的字，虽然没练过书法，却形成了自己的风格，作文本非常整洁，以至于得到了老师的赞赏。从此，我的作文成绩就没有低过90分，每次评讲范文都有一篇是我的作文。就在我沾沾自喜的时候，班上的一个同学居然收到了《玉林日报》发来的稿费汇款单。这可不得了，虽然文无第一，武无第二，但我放弃了一些学科才换来了语文成绩的优秀，我自认为自己的作文在班上是最好的，没想到居然有人的文章能刊载？于是我静下心来沉淀自己，写作不仅限于课堂作文和那没有结局的小说了，我开始了散文和诗歌写作。

从在一个班级里小打小闹到面向报纸这么大的一个公众平台，我的那点写作水平就不够看了，我甚至都没掌握写散文的要领，也没有写散文的素材积累，更没有优秀的文笔。是的，我的文笔非常普通，没有半点文采，直到现在都是如此。我要向报纸投稿，但提起笔却写不出半个字。和写小说一样，我又要开始学习和模仿。我第一次阅读报纸副刊就被打击到了，人家的文章要么文笔优美，要么故事感人，要么就是深有启发，我一样都写不出来。当时的《玉林日报》不仅有副刊，还有一个《道德论坛》专栏。我发现这个

专栏对写作的文笔要求不是很高，只要写出有争议性话题的稿件就能被采用。而我们当时农场正进行改革转型，经常听到母亲抱怨父亲太过老实，在砍伐橡胶树时吃了很多亏，我有感而发，写了一篇《老实人的报酬》，巧妙地把话题引到"老实人会不会吃亏"这个问题上，于是一篇1500多字的文章就刊登在《玉林日报》上了。这是我首次在报纸上公开发表文章，但由于写的是关于父亲的事情，所以这个喜悦我没有和家里人分享。不久后我就收到了27元稿费汇款单，去领稿费的时候我都是满脸的自豪。后来我继续在《道德论坛》发表一些讨论稿和话题稿，久不久就有收到稿费汇单的惊喜，但副刊的稿一直写不好。倒是在另一个平台，我们北流市当时的《北流日报》发表了我的一些习作，我还记得的有《朴实的父爱》《乡间小路》《我和弟弟当家》等等，诗歌就不记得了。直到我大学毕业的那一年，才有一篇随笔散文《十五元稿费》发表在《玉林日报》副刊。

大学专业我选的是汉语言文学，但是到了大学之后我就放飞自我了，不用心写作，而是把精力放在社团活动上。今天这个讲座，明天那个活动，静下心来写文章的时间极少。老师也有布置作文，我也不再写同题作文了，有一次写了篇关于龟兔赛跑的改编故事，是讽刺当时的电影市场的文章，老师说可以向报纸投稿，我也没有放在心上。读了徐志摩和海子的诗之后，受到一些启发，开始了大量的诗歌创作，但我对诗歌的内涵知之甚少，写出的现代诗又受到古体诗的影响，局限于格式和押韵，最终没有一首诗能够发表。当然，那时也没有向文学期刊投稿，更没有研究过文学期刊上的现代诗的写法。都是随意地写，然后投给报纸，最终石沉大海。倒是一些杂谈随笔发在了《桂林晚报》《八桂都市报》，偶尔有收到一点稿费。整个大学期间，我的写作水平都没有明显的提升。反而是大学毕业后的那年暑假，

家里果园的龙眼将要成熟了，每天都要到山上去看守，我在那烈日当空的山坡上，写出了一批诗歌，其中几首被《北流日报》采用了。我渐渐地觉得，我没有灵气的文笔，或许只有贴近现实，描绘出了乡土气息，才能够算得上文学作品吧。

此后的十多年，我远离了家乡，就再也没有拿起放下的笔。在网络小说兴起的那些年代，弟弟多次叫我写网络小说，我也尝试写了几个开头，却没有毅力写下去。曾经那个在教室里用笔尖码字，夜以继日地连载武侠小说的少年一去不返了，我再也找不到曾经的写作灵感。直到2018年，因为要把孩子带在身边，为了给孩子树立一个榜样，再加上有了生活压力，我终于坐在电脑前，认真地签下了第一份写作合约，开始了一部网络小说写作。这是我第一次坚持把一部小说写到了120多万字，完完整整地写完一本书。放在当今的网络市场，100多万的字数就是一个零头，很显然我不算成功，但我突破了我自己。我第一次读懂了"坚持"这两个字的含义，只要每天坚持写6000字到8000字，100多万字也就是只需要写半年。

虽然小说的质量不佳，收入也不算好，但在字数上有了突破，我写起文稿也就更加得心应手了，我对从事文字工作有了信心。2019年我回到了家乡工作，从事的正是党建宣传工作。写作对我来说已经不再是压力，区别只是写得好不好，会不会写的问题。我把写作当成了爱好，在工作中投入了很大的热情，当然也收获了一些成绩，连续多年获得广西农垦集团优秀通讯员、十佳通讯员、优秀党务工作者等称号。在写党建材料和通讯稿的时候，我并不知道我已经具备了写乡土文学的基本条件。广西农垦建垦70周年，推出了一个征文活动，我在犹豫着要不要写一篇关于农垦情怀的稿件参加征文比赛，后来由于种种原因，我在征文时间结束很久才把稿件写出来。投稿时毫无意外，编辑告知我征文时间截止了。我

又问编辑能不能发在报纸副刊，编辑说可以，并且帮我转给副刊编辑。这是我第一次向副刊投稿，我也没有多大把握。没想到不久之后，这篇《父亲的工具箱》就发表在副刊上了。

事隔十多年，终于又有稿件发表在副刊，我的心情是激动的，但总有些信心不足，觉得这篇稿是有一定的鼓励情分。又过了大半年，我看到了《中国农垦》杂志有需求关于农垦元素的稿件，我抱着一试的心情，把那篇散文转投到《中国农垦》，没想到又被编辑选中。编辑在中国农垦通讯员群里私发消息给我，我过了一个星期才看到消息。最后那篇稿不仅在杂志发表，还录制了朗读版发布在中国农垦公众号"农垦悦读"栏目，甚至还发表到学习强国平台。这一系列的鼓励，给予了我很大的信心。我接着开始了第二篇散文的写作，正是父亲节前夕，我就写了篇《关于父亲》。恰好在工作群看到陆川有位同志在《玉林日报》副刊发表了一篇稿件，我一看到"万花楼"这三个字，心中的激动之情难以言表，问到了投稿地址，我也把新鲜出炉的稿件投给了万花楼。

很快，我就在报纸上见到了这篇稿，我在消失多年后，再一次把名字写在了《玉林日报》副刊。我终于不再怀疑自己。经过了时间的沉淀，我可以写出有故事的稿件了；再次回到家乡，我拥有了深厚的乡土情怀；我上班离家又远，晚上有足够的时间思考……天时地利人和，我还有什么理由不努力写作呢。我结合自己的农场经历，写出了一篇又一篇带有农场元素和乡土气息的稿件，有发表在《广西农垦报》，有发表在《玉林日报》，更有多篇被《中国农垦》选中，甚至有些稿投到更大的平台，题材和立意也被编辑选中，只是笔力依然不够，未能达到刊发要求。但我已经很满足了，回顾走过的路，我是一个没有写作天赋的人，而且我并没有付出足够多的努力。更确切地说，是我对某些事情作出了逃避，因为某些学科严重偏科，所以我才选择了写作。我并没有像纯

粹的作家那般真正的热爱文学，对文学有着执着的追求，我只是在某个时期需要文学，所以才接近文学，当我不需要的时候，就毫不犹豫地远离了，从而迷失了方向。

而文学是宽容的，我这一个不够纯粹的伪文学爱好者，文学没有将我拒之门外。在我最初萌生出文学爱好的那些日子里，她给了我许多荣耀，让成绩并不优秀的我也能找到自信的光芒。在我彻底把文学抛弃的那些年，她始终对我不离不弃，以网络小说的形式陪伴着我，让我在迷失中又能感觉到有一条看不见的线在牵引着。在远离文学的那些年，我阅读了大量的网络文学小说，反倒与文学无比接近。在我决定要回归文学的怀抱，她又毫不犹豫地接纳了我，并且接连给予我鼓励，两篇关于父亲的散文，让我的写作终于有所收获，也决定了我的写作风格。近两年我加入了作家协会，看到一些优秀作家的成长历史，他们都是一直在坚持写作，每年都有作品发表，从没有像我这样放弃那么多年才又把文学捡起来。我要感谢文学对我的宽容，我更加感谢的就是对我写作给予支持和鼓励的那些平台，因为有稿件发表了，我才有更大的信心坚持下去。

在文学的氛围上，我也感恩于多年来为推动家乡文学事业发展，不遗余力地培养文学新人的北流市文联和北流市作家协会，还有以实际行动支持家乡文学事业发展的大业集团。北流市大业文学奖连续颁发了 10 年，激励了许多文学爱好者更加坚定地在文学这条道路上走下去，走出广西，走向全国。而我正好获得了第十届文学创作新人奖，我觉得特别有意义。在此之前我还获得了北流市"强国复兴有我"爱国拥军征文比赛优秀奖，奖金都是大业集团赞助。去年我又参加了玉林市"纪念延安双拥运动 80 周年"主题双拥征文，获得三类入围。回到了家乡，才感到这样文学氛围的浓厚，只要我们努力创作，坚持创作，就一定有所收获。

蓦然回首，我已经是文学中年，错过了整个文学青年。消失的时间不会回来。我没有时间去感慨，林白老师在深圳举办的一个讲座有说到，什么时候开始写作都不算晚。这就是文学对我们的宽容，没有年龄限制，没有时间限制，任何时间想要写作，拿起笔来就可以马上行动。但写作是一个循序渐进的过程，是一个厚积薄发的过程，坚持创作和坚持学习尤其重要。而写作需要尝试，不怕失败地去尝试，每一篇废稿，每一次失败的尝试，都是通往成功路上的基石。拥有文学天赋的天才作家毕竟少数，多数的普通作家都是通过努力和坚持使得自己走得更远。而我消失的整个文学青年时期，是我人生的最大遗憾，如果还有来生，我一定要坚持年轻时选择的道路。我的孩子们如果对文学有兴趣，我一定鼓励和鞭策他们务必坚持。还记得梁晓阳老师在作家群里说过的一句话，"山坡和我有个体会，文人就该活出一点风骨，写好作品。能发表，当然高兴，不能发表就先留着，继续写下去。"就是要有这种坚韧不拔的写作态度和写作自信，坚持心中的热爱，在自我肯定中自强不息，在坚持不懈中自我超越，文学的道路才会越走越坚定，越走越宽阔。

春雨中漫步

冼伟燕

滴滴答，下雨啦！淅淅沥沥的春雨轻轻地拍打着窗户，犹如音乐家敲击出来的优雅韵律。听着这迷人的节律，我不由自主打开窗户，想看看窗外的景象。我往窗外看去，看到离老家不远处的那片竹林在雨中显得格外的苍翠。

我突然想起苏轼的那句诗："莫听穿林打叶声，何妨吟啸且徐行。"

一场春雨跨过千年的时空，依然魅力不减。今天我也想感受一下千年前东坡居士"竹杖芒鞋轻胜马，谁怕？一蓑烟雨任平生"的从容、豁达。我带上伞走出家门，便迫不及待地步入那如诗如画的春雨中，尽情享受着春雨的浇灌。

沿着湿漉漉的小径，我踏上了一片生机勃勃的绿毯。微风裹着泥土的气息扑面而来，令人心旷神怡。远处，山峦朦胧，犹如一幅淡墨山水画。春雨如丝，云海飘摇，山峰若隐若现，如同藏龙卧虎，缠绕在山雨空蒙之中，令人不禁想起神话故事中那些神奇的景象。

春雨中漫步，仿佛是一场与时间的约会。我驻足欣赏那些被春雨唤醒的小生命，一茬茬嫩芽在春雨的滋润下不断推陈出新。那些不知名的树木上，新旧交替的叶子在春雨的洗礼下更显生机，仿佛在诉说着生命的顽强与坚韧。我深深地吸了一口气，默默感受着生命的美好与希望。

我漫步在春雨中，思绪万千。那些古老的诗词仿佛随着春雨飘落在我心间。"夜来风雨声，花落知多少"，这不仅是诗人对春雨的感慨，更是对生命变迁的感叹。"回首向来萧瑟处，归去，也无风雨也无晴"，是一种宠辱不惊、胜败两忘、旷达潇洒的境界，是东坡先生以生命的高度看待生活，以结局的眼光看待开始的彻悟。在春雨中静默，我更能体会诗人内心的孤独与惆怅。在这份孤独惆怅中，我也感受到了人生的起伏跌宕，感受到了生命的美好与脆弱，而种种复杂的情绪又都在春雨中得到了净化与升华。

我继续漫步在春雨中，享受着这份宁静与美好。走着走着就想起那些逝去的岁月，想起那些陪伴我们成长的人和事。那些曾经的欢笑与泪水，都在这春雨的滋润下变得清晰而温暖。其实，生活就像这春雨一样，不必追求华丽的外表，只要心境平和，身体健康，就是对情感和生命最好的守望。

后来，我站在雨中，任由雨水浸湿我的衣襟，亲吻我的脸颊。此刻的我，仿佛与天地融为一体，我尽情沉醉在大自然的馈赠里；这一刻的我仿佛充满了力量，感觉无论生活将带给我多少困难与挑战，我都能从容坚定地走下去。因为，我知道生活虽然有时会给我们带来痛苦，但更多的应该是像春雨一样，带给我们美好与希望！

他爱着这黑曜的土地

颜　鸿

炎热的夏夜，市征拆办一楼办公室灯光明亮，梁志勇副主任坐在办公桌前全神贯注地紧盯着电脑上玉林高铁新城项目规划现状图，他一会在笔记本上写着，一会点击鼠标；对于梁副主任，这样的夜晚是常态。

玉林高铁北站，坐落在北流市新圩镇平安山村，目前安置区、核心区正在施工建设。

难忘那征地拆迁忙碌的日子，难忘在田埂边上、在山坡龙眼树下、在白鸠江河堤上梁副主任带领勘测工程师进行勘测、调查；难忘在平安山村学田组内的大榕树下梁副主任和同事们在一吃盒饭的情景。他原清瘦的身体现在更瘦了，头发也过早地花白，他带着草帽，裤兜装瓶矿泉水，脸颊被太阳晒黑。在征地工作中面对部分群众的不支持、不配合，梁副主任则带领工作组进村入户分别找群众代表做其思想工作，如大岭丫组的代表们，大家都不愿带头在《征地协议书》上签字，抱着互相观望，甚至有点推诿的态度。为此，梁副主任在漆黑的夜晚带领工作组，打着手电筒，拿上图纸和文件，逐个敲开了各位代表的家门。

梁副主任是在 90 年代中期进入土地部门工作的，由于他的谦虚、勤奋和好学，很快在土地系统中出类拔萃、脱颖而出，被组织提拔任北流市北部一个乡镇的国土所长，是北流市国土系统中最年轻的所长，他所在的乡镇，其中有一半为山区村；他一年四季走在山清水秀的乡村，在汛期为防治地质灾害上山察看情况，他站在容山上往下看，只见松柏青翠，龙门溪水蜿蜒前行；一排排一棵棵树，仿佛是集结着千军万马气势磅礴！在四季轮回的季节，翠绿的玉米秆，金黄的稻谷，那些庄稼、植物；那条山谷中的涧溪，每个村庄、每座楼房都是那么熟悉，那也是他的家乡，他被家乡的美景感动着，他为能够在家乡从事自然资源管理工作而自豪！他领导的国土所，每年都获得管理工作一等奖，梁副主任也连年获得市土地管理优秀工作者。

随着北流市区的扩大和经济的发展，梁副主任被市国土资源局党组抽调到市征拆办工作，任副主任，他的到来给市征拆办注入了新鲜的血液。他工作勤劳、业务扎实、与人为善的作风，得到了同事们的认可，获得大家的爱戴，尊称他为"师傅（老师）"。

在南宁至玉林铁轨线征地拆迁工作中，他事事亲力亲为，同事们对工作上的一些瓶颈问题、棘手问题拿不准时，都找他汇报："师傅，在哪里？""师傅过来一下。"他的手机不断地响铃，这时候，他不论多忙，也不论时间节点，都会让同事随呼随到，他的到来给同事们一颗定心丸！如新圩村 1 组的欧叔，他家的房子坐落在铁轨线上，需拆迁。虽然征拆工作组反复地向其宣传相关政策和法律法规，但是，欧叔就是不理解或者不想理解，欧叔说："你们不会把铁轨线往旁边挪开一点吗？这样我的房子就不用拆迁了。"面对固执的欧叔，梁副主任坐下来，与欧叔拉起了家常，得知欧叔的儿子经商，经常自驾车来回跑南宁，很不容易，也辛苦。闻此言，梁副主任一

下子就找到了突破口，他对欧叔说："南玉线建铁轨线是上级部门规划设计的，不能随意更改，这涉及整条线路的规划、技术和施工方案。南玉铁轨线建成通车后，从南宁回玉林只需四十分钟，你的儿子以后从南宁往返就不用自驾车了，可以直接坐高铁回家，出站后不用接车，步行回家即可，真的方便了。"经过沟通，欧叔也认识到自己的不对，最后爽快地在《房屋拆迁安置协议书》上签了字。

在一个月朗星稀的夜晚，梁副主任难得和爱人肩并肩地在江滨路上一起散步，江滨路两侧霓虹灯闪烁着耀眼的光芒，圭水碧光粼粼。他不记得有多久没有这样和爱人一起散步了，也不记得有多久没有准时回家和爱人一起吃一顿晚饭，他的内心虽然内疚，但很无语。就像现在，即使在和爱人散步，可他的电话一直响铃，他耐心地接听，几乎都是拆迁户打来的。原来他的电话向所有拆迁户公开，用他的话说就是方便与拆迁户沟通就是方便工作。面对艰难的征拆工作，他得到了爱人的理解和支持，所以他心无旁骛，安心工作。

玉林高铁北站，需要拆迁平安山村各生产小组的房屋，有个别生产小组的房屋需全部拆迁。而且根据政策，全部拆迁户都是上楼安置。为此，梁副主任要求征拆工作组调查摸底，掌握真实的数据后及时开展工作。但是，当群众知道房屋拆迁后已经没有回建地补偿了，而是全部上楼安置，按政策给予商品套房，这下大部分群众不乐意了，怨言多，牢骚满腹。征拆工作组上门想向群众宣传发动，希望群众配合入室登记房屋各种类型的补偿数据，但都遭到了拒绝。梁副主任知道后，一下子也一筹莫展。于是，在一天晚上，他吃过晚饭后，独自来到平安山村。他看到，这里的楼房从一层至五层的都有，灯光温暖着每一个窗户。偶尔也从里面传出孩子的笑声，一条小黄狗看见了梁副主任，"嗖"的一下子窜出来，小黄狗的

主人也跟着出来了，原来是村委会的傅支书，他赶着小黄狗，热情地把梁副主任请进屋里，并快言快语说："梁副主任我知道你来的目的，我也听了各生产小组长和部分户主的想法，拆迁房屋没有回建地，他们的思想还是转不过弯来。"一边捧茶给梁副主任。梁副主任接过茶杯，说："拆迁房屋没有回建地补偿，这是市政府的政策，任何人都改变不了。当然，我虽然理解群众的心情，但是，我们还是要向群众明确这个政策的意义和具体做法。我的设想是，召开各生产小组长及群众代表会议，先做通这些人员的思想工作，才能做好下一步的工作计划。"

在玉林高铁指挥部会议室，梁副主任主持召开了会议，不厌其烦、由浅入深地讲解拆迁政策和相关拆迁的法律，到会的代表和户主即使是竭尽全力提出的诉求被梁副主任否定后，终于明白了上楼安置是不可改变的事实，思想上都有动摇。针对这一情况，梁副主任又趁热打铁，立即部署玉林高铁北站全体征拆工作组，以生产小组为单位，每个工作组一对一个生产小组跟进，及时入室进行登记各项房屋补偿数据。这一项工作得到了快速的推进。

就在梁副主任紧锣密鼓地布置在玉林高铁北站平安山村房屋拆除工作的同时，梁副主任的身影又出现在两湾（粤港澳大湾区，北部湾）新区九代片区、塘岸工业园区、永丰小学民安分校项目、玉林云龙灌区工程项目、一环北路建设项目、新材料产业园、北高、九中片区项目、扶新镇35千伏变电话工程、浦清高速公路项目（石窝段）等征地拆迁工作现场；他每到各个项目的征地拆迁现场，深入村组，听取群众的意见，并事无巨细地了解情况。他运筹帷幄的工作作风和勇于担当并承担责任，令大家很感动。有一次，一名男同事在单位饭堂和梁副主任坐在一起吃饭，只见梁副主任只夹了几块萝卜干、喝了一小碗米粥就不吃了，而且状态欠佳。同事问他才知道是患了感冒，另一女同事也是刚和梁副主任回来，一听说梁副主任患了感冒还去石窝镇召开浦清高速公路项目工作会议，眼泪一下子就流出来了，那是来回一百四十多公里的边远山区镇啊，梁副主任是患了感冒后硬撑着去召开会议的。这件事在同事之间传开后，好多个女同事的眼睛湿润了，同事们的干劲也更高涨了，甚至晚上都经常加班加点工作。

梁副主任常说："征地拆迁工作虽然难做，但是，只要我们对群众用真诚的心、用真挚的情，就一定会打动他们而取得支持，我们的工作就会事半功倍。"梁副主任是这样说的，也是这样做的，因为他热爱着这片黑曜的土地！

与太极结缘

曹　燕

"衣袂飘飘仙下凡，动如流水静犹山。赤拳空手劈砖断，涵盖乾坤在指间。"

这首绝句是我看了太极表演之后写的。

2023年12月2日，我参加了北流市文联组织的"作家深入基层赋能乡村振兴"文学志愿服务活动。在文联主席梁晓阳、作协主席吉广海等领导的带领下，我们走进了北流市西埌镇横埌村垌心温。

垌心温距离城区15公里左右，是一个环境优美的村子，全程是硬化了的水泥路。东道主温道德在村子路口接到我们后，带我们参观了他的旧居：一座典型的砖瓦结构的四合院。院子的地面全是用青砖铺的，可见他家上一代家境也是殷实的。在随温师傅参观时，我发现他的衣服背后很有特色，偷偷拍了个照片：橘红色的运动服，后背有一行打印上去的弧形的黑色字"温道德太极门架"，弧形中间一个人在太极图上施展功夫。而太极图的下面则是一串手机号码，估计就是温师傅的手机号码。

据说温道德是一名太极名师，他主攻的太极拳包括杨式太极拳和陈式太极拳，对太极拳内功、太极拳技击有很高的造诣。温师傅现在在北流市城西公园旁教养生太极拳。在他的老家垌心温也有一个练拳的场所，就是今天我们看到的这个地方。

教练场在村头，周围有很多果树，有菠萝树、柑橘树、杨桃树……空气清新，偶尔会飘来一缕果香。我们来到时这里已经聚集了好多人，他们穿着不同的太极服，有的是白底绣蓝花的，有的是黑衣嵌红扣子的，有的是红色的……看挂在练功房门前的横标就知道是来自不同的太极团队。

表演开始了。有个人表演，也有团队表演。二十四式杨氏太极拳、太极扇、太极剑、笔舞、徒手断砖……

我目不转睛地看着，生怕漏掉哪个动作，边看边跟自己对照，找差距。因为我也练过太极拳，所以也知道些皮毛。

我开始练太极拳是2013年的暑假。那时一个很要好的老同事说她肩周炎又犯了，疼痛难忍。她告诉我练太极拳可以治这种病，所以想去练，求我陪她一起。因为是假期，我也有时间，所以就舍命陪君子了。于是，每天早上吃了早餐，我们就相约来到广丰公园。那时在广丰公园里打太极的有好几个团队，我们加入了党老师的队伍。这个队伍练的是杨氏太极拳。党老师八十多岁了，须发皆白，身体硬朗。听说他是北流的太极师祖，退休前在北流体校当体育老师。他对我们的训练很严格，一招一式都要求做到位。单单一个"猫步"就让我们练了一周。队伍里的师哥师姐也热心，很是照顾我们这两个新生，哪里做得不好及时提醒我们。师哥师姐还说，开始练太极拳就得有腿疼的心理准备，因为还不懂得怎么用力，几天下来腿就觉得疼了，上下楼梯感觉特别明显，以后慢慢适应就不疼了。这是他们的经验之谈。休息期间，有个六十多岁的师哥说他以前有肩周炎，花了很多钱医治也治不好。还补充说："可能你们在场的所有人的收入都没有我治病的钱多。"当时我想可能治病花费真的是多，否则就是他觉得我们的收入都不怎么样。师哥说以前双手握方向盘都不行了，开不了车，听人说练太极拳可以治肩周炎，他就忍痛开始学了，现在全好了。

有一位师姐也说了亲身经历：年纪轻轻的她居然中风了，从医院回来后，手脚还是不利索，也是听说打太极可以帮助康复，所以开始时天天由家人扶着出来练拳，现在都是自己出来了。

看来我同事所说的并不假，太极可以治病，可以强身健体。我开始来时是想自己是陪练的，不用那么较真，练了几天，觉得太极拳适合我。因为我这个人喜欢安静，那些噼里啪啦的广场舞我一点兴趣都没有。太极拳的每一个动作，看上去是柔柔的、缓缓的，可是一套拳下来，已是满身大汗，而且听拳友说这种汗是不臭的。

那一个暑假，我和同事几乎天天按时到公园练拳。我们初学者练的是二十四式杨氏太极拳。为了牢记每个招式的名称，我找了个专用的笔记本，从头到尾抄了一遍，还试着背诵。也买了碟片回来，平时在家就跟着视频学。后来，我把八式、四十二式、四十八式和八十五式都学会了。觉得最喜欢的是八十五式，所以自己在家里经常打的就是八十五式。

坚持打了两年太极拳。在一次单位组织的体检中，只有两人的体检结果几乎是全部正常的，我是其中一个。那些同事知道我在打太极拳，所以都问我是不是这个原因，我说我也不知道啊！刚好那时单位准备开联欢会，自由组队参加活动，可以表演歌舞、朗诵、体操等等。好多同事说要我组太极拳表演队，他们想学。我拗不过他们，也由于时间有限，于是教了最简单的八式太极拳参加表演。后来听说好多同事也坚持晚上到各自附近的公园打拳了。

练习太极拳真的是好处多多。可以修身养性，减少体内瘀血现象，促进血液循环，提高心肺功能，预防疾病。同时，太极拳还能舒缓心情，消除压力，提高精神状态。太极拳的练习还可以改善血液循环，促进新陈代谢，提高免疫力，促进身心健康的发展。

熟练了之后，只要有几米宽的地方，就可以随心所欲地自我陶醉了。不用音乐，不用伙伴，一个人，闭上眼睛，伴随着呼气吸气，轻轻地起势、抬手、转身、出脚……收势。一天天、一年年，乐而不疲。

这个温师傅是十多岁开始练少林八宝拳门气功、大力金刚掌等硬气功。对八宝门派的培元功等高级功法修炼不辍。少林拳、南拳、形意、飞刀、棍术、刀剑等器械随身随影研练。

我觉得太极拳打的是一种心境，品的是一种韵味，练的是一种文化。我没有温师傅的鸿鹄之志。我练拳只是自娱自乐，不打算参加任何的表演。各人有志吧！

太极，是我今生最美的邂逅，温暖了我的整个世界！

他们是好样的

潘雄杰

消防大队门前的大街很安静，隔一阵子才看到行人或车辆经过。

我们到达那里时，消防大队的官兵们已把院子打扫得干干净净，用热情、爽朗的笑声欢迎我们的到来。今天是法定的休息日子，但他们对放弃休息没有半点不快。

在北流市文联、北流市作协的组织下，今天作家诗人们要到消防救援大队来开展"文学进消防 书香漫基层"主题采风活动。每个人脸上都生机勃勃，兴趣盎然，因为对许多作家诗人来说，进消防救援大队采访，近距离接触消防官兵是平生头一遭。

经过简单的寒暄之后，消防大队韦政委便带领我们参观消防救援队的各类库室、生活区域、工作区域、健身器库、荣誉室和各类文化建设区域。当我们从楼梯上拾级而上时，看到墙上张贴着的救火图片时，我们都为消防官兵们刀山敢上，火海敢闯，视人民群众生命财产安全高于一切的精神所折服、敬佩。

参观消防官兵的生活区域时，室内窗明几净，衣服鞋子等生活用品都各归其位，整然有序地摆放在指定的位置。特别是床上的被子折叠得方方正正，十足像一块四四方方的豆腐块，我们都叹为观止，站在被子跟前说着看着，久久不肯离开。这时候，曾参过军的龙海锋看到被子，身体里立即灌满了青春的激情和热血，他对韦政委说道："让我来试接

一下被子。"听到龙海峰这么说，我们都欢呼雀跃起来，立即有人走过去弄散了被子，等待龙海锋接。龙海锋挽起袖子，弯下腰去，循着他年轻时在部队里接被子的记忆，先把被子摊平在床上，然后把手掌撑成刀状，在被子上需要对接的地方无微不至地砍成一道缝，再把被子接起来。他自信满满的样子十足像庖丁解牛，游刃有余。几分钟之后，他就把被子接成了一块四四方方的豆腐块，并把它摆放到了床中央，气定神闲地接受着大家的鉴赏。大家看到跟原来差不多方方正正的被子，都给龙海锋报以热烈的掌声，说他不愧是从部队里出来的，部队确实是一个锻炼人的大熔炉。

接下来，我们又参观了消防官兵们的体能训练室。梁晓阳主席是一个活跃分子，加上又有那么多女粉丝跟在他身后，遇上每样训练项目时，他都要一试身手，举杠铃他举出了惊人的成绩，做扩胸运动时，吉小吉、龙海锋都争相走上去想跟梁主席比比膂力，但都败下了阵来，梁主席拉出不惊人的数值，博得了女粉丝们的阵阵喝彩，连站在他身旁的韦政委都由衷地赞叹他是一棵当兵的好苗子。这话正击中了梁主席的下怀，当年他应届高考落榜，在天堂山脚下日出而作日落而息，看不到人生的出路时，曾想通过当兵离乡别井，寻找一条人生出路。只可惜兵检不过关，没法让他圆了当兵梦。如果他当年有幸进入兵营，经过部队这个大熔炉的锻炼，并凭

借他那支生花妙笔，时至今日，他必将成为了一名优秀的部队作家。

参观消防官兵的阅览室时，看到桌面上摆放的一本本还发散着油墨香的《习近平著作选读》《党的二十大报告学习辅导百问》《习近平新时代中国特色社会主义思想专题摘编》《习近平新时代中国特色社会主义思想学习纲要》，以及大量的消防知识辅导读本，我们都为消防官兵们刻苦学习的精神感动，最难能可贵的是他们还与时俱进，努力学习习近平新时代消防知识，舍身忘己，为保护人民群众的生命财产安全不惜牺牲一切。

最让我们感到刺激的就是登救火云梯了。最先登上云梯的是安乔子和曹美兰这两位身材瘦削，身轻如燕的女子，她们都穿着白色的裙子，当云梯升至半空时，风把她们白色的裙子和飘逸的长发吹得如同飞鸟，看上去她们像极了两个奔月的嫦娥。

黄应梁登云梯升至半空时，他露出满脸慈祥的微笑，向地上的人们挥手告别，这让人们自然而然地想起了小学课本里那篇《挥手之间》的课文，觉得他那挥手那微笑酷似伟人。

我有恐高症，以前也登过救火云梯，留给我的感觉是恐惧和害怕。这次我本来不愿上去的，但当冯建立走过来邀我一道上去感受一下高空的刺激时，我又忍不住了，因为女作家女诗人都敢上去，难道我一个堂堂男子还害怕，还要输给她们，于是咬了咬牙，便同冯建立一道朝着云梯底座走了过去。

众人一眼看到我们向云梯底座走去，立即大笑不止，都异口同声地高呼我们是"合肥"，可别把云梯压断了。我们回答说我们就是为消防队测试云梯的承重量而来的。当云梯升至顶端，还要伸出去几米时，我立即害怕得心跳如鼓，两耳里嗡嗡地响个不停，这时候我确实有点担心云梯的承重质量不过关了，两腿不停地抖，却不敢挪动半步，怕再朝前挪动半步就要坠到地上去，跌得粉身碎骨。我努力睁开两眼朝四周看了看，看到北流城区数十幢气势恢宏的高楼以及鳞次栉比的低矮楼房，街道上的

行人看上去像蚂蚁一样小。我收回目光朝云梯底座看去，奇怪的是我居然看不到云梯的底座了，害怕让我产生了幻觉，现在，展现在我眼前的再不是真实的景状物，而变成了一个童话世界，里面的一切都比例失调，感觉十二分卡通。我想张口喊害怕，让开云梯的师傅快些把我们放下去，但却喊不出声，只好紧闭双眼忍受着。好在几分钟之后，云梯更徐徐地降下去了。我走出云梯底座，两脚踏到坚实的大地上之后，才长长地舒一口气，有一种劫后余生之感。与此同时，我以前所未有的感情，深深地佩服起消防队官兵来。这样的救火云梯，我站在上面都感到害怕，而消防队的官兵们，不但要站在上面，而且还要进行高空作业，扛水枪、用灭火喷雾器灭火等，有时为了营救被大火围困的人，官兵们还要从云梯顶端爬出去，从窗口进入房内，把被大火围困的人营救出来，这需要具备何等的胆识才敢做的事情啊！

我查了一下消防大队近两年的出警记录，2022年，消防大队共出警了230多次，截至2023年10月底止，消防大队出警了150多次。这些出警都是不定期的，有时一天之内就要出警多次。比如2022年的某一天，新圩镇文武街因电线老化失火后，接着街上的一个商场又发生了大火，消防官兵前往这两处地方把火扑灭之后，已累得全身散架。可正准备收队回去休息时，突然接到附近的一个乡镇的垃圾场又起火了，火势并不大，只要垃圾场组织人力运水都可以把火扑灭。但消防官兵们不答应，他们担心非专业人员灭火不安全，为了减少垃圾场的损失和确保人们的生命财产安全，他们忘了全身疲惫，又立即掉转车头，火速赶往垃圾场灭火。

据不完全统计，近两年来，北流市消防救援队的官兵们不辞劳苦，刀山敢上，火海敢闯，共为北流人民挽救了4500多万元经济损失，抢救了30多位被大火围困群众。当说起北流消防救援队的官兵们时，市民总翘起大拇指赞叹道：他们是好样的！

我的父亲母亲

熊　莲

　　我还在襁褓中时，亲生父亲就去世了，母亲无力独自抚养两个孩子，于是带着我们嫁给了继父。当继父得知我们还有一位爷爷独自在老家生活时，他把我们爷爷接过来一起生活。继父不仅待我们如己出，还把我们的爷爷当作自己的亲人一样孝敬。

　　小时候食物比较匮乏，只有过年过节才有肉吃。记得每次我们家煮好肉之后，在开席之前，继父都会先挑出一部分最好的肉，先给奶奶和两位爷爷吃。除了肉之外，其他的东西也是先把最好的挑出来给三位老人之后，我们才开始享用，这逐渐成为我们家的传统。

　　把最好东西先给了三位老人，这是继父用行动教给我们孝敬长辈的一种方式。就像蔡顺"拾葚异器"的故事一样，把最好的东西给父母长辈，是一种最朴素、最真诚的孝道。

　　我的母亲是操持家务和干农活的一把好手，她给人的印象是做事果敢麻利、说话声音响亮。而外婆生病时，我见识了她非常温柔的一面。

　　有一次，我和母亲一起去看望瘫痪在床的外婆。那时候，外婆大小便失禁，我们一推开她住的房间，一阵恶臭迎面扑来。已经失智的外婆已经不认识我们了，她懵懂而戒备地看着我们，不愿意我们靠近她。

　　母亲轻声柔语地和外婆说话，她的温柔化解了外婆的戒备，让母亲得以靠近她。母亲把浑身恶臭的外婆抱到卫生间，给她洗澡洗头。

　　我把外婆床上的床单被套等拆下来，拿去洗。在经过卫生间门口时，我听到母亲在和外婆说话，她那柔软的语调就像在哄一个小婴儿。看到母亲对待外婆时的温柔，我的心也变得柔软起来。

　　有人说："久病床前无孝子。"确实，照顾卧病在床、生活完全无法自理、大小便失禁的人是很消磨人的耐心的。母亲对待生活无法自理的外婆却显示出来超乎寻常的耐心和温柔。母亲对外婆的温柔，让我看到了另一种真诚的孝道。

　　去年十一月，母亲因膝盖积液，需要做手术。手术前，我们家在各地工作的姐弟几个统统赶了回去，侍奉在母亲的病床前。

　　母亲对我们嗔怪道："我这脚也不是很严重，就做个小手术而已，你们怎么全都回来了？还有，"她指了指我们带回去的各种补品和药物，"一个个都带那么多东西回来，我哪用得了那么多啊？"

　　母亲嗔怪我们时，嘴角都是带着笑的。或许她在欣慰与我们的孝顺吧。我也很欣慰于我们从继父和母亲的言传身教中学到了真诚朴实的孝道。我想，当我们把这种孝道传承下去，就形成了孝敬长辈的良好的家风，真希望这种孝敬长辈的家风代代传承下去。

　　如果每个家庭都能形成和传承尊老敬老的良好家风，我们的社会将会变得更加美好。

永远的祖父

韦少忠

祖父离开我们四十多年了，我却不曾忘记他。往事历历，总是从记忆深处走出来。

20世纪70年代初的一个冬日，寒风呼呼地刮，在小山村的一间瓦屋里，我来到了世间。那时候，人们每天日出而作，日落未息，过着挣工分拼口粮的艰难日子。我是父母的第一个孩子祖父的第一个孙子，我的出生，给他们枯涩的日子，增添了乐趣。从田间回到家里，他们抢着抱我，疼爱地看着我，变着法子逗我笑。可是好景不长，父母发现了我不对劲：体弱多病，经常感冒发烧。每一次生病，都不会很快好起来。民间偏方秘方，试过；灶头的虫子，鸡屙的像黄糖一样的屎，也吃过，依然难有明显的好转。我不分昼夜地哭闹，一抱，我的哭闹就停止；一放下来，就撕心裂肺地哭。我的不懂事，让本来就已很疲惫的祖父和父母心力交瘁。更让他们揪心的是，三岁的我居然不太会走路，也说不了几句话。望着皮包骨头、终日哭闹的我，深感无望的父母决定扔掉我。

祖父坚决不同意，毅然决然地抱走我，他不相信我养不活。一从田里回来，不知疲倦的祖父就把我抱在他的怀里哄我，想着法子逗我吃饭，细心观察着我身体的变化；晚上，祖父和祖母轮流着照顾我，直到我安静地睡去。邻居曾经告诉我，本来我的祖父是一个胖子，因为照顾我，瘦得不成人形了。那时的我，给祖父生活上和精神上带来的压力有多大，就可想而知了。祖父和祖母的悉心照料，可能感动了老天爷，我的身体竟一天天好起来了，身上长肉了，话也比以前多了。

许是我的羸弱，还有我不乖巧，小时候的我，并不让父母待见。因为生活的不如意，那时候的父亲脾气暴躁，我常常被父亲揍得满身鞭痕，哭着去找祖父。祖父总是用他那宽大的手掌，抚摸着我身上的鞭痕，心痛不已。记得有一次，我被父亲揍，忍无可忍的祖父，抱着我气冲冲地去找父亲，将父亲骂个狗血喷头。父亲被骂得大气也不敢出。

20世纪70年代末，在祖父的奔波忙碌下，我们的家从村子的中央，搬到了离村头不远的山脚下。我们都很高兴，祖父更是整天乐呵呵。记得那时，屋子旁边不远处，有一块草甸子。每次外出劳作回来，祖父总喜欢坐在草甸子旁边的一棵枝繁叶茂的蓖麻树下，高兴地呼唤我过来，给我讲故事，在我幼小的心里，播下善和美的种子。然而苍天不长眼，住进新屋不到一年，祖父咳嗽不止，不久，就被送回村中央的老房子养病，一养就是几个月。炎夏的一天清早，我在屋子前玩，远远望见村子中央，许多人家的屋旁，都燃着火堆，烟雾袅袅升起。那时的我真笨，竟然没能觉察到是我的祖父去世了。吃了早饭，我和几个小伙伴，在新屋旁边的小溪，兴致勃勃地拿着粪箕捉鱼。欢乐的笑声，在小溪上空荡漾。这时，一个乡亲从小溪旁走过，又折回来，看着我，欲言又止。"你爷爷，他……前天去世了。今天早上出山了。"他哽咽着说。我怔住了，继而泪水汹涌而出。乡亲说："你爷爷不满60岁，又是冒犯神灵去世的，是不能喃斋不能哭的。"我不得不低声地啜泣。乡亲说："你爷爷想到你9月要去读小学了，给你取好了名字。弥留之际，叮嘱你爸，入学一定要用这个名字。"秋季期开学了，在父亲的陪伴下，我到了在村边的小学，用祖父给我取的名字交费注册。

时光像一条漫长的河，有的人在这期间，改了不止一次名字，但我始终没敢改名字。我的名字或许不符合民间所说的四柱，但它有着祖父对我的爱，怎么能改掉呢？

在人生的十字路口，不少人会走错。我庆幸有祖父"领"我走出人生最初的彷徨。那时读初中是要考升学试的。村子里，当年小学毕业的十个人中，我是两个考上重点初中的其中一个。进入初中后，乡愁像雾一样围裹着我，拖累了我的学习，我的成绩一落千丈。我感到了学习的困难，怀疑自己不该继续读下去。那时，我们兄弟几个先后入学，家庭支出压力山大。为了我们的学杂费、餐费，父亲每天清晨，担着两捆百多斤的木柴，匆匆行走5公里到圩上卖。然后一刻也不敢停留，赶在天亮前回到村里，继续汗流浃背地干活，家庭经济依然捉襟见肘。我有了辍学的想法。但某天夜里，梦中见到祖父站在身旁，微笑地看着我。那慈祥的样子，温暖着我不安的心。周末，远嫁的姑姑来到我家。她拉着我的手，说她也梦到了祖父和我在一起，当时我在屋子里做作业。"旺来啊，你爷爷这么疼爱你，不要辍学啊。那样，爷爷会不高兴的。"末了，姑姑语重心长地说。

怎么能让疼爱着我的祖父失望呢？我决心振作起来，克服重重困难，投入到紧张的学习中去。我的学习成绩慢慢地好了起来，中考以全校第三名、重点高中的分数，填报了广西玉林市师范学校，并被顺利录取。

如今，我站在三尺讲台上已多年，看着讲台前那一张张稚嫩的脸，总是情不自禁地想起我的小时候，想起那疼爱我的祖父。虽然祖父英年早逝，陪我在一起只有八年，八年弹指一挥间，但祖父的音容笑貌已在我的脑海里长留。夜深人静的时候，祖父时不时从我记忆的深处走出来，那么清晰。

愿祖父在天之灵安息。

鹿寨小记

陈奕娟

途经鹿寨北

从鹿寨到平山镇的路上，天空在我们的头顶形成无数变幻不定的色彩。下雨了，雨滴敲打在车窗，发出嗒嗒声，雨刮分外忙碌。车子在大自然的山谷中，颠簸向前。

经过中渡的时候，或许是第二次到这里的原因，我的心底竟冒出一个叫"踏实"的词。的确，相比平山而言，我对中渡更为熟悉。我想到这座城市里来来往往的人们，那些充满着期待却又风尘仆仆的脸庞。或许他们，初涉小城，人地生疏，四顾茫然。也有可能，经过这里的人们，如一枚一枚贝壳，散落在洛江。

车子没开多久，就到了鹿寨北站。对于异乡人来说，不管离家多远，回家的路都在脚下。鹿寨北站，也因此成为这座城市的灵魂之地。回家，是一种不可回避的宿命，鹿寨北站也因此成为许多人归家的出发地。在来来回回的奔走中，这里承载着梦想和方向，也滋生着破冰起航的力量。就像年少时不想读书的时候，会被父母叫到田间插秧，割稻谷；就像成年后，感到自己工作不如意，回到熟悉的家乡，看看村里的人还在种庄稼。这可能就会让我们明白，生活的根本在于不放弃。

车窗外，一棵一棵的紫荆花树影，伴着雨滴婆娑摇曳。"刚刚到平山地界，老天居然不下雨了，天空放晴，似乎在欢迎两位作家的到来呢！"

负责接待我们到平山镇采风的平山镇党委副书记吴开虎欣喜地说着。

我和同行的黄主任也感慨，谁说不是呢！刚还担心得打着雨伞去采风的，谁知雨居然停了。这平山镇真是片神奇的土地，她以她独特的深情，表示对我们的深情。我想我将要到达的福元屯，更会是我的福地，那里将会有什么样的故事等着我呢？

置身于繁花锦簇的盎然春色里，看着不远处的山峦，感觉一切都恍惚了起来。山峰，一座接着一座，一眼看过去有点"石山林立"的感觉。特别是远远望到的山峰虽然不高，但绝不平坦，反而有些陡峭。那清朗的高山平和的万物，仿佛闪过一道光，闪亮的光渗透我的灵魂。两旁紫荆花树根，沾满着泥土的芬芳。再过去一点，看到有一位老农人在收菜籽，老人大概是那种离不开土地，只有在田里干活，才觉得自己真正活着的人吧！这样的老人，在村庄里并不少见。在木棉村，我就遇到不少。

车速已经放慢了下来，我们已经发现了最神奇独特的风景，莫过于那座散落于福元屯山顶的古炮楼。它挺拔耸立，扼守这片土地，成为一处让村民引以为荣的地标。

这些默默地守护一方水土的古炮楼是谁所建？它们背后又有怎样的故事？

福元屯"古炮楼"

在平山镇党委吴开虎副书记的带领下，我和平山镇平山社区吴明莲主任、平山大队退休干部现为调解办公室的调解员刘现瑞（我们都叫他刘叔），一起来到福元屯。

福元屯的"古炮楼"，坐落于平山镇平山社区福元屯福元山上。天空与山林仿佛把我们包围了起来。我们沿着阶梯向山顶的古炮楼靠近。阳光洒下来，树木葱郁，迸发出绚丽的色彩。随处可见的路灯，像指引我回家的灯盏。我想象着，自己就住在这半山腰上一栋孤零零的小房子里。这异乡的小房子里，没有人会来敲我的门。我的门敞开与关闭都没有关系，没有人认识我，我完全可以像一个年轻农妇一样，在菜圃一花园里施肥剪枝，或者在小房子里读书写字。那种静悄悄的田园生活，是我向往已久的隐居生活。我始终认为只有这种隐居的生活，心灵才能达到真正的安宁。而真正安宁的心灵，是需要像山中宁静的栀子树具备根的力量。

沿途还有很多景物奔赴视野，但大部分被我的视网幕过滤掉了。见过无痕，只有特别的东西才会留下印痕。

上到山顶，吴副书记指着斑驳的古炮楼说，这古炮楼始建于清末民初，最初用于当作烽火台示警，抵御外敌，建造者是吴氏始祖吴思勋的曾孙吴祖胤，楼层外部曾有多个土枪、土炮孔，内部用石灰、黄糖、糯米等混合捣打堆砌而成，底部用青石垒砌，历经岁月侵蚀，后遭雷电劈毁。古炮楼约1976—1977年，在一个风和日丽的日子倒塌（雷击），晴天霹雳。

为何遭雷劈，抑或是邪灵附身导致。看来罪孽深重是无法躲藏，也无从庇护，哪怕它隐身于庄严的雄威的炮楼之中。

古炮楼，见证着岁月变迁，虽斑驳锈蚀，记忆却依然耸立在山头如苍翠的植被，向世人诉说着它所见证的历史。

为了使古炮楼焕发新的生命，展现历史价值，丰富乡村振兴文化底蕴，2021年，平山镇党委、政府经考察研究谋划，决定调拨革命老区资金89万，由鹿寨县建筑公司承建，对古炮楼进行修复和改造。

如今，古炮楼焕然一新，成了休闲观景的好去处。这里的村民，他们伴随太阳的升落，踩着朝露上山锻炼身体。大好晴天就在院处挂晒衣物，然后忙碌于旷野田畴之中。到了夜晚，这里更是一道靓丽的风景线：拾级而上的数百根灯带将栈道点亮，远远望去宛如一条黄龙盘踞山脊而卧；古炮台像蟠龙一般静静守护着这一方土地，雄健而苍劲。在这里，古朴的村落守着古炮楼的故事，在光阴一岁一岁的流逝中，纪念逝去的先辈，让后代永远铭记那一段悲壮的历史，更守护着大山不曾改变的千里云月。

清末至民国时期，战乱频繁，匪患猖獗，平山镇这一带经常遭到土匪抢劫，村民苦不堪言，被迫奋起自卫。青石筑基，墙已斑驳。古炮楼远高于一般的民居，便于居高临下进行防御。炮楼墙体厚实坚固，开有方形小窗，设有铁栅和窗扇，可以瞭望和射击。

我置身于炮楼旁，眼前仿佛浮现当年平山民众在这座炮楼中对抗恶匪，捍卫家园的英勇情景。

刘叔指着古炮楼附近的山峦向我介绍说：福元寨平山人称望娘山，她见证了历史的沧桑变化，目睹时代的变迁。福元寨的古炮楼宛若一座舞台，在各个不同的时期，都演绎精彩的活剧。军阀混战土匪骚乱时期，有一股来路不明的土匪洗劫平山圩厂（以前老街圩厂），土匪躲在平山马道，约20多人，被古炮楼瞭望台驻守的民兵看到。民兵马上发出警号（吹牛角），集结行动，包围土匪，一匪在谢喜老婆家门口被民兵一枪击毙，众匪见有如此神枪手，吓得慌忙逃窜。

1937—1938年间，抗日烽火延烧到平山，平山成立自卫队。古炮楼成了瞭望台和信号塔，在制高点上备有一面信号旗。放哨的民兵一看到鬼子来犯，就按照鬼子的进军路线，将信号旗倒向进军方向，向村民警示，提早躲避防范。

有一次，民兵发现两个落单的鬼子进到了几里屯进行掳掠。民兵自卫队20多人，当即前往御敌。一番交战，最终两鬼子一死一逃。由于对日本侵略者的残暴愤恨无比，死的那名鬼子，被民兵剜了心肝。鬼子听闻后，异常愤怒，进行了疯狂的反扑和报复，村民和自卫队早早四散跑到山林和偏僻的溶洞躲避。鬼子报复无果，愤恨地烧毁老街十几间房子。

解放初期，本地匪患依然猖獗，为了防止土匪洗劫圩，古炮楼发挥着瞭望台、示警台的作用。曾有几次识破前来"踩点"形迹可疑的匪徒，均被本地村民驱赶，加上自卫队分食鬼子心肝的骇人传闻，土匪们慑于当地的彪悍民风，倒不太敢过多侵扰。

1958—1959年间，大办钢铁时期，农村大集体生产热潮高涨，彼时的古炮楼成了劳动集合号吹响的地方。人民公社为推进大生产效率，专门安排吴玉瑶当吹号手，每天准时在古炮楼上吹号，人们遵循着号声，号出而作，号响而息。号声响起后，到处是忙碌的身影。

72岁的刘叔滔滔不绝地说起这些小故事，他说：如果没有这古炮台，我们这个地方的历史将是另一种版本……我发现刘叔激动地说这话的同时，他的眼眶有泪水在转动，他深爱着这片土地，爱得深沉。一个叫乡愁的东西像网一样密布在我的胸间。

如今是和平年代，古炮楼等战争遗迹渐渐淡出了人们的视线，即使映现于眼前，也不过像一件装饰大地的道具。

然而在烽烟四起的年代，它却是一方高高雄起的擎天柱，为一方百姓托起了坍塌与破碎的天空。

福元屯的那一片水域

我们从福元屯的古炮楼下来，吴副书记和刘叔说无论如何得带我去一个叫"福元洞"的地方。走在乡间小道上，路旁的细叶榄仁已经抽绿，细细的叶子像刚泡了开水的毛尖，绿绿的，还没有完全舒展开。细叶榄仁的边上，长满了鬼针草，花朵不大，一朵一朵都生机勃勃，显得娇小可爱。

在这个万物复苏的春天，草在疯长，花在怒放，就连不远处的鸟儿也在野草丛里大声歌唱，我也应该抖擞精神，天天向上。

我这么想的时候，一只不知哪来的白鹭突然从一片水面直冲云霄，然后展翅高飞而去。树影婆娑下，一湾不足六米宽的水流正缓缓注入小溪，欢快的水流声，在这个静谧的晌午，异常动人。

刘叔说：福元洞到了，福元屯的名字就由这"洞"而得名。福元洞这片水域从不干涸，源源不断，福元不断。而一块石碑上刻着"源出福地，洞流清泉"，正是刘叔的手笔。

仁者乐山，智者乐水。我不是智者，却对水有着无限的遐想。总认为，有水的地方，才有活力，才能聚财。

福元洞就在村庄的中间，距离福元洞这片水域护栏不过十余米。远处观山，近处看水，居住在这里的人们真是有福了。有三两妇人在洗衣，边上有孩子在玩耍，一片祥和。我一直认为，看水的最好时机，不要很大的太阳，不要滂沱的大雨，最好是在有雾的早晨，或是阴雨绵延的三月。这时候的水面清而不透，像少女看不尽的心事。

而我的到来，不正是阴雨绵延的三月吗？几只白鹭在水面翻飞，不时发出几声低低的鸣叫。我站在水域岸上，举起手里的手机，却始终只能拍到你远远的身影。当我屏气凝神，靠近你的时候，你其实早已知道了我的到来，所以你回过头来瞟了我一眼，轻轻震动翅膀飞走了。飞走了，带走了我的向往，只留下一种情思，在我心底缠绕。我想要和你一起飞翔，但是我却没有翅膀，只能无奈叹息。你是属于天空的，我是属于大地的。天空那么高，那么远，那么干净纯粹，大地那么深，那么朴实，那么粗犷浑浊，所以你是轻灵的优雅的，我是笨拙的鄙陋的。我只能用手机，留下你的身影，留下一点点绕来绕去的思念。

这片水域清澈见底，如同一条透明的蓝绸子，静静地覆盖在大地的怀抱里，鱼儿快活地游来游去，躲在石头下捉迷藏。水域围栏边长满了野草和树木，有一些不知名的小花开在其间。围栏内，差不多两百年高龄的樟树枝干穿过小径，又扎根在岸边的泥土里，给小道形成了天然的林荫。这棵老樟树，它的主干比碾盘还要粗壮。枝条形态各异，有的直，像是一把宝剑直指云霄；有的向路边垂下，像是在向路过的人们挥手问好；有的着弯弯曲曲像一条龙在空中飞舞。枝盘曲着伸向天空，每一根都分明留着英雄气，树上所有的叶子都葱绿、晶亮，它们密密簇簇，盘根错节，横拓出去，遮盖了大片水域；填满叶与叶之间缝隙的，不仅有被春雨洗亮的阳光，更有比田间的蛙声更为轻盈的鸟鸣。

我看到了福元涧水域的周边，竟有芦苇花在风中摇摆，但不多。那一刻，竟让我想起木棉村，想到了家门前也有芦苇花摇摆的那条小溪，想到了在小溪里捉鱼捕虾的小伙伴。每年的夏季过后，小溪会慢慢干涸，那些从附近水库里流落到此的鱼虾就会因水涸而死。我和小伙伴最爱是秋天，拿个桶和小捞子就能收获不少的鱼虾。回家后和韭菜爆炒，那真是小时候最爱的美味。遗憾的是，当年的小伙伴早已成家立业，虽同村但也很难再见上一面，那条曾经充满欢声笑话的小溪也早已不在了（已经被乡亲们开发成田地，种上了花生、玉米或其他作物）。

我想，福元涧的这片永不干涸的水域，一定遭遇过无数人。这些人，肯定是带走了美好的回忆。遇见这片水域，放下所有的烦恼，我像白鹭一样快乐，像风一样自由！我只想蹲下来，跟那些无名的小花作平等的交谈；我也想安静地站在龙眼树下，倾听一颗龙眼对夏天提心吊胆的心思；我更想坐在福元涧的这片水域，看一条鱼呆头呆脑地寻寻觅觅；天上的白云倒映在水里，既是水底，又是天空，我想枕着白云，做一场大梦，看看世间几度秋凉。我这些年来勤勤恳恳，努力上进，历尽沧桑，但到头来，我觉得自己还是错过了很多，我也没有得到更加幸运的人生。我错过的，恰似夏蝉在一棵不属于自己的树上鸣叫那样，没有一刻的时光是属于我的，原本属于我的，早就已经蒸腾着被日光瓦解。

可人在他乡，有这样一片水域迤逦前来伴我度过这个上午，怎么说都是幸运的。她的水波与我的心跳一起荡漾，她的草木与我的毛发一起云蒸霞蔚。千里万里，不期而遇，我置身辽阔的江湖，流淌着与这片水域同形同质的液体。我的灵魂，因为这片水域的濯洗而洁静透明；我的心湖，蒹葭苍苍……我在这片纯净的水域里穿越时空，邂逅日月星辰，花鸟虫鱼，相安无事分享和谐、温馨、平等，我的生命在水中融化为无数个自己，彼此熟悉而亲切……

正遐想着，听到刘叔和吴副书记说："我们到下一个点堡底看看吧！"我赶紧把神思拉回，放下漫长的寂寥和感伤，继续前行。

走进堡底

吴副书记说："想要了解古炮楼，就一定得到堡底屯走走，因为它们是有一定的渊源的。"

平山镇堡（bǔ）底屯为鹿寨县吴氏发祥地，是广西传统村落，是中国少数民族特色村寨。建村已有近400年历史，前身为平头堡，是古代屯兵之地，为雒容县知县直接管领的地方武装总部驻地。设立于明朝万历年间，由堡底吴氏始祖吴思勋选址建设，并担任首任总指挥，官名土舍，管领平头堡、界牌堡、三板堡（全县设置八个堡）。

当时平头堡耕兵 300 名，界牌堡耕兵 51 名，三板堡耕兵 31 名。清朝初年，吴思勋曾孙吴祖胤担任永宁州镇参将，战功卓越，诰封昭勇将军，因平蛮有功，康熙年间世袭平头堡土舍，统领全县地方武装（机构调整为五个堡），驻扎平头堡。全县堡兵 279 名，其中平头堡官兵 178 名，设土舍 2 名，堡目 16 名。吴祖胤世袭平头堡土舍后，遂安家于此，建立村庄。因村庄为平头堡设立管理并建于平头山下，故名堡底。后人为感其德，特立祠于平山新造圩间肖其像，后为便后人祭祀吉礼迁于堡底屯山上。

堡底屯，不仅有悠久的历史，优良的家风文化也是远近闻名。一走近堡底，我便被一栋栋青砖灰瓦的建筑所吸引，而每家每户张贴在门口的"我们的家风家训"标语更让我感到新奇。

古房屋、古巷道、古圆门、古城墙、桅杆座，古香古色的小巷内随处可见有关"仁义礼智信"的浮雕。沿着狭长的巷子行走在青石板上慢慢徜徉，犹如步入近 400 年的堡底屯犹如一本厚厚的历史大书的迷宫。

在堡底屯中央，两根约 6 米高的木制柱子耸立在庭院内，尤其醒目，这便是举人石桅杆。

"桅杆是我国古代科举制度的产物，不能随便设立。"吴副书记介绍，一个家族一旦有人考取功名，就可以在自家宅院或家族祠堂大门左右建造桅杆，"立上石桅杆，威风凛凛，不仅可彰显家族荣耀，还能激励后人读书入仕，延续这份荣光。"

数百年来，堡底屯吴氏家族出了不少文官和武举人，其中最被后人津津乐道、引以为荣的是他们村里出了两个进士，在吴副书记家中至今仍保存着一块进士牌匾。

刘叔这时打趣说：小陈，我们应该到吴副书记家里参观一下了。原来，我已经到了吴副书记的家门口了。只见他随手推开大门，将我们迎进去，我却被门口的几个牌匾吸引："耕读传家，

诗书继世""家风教育基地""广西歌圩""最美家庭"等等。

进门便看到厅堂中的牌匾，牌匾正中的"进士"二字遒劲有力，题头为"钦命广西全省提学使司李为"，落款为"大清宣统二年岁贡生吴振钟立"。在"进士"牌匾前，吴副书记讲述了有关先辈的一些故事。牌匾出现了一些残破，牌匾上的一些字迹已看不清楚，但仍让现场的人感受到了那一份历史的厚重感与家族的荣耀。

堡底屯吴氏家族自明清时期便订立了"孝父母、友兄弟、敬长上、和乡里、勤本业、莫非为、择婚配、慎祭扫"8 条核心家规祖训。堡底屯重视传统文化和家庭教育，对族人要求严格，因而族人讲究礼仪，勤奋好学，村屯文化底蕴极其深厚。每到重大节日，村里长者都会通过带领孩童读家训，参观村里博物馆观看老物件的方式，让他们从中学习忠孝、仁义、廉洁、勤俭、善学等独具特色的家风文化。如今，堡底屯村民纷纷将家规祖训挂在门口、厅堂，时刻不忘学习和传承。

在吴家老宅（堡底屯历史博物馆），吴副书记向我隆重介绍起一张破旧、牢固还留着刀痕的桌子。说是当时日本鬼子进村，没有看到村民，抓住一个未来得及躲藏的妇人逼问村民的下落，妇人不招便被绑在桌子上严刑逼问。

看过电视里日本鬼子的逼问手段，给我留下了极大极深的恐惧。看着眼前的桌子，仿佛听到日本鬼子阴森森的笑，我毛骨悚然，仿佛设身处地体验了当时被拷打逼问的妇人的悲惨。

插入十指的竹签，或被拷打得烂掉的身体，光是看几眼那留下的刀痕，便不寒而栗。而她怎么会有如此超凡的坚强意志呢？我想来想去只想到"信仰"二字。只有"信仰"才能使她以极度藐视的态度，从容面对苦难、疼痛和死亡。我无法解疑，也没有勇气深入去一问究竟。那个妇人留给后人的是什么，只有在记忆里寂寥盛放。

有幸采访到"最美家庭"获得者、堡底屯吴

氏家风文化传承人吴宏礼。吴宏礼介绍：堡底曾经有一故事，他们都认为吴思勋来这里是抢地。其实是政府作为屯兵选址要用到这个地方，原来的居民要搬走，然后政府另外划一块地给居民建设。它是内卫部队，不是正规军，相当于现在的武警部队，是堡兵。当年建的第一个武装机构总部就是在这里。明朝建这个地方的时候叫平头堡，你们去的古炮楼在福元寨，它是部队的名称。我们后面这个山叫平头山，后来也改名为堡底寨。两寨相望，它是作为军事需要，从高的地方可以看到这里。在古炮楼发现敌情，可以向总部取得联系，即可调兵遣将。所以福元寨与堡底寨的历史素有渊源。

在平山发展史上，留下了属于堡底吴氏的丰功伟绩和英勇爱国的豪迈丰采。清风路上紫荆花，开了又谢，年复一年，永远以它温柔宽厚的臂膀，捐起生息在这片土地上世代香火相续的子民的天空。

天空之下，堡底恍若葡仆于地底，沉寂，却终不湮没，一如永恒的种子，虽蛰居低处的生命空间，却因拥有风雨阳光而永葆生机香火随时光漫漶绵延……

青山不老春常在

作为"歌乡里的歌乡"的平山镇，"山歌氛围"浓郁爆满。不管是不是三月三，我们都该来一次平山，踏歌策杖而来，携壶载酒而来，一段山歌就是一段传奇，一次游历就是一方风景。作为口头文学的一种，平山山歌讲究依曲编词，即兴而歌。平山山歌，仿佛融入了平山人的血脉，就这样传唱了一年又一年、一代又一代，成为不可多得的文化载体。

吴宏礼、刘叔、吴副书记，他们出口成歌，现场唱了起来："欢迎领导来采访，平山堡底美村庄，堡底村屯有古典，还望作家来宣扬。"

他们粗犷而略带沙哑的嗓音在风中回荡起来，旋转在平山的高空，再飘向平山的每一座山峰，每一道溪谷，漫延到云天之外。我在心底也跟着和。我想象着，那些天籁般的旋律，从这里出发，如波光一样，向着无垠的远处延伸，再延伸。

历史的车轮滚滚而过，为平山留下了丰富的人文积淀，古炮楼穿越历史的烟尘，刷新了一座古镇的精神海拔，为世界所瞩目。古炮楼的探访告一段落，"神奇天书""福禄寿喜"和吴氏家族的故事……人文的金矿犹在这片大地之下沉积。

不知道过了多久，夕阳彤红，暖照如霞，我们离开吴家老宅，回到了鹿鸣谷酒店入住。平山这个小镇给我的深情，就像浓烈的酒一样，让我长醉不愿醒。生活海洋依然是波澜漫漶，潮汐的边界遥不可测。我想做一尾随波而荡的鱼，在福元屯那片水域长久游走弥留；想做古炮楼上的一只鸟，鸣亮岁月夜空的漫天星辰，星光洒满福元屯的河谷。涉水而过，我却无法返回童年，就掬饮一捧返回童年的河水，以河为镜，照见自己模糊而陌生的容颜。

容颜是日月的碎影，在福元屯的水流中还原生命流逝的清澈。青山不老春常在，群山无语，星辰闪耀古炮楼的反光，以无量隐喻，轻叩时光的门扉，隙隙夜窥，堡底村通体透明。

无论是吴家老宅瓦檐上苍郁的针菲，还是泥墙上被风雨剥蚀的苔痕；无论是它天井里潮润的细沙，还是瓦脊上等待炊烟的雨燕，给予我的都是古色古香的乡村牧歌式的画面，在时空的经纬度辽阔布景：古炮楼宇灯光散，乡愁弥望暮云遮。每一次仰首遥望或回眸凝睇，目光都涌流成福元屯的河源。

河源幽深处，花影风摇曳，这里是青山之麓蜿蜒的春天的秘径。走出这条秘径，你随手采撷的一朵花都是佐证春天的呈堂证据，你的脚印都是一串翻译生命永恒的密码……

桂林印象

雪阑珊

桂林真是个好地方。山好，水更好。当然，在炎热的夏季，有雨的时候最好。

印象中，我到过桂林两三次，都是带着学习的任务匆匆而来，还未来得及细细品味这座古城的韵味便匆匆离去，留下很多的遗憾。和同事们虽是走马观花的惊鸿一瞥，记忆却没有模糊。桂林的山还浩浩荡荡在眼前，水也明晃晃地在梦里泡着，桂林的人在心里偶尔惊鸿照影。

今年暑假，没有了疫情的束缚，时间充足，终于实现了沉浸式的游览旅程，与桂林的山水来一次亲密的约会。

三四百公里的路程，几小时的车程，就在孩子们的说说笑笑中一晃而过。越接近桂林，它优美又独特的喀斯特地貌景观便逐渐呈现。传说该地区在3.2亿年以前是一片汪洋大海，沉积了以石灰岩为主的纯质碳酸盐。经过地壳运动、雨水溶蚀、风化、剥蚀等作用，形成了峰丛洼地和峰林平原。山越来越奇特好看，小宝形象地称它们为"五指山""千指山"，绿绿的水也渐渐显现在眼前。很多游客就是为这山水千里迢迢奔赴而来。

抵达酒店，办理入住。酒店的装修年轻化比较有特色，价格适中，性价比高。打开窗可以看到外面古色古香的建筑，孩子们比较喜欢。小寐

片刻，已过了最炎热的时候。正好可以出去好好逛逛街市了，体会一下当地的民俗风情。

步行几分钟便来到著名的东西巷。东西巷，位于靖江王城正阳门前，分别又称"正阳东巷""正阳西巷"，是桂林明清时代遗留下的唯一的一片历史街巷，空间尺度宜人，是桂林古历史风貌的观景区，包含了正阳街东巷、江南巷、兰井巷等桂林传统街巷。东西巷早在明清时期就盛极一时，鼎盛时还有"青龙白虎"宝地之美誉，是"桂林国际旅游胜地"的城市地标之作。

这是一个充满活力历史沉淀的老街道，也是市区内最具有特色的街道之一。走在这里，仿佛穿越了时空，回到了桂林的古老岁月。

这里保存着许多古色古香的建筑。大门口有牌坊设置，加上桂林晚清民国时期的建筑风格——青瓦白墙、独门高院、骑楼，还原了20世纪30年代桂林的建筑风貌。这些建筑的风格与桂林风景融为一体，是那样的自然和谐。有的是明清时期的民居，有的是古老的庙宇和祠堂，都有着浓厚的桂林特色，让人感受到它的独特魅力。

在东西巷，有很多做传统手工艺品的小店，装修风格也别具一格，充满了别样的情调，特别吸引人的目光。这很合我的口味，当然忘不了咔嚓咔嚓拍照留念。

这些手工艺品品种繁多，比如漆器、刺绣、石膏立体画、玻璃手串、手绳、布艺和竹编等，充满了当地的特色，代表了桂林人民的智慧和勤劳。我深深地被这些工艺品吸引，不禁想要带一些回家。

桂林小吃第一街——尚水美食街，隐藏在桂林中心最繁华的正阳步行街内，云集了全国各地特色小吃、中餐西餐韩餐日料及东南亚美食，品种十分丰富。美食小吃丰富多样，有米粉、桂花糕、糯米糍、螺蛳粉、啤酒鱼等等。我们走进了一家店，选择了首先品尝最具代表性的美食——桂林米粉。不得不说，这味道特别正宗。最爱吃桂林米粉的大宝说，这味道和家乡的不一样，符合桂林当地人的口味，家乡的桂林米粉根据我们当地人的口味做了一些调整，让它更大众化，更美味。各有各的特色。

经过逍遥楼。匾额上雕刻着"楚越雄风"四个金碧辉煌的大字，顿觉一股霸气威武之风迎面吹来。先了解一下它的历史。逍遥楼最早建于唐代武德四年（621年），由当时的桂州大总管李靖以独秀峰为中心修建桂州城，称为"子城"，它坐落在子城的城墙上，成为桂林东边的一个制高点。唐宋以来，逍遥楼一直是文人雅士登楼赏景、题诗作画、宴饮留别的绝佳场所。

在酒店前台花了几百块买了两江四湖的船票，著名景点，不能错过。9点半左右在码头登船。两江四湖是桂林的名片，春夏秋冬各具特色，日游夜游景色美不胜收可与威尼斯相媲美。榕湖、杉湖、桂湖、木龙湖、漓江、桃花江这么大一片景色，想要完全领略她的风采，乘船夜游是最佳的游览方式。

夜景很美，日月双塔耸立在江面上，在灯光和月光的映衬下，闪着金黄银白的光芒，格外耀眼。其中，桥是一个最大的亮点。这些桥形态各异，各具特色，可以说为美丽的桂林添光增彩。另外，桂林两江四湖很多桥除了看外观，桥底下

的雕塑也是极有看头的。

古榕双桥，位于两江四湖的榕湖上，古南门与千年古榕的旁边，是两江四湖最具中国特色的桥梁。它的设计参照了北京圆明园的玉带桥，桥身全部由曲线组成，线条流畅，造型优美，桥底有雕刻，是一座极具中国风的汉白玉石拱桥，在夜景灯光的照射下更显妩媚。桥栏杆由52块汉白玉组成，顶部有56根云柱，祥云缭绕，生动传神，既具传统风格，又带现代意识。

北斗七星桥，又名九曲桥，位于两江四湖的榕湖中，连接湖心蓬莱三岛。这座桥蜿蜒又曲折，以天上北斗星形状创意设计，与漓江之东的七星山遥相呼应。

玻璃桥，也在榕湖中，是我国第一座采用特别水晶玻璃构架的实用性桥梁。玻璃桥不论远望还是近观，都是晶莹剔透的。晚上来看，玻璃桥上色彩斑斓的灯光，交替变换着，整座桥又变得如梦如幻。

阳桥，位于桂林主干道中山中路上，是杉湖和榕湖汇合处，以前也是桂林名气最大的桥之一。阳桥是三跨连续曲梁桥，主体均为钢筋混凝土，外辅花岗岩和大理石。

还有很多桥梁和美景，虽然来不及拍照和细细品味，但最重要的是增长了见识，拓宽了视野，收获甚丰。

美景美食抚慰人心。晚风轻轻吹着湖面，一天的行程告一段落，挥挥手，对着月色下的日月双塔说一声"晚安"。

作者简介：吕孟丽，笔名雪阑珊，1983年出生，女，北流市永丰小学教师。读书时代就是文学社社员，爱好文学和写作，经常发表一些小作品。工作后曾指导多名学生发表作文在报纸杂志上，本人也经常在美篇平台上发表一些散文等作品，得到平台主持的好评。愿以淡墨，致敬流年。愿与你，在字里行间相遇。

造一个精神的花园

黄松林

一花一世界，一叶一菩提。

我在少年时期曾经种过一些花，那时种花是为了养眼，只是单纯觉得花美；而今，已经到了"五十知天命"的年纪，又爱上种花，为的是养心，为自己造一个精神的花园。

2017年的春天，我突然有了种花的念头。我想在自家的阳台上和楼顶的露台上种些花。如今，七年过去，我家的花加起来也有了百来盆。我把它们摆放在窗台上、楼顶露台上，看上去也算是个小小的花园了吧。这几年，我和这些花草打交道，不仅仅是懂得了更多养花的技术，更重要的是，和这些花草待久了，人也有了花草的神色。因为我照料它们，它们回馈我的不只是芬芳和色彩，还有它们美好的品性。

太阳花，生命的花

我种得最多的是太阳花，新品种、老品种共有十多盆。太阳花易种易活，小时候就种过。太阳花长得生机勃勃，经常都是几十朵上百朵地开放。我常常看太阳花，看着它们盛开的样子，自己就仿佛回到了童年。太阳花的花期很长，在我们南方，除了冬天最寒冷的日子或者碰上雨天，要不它们都会向着太阳开放。夏天里，太阳花开得最旺，最灿烂。冬天里，风吹霜冻，倘若你以为太阳花会被冻死，那就错了！一到春天，天气转暖，它们又会长出新芽，结出花苞，向阳开花。太阳花的这种品格最让我震撼！两年来，这些太

阳花哟，给了我无穷的力量！我还因为它们，重新拿起笔写作，写的第一篇文章就是《像太阳花一样怒放》，我还通过校园广播分享给全校师生。我希望自己的生命像太阳花一样开得灿烂，像太阳花一样顽强不屈！所以，在太阳花相伴的这几年时间里，我克服了病痛、工作受挫等多种困难和委屈，静心写作，顽强生长，创作散文、诗歌、微故事、习作指导等100多篇，作品发表在《玉林日报》《北流文艺》《广西教育》《学苑创造》等报刊上，还荣获了2021年北流市大业文学奖。我不只是自己写，还带动学校的师生写起来，积极为师生搭建发表平台，鼓励师生积极投稿。近几年师生发表文章，每年超过100篇。感谢太阳花，它让我的生命之花尽情绽放！

日日新，开在缝隙中的花

2020年的春天，我从花店买回来几棵日日新，补种在一些空花盆里。

初夏的时候，新种的日日新都开花了。一朵一朵粉红的花，开在楼顶的小花园里，特别吸引我的眼球。不管是晚上散步回来浇花，还是中午上楼顶喂鸡，每次上楼顶一打开门，这些开得旺盛的花就会跃入我眼帘，让我常常感受到生活的美好。

9月份新学期开学前的一天，我趁着空闲修剪小花园里的花草。修剪完毕，我开始清扫地面的枯枝落叶。清扫时，在花架一旁的地面上，在瓷砖与瓷砖中间的缝隙里，一棵幼小的苗苗，映

入我的眼帘！我蹲下去看，看清楚了，原来这是一棵日日新的幼苗！它那么纤弱，比一根牙签还要细，只有三四张小小的叶子！我猜想一定是墙头的那盆花的花籽落在缝隙里，它竟在这缝隙里生根、发芽、长叶了！我顿时对它充满了敬意！它让我见证了种子的力量！

一开始，我看它那么弱小，有些担心它，想把它拔出来，移种到花盆里去照料。可是，想来想去，我还是决定让它继续在缝隙里生长，说不定，它会是一棵不一样的花呢。

此后的日子里，我常常拨开其他掩映在上面的花枝，偷偷看看它，看它又长高了多少。它长得有些慢，毕竟小小的缝隙里泥土非常有限。而且，九、十月，南方的气温还很高，楼顶上的光照时间也长，其他一些花木会因为缺水而蔫掉。我真担心这棵幼苗无法承受这样的干旱和炎热的煎熬。可是它，出乎我的意料！它一直在顽强地生长着！它慢慢地长高，叶子也越来越多，每一张叶子都翠绿发亮。但是，它的存在，我并没有告诉家里人。所以，在我十月份的前后两次外出培训学习的期间，它没有得到任何的关照。我在外地的时候，有时候会想起它，为它泛起淡淡的忧虑。事实上，完全是我多虑了。我出差回来，上楼顶上去看它的时候，它长花苞了！后来，这棵长在缝隙中的花，开花了！开在冬日的暖阳里，和旁边花盆中它的姐妹们比起来，毫不逊色。它的花开在花枝的最顶端，五片粉红的花瓣向外伸展，看上去就像一把小小的粉色的伞，可爱极了！看着它，我除了高兴，更多的是佩服！

夜来香，童年的花

在我的小花园里，我尝试着种了好些品种的花，大多都种成功了，如我所愿，开出了美丽的花。可我的心里，一直心心念念着童年种过的那种红色的夜来香，可是，我去过的花店里从没见过它的影子。我多想再种上一棵，闻闻它的香气。

"踏破铁鞋无觅处，得来全不费工夫。"我终于找到了它！在年前一个寒冷的日子里，我骑电车经过一条街道时，竟在一块菜地旁看到了它熟悉的影子！小时候，我也是在圩上人家的菜地里第一见到它。我就是在那里折了一枝回家，然后插在泥土里种起来的花，它给我和小伙伴留下了多少美好的回忆啊。眼前的这棵夜来香，在冬天里依然精神抖擞！我忍不住停好车，蹲下来端详它，闻它的香气，久久不想离去。我折下一枝拿回家去种，可是周围没有人，没有经过别人的同意，我不敢动手。后来，我发现地上有几颗黑黑的种子，我像发现了珍宝一样，轻轻把它们捡起来，掏出一张纸巾把它们包好拿回家。在春天到来的时候，我把种子种在楼顶的花盆里。几天后种子竟发芽了！五棵呢！那一刻，我感到无比兴奋。从那以后，我每天用手机拍下了它们成长的每个细节。有个晚上，夜来香真的开花了！鲜红的花，像个小喇叭，是我记忆中的样子。我俯下身子，轻轻地闻它的味道，就是这个味道，儿时的熟悉的味道！浓郁的香气！那一刻，我感到无比自豪！

花，就像老朋友

小花园里花的品种不断增加，五颜六色的都有，每一棵每一朵都有自己的姿态。但我种的大多是易种易活的花。我不是养花专家，也不是个尽责的主人，甚至分不清哪些喜阴哪些喜阳，浇花洒水都是开了水龙头，直接喷洒一遍。我对它们最好的地方，就是把每天的淘米水留下来，晚上有空的时候轮流给它们浇上。可它们好像从不计较，总是竭尽全力地开出美丽的花！于是，我家的窗台、楼顶露台，一年四季都飘着花香。和花草相处多了，感觉就像老朋友一样了。我心情不好的时候，搬搬花，浇浇水，闻闻花香，郁闷就消散了！这不得感谢它们吗？

朋友，多和花草在一起吧！像花那样，努力地活出自己的姿态！

记忆中的红薯、稘子、酸梅粉

陈莉丽

酸梅粉

那年夏天，水果店的老板送来果盘，里面配了一包粉粉的酸梅粉，他说，洒在番石榴上面，番石榴会更好吃。听到"酸梅粉"三字，内心一顿——那是我记忆深处的味道，我整个童年最美的味道！

我是村里长大的孩子，零花钱是个奢侈品，我们只有在父母格外开恩时，外公来家里时，父亲的同事来做客时才会有零花钱。少则一毛，多则五毛甚至一块。每逢拿到钱时，是可以兴奋一整天的。买什么呢？孩子都是一张嘴，都喜欢买那些既便宜又美味，关键还特别耐吃的零食，首选自然是酸梅粉了！5 分钱一包，可以吃上个半天，甚至一天了！

一个火柴盒大小的透明塑料袋，正面是一根小树枝上搭着一张绿叶和两颗红色的，我们叫不

出名字的小果子，现在想来应该是乌梅了。袋子后面全透明，这就构成了酸梅粉的简易包装。酸梅粉呈灰棕色，质感特别好，如细细的沙子，隔着包装袋捏起来也是软中带磨砂，手感好舒服。

买酸梅粉还挺有讲究，最少要拿几包来对比，比什么呢？先比量大量小，再比里面小勺子的形状和颜色哪个更入自己法眼，印象中那个比玉米粒还要小的勺子的顶端，大都是一把斧子，而且是红色居多。如果有新款勺子出现，那就非要纠结许久：拿在左手的酸梅粉量似乎多一些，但右手的小勺子又难得一遇，到底选哪个？最后实在定夺不下，一狠心，小公鸡点到谁就是谁。

看着忍不住要流口水，但不能急，撕开包装袋封口要慢，要讲点技术。开口太小，舀起的酸梅粉会碰到袋子边沿，粉洒出去多可惜；开得太大，更不行，因为这一小袋不是瞬间吃完的，先

吃一小勺，把勺子放回袋子里，再拧一下包装袋放回口袋的，而开口太大容易漏到口袋里。掉到口袋里的酸梅粉其中没有办法延长寿命，只能速战速决，那可是最可惜的事。

终于能开吃了！

激动着舀上一小勺往嘴里一洒，哇，这可不得了！嘴巴如一口小泉，处处是泉眼，泉水也因接收到"春天"的酸甜信息瞬间全都冒出来，那酸，那甜，那咸，来得刚刚好，却香味浓郁，含着这酸梅粉，感觉自己就像武侠片里的普通人服下神奇药丸后，任督二脉被打开，身体充满力量，突然成为武林高手，忍不住找人比试比试我的最擅长"武功"——跳绳。

拿酸梅粉到小伙伴眼前一晃，我那一呼百应的大姐大样子就出来了，伙伴们一个个争相拎着稻草编织的长绳跟着我到草地上。我先大气给每人舀上一小勺酸梅粉，放在他们的手心上，最后也给自己手心放上一勺，还说，吃完这一轮就跳绳，跳完再分一轮，我们像过年一样欢呼！分完后，壮观的场面就出现了——几个小屁孩激动地伸出舌头去舔手上的酸梅粉，边舔边咂嘴，舔得快的就只能眼巴巴地望着还沉浸在享受中的伙伴，催促着快点开始下一轮比赛。

所有人都用酸梅粉打通"任督二脉"之后，我将拧好的包装袋拿在手上，开始比试。跳绳的空档，好几次都忍不住又往嘴里送点酸梅粉，小伙伴总提醒："别吃了，等会不够分了！"我得意地扬起手上的袋子："看，还有这么多呢！"但小伙伴要求我装口袋里。也罢，不影响自己夺冠。但刚装好没多久，手痒往口袋伸时，傻愣了——我的手怎么直接触摸到粉状物体，莫非……没错，酸梅粉倒里面了！伙伴们感觉到大事不妙，赶紧聚集过来。那种惋惜、埋怨、失落的复杂眼神呈现在不同伙伴的眼里，但"武林中人"总是能快速找到解决办法，最后大家一致决定，将洒落的酸梅粉倒出来，于是更壮观的场

面出现了，就着我口袋里的尘土呀，细沙呀，一起舔着吃了……

至今回想这一幕，我都觉得那才是孩子最真实的样子，一点不起眼的美零食就能沉醉整个夏天……

看着果盘里纯透明的包装袋，迫不及待打开，倒一点进嘴里，有点小失望，它依然没有童年的最美味道。是酸梅粉变了，还是我缺少了像童年时期对待食物的重视与真诚，又或者是我的心没打清澈，还是接纳到的快乐不够纯粹，"任督二脉"也就一并收敛着！

我只是想念80年代那个酸梅粉了。

红薯情

我祖辈来自哪里我一直不清楚，但跟随着父辈一直生活在坡心村石岭脚。村距离城里需要一小时的路程，我们很少进城，见过最好的房子也是镇里的。石岭脚真的有岭，就在我家后面，小时候我们经常上山去摘捻子，扒松针回家做柴火。

石岭脚的人30年前喜欢在自家的坡地里大面积种植红薯，后来大家更侧重把红薯苗种到田里，而不是山坡上，那样的话在春天有人到公路边收购红薯藤，大家就把红薯藤折下来卖。以卖红薯藤为主的品种自然是很少红薯的，而且因为是水田，偶尔还会被水泡，那些红薯不粉不好吃。唯有长在坡地里的红薯与众不同。

坡地里的黄肉的红薯糯糯甜甜，也顺其自然成了我们的零食。

每个秋季的周末，我和村里三五个伙伴不约而同地聚集在一起，向红薯地奔去。土地蓬松，我们徒手就可以轻松地挖出整根红薯。随着挖红薯次数地增加，我们学会了通过观察红薯苗根部的泥土裂缝来判断红薯的大小。泥土的裂缝越大，下面的红薯就越大。按照这种方法来挖，多半能够挖到心仪的红薯。

一旦挖到红薯，我们就快乐地跑到阴凉的树

下，围成一圈，拿出随身携带的铁皮小刀削红薯皮。如果小刀掉了，又等不及轮流使用小伙伴的，就干脆用草将红薯表面的泥擦干净，直接用嘴巴把皮啃开。听那"咔咔"的清脆声，别提多满足！然而，生红薯吃多了，自然会有闹肚子的时候，我们就隔三岔五地窑红薯。

窑红薯工序多，要花费很多时间，我们就分工合作。有人负责挖红薯，有人负责垒窑，有人负责找柴火，整个过程热热闹闹。现在回想起来，简直就是一次名副其实的秋游！由于我们年纪小、经验不足，出窑的红薯要么是半生熟的，要么是熟过分成了黑炭的，只有极少数的几个能够达到完美的火候。尽管只能遗憾着回家，但这丝毫阻挡不住我们下一次继续窑红薯的热情。

在我们眼里可称为零食的红薯，在大人眼中是食物一宝。大人们会把丰收的红薯摆放在房子的一角，让它自然存放。什么时候想吃就拿来蒸煮。挖出来两三个月的红薯是最甜最糯的，说它们是美味佳肴也不为过。初冬，正好农活不多，清晨，一家人围坐在门口的小院吃着热气腾腾的红薯，聊着家常，鸡鸭在我们间穿梭，等待也能尝一尝红薯。那温暖的场景一直留在我记忆深处。

为了应对三四月份粮食短缺的情况，许多人家都会将一部分红薯做成红薯粒。制作方法简单，只需洗净、削皮、切颗粒晒干即可。刚晒上两天的红薯粒生吃是最美味的，甜味足且带有一点韧劲。看着一粒粒金黄的红薯粒在阳光下散发出美和特殊的香味，我觉得那就是大自然最美的馈赠，偶尔我也会留下一些酸梅粉偷偷洒在红薯粒上搅拌来吃。

晒红薯粒的日子，我们就特别勤快地往晒场跑，趁着大人不在抓一把红薯粒放进口袋，赶紧跑去角落里品尝。再过几天，红薯粒彻底晒干后会变硬，难以咬动。这时，家人会把它们放在一个透明塑料袋里封存起来，食材陷入困顿时会再拿来煮饭或做成红薯糖水。

日子渐渐好转的夏日的午后，将红薯粒洗净放入锅中，加入适量的水，煮上一个多小时，再加入蔗糖片。出锅后晾凉，一锅清凉的甜品就做好了。无论是大人干农活累了还是饿了，享用一碗红薯粒糖水，所有的劳累饥饿都被这碗糖水化解开来。回想起来，它竟然是我喝过的最美味的糖水。

厨房里过年留下的红薯已经有了皱纹，还冒出了芽，拿起来想丢的时候，看着手上的红薯，突然舍不得将它抛弃。我郑重地把它装到一个透明的花瓶里，加入水滋养着。我知道它会生根发芽长叶，会把我和我的童年，我的家乡紧紧地缠绕在一起。日子总是给人很多启发，今日我滋养着它，就如同它在我年少时，滋润着我。

摘稔子

乡下还有种说法："十三，稔子摘满篮，七月十四，稔子落满地。"意思是山稔子最好吃是七月十三之前，之后就渐渐枯落了。

稔子下来的时候，也有人开始在西门口路口摆卖稔子，她们的竹编筐子里的稔子暗红而饱满，颗颗散发着回忆。说是喜欢吃稔子，不如说是想寻回童年摘稔子的味道。

家乡老房子的背后就是一座小山，长了许多大石头、松树、野花野草野树，因此，时常能摘到一些野果子吃，比如稔子。稔子刚长出来是青色的，很硬，慢慢变成黄色、红色，在颜色变化的同时，果身也随之变软，最后成为黑紫色就是熟透了，一不小心就会碰裂它。熟透的稔子是最诱人，汁多，香甜而不腻，童年的我们都特别爱吃。

"稔子熟了！"每年 5 月份，稔子花开得正旺，就会听到第一个发现有稔子成熟的小伙伴欢喜的喊叫，这就等同于稔子向我们宣布，可以无限次逛山采摘了。从那时起，就开始了我们的摘稔子之旅，一直到 10 月份，彻底不见稔子的踪影，这趟快乐之旅才结束。

其实，那时的稔子哪里算得上成熟，只是大多的身子由青色变成黄色，顶多个别微微有些淡红色点缀。但被整整一年不见稔子的馋嘴孩童看见，又怎能忍住不摘？到家后大家都会快活地跟自己家人分享，说摘了好多，家人当然是不信的，我们不服气地把它们从兜里拿出来："你看！"浅红，浅黄一片，家人们忍俊不禁提醒：吃了生果会便秘！我们可管不了那么多，洗干净后围在一起吃起来。咬开帽子盖后，一整个嚼下，涩多于甜，实在太苦涩的便吐掉。现在想来，浪费了不少未成年的稔子。

放暑假的时候，终于迎来成熟旺季，我们上山的频率就高了，每天必摘，有时甚至早中晚都去。可是，记忆中，能摘到熟透的，实在是少之又少。是呀，村里孩子那么多，哪有这么多熟稔子可以摘。摘不到不重要，重要的是每天一定要上山去找，这个过程是每天最大的乐趣。有时，早上看到的只是全身深红色，还没变成黑紫色，想着等它变身之后，一口咬下会香甜软乎，就不忍摘下，想着晚上再摘就能吃到最美味的了，可是，万一被别人摘掉岂不是空欢喜一场？有办法！用它自身的叶子把它藏得隐秘一些，欢喜回家了。

到了晚上再去，哪里还见它的影子！那个悔那个恨呀！再遇到这样的，就干脆摘下，或者就改成中午也要去看一次，就差没守着它了。不过，还真有过能等到它成熟的时候，激动地摘下后，却不舍得吃，要拿回去跟小伙伴炫耀一番，或者给家人吃。就将它小心翼翼地装在口袋后继续采摘。回到家待伸手进口袋时，一阵气恼，不知什么时候稔子已经坏了，汁水流了出来，怕炫耀不成反被取笑，也不好再说什么，郁闷地把它吃掉，也没心情再去品尝它是什么味道了。

摘多了也会有经验，知道在哪个普通角落里的哪棵树的稔子成熟度高，也知道在哪些特殊地方的稔子会更大更熟，比如杂草丛生之地，比如坟墓边。可是，这些特殊地方的稔子哪怕是黑紫黑紫地在枝头高挂，我也不敢动，只能看，只敢责骂它们为什么要选这么个地方生长，只能眼看着胆大的男生去将它们摘下吃掉，然后在心里暗想：坟墓边的也敢吃，就不怕鬼来找他吗？

后来，再见他时，一样好好的，不禁动念：下次我要也摘那些特殊稔子！可一次又一次动念后，还是不敢摘不敢吃。可能是听大人说多了：七月十四鬼节的稔子最大最甜，可是，别单独行动，要早去早回……于是，看到坟墓边的稔子脑子里会假想出鬼的样子，再大再甜也不敢吃……

还有一种也是你明明看着它熟透了也不敢吃的，那就是留有小动物牙痕的，觉得那多半是老鼠、蚱蜢、蚂蚁或其他动物咬过的。因为我惧怕老鼠，所以每次看到这样的稔子，都会想象着老鼠向它伸出小爪子、尖嘴巴的情景，就朝它瞪眼，更确切地说，是瞪着想象中的老鼠，然后讨厌着咒骂着老鼠离开。

关于稔子的故事还有很多。把摘回的稔子晒干播种在种自家门口，幼稚地想着能大丰收的；吃了过多稔子便秘而害怕得大哭大叫的；两个好伙伴说好一起去摘，其中一人却偷偷先去摘了熟的，为此闹矛盾的；摘稔子太沉迷，耽误干农活被家人臭骂的……

回忆着这些故事，轻轻咬下一个稔子，虽然没有童年时定格的那种特殊美味，但这些和稔子有关的早已远去的事，回想起来却这般美好，这比稔子本身的味道重要得多。我耳边又响起稔子果的童谣：

> 六月六稔子逐粒熟，
> 七月七稔子熟到甩，
> 八月八稔子通山挞，
> 九月九稔子甜过酒。

"文学进消防　书香漫基层"
文艺征稿评审结果

由北流市消防救援大队与北流市文学艺术界联合会、北流市作家协会共同主办的"文学进消防　书香漫基层"文艺征稿启事在"北流文艺公众号"推送以后,至截稿日期止,共收到来稿 131 篇首/组。经北流市"文学进消防　书香漫基层"文艺征稿评委会(名单附后)认真审读打分,并于 2024 年 1 月 11 日集中评审,评出征稿结果如下:

一等奖(3 篇首/组)

《暖暖的火焰蓝》散文　黄应樑

《消防出警,每一个都像射出的箭(三首)》诗歌　马路

《爸爸给你一个惊喜》小说　韦延才

二等奖(5 篇首/组)

《烈火雄鹰》小说　李宏伟

《守候》散文　曹美兰

《燃烧的火(组诗)》诗歌　胡游

《火焰蓝的答案》纪实散文　莫晓霞

《晨光》小说　车丽娜

三等奖(10 篇首/组)

《致敬(组诗)》诗歌　陈一默

《蓝火焰之歌》诗歌　安乔子

《消防站,蓝朋友!》散文　龙海锋

《从蓝开始》散文　覃琼燕

《永不褪色的火焰蓝》散文　陈丽冰

《那一抹蓝》歌曲　伍裕生　韦庆夫 李庆武

《最爱那抹火焰蓝》散文　陈奕娟

《观消防官兵速降表演》诗歌　彭奋

《蜕变》散文　李广强

《谁的停车位》散文　黄正旺

优秀奖(15 篇首/组)

《初心赤诚,诗写北流消防人的大

爱无疆》诗歌 马倩倩

《消防员（外二首）》诗歌 吴真谋

《"四色"英雄——我眼中的北流消防员》散文 潘丽春

《北流火焰蓝，构筑一道让人最安心的防线（组诗）》诗歌 路书华

《今天我生日》散文 彭波

《淬火青春 最美的年华献给最美的事业》纪实散文 王祥丽

《那一抹火焰蓝多美啊》诗歌 朱苡菁

《他逆光而来（三首）》诗歌 清欢

《等你回来》诗歌 顾奇清

《云梯之上（外二首）》诗歌 诺尘

《致敬，北流"火焰蓝"！》散文 晓宇

《致敬消防员》诗歌 曹燕

《北流消防救援战士礼赞》散文 孙利

《北流英雄志：写给消防员（组诗）》诗歌 李珂珂

《圭江如此美丽》散文 蒋振泉

北流市"文学进消防 书香漫基层"
文艺征稿评委会（代章）

附：

北流市"文学进消防 书香漫基层"
文艺征稿评委会名单

主　　任：朱山坡（中国作家协会会员、原广西作家协会常务副主席，现为广州文学艺术创作研究院专业作家）

副 主 任：梁晓阳（中国作家协会会员、玉林市文联副主席、玉林市作家协会主席、北流市文联主席）

成　　员：潘雄杰（广西作家协会会员、北流市文联副主席）

吉小吉（中国作家协会会员、玉林市作家协会副主席、北流市作家协会主席、《北流文艺》执行主编）

谢夷珊（中国作家协会会员、玉林市作家协会副主席、北流市作家协会常务副主席、北流市外宣中心主任）

暖暖的火焰蓝

黄应樑

"铃铃铃……"一阵急促的集合声在铜州消防救援站响起。仿佛是一种久违的铃声，催促着人们赶紧出发，动身。铃声过后响起"哇哦，哇哦……"警报声，三辆消防车闪烁着警灯，从车库里开出来，在大楼门前整齐停放。"哇哦，哇哦……"声音异常低沉尖锐，持续了几十秒，消防大院里飘荡着一股十万火急的味道。我习惯性地退后避让，抖抖身上的衣服，目光注视着一楼楼梯口处，一个个消防员跑步出来，在地坪上紧急集合。

他们全副武装，站成三排。整整齐齐的样子，如同奔赴战场前接受检阅的士兵。

这场景是北流作家进消防体验活动的开始。秋日天空的云朵像飘荡的棉絮，阳光穿过棉絮洒落大地。此刻铜州消防大院内阳光明媚，树影斑驳。作家和消防队员们，仿佛两个世界的人，首次相遇有一种特别渴望了解的冲动。沉稳帅气的北流市消防救援大队韦庆夫政委和年轻干练的铜州消防救援站杨劲站长带领我们站在队伍前面。队伍威武雄壮，俊美的脸庞，眉宇间透露着一股英气。杨站长首先为我们介绍各种消防服的功能，队伍第一排是灰色的灭火战斗服，消防员身上的装备很多，配备报警器。杨站长介绍说，抢险救灾中，当消防队员生命出现危险时，报警器会发出"嘟嘟嘟"警报声。消防服上面写有"消防救援"四个字，臂膀上贴着一个小牌，牌面上写有名字、血型等一些重要的个人信息。我对这个小牌很感兴趣。

"火场情况复杂，瞬息万变，什么情况都可能发生。"韦政委解释说，"小牌有防火功能，上面记录着一些个人的重要信息，应急情况用。"

"哦，看来很重要。"我说。

"当然啦。"

杨站长继续介绍第二排橙黄色的抢险救援服，用于地震、水灾、建筑物坍塌等多种灾害救援，这种服装在电视上最常见，非常显眼。第三排白色的捕蜂专用服，头戴防护罩，像白衣战士，解民之所急。

这三种服装都属于战斗服样式。其实，从一开始，我就注意到政委和站长身穿的训练服，像天空晴朗的蓝，又像大海深邃的蓝，这种颜色的亲和力很强，湛蓝湛蓝的，给人一种宁静的宽广。大约两年前，疫情防控还比较严峻，那时候部分乡镇需要加强管控，管控人员有市局派驻也有乡镇派驻。当时我正好在场，有幸见过这种制服，知道他们是乡镇政府专职消防队，代表镇政府在卡口24小时值守卡点。那是我第一次接触火焰蓝，他们连续数天坚守岗位，克服天寒、物资缺乏等种种困难，不让随意走动，不让疫情扩散，为最终动态清零赢得主动。

"走，看看我们的训练科目。"政委带领大家到了训练场。

训练场上正在表演消防科目演示，如挂钩梯、爬绳上四楼、云梯救援、水枪射水等，只见队员们个个动作娴熟，飞檐走壁，令人感受到不小震撼。

"这个你们可以试试。"政委带我们到了水枪射手旁边。

"需要很大力气吗？"

"不用，有一点手力就可以了。"

我们试用了水枪，一条条水柱腾空而起，随着开关变幻不同的形状，每一种水的形状都有不一样的用途。

"噢，感觉还行。"体验了一会当消防员的感觉。大伙平常拿笔的手，现在用来耍枪，感觉意犹未尽。

一辆写有"消防云梯"字样的车辆缓缓驶来，

在训练场一角停下，我和市文联梁主席上了云梯，体验救援，上去后我才晓得自己从小开始患有恐高症，加上几个作家在下面往上喊，"云梯载重不能超过500斤，上面标注有的。"

我俩都已经上了云梯，系好了安全带，云梯上还有一个消防队员。一梯三人，我心里嘀咕，自己那么肥胖，会不会超载？超载了会不会折断？会不会出现其他故障？在几十米高空，我连续在心中追问，想着都有点害怕。但我不能表现出胆怯，随着云梯不断举升，我站在高高的平台上，空中俯瞰周围林立的高楼。这就是消防队员们日常工作环境，他们为了人民的安康，赴汤蹈火，无所畏惧。

想到这我感觉自己的担心是多余的。

十几年前，我在乡镇工作的时候，镇里面是没有专职消防队的。一天傍晚，镇上一栋居民楼起火，拨打"119"报警后，消防队员紧急出动，但从城区赶来，要走几十公里的山区道路，紧赶慢赶都要差不多一个小时。在这一个小时内，只能开展自救。火燃烧起来，屋主一家人是不能自行扑灭了，附近的居民们自发赶来帮忙，每人一桶水一桶水的提，一桶水一桶水的传递，但火还是不被扑灭，只能眼巴巴地看着黑烟从四周冒出。

"火太大了。"参与救援的群众说，"如果控制不住可能会殃及周边的房子。"

"那怎么办？"众人的神情显得十分焦虑。

幸好城里消防队员及时赶到，大火最终被扑灭，人们悬着的心终于放下了。那一场火灾在镇上算是比较大的一次，大火褪去后现场一片狼藉，楼面暗黑，室内到处都是烈火过后的痕迹，空气中弥漫着一股浓郁的刺鼻焦味，一些地方还在冒着白烟。房子主人是一个50多岁的男人，瘫坐在街道中央，脸色脏黑，表情呆滞，惊恐的目光中夹杂着绝望，身上的皮夹克不知何时烫出来一个大洞，整个人颓废如泥。

"这些年辛辛苦苦建立起的家，就因为一点

疏忽大意，毁于一旦。"

"好恐怖啊。"

"火灾猛于虎，用火须谨慎。"

邻居们在警戒线外，你一言我一言感叹大火的无情，也感受到屋主那剜心锥骨的疼。是的，那是十几年前的事了，要是放在现在，不会发生这样的事情了。据了解现在北流全市有消防员220人，城区建设三个消防站，乡镇建设16个消防站，无论是人员、编制、服装、后勤保障，都与以前大不一样了，基本上实现了全覆盖。

当意外发生时，能与死神抢时间，保护城乡人民群众生命和财产安全。

一直以来，消防员的日常生活都充满神秘色彩。我想每个到消防站去的人，都会深刻体会到这一点，他们的宿舍实在是太整洁了，给人第一印象像军营，他们一个房间里面住7个人，口盅、毛巾、拖鞋等各种用品摆放整齐，用过的牙刷摆放，统一朝向，没有一点凌乱，所有的被子都被折叠成豆腐块，像刀削一样，方方正正摆放在床头。

我好奇地问："都转制回地方几年了，还保持部队的作风啊！"

"是啊！"韦政委说，"从部队转隶到地方，大家肯定要有一个适应过程。"

"我们沿着部队的作风不变，目的是更好地保持队伍的战斗力。"

韦政委在部队服役十几年，深有感触说："火场如战场，消防救援队伍需要这种作风。"

作家队伍中的龙腿，退伍军人出身，已经二十多年不折叠豆腐块了，手痒痒的，在众人的怂恿下他抖了抖被子，为我们展现了叠被子的全过程。他的一招一式，折叠动作还是有型有范。但客观评价，效果与年轻的消防队员们相比，怎么看都有一定的差距。

"很久不练，有点生疏。"龙腿谦虚地说。

"已经不错了，超越了好多人。"我安慰他说。

"想不到消防队员的日常生活要求这么严格。"

"是啊。"

"细节决定成败。"

在众人赞扬声中，我们走到了旁边的科室参观，我习惯性地观察一些特别之处。近年来北流消防救援大队获得的奖牌奖状挂满一个大厅，这个大厅被命名为荣誉室，里面陈列着大大小小的奖状、奖杯和锦旗，按年份陈列着，堪称一部消防队伍发展壮大的史书。在荣誉室旁边是文化娱乐室，里面有书籍、棋牌、音乐，各种健身器械，消防文化活动搞得有声有色。

我们通过这种平台将优良的文化传统传承下来，让年轻的消防队员们有归属感，有家的温馨。

是的，我们离开了城里的铜州消防站，来到乡镇，朱方德是新圩镇消防救援站站长，也是一名退伍军人，他多才多艺，在单位文化室和年轻的同伴们组建一个打击乐乐队。我们去的当天，朱站长即兴表演一首旋律优美的革命歌曲《大海航行靠舵手》，看着他有板有眼、沉浸专注的表演，我的心绪也跟着回到了过去那个激情飞扬的年代。

在新圩，大队韦政委再次谈到队伍作风建设、文化建设，他幽默了一把。说，"作风建设、文化建设会直接影响队伍的精神面貌。作为在职的消防救援队员，你永远都不知道下一刻钟会发生什么？"队员们接到警情，白天要求40秒、晚上要求一分钟内紧急集合出发，试想一分钟前他们在干吗呢？也许有人在睡觉，有人在吃饭，在冲凉，在上厕所。所以有时候出任务时见到他们头顶上有泡沫，或者提着裤头跑步出来，一点也不感觉奇怪。毕竟火情就是命令，一刻也不能耽误。

在一天的采风活动快要结束时，朱方德站长给我们讲述了他第一次担任现场指挥的感悟。在宋村，一位妇女因为一些工作和家庭琐事被人误解，被人冤枉。一气之下，她想不通，站在自家楼房四楼栏杆外，欲跳楼轻生。这个消息让村民们感到震惊，一下子打破了村庄的宁静。接到报警后，朱站长带领值班的消防员赶到现场，在察看现场中迅速作出营救方案，可是行动中不小心发出了一点细微的声响，引起妇女的警觉和不满情绪，现场状况开始变得复杂、紧张。

她惊惶地说："别近，再靠近我就跳了。"

"我不靠近，你也不要冲动。"朱站立刻停下脚步，隔着几米远与她交谈，稳定她的情绪，"有什么困难，你跟我说。"

"跟你说？有什么用？"她嗫嗫难言。

"我是新圩镇消防救援队的，请你相信我。"

她沉默一会儿，用眼神瞅了他一眼，说："委屈，难受，感觉生活没有意义了。"

"不，事情总会得到澄清，会过去的。"

朱站几乎以央求的口气与她交谈，以此来分散她的注意力。"你不能做傻事，想想你的家庭，想想你的父母你的孩子。"

队友们巧妙配合，进行迂回包抄，慢慢从背面接近，最终成功地将妇女救了下来。

朱站长回忆这次救援，深有感触说，大伙的战斗士气很重要，要敢于克服困难，步调一致。如果当时有一个环节出错，都可能导致救援失败。如果这位妇女从我们的眼皮子底下掉下去，这对她的家庭无疑是一个沉痛的打击，对我们来说是一个耻辱，因为我们是消防救援人员，尤其是我第一次领衔指挥，失败的阴影会伴随终生。

几天之后，朱方德又和镇村干部一起来到这位妇女家里进行回访，详细了解她的生活和健康情况，召集她们家庭成员召开家庭会议，在村干部和村里一些有威望的人见证下，大家把话说开了，误解消除了，解决了各自心头上的疙瘩，这位妇女又恢复了正常的工作生活状态。

群众利益无小事，点点滴滴暖民心。北流消防救援的故事每天都会上演，除了突发的救火、救灾外，更多的是日常进村入户，宣传政策，隐患排查等等温暖民心的点滴小事。据了解，仅新圩镇消防队上半年接处警就达 30 次，日常下村巡查是常态，正是这样细致的工作，群众的消防意识明显增强，到目前止镇区内无一火灾伤亡事故发生。

我们去采风的时候正值全国消防宣传活动月，今年的主题是"预防为主，生命至上"。朱队长和他的队友们刚从村屯回来，在攀谈的过程中，朱队特别强调了宣传预防工作的重要，他说我们多一点宣传，群众就多一分安全。看着他风尘仆仆的样子，我更理解了新时代消防队员们的担当和使命。

"火焰的高级状态是呈蓝色的。"韦政委说的这句话给我留下很深的印象，有几天我一直揣摩这句话的含义。都说红红火火，却似乎忽略了蓝。我见过电工手上切割机发出的蓝色火焰，也见过厨房燃气灶台上的蓝色火焰，它们都有一个共同的特点，高温纯净。我想，这不就是我们可敬的火焰蓝？热烈，无畏，像极了众多的消防队员。有一句话这样说的，哪有什么岁月静好，不过是有人替你负重前行。

这也许已经很好地诠释了火焰蓝的内涵。

暖暖的火焰蓝，你是人民群众生命和财产的守护神。

守　候

曹美兰

一

"迎接光辉岁月，风雨中抱紧自由，一生经过彷徨的挣扎，自信可改变未来……"激昂的曲调从低音大鼓、军鼓、嗵嗵鼓、吊镲、节奏镲、踩镲……传出，在室内流转，再传入我的内心。我一时恍惚，忘记了自己身处何处。

那对细小的鼓槌被一双有力的手稳当地拿住，鼓槌娴熟洒脱地穿行在各种鼓和镲中，动人又自信的乐声就这样被大大方方地敲了出来。敲爵士鼓的人眼里的喜悦、青春与不羁的气息也一同被敲了出来。

敲鼓的人穿着蓝色的工作服。这种蓝，如同中学时化学老师做甲烷燃烧实验时产生的蓝色的火焰的蓝是一样的，为此，也叫"火焰蓝"。袖子上的"中国消防救援"六个黄色字，强烈地占据我的瞳孔，让我从幻觉中醒来，清楚地意识到这里是新圩镇消防专职队的所在地。

曲终人未散，大家纷纷围着朱队。

朱队，全名叫朱方德。一个 90 后的年轻人，国字脸，目光炯炯，质朴中透着机警。他是新圩镇消防专职队的队长。这里的人都亲切地喊他：朱队。

此刻，阳光温和，乖巧，正心满意足地趴在玻璃窗上。玻璃窗不舍得辜负这份美好，以干净的胸膛来迎接它，并派来不多不少，正好三盆绿萝，站立在窗架子上承接这份眷顾。绿萝的每一片叶子，露出干净的脸庞，抢眼的绿中又带着柔情，像刚长开的姑娘，羞涩地静静地看着进入这里的每一个人，也看着发生在这里的一切，当然也包括了那个特别的凌晨。

2022 年 8 月 3 日凌晨一点多，天上的星星也困得回去睡觉了。此时队里的警铃急促地响起。"新圩文武街一户人家发生火宅，6 人被困，4 个大人，2 个小孩。"这个灾情迅速输入了朱队的脑子里。值班的 4 个队员，迅速穿好个人防护装备，整齐集合，紧急出动，登车出门，就向现场"奔"去。在这个足够深的夜里，一切都已沉睡，唯有一辆警惕的消防车独自在路上行驶，此时不"奔"更待何时？

其实，朱队第一次听到警铃响起的时候，

心里的慌张还是不听使唤地跑了出来。可谁天生第一次不慌张呢？更何况是向火而行啊！后来，毫无悬念，和火打的交道越来越多，越来越密切，慌张早被赶跑了，代替慌张的是更多的责任和义务。朱队也迅速从救援小白蜕变为救援坚兵。

提起火，朱队的父亲就会想起朱队。父亲替三岁多的孙女起了个蛮有意思的名字，火娣，说是孙女命里五行缺火。在很长的一段时间里，朱队都会想，在家里帮自己带女儿的父亲，心里有多想"火"这个猛烈的物种能和自己友好相处啊！

就像自己和女儿友好相处一样。每次朱队回到家，女儿瞧见自己，嘴巴瞬间张开，紧接着眼睛眯成一道缝，双手握成拳头状，双脚不停地在原地蹦跳，接着发出奶声奶气的童声："爸爸，爸爸……"然后，飞扑过来，就算把他扑倒在地，两个双拥的人一点也不介意，在这个拥抱中长久的想念得到了稀释。一旁，朱队的爱人的眼睛止不住地眨呀眨，之后便转过身去不停地用手擦眼睛，最后抽泣着走进了厨房。

其实，对于女儿的到来，朱队的父爱是迟迟才回应的。女儿出生的那天，这个年轻的消防爸爸和他的队友正在六靖镇和一场大火战的难分难解。在女儿出生的重要时刻，他缺席了。后来，他来到了新圩镇消防专职队，儿子的出生，也毫无悬念地缺席了，当然也缺席了很多和家人里相聚的重要时刻。

在那个伸手不见五指的凌晨，朱队想起了这些与救火无关的事，夜里那双眼睛却更是闪亮，精神也越来越振奋。

到了现场，大家提起精神，别忘了家里还有家人在等着。黑夜中传来朱队浑厚的声音。

火，大老远就向朱队他们发出了耀武扬威的挑战。滚滚的浓烟，隐藏在黑夜里，可朱队还是立马就判断了出来。

火能助人，也能害人。眼前的火深藏着它明目张胆的欲望，它伸出贪婪的血口，不顾一切地要吞噬一切。这样的火谁不怕呢？楼房里的6个人早被这来势汹汹的火吓得六神无主，瑟瑟发抖。

火已经越来越猖狂。

朱队和队友迅速展开工作。一边搭设水枪，一边用锤子敲开房门。张牙舞爪的浓烟滚滚而来，头上的灯光勉强能帮助他们看清救援的方向，水枪在他们手中被快速瞄准方向，精准控制水流。

水枪带着猛烈和勇敢扑向火，火也终于放弃誓不罢休的目的，最终逃之夭夭。朱队他们一次又一次在浓烟中逆行，尝试用力搬开室内的木板和家具。

灯光最后照在一张稚嫩的脸上，恐惧早已深深地控制住这张脸。朱队的心"倏"地一下被紧紧地抓住。别怕，不会有事的，有我在。朱队安慰的话立刻传入她的耳中，接着，不带一丝的犹豫把面罩摘下，给她带上，然后，抱起她，往又黑又呛的楼梯跑……这个夜里，劫后余生的人及时遇到"火焰蓝"，是一件多么幸运的事啊！

到目前为止，朱队他们经历过多少次这样的救人场景呢？我不知道，可我知道，他们每一次出动任务，危险对他们虎视眈眈，每一次出动，都可能是最后一次。我也知道，队里挂着一面红底黄子的锦旗，上面写着"神速救火，诚信为民"。

二

窗外，高远湛蓝的天空，几朵白云在你追我赶，大概也想赶来这里瞧一瞧，这个敲出了激奋人心的音乐的队长，是不是还会点别的呢？其实，不但它们好奇，我也同样好奇。

果然，一问之下，朱队还会弹吉他。而且还有另外一个队友也喜欢玩音乐。朱队向我介绍他，喊他小苏。

小苏，00后，也是本地人，他会敲爵士鼓，也会弹其他，还会弹贝司。直到今天我才知道，贝司也叫贝斯，属于吉他的一种。我看向那个会弹贝司的小伙子，面对我们时是腼腆的。我想，若是我和他聊音乐他肯定能侃侃而谈。可在音乐面前，我是多么的无知和盲从啊，又怎敢和他交谈呢？这么说，好像不太正确，应该说，我在很多事面前都是无知的。面对工作时，小苏又是勇敢的，和队友一样勇敢。这点，毋庸置疑。

这间房间的门额上，用蓝底白字，写着"消防员之家"。这个消防员之家，除了有乐器之外，又怎么能少得了健身器材呢？跑步机、双向推胸训练器、乒乓球、哑铃、单双杠、动感单车……这些健身器材见证了他们增强体能的分分秒秒，提高了他们在救援现场的速度，更是增加了他们用生命来守护生命的勇气和胆量。

这个由10个人组成的消防队，除了开消防车的司机是年纪大一点的退伍兵外，其他的都是90后和00后。这样朝气和活跃的队伍，聚在一起组成一个大家庭，该是一件多么愉悦的事啊！

"今日世界，一日千里，不学无从适应，不思无所应对——习近平《之江新语》"，白墙上的黑字，顿时点醒了我。我猜，他们肯定会在音乐中把心思交付给对方，有时，语言到不了的地方，音乐可以帮助他们完成。队友们的欢声笑语和喜怒哀乐在娱乐和训练中相互间找到了安放，更是有着说不完的默契，在救援工作中，队员的一个眼神一个动作就能瞬间领会。

谁说不是呢？

那个大家默契配合的下午，谁又能忘记呢？

2023年8月的那个下午，坐在窗边瘦弱的妇女的脸上没有半点留恋，让大伙的心都跳到了嗓口。如同一只迷糊的蝴蝶，只要一阵轻盈的风，那双疲惫的翅膀就会被惊吓得扇动起来。

朱队不敢再往前一步。平静的河流底下，看不见的地方汹涌暗流，一步错就会全盘皆输。该如何传达目前的解救情况不适宜把警车开进来，警示灯更不能响起来呢？

不能乱，千万不能乱，朱队心中默念。屏气静息几秒钟，朱队决定把自己换成心理师，在未知的世界里探索自己和他人。就像自己当初在音乐的世界里慢慢摸索，只有带着真诚奔赴而去。

就这样，朱队开始了一边与她对望、沟通、一边和队友打着哑谜。这注定是一段不易的过程。在她被救援队友一把抱下来的时候，朱队头上的汗水冲破了一切的障碍，不顾一切地流了下来。此时的他，像是竭尽全力地演绎着一首从未见过的歌，过程虽难，最终还是跌跌撞撞地学会了。欢喜再也藏不住，跳到他眉梢上。

谢谢，如果不是你们，我们家也许就散了。看着自家的儿媳平安地被救下来，眼前的老人，再也抑制不住内心的感激之情，不断地向朱队他们道谢。

其实，朱队最不擅长应对的就是群众的道谢，下跪道谢，更是让他惶恐。他说，自己只是尽力做好工作而已，不必言谢。

可我们都知道，消防工作是：救人于水火，救民于危难。

这时，我的惭愧像跑步向终点冲刺般向我冲来，怎么拦都拦不住。

想起我在消防队里的体验。水枪在我手里慌里慌张，灭火器在我手中摇摇晃晃，我站在救援云梯上的忐忑，训练楼前，脚犹如踩到了胶水，一步也挪不动……想起这些，我的脸不由得红了起来，幸亏周围的人的注意力都在这些可爱的人的身上。

准备离开的时候，刚碰上三五个孩子路过消防队门口，又或者是他们商量好了来消防队转转，想着留下一瓶水，或者是一只红薯。谁说不是呢？朱队和队友常常需要通过门前的摄像头才可以得知，门前的桌子上悄悄送来表达谢意的水果、面条等小物品是哪一位送来的。

瞅着我们这一群人围着朱队，他们齐刷刷地看着朱队，嘴里纷纷喊着，"朱队好！"这些孩子是什么时候认识朱队的呢？是在学校宣传消防知识的时候，还是在朱队走村入户宣传的时候呢？不过，他们什么时候认识的，并不重要，重要的是，朱队和队友们带着光，走进了他们的心中。

门前的黄皮树在秋天落下了果实后，怀抱里只剩下了叶子，叶子的陪伴冲淡了果子离别的伤感。叶子会不离不弃地守候着它到下一个秋天。日夜伫立在门口的黄皮树，此时正和午后的阳光友好相处，它定是看到了我错过的很多动人的镜头和点滴，也看到了树下彼此间的守候，如家人一般。

火焰蓝的答案

莫晓霞

引子

"对党忠诚、纪律严明、赴汤蹈火、竭诚为民。"

2018 年 11 月 9 日，习近平总书记亲自向国家综合性消防救援队伍授旗并致训词。

习近平总书记又指出："国家综合性消防救援队伍为人民而生、为人民而建、为人民而战，是同老百姓贴得最近、联系最紧的队伍，救民于水火、助民于危难、给人民以力量，永远是这支队伍存在的意义和价值。"

这几句话给了我不小的震撼：消防救援队不仅仅是为民服务。

他们是为民而生的队伍，更是给黑暗带来光的人。

有幸参观北流市综合应急救援大队后，我们才真正了解到中国消防救援标识的含义。

我从宣传海报上截取下这样一段文字介绍："中国消防救援标识整体造型：盾形，融入国徽和雄鹰翅膀两组图案，图案周边为蓝色，主体颜色为金黄色。寓意：盾型两侧环绕橄榄枝和松枝，象征消防救援队伍是人民群众生命财产安全和社会稳定的守护者，国徽代表依法履行国家赋予的职责使命；雄鹰翅膀代表反应灵敏、行动迅速；斧头、水带作为消防员常用装备，体现职业特点。"

一个清晰的标识代表一段神圣的使命。

在北流市综合应急救援大队的荣誉室里，我们还看到有一簇鲜艳的火焰造型，火焰上方耸立着那三个醒目的火警电话号码："119"。于是我们问政治教导员韦庆夫："群众打 119，出警要钱不？"

韦庆夫笑了笑说："不要钱，免费的。"

一、蓝得像海

著名散文家朱自清在《春》里描绘花儿："红的像火，粉的像霞，白的像雪。"倘若把这些优美的形容词句放到服饰上呢？当看到消防队员们身穿各色救援战斗服饰站在那一处排队时，我脑子里突然蹦出这样一个疑问。

一抹红，一抹黄，一抹白，一抹蓝。他们出警的服饰颜色各异，每一种服饰都代表着一类工种，每一件战斗服以及服饰上的物件都属于救援物品，大到背在身后的消防器械，小到别在肩头的警示器。

细节决定成败。

在所有的颜色里面，火焰蓝的蓝色最为显眼，他们有蓝色的肩章、蓝色的帽子、蓝色的床铺、蓝色的被褥、蓝色的标识，甚至蓝色背景的电影放映厅。

像一片纯净的海洋，那是火的天敌。

在北流市消防救援大队政治教导员韦庆夫的家乡，有一条叫红水河的江河，它日夜流淌着，在广袤的大地上铺开成几条蜿蜒沉静的蓝腰带，它带着一个青年从东兰的土地迈向广西首府南宁，又把他送到了将近五百公里外的北流。

2006年，韦庆夫本科毕业后，就留在了消防队伍里，自此开启了他和他的队友们保卫一方平安的消防生涯。

在消防第一线火拼的那些日子里，他总是无数次地想起故乡的山，故乡的水，故乡的云。

那些云，就像山里旱地上那成片成片开出的棉花，它们静静地挂在红水河的上空，印在蔚蓝的天幕上，把红水河的水染成了缀着雪白色花卉的靛蓝色布料。

追溯到故乡的过去，乃至现在老一辈的人，依然习惯把布料染成靛蓝色，然后裁成衣服，穿在身上。那些服饰的颜色，是和他的制服如此相似的颜色。

所以每一次出警，他都把此处的事当作自家的事来做，把此处的人当作故乡的人来守护。

2018年消防队伍改革转制之时，在走与留的考验，在故乡和他乡的抉择中，他没有犹豫。他心里装着红水河波澜壮阔的、海一样蓝的执着，毅然选择了消防事业。

我在北流消防的休闲室里看到这么一句话："拼一载春秋，搏一生无悔。"

自古忠孝难两全。但无悔，大概便是每个消防员坚守这份职业的本心吧。

二、出警60秒

火警一响，消防员们便从各个角落像箭一样冲出来：集合！出警！全程只花费一分钟。

简直天降奇兵！对面楼的居民看得目瞪口呆，他们嘴里的饭菜还没来得及完成咀嚼、吞咽的惯性动作，手上的碗筷已不自觉地抖了抖。

奇兵能将，并不是一朝一夕得来的。人们常说："台上一分钟，台下十年功。"然则这话用在消防员身上貌似不太合适。消防警情倘若出现得密集的话，哪里能等你练了十年功再来演示这一分钟呢？

消防出警从来没有彩排，只有现场直播。

那这份毅力和速度又是从哪里来的呢？自然是靠平时的严格训练得来的。

消防队里流行这么一句话："消防不习武，不算尽义务；武艺练不精，不算特勤兵。"作为一支"刀山敢上，火海敢闯"的队伍，必须要有鹰的敏捷和狼的凶猛才行。

所以，日常的强化训练不能少。

没有出警任务的时候，他们就进行体能训练。从城市的这头跑到城市的那头，从街道跑向训练沙地，从一楼攀爬上四楼。

他们不能七十二变，却要学会七十二般武艺。

在北流消防的外操场，有一个四层楼高的建筑。写的是四层楼，但从平地算起的话，房子当有五层楼那么高。为应对各式各样的险情，队员们必须要做到徒手爬绳到四楼，原地挂钩梯登上四楼，或利用往返式缓降器上下四楼等系列连贯性的动作。

徒手爬绳虽然采取了一定的措施，但依然很容易使人磨破手上的皮肤。消防员在攀岩上下楼的时候，即使有绳索的帮助，可倘若力度掌握不好，在跳跃到地面上的时候用力过猛，依然容易震伤膝盖或者扭伤脚踝。

我问队员："如果训练中受伤了怎么办？"

他们答："不严重的话就继续训练。"

而在实战中，队员们还要背上厚重的救援工具冲入救援场地。

"如果在实战中，遇到特别紧急的情况，又恰好在赶任务的过程中受伤了怎么办？"

他们依然笑笑："继续往前冲，救人如救火。"

听到"救人如救火"时，我们都笑了。这是一句俗语，比喻救人活命是一件十万分火急的事，刻不容缓，就像救火一样，一秒都不能等。

作为消防员，他们既是在救火，更是在救人，既是在救人，也是在救火，丝毫不矛盾。

生死一线，只能争分夺秒。

三、什么都干

我们在韦庆夫教导员的消防工作介绍中了解到：北流市消防救援大队目前在乡镇设有 10 个专职消防队。这些乡镇专职消防队分别位于民乐、新圩、西埌、隆盛、平政、六靖、石窝、清湾镇、清水口、扶新镇。这些乡镇专职消防队形成了"南北贯通，辐射周边"的合理分布格局。为乡镇火灾防控奠定了良好的基础。

为更深入了解基层消防队的工作和生活，韦庆夫教导员带我们前往新圩参观新圩镇专职消防队。

说来惭愧，我在新圩工作了十几年，竟不知新圩消防队的位置就在文武街 20 号。这是一间不大的二层楼房子，楼层比附近的居民楼少，也比旁边顺丰快递的铺面要小许多，倘若不是门面上那几个"新圩消防救援"的大字，几乎无人注意到，这一排乔木后的楼房里居然藏龙卧虎。

尽管如此，但麻雀虽小五脏俱全，救援站里的消防器材、消防战斗服、消防车这些标准配备一应俱全。

新圩人虽不全知道新圩消防救援的具体位置，但他们知道"119"火警电话。

2023 年 1 月 22 日，正是中国传统而隆重的节日——春节的第一天，我们俗称大年初一的日子。这一日，人们都还沉浸在新年的喜悦中，新圩消防站周边的住户和商铺大多大门户紧闭，只能从屋里传出的嘻哈声判断出一家人正围在客厅愉快地吃瓜闲聊着，空气里弥漫着烧烤和各种糖果的香味。

一派喜庆祥和的景象。

但到了晚上九点二十八分，这份安宁被救援队办公室里一阵紧促的警铃骤然打破。新圩消防接到报警称：金苗街一商铺发生起火。

一接到火警，新圩镇专职消防队迅速组织值班人员 4 名和消防车辆一齐出动，前往起火位置。

这是一家室内、室外都挂满了布匹衣物和杂七杂八物什的商铺，墙上垂下房主私拉的电线，电线缠绕交错，加之房子陈旧的建筑构造，很容易出现使用明火不当或电线漏电等问题而引发火灾。但消防队员们此刻也来不及去批评指正，火苗就在一堆衣物丛中烧着，而且势头越来越猛。

浓烟冲向二楼，二楼住着人，并在门上装着一台空调。如果火势蔓延，不仅楼上受影响，左右两边紧挨着的房子也会受到影响。所以消防员在迅速做出判断后，立马进入救援状态。

店铺是一位老人在看守，他跳着脚在旁边干着急，消防队员们只好一边安慰他一边拿出消防器材对着火苗根进行扑火。到了晚上九点四十一分，商铺内的明火被扑灭，无人员伤亡。

为提高该户居民的防范火灾意识，在扑灭火后的大年初二一大早，新圩消防员又上门给这家商铺的老板以及房屋的左邻右舍做了一次消防知识宣传。

新圩救援站平日里的工作范围不仅局限于新圩镇内，还兼管隔壁大里镇的警情。处置的问题也不仅仅是救火，还帮居民处置过房梁上的马蜂窝，抓过蛇，救出被反锁在房间里的小孩、被困在车里的小孩、被压到腿的小孩、被套异物在手脚上的小孩，吵架要跳楼的妇女等等。

有事找警察，有麻烦事打火警电话，准没错。

四、妇女之友

讲到消防员的工作职责，新圩镇专职消防队队长朱方德最有发言权。

在平时的工作中，消防员的角色并非固定的，有时候你是哄孩子的保姆，有时候你要做安慰老人的贴心人，甚至有时你还得成为妇女之友。

朱方德觉得，无论哪一种职能，也无论转换成哪一种身份，只要是能救人于水火的，都是消防员的好身份。

2023年9月16日，虽然正值周六，但朱方德和他的队友们依然在值班。

晚上八点二十分，警铃响起，他们接到群众报警称，在宋村东门梁的一户居民楼，有个女子想要跳楼自杀。

接到警情后，朱方德和他的队友一行6人，出动了一辆消防车火速前往宋村。

但消防车开到村中后，朱方德他们发现由于村中房屋密集，屋舍之间的道路狭隘，路不是能通小汽车的路，只是条条窄巷，要想把消防车从这些小巷子开到事故现场是完全不可能的事。消防车即使能顺利开过，但他们这样大张旗鼓地出现，会不会刺激到要自杀的人？这都是无法预判的因素。

可人命关天，一刻都不能耽搁，朱方德当机立断，迅速做出弃车步行入村的决定。

他们从车上拿下所有能拿的、能背的消防器械。在夜幕笼罩下，他们身着消防战斗服，如一只只敏捷的猎豹般狂奔着冲向事发地。

一个身材瘦小的女人正情绪激动地蜷缩在二楼窗外那处窄小的墙面上，随时有掉落下来的危险。朱方德快速查看了当时的环境，一楼有一处凸出不足一米的地板，比地面高出几十厘米，但上面铺满小石子和杂乱的垃圾，垃圾里是否掺杂玻璃等尖锐物品？他们不得而知。而房子前方又是凹凸不平的石子路，所以即使从二楼掉下来，砸在地面上，估计这人不死也得大伤。

如果此时要从车上搬下救援气垫等物品，耗费的时间又太长，就现场女人不停地拍打自己的脸颊，且口中喃喃有词的情况看，浪费一分钟时间就是给救援工作增添一分危险。

朱方德和队友们兵分几路，有去周边居民家收集被单床褥的，有去另一侧随时等候进行救援的，而朱方德自己则绑紧腰间的救生绳索，率先冲上楼，想从敞开的窗户把女人拉上来。但女人的警觉性很高，朱方德还没靠近窗户，就听到女人尖利而疯狂地喊叫着："你再靠近，我就跳下去了！"

"好的！好的！我站在这里，一步都不动。"朱方德闻言，赶忙应答她，便真的站在原地一动不动。他在仔细辨别女人的声音，待女人的哭泣声从激烈慢慢变为平静一些时，朱方德这才开始小心翼翼地有一搭没一搭地跟女人聊起家常来。

起初女人目光涣散，也并不理会朱方德，但朱方德依然非常耐心地、自顾自地跟她说孩子，说家庭，说生活。慢慢地，女人终于松了口，她情绪激动地控诉自认为婆家的种种不公，因为老公常年在外地打工，她一个人带着孩子在婆家生活，与婆家日常的矛盾越积越多，积少成多后终于在这一天夜里爆发出来。

她不知受了何种刺激，自己在家里喝了农药，心里越想越气，积攒的负面情绪又无处排解，便想到一死了之。

"你想想你的孩子，想想你的亲生父母嘛。"朱方德不得不顺着她的话聊下去，又见缝插针地递给她求生的欲望。

南方这座小城，九月还依然是高温天气。尽管是晚上，但空气里却没有半点风。闷热的楼房里，朱方德脸上流淌着汗水，身上的衣襟也被身体里蒸出的汗水浸透了。

朱方德继续推心置腹地同女人聊天，而女人似乎也在这类谈话中慢慢平静下来，虽然她不再做出马上要跳楼的举动，但也不肯主动搭上朱方德递过去的手。

朱方德心里明白，只要女人一刻没离开那

个地方，那险情便是一刻都没解除。危险还如毒蛇般盘旋在这栋楼里。

时间一分一秒地过去，朱方德无法判断女人那刻脸上的神情，但看到女人又时不时地做出双手癫狂地拍打自己的脸时，他的脑神经不得不随着她的动作变得更加紧绷起来。那女人大概是喝了农药之后产生了幻觉。

他的心提到了嗓子眼，"救人！救人！赶快救人！"朱方德心里焦急万分。

在这千钧一发之际，朱方德眼角余光瞥到他的队友正悄无声息地从另一侧结绳而上，他的紧绷的神经稍稍得到轻微的松弛，他迅速调整好自己的心态，一边不动声色地继续跟女人聊着天，极大程度地分散着她的注意力，一边等待时机成熟立马给队友打下救援的手势。

晚上九点十二分，在朱方德的配合下，队友以迅雷不及掩耳之势跳到窗外那处地方，拦腰抱住女人，把她成功救了下来。

朱方德站在居民楼的路灯下，这才如释重负地伸手抹了一把额上的汗，嘴里也长吁了一口气。

五、有搞青年

走进新圩镇专职消防队二楼临街的那处大房间里，你会疑心自己是不是走错了片场。

房间的一处墙壁上镶嵌着一面大镜子、一排书架子、一张乒乓台桌。挨近窗户的一边是一大堆乐器，最显眼的是镜子正对面放着的大架子鼓，一张被打满符号的乐谱夹在架子鼓对面的架子上，阳光透过窗户洒在一面贴着把纸质吉他、音符和写着"拥抱纯音乐"字样的墙壁上。

流动的光仿佛带动了想要流动的音符。

这哪里是正儿八经的消防队？这分明是一群有搞青年的演出片场。而他们确实是正利用工作之余的空闲时间，为即将到来的消防文艺晚会做着紧张的排练工作。

在我们的盛情邀请下，酷爱音乐的九零后朱方德为我们倾情演奏了一段摇滚乐……

如此张弛有度的消防队让我们大开了一回眼界。

对于蓝朋友们这些多姿多面的精彩表现，我实在充满了好奇，于是问朱方德："北流消防招人的时候都需要有才艺的吗？"

朱方德听后莞尔一笑，他认真地回答我说："不一定，但有才艺者优先。"

消防员的班次是二十四小时制。上一天的班，便是完整的二十四小时不间断。

但和许多消防员一样，朱方德除了是救火英雄，还是一位平凡的儿子、丈夫和父亲。

消防员平日里除了假期可以回家外，其他时间均要待在单位里，一刻都不能离开。所以尽管朱方德的孩子都还小，也只能靠妻子和家人帮忙照顾，他的妻子在另外一个距离新圩比较远的乡镇工作，平时夫妻俩也是聚少离多。讲到这，他停顿了一下才继续说道，既然他们选择了这份职业，那就认真做下去，至于对家人的亏欠，只有尽量去弥补了。

我采访到尾声的时候，朱方德很抱歉地说要去排练了，队友们都在等着他呢。

下午五点的夕阳正好透过树荫铺在新圩镇专职消防队一楼那间小小的办公室兼接待室里，二楼轻快的乐声便如巨大的瀑布般飞流直下冲到地面，又弹起来扑向整条文武街的街面上……

六、火焰蓝的答案

2023 年 11 月 9 日是第 32 个全国消防宣传日。

2023 年 11 月 8 日晚，时值习近平总书记授旗致训词五周年纪念日，由北流市消防救援大队主办、北流市文化馆承办的以"践行训词精神·担当神圣使命"为主题的消防文艺晚会，在北流市消防救援大队铜州消防站精彩上演。

北流新圩镇专职消防队和西垠镇专职消防队联合出演了舞蹈串烧《鬼舞步》《生命之上》

和伴奏演唱《你的答案》《国际歌》。

朱方德和他的队友们在舞台上把他们奔跑的速度转换成了精彩的舞步，用他们紧攥着消防器械的手演奏出纷叠铿锵的乐曲，守护的乐章在北流这片美丽而古老的土地的夜空上肆意飞扬。

有一抹耀眼的火焰蓝正如雄鹰在展翅翱翔，只见它周身笼着一层金黄色的光，扶摇直上冲入云霄，洒下一大片悦耳的音符。你听，守护人民生命至上就是他们——火焰蓝的答案！

消防站，蓝朋友！

龙海锋

初看，他们是邻家的阳光男孩。朴实，憨厚。

危急中，他们是斜里杀出的常山赵子龙，火场演绎单骑闯阵救幼主的戏码。孤勇、无畏。

如果不是在应急救援的现场，他们普通得跟身边的路人甲路人乙没有任何分别。

年轻的脸庞，既享受风和日丽的惬意，春暖花开；也时刻面对血与火的考验，目之所及，前路未卜，生死难料。

他们的目光清澈而坚定。消防车、救援装备等静静地在消防站内待命，静如处子，只等一声命令，动如脱兔。

看！

出警了！

犹如瞬间松开的发条或弹簧，忙而不乱，有条不紊！一个个披挂上阵的先锋战士，如一支支搭在弦上的箭，跃跃欲试于你的面前。消防车发动机的轰鸣，是出征的号角；呼啸的警笛，是向警情宣战的战鼓。一绳索，一钩镰，

是受困人民脱离险境的神器；一云梯，一水枪，是让火神祝融俯首称败的制胜法宝。城里乡间，蜂狗虫蛇、深穴高枝、谈笑间险情灰飞烟灭；浓烟烈焰、高楼轻生，危急中，明知山有虎偏向虎山行。在他们的青春里，看似波澜不惊的表面，时刻准备为各种不可预知的危险逆境而行，与火共舞。因平时着一身蓝装蓝帽，卧蓝铺盖，与蓝火苗决战，我们亲切称他们为——蓝朋友！

这蓝朋友，使紧张绝望的空气中透出了希望，使撕心裂肺的无助有了依靠，使肆无忌惮的烟火低下高傲的头颅。

欲施援手而不得者说，救星来了！

胸有半点墨者说，危难之处显身手！

历尽劫波者说，哪有什么从天而降的英雄，只有挺身而出的凡人！

对于我们的蓝朋友，严格训练再训练，救援再救援，尔后最终还是印证，一丝不苟，人民至上，安全第一，生命至上！平时多流汗，出警方能少流血。

容不得半点闪失，容不得半点犹豫，容不得毫厘差错。是悬崖边上的跳跃，是刀尖上的起舞，是艺高人大胆的一股自信！

好一个蓝朋友！

磨盘般大的蜂巢里发出可怕的嗡嗡，硕大的空中堡垒修建得严丝合缝，进进出出的黄蜂演绎出无数战机往返机场的忙碌，误伤在蜂巢下的鼻青脸肿，单单是那恐怖的蜂鸣即可令背脊直冒冷气，人心惶惶。避之不及间，蓝朋友披一身橙色盔甲直捣黄龙，从容不迫，屋檐、枝头处，一只只黄蜂日军自杀式冲锋般扑过来，刺刀、标枪扎得惨烈，没什么用，隔靴搔痒都算不上。娴熟的手法，喷雾器所过之处，只需几缕轻烟，战斗机集群集体中弹，纷纷坠落。在远观者的惊叹中，一双大手套探囊取物，直接将蜂巢摘下，装进麻袋，抖落下附近群众连

日来的提心吊胆。回首处,只剩下几只残蜂苟延残喘,面对被拆除的"违章建筑"遗址,徒叹奈何!

阴暗的角落里发出微弱的响声,咝咝,咝咝,无意间拨动了闯入者心尖上莫名的好奇,循声搜索,光线常年探射不到的拐角,一条盘成一团的大蛇昂起高高的头颅,口吐毒信,两眼阴险,鼓起的腮帮兴奋的发出毛骨悚然的喷气声。五步蛇?银镜王蛇?过山峰?看架势,绝对不是白素贞或小青的道友;看修行,绝对不是千年来一直寻人报恩的善荏;看形势,没有法海袈裟禅杖紫金钵的装备和法力,无从降服。惹不得,请不走!

任由这妖孽盘踞在这里作威作福?

蓝朋友,上!

孽畜休要张狂,还不速速就擒?

连连后退的人流中,蓝朋友挺身而出!

还是那身橘黄色的披挂,头盔、救援服,全副武装,百毒不侵。任你妖法通天,在科技和狠活的加持下都是小菜一碟。一杆、一夹,毒蛇简单的攻势在蓝朋友的一套"接发化"组合下轻松化解,手到擒来,收于笼中送到有关部门至野外放生,还是继续修炼千年能化身人形练好"五连鞭"再来一较高下吧!就凭这点自己祖宗传下来的三脚猫功夫跟我们的蓝朋友比画,还嫩哩!

车来车往的公路,意外发生的车祸,散落的零件可以想象事情发生时的触目惊心。里头有人,受困!没有一定的专业技术和装备,盲目施救肯定会造成二次伤害,雪上加霜。管你阳光灿烂还是半夜暴雨,警情就是命令,早一分到达现场施救就少一分痛苦,多一分生还的希望!

里面痛苦的呻吟声越来越弱。吊车,切割,拆解,在鬼门关与阎王抢人!笨重的器械,脆弱的生命,既要追求拳击手重拳出击的速度,

又要有医生实施外科手术的精准,举重若轻。在鬼门关前徘徊了一圈的受困者被蓝朋友带回了人间!

他们的精神、体能、状态,一切都是为了出警的现场,保持能量满格,续航到全部脱离险境,回到安全地带。挂勾梯,挂住的是濒临绝境的生命,勾住的是绝不放弃,一梯接力,与死神扳手腕,直至对方放弃。水银泻地般施展开的水龙带,是一条突然窜出的猛龙,张口喷出的水柱在他们的手里随机调节,可威力十足的远距离直射,可根据火情实际而散射,如果火势凶猛,甚至可以散成一道水墙为伙伴构成真正的防火墙,主攻、助攻、掩护,互相配合,只为扑灭烈火,将损失减到最低。水火不相容,水柱与烈火碰撞的那一刻,注定是互不相让的较量。它使你明显感到生命的脆弱、可贵,伤亡的逼近。朦胧的泪目使你惊异于救援服包裹着的顽强和奋不顾身,那义无反顾投入火场的身影逐渐拉高、拉长,走出来的背后,是生命,是希望,是绝处逢生的奇迹!

攀登墙因承受了这些荷尔蒙爆棚的后生日夜的攀爬而筋骨外露,斑驳的外表,不知被汗水打湿了多少回。也只有模拟出逼真的楼房外表,才能有朝一日出警时更加胸有成竹,绳索攀扯滑降、挂勾梯、升降云梯、水龙带的运用才应对自如,救援才会更加得心应手。

专业的事情要交给专业过硬的人,除了这些受过专业训练的队员,哪里还有这么一身手敏捷胆大心细的小伙啊!

座谈会上,有人打趣地问:"有没有碰到过类似脑袋被门夹住而请求消防队员施救的奇葩事?"

中队长笑着说:"对于我们消防队员来说,所有的奇葩事都是平常事,司空见惯。你有张良计,我有过墙梯。小孩陷头夹墙、猪掉深井、疯牛狂奔、脚陷马桶、美女裙绞车后轮、戒指

变形夹手指、幼童头卡沙发……只有想不到，没有遇不上。这些奇葩事，我们蓝朋友时而杀鸡宰牛刀，时而张飞绣花，手起刀落，药到病除。"

以新圩消防站为例，今年以来，共出警40余次，涵盖野外火灾、民房起火、车祸现场解困、小孩反锁房门或车内受困、群众被夹健身器材、毒蛇入室、蜂巢摘除、高楼解救轻生者等。

9月16日，新圩宋村有妇女欲跳楼轻生。警情就是命令！综合研判，悲观厌世、精神空虚、孤单抑郁。朱方德队长一边电话请求城区中队支援，一边调兵遣将火速赶往现场。结合报警人反映，轻生者社交单纯，面子薄，不喜喧闹，如救援动静过大，很有可能适得其反。于是，朱队长马上作出战略调整，变大军压境为潜伏渗透，秘密接近目标。救援队关闭一切警笛警灯，到村口即下车携带装备前往，全程手势交流。下方铺垫，上方攀爬，一队主攻变助攻（明里劝阻，实则分散轻生者注意力），两队助攻变主攻，迂回包抄，择机出手。在一套组合动作输出、伙伴丝滑紧密的配合下。轻生者的身躯猝不及防间就被救援队员以迅雷不及掩耳之势一个拦腰环臂抱紧紧箍住，防护索吊在身后徐徐下降。人在怀里抱，魂在身后飘！

全村围观群众的满脸阴霾散去，提心吊胆之后的如释重负，言溢于表！

我曾问朱队长，"你们的队员青春年华、血气方刚，训练日日如此，紧张、单调，出警危机四伏，有无女朋友或家属不理解而造成感情危机者？"

朱队长骄傲的回应，"刚好相反，我们因从事了此职业，在感情方面得到了更好的青睐！"

何其有幸，生长于斯，我们徜徉人间，稍有受困，119里有求必应！时刻准备着解救群众的蓝朋友，也得到了心上人的理解，呵护，甚至引以为傲。

当他们完成任务归来的时候，生旦净末丑，吹拉弹唱，岁月静好，好一部大美的文艺片，以致使人感到他们只是从身边擦肩而过的龙套演员。

脱下那一身装备，他们也是儿子、男朋友、丈夫、父亲。

也是人间烟火的饮食男女。

朱队长，正和他们的乐队演奏Beyond的《光辉岁月》，鼓手、贝斯手、键盘手、主唱就位，稍有调试，目光交汇，灵犀一点通，乐声从站里飘出，融合缕缕石磨粉的米浆香，飘向千家万户：

钟声响起归家的信号，
在他生命里，
仿佛带点唏嘘
……

从蓝开始

覃琼燕

"小朋友们早上好，今天我们来认识一下颜色好吗？"

"好！"

"颜色多种多样，小朋友们喜欢的颜色都有哪些呀？"

"老师，我喜欢红色，因为国旗是红色的。""老师老师，我喜欢黄色和白色，因为我喜欢吃鸡蛋。""老师，还有我，我喜欢彩色，因为小丑的头发是彩色的。""小顾老师，我喜欢蓝色，因为蓝莓是蓝色的。""小顾老师，我喜欢黑色，因为巧克力是黑色的！"……在一群叽叽喳喳的吵闹声中，小顾老师开始了今天的课程，带孩子认识颜色。看着眼前这群停不下来的孩子，小班的孩子们对颜色的认知还是挺不错的，小顾老师对孩子们的反应很满意，接着，她根据课程内容的设计，带领小朋友们去找一找生活中的颜色小精灵。

一节课很快就结束了，这节课上得还挺顺利的，虽然期间有点小插曲。回到宿舍，想起今天在班上的时候，一个叫曦曦的小朋友。孩子们都能很快找到生活中的颜色，衣服、水杯、帽子、妈妈的化妆盒、苹果、香蕉……这时，曦曦小朋友说火是蓝色的，引来了其他小朋友的哄笑，"火明明就是红色的，还有点黄色，哪里是蓝色的。""就是蓝色的，我爸爸告诉我的，小杨哥哥也是这么说的，妈妈说他们是英雄，才不会骗我。"眼看着这群小鸟争得激烈，曦曦小朋友一脸不服气，噘着嘴，眼泪就要出来了，顾老师赶紧圆场。"各位小朋友，请安静，请安静下来，好吗？"顾老师连声安抚，声音总算小下去了。"曦曦小朋友说火是蓝色的，和大家平时看到的不太一样，我们下节课和曦曦小朋友一起去寻找答案好吗？"

根据之前的家校通讯录，顾老师知道，曦曦的爸爸是市消防救援支队的一名干部，平时工作较忙，很少见他来接送孩子；曦曦妈妈也是在单位上班的，前段时间被派去驻村了，特意来了电话交代近期曦曦由爷爷奶奶接送。这父母，真不容易。顾老师翻看着通讯录，看着家长职业那一栏，心里琢磨着，"消防员……火焰蓝……"这学期的消防演练准备要开展了，何不邀请曦曦爸爸他们来做消防知识宣讲呢？也正好解答孩子们的问题。心里有了主意，顾老师马上和园长进行沟通，得到园长同意后，她试着拨通了通讯录上面的电话。顾老师把今天在课堂上发生的事告诉了曦曦爸爸，电话那头哈哈笑了起来，当顾老师邀请他们来幼儿园做宣讲时，那头连声应下来了。"好，没问题，我安排一下，过两天就落实。谢谢顾老师对孩

子的关心，曦曦在家经常说起您，说顾老师经常和孩子们做有趣的游戏，讲好听的故事，她很喜欢顾老师。"嗨，猝不及防的一通夸赞，顾老师倒有点不好意思了。

到了消防知识宣讲这天，当全副武装的消防车开进幼儿园，在操场等候的娃娃们惊呆了，好酷啊！等车子停好，孩子们一下子就围过来了，"蓝朋友"们陆续从车上下来，一个长官模样的人向老师们走过来，园长正要向前，有个声音激动地喊了起来，"是爸爸！""是我爸爸！"听这声音，顾老师知道这个长官就是曦曦爸爸了。循着声音，曦曦爸爸走了过来，抱起了眼前的小女孩，周围又是一阵欢呼声"好帅啊！她爸爸是消防员……"曦曦脸上溢满了自豪感。跟园长打过招呼后，曦曦爸爸便按照既定安排开始了消防安全知识宣讲。消防安全知识宣讲由一个比较年轻的小伙子主讲，向孩子们自我介绍他是"小杨哥哥"，小杨哥哥用通俗易懂又生动有趣的语言，向小朋友们介绍了引起火灾的原因、火灾带来的危害以及在火灾中应该如何正确逃生等内容。在讲解过程中，其他的消防员还给孩子们展示了各种消防设备，无后座力水力枪、隔热服、无齿锯、水带等等。"消防车有着红红的车身、大大的轮胎、长长的云梯……哇，太棒了！"很多小朋友第一次见到真实版的消防车，忍不住鼓起掌来。曦曦坐在前面，一会看着爸爸，一会看着小杨哥哥，可得意了。

"小杨哥哥，请问火是蓝色的吗？曦曦说火是蓝色的？"在互动环节，班上的小朋友问了起来。不出意外的，小朋友们又炸锅了。顾老师看着这闹哄哄的场面，把眼光看向了眼前的小杨。"小朋友们，大家说的都是对的，火它不仅仅是红色的、黄色的、蓝色的，还有很多种颜色，小杨哥哥给大家看一段视频好吗？"屏幕上出现了一段科普视频，孩子们一下子就

安静下来了。可以哦，准备挺充分，估计是曦曦爸爸安排好了。"火的颜色多种多样，燃烧是否充分，燃料中的元素种类都会影响火的颜色。就像我们过年看到的烟花，它们也有绚丽多彩的颜色……"一通讲解下来，小杨哥哥已经收获了无数小粉丝。小杨哥哥接着讲"大家知道为什么我们消防员叔叔穿的衣服是蓝色的吗？而大家又把我们称为'蓝朋友'呢？"小粉丝们支着脑袋聚精会神地听着。"这是我们消防队的颜色标识'火焰蓝'，'火焰蓝'是火焰在温度极高时产生的颜色。蓝色象征着火焰的高温与纯净，不但寓意了消防员与火焰打交道的工作，还象征着消防员守护人民群众生命财产安全的热情与决心。小朋友们有困难记得拨打119，找消防员叔叔好吗？小朋友们长大了也要做一个勇敢的人，可以保护我们的祖国和人民好吗？""好！"这异口同声的回答里，曦曦应得最大声了。

"给一群小朋友讲课还挺费心的哦。"活动结束后，顾老师和小杨他们又交流了几句。"还好还好，小孩多是天真活泼的，我们这一天半会的功夫，还是就着我们专业的知识来讲，能应付，倒是老师们平时要照顾这么多的孩子，天天如此，你们是真辛苦了。"……

"小杨哥哥，抱一个。"正说着，曦曦和爸爸过来了，一个猴子爬树似的攀上了小杨。"小杨哥哥，你都好久不来找曦曦玩了。"嘟着一张小嘴，小朋友撒娇。"小杨哥哥忙着呢，这不，你生日是不是快到啦？到时候哥哥一定陪你过。还有大大的惊喜哟。""真的吗？说好了，不许骗我啊！"两个约定好了，还拉钩了。惹得众人一阵嬉笑，看来小杨哥哥还是个孩子奴呢。"小杨同志天生是个孩子头，自己还没结婚呢，带娃倒是挺有经验。和曦曦老熟了。"曦曦爸爸在旁边应和道。"曦曦，你不邀请你的老师同学一起参加你的生日会吗？""必须

的，大家都来哦，就在星期六，爸爸要订个大大的蛋糕，不许说没空了哦。"大家都笑着答应。"小顾老师看起来也挺年轻的，应该还没结婚吧，年轻人有活力，孩子们真喜欢你，呵呵。"消防车追着晚霞离开幼儿园时，曦曦爸爸笑着说了一句。呵呵，顾老师笑了笑，和曦曦爸爸说再见。

一周过得很快的。星期五孩子放学时，曦曦邀请了班上的小朋友明天去她家里一起吃生日蛋糕，还特意提醒了顾老师。只是，顾老师中午的时候，接到了周末培训的通知，要去区上面，待会就得出发，这会孩子正高兴着呢，顾老师不想扫她的兴致，就什么也没有说，她打算去到酒店了再给曦曦妈妈发个信息解释一下，回来再给小孩补一份祝福。

没想到，星期六晚上，曦曦妈妈就来电话了。一听，原来是曦曦。"顾老师，你怎么出差了呀？我给你留了很好吃的蛋糕呢，爸爸和小杨哥哥又出任务去了，就剩我和妈妈还有浩明、晓丽、轩轩他们在这里。"隔着屏幕，顾老师都感受到了小朋友满脸的"怨气"，这小家伙，顾老师不免要安慰一番，并承诺会带礼物回去给她那边才传来笑声。

两天的专业培训很充实，对于像顾老师这样的新人来说，这样的学习机会对提升教学素养是很有帮助的。当她整理好心情回归工作岗位时，没想到收到了曦曦爸爸发来的信息，打开一看，她惊在了原地。"顾老师，小杨同志在周六的消防救援中牺牲了。他才27岁啊，还没有结婚，原本我还想着把他介绍给你认识，让你们处一下，你是这么好的人，他又是这么好的人……"天哪，简直不敢相信，上周他们才见过啊，那么真真切切的活生生的一个人，给孩子们上课，把小朋友们逗得哈哈大笑的一个人，居然没了？顾老师一动不动地盯着手机，同事连叫了几声都没反应，直到推了一下，"小顾，在看什么呢？""小杨，来给我们做消防

宣讲的小杨，牺牲了。"顾老师缓缓抬起头，说了出来。大家都不可置信，怎么……怎么会？张老师马上去查了相关信息，如果是真的，应该有报道，没听说，不会是真的，那么年轻的一个小伙子……直到，当看到市消防公众号最新的推文，灰色的界面，以及更新的时间，"……为了挽救一名中毒昏厥的儿童，不幸踩空坠楼……"她不敢看下去。尽管他们只有一面之缘，尽管曦曦爸爸说的也许不可能，但这么活生生的一个年轻的生命，就这样消逝了，怎么能不痛心呢？

天开始下雨了，一场接着一场，似乎把这个夏天的雨都下完了。这天放学，曦曦妈妈忙着村里的事，因为下雨，老人不方便，所以曦曦爸爸来接孩子。"曦曦还不知道，她只当她的小杨哥哥出任务去了。抱歉，我不该那样告诉你的……做我们这工作的，时时刻刻都做了好牺牲的准备……"是啊，他那么喜欢孩子的人，得知有个孩子被困，怎么可能不去救呢？只是，他们守护了我们，那谁又来守护他们呢？回到宿舍，顾老师收到了一条短信："我回来了。"看着熟悉的号码，她潸然泪下。那是她大学处的男朋友，毕业就去了部队，他说他想去做点自己喜欢的事，分别那会，男孩子问她："你愿意等我吗？也许两年，也许三年，或者更久……"

那会，她不知道，她是双女户，父母在遥远的乡下，需要她照顾。如今，她哽咽着，拨通了那个号码。

永不褪色的火焰蓝

陈丽冰

"喂，119 吗？新圩镇垃圾中转站这里火灾

啦，你们赶紧过来！"玉林市消防救援支队指挥中心接线员答道："好的，确定就是中转站的位置吗？""是的，就是中转站旁边的荒地，吹着风，现在火势挺大呢！"玉林支队接警后，立即调派北流市新圩镇消防队赶赴现场。新圩镇消防工作站火速出动人员前往处置。

消防队员回到工作站后，写下了以下出警记录：2023 年 1 月 7 日 11 时 59 分接到报警称，新圩镇垃圾中转站荒地发生起火，北流市新圩镇专职消防队出动 1 车 5 人前往处置；12 时 04 分新圩专职队到达现场处置，12 时 33 分明火已被扑灭，无人员伤亡，处置结果为成功处置。

"喂，110 吗？我家小孩的脚被铁栏杆夹住了！"电话那头传来一个焦急的声音，还夹杂着小孩的凄厉哭声。"不要急，先说清楚是什么位置，我们马上安排消防人员过去。"接线员及时安抚对方。"就在新圩园艺场这里，小孩在玩这里的娱乐设备，一不小心脚就被卡住了……"接线员把警情转给了 119。

当天，新圩镇消防工作站留下了如下出警记录：2023 年 3 月 19 日 13 时 42 分接到报警称，北流市新圩镇园艺场一小孩腿被夹，新圩镇专职消防队出动 1 车 5 人前往处置；13 时 44 分新圩专职队到达现场使用车载水泡进行处置，13 时 58 分小孩被安全救出，无人员伤亡，处置结果为成功处置。

"喂，119 吗？酒店门口这里一个小孩被困车里了！"

"喂，119 吗？我们村里有一头牛掉坑里出不来啦！"

"喂，119 吗？我这里是 110，刚才有群众报警说，新圩镇陶山村新屋组 53 号屋里有蛇，请你们前往处置。"

"喂，119 吗？我们这里有一个很大的马蜂窝！"
……

119 接警中心几乎每天都接到各种各样的报警电话，消防队员们不停地投入到各种战斗中：

救火、救人、救家畜、抓蛇、抓马蜂、开门锁、戒指卡手指等紧急情况救援，简直就是无所不能、所向披靡。有时最近的消防队一时半刻搞不定，附近的消防站也会增援处置。

我们都知道，蓝色象征着整洁与朴素，也象征着火焰的极度高温与纯净，并且火焰在最高温度的时候是呈蓝色而不是红色。因此，"火焰蓝"成为国家综合性消防救援队伍制服的主色调，也是消防员的代名词，不但寓意了消防员与火焰打交道的工作，还寓意着消灭火灾及救护服务，同时也参与其他救援工作。正是这些英勇无畏的"火焰蓝"，当群众遭遇困难、最需要帮助的时候，他们赴汤蹈火、冲锋陷阵、顽强拼搏、无私奉献，为人民群众生命财产安全挺身而出。

在北流市消防救援大队里，我们采风组的成员跟随着韦教练的脚步参观。二楼的荣誉室里，挂满了各种荣光闪耀的牌匾：不同年度的"广西公安消防部队岗位练兵先进中队""全区消防部队先进党组织"、乡镇专职消防队比武竞赛总分第二名、红歌勇唱比赛优秀奖、诗歌朗诵比赛优秀奖、青年文明号、推进义务教育均衡发展工作先进单位，等等。韦教练介绍说，消防大队有230人，大部分是本地人，平时基本保持80%以上在位率，在位人员24小时备勤，随时做好出动准备。五年来，北流消防大队接处警共有3100余起，光去年就有828起警情，北流大队在全玉林市的出警率中基本位列前三。大队坚持以小火小灾乡镇处置、救援力量集中基层的原则，全市共建有19个消防队（消防站），一旦发生警情，距离最近的队站必须5分钟内到达。没有警情的时候，消防员须坚持每日8点开始进行常规体能、技能训练，不断提高业务能力，苦练救援本领。

"别人是养兵千日，用兵一时，而我们是养兵千日，用兵千日。"韦教练说着自己也笑了

起来。消防员还要进行外勤作业，侦察地形、熟悉地理位置、掌握周围环境的消防设施情况，等等。警铃一响，消防员的头脑中就得马上呈现出一幅活地图，对救援情况作出准确判断，比如该在哪里停车，哪里有水源等都要一清二楚。除了这些，消防员还要深入学校、社区、工厂、企业等，采取"走出去、请进来"的方式开展消防科学普及和宣传活动。

消防队员们除了具有来之能战、战之能赢过硬的"武"本领之外，还要具有善于作书面总结的"文"本领。他们的每日战评总结有着严格的书写格式和要求，其中，战评资料准备是内容之一，必须按照战评规定，全面深入总结灭火救援战斗情况，重点查找存在问题和薄弱环节，研究提出改进和加强此类灾害事故处置工作的措施。战评总结包括单位（现场）情况、地理位置的细致描述、建筑物状况、水源情况、天气情况、单位固定消防设施情况、灾害事故特点、各阶段灾情发展情况、处置经过、技术战术运用、体会启示、存在问题及改进措施等内容，并对装备器材的配备和应用进行分析，提出改进意见，还需要附处置现场图、案例复盘图等相关资料。而所有这些，都是消防队员的观察力、判断力、创新力等各方面的能力在日积月累中沉淀与提升的见证。

在新圩镇消防工作站内，我们专心地聆听朱队长给大家讲他亲身经历的救援故事。每一个故事的背后，都是消防队员们的责任与付出。每当群众送来锦旗，甚至是鸡蛋、饮料等慰问物资时，这些貌似铜墙铁壁般的汉子，心里最柔软的部分还是被深深地感动了，所有的苦与累在国家、人民安危面前又算得了什么呢？该消防站还配合当地镇政府的工作，加入了消防监督综合执法专项工作小组，为当地百姓的安居乐业保驾护航。截至2023年6月30日，新圩站共接处警30次，其中两次增援，火警18起，

社会救助警 10 起，抢救财产价值约 15 万余元。

新圩站虽小，但也有一间崭新的消防员之家，内有乒乓球台、茶桌等休息娱乐设施。最吸引眼球的还是屋角的音乐吧，架子鼓、非洲鼓、吉他等乐器一应俱全。一位消防员现场为我们演奏一曲《光辉岁月》，大伙集体为他伴唱，一起沉浸在跳动的音符中。这就是我们可敬又可爱的火焰蓝，在紧张的工作之余，多才多艺的他们学会了为自己解压。但此刻我更想说的是，如果人人都有消防安全意识，在日常生活中把安全放在第一位，树立预防为主、生命至上的思想理念，那么，我们的生活肯定会更安稳美好，"火焰蓝"的工作也会更减压。

在这里，我想借用北流市消防救援大队主办的"践行训词精神·担当神圣使命"纪念总书记授旗致训词五周年消防文艺晚会上的主持词，向我们身边敬爱的"火焰蓝"致敬、致敬，再致敬：他们有时像一把利刃，击碎凶猛的火焰；有时像一道闪电，刺破可怕的黑暗；有时像一束火把，照亮了生命的前路。他们无惧水火，无畏生死，一往无前的身影，常常让我们热泪盈眶……他们说：有我在，请人民放心！有我在，请祖国放心！有我在，请党放心！火焰蓝，永不褪色！

最爱那抹火焰蓝

陈奕娟

在铜州消防救援站的门口，像迈不出生命道场的祥林嫂一样，让那一片蓝蓝的天空对着我凝视。蓝得莹洁的天上缀着几朵流云，像画布上晕染的颜料，像海面上被轻快的鱼儿击碎的浪花碎沫。在一轮晨光升起前，时间霞光里的所有物什，全裸露出了重逢的喜悦。

我想起了我心中的英雄——李向群，他像浪潮里的航标，让我不管遇到什么困难都不放弃，一直引领着我前行。那是 1998 年的夏天，南方巨大的洪水灾难突如其来，成千上万英勇无畏的消防战士背沙袋，筑堤坝，打木桩，深夜钻入冰冷的齐腰深得湍急的江流中，用血肉之躯筑起拦江大坝，日夜奋站在防洪抗洪的第一线，这次百年未遇的巨大洪灾，牺牲了多少消防战士和解放军战士。而李向群就是牺牲战士中的其中一员。

在我生命的里程当中，始终难以将他忘记，不单单是因为当时 13 岁的我写了李向群英勇事迹的作文，被老师当作优秀范文在班上朗读及全年级同学传阅，更难忘记的是李向群的选择和事迹，他战斗到最后一刻，用 20 岁的生命，谱写出一曲感天动地的英雄赞歌……

当我又看到心中最爱的那一抹火焰蓝，和那群最可爱的"蓝朋友"时，觉得所有的相遇都不是初见。终于不用再透过围栏一窥栏内"蓝朋友"的风光，在韦教导员的带领下，我们作协一行人与消防队员们面对面交流。身着深蓝色队服的消防队员们，在烈日下笔直地站着，阳光好像要刺穿队员们的身体，那光线如同兔毫金丝建盏，细密而又根根分明，敬佩之情毫无保留地从我眼中流出。

秋风拂过脸庞，一颗颗种子在我们的心中生根发芽。我想起了之前看到新闻上用放大的红字赫然播报着近年来的灾难情况。消防员为救国家人民群众的财产或灾难，为救他人的生命，或被激流冲走，或被卷入火海，或被坍塌的楼房压住，或失身坠楼，我情不自禁默默地洒下难过、痛苦、悲伤的热泪。看到一个个鲜活的生命，被大火吞噬，一个新婚不久的消防员为了救人在大火中牺牲。我的心似乎也被大火灼烧，疼得窒息。

有那么一刻，我恍惚了。望向四周，数不

清的断壁残垣，滚滚的黑色浓烟肆意蔓延，跳动的火焰狰狞地张着血盆大口，严阵以待的消防队员和在黑烟中红得刺眼的消防车，我这时才发现，那火场里的消防员不就是站在我面前这些年轻的脸孔吗？烈火中绽放的光芒，将我的眼刺痛，瞬间，我觉得有液体像把刀一样划过我的脸庞……

我们参观了北流市消防救援大队的营房，观看消防救援演练、战术板演练，体验了救援云梯，还听了韦教导员说消防的出任务时的心惊胆战、危险重重。可他们还是逆行而上，奋不顾身，只为守护万家灯火，守护岁月静好。烈焰火海，危急险境，哪里有困难，哪里就有他们的身影。他们也是谁家的孩子，是谁的丈夫，也是谁家孩子的父亲。他们也不过是血肉之躯，却以生命守护生命。全然不拿自己的生命当根本，只一味地求得消防员应该担待起的责任，要为这一方人民撑起一片天。他们的英雄事迹惊天地，他们的精神永载史册，流芳千古，永垂不朽。

这样的精神，或许人的肉眼看不见，但，那才是真正的辽阔，那片世界才是载起信仰的无垠海域，它泅渡生命的实在，也给予灵魂的安详。对于一个消防员来说，拧身回眺曾经的过往，无论是满河抖颤的落花，还是出任务时的心惊胆战危险重重，都是人生已有的所在，留下的唯有沉淀的思索。但对于被救的人们来说，消防员的担当不受岁月的推移，他们那逆行的光，更加星光四溅，守望着人间那一份圣洁。

守望这份圣洁的朱方德站长，正在我们对面用打击乐器（架子鼓）给我们演奏《光辉岁月》，"今天只有残留的躯壳，迎接光辉岁月，风雨中抱紧自由，一生经过彷徨的挣扎，自信可改变未来，问谁又能做到"。歌曲很经典，由身为消防员的朱站长演奏，带给我们心灵上的震撼更为强烈，精彩的演奏，打击乐器声音

完美的绽放，震撼的带有节奏感的鼓声，与众不同的音色，是一种感动，是一种情怀，是一种信仰，是带着火焰蓝的信仰。在这个社会中，每个人都在闪烁着不一样的光芒，去发光发热，奉献自己，温暖他人。火焰蓝忠于党旗红，他们的青春在党旗下闪光，这是他们的光辉岁月，也是"火焰蓝"的信仰。

两年的部队生活，让来自北流石窝镇的朱站长退伍不褪色，无论是风霜雨雪，还是沟壑纵横，浑厚的岁月，将引领他奔上彩虹之路，那就是做一名消防员。通过努力，他很快投入到新圩镇消防工作站的工作当中。在他看来，人保持一种内心的安宁，踏踏实实地生活，守着心灵的宁静和祥和，能尽自己的力量保一方平安，能在人们受难的时候及时救援，他就踏实了，就能够悉心赏阅时光在山河树木间留下的璀璨足迹。

我们听着朱站长说他出任务时的一些故事，如有一团跳动不息的火焰，那么炽烈，灼烧着每一双眼睛，震撼着每一颗心灵。

比如2020年的某天，接到命令，前往现场救援，着火的是一座居民楼。当朱站长和队员赶到时，现场已经被熊熊烈火包围。狂风呼啸着，怒吼着，卷起地上的沙石疯狂地拍打着门窗，吹动大树在飞尘中左摇右晃，所过之处宛如一阵猝不及防的扫荡，"呼呼"的风声与火灾现场混乱的吵杂声混在一起，世界突然陷入了恐慌与黑暗之中，仿佛是天地的悲鸣。乌云密布，红色火焰如同死神的召唤信号。

在这十万火急的时刻，朱站长了解到这是一起沙车引起的火灾现场，整座楼起火，特别严峻的是被困的现场有两大人三小孩，夫妻抱着小孩在窗口呼救。朱站长与队员不顾危险，并肩作战，架梯子先救小孩，开窗通风，让两个小孩在窗口呼吸、透气，然后把自己的面罩给小孩。另外安排水枪灭火，火场烟太大根本

看不清，朱站长径直冲进火场展开搜救。

当我们问朱站长，"你怎么把自己面罩也给了小孩呢？你就不怕自己有危险吗？"朱站长淡然地说："当时的情况太紧急了，来不及想那么多，我只要想到里面还有一名孩子被熏晕了，不能让其他孩子也这样。只想着能尽快把他们解救出来……"

火势慢慢被控制住了，被困住的居民一个个地被救了出来，他们的眼睛里充满着感激的泪水，放射出重生的光芒。尽管我和消防员战友们一个个狼狈不堪，累倒在地，可看着那光芒，我感到无比的满足，比中了头彩还开心。

朱站长还和我们说起今年8月新圩宋村跳楼的一个案例。接到报警，情况十分危急。接到命令后，朱站长与四个战友紧急赶赴现场实施救援。朱站长到场后发现，在近20米三层楼的房顶上，有个瘦小的女子坐在那里，双腿悬空，情绪十分激动，稍有不慎就有跌落的可能。周围有亲人正与其交涉。看见有人靠近，她一边哭一边喊："你们不要过来，再过来我就跳下去！"

随即，朱站长根据现场情况，迅速做出处置方案。让另一名消防员先打电话找其他支队来支援，还特别交代，安全起见，支援的人到村子后提前关警笛，车子不能直接开进来。当时女子已处在顶楼围栏边沿，如果听到警笛或贸然冲上去救援，有可能会刺激到女子。其他消防救援人员则迅速清理女子所在位置下方杂物，铺设救生气垫。救援一组穿戴好防护装备，携带绳索等救援器材奔赴楼顶，朱站长则对该女子进行心理疏导，以伺机将其带回安全区域。

一个多小时过去了，但该名女子的情绪仍无平复，朱站长知道该女子夫妻长期分居，婆媳关系矛盾问题没处理好，又与作坊同事不和起了争执，心理负担沉重才会走上这一步。朱站长一边分散她的注意力，一边用手示意另外

一名消防员，让他拿安全带，绳索，从窗户绕到女子身后。尽管另外的消防员悄声过去，但还是被女子发现了，她激动地说："你干吗？不要过来，你过来我就跳下去。"朱站长只能稳住她，继续给她做思想工作，问她："你娘家人对你很好吧？你就不想自己的父母？"说到父母，女子低头思考，趁其注意力分散，女子背后的消防员当机立断，飞速上前，一把抓住女子并牢牢抱紧。

激动且警惕性又强的女子想跑也跑不了，手里的瓶子一直未松开，朱站长立马抢走她手上的农药。其余人员也纷纷上前将女子护住，转移至安全区域，并进行心理疏导。经初步确认，女子身体并无大碍。但是，朱站长细心地发现了女子一直在拍耳朵，还偶尔在晃头，朱站长看着那瓶只剩不到一半的农药，开始质疑女子说没喝农药的话来。不管真假，为了避免出现伤亡事故，朱站长随即做出决定，将女子送到北流人民医院洗胃……

在后续的回访中，正如朱站长所料，那名女子在跳楼前已经喝了农药，好在最终送去了医院，不然后果不堪设想。当我们问到朱站长救人后有什么感想时，憨直淳朴的朱站长说："把人救下来，我觉得有成就感。如果没救下来，我肯定会内疚的。"

朱站长的话，让我想起一句话：有些还无法理解的东西堵在你心里，阻挡了原来自然的水流。看似很平实的一句话，很平凡的一次出任务，假如救人后，朱站长踌躇，犹豫，假如那个女子得不到及时救治，她将看不见明天的太阳，那是件多可怕的事情……

朱站长说的这些出警的典型案例，就像他演奏的《光辉岁月》一样，这支让人震撼的曲子，每一个音符都裹着他的心他的信仰，宛如镶嵌在红旗上的五角星。秋风里，目光所至皆为华夏，五星闪耀皆为信仰。他追随的光，是五角星的

星光。他和他的战友，用我最爱的那抹"火焰蓝"守护着最鲜艳的"中国红"，他们都是最可爱的人。国家正是因为这些可爱的人才能拥有更好的明天，我们为英雄们而骄傲，祖国因英雄们而辉煌！

在这个世界上，有很多像朱站长这样的人，他们是我们生活中的守护者，他们默默无闻，却在关键时刻挺身而出，用自己的行动，保护着我们的生命和财产安全。他们是最美的逆行者，他们是我们的英雄。他们的英勇事迹，让我们深深地感到敬佩、震撼。火焰蓝，是消防员们的象征，也是他们的使命和信仰。他们用实际行动践行着社会主义核心价值观。他们是我们的榜样，他们是我们的英雄……

此刻，我的灵魂像鸟儿一样，在巢和那一抹火焰蓝之间，俯视着人间的纷繁和仰望着高空的宁静。我无意期盼，而那一抹火焰蓝，却把阳光映成一面镜子，照一片温暖在我的身上……

蜕　变

李广强

早已是立冬，故乡的冬天却总是姗姗来迟，如待字闺中娇羞的新娘子，又如古代的弹唱女子犹抱琵琶半遮面，暖和得让人丝毫感觉不到寒意，终日是艳阳高照，微风和煦。数周工作以来的连轴转，离家已有些时日，经不住家中老母亲电话里的唠叨，我只好驱车赶回家去。

一路上，县道两旁的护栏树还是绿油油的，只有些许黄叶将落未落，似乎在等着一阵寒风来把它们投进大地的怀抱。单位离家不远，不出两刻钟，已到熟悉的村口。放眼望去，故乡似乎没有多大变化，山还是那山，水还是那水，只是多了些平房高楼罢了。故乡的人们，逐渐减少，大多已搬迁入城。留下来的大多是老人和小孩。如果不是逢年过节，要想寻得跟自己同龄的儿时玩伴，那简直是稀奇。

就在我慨叹故乡光景的时候，前面的一辆黑色大众途观越野车，挡住了我的去路。故乡的路年久失修，三米多宽的路面早已不适应现代车辆的通行，让我们有车一族苦不堪言！于是双方小心翼翼地会车。就在驾驶室车窗正对着的瞬间，怀着好奇心，我按下车窗。谁知对方司机也下了窗。"家乐，好久不见！"对方先搭话。我惊讶，定睛一看，端详许久，脑海里闪过一个身影——原来是儿时那个调皮捣蛋的二柱！我心中倏然一阵寒栗。"嘿……你好——老同学。"我随口应和着。寒暄几句之后，我便驱车离开。看着后视镜中缓缓驶离的越野车，我心中有些愕然，这真是儿时的二柱？

回到家中，母亲早已像往常一样，煮好了饭菜，一如既往都是我爱吃的菜。饭桌上，我跟她提起了在村口遇到的二柱。母亲两眼放光，顿时来了兴致。她说，二柱现在可威风了，听说现在是县里的消防大队长，村里人都知道他发家了。我放下手中的碗，咬着筷子，一时陷入了沉思。那个当年将学校搞得鸡犬不宁的少年二柱浮现在我的眼前。二柱，原名李二柱，幼年丧父，与其母相依过活，村小学里最捣蛋的学生，是孩子们的口中的讨厌鬼，老师眼中的冥顽不灵的问题学生。迟到、旷课、打架、整蛊同学、搞恶作剧，统统不在话下，伤透了老师们的脑筋。同学们都不爱和他玩，对他避之不及，像躲瘟神一般。他却唯独对我很好，我想也许是我愿意同他玩，又抑或是我曾将自己最心爱的小人书给他看的缘故。二柱在学校捣蛋，在家里却判若两人，从小就承担起家里的男子汉的活儿。上山打柴，割草喂猪，扛谷子——个子小的他承包了家里大部分的重活!在我眼里,那时的他本性还不算太坏,还挺孝顺的。小升初时,我们村小大多同学都继续升学,家里异常窘困的二柱自然是辍学了。自那以后,我就很少听到关于他的音讯。高中大学,出远门求学,也逐渐淡忘了那些儿时的玩伴。对于后来的二柱经历了什么,我实在是知之甚少。只是模糊记得他曾进过少管所,败光了家里的积蓄。

"夹菜呀,饭菜都凉了,还不赶紧吃……"母亲的大嗓门打断了我的思绪。"二柱现在可给村里长脸了,买了车,还娶了体面的媳妇,听说还有很多人给他送锦旗呢。"我觉得母亲这话是故意说给我听的,我羞赧地将脸挪向一边,便狼吞虎咽般吃完了饭。闲暇时光总是消逝得很快,转眼间已是礼拜天,与母亲道别,即匆匆赶回单位。

一个平常得不能再平常的傍晚,我奉命到城里出差。刚找到下榻之所,安置下来,电话那头就响起《好日子》的铃声。我一看是陌生号码,便没接。谁知不一会,还是那个陌生号码打来,怀着忐忑不安的心,我接了。"老同学,是我,二柱啊,不是电诈分子,没别的意思,请你出来叙叙旧。"电话那头传来了李二柱的声音。我喜出望外,早就打算见一见这个阔别多年的老乡。约定时间地点,一同吃过夜饭,便去江滨路散步。

江滨路上,绿树成荫,高大的紫荆花树,像一块花布从江头一直横铺在江岸两边,路上时不时撒落几片紫荆花叶子,显得格外的萧条。路上散步的行人很多,我们走走停停。

"我很羡慕你,你一直在读书,一直在学校里,没有经历什么曲折。"他微笑地看了看我,单手拍了拍我肩膀。

"你知道吗?在我成为一名消防员之前,我吃的苦一点不少,我进过少管所,当过兵,我

还死过一回。"我有些惊讶,不可置信看了看他。他停下脚步,双手搭在水泥护栏上,驻足仰望。我侧脸看过去,他似乎变得有些伤感。

"是一个消防员叔叔救了我。"他抿了抿鼻子,"少年那时,我真是太不生性,太不应该了。"他有些后悔道。我默不作声地听着,目光注视远方。"辍学在家的我,很多坏事都干过,打架斗殴,偷东西……"他有些忏悔道。

"你别说那些,那些事都过去了。"我打断了他的话,用余光瞥见他的眼眶有些湿润了。

"最严重的一次,我竟然鬼使神差地伙同几个混友去抢劫,不久就被抓了。我母亲哭着把我送进了少管所,我在里面待了三个月。那一次我觉得自己的人生要玩完了。"说到激动处,他懊恼地摇摇头。我从裤兜里摸出一包烟,并递给他一支烟,本想缓解一下他的心情。

"这里是禁止吸烟的。"他用手指向不远处的提示牌。我尴尬地缩回了把烟递到他嘴边的手,并把烟挪回裤兜里。

"从少管所出来后,我决定不再那样浑浑噩噩地下去了,我便学着远房的舅舅做点小买卖。我老妈知道我要改过自新,拿出了自己所有的积蓄,支持我。本以为日子会慢慢好起来,唉——"他长长地吁了一口气。"命运总是那么捉弄人,辛辛苦苦东凑西凑来的两万块钱,被曾经的赌友尽数骗去,做买卖的钱就这样打了水漂。"他咬着牙,脸上呈现一层不悦之色。"那一次,我悲愤交加,彻底失去活下去的勇气,已无脸再去见我妈。后来我默默地爬上了一座高桥的栏杆。"他目光呆滞地说着。"在桥栏上心如死灰地坐了许久之后,我还是跳下了深不见底的江面。"他低头望向不远处的江水,身体在迎面吹来的江风中微微颤抖。

"后来是消防员救了你!"我脱口而出。

"对!"二柱点头说道,"在沉入水中的那一刹那,我想起自己的一生,想起了很多人,

很多事，我猛然惊醒，我告诉自己我要活着。我拼命地挣扎，与冰冷的河水搏斗。就在我筋疲力尽，慢慢沉向江底的时候，远方投射来一束阳光，透过碧绿的水面，泛起阵阵耀眼的光。微弱的光晕中，一只有力的大手将我拉住，我整个人被迅速抬升，我获救了。"这时，二柱语速加快，面露喜色，"随后，消防员叔叔亲自把我送回家去，我的母亲看到我，早已哭成泪人。临行前，消防员叔叔指着屋前的一棵苦楝树说，'看见树上那只大蝴蝶了吗，我希望你放下过往，做那破茧而出的蝴蝶，破茧重生，成为光，美丽自己，温暖别人。'"此时，我分明从二柱眼中看到了光，脸上洋溢着坚定的信念和决心。如释重负的二柱，走路的脚步霎时加快，有力的步伐踏在坚硬而光滑的青石板上"噔噔"作响。此时我才发现一米七五的二柱，身姿挺拔，高大健硕，行走如风，浑身上下散发出一股凛然正气。疏于运动的我跟在他身后顿时感觉有些吃力，双腿早已不争气地疲倦起来。

南方的冬天黑得早，散步归来，已是掌灯时分。天幕下残留的霞光渐变成盏盏华灯。整个县城，霎时间灯火通明，人声鼎沸，好不热闹。街上车水马龙，人流如织，络绎不绝，人们开始了忙碌而又精彩的夜市生活。二柱说，时间还早，提议去他住处喝茶。为消遣这难得的时光，于是我同意和他去喝茶，暂且做个惬意的城里人。

穿过密集如梭的车流，又转过热闹的市集巷口，我随二柱来到他的住处。一进门口，便看到"预防为主，生命至上"八个大字的牌匾挂在办公桌背后的墙上，牌匾下面是一个书柜，里面摆放着密密麻麻的书，主要是与消防有关的书籍。在书柜随手够得着的角落，我发现好几本文学类的书。书柜的左侧是手写的笔记本，我数了数，足足有二十余本。我拿起一本，随

机翻阅，只见上面清楚地记载着每一次出警的记录，字体工整，端正清秀，且文笔流畅。我心里暗暗惊讶：在写字这一块，这家伙肯定下了不少功夫。在办公室的斜对面，整齐划一地码放着一些运动器材，有哑铃、杠铃、握力器、健身椅、跑步机……俨然像一个小型的运动室。

在靠近运动器材的墙壁上，在"消防员风采"一栏，贴着大大小小的海报、报纸，还有照片。其中有一张是二柱身穿橙黄色防火服飞身扑火的精彩画面；有一幅是他身穿火焰蓝制服向国旗敬礼的海报；还有一张是他身处废墟之下双手高高托举一个婴儿的特写照片。海报墙上往右挂着近十面深红色的锦旗，有"最佳消防员""消防能手""消防忠诚卫士"等称号……最令我仰慕不已的是那个在最不显眼位置的"最美火焰蓝"的荣誉称号。看到这满满一墙的荣誉，我深深地被二柱折服了。那儿时古灵精怪、调皮捣蛋的李二柱，竟在我的记忆里渐渐模糊起来。

就在我环视室内一周之后，二柱已沏好了茶，顿时满屋子芳香四溢。茶桌上，二柱谈笑风生，出言稳重，措辞有度，早已不见了当年那个口无遮拦、粗俗莽撞的少年模样。我不禁感慨，时间的魔力真大，常常在悄无声息间改变一个人，成就一个人，让一个人脱胎换骨成为另一个人。久别重逢，相谈甚欢，茶过五巡，戌时已过，即与二柱告别，我便打的回到下榻之处。

约莫十一月时分，北方的寒流南侵，南方各地一夜入冬，纷纷开启寒冻模式。气温骤降，寒气逼人，最不适应的还是村里的老人。思来想去，始终放心不下家里年迈的母亲，我便决定回家一趟。傍晚到家，喝了母亲煲的鸡汤，沐浴更衣，和衣躺下久违的床，竟一觉睡到天亮。一番洗漱完毕，母亲在门楼外喊道："家乐，咱们散步去，去村头走走，太阳要出来了！"

我执意不想去，随手拿起一本《读者》来看。但始终拗不过母亲的说辞，只好随同她去散步。

室外灰蒙蒙的天，并没有想象中那么冷。东边林子的树梢上，仿佛有丝丝光亮透射进来，让人顿觉身上暖洋洋的。我挽着母亲的手，走过一片片青绿的菜畦，跨过一条条弯曲的田垄，不经意间，来到了村头的乡贤广场。"哟，快看，那不是二柱他们吗！"母亲惊呼，指向广场朝东的方向。我便向二柱招手打了招呼。走到跟前，原来是二柱带着老婆孩子出来溜达。就在不远处，一个三岁多的小男孩正在玩一辆消防玩具车，我知道那是二柱的儿子。小男孩见了我，很有礼貌地向我问好。二柱见了我，很是惊讶地说，"你这小子怎么也在家啊。正想找你聊聊。"便把我拉到一旁，谈了许多工作上的事情。最后他很认真地问了我一个问题，"消防员是一份又苦又累，还充满危险的工作，你知道我为什么还选择去做消防员吗？"我笑笑，这个问题我也一直很好奇。

"因为个人与国家是密不可分的，每个人都是国家的一分子，总得为这个社会做点事情，这个社会才会变得越来越好。少年虚度的光阴我无法追回，唯有把握当下，为人民做实事，守护他们的生命财产，将'一方有难，八方支援'的精神传承下去。"他高昂的语气中透露着坚定，"这也是我毕生的心愿。"他慷慨地补充道。我说，"其实你已经做到了！我对他投以赞许的目光，他欣慰地笑了。"

闲聊了一支烟的工夫，我们便各自散步去了。"爸爸快看，太阳公公出来啦，太阳公公出来啦！"就在我和母亲走不多远的时候，一个天真稚嫩的声音在广场上空地响起。我猛地回过头去，只见一轮巨大的红日正从东方升起，骑在二柱肩膀上的小家伙得意地将一个橙黄色消防员玩偶高高举过头顶。在阳光的照耀下，那消防员玩偶竟显得异常的夺目而高大。二柱

一家三口伫立于寒风中，与硕大无比的太阳红融为一体。

回去的路上，母亲充满感慨地说，"二柱真的变了个人似的，真替他老妈子高兴！可是你啊，得学学二柱，让我省省心，我就放宽心了！"母亲冷不防地转移话题。我说，"妈，放心吧，人总会变的。"

谁的停车位

黄正旺

今天的生意不错，送走最后一位顾客后，已是晚上八点了。当我骑着小电驴哼着《好日子》快到家时，却又一次在那条仅四米宽的巷子里，被邻居们并排停放的小轿车挡住了回家的路。家门口就在几十米外的那头，而我却被"恶狗"挡道，不得不折出巷子，再多绕四五百米的弯路回家，你说气人不气人！尽管我一直奉行"百金买屋，千金买邻"的理念，但频繁遭遇这种困境的我还是越想越难以忍受，于是不顾一切地冲到了邻居甲的门前。

"有人吗，有人吗……"

"谁呀？"听到我的拍门和呼喊声，仅穿裤衩、光着膀子的邻居甲从家门口探出半个身子来问。

"号码678的车是你的吗？有你这样停车的吗？两车之间连行人都无法通行，你想过会带来什么后果吗？邻里之间，有点公德心不好吗？"

"是我的车又如何？我就这样停了怎么样？我停在自己的房子边，停在自己的车位上关你什么事！"见到我以暴风雨般的质问方式指责，邻居甲以咆哮回应："就知道指责我，也不看看邻居乙那辆'僵尸车'，他都停在路口两三

个月了，你怎么不去叫他移走？"

看到邻居甲盛气凌人、蛮不讲理的态度，我差点没把肺气炸："正因为人家那辆已经先停在了那里，你就退一步，停在他的后面，好留一条道给大家行走不行吗？你们这样并排着停放，使得他人甚至无法侧身通行，这难道不是有意挑衅、故意破坏邻里关系吗？"

"然而我就是故意了，那又怎样？我的地盘我做主，我的居所附近就是我的停车位。我的私人停车位，想怎么停就怎么停，想什么时候停就什么时候停。不怕跟你说，就是因为邻居乙的车停在路口让我出入不便，说了好几次，他都以那里是他的屋后，是他自己的停车位为由而不为所动，我才效仿他的做法故意这样停车，让大家也感受出入不方便的滋味。"

"邻居乙去儿子所在的城市无法返回，车停在那里既成事实，如果你不并排停放的话，大家至少还有近两米的路可通行。要是照你这样说，住在那边巷口的我，也在自己居所附近所谓的自家停车位并排停两辆车，让住在里面的你们这边无法进出，那边也无法进出，看你怎么办。"我针锋相对地反驳。

"喂，罗老师吗？您还在广场健身呀！这里又有两位邻居因停车位的问题吵起来了，看他们大有动武的架势，您快回来调解调解吧，不然……"邻居丙听到激烈的争吵声音赶到现场后，立即打电话找大家公认的好邻居罗老师帮助调解。

说起罗老师，不得不先介绍一下他。"中国共产党优秀党员""全国献血大王""广西道德模范""玉林公民楷模""北流义工协会骨干"等都是前中国人民解放军广州军区特种部队的退伍老兵罗智曾荣获的称号。由于每次邻里之间的纠纷，经过罗智的调解后都能化解，所以罗智便又多了一个身份——街道的义务调解员。在我们心中，罗老师已经成为最理想的邻居，因此，大家都不约而同亲切地尊称他为"罗老师"。

接到电话，匆匆赶回到我与邻居甲争吵的现场，听完邻居丙述说的情况之后，罗老师站到邻居甲的走廊上，神情严肃地说："各位街坊，各位邻里，感谢大家的信任，接下来，我将给大家带来一场消防知识培训课程。首先向大家强调，我们现在站着的这条通道，在许多人看来，它只是一条普通的巷子，一条供人们行走、供房子采光的巷子。然而，它的重要性远不止如此，它更重要的作用是作为消防通道。什么是消防通道？顾名思义，消防通道就是某地方一旦发生火灾后，消防人员及其救援设备通行的专用通道，一条能以最快的速度，去抢救人们的生命财产的道路。那么请问大家，对于这样的道路，我们是否应该确保其时刻保持畅通呢？我相信，没有人会对此产生质疑。既然是要绝对保持畅通无阻的消防通道，那么你也停车，我也堆放杂物，他也占为己用，那还叫消防通道吗？那还是消防通道吗？大家的行为难道不会影响到自身的安全吗？"

"另外，有的家庭认为他们的房屋前方是他们的停车位，而有的家庭则认为他们的房屋后方才是他们的停车位，理所当然地想停就停的行为，显然是错误的。我想告诉大家，你们当初买地建房的时候，你房产证上标注多少平方就是多少平方。其他的每一寸土地，每一尺空间都是属于国家的。像这条仅四米宽的巷子根本就没规划有停车位，因此你们那所谓的停车位既不是你的，也不是我的，而是属于整个社区的。如果社区不幸发生火灾，这条巷子将作为消防部队突入火灾现场为我们抢救生命的通道，生命通道呀！懂吗？"罗老师情绪激动地挥舞着手臂，大声说道。

面对大家的沉默，罗老师又继续补充说道："各位街坊，各位邻里，大家不要忘了，国家法律里有一条叫寻衅滋事罪。什么叫寻衅滋事，就是明知不对，还要故意挑起事端的行为。这样的行为也是犯法的，也是要坐牢的啊！希望大家遵纪守法，切记与人方便就是与己方便的道理，争做一个有素养、讲文明的良好市民。"

在热烈的掌声中，邻居甲终于低着头回屋，掏出钥匙启动了他的汽车。

"四色"英雄
——我眼中的北流消防员
潘丽春

"赤橙黄白黑蓝"，据说是消防员"铠甲"常见的六种颜色，不同颜色对应着不同的任务场景，也见证了惊心动魄的不同征程。而我平时看到的北流消防，常穿"蓝白橙黑"四种颜色，在不同的任务场景里切换自如，在为民服务中竭诚尽责。

有时，他们是蓝色的。

北流金旺旺公交站旁，和清晨的班车一起出现的，还有跑操的消防员。有时夏天的朝阳映在他们的脸上，映出蓬勃朝气；有时寒冬的冷风扑在他们的身上，扯出猎猎风声……四季更迭，然而每周一的清晨，我总能在等待班车时看到他们跑操的身影，那一抹"训练蓝"，引人注目又让人安心。

比起"训练蓝"，"宣传蓝"似乎更为常见。他们走进学校课堂，为中小学生普及消防知识；他们走入村头巷尾，向群众宣传消防常识；他们走向灾后现场，用沉甸甸的案例警醒他人……

作为消防员，他们毫不松懈的训练着、宣传着、准备着，像孙悟空似的苦练"七十二变"，只为努力提高群众的消防安全意识，化解群众的"八十一难"。

有时，他们是白色的。

白色，通常是消防员隔热服的颜色，救援需要时，消防员会穿上白色隔热服，做一名"逆行者"进入或穿过高温区域作业！我在北流看到的白色消防员，虽不是进入高温区域作业，但也是勇敢的"逆行者"！

去年 10 月份，北流经历了一场抗疫硬战。在疫情紧张、人手紧缺的情况下，北流市消防救援大队派出 5 车 60 人奔赴支援大坡外、民安、新荣三个乡镇，协助开展卡点执勤、社区管控、辖区消杀等工作。十个日夜的坚守，不仅牢牢守住了消防员队伍内部"零感染"的底线，还实现了驻守区域"零火灾、零闪失"的防控目标。

在这场没有硝烟的抗疫战争里，"火焰蓝"化身"坚定白"，以赴汤蹈火的赤子之心，为群众的安全健康筑起了一道坚不可摧的防护墙！

有时，他们是橙色的。

橙色，是我在基层见到北流消防员穿着最多的颜色。防汛抗洪时，消防员是逆流而上的"橙色闪电"；清理路障时，消防员是主动靠前的"橙色钢刀"……

尤记得，6 月 26 日的清晨，六靖镇街上一片安静漆黑，与往日热闹喧嚣的场景形成巨大反差。我从窗户往外看，突然有一片橙色在移动，再往远处看去，消防车灯闪烁着，如灯塔一般照亮了黑暗。上班后才知道，一晚上的大暴雨导致圩镇全部停电，尤其是街上的店铺内涝严重群众无法出行。而我们的消防员，冒着滂沱大雨，涉过及肩的深水，护送滞留在家的中考生到达安全地带，为考生及时参考保驾护航！

都说，橙色是最醒目最让人安心的颜色。消防员的这一抹"安心橙"，是在一次次的抗洪抢险、车祸救人、高空救援、电梯救人、深山搜救中洗练出来的！

有时，他们是黑色的。

"黑色"的消防员，相信大多数人都不陌生。

无论是新闻里还是现实生活中，我们总能看到消防员们穿着一身"黑色铠甲"出入火场，在熊熊火焰中践行着人民消防为人民的铮铮誓言。

11月3日晚，当群众褪下工作一周的疲惫、沉浸在迎接周末闲暇时光的欢娱时，北流市一环西路一民房内发生了火灾。市消防救援大队接警后迅速赶往现场处置，幸运的是，由于疏散扑救及时，未造成人员伤亡和火灾蔓延扩散。"黑色"消防员们，又一次用忠诚和担当成功守护了人民群众的生命安全！

当警铃响起、火光闪烁时，逃离是本能。然而我们的"黑色"消防员们，却一次次义无反顾往烈火里冲，只因人民需要，所以他在！

无论是"六色"还是"四色"，都是消防员们对党忠诚、纪律严明、赴汤蹈火、竭诚为民的生动演绎，是见证他们艰苦付出的英雄本色。但我最希望看到的，却是消防员们身着便装不拘颜色的样子，唯有平常，才是安好！

今天我生日

彭 波

肖光是市消防大队的中队长，肖光感觉这段时间特别累，前段日子里，市里的林场突然发生火情，好几座山陷入火海之中，消防大队接到命令，立即全体人员出动，光灭火就用了十几天的时间。

明天就是肖光的生日了，老婆张丽跟肖光商量，明天休息一天，带女儿去公园玩一天，女儿已经恳求过多次了，肖光一直没有时间去。这几天，恰好肖光没有别的事，三口人去公园玩一天，再找一个小酒馆，喝点酒为肖光庆生。

肖光感觉这是一个好办法，女儿已经5岁了，

这5年的时间里，他从来没有陪女儿去过公园。

这样想着，肖光打电话给消防大队，明天请假一天。大队长孙林在电话里说，老肖啊，这段时间你也太累了，好好在家休息一天吧，多陪陪老婆孩子。

第二天，肖光带着老婆女儿去了公园，女儿大概是第一次来公园，看什么都那么新奇，她特别高兴，玩得非常开心。

美好的时光总是容易消失，很快，就到中午了，一家三口找到一个小酒馆，点上几个菜，一瓶酒，肖光跟张丽就喝上了。

肖光的酒正喝得酣，突然，手机响了，是孙大队打来的，说步行街上的一座高楼失火，火势汹涌，让他马上派人出警。

肖光刚要撂下电话，孙大队说："肖光，我倒忘了，你今天休息，这样吧，你安排好去步行街的人员，就在家休息吧。"肖光说："孙大队，我还是去吧，步行街高楼密布，一旦火势蔓延到别的楼上，场面不可收拾，我在这方面有经验。再说了，这休息什么时候都能休，可这火势却是一刻也不能等呀。"

对肖光来说，火情就是军情。肖光不敢怠慢，一边打电话，一边打车后往消防大队赶，当他走进消防大队的一刻，队员们刚刚准备好。肖光跳上车的刹那，消防车便驶出了消防大队的大门。

消防车来到步行街时，楼内火势熊熊，火焰已经布满了整个楼，肖光指挥着他的队员们，大家一齐进入到救火的行列中去了。

然而，楼太高，火一直朝上窜，上部的火势，水枪已经起不到作用了，火势如果继续这样下去，很可能会影响到别的楼了。

肖光看罢，大喊一声"跟我来"，便一马当先，跑进了这座大楼里。

很快，楼下的人们看到了肖光站立在楼上的身影，队员们很快把喷射水枪交到了肖光的

手里，肖光拿着水枪，水枪里的水流很快就朝火舌射过去。在肖光的带领下，队员们很快就把一只只水枪带到了楼上。

十几只高压喷水枪，齐刷刷地朝火舌喷射过去，经过半小时的水枪喷射，楼上的火舌渐渐变小了。

火终于扑灭了，楼内的群众虽有几个受伤的人员，却无一死亡。然而，肖光跟一名队员却永远地闭上了眼睛。

当张丽赶到医院的时候，肖光已经被推进了太平间。张丽不顾劝阻，非要见肖光最后一面，当张丽揭开盖在肖光脸上的白布时，这张脸已经面目全非，张丽一个耳光打在那张黑漆漆的脸上，泪如雨下。

在追悼会上，战士被政府授予烈士称号，肖光则不是。

张丽问追悼会上的人，为什么肖光没有授予烈士称号？大家闭口无言，眼睛不敢看张丽。

据说，那天肖光喝了酒。

淬火青春　最美的年华
献给最美的事业

王祥丽

"既然投身消防，我就没想过害怕和后退。只要能够为人民群众的生命财产安全保驾护航，就算付出一切，我也在所不惜……"近日，笔者在玉林消防救援支队铜州消防救援站见到了身材挺拔、眼神坚毅的二班班长张宇飞，问起他参加抢险救援时有没有害怕过，他的回答质朴无华却铿锵有力。从"橄榄绿"到"火焰蓝"，八年多来，无论是在风吹日晒的训练场上摸爬

滚打，还是面对十万火急的重大救援行动时的生死考验，张宇飞始终保持冲锋在前的昂扬姿态，用热血与忠诚谱写了一曲绚丽的青春之歌。

怀揣梦想奔赴军营　练就一身硬本领

1998年出生的张宇飞，从小就对消防员这个职业充满了向往。每每看到电视上播放的火灾救援画面，他总是激动不已。巧合的是，刚上初中军训时，他遇上了一名消防员教官，教官除了对他和同学们进行军容军姿训练之外，还讲解了消防器械使用、灭火逃生方法等消防知识和技能，这些知识和技能深深地吸引了张宇飞，更加坚定了他成为一名消防员的决心，从此，梦想的种子在他的心田里扎了根。

为了实现自己的梦想，张宇飞除了认真学习，还积极参加各种体育活动，锻炼自己的身体素质。他知道，只有拥有强健的体魄，才能具备成为一名消防员的条件。

2015年9月，张宇飞怀揣梦想，从玉林应征入伍来到了北海市武警消防中队。张宇飞深知作为消防战士，拥有强健的体魄，掌握娴熟的消防、抢险救灾技能是最基本的要求。因此，在训练场上总能看见他顽强拼搏、奋勇争先的身影，无论刮风下雨、严寒酷暑，他都始终如一努力提高自己的综合素质和业务水平。每当晨曦微露，军营里军号响起，他总是第一个到达训练场地，除了完成必须的训练外，张宇飞还给自己"开小灶"，每天坚持12公里负重跑、2小时高强度的器械力量训练、100个单杠引体向上、100个双杠曲臂撑……在打牢基本功训练的基础上，张宇飞积极参与实战、实地模拟训练，以达到缩短训练时间，实现全方位掌握技能的目标。功夫不负有心人，经过"魔鬼式"的训练和"残酷"摔打，张宇飞练就了一身铁打本领。2016年4月，参加北海市消防支队比武竞赛获得个人总分第一名。

业务训练勇"闯"敢"钻"，"壮鹰竞桂"拔头筹

张宇飞在北海武警消防中队服完义务兵役，由于表现突出，转为士官，继续留队服役，逐渐锤炼为中队骨干和业务尖子。2021年，张宇飞因广西消防总队实行团员计划，经过选拔回到了玉林消防救援支队铜州消防救援站工作，担任了二班班长。

虽然离开了部队回到了地方工作，但张宇飞始终保持军人作风，带领全班队员坚持利用早晨、晚上，按冬训、全员岗位大练兵的科目进行刻苦训练，换来全班队员个个身强力壮，拥有过硬的消防业务本领。

2022年，张宇飞代表玉林市消防救援支队参加全员岗位练兵"壮鹰竞桂"比武竞赛。集训期间，张宇飞始终保持"钻"的精神和"闯"的劲头，他深知自己比赛项目的短板，认真研究总结经验，仔细观看录像，为了每一个细小的动作，夜里睡不着觉认真琢磨，在训练场上针对性练习，终于研究出攀爬过点的体力分配、运动呼吸节奏调整、快速衔接方法路线要诀，并将总结出的方法第一时间无私分享给队里其他参赛队员。

在集训备战的近100个日日夜夜里，张宇飞不畏高温酷暑，克服伤病折磨，始终以饱满的热情和高昂的斗志积极投入到每一次训练中。他严格按照比武竞赛要求，细抠操作规程，穿着厚重的抢险救援服，顶着烈日，反反复复进行科目操作，不断地检查自己的训练动作，时常为了掌握一个动作要领，为了让成绩能再提高一秒，需要经历成百上千次的重复训练，每一次训练都挥汗如雨，汗水浸透衣服，但他从不喊苦叫累。

在11月份的比武竞赛中，张宇飞不畏敌手，顽强拼搏，凭借充沛的体能和绝对的实力，最终在2022年全员岗位练兵"壮鹰竞桂"比武竞赛应急救援员岗位中取得全区个人第二名，攀爬横渡项目全区第一名。

抢险救援一马当先，逆行冲锋勇担当

8年多来，张宇飞把最美年华献给了消防事业。在训练场上摸爬滚打，饱经流血流汗的磨炼。在火魔肆虐的战场上拼杀搏斗，用汗水和热血保卫着辖区人民群众生命财产安全。每次面对急难险重任务时，总是冲锋在前、勇挑重担。

无论是在驻地还是回到地方，哪里有灾情，哪里就成为张宇飞和队员们冲锋陷阵的前线。2022年6月9日晚凌晨1点，铜州消防救援站接到报警称：北流市新丰镇大罗洞村发生泥石流灾害，村民被困。张宇飞立即带领二班队员，携带抢险器材，火速赶往新丰镇，但距离灾害现场约5公里时，由于塌方导致道路受阻，救援力量暂时无法到达现场，现场情况不明。面对此情，张宇飞临危不乱，他马上带领几名队员沿着山边，深一脚浅一脚，艰难徒步进入灾害现场，发现连续暴雨导致山体滑坡，大量泥浆石头冲入山下民房，致使很多民房一楼被淹。张宇飞一面通知后续部队想办法挺进救援，一面和战友蹚着齐腰深的水，挨家挨户搜救被困群众，遇到行动不便的老人和孩子，背着、抱着，一趟又一趟转移至安全区域。冒着暴雨，张宇飞和队员们奋战至凌晨5点多，成功营救了80多名群众，后与现场政府工作人员确认，已无被困群众，张宇飞才领着队员返队。

哪里有险情，哪里就有张宇飞逆行出征的身影。2023年9月7日下午，勾漏洞有三名老人上山打柴，准备回家时却迷路了，怎么也找不到回去的方向。天越来越黑，三位老人惊恐万分，其中一位老人利用仅存一点电的手机向儿子求救。晚上9时，老人的儿子给铜州消防救援站打来了救援电话。

接到报警后，张宇飞带领十几名队员携带救援设备风驰电掣般赶到山脚下。由于天黑林密，张宇飞和队员们徒步上山后，转了1个多小时都没有找到被困老人，通过无人机也无法发现目标，

张宇飞很是为三位老人的安全担忧。于是他沿着羊肠小道奔跑下山，找来熟悉地形的村民。村民带着张宇飞和队员们抄近道去找被困老人，一路上他们一边用腰斧砍着荆棘，一边攀爬着石头上山去，经过 40 多分钟的艰难跋涉，终于找了蜷缩在山顶上一块大岩石凹槽处的老人，她们又怕又饿，张宇飞拿出水和食物为老人补充体力后，便和队员们寻找稳固支点，制作绳索系统，让三位老人轮流躺在担架上，保护着老人通过绳索滑走下山。凌晨 2 点多，张宇飞才带着队员在老人和家属的道谢声中返程。

投身消防事业 8 年多来，张宇飞严带兵、降火魔、战疫情、斗洪峰、救危难，共带头参加火灾扑救和抢险救援战斗 500 余次，营救被困人员 100 余人，疏散群众 1000 余人，抢救疏散的各类物资价值上千万元……为保卫地方经济建设和人民群众生命财产的安全做出了突出贡献。

"献身消防，他人的生命永远高于自己的生命！"张宇飞凭着对消防事业的无限热爱，人民利益高于一切的坚定信念，努力使自己成为在队伍管理、训练指导、灭火救援、比武竞赛等多方面都有突出成绩的全能型人才。2 次荣获个人三等功，4 次因年度工作表现突出获嘉奖，多次获评为"优秀班长""优秀士官""十佳士兵"。

致敬！北流"火焰蓝"

晓 宇

初过夏至，蓝得莹洁的天上缀着几朵流云，像画布上晕染的颜料，像海面上被轻快的鱼儿击碎的浪花碎沫。炙热的阳光横冲直撞地奔向老榆树，洒下满地的斑驳。我倚在树旁，闭着眼，任凭记忆在时间的长流中流淌。

我家住在北流市六靖镇那排村，我的邻居是北流市消防总队一位消防员，他常常对邻里的孩子们笑，他笑脸上就出现一深一浅的两个酒窝。孩子们总是喜欢跟他一起玩，问这问那。一天，我跟他一起去消防队，消防队不能随便进入，于是我就透过围栏一窥栏内的风光，队员们身着深蓝色队服，在烈日下训练，阳光好像要刺穿队员们的身体，那光线如同兔毫金丝建盏，细密而又根根分明，敬佩之情毫无保留地从我们眼中流出。

通过邻居消防队员我了解到，每天早上 6 点，当很多人还在睡梦中时，消防队员们却开始了一天的训练。高强度高频次的训练，训练过程如行云流水般熟悉连贯，强调的是团队合作的重要性，同时要求做到"零失误"的成绩，以提高消防应急能力。而正是这些技能在他们抢险救人时发挥着巨大作用。而当节假日到来的时候，他们的训练反而会加强化，任务也变得更重。

各种训练、演练、抢险、灭火……日复一日，年复一年，不知不觉，"90后"们渐渐成为捍卫各个城市的主力军，他们不为名不为利，用自己的生命书写着"责任"二字。在他们的生命里，没有春夏秋冬、黑夜白天之分，只要警铃一响他们便穿上战衣飞奔向前。

浓烟、毒气，都不能阻挡他们前行的步伐；泄漏、爆炸，只要人民有危险刀山火海也要去。除了日常的训练，"筑墙"防火，进厂入户，走街串巷，强化整治，狠抓落实，日查、巡查、夜查相结合，监督、宣传、演练多管齐下，全力保持辖区火灾形势稳定，不敢有一点松懈。

春节、中秋节、国庆节……在任何一个举家团圆的时刻，总有一抹"火焰蓝"默默地守护在身边。不论是严寒还是酷暑，刮风还是下雨，他们始终坚守在执勤岗位上，等所有人安全离场，他们才会放下心中紧绷着的弦。

他们用餐地点总是不一样，大马路边、泥

坑旁，引擎盖上……蓬头垢面，狼吞虎咽，完全没时间顾及形象。也不是每次都能想吃就安安心心地吃，在最忙碌的时候，一碗面泡起来，说不定得等到下顿才有时间吃。

火灾过后，现场只留下一片废墟和四处飘散的灰烬。如何还原火灾真相？如何在凌乱废墟中找出蛛丝马迹，让它们"开口说话"？这就需要被誉为拥有"火眼金睛"的火灾调查员啦。他们是大火扑灭后最早进入现场的人，也是在火灾事故认定书上书写答案的人，被称为"火场福尔摩斯"。

社区、居民住宅楼、广场、学校……不论是张贴消防安全警示海报，还是面对面传授消防知识和逃生技能，无论何时何地，他们只为提高全面消防安全素质和社会抵御扑救火灾能力，将消防安全带入千家万户。

2019年10月8日我家发生的火灾，使我对北流"火焰蓝"更加敬佩。那次火灾由于老婆用煤气灶烧水，后来忘记了关煤气灶，壶里的水烧干了，引燃了厨房里放煤气灶的桌子，从而引起了火灾，由于逃生及时和逃生方法正确，没有发生人员伤亡，再加上我及时拨打了119火警电话，消防人员救火及时，只烧毁了我家的家具，没有殃及左邻右舍。消防官兵立即组织营救被困人员。由于火灾已处于猛烈燃烧阶段，浓烟封锁了整个楼梯间，无法实施内攻救人。消防官兵随即架和6米拉梯营救被困人员，经过消防官兵的努力，火灾完全扑灭。看着消防队员熏黑的脸庞，我感动得流下了眼泪。

致敬！北流"火焰蓝"，新时代最可爱的人，因为他们的无私奉献，我们平安的生活才获能得到保障。他们用热情的服务，认真的解答，为平安助力，为平安代言。英雄之火永远不会熄灭，北流新时代的消防之光永远绽放出璀璨的光芒！

北流消防救援战士礼赞

孙　利

理　想

你义无反顾地选择了火焰蓝，也许是火焰蓝钟情地选择了你，你是英俊挺拔的北流消防战士！反正，你告别了呵护、幼稚、茫然和菲薄；告别了朝夕相处的伙伴和清远亮丽的叶笛；告别了生你养你的故土和在故土上种植美好日子的父老乡亲，毅然走进警营，在这庄严的火焰蓝里学习、锻炼、拼搏、成长、出击、救援。警营的路通向成熟，警营的天高到纯蓝，警营书写满传奇，你要把自己的路走成火焰蓝的爱吗？北流因你而骄傲！

你是跟着秋天走进警营的，透明的风向透明的心。收获、丰收、喜悦和平安对你的影响、启迪和警醒都很大，你和它们难道有天然的爱意和默契？你端起亲爱的水枪，抄起耐火救生绳、太平斧，也端起了一种自信、压力和刚强。你的目光射去，麻痹、疏忽、危险连同忌妒、嘲讽、冷酷一齐被你无情地扑灭。你要用水枪清洗出一方明朗的天么？小鸟高兴地飞来玩自由，唧啾不停。它是在诉说你用水枪还有那云梯照亮了你脚下的路么？你默默地守着象征、守着威严、守着辛苦、守着黑白日子。如花的微笑交给了你，你传递了平安、传递了欣慰，你要让收获和生活的每个角落都涌动花的潮汐么？

花儿向你摇曳着微笑，你和花儿都找着了方向、找着了感觉、找着了爱、找着了属于自己的位置！

战　斗

也许麻痹、疏忽、失误抑或舛错有很多很多，也许通向"119"的路有很多很多条，然而，"119"通向那个残酷现实的路却只有一条，这就是迅速有力地击溃火魔!

拒绝静止的祝福,拒绝无力的呼唤。听从一声号令,神速地跨上战车,心中早已获得了自信的翅膀,血管中早已涌动着负重的感情。阳光散在大地上,大树裹着风儿猎猎地后退,拼搏的路上仿佛只剩下你们和战车,不,还有焦急和风驰电掣!

战车载着你们,你们载着信心,信心载着征服,你们和勇敢还有期盼一齐到达现场!火魔吐出毒舌,风发出狼嚎,云拉下面孔,它们是在向你们的征服挑战吗?

云梯攀升上去,水枪攀升上去,斗志攀升上去,信心攀升上去!阳光倾斜而下,水柱倾斜而下,智慧倾斜而下,威力倾斜而下!火魔却步了,火神迫不及待地出逃……

胜利的喜悦载满了战车,可战车却载不动厚重的自豪和"火焰蓝"的爱。经过又一次爱的洗礼,祝福愈发醇厚起来!

救 援

"119",这是三个扣人心弦的阿拉伯数字么?"火焰蓝"却用这三个简单的数字砌成了爱的长城——

铃声又急促地响起来了!在铃声的那一头,有一栋坍塌的楼房贪婪而残忍地压着十几条生命。这不是击溃火神的战斗;然而,这却是一场刻不容缓的特殊的战斗,尽管这是超越火警的救援。

仿佛无数焦渴的目光就在眼前,仿佛无数急切的呐喊就在耳边,仿佛无数痛苦的呻吟就在心里!心儿啊,早已插上了翅膀;战车啊,你能不能再快一点儿?再快一点儿吧!

既然选择了"火焰蓝",选择了用"火焰蓝"培育的爱,选择了用这种爱砌成的长城,选择了用这座长城筑起的平安吉祥,"火焰蓝"便用义无反顾的忠心捍卫她、美化她、爱她。因为火焰蓝深深地懂得,爱是没有门的天空、

爱是无条件的、爱从来就是大写的!

越过障碍,越过担心的目光;穿过阻挡,穿过焦虑的心情;跨过冒险,跨过理解的边缘!用勇敢、用青春、用火凤凰的骄傲,追求信赖的神圣,追求完好的日子,追求胜利的喜悦,追求博爱的崇高……

警 营

穿上火焰蓝,拥有自信,走向那绿树掩映的警营。

当年那组陌生的邮政编码,如今举着鲜艳的五星红旗,在都市的消防网络上英勇、庄严、神圣并神奇起来。

阳光沿着房檐滑落下来,汗水沿着口令滴落下来,警营内有剽悍刚强的情节发生。摸爬滚打是火凤凰的本能么?

与寂寞并肩而行,与世俗背道而驰;与朝霞同起,与熄灯号同住,"火焰蓝"的日子在营房门前一茬一茬地艳了又绿了、绿了又艳了。"火焰蓝"绷紧的神经沿着119的触角伸进都市的每一片区域、每一条小巷、每一道楼层、每一个旮旯……

营房不需要承诺。带着英勇顽强和神速执着冲上战车,然而,胜利征服和伤痛惋惜往往使火焰蓝的感情复杂起来。

火神永远烧不焦的火焰蓝穿起了警营的高亢和伟岸!

阳光照样美好,生活在营房外愈发香甜起来……

夜 读

警营静立。一些鸟在树丫上寻觅方向。

绿树用月牙的梳子给年轻的夜晚梳头。夜晚多么美好!

夜读,为了花香倾吐生活的温馨,为了站到高处不会忘记脚下的云梯,为了紧握水枪冲刷火凤凰的图腾,为了让高科技的构想,抹去一个个火灾痛楚的记忆!

把 119 挤出书桌，把故乡的花芳香进来！

誓言与家信搁浅在书桌上。思绪婆娑起来。生活的字典里，往往有一些迷恋而刚强的字眼挡住爱情的去路。等待，往往是寂寞中的珍珠。警营，也是心灵伤口的包扎么么？

夜读，为了明早旗帜和手臂高举，为了从容和神速同时跨上战车，为了迅速、干净、彻底地消灭火魔，为了小鸟能够自由地在树梢上谈话，为了家信上多一些描述关于花香的信息……

夜读，支撑起"火焰蓝"纵横广博的思绪和浪漫！

图 腾

举起威严的力量和亲爱的水枪冲进火海，冲进火海的还有执着的信念和顶天立地的气概。

用手能够触摸到肆虐的声音，用耳能够搜听到炙热的剧痛。举起亲爱的水枪，举起年轻的光阴，"火焰蓝"在浓烟滚滚的火海里，用生命和青春书写壮丽的华章，图腾火焰蓝的辉煌！

火魔和死神狰狞地向平安的日子挑战，向美满的生活挑战，向大义凛然的"119"挑战，向英勇不屈的火焰蓝挑战，不，是决战！决战从来都是无情的。守住固有的信念，"火焰蓝"向猖獗的火源中心冲击！水枪啊，猛烈些，再猛烈些！

终于，火魔败下阵来夺路而逃，残剩的黑烟耷拉下脑袋。

满面的征服淌着青春，满身的创伤散发着青春，脱颖而出的是金色的"火焰蓝"！伤痛从来就没有方向，"火焰蓝"手里只剩下一杆倔强的水枪，心里只拥有一线鲜红的希望……

圭江如此美丽

蒋振泉

暮夕，冬日的余晖洒满圭江，江面平静，水流无声，如不靠近，就不会知道江水中暗流汹涌。犹如我的心事。

我的身影被夕阳放倒，卧在江面上，我被沉浸在这一方境地疗伤。一个人舔着父母的故去留下万籁、孤寂的伤口；缝补着破碎的围城冰冷御寒的披风；细数过往的艰苦和匮乏的快乐；总结总结，心一横，频频萌生就此了解之念。

这个初冬的下午，我是骑了几十里地的车来到圭江的。自认为这是个陌生之地，隐藏内心之涩定无人知晓。

一个人伫立在江畔，从未抽烟的我，今天，地下被我丢下一抓烟蒂，等待着某个时辰来完满此生，不料，来过的风似乎都知道我愚蠢的心思，它告知了遇见过的所有事物。我不想走得如此狼狈。

太阳西沉的天边，最后一抹阳光已渐渐藏起。似是给我暗示着什么？心里却一直徘徊，只因心里尚有一丝牵挂。

中指与食指夹住的烟，燃到了滤嘴的尽头，灼痛了我的神经，才从穿越低落苏醒过来。

身边有一抹橘黄擦过，仿佛带着一股暖流。

"一二一，一二一，一二三四……"

是一排寸头，演绎着领唱与合唱的战歌，我被这突如其来的口令歌击中，在我扭头的一刹那，被领队敏锐的眼神射中，传来一股震慑之气，我低头转脸避开，我听见整齐的步伐留在原地。我转头窥视，发现他们正注视着我。

"就地休息！"——领队命令。

一个年纪比我年轻很多，看上去却比我干练百倍的小平头，轻轻走近我，我心里有点发慌，"哥们，圭江美丽吗？"他向我投来探视的目光，再瞧了一眼满地的烟蒂，他的言语中带着友好，他似是看穿了我低落的情绪，并要想把我内心的"火种"扑灭。我没有回应，把刚刚与他对视的目光移向江中。

我的摩托车，停在我伫立处一两百米之外，熄火时，钥匙没拔。小平头示意他的战友骑了过来。

"这摩托车好骑！好想也有一辆。"这个看上去还带着稚嫩神色的小青年羡慕地说。他是否有意间接赞赏我的拥有，我一时想不明白。

"想要就送给你。"我回了一句。

小平头转向小青年——开你的"洒水车"去。

我一下子被小平头的说话触动了。我扫了他们一眼，哦！原来他们是一帮消防战士。

说起消防战士，在生活中，经常遇见，他们几乎无所不能。哪里发生了交通事故等险情有人被困，就有他们救援的影子；哪里失火了就有他们营救生命和抢救人民财产与火魔战斗的身影；那些一时想不开寻短见的人在那些揪心的特定场景，他们成了拯救生命的天兵；熊熊烈火是他们的天敌……

就在这一瞬，我再次转向望着一直站在我旁边的小平头，他陪我一起望着圭江，细听流淌远去的水流，仿佛他也有心事一样。他察觉我内心的异常，却不用安慰或说理的言语来激起我内心的冲动。他只是默默地陪伴，陪我抽烟，他主动向我索取了三根烟，从他抽烟被呛和手指夹烟的姿势，就知道他不是个抽烟的人，但他为了靠近我的心灵，开解我，估计平静外表掩饰下的内心思绪万千，制定数条方案来营救我的挫败。我从来没感觉到不言就是最有力的说服，这一次我是深有体会，我确实于心不忍，便开始主动询问他们训练的苦与累，执行任务的惊险经历。

小平头说起曾经救援一个落水的小姑娘，被水呛了几次，体力几乎不能再支撑了，但心里总是有一个必胜的信念，心想可怕后果给她家人带来的悲痛，最后在战友的共同努力下成功营救。

此时此刻，我不知道他说的故事是否有意戳我心底。无论怎样，反正我就觉得不要给他们当中任何一个平添麻烦；不给还关心自己的人添堵。为了让这一排寸头放心，我坦诚地告诉他们，我不是寻短之人，让他们放心回营。

可是他们看到我一个人长时间伫立在这里，和地上的一堆烟蒂，肯定会想到我这一片刻思想上是个堵得慌的人，担忧我的安全，担忧我的愚蠢之举。

在这之前，我确实有把自己投于圭江之中来了结一生的愚蠢之念。在他们长达一小时的陪伴下，我又懂得了生命的珍贵。人生中除了生命其他都是擦伤。更让我检讨到我没有理由去平添他们的麻烦，这念头使我内心渐觉得羞愧。

于是，我故意向他们吹起牛来——我是个内心强大、阳光、向上的人，只是抽空来这里吹吹风，欣赏欣赏这美丽的圭江，释放一下内心的彷徨与不快。

小平头向我微微一笑——"加油！"他语言简短，却又给我无穷的力量和阳光。

最后，我不好再待在那里，清理了地上的烟头，放下心中不悦的过往，向阳而生，邀请赞我摩托车好的小青年骑车带我逛逛北流夜市，他说他请我嗦一碗北流的猪脚粉，我倍感暖心；小平头赶在我离开北流之前匆匆忙忙到陶瓷专卖店买了一个杯子送给我，上面刻着"上善若水"四个字，还谦虚地说，因时间仓促，来不及细挑，希望我喜欢……我被这帮从未谋面的消防战士感动着，久久不能忘怀。

每当我端起这小平头赠我的瓷杯，不禁想到——"一杯子""上善若水"意为"一辈子上善若水"。

确实，每一个消防战士，都把人民群众的利益放在首位，一辈子都是上善若水之人，平凡而伟大。

追忆似水童年

黄青遇

一

回想起来，童年那么近，又那么遥不可及。

四年级之前，我是住在乡下的，在邻屯的小学读书。每天大约要走一个半小时，翻过几座山，穿过一条宽阔的大路，就到了。每天早上六点起床，洗漱吃早饭，然后就背着书包出门。每天是老爸叫我起床，他的闹钟铃声听起来很悲伤，所以每一次我起床都带着一肚子幽怨和哀伤，那时候我不知道歌名，现在也不知道。老爸知道我喜欢吃面，买了一箱又一箱面条，给我当作早餐吃，那面条大小刚好一包够我一个人吃，那时候弟弟还没有出生，还不用什么东西都是双份。每次早上起床，老爸都会跟着我爬起来，在我洗漱的间隙煮面，等我洗好了，面也刚刚煮好，那时候我总偷偷惊叹老爸把时间掌控得这样好。那时候我们同屯的同学会约着一块上学，住得近的都互相喊一声，上学放学做伴。可我没有兄弟姐妹，也没有邻近的小伙伴，但好在我家就在大路旁，他们路过的时候，有笑声、打闹声、叫喊声，我听着声就出门，溜进队伍里。

爷爷很疼我，他常讲起临居的晓洁姐姐比我大几岁，学习很好，让我向她看齐。这天爷爷带来了一个漂亮书包，是晓洁姐姐的，"还很结实，她不用了，你拿去背。"我看到了很开心，立刻拿过背起来。我对精美的东西总是很难抑制住兴奋的占有欲。第二天清晨，我像往常一样起床，洗漱、吃面、上学，唯一不同的是我换了那只漂亮的书包。背着那只书包，走在上学的队伍里，空气里满是甘甜，我的脚步轻快起来。突然感觉后背被人撞了一下，我下意识觉得有人对我的书包不轨，我皱起眉头，心底升起一股强烈的不满。

由于队伍比较拥挤，那人还在我背后贴着走，我忽然抬起手肘，向后一捅，只听那人痛叫一声，然后捂住腹部。我没有作太多理会，这时人群嘈杂起来，有的吵闹，有的聊天，有的绕着人群奔跑，我加快赶路的步伐。

那天课上我发呆时，我远远地望见那人左手捂着肚子，右手艰难地在课本上写着什么。我呆呆地，腹腔里似有若无地吸入一口气，忽然伤心起来。

二

我的妈妈有一双灵巧的手，样样做得好，尤其是做饭。她的煮玉米粥尤其香甜，在尝过别人做的粥之前，我以为玉米粥本身就这样可口。直到那天我去大姑家吃饭，我说我想吃那最爱吃玉米粥，尝了一口，入口黏腻，咽下之后还有玉米面的生涩味，苦涩干燥。勉强吃完之后，我落荒而逃。百色山地和丘陵较多，主要农作物是玉米，气候燥热，我们那里的人喜欢将玉米粥作为主食，但只有将它做得清甜可口，既不稠也不稀，才会解渴又扛饿。后来妈妈告诉我，玉米粥的每一道工序都要仔细严谨，不能马虎。首先玉米收回之后，剥壳脱粒，在每个晴朗的天气里晾晒，直到玉米粒里的水分蒸干，如果天气晴好，这个过程大约用时一周。接下来是将晒干的玉米粒碾成粉末，一定要选用新鲜且没有蛀虫的玉米，碾好后可以放干燥的地方保存好，想吃便可以随时拿出来煮。关键的步骤是，烧一锅水，在清水沸腾之后，立刻拌入玉米粉，一边搅拌一边倒入玉米粉，要不停地搅拌，这样才能让玉米粉和水完全融合，粥才可口美味。

那时候爸妈出门办事，留我在家看着晒在天台上的玉米，妈妈说，要下雨的时候就要收起来。我说，我不知道什么时候要下雨。"你看别人收你就收。"我记得那天，我正在楼下看电视，远远地听到"下雨咯！下雨咯！"的声音飘过来，我心里一惊，扔了遥控往天台上跑。天黑压压的，看来是真的要下雨了。我立刻拿来推铲和簸箕，慌不择路地，东收一点，西收一点，眼看着还有一半没收好，雨就开始一颗颗砸下来，我慌了，加快手里的动作，铲和、装筐，再铲和装筐，可雨一点也不管我心里的祈祷，哗啦啦地瓢泼大雨倾泻下来，我和玉米都被浇透了。邻居们都赶在下雨之前将玉米收回屋里，连将袋子拖进屋内的动作都那么潇洒，去放牛的也将牛赶回来了，砍柴的头顶着湿漉漉的柴跑回家里，我又看了看眼前的湿透了的玉米，终于哭出来，"收不完啊，根本收不完……"

妈妈说让我学着自己煮粥，她可不能给我做一辈子粥，我总笑着答应，可我到现在也没有学会妈妈的手艺。

三

上学之前我一直是奶奶带的，爸妈则在外打工。每个月爸妈都会给奶奶几十块钱，买几斤猪肉或排骨，隔几天给我解解馋。猪肉常常是买后腿肉，切成小块和时蔬炒着吃，时常非常节省。家里人疼爱我，经常将一大块瘦肉剁成肉末，单独给我煮肉汤吃。那时候从家到镇上尚不通车，而镇上才有市集，很久才能去一趟。而去一趟要花很长时间，来回用时大约一整天。因此，那时候常有猪肉商贩，骑着摩托车载着猪肉，到我们屯里卖。

"猪肉嘞！卖猪肉嘞！"这天叫卖声远远地从远方传来，我听了心里痒痒的，想起以前吃的肉汤，更是馋得不得了。我不断回忆那肉汤的味道，鲜香的肉味，有点酱油的甜味和盐巴的咸味，那是贫瘠的乡村里最美味的东西了。我跟奶奶说："我想吃肉。"奶奶说："前几天不是刚吃吗，现在没有钱。"我已经忘记上一次是什么时候，只觉得想吃东西欲望达到了极点，于是我哭闹，那个时候真的认为只要我哭就可以得到想要的东西。

那天奶奶还是没有买肉。记不得我是怎样停

止哭闹，也不知道我怎样跟妈妈说，奶奶不给我买肉吃。那个晚上蛐蛐的叫声很热闹，晚风轻轻地吹过来，万物都相互致意和摩擦。奶奶在旁边愣了一下，把电话从我手里抢过去，"不是啊，前几天刚买了。"后来的内容在我的脑海里愈来愈模糊，只是记得妈妈和奶奶吵了一架。那年我四岁。没过几天，我正在客厅玩，门前忽然来了个穿得很漂亮的女人。周围有很多我们的邻居，嘴里好像说着什么很开心的话。我跑到屋里去找奶奶，奶奶牵着我的手走出来。那个漂亮女人自顾自地放下手里的东西，笑着看我。"奶奶她是谁？"我很疑惑。奶奶说这是你妈。

后来我才知道，在我学会走路之前，爸妈就离开家，在外打工。那天妈妈从外地回来了，她带了很多好吃的，很多衣服，很多我从来也没有见过的东西。我记得，那天我很开心，我把吃完的果冻包装舔了又舔，这个东西真的好甜，好好吃啊。可是晚上，我正把玩着新的果冻背包，背上又摘下，心里开心得不得了。耳朵却传来了妈妈和奶奶的争吵声，吵什么我也记不清，只知道是因为的那句话，奶奶不给我买肉吃。愧疚从我的每个毛孔冒出来，好像是我将奶奶和妈妈的关系破坏了。可我什么也没做，那个时候的我还不知道什么叫作解释，也不知道该怎样挽回。第二天清晨，我像往常一样起床找奶奶，但只看到客厅里坐着的妈妈，她说奶奶走了。我的心脏忽然突突地跳，鼻子酸酸的，我说为什么，妈妈说不为什么。

奶奶的确是走了，我找不到奶奶晒在阳台的衣服，也找不到奶奶的被褥和枕头，甚至奶奶自己动手做的小凳子，那个简单可爱的小凳子也找不到了，我偷偷地哭了。

四

小时候的我，总是调皮捣蛋，农村像是我的游乐场。

我家门前有棵黄皮果树，就长在大门的左

侧，枝干一直延伸到天台。老爸总会在每年黄皮果成熟的季节，在那里给我们摘果子，有时候徒手抓，有时候只能用长木棍勾着才能摘着。黄皮果皮剥肉厚，汁水丰富，又甘甜可口，很多鸟都来啄食，留下残皮和核挂在枝头。老爸就把这些残枝败叶都摘掉，他说，只有把枯枝摘掉，来年才会长新芽。后屋也有一颗黄皮果树，可能种得比较晚，它长得很小。家里的果子吃完了，我和小伙伴们盯上了不远处的一棵高大的黄皮。那天趁主人不在家，我们悄悄地爬上树上摘果，一行有四人，我大约是最后一个爬上去。抱着树干，抬头已经看见她们手里抓着果子砸吧砸吧地吃，那黄皮果，表皮黄灿灿的，布着一些健康的黑斑，果肉饱饱的，有的甚至将果皮撑破，在午后阳光的照耀下，果肉更加晶莹剔透，发出诱人的悠悠清香。我咽了咽口水，心里有点着急，忽然眼前一黑，我啪的一下从树上摔下来，接着火辣辣的痛从脸上，手掌心，膝盖等向全身蔓延开来。那天我摔下来之后完全无法动弹，嘴里嘟囔着"过来帮帮我，我爬不起来了。"多年后她们才说起这件事，我没有一点点印象，或许我的灵魂短暂地离开了我的躯体。

我的脸朝下摔下来，整个左脸都被树枝和小石子划破了，她们其中有人说，回去吧咱们不玩了。低头隐隐作痛的头，我慢悠悠地走回去，心里想的是老妈骂我怎么办。推开家门，我的第一件事是冲向卧室照镜子，果然，脸上火辣辣的部分都破了皮，血渗了出来，一股委屈和痛意从心底传来，鼻子酸酸的，我不敢把这件事告诉谁，只是钻进被子里抽泣起来。瞒得过初一瞒不过十五，当天晚上妈妈就捧着我的脸问，怎么弄成这样子，我支支吾吾地说摔了。但普通的摔跤怎么会弄成这样呢？我想着，有多严重，趴在镜子旁边，才发现有一道长长的伤口，从太阳穴划到眼角，是树下的一根小木棍划伤的。要是再划过来一点，你的眼睛就别想要了……老妈絮絮叨叨

地说了很多，我的脑袋放空了很久。"到底怎么弄的？"这句话声音忽然刺耳，把我从幻觉拉回来，我攥着手，里面捏满了汗，"摔了。"她没有说话，只是盯着我的眼睛，一股强大的压迫感向我袭来，我的心突突地跳着，久久地我憋出一句令我至今后悔的话。

"她们推的。"我的声音在颤抖。

老妈的眼神忽然收紧，眉头皱起来，立刻问道是今天跟你玩的那几个吗？我没有说话，头胀得生疼，脸上热热的，眼睛里也生涩。她叹了口气，带我去洗漱，给我上药。黄色的药水涂在脸上，辣辣的疼，我看着镜子里的青一块红一块黄一块的脸，想着我是不是就此要变成丑八怪了。

第二天中午，阳光把树叶晒蔫的味道，泥土晒干的味道在空气里弥漫，我在屋里扒着米饭。"听说你们把慧婷从树上推下来？"一个严厉的质问声从大门前传来，然后是一个尖细的声音"没有啊"，接着是一阵细细簌簌。我跑过去，只剩妈妈站在那，找了很久也没找到她们的身影。我家门前是一条小路，常有互相往来的人家由此经过，可是那天之后我再没有看到我的小伙伴们路过。再见到她们的时候，我已经忘记过了多久，"你跟你妈说我们把你推下来？""那明明是你自己掉下来的！"我急忙摆手，没有，我什么也不记得。我确实什么也不记得了，我只记得吃力地爬上去，又记得我用尽全力爬起来，却无能为力，剩下的记忆完全地消散了。可我为什么说谎呢，我为什么要跟老妈说那句"她们推的"呢？我也不知道。也许是那天老妈的眼神太过严厉，也许是那天头疼太过严重，又或是……我只说我不记得了，她们并不计较，只是说可能这是个误会。"我们差点就决定不跟你玩了。"

后来我们都长大了，渐行渐远，那句"对不起"仍没能说出口。

五

小的时候我很爱喝玉米粥，炎炎夏日里，玉

米粥清淡而又可口。我到了要上学的年纪。那时候没有车，出门无论到哪里都是步行。上学的第一天，妈妈亲自送我到学校门口，给我买了一瓶饮料，多年后的现在我还记得，是营养快线。那时候饮料消费起来很奢侈，我捧着它舍不得喝。在校门口分别时，妈妈特地嘱咐我，要好好记回家的路，以后我可不能一直送你。我说嗯。

我很快就交到了好朋友，她是我的同桌，家就住在我家不远处，我把那饮料分给她一起喝了，那天我们很开心，手牵手一起回家，我们都记得回家的路，那时候天空湛蓝，绿树成荫。

那时候妈妈很少给我零花钱，每一次妈妈会用那个营养快线的瓶子给我装玉米粥，放书包的侧边袋里，饿了渴了就拿出来，倒在嘴里，有点稠稠黏黏的，然后舌尖传来一股米味。我的小伙伴们都会有零花钱买小零食吃，有泡泡糖、转转糖，果冻，辣条，也有小玩具，我常常会收起羡慕的目光，默默拿出那个营养快线的瓶子，尝一口，竟然有点那种饮料的甜味。那天我和好朋友牵手回家，晚风有点咸，天边飘着绚丽的彩霞，到了朋友家门口，我们就要挥手说再见时，她的爸爸出家里探出头来，跟我们寒暄着，说我们越来越懂事，每天都结伴准时回家。我们聊起天来，不知说到了些什么，他忽然对他的女儿说，你看慧婷多懂事，每天就背着一罐玉米粥喝，从没要零花钱。我的心忽然被什么东西刺了一下。

告别之后，回家的路上我一直在想小卖部里的那些东西会是什么味道。那天晚上，吃完饭我一直在大门前呆坐着，看天上的星星一闪一闪，风吹过来有草的清香，不久就有狗吠和虫子鸣叫的声音，妈妈递过来一串黄皮果，"刚摘的。"我接过来，摘了一颗棕黄色的放嘴里，很甜，"明天我想要5毛。"妈妈摸了摸我的头，轻轻地说可以，然后就往厨房走去。一股力量触碰到我的身体，我看着妈妈的背影，呆呆地笑了，把核吐在手心里，朝远方的菜园子用力扔去。没准很久

很久之后，它会发芽结果呢。我心想。

我迅速爬起来，麻溜地穿好衣服裤子鞋子，一想到今天可以有零花钱，嘴里就发出咯咯笑。我跳出房门，眼前只有一片灰蒙蒙，天还没有完全亮起来，我把客厅的灯打开，只有红盖子罩着饭菜，还有一阵阵鸡鸣从远处传来。"妈——""妈——"找了一圈都没有找到妈妈。莫名的委屈油然而生，我一下子就觉得我被辜负和抛弃了，妈妈不想给我零花钱，所以她选择在这个时候出门。一股委屈和怒意从心底点燃，我负气地摔门，桌上的早餐也看也没有看一眼。放学回来，我放下书包就去找奶奶，拨打那个电话。我哭着说，妈妈不给我零花钱。那边传来怒气十足的声音，怒骂几声，然后絮絮叨叨地说些什么。我都忘了，只记得那天在奶奶家吃晚饭，尽管有我爱吃的肉汤，清炒红薯叶和小南瓜，可什么东西一直压在心里，我怎么也提不起兴趣。头顶着明亮的月和闪烁的星星，空气里有露水的凉意，奶奶打着手电筒送我回家，嘴里满是宠溺的责怪，"今晚就跟奶奶睡吧，急着回家干吗呢？"我知道奶奶想念我，也很疼我，可我怎么也不能一声不吭地就在奶奶家过夜。况且，我的心里像是缺了些什么，静下来时觉得空空的，很慌。

奶奶只把我送到门口，看着我进门后，她转身离开，我像是感觉到什么，没有叫住她。夏天的夜有点凉，晚风吹过我的发丝和身体，我颤了颤，叫了声妈。

没有回应。我小心地走进去，邻居家狗吠声，电风扇转动声和虫子的叫声此起彼伏，可就是没有妈妈的回应声。我把灯打开，客厅里只有几张寂寥的凳子，还有那只红色的罩子，有些刺眼。妈妈还没吃晚饭。我心里一惊，那只罩着饭菜的盖子在早晨时候就在那里，至今还是那个模样。我走过去把它掀开，里面赫然出现玉米粥、肉汤和嫩南瓜，其中一只碗下压着一张纸币，一块钱。我的眼睛涩涩的，我努力压住，可泪水很快夺眶

而出。我明白了，我什么都明白了……

后来我才知道，那天爸爸打电话给妈妈，骂了她，还说她没有把我照顾好。妈妈很委屈，在房间里自己哭，而那时的我，也不明白这场误会对她来说意味着什么，我也没有学会为自己的行为向爱的人道歉。只是后来，每一天妈妈都会给我一块零花钱，有时候是五毛，这些都比其他小伙伴的来得多得多。

跟妈妈聊起来时，她说她已经忘记了，又谈什么道歉。我抱着她脖子，把嘴凑到她的耳边，还是没有说出对不起，说出口的话是我爱你妈妈。妈妈抓着我的手咯咯笑，我看到她的眼眶很红很红。如果有机会，我也很想抱抱那个委屈地哭泣的妈妈，告诉她我很爱她。

在时光的河流上行舟已经数十载，回头发现，原来有那么被我无意伤害过的人，而现在弥补的机会也已经消逝，多希望清风有言，明月有语，替我捎去我真挚的歉意。

现在我喜欢在风里发呆，想念童年。

作者简介：黄青遇，女，00后，百色平果市人，广西玉林师范学院汉语言文学2021级学生，作品见于《北海日报》《青春诗刊》《玉林日报》《防城港日报》。

红布袋

陈薛妃

1

我是在秋天出生的，也就是第二季水稻刚播种的时候。当时的我躺在镇医院洁白的床单上，来往的亲戚都说，眉心一点红，这女娃有福相。

那时候的农村还是有些重男轻女的风气在，每家的头胎决定着母亲的家庭地位。我就是我妈的头胎。但我很幸运，父亲那一辈没有女孩，成了奶奶的心结。所以那时，我出产房，他们很高兴地从护士手里接过我，还一块儿讨论我眉间的小红点是胎记还是没擦干的血丝。我躺在摇篮里，他们说，我总是笑着的，睁大眼睛看着周围，不管是谁抱都可以，不哭不闹的。家里人把我养得很好，每次带着我上集市，卖菜的阿姨总会夸我一两句，说我像是城里来的小姑娘。

但我两岁开始变得很闹腾，我妈说，一点都不好带。别的小孩吃饭，最多哄半小时，我一个小时都未必吃得完。而且我还很喜欢咬人，经常把抱我的人咬得满手红印。后来我才知道，两三岁的小孩正值牙龈发育期，会觉得牙根痒，但那个时候说不出话，不懂表达，家里也没有磨牙棒，只得咬着什么东西才能缓和一些。

我出生的时候，我妈才二十一岁，还很年轻。她和我爸商量去城里打工，就把我留在了乡下。乡下的村庄有三间小卖铺，有起伏的群山，飘着绿腰带，贯穿的河水冷而清，有些小虾小鱼在石头缝里穿梭。白天的时候，高高的天空像大海，有着一览无垠的空旷，夜晚密集的星星和成堆的萤火虫闪烁着。五岁之前，我没去过城里，小村庄就是我的整个世界。

我们家连着几户所围成的区域叫社角组。这是在后山头有一个祠堂，上边刻着六暗社组而得名。祠堂旁边有一棵很高的大榕树，一年四季都是挂满树叶的，上面还有一些丝彩带，已经褪色很久了。小时候听到过一个传说，在很久很久以前，那个时候还有皇帝，但是四处闹饥荒，民不聊生。一支由农民自发而成的队伍收拾家当往南迁，后来路过这里，下了大雨，农民们不得不歇息。大家躺在冰冷的地板上，袋中的食物已经所剩无几了。前方看不到希望，或许这就是最后的归宿了。过了一会儿，一位女子路过这里，身后还有仆人，她从马车中出来，看到地上躺着的农民，心中不禁升起怜悯之心，随后，让仆人将所带的食物分出一半给农民们，农民也因此得救。后来，雨停了，女子离开了，农民却留下来了。他们认为女子一定是天神派来的，为了感激天神，他们便在此处立了一座祠堂，从此祖祖辈辈生活在这里。这座祠堂就在我家后面的山那，每回在老家睡觉的时候，我都会很安心，总觉得在无形之中，有一位天神在深深保佑着我们。

这里的村庄不大，翻过一个小山，走上一条小路，顺着脚印往前走，就到了集市，集市叫隆盛镇。这边赶集市要算日子，一般是每个月的初一、初四、和初七，叫"圩日"。上街的时候，我像一只蹦蹦跳跳的野兔，往山下走，从路两旁草原冒出来，隔着老远，我都能闻到镇上牛腩粉的味道。每次我都想着，就在这里了，这里水草丰沛，人来人往，刚好合适。结果一到落山，我就会被拽回去。此时我多想脚和土地深深连接着，这样他们就拿我没辙了。

2

家里的几亩农田，有一半用来种水稻，还有一些零散的用来做菜园。奶奶还养有鸡，每天六点多起来喂鸡，去田埂上看一眼水稻，再回来给菜园翻翻土。菜园就在我家前面，三婆说年纪大了，种不了了，便给奶奶了。爷爷很喜欢荔枝树，种在半山腰，他也不怕累，每天都去看，回来的路上还顺便检查我们家的水管有没有漏。因为我们家的水管在路边的山脚下埋着，车经过一不注意就会压到。

如此一来，家里都没时间照看我。奶奶为了方便，会把我锁在一楼第二间屋子里，这间屋子是吃饭的地方，有个很长的椅子，我躺在上边午睡。奶奶怕我醒来看不到人，乱跑，便把我关在里面。一般情况下，奶奶睡半个小时，然后起身去田埂，大概过一个多小时，奶奶回到家，我刚好也醒来。

但那一次，我提前半个多小时起来了，发现屋子里没有人，门和窗也锁住了，怎么都打不开。我着急到全身冒汗，一边拍打着门，一边带着哭腔喊着奶奶。也不知道过了多久，我的声音都嘶哑了，奶奶还是没有回来。然后，我想起自己有一个很喜欢的玩偶，毛茸茸的，怕弄脏，我就经常把它放在一个四四方方的盒子里。现在，我变成了玩偶。原来它被关着的时候这么无聊，绞尽脑汁地喊破喉咙也没人答应，真是可怜。想到这，我委屈地哭了起来，哭声在狭小的房间里形成了回音。

然后，我祖父上来了。

他拍着窗户，说着："炎炎啊，我是你阿祖，你奶奶去田地了，你先等等，她马上就回来了。"

我听到阿祖的声音，想着我不是一个人，就不哭了。

阿祖在门外，逗了我半个多小时。还没开门，我就觉得他一定是很好的人。

3

阿祖是一位老师，在村里被称为教书先生，受很多人尊敬。他很喜欢看书，家里的书都装了满满一个房间，我少时的文学启蒙都缘于此。零几年的时候乡镇缺老师，阿祖已经六十多岁了，还依然在教书。村里只有一个小学，学生不多，五六十个，一到六年级都有。

后来，爷爷和奶奶一商量，便带着我去找阿祖。奶奶和阿祖说："我和她爷爷平时都忙，没有时间看她，都把她锁屋里好几次了。你是教书的，让她和那些学生待在一起也行，她在陌生的环境不敢闹，挺听话的。虽说年纪小，学点东西也是可以的。"阿祖看着我，很高兴，说可以收下我。就这样，三岁的我和一年级、二年级的同学待在一个教室里。

他们都说阿祖很严厉，尤其是教学生的时候，唯独对我除外。是因为有一次上课，他在黑板上写下一道公式：7+5=？下边一二年级的同学抓耳挠腮，左看看右看看，也不见人回答。

阿祖有些生气，很严肃地说："就七加五等于多少，这么简单的你们都回答不出来吗？你们学了这么久，一点长进也没有！"

教室里很安静，大家都不敢出声，阿祖一直在重复地问，七加五等于多少？要把人吃掉一样，瞪大双眼有点像抗日剧里边的审判长。

过了很久，我软绵绵地说："十二。"

阿祖很惊讶，抬头看坐在教室最后排的我，快步走地从讲台上走下来，手抓着我的肩膀说："你再说一次，等于多少？"我又重复了一次："十二。"阿祖很高兴，得到了满意的答案。从那以后，他一有空就会把我带在身边，逢人就夸我聪明，说我是读书的好苗子。

不过我也没有告诉他，因为奶奶养有七只公鸡，五只母鸡，每天傍晚，奶奶都要数一遍。三岁的我不知道七加五是什么，只记得七和五的下一个数字就是十二。

阿祖的房子很简单，泥土夹杂着稻草糊成了墙，一共两层，阿祖住在楼上第三间。三岁的我第一次走进这里，阿祖给我做饭吃。昏暗的电灯下，一肉一素，一张小桌子，我大口地吃着，阿祖一边笑着叫我慢点，一边给我夹菜。我的手很小，抓不住筷子，阿祖说我是大漏勺。不过这对于我来说已经很好了，因为那是我第一次吃饭不用大人喂。

再长大一些，我逐渐分清了很多东西。多数时候会看到同龄的孩子都有妈妈在身边，而我都是一个人玩泥巴。看久了，心里慢慢变得难受。在夜里，我开始哭喊着要找妈妈。这时候，阿祖就轻轻拍着我的背，唱歌哄我："红萝卜，咪咪甜，看到看到要过年，娃儿要吃肉，老汉得有钱。"

我问他："肉是什么味道？好久没吃了，我记不清了。"

阿祖帮我盖好被子，说："快睡吧，睡醒了就有肉吃了。"

第二天我起来，看到厨房里热腾腾的雾气，

阿祖说："来，炎炎，洗手了过来吃面，里面有肉。"我开心地跳了起来。那一碗面放了很多肉丝，和面一样多，还有一个煎蛋，是我吃到过最好吃的面，好吃到暂时忘记了找妈妈。

后来无数的夜里，我都听着这首歌谣入睡。每次在梦里，都会想象着早上起床会看到一碗肉丝鸡蛋面。

4

五岁那年，正值贪玩的年纪。奶奶到村口的大榕树和别的婆婆聊天，也带着我。我插不上话，听不懂他们在聊什么，就自顾自地在旁边的大石头上边玩了起来。那是几块很大的大理石，是现在广场上圆墩的两倍多。我站上去，幻想自己是动画片里的主角，拥有着超能力，从这块跳到那块上边。刚开始还很稳当，我也沉浸在这种空中停留所带来的短暂快乐。结果在跳到第四块的时候，我脚滑了，身体往后倒，后脑勺直接撞在了第三块大石头上面。

很响的一声，在场的人都被吓到了。我来不及反应，脑海里模糊一片，失去了意识，眼睛睁着，但是什么也看不见，白花花的影像乱糟糟地堆积着，整个世界变得黏稠起来。

奶奶抱起我，往卫生室跑。我被放在充满酒精消毒水味道的床单上，耳边听到很多声音在回响，但是嘴巴动不了，说不出话。再后来，也不知道过了多久，我睁眼看到了阿祖，他抱着我哭。此时夕阳斜着照了进来，和阿祖的泪水一起，把床单染得金灿灿的。

过了很久之后我才知道，奶奶抱着我跑进卫生室的时候，我的后脑勺破了一个洞，血不停地流着。但那个时候卫生室已经要搬走了，医生说，这里只有应急的，止大出血的药在新的卫生室。

阿祖急急忙忙地赶过来，听到之后，马上问了地址，发了疯似的跑去。

药及时被拿回来了，我的血止住了，脱离了生命危险。

长大之后，妈妈告诉我，这条路来往一公里，阿祖五分多钟就回来了。回来的时候衣服乱糟糟的，鞋子不见了，光秃秃的脚踩着沙子石头，渗出了细细的血。我每次摸到后脑勺那个缝合的疤痕，都会记得，我的命，是阿祖拼命救回来的。

5

我记得阿祖喜欢在腰上系上一个红布袋，里面总是鼓鼓的。他说红布袋里装的是他的宝贝。别的东西都允许我拿，唯独不许我碰红布袋。我越发好奇，每次看到阿祖总想着偷过来，拉开拉链，看看里面装着的到底是什么宝贝。

有一次，阿祖在睡觉，午后的蝉鸣很吵，一阵一阵的，电风扇也吱呀吱呀地转着，像没有力气的丧气鬼。天气太热了，我实在睡不着，坐了起来。然后看到阿祖的红布袋露在外边，斜靠在床上。我小心翼翼地伸出手，慢慢靠近红布袋。就在我碰上拉链的时候，阿祖翻了个身，红布袋也翻了个身。我的手停在半空中，气鼓鼓地看着。

后来，我不再期待打开阿祖的红布袋，因为我央求奶奶给我绣了一个，里面装着的也是我的宝贝。背着红布袋走在路上的时候，我也和阿祖一样神秘了。

一年又一年，我慢慢长大，阿祖也变老了。这个时候，我的两个弟弟都出生了，妈妈已经不在城里打工，我也不会在夜里哭闹着喊妈妈。那首歌谣，逐渐掉进记忆的底层里，模糊地封上一层霜。

2011 年，阿祖生病了，他们说是帕金森。他的行动开始缓慢，不记得人和事，嘴巴总是一开一合的，不知道在说些什么，口水掉下来沾到衣服上，要人帮擦。家里在准备他的后事，奶奶不准我和阿祖靠近，说不吉利。

不过我不听话，会在偷偷跑出来，到阿祖家的后院，透过瓦砖里的缝隙看他。院里有一棵石榴树，结的石榴又大又甜。六七岁的时候，阿祖教我爬树，我们总是在午后摘石榴。现在，大家都在忙，只有阿祖一个人在石榴树下，静静地坐着。每次偷看，我都会好奇，阿祖还记不记得那些事，或者我长大了，还记不记得他。

2012 年的冬天，阿祖躺在床上奄奄一息，我们一家从城里赶回来。天空是蓝黑色的，乌泱泱的一片，把人压进井底。到阿祖家了，他们推着我走到床边。他盯着我看了好久，嘴巴砸吧砸吧地说："你是哪个？"我眼眶马上就红了，阿祖不记得我了。我俯身靠近他，轻声地唱："红萝卜，咪咪甜，看到看到要过年。"

以前的我不喜欢吃红萝卜，不念这三个字，都是阿祖开头，现在，我念了这三个字，阿祖却没有力气跟着我唱下去了。

他浑浊的眼睛转动着："炎炎啊，不怕！阿祖这里有钱，等天亮了，给你买肉。"

然后阿祖在被子里摸索着，费好大力气扯出了半截竹条，那是用编竹筐用的。

对啊，竹条、竹筐、钱，最后会变成肉！我一下子醒来了，四岁那年吃到的那碗热气腾腾的肉丝鸡蛋面，是阿祖编了一晚上的竹筐换来的。他不舍得开灯，怕吵醒我，只得在窗边，借着月光，一点一点编，足足五十多个竹筐啊！从天黑到天亮，阿祖没合眼，怕睡梦中的我醒来没肉吃。难怪我至今吃到的面都没有那个味道，因为不会再有人会用一晚上的时间编竹筐给我换肉丝了。

然后，阿祖不再说话，闭上了眼睛。一瞬间，屋里哭声四起，抬着棺材的人念着超度经。他们把我拉下来，将阿祖抬入棺材，合了上去，如同合上了这屋里缝隙一样，不再有阳光。

阿祖被埋葬在半山腰上，很干净的地方，和他生前一样。每回清明来打扫，这里最阴凉，草木也不乱长。他们说，阿祖最后一年，大概知道了什么，自己拄着一根拐杖，爬了很多山，选了这里。

后来，整理遗物的时候，家属们在吵着，争着阿祖留下来的财产。他们不知道的是，阿祖教书育人一辈子，早习惯了节俭，省出来的钱全部都捐给了学生，供他们读书。所以阿祖走的那天，虽然下着雨，但还是来了好多人，浩浩荡荡的队伍延续到半山腰，至今没有第二个人像阿祖一样。下土之后，我抬起头，看到雨丝里边夹着细细的雪，山路白白的，就像阿祖的一生。

半年之后，我在书桌里找到了阿祖的红布袋，那时候趁他们不注意，我偷偷藏起来的。那晚秋的后半夜，月亮下去了，太阳还没有出来，只剩下一片乌蓝的天。我打开了，里面装着的是他没吃完的已经干了的窝窝头。晚风吹动着树叶，有一瞬间，我觉得阿祖没有离开，半山腰那里埋着的是红布袋。

根

黄婷婷

生长在何方，那根就在何方。

而我的根在哪里？嗯……在……在一个小小的山城里，那小小的山城里载着我二十一年的回忆，不论我走到何方，身在何方，我都会挂念着那一个小小的山城，那个小小山城里面有一个小小的家，那家里有我会牵挂的人和牵挂我的人。

或许我的根就埋在了那一个小小的山城里，一眼不见底的根，是我在这个山城里留下最深的印象。

我的根或多或少不是最深的，我阿爸和阿妈的根或许比我的根深不见底，亦是我阿爸的根更深不可测。他在这小小的山城里扎了六十多年，那根可能比得上沙漠上的骆驼刺，也可能比那骆驼刺还长上几许。

说到这根，我就不得不说我这个阿爸了，他可是比我在这小小山城里扎根还深的人。

我都是称他为老豆，在我这里的方言，就是老豆，可是把他写在我的小小文章里，就简称为阿爸吧。

我阿爸这个人是我见过最喜欢大山的一个人，我阿妈常说这是随了阿爷，闲了总要往那大山里走走，我也不知道这大山里有什么吸引着他，亦是他自个说的："当然是去山里走走，锻炼锻炼身体。"

或许吸引他的是那种了许久的桉树吧。

那些桉树是从我上初中时就种了下来，如今我都大学毕业了，这些桉树早已从那小小的桉树苗长成了笔直的大桉树，它的根早就扎在了最深处，就算狂风暴雨来袭，也撼动不了它。

我看着那裸露在外的桉树根，比我的胳膊还粗壮些，我伸手去触摸，发现它的根不如它的身光滑，甚至可说是粗糙，这触摸的感觉就如同我阿爸的那双手，也是扎人得很，每次我同我阿爸为这桉树放肥时，总要半途中歇上半会，我在上端阴处坐着，阿爸在下端的荔枝树底下坐着，手中还拿着他自制的塑料小烟筒，他慢慢从怀中掏出一个铁盒子，这铁盒子里装着是他的宝贝，那根根分明的烟丝，被他用手轻轻地捻成了一团，最后再揉一小团塞进那小小的烟嘴里，用火机咔嚓一声，那小团烟丝上就燃起了火光，他吸了一口，满足地吐出一口白色浓浓的烟雾，这烟雾随风散了在空气里，嗯，我的第一个想法就是，有害的气体萦绕在了空气里，还好，这绿植稀释了它，但是不知道这绿植吸了这二手烟，会不会也减少寿命？

可能是不会吧，毕竟根还在，怎么会被这小小的烟雾给吓到？

这些桉树根不知道放了多少次肥料，才能长得如此得好，它的根才能如此的扎实在这一片小山地里，阿爸说："其实这人呐！也是像这小树苗一样，慢慢长成一棵大树。"是呀！慢慢长，长呀长呀长，终于长成一棵能独挡风雨的大树，扎实的根基足矣让它面对这风风雨雨，再也不是那棵需要被扶持，被更正的小树了。

这片地里不仅扎着桉树的根，还扎的阿爸的根，或许我的根也在这小小的山地里埋着。

在临近五六点时，是看日落的最佳时机，在放完最后一罐肥料时，我和阿爸都闲了下来，我们各自找到一个歇脚的地方，悠悠地坐在草地上，来缓解这一天的疲惫。

在大山里看日落是最美的，毕竟一览众山小嘛！我坐在那山顶之处，遥看那山顶之下的屋子，那日落的颜色已然是染在了屋墙上，金色的光映在那灰色里、砖红里，米白里……映在那五彩斑斓的屋墙上，美得怎么看都不像人住的，到像是那天上的仙子住的，我俯瞰过这屋子，眼中映现出的是那片金中贴金的稻田，那颜色着实令我的眼睛挪不开半分，再过几天放了农忙假，可就瞧不见这么美的金色了，但会瞧见那屋顶和地面上晒的颗颗稻粒，会是金色的，可是总少了些生机，不过还好，那稻草的根还在那田里，到明年来春，指不定会生出些嫩绿的稻草叶来，还好，它的根还扎在田地的泥土里。

瞧着日落，太阳快要下了山，阿爸终于舍得放下那小小的烟筒了，那迟来的晚霞也慢慢地缓现在空中，为这日落下山，再添些仪式感，阿爸在晚霞快要消失之前，慢慢从那山丛中挪出一大一小的木头来，换我来说，就是弄些柴火回家，好备着过年。阿爸叫我拖着那棵比他扛在肩上小一圈的木头，我一只手拖着走，兴许是它干了，没了水分，我觉得像阿爸那样扛起来，也毫不吃力，我由拖着变成扛着，我与阿爸一前一后，踩着那田野边，朝着家的方向走去。

可能是秋天的缘故，这微风徐来，让我不禁打了个冷战，耳边还萦绕着秋蝉"吱吱~吱吱~"的声音，起起伏伏的回荡在这山的另一边，又环回山的另一边，而且秋蝉声里还掺夹着鸟鸣声，那些我眼熟且叫不上名的鸟儿们，也附和着这蝉声，如果我自己一个人走在这漆黑的小路上，我会感到害怕，可我阿爸在后面，我就能很安心的只看前方的路。

回到了家，终于卸下了这根木头，虽是不重，但也足矣把我的肩膀磨出了血点点来，那阿爸的那根木头不是比我更重，我回头看着阿爸，盯着好一会儿，也没瞧出什么异样，但是，我好像忘了，阿爸曾说过的，他的上学小故事。

阿爸说，他那时候是要自己捡柴火去学校的，而且还背着锅，带一小袋米去学校，自己煮着吃，那白亮亮的米饭里，时而就着青菜，时而就着咸胡萝卜干，唯独少了那一口肉，还有那吃不完的番薯饭和芋头饭，如今这些有多受欢迎，在我阿爸这里就有多冷淡。阿爸还说呀！他放学回家还得上山做苦力活，帮阿爷分担家庭的重担，阿爷也是个拼命的三爷呀！什么活计都干，每天就赚那么五六毛，对他来说，也是奢侈的，阿爸上学要两元钱，而且还不止我阿爸一人读书，我二叔和三叔也是要上的，但我不清楚姑姑们有没有上过学，但如果上，那阿爷的担子可能和这山呀！有得一比了。

阿爷这个人，是不在我的印象中的，我只知我有个阿爷，但我对他似乎没有一丝丝的记忆，我只是从我阿爸和阿妈嘴里得知些许，才拼凑出他的模样来，或是说在自己的脑海里捏一个阿爷出来。

阿婆在的时候，总说阿爷和阿叔长得如出一辙，可我听了阿爷的往事后，我觉得阿爸更像阿爷，如今阿爸就好像在延续阿爷的根一样，在这小小山城里，扎得越来越深，也如阿爷那般的拼，我看着他那直挺的背脊，早已被压低了些，也弯了许多，可他如今也变成了阿爷的那般模样。

在他的小故事里，我能知道他那时候的条件是很苦的，过得很苦，生活也很苦，苦的是当时吧，毕竟我阿婆有八个孩子，能管饱饭就已经很好了，阿爸说这些往事，就好像在讲一个小故事，一个不关己的故事，有时候我在想，如果我阿爸在恢复高考那一年，考上大学，那他的根还会在这吗？会不会他的根就会移去了别的地方，或是说根还在这片小山城里，但是却在其他地方又生长出了新根？就如我二哥一般，在南宁扎了根，只有过年或是放小长假时，才会想起那个被遗忘在小山城的根，亦是记得，只是为了更好的将来，而选择了另一片土地，扎新的根出来，有了新的根，自然也顾不上老的根了。

每每听阿爸说他以前的事情，我就总会觉得他是有遗憾的，是遗憾没闯出一片新天地？还是遗憾他自己在恢复高考那年，没有考上大学？

其实我想的是，不论是哪一条路，还是哪一段故事，或多或少，都是会有遗憾的成分在里面，只要自己觉得无遗憾，那就是无遗憾，可纠结于这遗憾，那你就会在遗憾的河流里扑腾着，久久无法释怀，而阿爸是选择了无遗憾，毕竟他是笑着说出来的。

在他所讲的故事里，我得知他同我阿妈在外漂泊过，不过也不知道为何不选择在外继续漂泊着，而是选择回老家把根继续扎深来，这根一扎就是耳顺之年，阿妈总说阿爸像极了阿爷，像阿爷那般，总要到大山里转悠，同阿爷那般闲不了一刻，六点从工地回来，坐在门口的墩上，手拿着那大竹烟筒，咕噜咕噜地抽了起来，抽完这筒后，就又坐上他的车，往大山里去，他去时，那湛蓝的天空上还挂着绯红的晚霞，回时，那漆黑的空中却挂了一轮明月和满天星，车后座上也载满了木头，裤脚和衣衫上也挂上了"彩"，背后却是那干了又湿的汗渍。

有时候，我是真的不明白他，明明是可以好好休息，为何总要一刻也闲不得呢？

他是固执的，骨子里的固执，你说他，他就会打哈哈过去，你说得如何来劲，他也只会淡淡地回一句"嗯""好"，任何人都说不动他，可以说，阿爸是个油盐不进的人，也可以说他，是个固执的人，反正就是如我们现在年轻人所说的，主打就是反骨，可能阿爸就是个反骨的实派。

吃过晚饭后，休息一下，就去洗了这一天的疲惫，而后坐在门口外的石墩上享受这晚风的安抚，这时候，是一家人最开怀的时刻，我坐在旁边，听着他们聊家常，听着阿妈和大嫂聊着这村里的小八卦，阿爸偶尔也会插上几句，大哥则坐在厅的长凳子上抱着他的小女儿，逗弄着怀中的这几个月大的婴儿，而我只是听着，从不发言，只默默地听着、看着他们，把他们的样子刻在脑子里，我的眼睛就犹如那自动咔嚓的相机，把眼前的一幕一帧都留下来，留下他们这时的休憩时光。

孩子在旁嬉闹，大人们在旁聊得火热朝天，只我好像是局外人一般，观测着这些如电影般的景象，只是他们比电影里的人物更为生动有趣，有趣的不是这些小八卦，而是他们，那些没有掩饰的笑容堆积在他们的脸庞，时而挤眉，时而张嘴大笑，时而小声说话，如旁边有人偷听似的，放低了声调，每看到这一幕，我都忍不住笑意连连，我的笑声吸引了几双眼睛回看了几秒，他们的眼里透出的神色就像在说："这孩子，怎么傻愣愣的笑。"嗯，我在用脑电波回复着他们，当然是在笑你们，说别人的八卦，像做贼一样的窃窃私语。

这小八卦聊得月亮都偷偷地躲进了乌云层里，那嬉闹的孩子早早就被他们赶上了楼睡觉，因为明日他们还得六点钟起床去学校，而我也置身事外，在地塘外站着，仰望着天空上的小星星，最为亮的三颗星星，我用手指头轻轻地把它们连成了个三角形，这三颗星星还真是规律，一成不变的位置，在那里闪闪发光，偶尔也看到会移动的星，那应该是飞机的尾灯亮着，它是夹杂在众多的行星里，会游动的光，显得格外的瞩目，只是不一会，它就消失在了空中，可能飞往了哪个地方或国家了吧。那飞机上坐着的乘客，可能有些是背井离乡的，有些是回归故土的根吧。

秋天的微风在傍晚时分，是微凉的，这一阵分袭来，把遮住月亮的乌云给拨了开来，那月光照在了地面，却也照在了我的身上，我的影子也随之映在了地面上，我搞怪般的做了许多动作，或是青蛙，或是蛇，抑或是那天鹅……自己一人在外面玩得不亦乐乎，完全沉浸在自己的小世界里，早已忘了门口那里的热火朝天。

不知道自己在外面玩了多久，也不知道他们在里面聊了多久，我只听到阿妈叫了我一声，"官妹，回来了，准备关门了。"我大声地呼应着，"知道了。"我悠然地走着，阿爸和阿妈一前一后地走，大嫂和大哥在电视房里逗着娃，可我总感觉自己忘了点什么，我傻站在门口，思索了片刻，才想起自己的手机还在那墙的沿上，我又匆匆地走去拿我手机，不料一阵微风拂过来，那桂花树的枯叶落了地，刚好在桂花根周围，我看到这一幕，竟联想到了落叶归根，来年春又生，阿爸也曾说："落叶归根，是常态，人也一样。"是呀！植物归根，人也归根，只是这根和那根不一样罢了。

我转身回头，映入我眼眸的是有点老派的大屋子，这房子是我已出生时才打的地基，如今我长大了，这房子也老旧了，我记得呀！阿妈同我絮絮叨叨说了好多她同阿爸的小故事，她说："那时候，你外公和外婆都不让她嫁给你老豆，嫌弃他穷小子一个，而且那时候的房子，都是毛坯做的，一大家子就挤在那几间的毛坯房里，而那红砖房是我跟你老豆结婚几年了，才起的，是你阿爷去窑里一砖一砖的烧出来的，如今这大房子，也是你老豆和你两个叔一起建起来的……你老豆最像你阿爷，日日像只陀螺，都不会闲一阵！"我只轻轻地回一句："嗯~最像了。"

这房子吧。虽大，但也冷清，只过年时，才会热闹起来，这灯火才更通明，可那归根的人，也只待不久，就离开了山城，又漂泊在了大城市里，又不知道何年何月何日，又回归这故土一次，可我知道，不论在哪，只要根还在，那就会有归处，

有思念、有牵挂，可若没了根，那就如同那浮木一般，居无定所，漂泊不定，我看着那最边上的窗户里，那盏灯很亮，照得我的心很暖，也很安心，不料，一个身影出现在那窗户上，我一看，是阿妈，可能觉得我定定地站在这里，是在干吗？

没等她开口，我就心领神会地脱口而出，"现在，马上就关门。"手还指着门口的方向，我匆匆地放快脚步，手一握，门一关，嘭的一声响，门关了，归了归了，该好好地休息一场，明天接着跟阿爸上山放肥树根，让那根越扎越深，让那树越长越壮，让那叶落下能归故土的根，而漂泊在外的我们，亦是如这叶一般，飘着飘着，又回到了这根。

外面的风起了，我听到了落叶的声音，沙沙作响，只是不知这掉落的片片叶子，是否飘到了各处去？我猜呀！片落地面，片落池塘，片落小水道，片落田野……亦有些落了树底上，归在了根里。

黄　黄

张婉莹

傍晚时分，我牵着小狗黄黄漫步走在外婆家屋后的小路上。东边隐隐挂着一轮弯月，仿佛在追逐着西落的太阳，晚霞渐褪，淡黄的余晖为大地抹上一层淡淡的忧伤。路过一片小竹林，晚风轻起，竹叶沙沙作响，我不自觉耸了耸肩膀，这时手中的绳子一紧，我整个人被狗拉拽着向前跑去，一个踉跄差点摆倒在原地。路没有尽头，也没有行人来往的车辆，纳闷之际，路面开始天旋地转，外婆家的小路俨然不见踪影，小狗黄黄也消失不见。天地间只剩红日当空，以及眼前望无边际的狗尾巴草。它们优雅地在烈日下随着微风

悠然扭动着细细的尾巴，弯着的腰肢好似在向太阳虔诚地祈祷些什么。

"外婆我回来啦！"我将书包往藤椅上一扔，从里边掏出课本和生字簿放在餐桌上，搬来小木凳认真地完成老师布置的抄写作业，手酸了就揉揉窝在我脚边的黄黄。自打将它抱回这个家，它就格外粘着我，除了上学时间，几乎寸步不离。黄黄是外婆前年从六伯家抱回来养的。四岁之前，早产的我体弱多病，最严重的一次，反复高烧一周，中西医都看了遍，还是不见好转。小脸肉眼可见的消瘦。也不知外婆从哪里听来的消息，说狗来福，某天一大清早，拉着我跨过一个小火盆，然后往村头六伯家走去。

刚到六伯家门口，六伯早已在等着我们。他笑眯眯地向我走来，脸上的肉堆作一团，眼睛肿得眯成一条缝，看起来慈爱又让人害怕。一走近，他的手搭着我的脑袋，拍了拍说："晚晚乖，以后都平平安安、健健康康，少生病，快快乐乐长成美丽大姑娘。"没等我回应，脚背上传来一阵凉凉的潮湿黏腻感，我低头一看，不知道什么时候脚边来了一只小黄狗，通体小短黄毛，柔顺的黄毛在阳光下闪亮着金色的光辉，两只圆鼓鼓乌黑发亮的眼睛望向我，对视上，我心泛起涟漪，蹲下来一遍又一遍摸着它的背，不时好奇地戳戳它的耳朵。"汪汪汪！"它突然吠了一声，吓得我往后一倒，心有余悸地坐在地上，滑稽的模样惹来外婆和六伯伯发笑。

"小狗崽子听话。别吓着晚晚。"六伯佯装发怒，左脚往小狗后腿上一撩，小狗一整个被掀翻在地。

"别踢它！"我着急出声。小狗低声呜，似乎是委屈，像是听懂了我的话一样，一下子又开心起来，摇着尾巴向我靠近，在我脚下打转。听着六伯要将它送给我，顿时更加心花怒放。说来也神奇，自打把黄黄抱回来以后，我便不怎么生过病，偶尔感冒发烧也是很快就好，好像真应验

了狗来福的传言，看来黄黄真是我的小福星。

一年后，五岁的我被送到镇上新开的幼儿园读学前班，中午寄宿在幼儿园，得下午才能放学回家，这样和黄黄玩耍的时间大大减少。日复一日不变的是，黄黄每到放学，都会在外婆家不远处的坡上等我，一大老远看到外公接我的自行车，便兴奋地吠了起来，尾巴朝上不停地甩来甩去，好似在欢迎我们回家。夕阳西下，落日余晖洒在我们的身上，黄黄那一身小黄毛在余晖下看起来金灿灿的，好似镀上一层金身，我的目光也不自觉柔和。

时光飞逝，不知不觉黄黄陪了我们两年多了。某天我在院子里给黄黄洗澡时，摸到它微微隆起的肚子，心头一紧，忐忑不安担忧的情绪骤生，立刻把这事说给外婆。坐在灶台前生火做饭的外婆，嘴角扬了扬。一手往烟台里添柴火，一手刮蹭我的鼻子，笑着解释："晚晚别担心，这是正常现象，黄黄那是怀孕了，过不久啊要给你生一窝小狗崽子。"黄黄的肚子日趋大了起来，行动上比之前稍微有点吃力，要知道，黄黄之前可是村里头最能蹦跶的狗，但有一件事始终未变，每天放学以后，它依旧日复一日在坡上的树底下等我，隔大老远一见到我的身形，狂吠着欢迎我回家。外婆解释的话不仅没让我放心，反而我心底的不安感还更加强烈。因为大人们常说怀孕生宝宝是一件很危险又伟大的事情，我并不想要多少小狗崽子，也不需要黄黄做一只伟大的小狗，因为在我心里，它已经是天底下最好的小狗。

二〇〇七年七月二十七日下午，和平时一样，放学回家路上，外公搭着我上坡，黄黄的身影迟迟不出现，不安的情绪在我体内的细胞里叫嚣着。尽管外公极力安抚，我的担忧不减分毫。回到家，我把家里边里里外外找了个底儿朝天，依旧是找不到黄黄，眼泪如泉涌般泄出，啪啪砸在地上。外公外婆也意识到问题的严重性，跟着我一起挨家挨户沿着小路找。一个小时过去，两

个小时过去，依旧没有任何音讯。

一轮弯月隐隐从东边升起，西边的太阳刚落下山头，晚霞渐褪，落日余晖将外婆屋子后边的小竹林染得黄黄的，不见平日的暖意，反倒添上不少忧伤。我沿着小路抽泣，视线扫着道路两边探寻着黄黄的身影。

"黄黄——黄黄——你在哪儿啊？"走到竹林边上，我下意识止住脚步，耳边好似传来黄黄睡着后的浅浅呼噜声，平时我总爱打趣，黄黄的呼噜声好像呜呜的哀鸣，很有特色，不知道还以为做了什么噩梦。我望着丛林周围的草垛出神，鬼使神差地往里边走去。刚迈出一步，被外婆叫住。我心底的不安更加强烈，不等外婆上前拦住，我已经走了过去，一抹暗黄倒在绿色的草丛里，周围荒草枯枝杂乱，野草生得蛮高，若不走近看，从外面压根看不到里面有什么。我自言自语责怪着黄黄贪睡正准备走上去叫醒它该回家了。

走近看清眼前的一幕，我尖叫着瘫坐在地上，泪水涌出，霎时间模糊双眼。眼前的黄黄早已没有生机，两腿绷直，口吐白沫，身下是脏晦不堪的屎水，肚子处被尖锐的刀具穿肠破肚，肚子空空如也，血染红周围一片土地。外公外婆听到我的尖叫，已经赶了过来，同样看着黄黄的尸体，泪眼朦胧，嘴里破口大骂："哪个杀千刀的，这么对待一条狗啊，无冤无仇要遭报应啊！"

外婆说过，人死后要入土为安。小狗死了，我们黄黄也是要的吧？

"外公外婆，我们一起把黄黄埋了吧？"

外公自己回屋子里拿铁锹。我紧随其后，回去拿小塑料桶和木刷子，这都是平时我给黄黄洗澡的工具。我和外婆一起给黄黄进行简单的冲洗后，外公在旁边的小土坑也挖好了，他将黄黄捧起来，轻轻地放在坑底，我们一起把挖出来的土推回去，不一会，小狗的坟墓完成了。外公拿来他的米酒，外婆拿出清明剩下的纸钱，我们一起以人类的仪式庄重地埋葬这个陪了我们两年多

的小家伙……

梦醒了。原来我的确来到了外婆家，且在外婆家的房子里睡着了。我爬起来，抚抚额头，走在外婆家屋后的小路上。我寻觅着梦中的那抹金黄，记忆中坑坑洼洼的黄泥路现在已经成了平坦开阔的水泥路，路两边都建起了不少楼房。看着坍塌的泥砖房，童年在这生活的一幕幕涌上心头。那年，我们并没有将小狗亲手埋葬，我的尖叫声引来了外公外婆后，便被外婆强制拉着回家，据说那时候的我仿佛失了魂一样，脸色发白，泪流不止。外公也没有亲自埋葬它，许是拿麻袋装着往竹林深处扔了也指不定，老一辈的人比较忌讳这些，怕沾染上霉气。回去后，我一直反复高烧不退，一到晚上就做噩梦，外公外婆为了我的身心健康着想，将我送去了远在云南的阿姨家生活，时间就是最好的良药，黄黄的身影渐渐在我脑海中淡去，可每当遇到相似的小黄狗，记忆犹如洪水猛兽般席卷而来。变化的是，少了愧疚，记恨与怨念，只剩下美好又模糊的回忆。

伤害黄黄的人也没抓到，甚至也不知道是谁，听村里的人说很可能是偷狗贼，剂量放大了给毒死了，又不想空手而归，剖膛开肚拿走了里面的胎崽。我不敢深想，泪水漫上眼眶。

小狗黄黄的坟墓一直存在，在千千万万个我的梦里，幻想中，甚至是笔下。黄黄的名字由来，也是因为与我们方言的谐音"旺旺"相近，在我过往与今后的人生岁月里，都有它无形的陪伴，陪我度过一个又一个艰难岁月。

往竹林旁的位置看去，梦中的大片狗尾巴草在这肆意生长着，晚风轻轻吹过，齐齐弯下腰，仿佛在向我点头问好，真好，我的小狗活了。

作者简介：张婉莹，笔名江晚莹，2002 年出生，女，汉族，广西壮族自治区北海市人，玉林师范学院本科在读，历史文化旅游学院历史学专业 2022 级。

用爱救赎

石扬翠

总要有点什么念想吧，不然一直循环在人世间，漫无目的，缥缈地行走，像是一场梦。

总想留点什么让我醒来时候，感到些许悸动。

二〇二〇年十一月二十一日二十一点，寒风凛冽的夜晚里，我默默祈祷着上天为她安排一个余华笔下的那个美丽的世界。相思寄明月，相思更相思。"你多穿点，这个水鞋拿去，等下下雨咯。""你别不吃肉，这样的小孩容易被兔子吃掉。"……她的话萦绕在我耳边。

对我来说，她是一个很硬气的女人，对很多事都是不服气。

年轻的她瘦弱的像一张纸，但是浑身却有着使不完的牛劲，她不爱吃辣也不爱吃重油重盐的东西，光是大白米饭，年轻的她可以就着青菜吃两大盆，不喜欢留长发，她说短发干净利落，人也一样，要精神！到她60多岁的时候，还是那一头利落的短发，姑姑每次回家都给她剪，她走路，说话，吃饭都是快的，可是快的并不慌张。我遗传了她那圆脸和两只又大又圆的眼睛，妈妈总说我们两个眼睛很像，那双经历岁月磨砺的眼睛里，充满了对生活的热爱和期待。阿婆的双颊到了老年也没有塌陷，冬天的时候跟年轻的我一样红彤彤的。

初夏时，甘蔗林一片翠绿，一阵风习习吹过，甘蔗林好似大海泛起绿色的浪涛，一起一伏。盛夏，甘蔗林绿得更浓了。甘蔗长高长大了，像一排排站岗的士兵挺立不动。当蔗林越长越茂盛，就长成了锋利的小锯齿，路过的人要是稍微走神，

它就会热情的划拉一下你，甚至你可能都感受不到，回到家乍一看，或许你才发现，在手上不起眼的某一处，被留下了热烈的印记。秋冬季的时候，甘蔗由青色变成了黑紫色那外壳慢慢变得坚硬，甘蔗它疯狂汲取养分，用根系疯狂的汲取，从泥土中，它由水分，吸收转换为糖分，甘蔗的汁水甜而不腻。但是有水变为糖分的甘蔗尤为的重，你的牙口要特别的好，嚼的起劲的甘蔗才甜，咬一口甘蔗，一边嚼一边汲取它的甜汁水，一口一个吐，像是吐棉花一样吐出它的渣，它全身的重量都在那甜蜜的汁水上了，而这些汁水尤为宝贵，市场供不应求，那个时候工业还不够发达，从甘蔗的采摘，到搬运都极其需要人手。甘蔗是尤为亲近的，种在家家户户的地里，男人们一般都出去干苦力，人手只剩下了村里在家照顾孩子的女人们，这些女人们为了补贴家用，除了在家繁忙家务以外，女人们还会砍甘蔗补贴家用，年轻的阿婆虽然只有一米五的身高，但是她却有着坚定的意志与智慧。她手脚利索，好不比村里那几个粗壮的大男人弱一丁点儿，用镰刀，把甘蔗上半部分多余的枝条嗖嗖地去除，像是给甘蔗削头发一样，很快，一会儿就变成光秃秃了。紧握砍刀，刀锋紧贴着甘蔗的表皮，然后以迅猛而有力的动作向下劈去。这一瞬间，刀锋划破空气，发出清脆的响声，紧接着，甘蔗在刀锋的撞击下应声而断，发出沉闷的断裂声。砍断的甘蔗会倒在一旁，露出里面鲜嫩多汁的果肉。

准备好一根剑麻绳，阿婆将剑麻绳摊开，扛着两根两根的甘蔗，把她们扎成一堆，双手用力抓紧绳子，跨坐甘蔗堆上，勒紧那一捆又一捆甘蔗堆，担子从两捆甘蔗空隙有力插去，一抛，便扛上肩膀。像是背着孩子，也像是背着一家子的希望，就这样要翻山越岭，运到很远的地方，扛到集中的地方拿去卖，当甘蔗被扛起时，肩膀的肌肤立刻感受到了甘蔗的冰冷和坚硬。甘蔗的重量让肩膀微微下沉，仿佛承受着无法言说的重负。

随着步伐的移动，甘蔗在肩膀上不断晃动，每一次的颠簸都让肩膀承受了更大的压力。尽管甘蔗的重量让肩膀感到酸痛，但那份沉甸甸的感觉却也带来了一种难以言喻的满足感。它象征着劳动的成果和收获的喜悦，让女人们心中充满了自豪和欣慰。有一我次在阿婆收拾的柜子里捣拾的时候翻到了她那双扛着甘蔗翻山越岭的鞋子，那双鞋鞋底薄的，像是一层油纸伞的纸，上边的补丁缝了又补。白天她就跟人家扛甘蔗，晚上又得回家照顾几个孩子。

隔壁家本是世家，可是上一辈有个几年因为分土地闹得很不愉快，一家好几口人的粮食都是吃这几块地。这土地就像爷一样得供着呢，当然得大动干戈，闹得不可开交。隔壁家男丁多，我们家生的都是女娃，姑姑比较强势。那天下午，几个粗壮的男人闯进我家，拿着锄头，破口大骂："这块地必须得是我们家。"咣一声！锄头甩在地上。我们家正在吃饭，姑姑气得把碗摔地上："凭什么让你们！"两方闹得不可开交，阿婆轻放碗筷："几个大男人，肚量比那豌豆苗小，真好意思吃饭，饭吃的踏实吗？这田谁争都没用，按人数来！其他少谈。"这一番话，让那几个男人哑口无言，这件事也就这样不了了之。对人对事，哪怕天塌了，她都从容不迫地慢慢解决，我从未见过她有跟别人破口大骂的时候。

在我家破旧的小院儿里，空荡荡的，于是她种了一缸的太阳花，给小院儿添点生机，那花儿遇见太阳开得那叫一个艳，开得那叫一个绝。灰青色的缸，玫红色的花，点缀几片尖尖胖嘟嘟的小绿叶。阿婆年幼丧父，年少丧母，生下儿个孩子不久，阿公就离开了。一直没有再嫁，她一个人拉扯两个孩子在那贫穷的年代长大。但是阿婆却对很多事很乐观，有一天晚上，不知道哪来冒冒失失的小猫，在房顶溜达时不知怎的，滑溜一下，掉到花丛里，踩坏了几株太阳花。小花气急了，第二天花开得萎靡不振，像个受挫的小

姑娘。阿婆可没有生气，拿着她刷牙的小杯子又乐呵呵给小花浇水，像是哄着一群被欺负的小朋友。

小时候的我可调皮了，喜欢上蹿下跳，头发剪的比男孩子还短。有一张泛黄的照片上，小女孩们跳的《向太阳》。向太阳啊，向太阳，我们一起向太阳，个个小姑娘，双颊都被幼儿园老师打上了红扑扑的腮红，像是太阳暖烘烘晒出来的小粉蛋糕一样，软乎乎。相反我更像一个煮熟的黑卤蛋，黑黝黝的，光着头，那裙子在我身上格外的显得突兀，跳完了舞，我累得不行，打开双腿蹲了下来，用手摸了摸的秃秃的卤蛋脑袋瓜子，这一刻，摄像师给记录了下来。阿婆每次回家都会拿着这张照片指着笑话我："小时候的你，真像个小伙子呢。"这张照片我一直压箱底，那天，回家的我突然发现，阿婆把所有我和几个姊妹小时候的照片都拿出来挂了，从我一岁到九岁的照片，按着结构框架列着摆放出来。阿婆不喜欢看电视，用的也是老年机，也从没有关注过新闻时事，我几乎不知道她的娱乐从哪里来，她的乐趣就是看着那些照片，就像是珍宝一样，她能盯着那些照片发呆很久很久。她还特别喜欢讲故事，反反复复一样的故事，都是我们几个小孩小时候的经历。我每次都觉得她特别啰唆，但是现在我却希望她能再多多啰唆我。

还有一件我特别调皮的事儿，有一天下午，阿富跟我玩掷石子，看谁掷得远，小小圆滚滚一小石子。调皮地撞上了缸口上，这缸口缺了一个小伤口，从小就不是怕事儿的主，拍了拍胸膛："阿富，你先走吧，我跟我阿婆说，明天见。"我知道，这个花缸对阿婆来说意义非凡。它不仅是她养花的容器，我打碎了这个花缸，也打碎了阿婆的心。我站起身，面对着阿婆："阿婆，人家也不是故意贪玩的。"每次惹阿婆生气，稍微认个错就能哄好了，阿婆看着我，眼中闪过一丝心疼和无奈，但她并没有责怪我，只是轻轻地拍了拍我的肩膀，让我别太放在心上。

可是第二天她却没收了我两块的零花钱，抬起头的我傻笑倔强地拉扯着阿婆的裤脚说道:"嘻嘻，阿婆今天放学我还得跟阿富去玩呢，没有两块钱她铁定不跟我好了。"阿婆板着严肃的样子，用手轻敲了敲我的脑袋瓜子，她先是用手轻轻拍了拍自己的口袋，确保钱还在那里，然后才慢慢地伸出手，用那双布满了皱纹的手，小心翼翼地从口袋里掏出了一叠整齐的钞票。阿婆的钞票总是被她折叠得整整齐齐，仿佛每一张都承载着她的心血和期望。她将它们一张张地展开，用那双有些浑浊的眼睛仔细地数着，生怕多给或少给了。用塑料袋包着的两块钱，递给了我。我又乐呵呵地去玩耍啦。

在太阳花缸的另一角，阿婆种着小香葱，那是一块被阳光温暖得恰到好处的土地。每当清晨的第一缕阳光洒下，小香葱们便沐浴在这温暖之中，仿佛是在迎接新的一天的到来。阿婆对这些小香葱照顾得无微不至。她每天都会细心地浇水，用那双布满皱纹的手轻轻抚摸着每一株小香葱，仿佛在跟它们说着悄悄话。在她的精心照料下，小香葱们长得格外茂盛，绿油油的叶片在阳光下闪烁着生机。小香葱的香气独特而浓郁，每当风吹过，那淡淡的清香便弥漫空气里，让人心旷神怡。阿婆常常躺在院子的摇椅上，闭上眼睛，深深地吸一口气，仿佛在品味着这份来自大自然的馈赠。她喜欢在烹饪时用上自己种的小香葱，那独特的香气总能给她的菜肴增添一份特别的味道。每当家人品尝到这份美味时，都会赞不绝口。与市场大葱的迷你版相比，她的种更像野草。可是就是这样小草能做出一碗独特到留存我十九年记忆的葱香小面。每天早上，做个面，炒点肉，摊几个鸡蛋，都得给我撒上一小把她种的宝贝小葱。像是每次送我出门，都要少不了她的每一句叮嘱，可是这每一句叮嘱，却是我生命中最珍贵的声音，同着那一碗喷香扑鼻的香葱面存在在我的记忆里。

"阿婆，以后我要做很厉害的警察吗?"警察是我小时候的梦想，我经常问阿婆，我的爸爸是做什么的，她的回答就是警察。"那你要锻炼好身体!要比村里阿富吃的多一些。"我可挑食了，我喜欢面食，不喜欢吃饭。也讨厌吃青菜，更不喜欢吃肉。阿婆总是叨叨我小时候瘦得跟猴子一样，后来她就自己学，为我学会了做饺子，她做的饺子和我长大后吃到店面的完全不同，厚而扎实的饺子皮，嚼劲十足，要知道南方的主食很少吃饺子，我也不知道她跟谁学的，应该是自己摸索吧，长大以后每次在店里吃别人做的饺子，都觉得不正宗。

她特别喜欢吃葡萄，这让我想起了汪曾祺散文集里的葡萄的来历，在魏文帝笔下的葡萄，尤为诱人，甘而不饴，脆而不酸，冷而不寒，味长汁多，除烦解倦。特别是新鲜的葡萄，那是最好吃的，新下的果子不怕压，它很结实，压不坏，这也是阿婆最爱吃的。紫色葡萄，紫色的果粒都做正圆，有点像是秋紫或是金铃，与紫色的葡萄不同，绿色的葡萄才是阿婆最喜欢吃的，口感和先生散文里如出一辙，只是样貌不同罢了。绿色的葡萄像是翡翠，她也想养一些小翡翠，可是她没有经验，南方的气候也没有这个条件，最好吃的还是新疆产的葡萄，阳光充足昼夜温差大养出来的葡萄才是深得阿婆的心。她自己也想着种些许，可她种的又小又酸又涩，可是她种了一大片，哪里舍得扔掉，于是再等几日，葡萄变软了。有了些甜，一闲下来，就坐在她的小院子里，洗上几个甜甜的柑果，一边吃着柑果，一边吃着葡萄。招呼着我:"来尝两颗。"我可对这又小又涩的葡萄不感兴趣，我喜欢又大又圆且漂亮的葡萄。从那一次以后，她就再也没有种过葡萄。但是家里人都知道了，她非常喜欢吃葡萄这一件事情，每过节回去的时候，都给她带大串大串的葡萄。有紫的，有绿的，她有一个杯子，洗好的一串葡萄放在里面，都是留给我的。

我想往上走，也想往外走，走出这个小县城。我想破缸而出，做一架盛开在外的牡丹花，争奇斗艳。高三的时候，我被家里寄予了厚望，作为大姐，也是家里唯一的大学生。爸爸说，希望我能够考上一本线，给咱家出人头地。希望我长成参天大树，对自己我也寄予厚望，可是没有文化的阿婆，不知道本科而言对我们是多重要，她想的是，她的花盛开得有多鲜艳，她的香葱有多香，她的孙女是不是健康，是不是快乐。

阿婆打电话的时候，只会叨叨的那几句：吃饱饭了没啊，过节回不回来啊。两年后的今天，我每每想到这些，心中都深深泛着酸。

这个让我想起了每一次离开家的时候，她总是不停地给我们摘自己种的菜，自己种的瓜，姑姑买的果，姑姑买的饼，自己擀的馍馍，就连饭桌上吃剩的那一点最好的猪头肉，她都要打包起来给我，还要另外打包一串葡萄，塞一个红包。拉着我的手，跟我说去学校应该好好吃饭，没有零用钱就跟阿婆打电话，在她的破旧塑料袋里，除了钱，第二个宝贵的就是我给她写的电话纸条，在学校我是没有手机的，我使用的是电话手表，学校手机查的非常的严，一旦第一次被检查到手机，就会被一次警告了，第二次的时候就要被处分回家。电话手表只能拨打不能接听。

每次回家我都迫不及待用手机查看，都能看到阿婆好几通的未接来电，蹲在我家小阳台给她打电话。我以为她是有什么很重要的事情，但大多是一些琐碎的小事，像是什么天气冷多添衣，这隔壁的阿富没有去学校，那红薯今年种了老大了，过年的时候留了点土豆给你……每次，不管是哪个孩子，离开家前，她都会送到大门口，然后驻足等每个孩子上车，"阿婆，我们过年再回来看你。"十九年来，我从未见她愁眉苦脸面对过我们送别，之前我在家的时候，看着她送别姑姑和叔叔，在她们走的时候，她是满脸笑颜，像是太阳播撒下来，那个花开了一样灿烂。她们走

后，她又一言不发地回到屋子里，收拾家务，把她们的房间收拾一遍，把被子这些第二天就要拿去河边洗了，等着下次他们回来，还能住上一晚，姑姑一走就是到了春节才会回来，每隔两个月她会拿被子出来晒一晒。到了春节我们回家的时候，她都会给我们摊开铺床。我们回家都不需要带衣服，家里她总备着几件我们常穿的衣服，衣服总是干干净净的，叠得整整齐齐的放在柜子里。每次回家的时候被子也是香香的。是太阳的味道。是她的味道。

村里的几个奶奶和她玩的最好，只要有人跟她稍微这么搭上一句，她就可以和那个人滔滔不绝。有时候是传授一些种植的技巧，比如说她种的木薯。又大又甜又香又糯，要是拿到市面上去卖，一定会供不应求。今年是紫色的，明年她又想种西瓜红的，变着花样种给我们吃。她种的萝卜也是最好的，又大又脆，一拔一个成，上了初二，我就已经学会了开电车。她的腿脚不方便，会开电车的我有时会带着她去田里干农活。寒假的时候，我有空就会和她去拔萝卜。有一年我们拔了两袋萝卜。我们把这两袋萝卜拿去河边洗，哐一声，萝卜像几个小滚球一样，咕噜咕噜滚出来，旁边洗衣服的隔壁村阿婆见了都夸："阿妹今年的萝卜长得真好，我从未瞧见如此大的萝卜，长得真是好看。"她笑呵呵的，像是夸了她的孩子一样开心。她就开始滔滔不绝毫不吝啬传授她种萝卜的经验，边讲边挑了两个大萝卜："姐，今晚你就拿着这两个大萝卜回去炖一炖那猪骨头，保证是非常好吃的。"用刷子一层一层剥去小白萝卜泥泞外衣，像是那脱了衣物的婴儿一样光滑，又白又嫩，在阳光下闪着光，白透得像一大块美玉。阿婆总是一个热情的人，每次我的伙伴来的时候，我就想着偷偷把我爱吃的饼干糖果藏到碗柜底下，可小伙伴来的时候，她总会翻出我碗柜的饼干，一个一个分过去，我强忍着泪水，但又不想跟小伙伴闹别扭，直到小伙伴走

北流文艺
BEI LIU WEN YI 2024年·散文

远我才会跟阿婆号啕大哭:"这是我藏了好久的咧,你怎么不问问我啊,我不想送人。"阿婆把我臭骂一顿:"好吃的当然要跟朋友分享啊,只有这样人家觉得我们家小妞不小气,大大方方的咧。"每次家里来远方的客人,客人走时阿婆总是打包特产给客人,都是家里自己种的极好的菜,特别是萝卜丰收的时候,多来几个客人,她就把所有的萝卜送出去。还有水瓜、豌豆、空心菜,有时还送家里自己种的稻米、香油……每次回城市,车后备厢也总是满满当当。再后来,她腿脚不方便了,姑姑们都让她不要去种这些菜了,几个孩子每个月都按时寄钱回给阿婆,自从身体不便,不再去砍甘蔗后,除了种菜,她一天也不知道干些什么。她也不喜欢闲着在家里躺着。就好像种着那些花花菜菜种着她的生命一样。

有一个晚上,我洗漱回屋准备歇下的时候路过她都房间,昏黄的灯光下,她戴着老花镜,从砖红色的大木柜拿出一沓钱坐在床沿细细数着。我坐到阿婆身边:"阿婆,咋攒那么多钱咧,明天拿去买肉好不好咧。"她敲了敲我的头:"小孩子家家懂啥咧,你上大学也是要点钱的,我给你攒攒,你爸一个人工作也不容易,你弟还得大笔费用呢。"她总是操心着我们,先是操心完了我的爸爸妈妈,然后继而操心着我。

十月国庆,我回家了,学校的压抑让我太想念阿婆做的香葱面了。可是今年太阳花有些黯淡了,她好像自己也知道。阿婆瘦了好大一圈,只能躺在她的床上,她知道我回来,挣扎着起身,拉着我的手,可我的眼眶像是灌了铅,又疼又胀,不争气的眼睛落了泪,我背对着阿婆。阿婆本身说话就很困难了,还是非要用尽全身力气磕磕绊绊的跟我说话:"这有什么好哭的,生点小病而已。"她又重新嘱咐着我希望我快乐平安的长大,对身边事物充满热爱,不要因为学习把自己埋在深不见底的泥土里,不愿意见一丁点的阳光。当我看向那满簇的太阳花,决心铲除了那一株开得

弱小的牡丹。我欣赏那开的艳丽的牡丹,回过了头,或许我瞧见的那太阳花更令我赏心悦目。

太阳花俗称"死不了",她可没有牡丹的名贵,却能在贫瘠的土壤上生长,她也没有玫瑰那么美丽,却能向人们展示出它那蓬勃向上的个性,可是太阳花的生命力十分顽强,它的茎不断生长,不断出芽,长出新的叶子和花朵,花开花谢,这样不停地生生息息,使得太阳花的"队伍"愈来愈庞大。一片只要有土壤、阳光和适当的水分,它就能迅速地生长。把一根茎折断,再种在土里,多浇水,让它晒晒太阳,很快又能长出一株。牡丹就比较麻烦,举个最简单的例子,种植牡丹的最佳温度,它喜欢稍微冷凉的环境,不耐高温。夏季温度超过25℃就容易出现生长不良情况。养殖期间最好给它提供15℃—20℃的温度环境,你看看是不是娇气得很。

我想阿婆应该不喜欢娇气的花吧,我想我也是。我要做一株生长在外的太阳花,跟她一样阳光明媚,努力开的艳丽,开得张扬。

池鱼思故渊

树忱

父亲这一词,在大多数中国的孩子们眼里,远远没有母亲这一词分量重。且不说人人都在说的父亲的不善言辞,父亲的沉默寡言,可能很多父亲会很委屈,明明他们做的不少,为什么孩子还是不和他们亲近,对此,我只能说,不是父亲们做的不少,是母亲做的太多了。换句话来说,父亲爱孩子的前提,一定是父亲爱母亲。

小时候,父亲有段时间在创业,我和哥哥

在上小学，那段时间，父亲每晚都回家很晚，回了家，小时候的我不懂，但现在，我懂一些了，可能是工作上不太顺利吧，看见家里有些乱，他就会大发雷霆，把家里很多东西都扔掉，那段时间，坦白来讲，我并不是很想见到他，但是潜意识里，又希望爸爸能早点回家，当时我不太懂，也察觉不到，现在我好像明白了，我想念的是小时候陪我和哥哥玩耍的爸爸，想念那个不怎么会对我发脾气的爸爸，是那个明显更疼爱我的爸爸，我好想那个爸爸。那个时候，哥哥在上奥数班，是妈妈望子成龙的巅峰期，妈妈每天的目光，只长在哥哥身上，哥哥的班主任又给她打电话了，哥哥今天在学校又闯祸了，哥哥作业又没做完。家里的一团乱麻，让年幼的我搞不懂该如何存在。可能也正是因为这样，爸爸不高兴吧，可是他有什么理由不高兴呢，他工作忙，妈妈不忙吗？谁就应该做家务呢。但那时候的我显然不明白，于是有的时候，我就打扫打扫。姥姥总是教我扫地，教我洗碗，教我帮爸爸妈妈做家务，却从来没教过哥哥，两个小朋友都要健康成长，但是妹妹要学会洗碗，学会扫地，学会收拾房间。显然年少时候我并不懂那是"重男轻女"，我只觉得，我只要做了这些，大人就会多喜欢我一点了。那时候，我每天都不想回家，我在外面和同学玩儿，去别人家做客，却从没让别人来我家做客过，那个时候，我觉得我在不在家没有什么要紧，哥哥在就好了。有一次，我玩得一整个中午都没回家，快下午上学，才回家，跑上陈旧曲折的楼梯，发现自己没带钥匙，我敲了敲门，妈妈把里门打开了，但她生气了，不让我进去了，于是，那天中午我直接去上学了，下午放学，哥哥带钥匙了，我才进了家门。那时候心里有妈妈骂我的不痛快，而在那不痛快的角落里好像又有一丝隐秘的欣喜。

小的时候，我总觉得"这孩子很省心""你比哥哥乖"是个褒义词，起码应该是个听起来让自己感到愉快的词，随着我一天天长大，我无比厌恶这两句话，我觉得那只是大人没空管我从而拿来敷衍的借口，这一点，我现在也这么认为。

我和哥哥的感情很好，我们是一起从妈妈肚子出来的，只相差了五分钟，小时候，我特别羡慕哥哥，我羡慕无论在哪，他都是长辈们关注的焦点，而我只能做个哗众取宠的小丑，才能博得点点星光，就连家长会，妈妈也是先去哥哥的教室，临了去我的教室一下，老师说没什么事，就走了，那时候我很为自己自豪，看，我都不用爸爸妈妈怎么操心，不对，是不用妈妈怎么操心，爸爸就算是休息，他都能因为睡着而忘记参加我们的家长会，所以，爸爸有什么可委屈的呢，他们所做的甚至承担不了"爸爸"这两个字。

现在的爸爸很好，现在的爸爸情绪稳定，现在的爸爸好像担得起这两个字了，爷爷过世后，爸爸好像变得有点不一样了，他好像更有责任心了，遇到什么事情都很冷静持重。我是怎么意识到的呢，之前爸爸送我来南方上学的时候，在火车上，坐在我们旁边的一个和我年纪相仿的女孩，她的行李箱没有放在行李架上，放在座位和火车车厢的间隔，而这节车厢三个座位连在一起，箱子放在那里，不仅她自己不好坐，还会挤到里面我的座位，爸爸就询问她要不要帮她把箱子抬到上面去，女孩说她担心一会儿到站下车时拿不下来，爸爸说他会帮她再把箱子搬下来的，女孩儿就答应了。放假回家的时候，我脸上长痘痘长得严重，爸爸就带我去看中医了，医院挂号处，有一个耄耋之年的老人，老人耳朵似乎听不太清，对里面医生的确认和询问都进行得很慢，我以为像儿时一样，爸爸会急躁，可爸爸没有，他就站在那，一点儿也没有往前走，后面排队的人有点着急，但爸爸又高又壮站在那一动不动，他们也就只能在原地都嘟嘟囔囔，没敢真往前挤，等老人慢慢吞吞确认好全部事宜，老人离开挂号窗口，他才举步上前，我站在旁边，突然觉得爸爸有点儿陌生，我爸爸一直这样吗？坦白讲，刚刚老人一直确认不好的时候，我都有一点点急躁了，但转头看爸爸时，他一点儿都没有不耐烦想要催老人，就只是站在那等，我立马就检讨了。这可能就是言传身教吧，那时候，我突然觉得，好像不认识眼前这个把我养大的男人了。

上大学前，我去医院做检查，检查了我的脊柱侧弯，其实姥姥很早就发现了，在我弯腰倒水时，她发现我背不太平，可当时爸爸妈妈并没太在意，后来高考前体检的时候，医生检查出来，让我赶紧去纠正治疗，他们才当回事儿。医生做完检查之后说我的骨骼都要定型了，不一定能矫正回来，但也说也不会再恶化了，尽力矫正就好，歪得也不太严重也不影响生活，医生当时问爸爸为什么没早带我来，问我有没有什么症状，因为歪歪扭扭的骨骼有些挤压到了我的肺，我告诉医生，我晚上睡觉有的时候确实会呼吸不过来，会憋醒，那是我第一次见到爸爸有些茫然失措，有点儿害怕的样子，他问我之前怎么没说过，我告诉他，我之前告诉过你们我有的时候呼吸不过来，你们没当回事儿，以为我不想学习闹着玩儿呢。爸爸带我从医院出来，去旁边的存车处骑电动车，他走在我旁边突然说："我也是第一次做爸爸。"我大大咧咧地回道："我也是第一次做小孩儿啊。"

现在每次给家里打电话，爸爸都提醒我要注意脊椎，按医生说的方法矫正，他好像突然意识到，养一个孩子要注意的事情真多，可妈妈从很早就意识到了。

马上要二十岁的我还是很恋家，回看这些，我只能说篇幅太短，容不下我浩浩荡荡的成长，不只是我的成长，也许还有爸爸妈妈的成长。

作者简介：王乐瑶，笔名树忱，女，山西太原市人，广西玉林师范学院汉语言文学22级学生。

一只肉鸽

刘秋含

屋子里黑漆漆的窗台上隐约间看见，多了一个近似于椭圆形的东西，悄悄靠近，好像是只鸟。

一

晚上和舍友方兴高采烈地回房，刚要伸手去开灯，她说："别开，先去关窗，一开灯引得蚊子往亮处钻，进了屋。"于是我正要去关窗户，却发现窗台处隐隐约约比我们走的时候，多了个立起来的东西，像是我的棉拖鞋，但仔细一看，又好像在动。我瞬间石化，呆住了。方一向很勇敢，悄悄靠近，观察了一下说："好像是一只鸟。"

竟然是一只鸟，我惶恐起来，它竟然落在了我四楼的窗台上。方一步步靠近，我紧随其后，站在墙后，伸出头悄悄观察它。方趁我看得仔细，竟然移步到了离它只有一米半的地方。但是它并没有起飞离开。

我们都没有说话，屏息打量着这个"不速之客"。起初它的尾巴对着我，轮廓很圆润，方因为移动不小心发出了一些声音，但是它不为所动。时至此时，害怕的人是我了，我生怕方的任何举动吓到它，引得它在屋子里四处乱飞，甚至飞向我的方向向我挥张翅膀。但它倒只是在我们面前换了个方向。侧面对着我们。

方见它好像不是很怕生人，就试探性打开了阳台的灯，它依旧没有什么反应。我拿出手机对着它拍了张照片，传到朋友圈，想问问当地的朋友这是个什么动物。它依旧自顾自地站在窗台，丝毫没有离开的意思，就这样僵持了二十多分钟，方用手电晃来晃去，它依旧没有反应。

我看了实在觉得新奇，于是叫了邻居，邻居悄声走了进来，生怕将它惊扰，但我们在轻声讨论的时候，发现这一切都赘余了。即使我们试探性地提高音量，它也毫不在意，似乎把外界的一切都屏蔽了。邻居推测说："它如此不惧怕人声，即使我靠近它也没飞走，可能是家养的，比较亲人。"我觉得不无道理。

低头看了眼朋友圈，朋友们有的说今晚可以加餐了，有的感叹它的肥硕，有的表示震惊，我无奈地摇了摇头。随即迷信的上网查了查，屋子里飞进鸟是有什么预兆？看看网上的解释。网上说，标志好事来临。再抬头，它的头又正对着我们站着。

方见状，又上前一步，离它只有半米远，打着手电，仔细地端详它。黑灯瞎火下，隐约间看见它展示给我们的这个侧面，好像是受伤了，原本白净的羽毛上赫然有一小条深褐色蜿蜒而下。至此，我们一致断定，它可能是受伤了。

二

我是一个特别害怕鸡鸭鹅以及鸟类这些有羽的动物的人，这或许因为大人说过的，小时候姥爷给我抓了一只鸟，放在笼子里端给我看，但是这个鸟伸出了喙，隔着笼子啄了我的原因。也可能是与生俱来的基因内的恐惧。

从小到大，我很少接触这些鸡鸭鹅活物。倒是到了南方，像是暑期挂职的小村镇路边，随处可见的杀鸡禽的摊子。路过的时候血水的腥味扑鼻而来，瞟了一眼看见路边蜿蜒至脚边的血水，满地的鸡毛，这些都让我犯怵。还有一次误入了当地的市场，无数小摊小贩沿着河边摆摊，杀鸡杀鱼，我看见一个个脖子被薅得老长，脱光了毛，抛开了腹的鸡，头对着人群摆放着。一旁的篮筐里是刚拔下来的毛，夹杂着腥味，我只能赶紧眯着眼睛，尽量减少视线可以看见的范围。却也不自觉地端着膀，快速逃离。由此可见，我是有多害怕。

三

但是尽管如此，我觉得，我也应该救它，冥冥之中它落到了我的窗台，一直都没有离去，许是在向我们求助。此时，我们已经僵持了近四十分钟，临近深夜了。于是我和方决定速战速决，我这边查找最近的宠物医院，询问是否还在夜晚营业，是否可以救助不知名的鸟类。方那边寻摸着一会用来找抓住它的工具。电话里兽医提醒了我们，没有笼子可以用纸盒子代替。方就找了做家务带的橡胶手套还有矿泉水箱子。勇敢的方，一步步缓缓地移动，慢慢地靠近了窗台，它依旧没有动，再两只手渐渐合拢。奇怪的是，抓住它的最后一秒，它只象征性地挣扎了一下，就乖乖地被方握在了手里，方把它拿到水龙头下，开水冲洗了它的头，企图让它喝点水，看看情况。它没有再挣扎，乖乖躺在纸盒箱里，那一刻我真的觉得，它一定是身体不舒服生病了，一点都不像往日里看见的鸟般，虽然我不知道它是什么鸟，或者是什么动物。

四

在宠物医院即将关门前半刻钟，我们踩点赶到。兽医从纸盒箱子里拿出了它，仔细地对它进行了检查。摸到了它的脖子下面的结痂，确定它受伤了。随即挑破了它脖子下面的淤血块，只见无数滴暗红色的血流淌而下，毫无心理准备的我，又一次无比害怕，看着流出的红色液体只觉得头晕目眩。

兽医检查完告诉我们，这只是一只肉鸽。就是人们饲养来吃肉的鸽子，它的脖子下面，可能是被刺伤或者意外撞了哪里。如果我们愿意付费，可以给它打针，促进它的伤口愈合，缓解它的拉稀症状。"但是选择权在你，因为它只是一只肉鸽。"兽医笑了笑和我说。

那一刻，我感受到它的命运可能就掌握在我的手上。

五

那时候，前几日正是家里姥爷去医院检查，查出预兆最小，无从治疗的胰腺癌，那时已是晚期，手术会增加一定的风险，只能保守治疗。一向身体硬朗的姥爷，竟然患此绝症，我一时间五雷轰顶，难以接受。每日浑浑噩噩，一边感叹生命的脆弱，世事无常，一边又相隔千里觉得自己能做的太少了。当时的处境，我无能为力。

六

我不忍心看见向我求救的它没有得到帮助，对于它，我是有能力，有机会，可以做些什么来帮助它的。我觉得我必须得救它，这是我面对生活最不知所措的时候，唯一能帮助的事情。但我又实在害怕鸟，难以容忍它与我晚上在一个屋子，于是就打完针又寄养在宠物医院，这样医生也可以更好地照顾它。

我询问兽医它的情况，兽医说还在拉稀，身体还是比较虚弱，那天临近期末考试，我忙得焦头烂额，于是又续了费用让兽医按情况给它打针医治。直到第三天下午，看见兽医发消息告诉我说，它已经好多了，并且可以独立进食了。我问，可不可以放飞它。兽医说可以。

深思熟虑后，我想还是把它接回来。在学校放飞比较好，一是它遇见我的时候它就在学校，二是它现在还是有些虚弱，相比于车水马龙的市中心，学校的环境可能更让它更熟悉，也更方便它生存。

七

于是就选在了在一个风和日丽的下午，方在湖边放下了纸盒。可是在纸盒里的它，只是探出头四处张望，我和方开玩笑说："它可能是舍不得我们的长期饭票，想赖着不走了。"

于是乎，我们在湖边等了它好久，方张起手臂轰它，它只是跳出来纸盒子，两只爪子在地上站着，没有飞的意思，正对着我们。许久之后，我和方又跺脚，撒花瓣等方式想让它飞起来，它也只是浅浅飞到了栅栏上。我和方说，它要是不飞落在地上，旁边工地的人看了它，许会抓住杀了。于是方又一次靠近它，就像两天前那样，可是它扭过头来看方，似乎像是老熟人一样，依旧没有飞走。

我逐渐开始有些焦虑，担心它不飞走，会面临什么样的结果。它是我克服恐惧，付出努力救过的，我希望它可以飞高，健康活着。可它依旧骄傲地站在栏杆上，来来往往的行人路过，甚至有人驻足拍照它都不为所动。不知不觉我的内心为它担忧，害怕它如此的近人，担心它受伤，担忧它之后的日子。想到这些，等路人走过，我扬起衣服，卷起风向它，它最终，张开了翅膀，我甚至来不及拍下它翱翔的样子，它飞走了。

八

我惶惶然站在桥边，我内心很高兴，它可以像别的鸟一样飞翔，不用再蔫蔫地寻求人的帮助了，但与此同时，我想到了兽医的那句话，它只是只肉鸽。可我觉得它不只是一只肉鸽，它既然没有出现在屠宰场、饲养场，那它就只是一只鸽子，一个和人一样拥有在这个世界上平等地活着的机会的动物。我是绝不会因为它的品种，而放弃善念，放弃救一个生命的机会。

其实，我深切地体会到了生命的脆弱，从得知了姥爷身体的羸耗，到有一天朋友阴差阳错和我谈起生命与死亡说起生命的虚无脆弱，还有遇见的这个向我求助的鸽子。当我亲眼看见每日被疼痛折磨的寝食难安的姥爷时，我依旧很难相信。记忆里的他一直是我心目中的英雄，周游世界，无所不能，半年前他还在南美洲的苏里南考察，一个月前我还收到他从印度尼西亚带回来的大海螺，给我听遥远的大海的声音，转眼就每日吃药压制着痛苦，所以一切对我来说，像是梦境般不切实际。

我经常觉得日子来日方长，觉得自己长大了有能力可以孝敬他们，他在我心中还是那么强壮健康，但这实在是太像一场幻梦，让我难以接受。我在南方，离家千里，这一次我深切地体会到了无助感，我不像是在本地上学的大学生可以随时随地去看他。那一刻，我发现，我能做的事情太少了，于是那天，我遇见了鸽子，我说我必须得救它，这是对生命的尊重，是积善行德，也是我为数不多能做的事情。看着它飞走，我内心暗想：

如果能选择，我希望它下辈子不是一只鸽子，健康长寿。

作者简介：刘秋含，女，吉林长春人。作品散见于《诗歌月刊》《南方文学》《金田》《北流文艺》《东亚经贸新闻报》《北海日报》《玉林日报》等。

你好，布鲁维斯号

道 玄

"你好，布鲁维斯号！"

威海的海，美得纯粹。它将天披在身上，推着一叠又一叠的蓝宝石浪潮向岸边涌来。数不尽的海鸥在此盘旋，一圈又一圈，不舍离去。突兀的一艘货轮停在了干净的海的中间。他被海水包围着，也不离开，也不靠岸，他就停在那里。他又好似在动，当微风轻拂大海，掀起波涛的轻纱，布鲁威斯号如一只优雅的、落魄的白色巨型海鸥，在无边的蓝色中舞动。他似乎是一座流动的城堡，曾经承载着无数人的梦想和期许，穿越着广阔的海洋远道而来。

"你好！布鲁维斯号。"终于见到你了，我

还在遥远的南方时就听人说起过你。趁着这次出门，顺道过来看看你，又或者说，专程来看你。一年前你来到这里，便停在了这里，在没有行动过。原本你就是闯入的，现在却也在大海的宽容中融入了这片美景，甚至连你也成了风景。你看呐，好多的旅人也都是为你而来。

远道而来，一定很辛苦吧？我并未走过你走过的路，所以无法想象你这一路上的风浪与颠簸。布鲁维斯号，你见证了无数的风雨，承载着无数的记忆。或许，曾经有无数的人在海上与你度过了美好的时光，或许，你曾经是人们追求自由的载体。如今你却成了孤独的象征，安静地躺在海滩上，任由风吹雨打。然而，即使是搁浅废弃的船只，你也有着自己的故事，有着自己的魅力。你是时光的见证者，是历史的痕迹，是人类与大海之间永恒的联系。你的存在，让人们思考生命的意义，感受时间的流逝，体味岁月的变迁。当新的旅人走过这片海滩，看到你时，依旧会被你的故事所打动，被你的美感所震撼，被你的坚韧所感染。我只敢让海水浅浅没过脚腕，宝蓝但不见底的海水将我们阻隔。感受到海风的呼啸，听见海浪的低语，体味到岁月的沧桑。"你想和我交换故事吗？"隔着几十米的距离，我却听到你的声音。你的声音有些寂寞，有些沧桑，有些无奈。你的故事早已被人写在报道里，写在文案里，写在日记里。所以你也想有人和你分享一下你没听过的故事。

"我能有什么故事呢？"我是一个普通得不能再普通的人了。在个体中我独一无二，在人海中我是一个又一个。我也是在浪潮中前进，间接性地奋勇向前，持续性地被时代浪潮裹挟，过着日复一日的生活，读着别人都在读的书，走在人群已经踩实的路上。按着寻常地走着，像每一个普通孩子一样，念着小学、中学、大学，小时候有空了就要去学一门艺术或者运动，长大了，便是被要求好好学习。"好好学习，考一个好的初中，以后就轻松了。""好好学习，考一个好的高中，以后就轻松了。""好好学习，考一个好的大学，以后就轻松了。"每一句话听三年，然后按部就班地行动。大家都是这样说的，所以我应该也是这样想的。但我也并非什么安分守己的人，如若按原本规划的路径，我此时应当在书房里刻苦学习，付出大量的努力和精力，再寻求一次所谓的"上岸"。我不止一次地质疑过我的前方。我选择出来走一走，哪怕很多人说我这是在浪费时间，说我走错了路。然后我便遇到了你——同样走错路的布鲁维斯号。规划好的"路"，是他们——父母、亲人、师长、朋友，又或者是时代给我指的路，说路的尽头就是我该到达的"岸"，一个系舟之处，登临之所，一个光明的彼处。可前途光明我看不见，道路曲折我走不完。"疲惫了吗？剑指远方的勇者。失望了吗？远道而来的旅人。放弃吧，可以不再挣扎，也许啊，本就不该出发。"我轻声自嘲，我猜你也一样。

布鲁维斯号，你曾这么努力，是要到哪里去呢？海岸？港口？结果却是你搁浅在这浅滩。我不相信你如此不思进取，一定是眼前的困难令你无法克服，你才困于此处无法自拔。又或者，你贪恋此间美景，眼看目的地就在前方，却为眼前而止步。你也会累的对不对？你承载了太多太多，你也想看看航线以外的风景，想逃离，想休息。

"再见！布鲁维斯号。"听说你年后就要离开这片海域了，我也要回到我原本"应该"去的地方。

"再见！布鲁维斯号。"我们终将到达远方，搁浅不是你我的一生。

作者简介：陈笑飞，笔名道玄，男，00后，贺州市人，玉林师范学院商学院经济学专业2022级学生。

莲与藕

文 敏

又是一个难得的周末，我回到老家看望爷爷。但心中却怕见他，因为我做了亏心事，而且这事还不小。站在熟悉的村口，我突然觉得迈不开腿，心中的大石重如千钧，甚至还有逐渐加重的趋势。老家的屋顶在前方隐约可见，像梦境般没有真实感。

那是一个周二的下午，身为生活委员的我同班上其他班委一起被召集到班主任办公室，召开例行会议。但是在班长汇报完上一周的班级情况之后，班主任提出要核对上半个学期的班费支出。一开始，我列出了班级的各项支出，在和班长核算支出与实际金额时却算出来不相符的结果。众目睽睽之下，我从脖子到头顶红得冒烟，一时间手足无措，话也说不清楚，更别提解释出个所以然来。其他的班委都向我投来了不同的目光，或是疑惑，或是责怪，抑或是厌恶……"没事的，你再想想，不要着急！"班主任耐心安慰道。

突然，我的脑袋中乍现了两周之前的一件事——朋友喜欢的漫画家出版了一本画集，打着限时限量贩卖的噱头，揣着精美的绘画作品，足足地勾引了她购买的欲望。可是正值每个月生活费最紧缩的那几天，她的手上凑不够那么多钱，我也分不出钱来"支援"。但又实在想要那本画集，所以她便谋划着让我先"借"用一些班费垫着，反正钱不多，记录支出的本子也是我在管，悄悄报多一些杂七杂八的费用，这钱便"省下来了"。再说了，实在不行等之后有钱再补上！她答应的报酬就是帮我带一个星期的外卖，这个诱惑对于我这个全日制在校生是很大的，又受不了她的软磨硬泡，便答应了。我成了一个"同谋"。我又粗心得很，没来得及补上，很快便"东窗事发"了……

如今被大家知道这件事，我又该怎么解释呢？说我不小心遗失了？别人听着，肯定会责怪我粗心大意，更加是没有责任感！说我借用？他们不疑有他就会说我"私自挪用公款"！坦白的话，我在班里的信誉便荡然无存了！怎么办？怎么办！现在只是班委知道，等走出这个门，这件事便会在班里口口相传，像大白面团一样发酵了！

在众人的注视下，我顶不住压力哭了。我害怕，我羞愧，但我更加虚荣。我哽咽着说："肯定是……掉在家里面了，我的书包上周回家洗了，说不定……钱掉在家里面了……"班主任表情十分和蔼，她也只能应下来，说她和班里的同学等我一个解释。

我浑浑噩噩地迈出办公室，原本有说有笑的大家只是沉默。我一个人远远地落在后头，像走在锋利的刀尖上似的回到了座位。

在大家的眼中的金钱问题是很重要的。自习课的教室并不像往常一样安静，像是突然住进了一个蜂巢，到处都是同学们三三两两交头接耳的讨论声。他们好像说了很多，不时发出疑问或者是惊叹的语气。这些声音从四面八方汇聚起来，将我裹挟，将我裹得密不透风，我喘不过气来。

我不知是怎么度过接下来的三天的。朋友也听说了"东窗事发"，她自然比我还要着急，我对她也只是漠然，更多是对自己的谴责。走在走廊上，听着别人的窃窃私语，接受他们的"注目礼"，我感到背后阵阵发冷……是又在说我了吧？我忍不住去胡乱猜想，一次又一次，仿佛坠入了无尽深渊，内心愈发焦灼，愈发愧疚！我恨不得坐上动漫中机器猫的时光穿梭机，回到过去去制止我那愚昧的行为，或者是穿越到周末，去找寻解决的办法！

但此时，我真的迈不动腿了，泪又要溢出来了！世界又是一片朦胧……

"妞子！回来了！咋不走嘞！"是爷爷，他

在不远处向我走来。我赶忙用手将泪擦拭，装作揉眼睛的假象，嘟囔着："爷爷，回来了！刚刚沙子进眼睛了！"

爷爷好似没有看穿我拙劣的演技，我赶紧将眼睛眨了又眨，又将头偏过一边去，生怕他再看久一点便会窥探出什么端倪，又拉着他的干枯的手说："爷爷！回家吧！"

厨房里，爷爷佝偻着身子在菜板上切着菜，我在一旁帮忙收拾柴火，滚烫的火苗跳跃地舔舐着黢黑的锅底，将热量无声传递，水汽蒸发。火焰映红了脸庞，我多么想将这件令我后悔的事情像水一样蒸发掉，这样就看不见了！便没人会知道！我也不必如此焦灼，每天像丢进沸腾油锅里的鱼，疯狂挣扎但是毫无用处。若是我一个人将这件事烂在了肚子里，将来的我心中会好过吗？好想快快解脱出来！

很快，在锅碗瓢盆的乒乓响声中，一碟酸辣炒藕带、一盆莲藕汤上了桌。端着盛得满满的饭碗，我一时不知从哪里下口，不论是菜，还是将说出口的话。爷爷还是窥见了我的不寻常，"咋了，先吃饭，吃饭再说！""好！"我重重地点了头，将一筷子藕带放入口中，再大吃了一口饭。

我将事情一股脑和爷爷说了。其间，不免又掉眼泪，泪珠跑出眼眶，顺着脸颊滚进了碗里。被叼着黄铜杆烟枪的爷爷看见了，他用食指和拇指托着烟杆，再吐出一口缥缈又辛辣的烟雾，却说着打趣的话，"今天的菜我记得我加了盐的啊！还不够咸？"我忍不住勾起了嘴角，诉说也随着烟枪的黯淡而完整了。讲述完，我觉得并不如想象中那么困难，也没有迎接一顿劈头盖脸的责骂，心情反而是飘然的轻松，就如那烟雾一样，快要轻盈地飞上天去了。

爷爷拿起筷子从藕汤里挑出一块莲藕，牵出几根细细的藕丝。"妞子看，这个藕的孔孔里是黑的，这个是没洗干净的泥巴。"很明显，这块藕确实和汤里其他的藕不一样。"这节藕就是在泥巴里挖的时候弄断了，淤泥便钻进去，时间一久，就蛮难洗干净咯！"他自然地将那块藕放到自己的碗里面，又夹起来一节藕带。"这个藕带就光滑得很嘞，就算有泻泥巴，随便冲冲就没得咯，你看现在还是和玉石一样的颜色！"在光线下，藕带经过爆炒，仍能见最初的玉翠色。

"嗯，我好像懂了。"我若有所思地点点头，明白了爷爷的语中之意。

倘若人的私欲也如同挖藕时的伤口，开了一个私欲的小口，污秽之物便翻涌，若不加以制止，那污秽便如毒一般，啃噬血脉、侵占骨髓……到最后，原本一个不起眼的小口便成了血淋淋的贪婪大嘴，其结果也是将其自身反噬，灵魂也堕入层层深渊，不见光亮。

"妞子，人要做藕带，不做开口的莲藕！虽然说你现在还小，也应该担做事的后果了。做了就是做了，不得说谎！一个谎话要好多个谎话来圆的！"爷爷见我懂了的表情，突然又做严肃状道。我点点头后，他复而说："先吃饭，等一下去荷塘看看。"

今夜的月分外明亮，数日的暴雨好像将整个村庄都洗得又润又新，我和爷爷并肩走着，越过激涌的奔腾着向前去的河流，穿过充满水汽的柳树林，离那片荷塘便近了。我望去，大片荷塘刚遭受了暴雨的摧残，只剩一席残枝败叶，全然不是盛夏荷塘荫郁的秀景。

我正愁着这衰败的荷塘，爷爷语重心长道："你答应了别人，收了别人的好意，利用你的方便来谋取了利益，这就叫不廉。只要你及时刹住车，回头便是岸啊，妞子。至于是不是达到不洁这个程度，还要看你自己怎么做，心里头怎么想。我们不能要求别个怎么样，但能要求自己，做一个品行端正的人，就一切都还来得及。"

和爷爷说话总是那么轻松，年轻时是村里文工团干部的他，总能将书上的道理用最浅显的话让我接受。一席话，有四两拨千斤之韵味，顷刻间将我心头的乱麻捋顺，将眼前的重重迷雾拨散。我恨不得将其放在舌尖上翻来覆去，咂摸着品味。

随之，他引着我看荷塘偏僻的一隅，有一枝小荷叶顽强地冒出了一小角，在明月清风的照拂下显得格外动人与倔强。爷爷摸出那黄铜杆烟枪吸了两口，笑道："妞子，莫担心，一切都在往好的方向发展！"我慢慢开始释然，心中已然有了解决事情的最好对策。"谢谢爷爷，我会努力做好的！"

新的一周，我端正地站在讲台上，深鞠一躬，说："身为班上的生活委员，负责管理我们班的费用支出。而我却辜负了大家对我的信任，将班级费用与私人费用混作一团，将班费用在私人支出上，导致班费的缺失。现在我已经将班费补齐，最后，我将辞去生活委员这个职务。再次对不起！"深深地再一鞠躬，我并没有抬起身来，像是等待着一场庄重的审判，也像是在等待最后封闭私欲小口的那一剂缝合剂。

台下的同学皆是一愣，随后传出来整齐的掌声。我也愣了，好久才直起身。耳边的掌声是对我最好的"审判"，那私欲的小口好像也不在那处肆意叫嚣了，剩下的只是微微的麻、内心的释然以及周身的轻松。

死水一潭看似毫无生还之力，却不知淤泥中埋藏着具有再生力的纯净的莲藕，待到机会来时，终会换作一片欣欣向荣。我从心底悟了，做事情要担当、要公正、要不忘初心、要品行端正。一味虚荣只会竹篮打水一场空，而坚守廉洁本色才是一个人立身做事的重要根本。做错事并不可怕，可怕的是没有保持初心、从头再来的勇气。

人生漫漫长路纵然曲折，但我从不孤独，因为有爷爷温和有力的话语和莲塘的守望一直支撑着我站得正、走得远。

宋代名臣李纲在玉林

李 旭

李纲是宋朝著名政治家、军事家和爱国诗人，是一位举世公认的民族英雄。在两宋之交的特殊年代里，他奋然挺身，力挽狂澜，砥柱中流，南宋大儒朱熹赞其"孤忠伟节，一世之伟人"。然而，他一生宦海沉浮，六起六落，屡遭贬谪。在谪迁海南时，往返都途经玉林，与玉林结下了不解之缘。

一

李纲（1083 年—1140 年），字伯纪，一字天纪，号梁溪先生，福建邵武人，出生于松江府华亭县（今上海松江区）。他自幼好学上进，胸怀大志，器识绝伦，"见者知其必将名世"。崇宁三年（1104 年），李纲补国子监生，名列第一。徽宗政和二年（1112 年）进士及第，先授相州教授，后累官至兵部侍郎。靖康元年（1126 年）因镇守京师汴梁有功，擢为尚书右丞（副相）、知枢密院事，但不久即被罢黜。

建炎元年（1127 年）五月，康王赵构在南京应天府（今河南商丘）即位，是为南宋第一位皇帝宋高宗。上位之初，高宗试图利用李纲在朝野中的崇高声望振奋士气，便任命他为尚书右仆射兼中书侍郎，成为南宋第一位宰相。临危受命的李纲，忠勇果敢，行事磊落，执掌相位后即着力整顿朝纲，提出了涉及治国、整军、抗金的 10 项主张。李纲抗金治国的一系列措施，很快就初见成效，南宋政局也逐渐趋稳。然而，高宗虽然重用李纲，但还是宠信主和派的黄潜善、汪伯彦等人，尤其是对李纲力主北伐收复失地、"迎还二圣"（徽宗和钦宗）的主张，更使君臣心存芥蒂，最后被高宗猜忌，听信谗言，以"杜绝言路，独擅朝政"等罪名，下诏罢免李纲相位，降为虚职观文殿大学士。这样，李纲仅仅主政两个半月的宰相职务就被罢免了，紧接着又被赶出了朝堂。建炎二年（1128 年）十一月，再被贬为单州（今山东单县）团练副使，琼州万安军（今海南万宁市）安置。

建炎二年（1128年）十一月下旬，李纲接到朝廷迁移的诏令后，带着次子李宗之等人从澧州（今湖南澧县）出发前往海南，经益阳、湘乡、邵阳等地后，建炎三年（1129年）三月进入清湘县境（今全州），然后又途经桂林、阳朔、修仁（今属荔浦县）、象州、贵州（今贵港）、怀泽（今港南区），于五月初抵达郁林（今玉林市）州城。

五月五日端午节那天，身心饱受折磨的李纲倍感痛苦惆怅，"自江湖涉岭海，皆骚人放逐之乡，与魑魅荒绝，非人所居之地"。想到两年前也是端午节这一天，自己受命为宰相，作为国家股肱之臣，满怀报国之情，全心全意为国为民，忠君报国，匡扶社稷，但却与旧时楚国大夫屈原一样，忠而被谤，不仅伟大的政治抱负无法实现，还屡遭猜忌、排挤和迫害。"郁悒无聊，则复赖诗句摅忧娱悲"，远谪带来的悲愁苦涩和乡思，李纲写下了在玉林的第一首诗《端午日次郁林州》：

久谪沅湘习楚风，灵均千载此心同。

岂知角黍萦丝日，却堕蛮烟瘴雨中。

榕树间关鹦鹉语，藤盘磊珂荔枝红。

殊方令节多凄感，家在东吴东复东。

李纲在诗中首先以三闾大夫屈原因忠君爱国而被毁谤流放沅湘作类比，说明自己与一千多年前的屈原相同的"离骚"之遇，在这"角黍萦丝日"，人们用彩带包裹粽子来纪念屈原，想到自己被贬谪到比屈原更为偏僻遥远的"蛮烟瘴雨"之地，心中无疑是怅然、落寞、愁苦而又无可奈何的，因而只能在这里听听鹦鹉之语、看看红艳艳的荔枝了。在偏远的"殊方"过着凄凉愁苦的节日，使作者思乡之情更加炽烈，但家又是那么遥远，"浮家在东吴东复东"。

李纲这次在郁林州城逗留了将近3个月的时间，主要原因是要在这里调理身体。原来李纲路经象州时，"为岚气所中，饮食多呕"，加上一路长途跋涉，颠簸劳累，到达怀泽时就不得不停留养病一段时间。抵达郁林州后，他这位失意谪官得到知州王靖的热情款待，不仅嘘寒问暖，还作诗相赠，这使身心不顺的李纲很是感动，便决定暂留郁林州城调养疾患。在贬谪途中，李纲试图对自己"忠而受贬"的人生遭遇得到解答，及取来《周易》研读之后，"灿然如据玑衡以观天，日月星辰，经纬昭回之文，吉凶妖祥之理，皆可历数而周知"。于是，在谪居郁林期间，李纲开始潜下心来钻研《周易》，这亟须得到易学方面的论著作参考。其时，徽宗朝曾大力举荐过李纲的吴敏（字元中，曾任知枢密院事、拜少宰）亦被贬谪居于柳州。李纲在五月七日、七月十五日和七月二十五日3次致信吴元中，除了讨论当时抗金政治局势外，主要是向他借许翰（字崧老，官至尚书右丞兼权门下侍郎）所著《易书》，探讨对易学的见解，阐发易学义理。特别是李纲完成了《易传内篇》中《释象》《训辞》《明变》《类古》和《衍数》等篇章写作后，"更欲得崧老书，以参订之"。他"恐其行缓"，为了尽快借到这些易学书籍，又托宾州（今宾阳）太守派专人送书来郁林。这是李纲在备尝险阻艰难之后，希望借助易学避凶趋吉，"以贻范于将来"。李纲还专门赋诗《寓郁林著易传有感》二首，记录著书的感受。其一："谪来海峤远兵戈，精义微言得切磋。地入郁林著陆绩，桴浮沧海学东坡。圣经广大随人取，众说纷纭奈若何。从此梁溪作诗少，用心已向六龙多。"其二："羲文作易仲尼传，究极阴阳本自然。妙理欲求须得象，至言已契可忘筌。绝编何啻须三过，知命从今加数年。叹息时无邵康节，数该今古与谁研。"

当年夏秋之交，李纲来到了海康（今广东雷州市）。但此时因海南黎民起事，岛内纷乱不已，不能渡海赴琼，滞留在海康达数月之久。

二

与历史上许多被贬谪琼州的高官显宦相比，李纲还算是比较幸运的。原来宋高宗赵构在经历了南逃一系列变故之后，逐渐认识到协力存国的重要，便在建炎三年（1129 年）十一月二日下诏赦免李纲，对以往被迫害的朝野人士，如太学生陈东等也平反昭雪，借此笼络稳定人心。当月二十九日，李纲到达海南的第三天，就接到了诏书，"许自便居住"，恢复了行动上的自由。《李纲行状》是这样记述此事的："三年，行次琼州三日，而德音放还，任便居住。"李纲心情激动，非常感激天恩。他在琼州访胜探幽，追贤遣怀，游览了几处名胜古迹之后，父子俩便于十二月六日开始渡海北归了。

北归，玉林同样是必经之地。古代从雷州半岛往苍梧，走陆路一般要经遂溪城月、石城（廉江）新和、陆川永宁、郁林西瓯、北流朝宗、容州绣江、藤州金鸡等驿站。沿着这条驿道，李纲没多久就进入了陆川县境内，作有《陆川道中偶成》一诗记其事。

或许是天意吧，那一年的春天来得特别早，腊月十九日就立春了，李纲也在寒冬里早早感触到了春的气息。那天，当他行抵龙化（今陆川乌石镇）时就收到了家书，得悉家中近况：在兵荒马乱中，诸弟已于九月间挈家迁往外祖父的家乡剑川（今浙江龙泉市），合家安康。真是一个好消息呀！人逢喜事精神爽，春风得意露红光。此时虽属隆冬季节，但南国还是草木葱翠，生机益然，李纲心情怡悦，喜作《立春日龙化道中得家问三首》："东君又换一年春，迎我来从瘴海滨。已觉山川有佳气，更询道路得通津。欲寻勾漏丹砂令，与访罗浮紫府人。清梦相符缘契合，便须脱屣谢埃尘。"（其一）
"远信来时岭峤春，浮家已在浙江滨。更传赣水方虞寇，须向闽山与问津。万里归来寻乐土，千岩好去作闲人。干戈未息中原暗，怅望关河胡马尘。"（其二）

立春这天傍晚，李纲一行住进了驿站里。很长一段时间了，由于身体的原因，李纲"畏病不举杯，延客祇烹茗"，交朋接友都是以茶代酒，杯中物已"经时不入唇"了。如今"偶蒙雨露恩，渐脱瘴疠境"，又喜得家问佳音，心情特别高兴，虽然"海峤无佳酿"，但有"浊醪"就足够了，一醉方休吧！当天晚上，一行人推杯换盏，你来我往，频频举杯。李纲"速饮数觥"，直至径醉为止。这段趣事，被李纲记录在当天所作《醉中和东坡醉题四首》及其诗序里。

第二天，即十二月二十日，天公不作美，寒风呼啸，冷雨绵绵，但好像丝毫也没有影响李纲的心境，这从他的《立春后一日风雨殊有寒色偶成》可以看出："竟夕北风号，春回雨已膏。归程离海峤，旧服理绨袍。宿瘴须寒压，清愁欲醉逃。何当入江浙，雪片洒鹅毛。"

三

过了陆川县境，李纲很快又来到了郁林州。郁林人宽仁厚德、敬贤重士的品格，给他留下了十分深刻的印象。几个月前谪居郁林时，知州王靖一直很友善，对他这个谪臣以礼相待，还曾作诗相赠，欠下了王太守的"诗债"。如果这次再不偿还，可能以后就很难有机会了。于是，到郁州后便写下了《古律两篇答郁林王守》，诗序说："南迁道郁林，郡守王君示古律一篇，北归辄成两篇，以答其意"。其一曰："山国古郡碧周遭，陆绩衣冠雅自褒。海上来归怀橐尾，襟间空叹长霜毛。易书顾我耽成癖，诗笔怜君老更豪。此去龙城幸非远，不须巨石压云涛。"其二曰："垂老相逢海峤间，盈编珠玉破愁颜。清名岂籍郁林石，雅志常存仙奕山。丘壑采薇嗟我病，弦歌为政美君闲。中原杳杳旌旗暗，回首春风涕一潸。"

俗话说，无巧不成书。历史竟然这么巧合，整整30年前，同样是谪臣、同样贬居海南的一代文豪苏东坡，同样是北归途经郁林州，同样是得到王姓郡守王祖道作诗相赠，同样也是写诗答谢。李纲十分敬佩苏东坡的人品学识，途经琼州、雷州等地，都瞻仰了与苏东坡相关的旧迹。这次来到郁林，让他很自然就想到了苏东坡当年所作《次韵王郁林》的和诗。李纲文思泉涌，吟诵了一首《追次东坡和郁林王守韵》：

盖世文章妙语言，谁令骨相似虞翻。

玉堂大手空遗迹，海岛幽栖有断垣。

仙去公宁怀此土，生还我亦荷宽恩。

龙虬满纸疑飞动，尚想挥毫气象轩。

四

勾漏洞位于北流圭江北岸勾漏山下，因其勾、曲、穿、漏而得名，是道书所说三十六洞天中的第二十二洞天。传说东晋著名道学家葛洪，甘愿放弃朝廷高官不做，"求为勾漏令"，一心一意在这里修道布施，采药炼丹，最后修得正果。因此，自汉唐以来久享盛名，高官显宦、文人墨客都乐游此地。李纲精通儒释道，是三教合一的高论者，对勾漏洞天仰慕已久，是魂牵梦萦之地。据其《假道容惠当游勾漏等洞天》诗序记载，在他寓居于琼州远华馆时，有一夜曾梦游山间小堂，堂上一道士，正吟诵李太白《奉饯十七翁二十四翁寻桃花源序》中"有良田名池，竹果森列，三十六洞，别为一天"之句，梦醒后颇感奇异，后来才觉得是神者早就告知他将有勾漏等洞天之游。于今假道容惠北归，"岂无葛稚川，妙论资灌沃"，"将游四洞天，就彼白云宿"，沿途的勾漏、都峤、白石和罗浮等洞天是一定要访古览胜的。

大约在建炎三年（1129年）腊月廿五日前后，李纲来到了慕名已久的勾漏山下，"神清遂仙游，境寂恣遐躅"，"高吟谪仙文，逸韵响金玉"。

他首先晋谒了灵宝观、勾漏观，满怀虔诚之心拜读了本朝仁宗皇帝御书手迹，然后游览了宝圭、玉阙、白沙和桃源四洞，寻访洞中仙踪道迹，细致地察看了洞口唐朝开国大将李靖的《上西岳书》碑刻和王符弹琴处、葛仙炼丹灶等遗迹。之后，他不顾自己身体不适，步履维艰登上了勾漏山巅，饱览"百里仙山气象雄，参差峰岫翠成丛"的壮丽风光。李纲置身于这"雄伟卓绝"的美景之中，心境豁然开朗，洋溢着一股"啸咏风月"的激情。虽然这次他在北流停留的时间不长，却写下了《道勾漏山灵宝观窃睹两朝御书谨成古风》（又称《问津勾漏山》）《过北流县八里游勾漏观留五绝句》等7首诗句，是古代吟咏勾漏风光最多的名家。在《问津勾漏山》这首纪实性很强的诗中写道：

抱病卧云海，夙夕负深恐。宽恩听旋归，何啻丘岳重。

问津勾漏山，散策宝圭洞。群峰罗翠屏，环合无缺空。

石盘与丹灶，遗迹可扪弄。游仙契初心，幽赏协清梦。

却来观宸章，宝气腾蟺蜽。真行杂草隶，笔势极翔动。

大小飞白书，飘洒萦舞凤。恭惟睿智姿，多能本天纵。

妙迹藏名山，俾与万世共。林峦增炳焕，神物劳护拥。

惜无深岩屋，荫覆示崇奉。何当鸠良材，为葺倾压栋。

天弧不指狼，中原胡马阅。九庙未奠居，臣子衔愤痛。

岂知炎荒中，奎画得瞻讽。至哉博大言，粟麦因异种。

天常及诸佛，一一资妙供。窃于翰藻间，窥见神心用。

源流此中来，基本中兴宋。稽首归琅函，

斐然成善颂。

五

建炎三年（1129年）底，李纲按照原来设计的北归行程，从北流向容州行进。途中作《容南道中二首》，其一曰："路入容南境，风烟自一方。山空云苒苒，春动水茫茫。紫府丹砂秘，幽村碧树芳。肃然有佳致，作个是炎荒。"诗中充满了豪迈和旷达，热情赞美了沿途景致，以自身所见所闻的"佳致"，对当时士人们视郁林为"炎荒"的偏见进行了反驳。

这一年十二月是小月，廿九日已是"月穷岁尽之日"，也就是除夕了。就在这一天，李纲行抵容州城，这在他后来致友人吴元中信函中说得很清楚，"岁尽抵容南"。除夕，是中国最重要的传统节日，按照古老的民俗，家家都做年糕、包饺子、烧金纸、放爆竹、贴对联、发利是，这天晚上全家老幼欢聚一堂，熬夜守岁，共享天伦之乐。李纲远在数千里之外的岭南，自然无法阖家团圆，只能与次子宗之，还有"北归同次容南"的虞祖道等友朋一起欢聚酣饮、守岁迎新了。每逢佳节倍思亲，李纲已经是第四年在"殊方"度除夕了，对家乡和亲人异常想念，这从《除夜与宗之对酌怀家》可看出其深沉的思念之情：

四年除夕旅殊方，海上归来路更长。
暮景飞腾催老病，余生留滞且炎荒。
传闻寇盗纷惊扰，叹息江湖堕渺茫。
杳杳东吴家万里，椒盘谁与颂馨香。

李纲这次途经容州，寓居时间将近一百天，是在广西停留最久的地方。他在《与李封州致远书》说："至容南适感瘴气，又传报江湖间寇盗惊扰纷纷，忧愤之深，宿病大作，须调治稍安，又道路无梗方敢行"。李纲在容州3个多月的时间里，活动丰富多彩。

游览都峤风光。建炎四年（1130年）大年初一，李纲到达容州的第二天，一早即前往都峤山览胜。都峤山又称南山、箫韶山，居容州八景之首，是道教第二十洞天，以其峰奇、洞多、谷幽、道险的特色风光闻名于世。李纲游览都峤山水，我们可在《庚戌正月一日游都峤山留五绝句栖真观中》知其当天的行迹：元日那天，他们来到都峤山游览。都峤洞天初春的景色嫣然，落花和溪水如同桃花源仙境一般美丽。他们手扶竹杖，沿着迂回曲折的石梯路攀登云盖峰，"石磴盘纡木茜葱""云间紫翠郁相重""松岭云峰步步佳""扪罗独上最高峰"。登上山巅，回首白云深处，指点顾盼着千里河山，感叹"谁道桃源不是仙"！当天晚上，李纲宿于位居都峤山"九寺十三观"之首的灵景寺，作有《宿都峤山灵景寺》一首。

题跋友人书画。建炎四年（1130年）开年之后，浔州（今桂平）知州李侯前来容州城拜见李纲，并携来他收藏的10轴法书请其鉴赏。李纲才华横溢，书法远师颜行，近法东坡，遒劲秀挺，字势豪健，造诣很深。现在远离中原万里之外的容州，见到这些"李侯好事不忍弃，万里艰棘携南来"的"宝章"，李纲十分兴奋和激动，"明窗展卷慰岑寂，坐迁旧观双眸开"，感到"于今此物未易得，愿言什袭传云来"。于是，在反复赏识之后，研墨铺纸，提笔为这些名家妙迹题跋。在"宋四家"之一黄庭坚的2幅法书后，李纲分别写下了这样的跋语："山谷晚年，草书之妙，追步古人。张颠怀素，正应此尔。""山谷行书多匾侧，此卷独不然，殊可爱也。梁溪病叟观于都峤山阴。"之后，李纲感到意犹未尽，又题长诗《浔守李侯以所蓄法书十轴相示题卷末》相赠。

潜心研究易学。李纲在贬谪郁林、雷州期间亦不废学，苦心钻研《周易》，北归偶居容州时，其用力最多的当是《易传内外篇》的写作。建炎四年（1130年）二月初，《易传外篇》完成，李纲作序冠于目录之首。序云："学易于尤患之中，既于所妄见者为之传，又作《释象》七篇、《明变》一篇、《训辞》二篇、《类占》《衍数》各一篇，合十有二卷。……书始于建炎三年己酉之中秋，时谪居海上，行次雷阳；成于四年之仲春，时蒙恩北归，行次容南，凡半年云。"同年三月，《易传内篇》也最后完成，亦作序言置于卷首。这样，这部被李纲自以为"成一家之言"的重要著作在容州最后完成了。

编辑《湖海集》。李纲平生喜好诗赋，但自从靖康年间被贬谪后，为避谤言便中断作诗。而从建炎元年乞罢"机政"后，被放逐江湖岭海，内心郁悒无聊，于是"赖诗句摅忧娱悲，以自陶写，每登临山川，啸咏风月，未尝不作诗"。从罢相到建炎四年北归，期间写下了大量的诗文，计有诗词600余首。寓居容州时，便把这些诗词编辑成册，"目为《湖海集》"。建炎四年（1130年）二月二十五日清明节那天，在读罢家书作诗4首之后，又欣然提笔写成《湖海集序》。

访育材堂点赞州学。李纲在容州期间，曾到访容州学内的育材堂，对容州士民重视教育培养人才之举十分赞许。他说："自学校之制废，而戎马之患兴，州县长民者，不复以教育为意，独容南鼎新郡庠，招徕生徒，弦诵之声不辍，诚可嘉叹。"为此，他作《题容州学育材堂》五言十韵一首："治世崇儒术，胶庠寓属临。自从驰羽檄，谁复念青衿。贤守来南纪，宏规肇泮林。飞甍开讲庑，鼓箧拂书蟫。采藻绣江水，仰高都峤岑。潜消戎马气，初习雅歌音。洙泗道非远，张姜贤至今。栽培成楚梓，追琢见南金。衮闽常风变，文翁蜀化深。愿言游学者，勉副育材心。"

谒次山堂仰先贤。唐代著名政治家、文学家元结（字次山，号漫郎），唐大历三年（768年）出任容州刺史兼容管经略使。由于安史之

乱影响，百姓苦不堪言，岭南瑶族起兵反抗，攻占容州达十余年之久，元结前四任容管经略使，都只能寄身于梧州或藤州理政。他上任之后，就以非凡的胆识和气魄，改剿为抚，单车入洞，六旬而定八州，容州很快就恢复了安定的局面，深受官民拥戴。建炎二年（1128年），山东历城人王次翁出掌容州，当年即带领容州士民在经略台东侧建堂纪念，并以元结字次山名之，曰"次山堂"。李纲十分景仰元结的德才，慕名前往谒拜先贤，并作《题次山堂》赞颂元结：

华堂高敞为思元，善政相望数百年。
册府声名秀群玉，海邦岩洞有参天。
漫郎去久风流在，病客来临道里遭。
圣主中兴谁作颂，愿观老手笔如椽。

建炎四年（1130年）四月六日，李纲父子踏上了前往藤州的崎岖山路，离开了客居3个多月的容州城，从而结束在玉林的行程。李纲北归后曾一度被起用为荆湖广南路宣抚使兼知潭州（今长沙），但不久又遭到朝廷的猜忌而被罢免，他在容州许下"欲挽天河水，滂沱洗甲兵"的报国宏愿再也无法实现。绍兴十年（1140年）正月十五日，李纲在悲愤中离世，终年58岁。

民族英雄李纲一生命运多舛，屡遭贬斥，最终在失望中离开人世，这对他来说是十分不幸的。李纲不幸玉林幸。他两次履足玉林，把他刚正不阿、精忠报国的爱国主义精神播撒在玉林大地，他在这里写下了一大批诗词文赋，为玉林文化史留下了绚丽篇章，这是一份我们建设玉林极为宝贵的精神文化遗产！

主要参考文献：

王瑞明点校：《李纲全集》，岳麓书社，2004年。

赵效宣著：《宋李天纪先生纲年谱》，台湾商务印书馆，1980年。

北流文艺

（2024卷） 评论

主编 吉小吉

团结出版社
UNITY PRESS

© 团结出版社，2025 年

图书在版编目（CIP）数据

北流文艺 . 2024 卷 / 吉小吉主编 . -- 北京：团结
出版社，2025. 7. -- ISBN 978-7-5234-1770-6

Ⅰ . I218.674

中国国家版本馆 CIP 数据核字第 2025ZA8516 号

责任编辑：郭　强

出　　版：团结出版社
　　　　　（北京市东城区东皇城根南街 84 号　邮编：100006）
电　　话：（010）65228880 65244790
网　　址：http://www.tjpress.com
E-mail：zb65244790@vip.163.com
经　　销：全国新华书店
印　　装：四川科德彩色数码科技有限公司

开　　本：185mm×260mm　16 开
印　　张：32　　　　　　　　字　　数：540 千字
版　　次：2025 年 7 月 第 1 版　　印　　次：2025 年 7 月 第 1 次印刷

书　　号：ISBN 978-7-5234-1770-6
定　　价：200.00 元（全四册）
　　　　　（版权所属，盗版必究）

目 录 Contents

北流文艺　2024 年　评论

被遮蔽的"新南方性"

——论林白《北流》及其写作"走廊"

何明泉

摘要: 林白《北流》被视为"新南方写作"的代表,其中的南方特质备受关注。而本文通过追溯林白以往作品,以方言与人称两个方面为切口,把握林白作品中南方特质的发生与发展过程,从而梳理林白创作中贯通的美学及其写作"走廊"。

关键词: 林白;《北流》;南方特质;"走廊"

随着"新南方写作"这一概念的兴起,林白的作品《北流》因其繁复多样的南方特质而被视为"新南方写作"的代表。然而,"北流"一地并不是首次出现于林白作品中,其曾以"南流""鬼门关""圭宁"等代称被反复讲述,由此我们有理由质疑:这些包裹在故乡北流中的新南方性并不是簇然迸发,而是早已在林白笔下悄然滋长。

一

《北流》以无穷无尽的植物、灵动的北流语方言、自由转换的人称以及回忆与倾偈交错的讲述方式塑造出林白心中的北流一地,或者说具有新南方性的故乡。那么林白笔下的这些南方特质究竟从何而生,又经由怎样的生长才完成了如今《北流》中交相隐喻的结合呢?本文将从方言和人称两个方面进行追溯。

《北流》的方言书写被认为是突出

的南方特质,其甚至形成了别册《织字》(与正文相比,方言占更大篇幅)与支册《李跃豆词典》(对文本中方言的释义)。在已有研究中学者认为,如此笔力的方言书写"突破单一权威话语的钳制,寻找一种具有独特文化基因的、自在的、独特的语言"[1],由此体现了南方语系的主体意识。然而,本文认为"方言作为文本载体"这一行为尽管从"语言本质论"的角度突出了"北流"这一边地主体性的自觉,但更足以体现具有开放性、临界性的南方特质的,是作者对待方言及方言与普通话关系的写作姿态。

林白《一个人的战争》《玻璃虫》等作品已展现出其早期对待方言与普通话的态度,如:"她们说着流利的普通话,使我有些自惭形秽"[2]"这句业已陈旧的话从他的带有北京感觉的普通话中走出,像在春夏过渡的时候,一个熟人换了一身爽目的夏装,使你眼睛一亮,觉得又新奇又亲切"[3]。这一时期,还未曾走出北流的林白对待普通话及以普通话为代表的省会南宁、北京展示出单向度的、倾慕性的自卑与崇拜,方言羞怯而普通话高尚,这几成定论的态度构成了早期林白作品中关于方言与普通

话讲述的全部。

值得注意的是,方言与普通话问题在这些早期作品中并非重点,多数只是主人公在某一事件中的有感而发,在《说吧,房间》《妇女闲聊录》等作品中甚至不曾提及。但早期林白对于普通话与方言问题的敏感度无可置疑,只是过于个人化的讲述局限了对这一问题的讨论空间,聚焦于自我体验的早期林白自然地书写出缺乏主体性的早期经验,因此,在经历了出走与回归后,《北流》中大量方言的运用似乎能够说明作者从不自觉至自觉的语言意识,这一过程更有丰富不一的情感态度予以支撑。

在传统意义上的乡土文学中,返乡者通常将方言作为一种寄托性的存在,方言即故乡。而《北流》中,主人公跃豆通过"作家返乡"这一活动,以"归来"的姿态回到北流,开篇首先解构了程式的"乡愁":"想到返乡她向来不激动,只是一味觉得麻烦"[4],进而以相较不远的文本距离补充道:"时代车轮滚滚,随便一想,方言迟早都会被普通话的大车轮碾压掉的。"[5]方言依旧低劣,但作者此时变为故乡北流的异乡人,一种旁观者的漠然态度如开篇般覆盖了原有的情感生机,但"籁"(《李跃豆词

典》：荆棘、刺、植物的刺）在逐渐生长。

向内生长的簕。"向内"是指跃豆对自我的发觉——当跃豆本身成为一种时代隐喻，当方言及其羞愧感成为跃豆自身的潜意识，簕便由此在跃豆的内心蔓延。在新修建的"金洲路"上，跃豆面对一位拥有标准的普通话的姑娘时，回忆道："20 世纪 80 年代的南宁普通话不是这样的，浓厚的地方口音，是米粉和菠萝的混杂，怯场、自惭形秽。"[6]物非人亦非的故乡让秉持着冷漠的跃豆陷入两难。她既不得已地开始向内寻找记忆中的故乡，试图找到往昔的熟悉感，此时令她羞愧的方言却首当出现。作为归来者的跃豆尽管已融为普通话中的一员，尽管已拥有普通话般高傲冷漠的视角，但"乡音无改"已成为自己身上一种时代的象征，对方言的羞愧感已成为一种潜意识，它轻易地代替了本有的冷漠，成为一条随时都会优先出现的导火索，唤起跃豆对故乡北流的所有回忆。

在外生长的簕。面对普通话的方言令人羞愧，然而在陌生的语言环境下，方言却给予跃豆陌生的依靠感。《北流》的第一个"疏卷"中讲述了跃豆在香港的经历。在一场英语晚宴上，几乎放空的跃豆巧合与友人讲起粤语，此时"家

乡的狼蕨从墙上长出来，爬到她的脚底下"[7]。由此，方言的深根终于在跃豆心中开始生长，方言应有的亲切感与归属感在此刻发生。那个身处北流时便不断渴望向外追寻的跃豆此时终于停下脚步，向北流探出第一次回头。然而紧接着，跃豆补充道："她把自己的粤语称为广东乡下话。"在普通话的权威压制下，方言也被层层分级。面对正宗粤语，跃豆对方言羞怯感，准确地说是对处于语言底端的乡下话的羞怯感，与归属感的冲击交错相融。这或许就代表了此时跃豆心中的故乡，记忆中的北流不再，只能在外界的刺激下发觉自己对于故乡的繁复情感。这些对立的情感相互勾连却不矛盾，庞杂的情感链条难以构成清晰的逻辑，却从细微处建构起跃豆心中真实的北流样貌。

伸向未来的簕。抛却跃豆的主观限制，将叙述声音放置于未来时，作者对北流、对方言还会生长出哪些情感呢？全书接近结尾时，出现一章带有些许科幻色彩的"语膜/2066"。此章想象了在 2066 年因病毒导致人类逐渐丧失语言时开启的语膜工程。其中，收集北流语的工程因少有熟练掌握北流方言的人而异常艰难，只有两位老人勉强习得，

但都不如《李跃豆词典》的全面，故而这一工程不得已提前终结。作者在全书结尾添加如此独特的一章，几乎明示了对于方言消逝的危机感。此时，作者抛却了跃豆这一人物及跃豆作为叙述者的可能，以拉开时间的方式看似客观地讲述方言危机，但这无疑增添了《北流》全书中对于普通话与方言问题的情感态度——多样、矛盾、客观。多样意味着反省，矛盾意味着留恋，客观则意味着几乎超越个人情感的回望。

由此，林白在《北流》中展现出了与《一个人的战争》时期相比，更自觉且丰富的语言态度。将《一个人的战争》《玻璃虫》时期几乎不成体系的情感经验层层拓展，从个人讲述中不断生发，灵活地穿越在主人公的本我与超我、叙述者与隐含作者之间，以细微却足够共情的异乡人经历描摹出普通话与方言这一微小问题中的丰富的新时代乡愁。学者杨庆祥在《新南方写作：主体、版图与汉语书写的主权》一文提出，"新南方写作"的临界性特点包含了如何处理南方方言语系与北方方言语系之间的关系问题。林白《北流》无疑做出了出色的回应。她以《一个人的战争》时期的作品姿态为通道，在不断绵延的、狭窄

幽暗的个人体验中，在"出走—回归—再出走"的乡土文学规律之上，依旧坚持对自我视角的掌控，由此才能构成《北流》中对普通话与方言问题如此庞杂却耐人寻味的讲述。

二

《北流》的人称切换也是值得关注的一大特点。其中第一人称与第三人称的切换已是林白早期个人化写作的特色之一。

《一个人的战争》的故事讲述主要以第一人称"我"与第三人称"多米/她"展开。作者看似将两种人称自由转换，达到"我"与"多米"的视角几乎融合且叙事新颖的阅读效果，但细察之，不难发现其中的转换巧思："想象与真实，就像镜子与多米，她站在中间，看到两个自己。真实的自己，镜中的自己。二者互为辉映，变幻莫测，就像一个万花筒"[8]。"我"与"多米"就是如此在幻与真的交错中完成了对一位女孩故事的讲述。对其进行细致分类时，可以发现，"我"通常使用于姚琼、南丹、肥头等具体人物相关的讲述。而对"多米"的使用则通常为对记忆的追溯："女

孩多米犹如一只青涩坚硬的番石榴，结缀在 B 镇岁月的枝头上，穿过我的记忆闪闪发光。"[9] "多米"第三人称的使用有效而便捷地拉开时间距离，将多米锁定在记忆之中，同时在"我"与"多米"的转换中，不仅形成了贯通整部作品的哲思性命题——"多米，我们到底是谁？"[10]并且两者之间的叙述距离被拉开，作者用人称完成了对叙述时间的掌控。由此，假使我们暂时抛却"个人化写作"对《一个人的战争》这一作品的有力定义，"我"与"多米"的转换在某种程度上也应被视作南方特质的浅层表现——在幻与真中突破单一讲述而形成"荡开的""不安的"新的秩序[11]，以新的方式把控"时空"，尽管其营造出的想象维度仅限于个人的讲述与"时间"这一维度中。

而这些局限在《北流》中被逐一打破。在人称上，《北流》依旧采取第一人称与第三人称交替的讲述方式，在"我"与"她"的交错中完成对跃豆过去与现在的讲述。同时，更增添了第二人称"你"："你看见自己的声音单独浮在黄昏的农舍里，像一条细细的灰线，游到两头奶牛之间，与往时的学生邂逅"[12] "如此你应该自我批判：……这种荒唐的念头

是哪里来的"[13] "插秧的时候你感到他在身后……你并不知道自己那时暗恋"[14]。"你"这一人称在此刻化为冷峻的旁观视角，叙述者再一次跳脱出来，在第一人称与第三人称塑造的时间隧道中，用第二人称"你"增添了空间的对峙感。

"你"这一视角的出现通常涵盖两种态度。其一冷静而严峻，以"你"对当时的主人公发出旁观者客观的归纳或诘问。当跃豆得知一位县城女性的经历后，自问道："若你仍在这七线小城，也会成为一个生育机器吗？"[15]这既是已出走北流多年的跃豆此时向平行时空中选择另一条道路的自己发出诘问，也是跃豆反观自己命运的庆幸。"说实在话你实在太不争气了……你看不到他对你的践踏……你参不透这自虐心因何而起"[16]。这段《北流》中关于霍先的故事，也曾在《一个人的战争》《说吧，房间》中被讲述。不同的是，《北流》不再局限于对当事的讲述或当时情感的宣泄，"你"的排比性使用不仅消解了自我呢喃的局促与尴尬，更使当时的跃豆与此时的跃豆区分开来，在自我对立中反省，自我消解中得到教训，这是女性成长的全然写照，也是跃豆成长

的一处证明。由此，"你"的使用尽管依旧具有林白早期写作的私语性特质，但自我对峙的空间扩大，女性成长的通道与空间被完全打通。对"她"的讲述不再局限于"房间"之中，而是通过人称的转化自然地融进了北流记忆。

其二则充满虚幻感与流动性，即用"你"这一人称进入微小视角，对某一场景进行个人的意识流叙述。意识流的叙述方式常常出现于林白笔下，以此描写"我"的女性独特感受或经验。而《北流》中，"你"的使用增添了这些微小视角的文本意义，如"火车给你灵感，火车轻微的摇晃助你进入词语的连绵中"[17]。"火车"是《北流》中的一个重要意象，它是跃豆用时间度量空间的工具——火车不但象征着北流与南宁、武汉、北京等地之间遥远的距离，更代表着拥有更快速的交通工具的如今，再难重现或理解跃豆当年走出北流的艰辛。而"你"的使用似乎加剧了难以重现的悲切与怀念，在时间与空间都在不断更新、断裂的如今，"火车的轻微摇晃"成为跃豆在记忆中寻找北流的一处通道。因此，此时的视角不再限于与宏大视角对立的微小视角，而是作者站在时空通道的一种方式，以此自如地

构建自己，构建北流。

更值得关注的是，"你"虽为第二人称的使用，但在阅读过程中，却加强了叙述者以及主人公"我"的存在感。这是作家，尤其是女性作家与边地作家主体性的一种凸显。由此，《北流》不仅部分延续了林白个人视角的反省性与私密性，如学者何平在《时间的支流近处的语法——论〈北流〉》中所说："林白异常冷静，并且这种冷静的反思不是指向周遭的北流人，而是向内地指向了自己"[18]同时，时空的指涉在《北流》中获得了宽敞的场域，第二人称"你"对个人化视角进行补充与生发，多米的自我空间在跃豆这里被打开，由此，丰富的人称使无穷无尽的跃豆记忆与北流记忆在回忆、想象与真实的叠加中不断被增添、被构建。

三

诚然，以上对方言与人称转换两方面的讨论远不足以完整展现林白小说中原有的新南方性，本文在此粗略地说明林白小说中这些可被追溯的南方特质，旨在更深一步地讨论其可被追溯的美学贯通之处与实则被遮蔽的原因。

在学界对"新南方写作"的讨论中，学者王德威曾在《写在南方之南：潮汐、板块、走廊、风土》一文中评论林白是最早提及新南方"走廊"书写的当代作家："她以女性独特立场记录身体和心灵的奔波，南下北上，道阻且长。"[19]"走廊"这一概念在费孝通的社会学研究中，意味着打破省份、板块之间的僵化，强调空间之间的互动性。而在文学书写上，"走廊"则贯通南北西东，不限于地域书写，加以对南方之南的想象，由此形成"杂糅了写实与幻魅"[20]的文字特色。目前林白《北流》的研究多集中于讨论作者如何构建起代表着北流记忆的文学"走廊"，即局限于《北流》作品内部的交融，而本文将借由这一概念的双重意义，讨论林白作品中的新南方性如何构成其创作经历的绵延"走廊"，它曾如何伸展，又通向何方。

学界对林白创作的研究过程大致可以由三个阶段概括。在西方女性主义理论逐步渗入之际，《一个人的战争》《回廊之椅》等具有独特女性视角的作品出世于二十世纪九十年代。因此，对于林白早期作品的研究基本上基于"女权/女性主义写作"这一视角展开。而自林白《枕黄记》《妇女闲聊录》等作品发

表后，学界结合生态女性主义、存在主义、地理空间意义等理论跟进了林白创作转型的研究。尽管这些研究中出现了对林白小说"地理空间意义"的关注，但直至"新南方写作"这一理论的提出，林白小说《北去来辞》《北流》中的"新南方性"才逐渐开始被全面挖掘。在这三个阶段中，我们似乎难以辨别出一条系统的、连贯的、代表林白写作历程的"走廊"。那么一条足以归属林白创作路径的"走廊"究竟从何发生呢？

早期，对于林白《一个人的战争》《说吧，房间》等作品的"个人化"命名突出了其中女性独特经验的私密性，即区分普遍性、大众化的宏大讲述，这实则与强调"异质性"的"新南方写作"产生共语——关注作品中的新颖与陌生。林白前期作品多以大胆的笔触展示了女孩成长过程中不曾被公之于众的身体与情感经历，这对于发展至二十世纪九十年代的文学来说，无疑以具有突破性的题材延续了女性写作的脉络。同时，准自传式的写作将故事的叙述推入想象与真实的界限之间，真实的故事与虚幻的意识流相互支撑，将女性生存与感受中的乏味与奇幻通过陌生的方式表现出来，尽管所有的表述只身处于一处"房

间”之中。而又恰是这一“房间”的出现模糊地构架出当代文学中的“空间”概念，这与“新南方写作”的发源再次相通。被视为林白创作转型之代表的《妇女闲聊录》以极为口语化、朴素化的笔记体同样被斥于宏大讲述之外。尽管此时，林白的目光移至“房间”之外的世俗世界，但其粗糙的声音与未经加工的文字给予民间书写强有力的新鲜血液，不加修饰的原生态文字以强劲的生命感营造了“房间”之外的一处真实的旷野。这些“闲聊”的话语被听到、被记录，又在林白的作品中成为文学的一种，这是林白先锋姿态的一种证明——始终在寻找文学的边界，开拓文学的新地。而《北流》，则自然地集成了这一“异质性”，将代表着知识女性的跃豆视角与代表着民间的北流人视角相融，将私语化的讲述与粗糙的方言相接，看似两极的风格被林白统一于一部作品中，细腻中糅杂野性。同时，想象与真实的支流继续蔓延在北流记忆中，林白的创作“走廊”在长度上得以延续，在空间上得以扩大。真幻相融，他我难分。

另外，由于“新南方写作”对地理空间的强调，“异质性”更容易被认为是对“南方之南”的地理风貌书写，对

这一理解在朱山坡《新南方写作是一种异样的景观》一文中予以反驳，认为对于“挖掘地方奇特的风土人情，耸人听闻的怪人怪事，这是伪乡土写作”[21]，并以此延伸出“新南方写作”的“世界性”：“有现代的写作技巧、独立的写作姿态……为全世界提供有价值的内容和独特的个人体验。”这与较早期女权主义者提出的“个人的即政治的”这一口号有着共同的核心——关注个体经验，并以此发掘个体经验背后相关联的人性、性别或政治等宏大主题。而林白小说中最具共通力的便是她对个人经验的构建——无论是构建一处“房间”还是构建整个北流，林白都始终坚定地站在“个人”的立场上，寻找讲述的可能性，如学者何平所说：“不依靠任一种的远方，依旧能够讲述自己。”[22]无论是细腻的呢喃还是极富原生态的“倾偈”，林白都始终关注代表着独立话语的“你”“我”“她”，也因此，《北流》即使只讲述了北流一地的故事，却依旧能在北流之外找到“你们”“我们”和“她们”的共语。当批评界预言“个人化写作”即将穷途末路时，林白依旧凭借极富生命力的个人讲述延续着自己的创作“走廊”，并通过北流记忆，如

无穷无尽的植物般野蛮生长。

结 语

无论是林白二十世纪九十年代无意间与"女性写作"发生的碰撞，还是目前与"新南方写作"发生的交响，都并不是某种巧合。林白始终站在性别的边缘与地域的边缘把控着自我视角的灵动与顽强，以新颖的尝试在想象与真实中构建自我，构建北流。而当从中心走向边缘成为一种趋势时，注重边缘文化的理论则必然与林白相遇。这也是林白作品中的南方特质与"北流"一直存在而未被发掘的原因。理论的浪涌不断与林白的作品产生呼应，但似乎从未完整地与之重合，这也说明了林白自始至终都在以先锋的姿态探索着讲述的边界、文学的边界。同时，代表着林白创作的"走廊"并非静态，其也在不断吸纳着各样书写的可能，拓展着作品中想象的维度、情感的样态及指涉的空间，将源源不尽的北流人与北流故事放置于讲述的世界中，"走廊"由此伸展。

那么，"走廊"将通向何方呢？我们似乎难以预测。借由《李跃豆词典》结尾手记所说："返回能回到哪里去，

逃离又能离得多远？"本文对于林白作品南方特质的追溯也只是经由"新南方写作"这一概念而发生，对于林白写作"走廊"的探索需要对其作品进行更系统的梳理与整合，在相似的故事中挖掘焕新的意义，正如林白笔下反复书写的北流故事必定会在下一次的讲述中再次焕发出勃勃生机。

参考文献：

[1]廖雪霞,向雪琴.在语言中复活南方——《北流》的一种打开方式[J].广西民族师范学院学报,2022,39(06):28-33.DOI:10.19488/j.cnki.45-1378/g4.2022.06.006.

[2]林白:《一个人的战争》,广州:花城出版社,2015年,第190页。

[3]林白:《一个人的战争》,广州:花城出版社,2015年,第143页。

[4]林白:《北流》,武汉:长江文艺出版社,2023年,第1页。

[5]林白:《北流》,武汉:长江文艺出版社,2023年,第3页。

[6]林白:《北流》,武汉:长江文艺出版社,2023年,第9页。

[7]林白:《北流》,武汉:长江文艺出版社,2023年,第99页。

[8]林白:《一个人的战争》,广州:花城出版社,2015年,第26页。

[9]林白:《一个人的战争》,广州:

花城出版社，2015 年，第 73 页。

[10]林白：《一个人的战争》，广州：花城出版社，2015 年，第 154 页。

[11] 林森.蓬勃的陌生——我所理解的新南方写作 [J].南方文坛,2021(03):57-58.DOI:10.14065/j.cnki.nfwt.2021.03.011.

[12] 林白：《北流》，武汉：长江文艺出版社，2023 年，第 2 页。

[13] 林白：《北流》，武汉：长江文艺出版社，2023 年，第 115 页。

[14] 林白：《北流》，武汉：长江文艺出版社，2023 年，第 66 页。

[15] 林白：《北流》，武汉：长江文艺出版社，2023 年，第 25 页。

[16] 林白：《北流》，武汉：长江文艺出版社，2023 年，第 178 页。

[17] 林白：《北流》，武汉：长江文艺出版社，2023 年，第 22 页。

[18]何平.时间的支流近处的语法——论《北流》[J].中国当代文学研究,2023,(03):167-175.

[19] 王德威.写在南方之南：潮汐、板块、走廊、风土 [J].南方文坛,2023,(01):89-91.DOI:10.14065/j.cnki.nfwt.2023.01.021.

[20] 王德威.写在南方之南：潮汐、板块、走廊、风土 [J].南方文坛,2023,(01):89-91.DOI:10.14065/j.cnki.nfwt.2023.01.021.

[21] 朱山坡.新南方写作是一种异样的景观 [J].南 方 文 坛,2021(03):59-60.DOI:10.14065/j.cnki.nfwt.2021.03.012.

[22]何平.时间的支流近处的语法——论《北流》[J].中国当代文学研究,2023,(03):167-175.

流 动 与 绵 延

——《北流》、"生活流"、影像及其他

蔡岩峣

一

再读《北流》时，欧内斯特·海明威的书名《流动的盛宴》在我脑海里浮现，我对这个书名，及它所传达的意义感到迷恋。《北流》是一席盛宴，林白用文字显影，捧出独属于她的"北流"影像，满足了读者饕餮的胃口。进入这部小说，读者不断张开口吞吃生词、生字、生面孔、生的植物，这些鲜生的载体共同构成了一个文学的"南方共和国"，而"北流"也已成为这一文学"南

方共和国"的重镇。在现实的地理版图中，北流或许只是玉林下辖的一座"七级城市"（林白语），但在人文和文学地理的意义上，它的价值却无比丰饶。因此，当小说里日常生活世界的渺小与博大同时向读者袒露，他们的直观感受必然是身体的酥麻，继而转为震动。林白的小说叙述与海明威的冷静节制截然相反，她铺陈，意象汪洋，方言恣肆，一如钟情的故土水汽丰沛，草木葳蕤。但海明威的心态却被她共享，"如果你有幸年轻时在巴黎生活过。那么你此后

一生中不论去到哪里她都与你同在，因为巴黎是一席流动的盛宴。"[1] 如此深情的告白，同样适用于北流。

与海明威的自传性写作不同，《北流》到底是一部小说。虽然这部小说与作者的亲身经历及此前的作品相互勾连，彼此牵扯，但把自传等同于虚构毕竟轻浮。而说到小说，则绕不开叙事的艺术。《北流》里的叙事结构贺绍俊称之为"麻花体"[2]，晏杰雄称之为"方志体"[3]，孙郁认为有"毕达哥拉斯文体"[4] 的神韵，林白自己的解释是从"降落伞"结构到"注、疏"结构。这些评论都有见地。我的看法是，《北流》里的叙事是一股"生活流"。

"生活流"这个词，最早在波拉尼奥的短篇小说中捕捉到，无关理论的预设，更接近阅读时的直觉闪现。"生活流"其词本身表现为一种由语言作为本体的，对现实生活的轻快摄录。它不同于意识流，意识流意图表现人类精神世界的无意识流动，而生活流则试图将无意识部分地抽离生活的本体，使现实还原为现实原本该有的样子。但它同时又保留了意识流的某些特点，比如蓄意弱化剪裁，又绝非没有匠心。好像小说家随身携带 Go-pro 上街漫步，随手拍摄

的影像。这些影像充满了灵动与天赋（波拉尼奥对单括号的运用即此种"剪辑"艺术的最佳例证）。

在短篇小说中，情节不是小说叙事的核心，有关于此已有不少著名作家强调过，甚至有些写作的老手会据此评判一位写作者是写作的新人抑或根本不入流。但这种观念无疑属于现代，它既不是中国古典小说的主流，也不是西方古典小说的主流。而从"传统"到"现代"，作者的认知发生转换，每个人都有具体的凭借。或许是 80 年代"先锋小说"；或许是美国当代小说或第三世界的当代写作；又或者是通过电影，"第六代"导演的作品分享着相似的意识；绘画亦可传导观念，林白就强调亨利·卢梭的《梦》影响了《北流》的写作，而批评家方岩则在《北流》中看到了他钟情的画家张晓刚的画作《舞台 3 号：城堡》；音乐亦不缺席，肖斯塔科维奇的爵士舞曲和交响乐如此梦幻，应该不止对余华一位作家有着特殊的意义。但我想说的是，短篇小说集《地球上最后的夜晚》彻底地改变了我，在长篇小说中，此种"生活流"叙述却未必奏效。就像对《荒野侦探》的阅读，就没有取得与短篇小说同样的效果。几年后再回看，这种认

识其实也言时尚早。新近出版的长篇纷纷采用"生活流"叙述，尤其是以《北流》为代表的"新南方写作"，《流俗地》《潮汐图》《燕食记》……一众出彩的长篇莫不如是。这是小说家观念的更新，还是时代审美的症候？

二

关于《北流》，我感兴趣的并不是情节的解密，毋宁说是它为何如此叙述。在今天，不得不承认长篇小说正悄悄地融化，它不像夏天的冰糕，在烈日的曝晒下迅速由冰融化为奶油，而是像玻璃柜里的糖人，在全球性气温的隐秘性升高中，由透明的糖稀融化为纸上的糖液。在过去的 20 年里，长篇小说的强情节叙述被弱情节叙述取代，这导致的直接后果是长篇小说——这一代表了时代的庄严文体，正无可避免地由固态化为液态。用一种学理性的阐释，则是长篇小说正由文字的小说变为影像的小说。

理解小说的流动与绵延我试图借助巴赞。在从文字印刷时代向文字影像时代过渡的进程里，我们没有察觉，影像观念已对一切事物产生了无可挽回的影响。回到半个世纪前，巴赞对电影蒙太

奇的批判，似乎能被借来理解今天的小说艺术。真实，或许是我们这个时代最后的，关于小说艺术的底线。那么，真实到底是什么？在回答这个问题前，可能先要把影像搞清楚。巴赞认为："所谓'影像'，是泛指被摄事物再现于银幕时一切新增添的东西。这种增添是复杂的，但基本上可以归纳为以下两类：影像的造型和蒙太奇的手段（而蒙太奇又不外乎是影像在时间中的组合）。"[5] 小说与真实的关系就类比于影像与被摄事物。真实必然要在被小说捕获时，才成为影像。安德烈·马尔罗在《电影心理学简论》中指出，蒙太奇标志着电影作为艺术的诞生，因为它把电影与简单的活动照片真正区分开来，使其终于成为一种语言。而我们如果认同这种说法，那么今天的小说对于真实的捕获，正是在造型与蒙太奇之间更倾向于后者而变得越来越影像化。也即，如果我们认为小说的叙事结构可以类比为蒙太奇，那么今天的长篇小说太过而不是太少对结构剪辑产生了依赖，这使得小说变成了"电影"。在巴赞看来，蒙太奇的组合千变万化，但它们的共同特点是，它们仅仅从各影像的联系中创造出了影像本身未含有的意义。这伤害了小说，因为

它伤害了小说的真实。

因此,当我在林白的创作谈里看到,她想把"北流"变成一种容器,一种可以无限延伸,无限写下去的,容纳万事万物的容器时,我反而感到惋惜。这种惋惜是林白仍然需要在小说里乞灵于某种结构——"注、疏体"来为自己的创作正名。这种情结,在霍香结的《铜座全集》里是"方志"结构,在葛亮的《燕食记》里则是"食单"。虽然《北流》打破了我对于长篇小说结构的一般性理解,但它仍然体现出现代作家内心无法驱散的,关于长篇小说结构本体论的幽灵。但,现实又不皆然。黎紫书的《流俗地》和林棹的《潮汐图》彻底地放弃了结构,后者以几乎不可读的形式,书写了一只珠江巨蛙的生命流变与粤地开埠史,而前者,则在用尽现代主义笔法的炫技后冷静地坐下来,细细地讲述一段盲女银霞的人生故事(王德威语)。

在我看来,"新南方写作"的意义正在于它已是当下小说从"蒙太奇影像"到"真实影像"的转化先驱,是长篇小说文体变革的先锋。因此,在上文中描述的各部小说关于文体结构的细微区别,似乎又可以宽容。因为,无论是《北流》还是《流俗地》,我认为它们都在向同一个方向努力,只不过探索的小径略有不同。质言之,如果我认同《北流》中的叙事是一股"生活流",那么我亦不会真的以为《铜座全集》就是一部人类学厚描的学术著作,它们与《潮汐图》《流俗地》一样,都对长篇小说新的表现形式展开了探索。

在流动与绵延的写作中,我认为林白已经意识到了长篇小说"真实"的重要性。作者不再需要在小说的叙事内容之内再搭建舞台,并人为地创造世界。当面对经验、事实、记忆和历史本身时,这些人为的搭建显得苍白无力。小说的叙事逻辑在这里可能发生了某种根本性的转换。写小说,就等于写真实。

三

至此,或许我们可以进一步思考,长篇小说的"真实"究竟应该如何书写。或者把这个问题先变得简单些,作为影像化的长篇,《北流》如何写出了它的"真实性"?我仍然试图借助巴赞讨论两个问题:一、《北流》里的语言为小说的"真实"提供了某种景深结构,二、《北流》里的叙事,是一种"事实—叙述"。

在讨论《北流》的语言之前,我想

先举电影的例子。2016年，一部电影如流星般划过中国电影界的上空，我认为这部电影是国内近年来（截止到目前）最好的一部艺术电影——毕赣的《路边野餐》。如果看过这部电影，又恰巧读过《北流》，那么应该知道我在说什么。在这两部作品中，我发现了电影作为小说，与小说作为电影的双重证明。或者说，小说与电影在"现实的渐近线"之处重逢。

林白的《北流》是一部归乡之作，小说场景在北流、香港与滇中来回切换。毕赣的《Kaili Blues》（影片英文名，凯里蓝调），同样是一部归乡之作，主人公陈升在黔东南的凯里、荡麦、镇远的路上颠簸。如果我们摒弃掉关于小说与电影这两种艺术的本质区隔，那么可以认为这两部作品都是关于"语言"的艺术，是关于作为"生活流"的语言的艺术。恰巧的是，毕赣的文学"教父"亦是智利流亡作家波拉尼奥。

为了使讨论对象有所限定，我在此只切割下作为"语言"艺术中的一小部分——方言，来进行讨论。林白在《北流》里使用的方言是广西"勾漏"片方言，属于粤方言的一支，但较为重要，其中包含了古粤语的诸多特性。毕赣在

电影里使用的凯里方言，亦是黔东南方言分支，且深具代表性。林白对方言的使用十分看重，她自陈2016年去香港浸会大学参会时听到粤语的经历，直接促使她写下这部小说。"小说最终不是要留下一段故事——故事是为了让我们理解这个地方为什么是这么来的——小说最终记录的是时代的背景语言。"[6]作为《北流》的重要组成部分，林白单独撰写了支册与别册的内容，其分别是《李跃豆词典》和《织字》。但我们可以察觉，《北流》中的方言与《路边野餐》中的方言作为一种"表现主义"要素，其实并不完整。《北流》中的方言缺陷在于，它能让读者看懂，却无法用正确的声音来读（粤语地区的读者自然除外），因此它缺少了方言作为语音听觉的意义。而电影中的方言恰恰相反，它的缺陷在于，能使观众听见并感受到黔方言的魅力，但却无法领会它作为文字的呈现，即电影中的字幕事实上放弃了作为人文记录的功能。因此无论是小说还是电影，为了使方言进入到艺术的"形式"，都不得不作出了牺牲。

再以林白和毕赣都钟情的诗歌作为例子。《北流》的开篇《植物志》中，林白恰恰没有使用方言进行叙述。因此，

作为一部长篇小说，我认为普通话正音文字的《植物志》，仍然是把这部小说的空间当作一种"观念世界"即"博物志世界"，而非"方言世界"即"语言世界"，引导读者进入。在毕赣的《路边野餐》里，诗句以方言的形式朗诵出来，诗独白的形式显然也与影像的形式极不协调，它作为一种背景噪音，一种人工的仿制基底，被强行地安插到了影像之中。但神奇的是，在两部作品的整体叙述中，这种连续性的方言呈现又反过来超越了上述的文本裂隙。在《北流》里，林白运用方言组织叙述语体，填补了文本观念化的琐碎处，因而挽救了《北流》作为现实的"南方"生活场景。而《路边野餐》中，方言作为人物的对话，亦给影像的无意义流动提供了情感黏合剂，这使得叙事能够被理解而不是彻底陷入虚无之中。因此，无论是小说还是电影中的方言呈现，都再次使作品变得天衣无缝。

在这种方言的脱节与叶韵之间，我认为体现的恰是语言之于文本的"景深结构"。对于《北流》来说，所谓的小说语言的"景深结构"，也即小说语言使小说中可被理解的现实内容无限丰富，它未必要求读者一定能够看见，但它确实存在着，并永恒提供着被看见的可能。而具体到方言，这种"景深结构"提供了至少两个方面的意义：其一，它使小说人为地增加了阅读难度，以便读者随时可以停下来休息，仿佛旅行者在沙石的路面而非柏油的路面行脚；其二，它使小说的质地变得更厚，使得长篇小说不再作为一次性阅读的休闲品——故事，而是可以当作语言现象学的人文记录，贡献了被反复阅读的可能。

如果说在今天长篇小说仍然是一种时空的艺术，那么在长度、空间不变的情况下，小说的内容因此而变得更丰盈，小说所呈现的意义世界也就无限地向外部世界延伸。经由语言的主动连接，小说的结构变得更加离心、扩散，而非相反。巴赞说："景深镜头使观众与影像的关系更贴近他们与现实的关系……景深镜头要求观众更积极地思考。"[7] 小说语言的这种景深化，在最基础的层面决定了小说可以开始流动。

四

从流动到绵延，小说的意义进一步在飞升。在解释了小说语言的"景深结构"之后，理解小说中的叙事是一种"事实—叙述"也就变得更加容易了。

对于习惯阅读新世纪以来长篇小说的读者，阅读《北流》可能有诸多不适应。这部小说没有完整的情节，叙事过程更像是画面的不断联结和绵延。在一帧帧画面中，人物仿佛处于永恒的移动之中。当摄影机镜头固定地拍摄某一场景之时，不断有多个不属于这一画面的人物在这一画面中出现，并同时插入声音的旁白。而与此同时，作者又喜欢安插一个角色从斜刺里杀出，调动非固定镜头跟随拍摄，向着另外的场景穿梭自如。

小说中，李跃豆的亲族谱系、梁远照（跃豆的母亲）的好友谱系组成的整体人物结构，将小说里已经变成记忆之物的现实，织成了一张巨网，便于作家自由地对经验的细节和日常的碎片进行打捞。因此，当批评者强行给《北流》进行情节归纳时是无效的。在影像化的"生活流"叙述中，任何一个镜头的拍摄都有可能成为该段叙事的中心。以林白着墨最多的人物李跃豆和罗世饶为例，读者几乎很难判断他们的生命中究竟哪一个瞬间，或他们在小说中出现的哪一时分是最为关键的。叙事的流动本身大过了叙事中人物命运的戏剧性冲突，这造成的效果是，人物的命运和小说的艺术效果开始绵延。

巴赞曾激进地指出意大利电影美学（新现实主义）与美国小说的电影化手法相呼应，这种呼应也即两者的风格特色——叙述结构相接近，也就是福克纳、海明威和多斯·帕索斯的小说所呈现的事实布局对电影的拍摄有着绝对的吸引力。有鉴于此，电影与诗歌、绘画和戏剧艺术明显对立，而日益接近于小说。巴赞据此提出"事实—影像"观点："电影叙事单元不是'镜头'，不是对被分解的现实的抽象视点，而是'事实'。这是具体现实的片段，而现实本身是多面的和多义的，它的确切含义只是在悟出它与另一事件的联系后才能逆推出来。"[8]而对于事实完整性的尊重又使得巴赞作出如下约束："'事实—影像'的本性不仅在于与其他'事实—影像'保持联想性关系，而是在于影像的离心特性，可以构成叙事的特性（巴赞据此挑战蒙太奇）。每个影像单独看上去只是现实的一个片段，现实存在先于含义，银幕的整个表面应当再现出同样的实在密度。"[9]

在《北流》这一文本中，这种近似的绵密的"事实—叙述"——一种将外部世界的经验素材自由连缀，赋予其更多能动性和可能性的叙述，被林白组织地相当充分，叙事成为影像的长轴画面，读者流连其间难免驻足欣赏。但不得不进一步指出，这种尽可能保留素材和经验真实性的"事实—叙述"，始终以"真实"作为叙述的依归。因此，作者将解释的权力尽可能地交给了读者，而只负责提供一个敞视的世界。这种权力的交割在某种程度上也正是我所谓的，小说的叙述从流动向绵延飞升。它并不同于20 世纪 80 年代"先锋小说"叙述的那种多向歧义性和不可解（虽然林白也是玩弄"先锋叙述"的高手），相反，它对现实世界无比关注。在我看来，《北流》中"火车笔记"和"滇中"部分无疑具有某种宗教说法和启示录的意味。它一方面讲述了现代灵修生活触及到的现代人心灵病症，另一方面又揭示出因宗教信仰而导致的虚伪和再度不自由。而小说的通篇，以《哈德良回忆录》手法所进行的，对个人记忆和历史、时代的疏证，又超越了一般性的作家思辨和自传书写，呈现出了更高维度的无言与留白效果。

因此，如果说叙述的流动只是形式，那么叙述的绵延则具备了真理性。正如

批评家杨庆祥对"新南方写作"所指出的："历史不是题材，更不是某一教义的附庸，而是一种抗辩、一种主动的逃逸、一种基于真实生命体验的建构……在文学书写里，它更指向一种'可能性'的虚构、想象和编目。"[10] 当代作家的历史承担是保护和尊重这种"可能性"虚构的权力。我欣喜地看到了《北流》用粤语，继《繁花》之后继续开启着当代小说的"有声时代"。这种"可能性"的虚构将是挑战这个时代"虚无主义"的有力武器之一。我们需要警醒的只是，还剩下多少作家愿意选择并继续发扬这种承担？历史的书写已经如此窘迫，乘骐骥以驰骋兮，来吾道夫先路。

作者简介：蔡岩峣，北京师范大学文学院博士生，关注新世纪文学现象研究与当代小说批评，兼及小说、诗歌创作。作品见《中国文学批评》《文艺争鸣》《当代文坛》《北京文学》《作品》《长江文艺》等。

参考文献：

[1] ［美］欧内斯特·海明威：《流动的盛宴》，汤永宽译，上海译文出版社 2016 年版，第 3 页。

[2] 贺绍俊：《个人化的宏大叙事——读林白的〈北流〉随感》,《当代作家评论》2021 年第 6 期。

[3] 晏杰雄:《新时代方志体长篇小说的文体特征》,《中国文学批评》2023 年第 3 期。

[4] 孙郁:《北流札记》,《南方文坛》2022 年第 3 期。

[5]［法］安德烈·巴赞:《电影是什么？》,崔君衍译,商务印书馆 2017 年版，第 58 页。

[6] 舒晋瑜 林白:《希望〈北流〉装得下我全部的感受》,《中华读书报》2023-11-01(018)。

[7]［法］安德烈·巴赞:《电影是什么？》,崔君衍译,商务印书馆 2017 年版，第 70 页。

[8]［法］安德烈·巴赞:《电影是什么？》,崔君衍译,商务印书馆 2017 年版，第 271 页。

[9]［法］安德烈·巴赞:《电影是什么？》,崔君衍译,商务印书馆 2017 年版，第 271-272 页。

[10] 杨庆祥:《再谈"新南方写作"：地方性、语言和历史》,《广州文艺》2022 年第 12 期。

林白小说《北流》中的地方经验

胡家愿

摘要：在当代文坛，林白被认为是"个人化写作"和"女性写作"的代表性人物之一，此外她的作品中的地方经验也极具特色。林白惯常以故乡北流为故事背景，根据作者的家乡记忆，描绘出桂东南独特的自然景观和人文风俗，其语言也运用了当地常用口语，展现出富有魅力的桂东南地域特色。本文第一部分通过分析对故乡"北流"的眷念、地域意识、怀乡病的现代性意味三个方面来探讨林白小说现代怀乡意识的生成，第二部分以《北流》小说中地方植物、童谣、地域方言这三个方面来探讨林白小说《北流》中的地方经验的具体表现，第三部分探究小说对地方风俗文化传承的启示，以及"新南方写作"的文化意蕴，揭示小说创建的地方特色的独特意义。

关键词：林白；《北流》；地方经验

引　言

在中国当代小说创作中，林白擅长于"个人化写作"和"女性写作"，其代表作《一个人的战争》《北去来辞》《妇女闲聊录》都取得了不少成就。在林白的小说中地方经验是一个重要的特色，林白习惯将故事的背景定位于她所熟习的故乡，将心灵深处的关于地方的生命意识与小说人物进行碰撞，书写出极具魅力的南国小镇的地域特色，描绘出充满地方性的文学作品，是作家独有的地方风采创作。林白生于北流，长于北流，在她的脑海中印记着北流的朝朝夕夕、一花一木、人情风俗，于是她提笔创作，完成了许多带着北流记忆的文学作品。《北流》的起点来源于一条独特的河流，它位于中国版图的南方边陲小镇北流，穿越年代的河流，七八十年代的北流关乎着每一个人、每一花草树木、每一童谣，这里的语言，这里的风俗，鲜明地展现着一个时代的面貌。《北流》将属于边城小镇北流市的地域特色与个人经验融合起来，小说的沧海桑田正是林白的沧海桑田，其中的地方经验正是林白的成长所在，在一个个碎片化的叙述中，拼凑出林白小说《北流》中的人间烟火世界。林白小说《北流》中独具特色的地方经验，清晰了年代下的烙印，展现了极具魅力的地方特色，影响着小说界的个性化创作，体现出地方文化的独特意蕴。

一、现代怀乡意识的生成

（一）对故乡"北流"的眷念

丰富的生活经历、个人体验是作家创作取之不尽、用之不竭的宝藏源泉所在，一部优秀的作品总是根源于生活，

升华于生活。北京是老舍成长的摇篮，他深深地眷恋着故土，深谙北京市民阶层的生活状态与精神需求，因此他的小说展示了丰富多彩的北京风俗画卷，形成了浓郁的"京味"小说；赵树理出身山西小县城的一个贫苦农民家庭，根植于晋东南这片故土，他热爱农民，熟悉农村，展现了淳朴深厚的地域民俗特色，开创了"山药蛋派"的写作风格。在文学史上诸如此类的作家不胜其数，林白也不例外。

林白于20世纪50年代末出生在中国南方的边陲小镇北流，在那里度过了她的童年时光。林白的童年是灰暗的，她自幼丧父，母亲再嫁，长期一个人的生活使得她独立却充满孤独，小地方使她感到压抑，她急切地想要逃离家乡，寻求精神上的解脱与归宿。于是她一步步地出走，一步步地远离，她不断地靠近大城市而逃离故乡，试图斩断与故乡的一切联系。林白小说《一个人的战争》中的多米就是林白逃离故乡的尝试。在新作《北流》中跃豆同样是一个不断远走故乡的人物，跃豆向往大城市，厌恶小地方的窒息感，她最终还是去寻找崭新的东西。但另一方面，林白小说中还透露出了对故乡北流深深的眷恋之情。

当林白真正的逃离故乡后，才猛然发现故乡已经藏在灵魂深处，她越是逃离，心中的故乡情就越是热烈。自小跟随她的孤独感并没有因为大城市的喧嚣而消逝，反而愈演愈烈，林白漂泊在大城市中间得不到任何的归属感。于是她选择回望她曾经逃离的故乡，企图在回忆中寻求温暖与灵魂的栖息地。《北流》中的跃豆青年时向往大城市，试图割裂与故乡的一切联系，并在大城市开始了新的生活，但心中的故乡已然扎下了根，无论她走到哪也无法摆脱对故乡的依恋，跃豆在晚年借着"作家返乡"的活动终于再次回到了故乡。跃豆返乡的安排其实就是林白回归故乡的一种满足，其中自然夹杂着她对故土的怀念。

林白对故乡的情感是复杂的，年少时的不幸经历让她急切地想要逃离，当真正逃离后，在外的漂泊又激起了她对故乡依恋之情，她无法真正忘却土生土长的故乡，林白借小说的书写一次次的回望故乡，寻找精神的落脚点。

（二）地域意识

地域意识对文学作家来说并不陌生，文学史上有不少地域意识强烈的作家，如老舍、莫言，沈从文自不必说，他笔下的湘西世界受到世人无尽的青睐。一个民族共同体不断繁衍生息，相对应的地域文化也不断成型，从而影响着文学的创作。北流是林白的故乡，正所谓"一方水土养育一方人"，北流的山水养育了世世代代的北流人，也孕育了独特的地域文化，透过林白的小说，可以窥探其中强烈的地域意识。

首先，地域意识包括一个地方的人文环境，它是自然植物、河流山脉与老街窄巷、住宅房屋的有机组成，是区别于其他地域的有效标识。林白作为地地道道的北流人，她的小说多以北流为蓝本展开。长篇小说《北流》中也可以清晰的见到北流的影子。《北流》中首先映入眼帘的是那旧医院宿舍，小说中关于旧医院宿舍的地理空间描述可谓详细，不厌其烦地在多处提到。操场、旧产科、太平间，以及紧挨太平间的那翕木瓜，它凝望着一切，还有食堂和外科病房等等，关于旧医院宿舍的位置林白总是细腻的描述着，以及这里发生的故事。整合小说来看，还可以看到一个有着众多亚热带植物、北流河、独特饮食习惯和风俗民情的桂东南小镇。其次，地域意识还包括一个地方的意识观念，指的是在一个民族共同体的思想观念和心理特征。在林白笔下，人物具有原始生命力的鲜活的、野蛮的气质，例如梁远照六十五岁仍敢只身勇闯广东，她有气概，有气势；泽红放弃了全广西最好的骨科医院护士的工作，放弃南宁户口，跟着一个男人私奔了；泽鲜也为追寻爱情而放弃了艺术和小学教师的职位，一路颠沛流离后过着隐世般的生活。在他们身上都有着一股北流人的韧劲，野蛮而不羁。《北流》展示了一个汹涌澎湃、具有旺盛生命力的世界，这是一个地域特色，也是一个文化整体。

地域意识的达成，其实也是现代文明的反思。当现代文明冲击着过往的传统，往往会引起新的一轮思考，作家通过文字传达自我的见解与答案，来回应时代的困惑。《北流》中人物的出走与回归都是一种姿态，引人深思。

（三）怀乡病的现代性意味

在20世纪新文化运动之后，受到新思潮的启蒙，许多知识分子推崇"西式"文化，他们向往大都市，憧憬繁华的新世界，却在一次次的碰壁后失望而返，于是这些知识分子重新审视故乡，企图在"回望"故乡中寻找自我救赎的乌托邦，安放漂泊在外的灵魂。在郁达夫的小说中，显而易见的厌恶都市文明；茅盾笔下的上海新世界，充满着糜烂腐败的气息；巴金《寒夜》中的社会是病态、冷酷的。知识分子在现代都市里感到令人窒息的不适，他们逐渐认识到这样的现代文明并不是他们理想的归宿，他们想要冲破西式文明的困境，便把目光投到了故土中去，萌生了浓郁的"乡愁"氛围。比如沈从文创造了一个自然、纯真、充满人性美的湘西古城，意在对抗被现代文明污染了的故乡。许多知识分子对故乡产生了乡愁情绪，在与现代文明的对抗中重新认识传统文化，对故土的眷恋使他们找到了一丝心灵的依靠。

怀乡情绪的输出意在通过探寻现代人的生存境遇，以重新审视现代文明，重新理解传统文化。现代文明有着热闹繁华的都市，忙碌的步伐充斥着柏油路上的斑马线，具有自觉意识的都市人一边麻木一边拼命挣扎。生存的困境促使人们开始回望家乡，试图在回望中找到精神的归依。文学作家在乡愁中不断审视现代文明，自觉守护以乡村本土文化为代表的中华民族五千年的传统文明，以一种返璞归真的姿态来回应人们对现代文明的困惑与迷茫，以反抗现代都市文明对一切本真、自然的消解，体现现代人自我救赎、自我反思的一面。林白切身感受了都市文明的冷漠与压抑，孤独的深渊把她带回故土的回忆中去，她在乡愁中亲切地体验到了家乡的温暖。关乎故乡的怀念又是对于现代文明的反思，北流对林白的意义是一所精神的乌托邦，回到故土仿佛漂泊的灵魂也有了依靠，而这种依靠的底气在于扎根而生的传统文明。对都市文明的现代性反思促使林白对故乡传统文化产生了强烈的文化认同感，在《北流》生命意识的抵达中完成精神家园的守望。

怀乡病是一种怀旧情绪，出现在现代文明与传统文明之间，而传统文明的代表往往就是作家的故乡，依靠着童年记忆不断扩张心灵的栖息地，在怀乡中反思现代文明，守望精神的故土。

二、地方经验的书写：北流的生命意识

（一）植物：南方小镇的意象

在文学史上，植物意象具有丰富的古典文化内涵，历来为诗文所用。《诗经》作为一部最早的诗歌集，也包含了大量的植物描写，孔子及其弟子所著《论语》的《阳货篇》有言："小子何莫学夫诗。诗，可以兴，可以观，可以群，可以怨。迩之事父，远之事君；多识于鸟兽草木之名。"[1] 读《诗经》我们可以了解到许多彼时彼地的植物，繁多又

新异，读来增长见识，扩宽眼界。植物意象从古典文学直至今天的创作，它的身影从未消失。无论是莫言笔下象征着旺盛生命力的红高粱，或者是沈从文所描绘的湘西世界里寓意美好纯洁爱情的虎耳草，又或者是汪曾祺作品《老鲁》中饱含生命力的枣树，都彰显着植物意象的独特审美意蕴。植物自有其特有的地域生长条件，当它作为意象进入文学中，文学便难以避免的带上了一定的地方色彩。如沈从文成长在湘西边陲小镇，他笔下的一草一木都是湘西世界里所特有的，是具有强烈个人地域色彩的文学创作。林白成长于北流，她的创作不免也染上北流的地域痕迹，带上了独特的个人风格魅力。

《北流》开篇便以一首长诗《植物志》为序，诗篇中涉及了大量的植物，透过各种各样的植物意象，可以看到一个种类繁多、奇珍异兽的南国之地，带着强烈的桂东南的地理标签。"无尽的植物从时间中涌来"[2]4，这是诗篇的第一句，林白出生在北流，虽成年后多生活在北京，但故乡的一事一物仍对她有着不可磨灭的影响。故乡的植物带给她无尽的念想，一段历史记忆奔涌而来。

故事由"作家返乡"活动开启。紧

跟主人公"跃豆"的步伐，可以看到旧医院宿舍的那棵大芒果树，当再一次返乡时，那里仅剩树兜，一切都变得出奇的空，在林白从远方返回故乡后，这里的"空"首先就映衬在仅剩树兜的芒果树中，恍惚间，故乡是既熟悉又陌生，夹杂着许多许多的植物继续奔涌而来。老荔枝树、棕榈树、榕树、人面果树、木棉树、凤凰木、龙眼树、水葡萄树、鸡蛋花树、木瓜树、尤加利树、苦楝树、芭蕉木、马尾松、红豆树等等，数不清的树接踵而来，映入眼帘的是属于桂东南风貌的植物园，镶嵌进林白创造的北流世界中。无论是棕榈树带有的某种神秘气息，它气派、遥远、洋气，有着一种洋派的休闲气质，还是在异样的气氛下呈现灰色的红豆树，它青翠隐在深夜，带着某种灰暗的意味，又或者是打太平房伸出来的木瓜树，它站在那里静悄悄的观望着一切，这些树带着林白的念想频频出现，饱含着作者的情思。值得注意的是，关于故乡的记忆还有在树上的世界。主人公跃豆儿时就已与树结下了深刻地情谊，她爬树偷过龙眼，偷过芒果李子番石榴还有杨桃，杨梅也不例外，遇上没有挂果的树她也是要爬上树杈坐几分钟，与其说是果子在引诱她

去爬树，倒不如说攀爬树杈的乐趣实在是更逗人。伴随着这样的时光，林白笔下的跃豆度过了她的童年。同样贪恋树上世界的还有小五，她是跃豆的表哥。表哥罗世饶上学的方式很特别，他"两双光脚以犸佬般的轻盈跃上了那畲鸡蛋花树，然后再跳到最近的万寿果树上，从万寿果树到大榕树，到一畲马尾松，他们揪着马尾松长长的枝条荡到至高的玉兰树"[3]20，经过一套动作下来才来到小学，树上世界实属北流小孩的独特记忆。

除繁多的树外，还有各色各样的花，五色花、指甲花、黄花槐、羊蹄甲、三角梅、七叶一枝花、玉兰花等等。其中，五色花是"跃豆"返乡后急切想要寻找的一种，主人公跃豆对五色花的记忆深入骨髓，在那双脚烂掉的日子里，是用五色花熬药才得以解脱。黄花槐和羊蹄甲的出现往往带着一种欢喜的乐意，三角梅是繁盛且艳红的，很是旺盛，七叶一枝花是能治得流行性乙型脑炎和医好胃痛阑尾炎猪红腮的神奇药草。小说中还有着不尽相同的植物，是空心菜、红薯叶、紫苏、薄荷、杨梅、牛甘子、黏子，还是狼蕨、芦荟。狼蕨是属于外婆家的记忆，是一种生命力旺盛的草，以

至于跃豆后来走到香港看到这种草，第一想到的就是外婆家的狼蕨，在年代的墙体上疯长，也在心中疯长。关于北流植物，仿佛早已消耗了的东西，在某一刻又浮现眼前，这一次，林白用文字把它记录下来了。

"你永远喜欢汹涌澎湃的植物和他们的无穷无尽。"[3]70 在林白小说《北流》中，生长着旺盛的植物园，这里是桂东南的自然景观和地理风貌，养育着同样具有顽强生命力的人民，她们根植于此，即使远飘他乡，仍在心中涌动着家乡南国小镇的植物。

（二）童谣：散落地方的音符

童谣是"流传于民间的儿童歌谣。一般多为句短字少、容易记忆、朗读上口的短诗"。[4] 童谣多是为儿童而做，中国古代的童谣展现出儿童对世界充满想象力的懵懂认知，常常既天真烂漫又想象奇特。在林白创造的北流世界里，童谣在孩子心中占据着一定的地位。从童谣与现实生活的联系来看，童谣又是广大人民群众在长期的劳动生活中产生的一种民俗文化，是老百姓的集体创作，与其劳动生活、精神文化需求有着紧密的联系，具有通俗易懂的特质，口耳相传，读来朗朗上口。广西是个多民族的

地区，有着独特的民俗文化与和丰富的民间文化，形成了别具特色的地域文化特征，比如承载着民歌文化的三月三"歌圩节"。林白的故乡来自北流，她创作的作品也是随时随刻都带着家乡的音符与歌声。小说《北流》中也出现了不少的童谣，显出了别具匠心的地域色彩。由于童谣总是与当地周围事物的影响息息相关，在童谣中，可以探析北流的地方风俗文化生活和场景。

一方面，童谣是孩童时期不可缺少的童趣，是在单调日子里自我娱乐、消遣玩逗的一种方式。20 世纪 90 年代以前，是中国的物质生活相对匮乏的年代，小孩子平日生活里的玩乐方式也不尽相同，唱童谣就是其中一个了。"风湿又痛腰骨又痛，耐耐又痛滴滴，耐耐又痛滴滴……"[2]91《北流》主人公跃豆会唱，小镇上的孩子都会唱，他们从街头唱到街尾，又从街尾唱到街头，或者见到老人弓着背走路，就要把声音提高，唱得更为响亮。小孩子总是没心没肺的，唱童谣便使得他们天籁般的歌喉更为纯真动人，小朋友无法理解风湿痛和腰骨痛，他们只是以为那是极为有趣、爽逗的一件事。遇到细小的蜗牛坐在青苔里，"鼻涕虫螺出出角，你冇出，我就捉，三哥

二哥上民乐，买便苦瓜共豆角"[2]134，歌声便响起来，三五好友聚在一起打趣着雨后青苔中缓慢挪动的蜗牛，你唱一句，我接一句，是非常惬意的雨后时光。林白在孩童时期大概也唱过这样的童谣"头鞭尾，洞洞企，担水夫娘碰着你，喊你冇哭就冇哭，俾条咸鱼你送粥。表兄哥，表兄哥，问你几时娶老婆"[2]126，这也是一首打趣的童谣，言语间也透露着某些幽默滑稽的成分，契合着小朋友的心态与趣味。在沉闷无聊的日子里，放声歌唱这样的一些歌谣，消散一下生活里的平淡和烦闷，平添一份轻松与惬意，实在是一份不错的童年记忆。林白也正是深藏着这样的记忆与乐趣，她眷恋着这样的时光，特意安排进了她的小说《北流》中，也来慰藉一些忙碌的灵魂，让他们停一停、歇一歇，找找停靠的港湾。

另一方面，童谣除了是自我娱乐消遣的玩乐之外，透过地方的童谣，还可以窥见一个地方风俗，洞悉老百姓最平凡的生活场景，领悟不一样的民族文化地域魅力。"氽氽转，菊花圆，阿妈叫我睇龙船。我唔睇，睇鸡仔，鸡仔大，担去卖，卖得几多钱？卖得两百钱，买件威衫好过年。"[2]92 在小镇上的孩童几乎都从外婆口中学到了这一首童谣，这是一首描绘了当地端午节习俗的歌谣，真实地再现了地方风俗习惯。尽管小朋友并不知道其中的意思，主人公跃豆也只是碰到一群孩子在唱她也就顺口接唱，没有多余的思想，只是成为单纯存在的语言形式，但是也正是这样的口耳相传，远在历史上的人和事才得以被研究而浮现出来，这是一项难得珍贵的民俗资料。"鸡谷子，尾婆婆，鸭嫲耕田鸡唱歌""顶髻朗，红屎忽，企木丫，尾掘掘，飞去外婆屋吃生日，吃个乜嘢菜，吃粒豉豆核"[2]92，这也是外婆教给跃豆的童谣，外婆总是记得很多的歌谣。在童谣里，以一个孩童的视角描绘了存在于村头巷尾的公鸡，生动地再现了公鸡的样貌与神态，同时也向我们展现了一副乡下平静休闲的生活画卷。要说童谣体现地方的风俗习惯，还属《米粽歌》。这是小说的"异辞"部分，"异辞"常指记录年代久远的事情，措辞会有所差异，属于《春秋》笔法的一种。在小说中，这是记录了姨婆的嘟囔，整个再现了北流这个桂东南小地方的形形色色，包括地理风貌、自然景观、人文风俗、季节变换，篇幅相对较长，描写地也较为详细，更是融入了姨婆自己的情绪与见闻。北流的风俗画卷就是如此这般隐藏在童谣里，流传下去。

"最老的东西是什么？是大家出生已学会唱的歌。"[3]137 小孩子随口唱出的歌谣恐怕就是最老的东西，那是他们消遣娱乐的方式，也承载着地方的风俗习惯。林白借小说《北流》将她的家乡童谣再一次展现在读者面前，是她对故乡生命意识的念想，也是她对故乡童谣渐渐消逝的一种努力。

（三）方言：遗忘的碎片

语言是文化的载体，方言则是地域文化的重要体现。方言是一种地域性的语言，具有强烈的地域性特征，是人们进行沟通交流的主要工具。作为一种特殊的语言代码，它包含着大量的民间表达用语，具有地域文化特征，在文学写作中被广泛使用。独创性是一切艺术不约而同的特征，每个作家在进行语言文学创作时总是会形成自己独特的语言风格，带上自身创作的种种痕迹。巴金是现代享誉世界的大家，有代表作《家》《春》《秋》，巴金在小说中"无技巧"地运用四川方言达到了很高的艺术成就；冯骥才是当代文坛中的语言大师级别的人物，他的作品多描绘清末民初天津的市集生活画面，充满独特的天津

方言色彩；莫言也是钟爱运用方言写作的大家，他所创作的东北高密乡中东北高密方言出现的频率也很高，具有强烈的胶东方言特色。林白新作《北流》也是一部自觉地进行方言写作的代表性作品，北流方言是属于南方粤语系的一支，林白自小生活在北流，在方言还盛行的年代，耳濡目染皆是本地方言，她自然对北流方言轻车熟路并且把这种日常方言自觉地运用到《北流》创作中去。可以说，《北流》之所以具有独特的个人风格，对北流方言的自觉运用功不可没，也正是在小说创作中加入了方言土语，才使得小说更细致地深入到地方的日常生活状态中去，对地方民俗风貌也更具有表现力。

林白小说《北流》主动寻求方言写作的一个突出在于，《李跃豆词典》贯穿全篇的每一节开头。《李跃豆词典》是林白安插在小说中的主要用于解释北流方言的词典，其用意在于对北流方言的回望与再现，拉近林白与地方的距离。林白在小说《北流》中穿插了大量的方言土语，很多词汇都是北流这一片地区所特有的，或者是当地对一些物品的特殊称号，具有浓郁的地方色彩。如"鼻涕虫螺"指的是蜗牛；"骨明菜"就是

决明菜，具有清热明目的的功效；"犸佬"其实就是猴子，北流地区的长辈常常说小孩子是"犸佬"，就是说孩子像猴子一样调皮好动，"两双光脚以犸佬般的轻盈跃上了那龕鸡蛋花树"，林白写小五罗世饶爬树的动作就特意用了当地方言"犸佬"，更契合了小五的神态与动作，使画面更富有表现力，也把读者拉进北流切身体验一番，带有浓郁的乡土气息。类似的词语在小说中还有很多，比如北流方言把空心菜叫作"蕹菜"，分水蕹和旱蕹，是当地夏季餐桌上的常客；红豆在当地又叫作"火水豆"，因其可以放在煤油灯盏里，与火苗两相照应，很是明媚动人；"蚂拐"就是蛤蟆，小孩子还会叫它"大水鬼"，它会在暴雨停歇后的水塘和水洼满出来，叫声震耳欲聋。在小说中，林白不仅使用了大量的方言词汇，还夹杂着一些方言口语、语气词，充满着北流方言的气息。如在小说的疏卷：在香港（A）中提到"搵抌"一词，意思就是描述"恶心"一类的感受，在北流沙街上的人家，遇到恶心的事情了随口就会说一句"搵抌"来表达自己的厌恶，比起普通话的正规，北流方言的表现力更佳。"熟过侔"指熟过头了，是北流方言常用语；"论论

阵阵"则指不会做事情，办坏事情，当一个人做事毛毛躁躁时，当地人就会说这个人"论论阵阵"，办不成事。小说中还涉及了大量的方言口头用语，"好啷啷""嗰""冇""乜嘢""一箍拉""架势""革硬""歆咃""圈之""无衷""几耐"……具有浓郁的北流方言特色。

林白新作《北流》相对之前的创作而言，不仅方言土语更大范围的使用，而且人物间的对话几乎都是方言。梁远照是地地道道的北流圭宁小城人，一生几乎都是在北流这个地方打转，小说中对梁远照说的话也都处理成北流方言。"我现时住得几舒服的，心乐，安逸，无使同那只恶人吵，无使着狗吠，几好，几种意的"[2]23，这是梁远照对女儿跃豆说的一段话，完完全全用的是北流方言，这种透露着野蛮意味的语言，对于梁远照这样土生土长的北流人而言自然是他们日常使用的交流工具。当她向远素描绘庞天新，"啊渠连笠帽都冇戴，晒得黑黑咽，健康……渠担一担沙，行得稳阵……企在河里中，水几浅的只到膝头盖，渠把铲好趁手……"[2]75，梁远照用熟悉的方言讲得绘声绘色，真实地再现了北流的乡村社会生活状态。

林白在小说《北流》中对北流方言

的自觉化写作是一种不断寻觅传统与文化，靠近原始现实的一种挣扎，她尝试以北流方言来探寻南国小镇的生命意识，企图在回望中找寻到一个精神的栖息地。

三、《北流》中地方经验书写的意义

（一）对地方风俗文化传承的意义

文学作品上的地域描写离不开作家对现实生活中的自然景观、地理空间的观察，并通过一定的想象变成作家特定的审美想象空间，呈现给读者。故乡北流具有悠久历史和浓厚的人文气息，在时间的不断淘洗下形成了独特的地域文化。民俗文化又是地域文化的精髓所在，它最能展现一个地方的精神状况，是区别于其他地域文化的关键所在。林白在小说《北流》中描绘了一个具有浓厚地域风俗的桂东南小镇，这里的婚嫁习俗、饮食习惯、民风民俗，以及这里的童谣、方言，共同汇成了独具魅力的特色文化。

首先，在小说《北流》中，有许多关于北流地方风俗的描绘，展示了当地的民风民俗。"打鸡血针"是一项诡异离奇的习俗，就是将公鸡的血抽出来注射到人身上，在"文革"时期甚至是一项风靡一时的"保健方法"，小城镇北流也存在这样的说法。小说《北流》主

人公跃豆是在医院长大的孩子，对打针的场面可谓身经百战，但对于"打鸡血针"仍是百般不理解。林白在小说中还提到"执骨"这一桂东南习俗，"执骨"就是人死后下葬三年，到时间后就挖开棺材，将里面的骨头放入瓦罐进行二次下葬。小说中关于地方风俗的描写还有许多，展示着北流的地域特色。

第二，在小说《北流》中，林白写了许多居民的生活场景，展示了北流人的精神面貌和生存状态。林白笔下的人物都有着植物一般的野蛮生长的势头，他们有着旺盛的生命力，无尽的可能。梁远照作为一介女流，在时代的洪流中逆流而上，成长为了县城上有头有脸的人物，走在路上都能得到别人无尽的尊敬。她的勇气胜过她的儿女，她能在六十五岁仍敢只身闯荡广东，无论走到哪都不改气势。跃豆始终都觉得母亲有气势、犀利。林白赋予了她笔下的人物汹涌澎湃的生命力，这是北流小城的向上的精神魅力所在。

第三，林白还善于将方言土语写进小说里，形成了别具一格的语言风格，增加作品的艺术张力和表现力，也体现了北流方言的独特魅力。林白的小说《北流》插入了大量的方言土语，这是方言

的"回归"也是"突破"。林白在小说中多次涉及北流方言的危机。"用饭"一词文明优雅，如此讲究、一尘不染，是青年知青的口语。在卷着裤腿，脚下一堆泥的场面下，"用饭"这样的词显得格格不入，但当时处于高中生的跃豆却对此很是推崇，她一向认为书本上才可以见到的词用在生活里是一件高大上的事情。但当多年以后身处异地，又是方言救了处于窘迫演讲中的她，在方言演讲中跃豆心中开始蔓延故乡的事物。一个人在年轻时和成年后对家乡方言的看法往往是变化的，一开始的不喜欢也会变得喜欢。方言作为一种文化，不应成为死去的文化，在小说的末尾，林白假想了 2066 年的北流，这时候的北流方言只剩下一些支离破碎的片段，仅存在于八九十岁的老人之间，但词汇量也是非常稀少的，以至于方言语膜项目也无法顺利进行。林白在小说中大量使用方言土语正是对方言危机的一种警醒与挽救，方言作为一项珍贵的文化资源，来自遥远的时代，具有强大的表现力与生命力，理应得到永恒的传承，倘若消逝在历史中将是我们无尽的过失与遗憾，南宁方言的消亡就是一声巨响，敲动着保护方言、传承方言的时代警钟，

莫要让下一代失去家乡的口音。

故乡的念想萦绕在林白的脑海中，她想要捕捉一点什么，又好像陷入一场困境，关乎传统的文化似乎正在消亡殆尽，她在回望中挣扎，不断探寻故土的生命意识，北流的风俗文化是她无尽的眷恋。

（二）"新南方写作"的文化意蕴

"新南方写作"从地理意义上来说，指的是岭南以南的地区，这一片地区有着相近的气候条件，特定的自然环境形成了特色的人文风俗。朱山坡提到，"新南方写作彰显的是南方气象。南方意象、南方视角、南方叙事、南方风格……"[5]，当代的韩少功、东西、鬼子、林白等作家，他们的作品都在向世界呈现着南方气象，展现南方的精神气质。说到"新南方写作"，地域性自然是不可忽视，地理风貌、植物、饮食、风俗、地方歌谣以及地方方言等等，其地域性文化在作品中渐渐铺展开来，是关于乡村、历史和传统之间的描写。当然，"新南方写作"还应该是都市文明与地方色彩相结合的融合姿态，呈现出一种开放的气息，是多元化的文化形态。

第一，"新南方写作"的独特气质在"野"。岭南以南的地区历史上掀起

的波澜较少，历来是版图上的荒芜野蛮之地，直到近代的改革开放，这里才被重视、开发，外界才发现这里是一个新世界，位于这里的许多作家纷纷执笔，将南方气象送往各个角落。透过这些作品，可以看见一个野蛮、新奇、有活力的南方世界。林白《北流》所描绘的南方是植物肆意生长，充满无限可能，这里的人也具有蓬勃的生命力和独特的个性魅力，一种野蛮的生命力贯穿全篇。梁远照自不必说，小五罗世饶走南闯北，无论他走到哪他都能适应下去，并与当地融合在一起，野蛮般的活力在罗世饶身上强烈地流露出来。林白永远爱这奔腾汹涌和无穷无尽的东西，她以充满地域性的语言书写了野性而鲜活的南方气象。

第二，"新南方写作"的特质还在于"开放"。曾攀认为"新南方写作并不局限于自身的地域属地，而是以'南方'为坐标，观看与包孕世界，试图形塑一种新的虹吸效应"。[6]事实上，新南方写作不应该是局限于地方性写作，而应该将格局放大，将目光拓宽，它是面向世界的面向未来的，形成一个多元文化的视角，坚持一种融合与开放的姿态，展现无限新的可能。这就要求，作家不仅描绘地方性的人文风情，还应当

书写地方文明的现代性，以多元化的视角呈现地域文化的外向性，带领传统文化和精神走向世界走向未来，摆脱单一内向、封锁紧闭的地方文化写作倾向。林白依据情感的涌动，在小说《北流》中展现南方的生命意识，作她以北流为辐射点，而又以超越地域的方式彰显南方气质，寻求南方精神的归属感与广泛的认同感，在多视角中呈现南方开放的文化形态，以多元化的文化视角观察世界、探索世界，寻找无尽的新的可能，彰显"新南方写作"的潮流倾向。

林白的创作是热烈蓬勃的，是开放与包容的，与众多的南方作家如东西、林森、朱山坡、黄锦树等以及他们的创作共同构成了"新南方写作"，向世界展示南方风格、南方气质、南方精神。

结束语

地方经验是林白小说《北流》中浓墨重彩的一笔，林白总是不厌其烦地描绘地方的自然特色与人文风俗，展示了一幅富有地域色彩的北流风俗画卷，表现了北流人的精神气质。在林白的笔下可以看到，空气中夹杂着闷热的气流，疯狂生长的植物，小孩子操着一口流利

的北流方言在街头巷尾交谈，又或者把嗓子提高来唱一首从外婆那里学来的童谣，有关北流的世界踏着历史记忆奔腾而来。林白对北流一方面有着逃离的心态，另一方面又有着浓浓的眷恋之情，她往往以现代眼光去回望故乡，对历史与传统进行现代反思，带着她强烈的地域意识书写心中涌动着的乡愁，在回望故乡中寻找孤独灵魂的栖息地，安慰心灵的漂泊无依。林白小说《北流》地方经验的书写彰显着文字的张力，关乎知识分子对一个时代历史的思考，以及对地方风俗文化的沉思，在精巧的构思中展现岭南以南地区的南方气象，呈现"新南方写作"的"野"与"开放"，极具个人风格特色与文化意蕴。

作者简介：胡家愿，女，广西贵港人。现为南宁师范大学文学院中国现当代文学专业 2022 级硕士研究生。

参考文献：

［1］罗根泽.中国文学批评史［M］.上海：上海古籍出版社,1984:39-40.

［2］林白.北流［J］.十月（长篇小说）,2021（03）.

［3］林白.北流［J］.十月（长篇小说）,2021（04）.

［4］陈永正.中国方术大辞典［M］.广州：中山大学出版社,1991:166.

［5］朱山坡.新南方写作是一种异样的景观［J］.南方文坛,2021（03）:59-60.

［6］曾攀."南方"的复魅与赋型［J］.南方文坛,2021（03）:61-62.

此去高州一百里

朱山坡

一

《此去高州一百里》是我从写诗转型正经写的第一篇小说。那时候我甚至不知道小说题目应该是怎么样的。我猜想小说的题目应该有诗意。后来《花城》编辑林宋瑜老师把我的小说题目改为《我的叔叔于力》。她要的是准确，突出人物。我明白了，小说是塑造人物的，人物比诗意更重要。这个小说的意义不仅是"处女作"便在《花城》"花城出发"栏目发表，而且它给我的文学地理划了一个半径。从此，我便在这个半径内经营，耕耘一亩三分地，写了各种各样的小说，构建自己的"米庄""蛋镇"，竟然也折腾了好多年。

我家乡在广西的东南部，跟广东西部交界。近来林白用家乡方言写了一部长达 60 多万字的长篇小说《北流》，让我十分惊喜。北流是一个县级市，属于玉林市管辖，是我和林白共同的家乡。县境南北狭长，她生活在北部的县城，地势平坦，土地肥沃，相对比较富庶；而我在南部山区，接壤粤西，天高地迥，耕地稀缺，揾食艰难。因而尽管我们同处一县，生活环境和经历却差别很大，加上生活时代的原因，我和她笔下所写的互相有陌生感和疏离感。我们祖上大多是从粤境迁跹过来，基本保留了原住地的语言、风俗、信仰等。粤桂边上的百姓亲戚众多，往来密切，不分彼此。

而那时候我们跟广西的其他县交往不多，在广东的亲戚似乎也比在广西的多。最初很长一段时间，珠江电视台是村里能接收到的极少数电视台之一，且最受欢迎，因为它的节目全部讲粤语。又因为广西是少数民族地区，当时汉人与少数民族的隔阂还是有的。村里人很少去自己的县城，但经常去广东的高州。高州自古繁华，车水马龙，里面什么都有。人们一年到头最大的成就不是庄稼多收了三五百斤，而是去了多少趟高州。我曾跟随大人们去广东那边走亲戚，去过离家乡相近的宝圩、播阳、石板、木头塘等镇，也去过两三次高州。我曾写过一组诗《粤桂边城》，后来在《诗刊》发表，表达了我对生活环境的热爱：

"我的家乡与高州接壤／鸡犬之声相闻／许多时候能在路上遇上亲戚／我们的鸡越过粤界／下完蛋又回来。"

因此，小时候，对我来说，离广东很近，而广西很远。家乡跟外面的距离是以广东的城镇为坐标的。从我家门口桂沙河的石拱桥出发，到广东的高州正好是一百里，也就是五十公里。

然而，即便如此，我能越过粤境的机会还是不多的。我的日常生活半径基本上是从村里到镇上。而且，到镇上的

路并不好走，如果走省道要绕很大的弯，骑车得一个多小时。如果抄近道要经过住着疯子和畸形人的村落，还要沿着水渠走很长一段没有人烟的山径，路边竹林里会发出莫名其妙的怪声，让人毛骨悚然。我没有自行车，去镇上只能走这条捷径。有时候从镇电影院出来已经近黄昏，一个人走穿过竹林，走过那段阴森之路，看到了村落，哪怕遇到了疯子和畸形人也觉得特别亲切。我读初中时，有一次暑假，为了筹钱参加《金田》杂志的笔会，我贩卖冰棍，骑着单车，沿路挨村叫卖，避开有可能遇到亲戚和同学的村庄，沿着偏僻的泥路往偏远的地方去，竟然到了广东那边，心里十分忐忑，有一种偷渡的恐慌。当然，由于小时候对地名和辖区的认知程度很低，我一直把本该属于化州的地方，比如说最耳熟能详的宝圩误以为是高州的辖区，直到长大后才知道错了。广东的化州、高州、信宜三县就在粤桂边上，是三个犬牙交错、容易让人搞混的县，至今我仍然分得不很清楚。

我很想去梦中的高州。《此去高州一百里》讲述的是小时候我和叔叔用单车载着香蕉从家乡出发到高州卖掉的真实而辛酸的经历。高州貌似近在咫尺，

但此去崎路漫漫，道阻且长，仿佛是通往世界之路，仿佛跋涉在文学的途中，摔多少次跟斗也未必能抵达。而且，高州城里不仅有车水马龙，还有钩心斗角、世态炎凉。恰好，我都看到了或体会到了。

那时候我的世界就那么大。我家是世界的起点，而终点正好是高州。

二

像我们祖辈生活在穷乡僻壤的无名之地的人，总担心迷失在像人名一样众多的似是而非的地名堆里，把故乡弄丢了。小时候，母亲经常让我们兄弟背诵家乡的具体地址，以防万一在外头走失了或被拐卖了说不清楚自己是何方人氏，连好心人也无法送我们回到家乡。于是，无论吃饭还是洗澡尤其是睡觉前，我们都必须思路清晰地应对母亲的随问随答。

问："你们的家乡在哪里？"

答："广西省北流县六靖公社那排大队朱山坡生产队。"

有时候，我们在前面加上"中国"，父亲觉得是多余的，他在旁边的时候我们便省略它。

回答时必须声音响亮，更重要的是

毫不犹豫，一气呵成，如有停顿说明记得还不够深刻，必须重来。当背到"朱山坡"三个字时我们都必须加重声音，因为越小的地名越重要。兄弟四人从大到小，务必人人过关，哪怕梦中醒来也要能倒背如流。只有这样，母亲才放心。有一次我忐忑不安地问母亲：我们还不会说普通话，假如我们在没人听得懂粤语的地方走失，怎么办？

母亲从没有考虑过这个问题。父亲倒是胸有成竹地说，你们放心，方圆一百里的范围内都讲粤语，等到你们有能力去了一百里之外的地方，你们自然就掌握了世界通行的语言。

母亲的心理安全距离是方圆一百里。父亲则逼着我们突破这个祖祖辈辈走不出去的怪圈，远走高飞。

在广州当过三年兵的父亲以为对普通话略懂一二，试图用普通话教我们背诵家乡的地址，但事实证明他说的仍是粤语，只是带着浓重的普通话口音。因为有一次，一个被媒婆介绍到村里的贵州妇女在晒坪的墙角下哗哗啦啦地说着普通话，围观的数十人中竟然没有一人听得懂，父亲自告奋勇地用普通话跟她交流，但她一句也没有听懂。父亲很沮丧，从此再也不用普通话教我们背家乡的地址。但我总是忘不了那个贵州女人。她长得比村里所有的妇女都漂亮，因为肤色很白，好像未曾被阳光晒过，连脖子和腿都白。他们说比刮光了毛的白猪还白。那两天人们围着她用粤语反复问她的家乡是哪里的，可是她总是一脸茫然。让她写字，她拼命地摇头。因为不懂粤语孩子们疯狂地嘲笑她，因为皮肤白净妇女们鄙视她不干农活。只有男人们对她丰腴的胸脯和肥大的屁股兴致勃勃。媒婆把她介绍给村里的一个光棍，而且收了光棍的三千块彩礼，并保证女人会嫁鸡随鸡嫁狗随狗，死心塌地在此生活下去。然而，也许女人觉得此地的人无法沟通，感到了孤独和失落，她竟后悔了，半个月后的一个黄昏，趁着炊烟四起戒备松懈之机从村后的路逃跑了。那是一条有漫长陡坡的路，由于雨水的冲刷，路面全是锋利的石子、瓦砾甚至玻璃。路两边长满了薄荷、紫苏、野芋苗、地胆头草，还有一些被丢弃的鞋子。其中有一只绣花的蓝布鞋，尚有几分新，还散发着汗臭，村里人断定是贵州女人逃跑时走丢的，因此她是赤着左脚逃跑的，跑得狼狈而速度不快，但她已经消失在孤绝的暮色里，苍茫的田野和群山让所有企图追赶贵州女人的男男女女望而止步。而且，那天晚上在村公所一场露天电影在等着他们，谁也不愿意为一个贵州女人耽搁了看电影呢。

这个贵州女人是我童年时期见过的来自最遥远的外乡人。我担心了许多年：一只鞋子遗落在异乡，她能否顺利回到家乡？关键是，她能否像我一样把家乡地址倒背如流？

小时候我经常想象自己被拐卖到遥远的北方，然后千方百计逃出牢笼，踏着厚厚的积雪，历尽千辛万苦，千里迢迢地返回故乡，成为方圆百里家喻户晓的英雄，母亲逢人便说：幸好我让孩子们从小便死记硬背家乡的地址。

其实，村里所有的孩子都能背诵家乡的地址。刻骨铭心，融入血液，隐藏在牙缝里。哪怕多年以后，县改市，公社改为镇，大队改为村，生产队改组，我们也从不改口，也改不了口。小时候的家乡地址就这样顽固而堂而皇之地锁定在我们心中的地图上，哪怕再多的地名也不会造成混乱。

三

高州贩子在我的小说中不断出现。我对他们又爱又恨，试图给他们塑像，又在像上涂抹泥巴。

高州贩子精明而狡猾，且勤奋能吃苦，对我们十分重要。他们到村里收购农产品，给我们钞票，解决我家的燃眉之急。我们兄弟读书的费用基本上是高州商贩给送来的。没有他们，我们地里种的家里养的东西都换不了钱。他们信息敏感，知道市场需要什么，他们建议我们种什么，我们就种什么。不一定听政府的，但必须听高州贩子的。他们开着拖拉机沿着崎岖艰险的山路来到村里把农产品一车一车地拉走。如果隔一段时间他们不来村里，村民都引首以盼，望穿秋水。再不来我们种的法国豆就老了，灯笼椒就熟透了，香蕉就烂在树上了……给我留下印象最深的高州贩子是一个大龄男，瘦瘦的，戴太阳镜，牛仔短裤，T恤，穿皮凉鞋，着黄色的长筒肉色丝袜，不留神还看不见。三伏天穿袜子，我还是第一次见到，震惊到我们了。夏天，我们农村男女老少都打赤脚，还经常把脚泡到水里降温。我们笑话他，问他热不热。他说不热，相反，很凉快。鬼才相信呢。我母亲经常留他在我家吃午饭，跟我就熟了。有一次他把袜子褪到脚跟，发现他的腿毛又黑又长。母亲想介绍我的堂姐给他，但我堂姐看了他

一面后便拒绝了。因为她也看不惯大热天穿袜子的男人。他还戴墨镜，戴电子手表，脖子上还戴一条闪亮的银链。村里的女孩子对他不感兴趣，因为看起来他像香港电影里的流氓。但从他的身上我看到了喜感。

高州商贩不是神，他们也有判断失误的时候。我亲历了一次又一次农产品价贱伤农的悲剧，高州贩子无一例外地成为每一个悲剧的"罪魁祸首"，虽然他们是无辜的，但却是我与现实的关系处于紧张状态的根源。有一年秋天，我们成片成片的香蕉在树上不断熟烂，被蝙蝠和野蜂携男带女肆无忌惮地分食。说好来收购的高州贩子却不见踪影，我们每天都在村口焦急地等他们。但他们像约好似的，一个也没有出现。我和我的叔叔等不及了，用自行车各载着满载的香蕉往高州方向出发。通往高州的路铺满厚厚的泥沙，骑车十分困难。车是父亲的，28寸，我是骑不到坐鞍上去的，只能右条腿穿过三脚架踩踏它。但为了不跌跤，我经常是推着车走。叔叔很无奈，但也有足够耐心等我。一路上碰到了不少路边设置的收购点和油嘴滑舌的贩子，但他们给的价钱比我们的心理预期低得多，我们不服气，以为越往前价

钱就会高一些。但越往高州城，商贩们给的价格就越低，最后一百多斤的香蕉得来的钱刚好够买一碗素粉。我没有理由不绝望，但叔叔平静地说，回去把香蕉树砍掉，改种灯笼椒吧。我说，假如灯笼椒的命运跟香蕉一样又怎么办？叔叔依然平静地说，再把灯笼椒铲除改种法国豆。在小说《此去高州一百里》(《我的叔叔于力》)就是写这段经历。在我的另一篇小说《米河水面挂灯笼》中对一起"灯笼椒事件"作了更深刻、更具体的描写，进一步呈现了农产品滞销给农民造成的毁灭性打击和对底层人物命运嘲弄的场景。

此去高州一百里，大路朝天，有时候很近，有时候很远。

四

我还没来得及长大，身边的她们便像洪水一样越过高州，往广州、深圳、东莞、珠海席卷而去。高州已经无法阻挡她们，满足她们。年底，她们带回时尚的衣服，喇叭裤、牛仔裤、连衣裙，戴耳环，白色运动鞋，男孩留长头发，女的电卷发。更甚的是，女儿们搽脂抹粉，引起母亲们的一片谩骂，直到被女

儿们的钞票堵住了嘴。年轻的男女们不愿意下地干活了，在哪家的房间里挤在一起谈论打工的见闻和体会，他们说的仿佛是另一个广东。我对他们口里的广东充满了好奇和向往。因为那边开放，有钱，生机勃勃，热气腾腾。我的小学同学一些还没有等到毕业便跟随哥哥姐姐们一起奔赴广东打工，校长设置了几道关卡，但拦都拦不住。汇款单像雪花一样飘回来。村里的人聚在一起谈论的是，谁的女儿又寄回来多少钱，谁家的女儿当上了拉长和经理助理。粤港澳之风让我觉得异常新鲜，让我欣喜、亢奋，恨不得连夜跨过高州，往南奔赴。但父亲把我镇住了。他是村里意志最坚定的人。一辈子都坚信"读书是唯一的出路"，是"万般皆下品，唯有读书高"的忠实信徒。他不羡慕广东的汇款单，也不需要。他要我们个个考上大学，将来当副乡长、乡长，光宗耀祖。父亲很清醒，他知道他要的是什么。父母为了我们兄弟的学费也是拼了老命，起早摸黑，长期养3头母猪、4头肉猪、6亩多水稻，期间还种过香蕉、菜椒、草药、法国豆……夜里编织草席。有时候，身在曹营心在汉。我也想穿牛仔裤，帆皮鞋，跟女孩子打情骂俏，下班后成群结

队逛街……有时候觉得家里太穷，父母太辛苦，想放弃读书去广东打工养家。有一次话到嘴边了。对我爸说：我想去广东……"打工"两个字没有说出来，看到爸黑着脸，要电闪雷鸣。按我的经验，他就要发飙了，我赶紧改口说：我想去广东……高州看看。爸的脸色才舒缓下来。在他眼里，高州是一个走错了尚能回头的地方。而广州、深圳、东莞是一条万劫不复的不归路。

虽然去不了广东，但我一直往南看。南风吹拂，我对广东的一切信息都很好奇。香港电影和音乐深刻地影响了我的价值观和日常行为方式、思维习惯。我觉得香港离我村很近，最多也就500里，比高州远一些而已。李连杰、刘德华、张国荣、周星驰、张曼玉、叶倩文就生活在离我不远的地方，隔三岔五开演唱会。那时候，我觉得世界上最好听的语言就是香港话。村里的年轻人都以香港话为标准音纠正自己的口音。过不了多久，他们便能说一口貌似标准的香港话，但一不小心便露出方言的土味来。我一直以方言作斗争，但我的语言天赋太低，既学不好正宗的粤语，也说不好标准的普通话。幸好，我在文学里使得自己的说话字正腔圆。

五

对我而言，故乡就是我精神成长的摇篮，是人生的始发站，是最早站立眺望世界的地方，这里的一山一水、一草一木、乡民乡情、恩怨情分、家长里短、流言蜚语、奇闻逸事、神神鬼鬼都烙印在我的记忆里，杂乱无章，点点滴滴，像患上一种不足与外人道的疾病，都在潜移默化中影响着我的创作。近来，有些南方的作家在谈论"新南方写作"。我想，所谓的南方，对我而言，就是粤桂边。因为这是我的家乡。这块山林茂密、热气腾腾的土地滋养了我，我无法脱离这块土地。2021年五一期间，我和家乡的几个文友搞了一个活动：走在粤桂边上——寻找我们的童年足迹。沿着两广的边界走了一趟，广东高州、化州、信宜三个县都走了。童年时候对这些地方印象十分模糊，这次实地走后，印证了一些想象，也有很多跟想象不一样的地方，让我对粤桂边的了解更清晰。尤其是小时候给我带来无穷快乐和忧伤的戏班，就活跃在粤桂边上。为了看戏，村里派出代表到那些地方寻找戏班，邀请他们到村里来。有时候在高州找到他们，有时候在信宜跟他们相遇。戏班在我们村的日子，人们不轻易去高州城，因为生怕回来得晚了错过一场戏。在我十六岁第一次看到日本电影《伊豆的舞女》时，就觉得熏子所在的戏班太像我们请来的戏班了，而电影里蜿蜒的山路和茂盛的密林也像粤桂边上的风景。戏班里的一个女戏员太像熏子。她的戏演得很好，年轻漂亮害羞娴静，不喜跟村里的男人说话，没上台时喜欢安静地在后台端坐着，在昏暗的灯光下捧读琼瑶的小说。我跟她对视过，我像一片薄纸被她的目光点燃，烧得灰飞烟灭。时隔多年，我的脑海里还很难使她和熏子的面目清晰得不再混淆。随着电视机时代的到来，戏班日渐不受待见。戏班消失后，她下落不明。我曾经多么期待在人迹罕至的山路能与她偶遇，哪怕在世界上任何一个地方相遇。可是在我十五岁那年看完她的最后一场戏后再也没有见过她，音讯全无。那些年，她在我的梦境里游荡，无处不在，我相信她肯定是在世界上某个地方，忘记了家乡的址，找不到了回家的方向，没有了去处。于是我在小说里收留了她，让她回到了家乡，就在粤桂边上，结婚生子，生活静美。在我的小说里，她保留了所有的美好和尊严，享有着跟熏子一样同等崇高、

圣洁的地位。从此，她得以安生，不再在我的梦境里游荡。

六

我县是有名的侨乡。民国以来便有许多乡民迁往印度尼西亚和马来西亚。从小我便知道有亲戚在南洋，他们曾经给我们寄过没有补丁的衣服和半新旧的鞋子，偶尔还有印着繁体汉字的糖果、追风油。他们有橡胶园，还种植剑麻和菠萝，水稻一年可以种三茬，用椰水煮饭，白糖随便吃。我的祖父本来有机会去南洋的，跟随他的表弟到了南海边上，最后时刻竟然放弃了。他跟他的表弟通过信。祖父的字写得很端正，尤其是繁体字的自己的姓氏"龙"，但语法不甚通，词不甚达意。我的外公是在南洋待过的，发了点小财便回来了。村里人都羡慕"南洋客"。南洋客回来探亲，说他们在南洋有很多土地，有农场，可以带走一两个孩子到南洋生活，但谁也不愿意。理由是南洋的太阳太毒，孩子们经不起晒。我是愿意的，我已经成长为能肩挑百斤稻谷的少年了，可以当学徒了。可是他们说我太瘦了，太阳会将我晒成一条秋刀鱼。我们从没见过秋刀鱼，但在我们

村它很快成了"瘦"的代名词。

南洋客好不容易回来一趟，但不喜欢去高州城。他们是见过大世面的人。他们说的全是南洋的事情，土地，橡胶，剑麻，大海，岛，村里人跟他们聊不到一块去。但这些信息在我的脑海里落地生根，我因而更正我的观念：南方的尽头不是高州，而是南洋。

小时候，虽然我还没有见过大海，但感受得到大海就在身边，我眺望着它，它惦记着我，每年都给我村送来台风和暴雨。台风摧枯拉朽，把树木、房子全部摧垮了。我家种的香蕉，眼看果就要成熟了，台风过来全将它们毁掉。山洪暴发，河流迅速被淹没，河堤决堤，冲垮田绳、桥梁、道路，稻田、原野都变成茫茫一片汪洋大海，什么都看不见。洪水浸泡两三天之后才慢慢消退，眼前满目疮痍，到处是枯枝败叶杂草，还有小鸡和雏鸟在角落里相遇，瑟瑟发抖，自觉不自觉地互相凑到一起。

我们惨遭风暴和洪水蹂躏，唉声叹气，但闻说高州受灾严重得多，我们的悲伤顿时减轻许多。是的，高州在我们的前面，仿佛它替我们遮挡了大部分台风和暴雨，因而，我们更加觉得不能没有高州。台风早已经钻进了我的血管，

洪水一直在血管里奔腾，我无法让它们安静下来，直至我写下了《风暴预警期》。在这部小说里，台风和洪水狂野地肆虐，摧枯拉朽，仿佛要撕裂我们的灵魂。而我建造的"蛋镇"则与高州遥相逼视着，我终于有了一块可以据守的地方，它跟高州同等重要。

七

北方的读者说林白和我的小说里巫气很重，神出鬼入，很神秘。甚至还有读者吐槽我的文字神神道道的，不够真实。我跟他们解释说，那是因为你还不够了解广西或南方。广西向来盛行鬼神文化。《辞海》里说的，著名的鬼门关就在北流。千百年来，汉人和少数民族乃至南洋的鬼神文化在这里已经融合。很多人愿意相信死后有灵魂，相信鬼神与人和平共处，相安无事。拜鬼神，敬神畏鬼，求助鬼神，祈福驱邪，占卜问米，迷信风水……都是日常生活的一部分，没有人对此大惊小怪。小时候牛丢了，求山神；遇见鬼了，请通灵师驱邪；一年伊始，求神祈福，到了年底要"还福"。"问米"更是像遇到问题"百度一下"那么习以为常。久病不愈，问米；

梦见先人了，问米；想知道先人在那边过得好不好，问米；人淹死了捞不着尸体，问米……村里的通灵师，亦巫亦医，德高望重。小时候我体弱多病，母亲经常带着我奔走在去问米的路上。在三岁那年，我病得不轻，在镇卫生院救治了七天无效，医生已经放弃，而母亲把奄奄一息的我抱回家的途中拐入姑婆家休息，一个本地的通灵师给我艾灸了几次，喝了几口神符水，第二天竟然满血复活过来。村里的一个小伙伴，有一天傍晚，从镇上回家的路上，被一个衣着光鲜的女人诱到山上迷迷糊糊地睡着了。当家里人找到他把他弄清醒过来时，才发现自己坐在一座崭新的坟堆前，而且已经是第三天。这种事情虽然不经常有，但也没有人惊得掉下巴。人有来路，也应该有去处。我始终相信宇宙的神秘力量。在我的小说《惊叫》《单筒望远镜》《凤凰》《灵魂课》《牛骨汤》中，就弥漫着鬼神之气，跟看不见的东西有着说不清的关系。这些东西不需要虚构，现实生活中就有。如果现实中没有而我又想象不到的故事和细节，会有人从高州给我带回来。从村到高州虽然只有百里之遥，但足够多的见闻逸事让人应接不暇。母亲还在世的时候，我经常从她口里知道乡间之事，尤其是我离开很久又不能经常回去的"方圆百里"地带散发出来的新旧信息，她都绘声绘色地传递给我，使得我的小说又有了新的开始，并且变得丰腴饱满。可是，母亲已经不在了，那块土地注定会逐渐荒芜。在我的文学版图上，高州也将慢慢暗淡下去。在此之前，我必须尽可能地呈现它的茂盛和璀璨。

高州，与其说是一个地理概念，倒不如说是我的文学目的地。到高州去，到文学的尽头。古人云：行百里者半九十。走一百里路的人，把九十里当作一半路途，剩下的十里路是最艰难，必须花走九十里的力气来走。

（载《扬子文学评论》2022年第3期）

朱山坡的魔法时刻

张柱林

有乡村或乡镇生活背景的作家，时常会有一种书写地方特殊性的冲动，中国现代文学中最成功、最著名的例子当然是鲁迅的"鲁镇""未庄"，以及沈从文的"边城"。1980 年代已降，福克纳的约克纳帕塔法（Yoknapatawpha），还有他那句"邮票般大小的故土"的名言，让许多作家心向往之，也纷纷效仿，比如说莫言的"高密东北乡"、刘震云的"延津"、阎连科的"耙耧山脉"等等。朱山坡早些年的写作，也以故乡为原型虚构了一个"米庄"，但那就是一个普通的中国乡村的缩影，那里的人们自然有自己的喜怒哀乐，不过其表达的核心，是他们对城市的向往，或在城市里的遭遇。可以说，将那些故事，放在其他地方来书写，似乎也无不可。当然，朱山坡也写下了一些和乡村无关题材的作品，有的创意非常精彩，可惜都没有产生很大的影响。

"蛋镇"的出现改变了这种状况。在《风暴预警期》中，作家为我们描述了蛋镇，表面上看去，这个地方与中国其他的小镇一样，喧嚣嘈杂，无雨的日子尘土飞扬，有雨的日子到处泥泞。接着，他又在《蛋镇电影院》里更全面和立体地展现了蛋镇的人、事、物。对于为何要写和怎样写这个蛋镇，朱山坡曾经给出过自己的解释："农村题材写了那么多年，确实有点厌倦，想换换。我在农村长大，对城镇生活不是很熟悉，写城镇心里没底。写蛋镇前，我做了很多准备，每一条街道，每一条巷子，每一座房子，每一道桥梁，都在地图上标注得清清楚楚，进进出出的各式人等，心里都给他们画了脸谱。至少在我的纸上，蛋镇是坚固的。短篇小说集《蛋镇电影院》使蛋镇更加丰盈、宽阔。其实，我早已经开始尝试写城市小说，为此我准备了很久。乡村终将离我们越来越远，城市文学将越来越重要。对城市，我也将乐此不疲。"这里是在表示，他以后将转型到以城市文学为主，言下之意，蛋镇会是一个过渡。观察文学史就会知道，过渡期或转型期，其实是一个作家的创作中意蕴最复杂、同时也是最丰富的阶段，应该充分注意。以后，我们可能会看到，这个以故乡所在的镇子为基础想象出来的蛋镇，会是朱山坡对当代小说的一个贡献。

中国现代文学中的小镇叙事，除鲁迅和沈从文外，茅盾、师陀、萧红等也都有一定数量的作品涉及，在启蒙、批判、乡愁、哀悼间徘徊。在现代化、工业化和城市化的洪流中，小镇处于城乡交界的夹缝中，处境着实有些尴尬。但这些新旧交替的时代，不城不乡的空间，进退两难的矛盾，却为文学创作提供了丰富多彩的素材。在世界文学中，我们也可以大致梳理出一个小城镇书写的谱系，但这并非本文同时也非本人能完全的任务，所以这里只讨论两本与朱小坡的蛋镇可资比较的作品：舍伍德·安德森的《小城畸人》和奈保尔的《米格尔大街》。安德森的小说，多以小城镇为背景，细腻曲折地描写处于新旧巨变社会中的边缘人的处境，尤其是他们的惶惑情绪，带有某种自然主义和一定程度上的神秘主义色彩。安德森断定工业化将对自然造成灾害，这主要表现在生态环境与心理因素这两个方面。一方面，工业化的迅速发展，必然打破原有的农业社会的生产方式和生活方式，同时导致严重的两极分化。另一方面，工业化带来传统的价值观的颠覆，其中对社会危害最大的，是所谓经济人假设，即人会追求个人利益的最大化，其极端形态，就是人们渴望一夜暴富，不择手段发财，致使投机与虚伪盛行。人类整日尔虞我诈，由此造成人类的疏离、孤独、异化的心理，塑造了一群渴盼爱与自由，但因环境制约却又疏于交流、互相隔离的"畸人"形象。《小镇畸人》就是集中描述这些人的，给后代作家以很大的影响。这部

2024 年 · 评论 北流文艺 BEI LIU WEN YI

没有统一的主人公和统一结构的作品，具有这样一些特点：不把故事情节的完整当成小说的目标，而是通过一些简略同时意味深长的片段，来展示人物的内心，此外，作品中还采用一些饱含隐喻意味的意象与场景，丰富小说的内涵。在安德森笔下，社会和生产方式的转型令小镇的居民们困惑，一方面，他们与任何地方任何时代的人一样，向往自由，渴望挣脱旧生活中无形的精神枷锁，期待有朝一日能逃脱狭隘、令人生厌的小城镇；另一方面，在可能逃离的状况下，他们却同时盼望有归属感，对自己内心当中根深蒂固的传统观念与习惯，有着难以割舍的眷恋，希望保持小镇群体的认同。这种内心深处的矛盾，使他们无法按照所谓理性的原则做出恰当的选择，甚至无法做出选择。他们在被周遭环境压制的同时，也被自己的矛盾和犹豫束缚得寸步难行，就是这种生存和内心困境让他们成为小镇的边缘人的。他们显得像一群不正常的人，身上似乎有不少怪癖，所以被视为"畸人"。安德森内心里对这些人充满同情，所以总是在描述中力图发现他们言行中的闪光点，以及他们那貌似奇怪的生存方式的独特价值。这里的弦外之音是，他们其实很正常，

病的是那个自以为非常理性的社会。

而奈保尔以他的加勒比故乡和童年为背景创作的小说集《米格尔大街》，虽然写的是一个港口城市一条街道上的生活，但这里更像一个小城镇的相对简单而有机的生活状态，而非都市的高度理性与匿名化。总的来说，奈保尔在怀念中有批判，在讽刺中有同情。大街上的人怀抱着各自的期望，同时生活中却又充满辛酸苦涩。他们有些人对死气沉沉的生活不满，试图逃离却又遭遇失败，甚至沾染上恶习；有的人目光较为短浅，只想在现存范围内争取一个有利的位置。与安德森相比，《米格尔大街》里的人物显得愚昧些，同时也质朴些。两者的共同点是，他们写的其实大都是与环境格格不入的人，多少显得与众不同。与安德森那种明快的对工业化、现代化的不满相比，奈保尔显然思想要复杂得多，他对外面的世界并没有明确的否定，对照后来的作品，甚至可以说，他对那些试图逃离大街的人更同情些。在叙事技巧的选择上，《米格尔大街》多以对话表现人物，而不像《小镇畸人》那样喜欢描述人物内心和场景片段。

就结构上来说，《蛋镇电影院》是一部短篇小说集，所以和上面的两部小

说形式上一样，都是以一个一个不同的人物故事串连起来。就小镇叙事而言，朱山坡的两部以蛋镇为中心的小说，在基调上有明显不同，因此凸显了自己的特色。就地方性而言，蛋镇因为处于南方，自然具有南方的特殊性，在《风暴预警期》中，就是这里和台风与洪水结下了不解之缘。从根本上说，台风与洪水也可能并不能标示蛋镇的独一无二，因为无论哪里的人，碰到台风与洪水都是要想办法抵抗或逃跑的，这里的人们也不例外。至于镇上行行色色的人，男男女女，生生死死，打打杀杀，爱恨情仇，也和其他地方无异。当然，蛋镇确有几个怪人，甚至有深具超现实色彩的类似"怪物"的人，比如生长成巨大怪物的杀狗的前美人海葵就是一例，其他人的怪异程度可能没那么高，也没有什么魔幻色彩，但也确实异于常人，如不停地给"苏联"和"中央军委"写信的郭梅与荣秋天，用狗牙冒充金牙的金牙医，狎昵母狗母猫的银兽医等，性情中都有程度不等的偏执狂倾向。当然也必须承认，小说对台风的认识富有哲理。一般人会认为台风是可怕的自然灾害，避之唯恐不及。《风暴预警期》里也描绘了台风带给人的心理恐慌，以及其摧枯拉朽的巨大力量。

但是，台风及与之如影随形的洪水也适时地卷走了镇上各个角落里的大量垃圾，从而使蛋镇获得新生。这是一个隐喻，它与小说的主人公荣耀的行为息息相关。幸运的是，这个社会还需要他，他是一名清洁工。小说有意思的地方就在这里，他被当成社会里的垃圾，但他却成了帮世界恢复干净和秩序的清洁工，也就是说，他对世界的贡献与台风相似。不仅如此，他还不顾别人反对孜孜不倦地义务充当业余台风预报员，可能动力正来源于此，只是他自己不知道罢了。

对于荣耀来说，生存是困难的，但是不可思议的是，在这种情形下，他居然把他所碰到的弃婴都收养了。小说的核心内容也正是反映他和这些养子养女的生活。这些孩子有来历较清楚的，也有完全不清楚的，但有一点是毫无疑问的，就是他们被抛弃了，如果不是荣耀收养他们，也许不会有其他人收养他们，也可能活不到现在。总之，他们和荣耀一样，是被正常的社会系统排斥掉的，可以统称为"废弃的生命"。他们被抛弃，也就意味着，对生产他们的系统而言，他们的生命被视为没有价值和意义。如果用存在主义的说法，我们可以称现代的所有人都是被抛入这个世界的，但他们却又被抛出了。他们活下来，只具有自然生命的意义，所以名字叫"荣春天""荣夏天""荣秋天""荣冬天""荣润季"。他们生活非常困难，生计没有着落，周围的世界充满恶意，人们排斥他们，陷害他们，像润季年纪尚小，就被银兽医强行夺走了贞操。他们之间也常常互相伤害。他们是多余的，他们的存在没有人在意。他们没有归属感，像"我"，荣润季，就时常想逃离蛋镇，寻找到自己的亲生母亲。当然世界有时也需要他们，像海葵，自己生不了孩子，就想收养润季；而镇上的警察，当抓不到真正的罪犯的时候，就会想用荣家的孩子来顶罪；而银兽医这样的心怀诡诈者也会把魔爪伸向没有自我保护能力的润季。他们有被利用的价值，他们是备用品。

小说如果只写到这里，自然也具有一定的批判意义，至少显示了作家对不公不义的愤怒，对底层和弱者的同情。但这显然是不够的。《风暴预警期》要展示的，其实是这些废弃的生命对自己的生命意义的再造和重建。也许他们对别人，甚至是自己的亲生父母，都是多余的累赘，是废物，是垃圾，一钱不值，但对他们自己，就是上帝。他们必须创

造自己的生命意义，荣耀收养弃婴、预报台风，荣秋天给"中央军委"写信，"我"想寻找亲生母亲，都源于这种重构生命意义的冲动。是的，他们做这些，其实无济于事，荣耀收养弃婴，徒然浪费自己本就不够的生存资源，至于预报台风，既不是自己的分内身，还干扰了官方信息的发布；荣秋天根本不会收到北京的答复，就像郭梅寄给"苏联"的信永远不会抵达收信人的地址"西伯利亚"一样；而润季的母亲也不会在长沙等着她，更不可能给她公主一样的生活。但这绝非毫无意义的虚幻臆想，他们通过自己的想象，赋予自己的行动以意义，从而构造出属于自己的体面与尊严。比如"我"的逃离，虽最终未成功，却展示了个人不懈的追求，同时引出那些没有血缘关系的荣家人对自己的关爱，所以绝非徒劳。最后，荣耀的死又将大家团结起来，原来各怀心思四分五裂的养子养女们为了一个"像样的"葬礼而奔走，激发起各自的潜能。就是镇上的其他人，也看到了或者重新肯定了荣耀的贡献。就像台风一样，荣耀的死让蛋镇获得了新生。那些废弃的生命，并没有被台风卷走，而是在风暴中重构了生命的意义。

台风、洪水以及荣耀的死，何以就

能给蛋镇带来新生？小说的描写都是隐喻性的，也没有直接提供答案，所以显得缺少必要的中间环节。在奈保尔和安德森笔下，那些人物与现实的紧张关系并没有明显的缓解，很多人物甚至可以说是彻底的失败，无论是从现实中或心理中，都没有获得解脱或救赎。《风暴预警期》诉诸自然的力量，貌似缺乏说服力，因为社会不可能从灾难中自然地寻找到改弦更张的动力。而荣耀一死，就唤起人们的道德觉醒，也有理想化之嫌。那么，该如何理解朱山坡的构思？也许只有引入一种"奇迹美学"，才能解释文本中的动力学。现代社会是一个理性化、科层化也即官僚化的社会，围绕着所谓效率，一切都仿佛可以用数学/数据模型加以推演，科学和经济学成了人类思想和实践活动中唯我独尊的霸权。经济学的逻辑用冷冰冰的语气告诉我们，什么仰望星空和月亮，以及吟诵诗篇等等，一则不能改变世界，二则不能产生经济效益，是毫无价值的事情，纯粹浪费时间。同时，科学告诉我们，人不可能变成怪物。理性的铁律统治着整个世界，没有任何事物能逃出它的魔掌。在一个已无奥秘可言的王国里，生活显得苍白而缺乏魅力。所以，作家和诗人，

就承担着将奇迹引入理性世界的天命，重新给现代社会赋魅。这就是蛋镇奇迹发生的原因，是作家将不可能变成了可能，通过一种恣肆的想象，将生机勃勃赋予死气沉沉，将灾难变成更新重生的契机，也算是一种向死而生吧。在这个意义上，荣耀的死是一种牺牲，它净化了社会和人们的心灵，让蛋镇上的人获得新生。

到《蛋镇电影院》，更是充满了各种奇迹。而且这部小说不像《风暴预警期》那样，只把奇迹的产生归结到自然的力量上，在这里存在着更多的不可思议的人物，发生着许多稀奇古怪的事件，人物和叙事会碰到各式各样的困难，同时也就产生了五花八门的解决方案。比如《大产房》里的旺兰，她必须在电影院里生孩子，在其他地方生不了，也可能是她不愿意在其他地方生。由这个预设，小说描述了旺兰的生产与电影院之间的紧密联系，婉而多讽。而贾长腿，喜欢在电影院里睡觉，别人看电影时，他酣眠。最终，这位不是为了看电影而是为了在放映时睡觉的人在座位上长眠了（《在电影院睡觉的人》）。《深山来客》主要是写鹿山人对妻子的深情，妻子热爱看电影，但深山里没有电影院，

所以只好到蛋镇来看。但来一次非常不容易，清晨撑船出发，晌午才到，看完电影要连夜赶回家，得用火把照明。女人病得不轻，腿不好，丈夫要背着她行动。他自己并不爱看电影，说那全是骗人的，但也可能是因为缺钱。小说用细致的笔墨描写他们的恩爱，透露他们曲曲折折的命运，以及没有被命运摧毁的良善。最感人的一幕出现在鹿山人的妻子最后一次看电影时，其时台风将至，上次台风来时曾经导致一台放映机损坏，同时出于安全考虑，电影院已经出告示当天不放映。妻子不想离开，放声痛哭。院长老吴冒着血本无归的风险，破例为她放了一场电影。没有人售票，也没有人守门，但所有人都知道这是为她一人放的，所以连平时喜欢贪小便宜的人，也没有进去看免费电影。看完电影后，妻子又到照相馆照了相。这是他们最后一次现身蛋镇，人们以后再也没有见过他们的身影。隐隐约约的，我们能感受到，鹿山人的妻子可能预感自己不久于人世，所以坚持要看最后一场电影。而平时苛刻的老吴，当了一回好人。在整个《蛋镇电影院》里，这是最朴实的一篇，鹿山人和他的妻子，连名字都没有，有关他们的身世，也是经过旁人转述的，但

这却是整个系列小说里最让人回味的一篇，因为这里有超出想象世界的、人间真实深厚的情感诚挚的表达。贾长腿借助电影院睡觉，旺兰用看电影的时间生产，鹿山人的妻子经由看电影获得生命的意义，显然一步步深化了人物与电影的关系，虽也可以称为电影创造的奇迹，但这里的奇迹仍然有迹可循。

经过仔细辨别，我们会发现，其实有些篇目只是借用了电影或电影院的相关人物或事物做文章。比如，《凤凰》是系列小说中写得最早的一篇，属命题作文，那时电影院这个中心意象还没有产生。进入这个系列的原因是，女主人公凰是电影院的售票员。她非常漂亮，男孩们都想追求她，可她却只喜欢从外地来镇上工作的章卫国，并把他叫作凤。凤上战场牺牲了，但凰不相信。最后，在一片迷离恍惚的气氛中，凰也消失了，是和一个长得像凤的人一起乘夜悄悄离开的。至于为什么要这样做，人又去了哪里，就无从知晓了。这篇小说奠定了后来多数篇章的基调，即人物或来历不明，或去向不明。他们像电影中的人物一样，上演的常常是生活中的片段剧目。《越南人阮囊羞》中的越南人，到底是否曾千里的亲儿子？甚至是不是

越南人？作品并未明示。但这显然并不重要，重要的是他的存在曾经像他带来的白虎油一样，一定程度上改变了蛋镇人的生活，甚至是带来某种惊喜，比如大家曾经以为是他编造出来的表妹。小说充满戏谑的味道，比如主人公的名字截取了"囊中羞涩"这个成语，或者曾千里药店上的告示，"请勿谈论白虎油"（这是在戏仿东西的小说《请勿谈论庄天海》）。《下流美工》里，通过对那个神龙见首不见尾的电影海报绘制者的描述，为读者展现了一段似是而非的蛋镇过往岁月。作品用奇诡、夸张的想象，配合半嘲谑半忧伤的笔墨，辅之以叙事的空白、断裂，让记忆的灰烬焕发出炫目的光彩。类似的情景也出现在《站住，麻风病先生》中，那位喜欢穿西装的外来者，是不是真的有麻风病，或者是否真的是来寻找传说中的圣旨，这些都不重要，重要的是，他和其他外来者一样，他们的到来打破了蛋镇原来一成不变的生活轨迹，赋予他们单调沉闷的现实以杂音和亮色。当然，也可能改变镇里一些人的命运，如《凤凰》里的凤改变了凰，

又比如，《1985年的莎士比亚》中的"莎士比亚"，虽然排演话剧的事业不成功，人也不知所终，但却留下了一台"我"梦寐以求的相机，让"我"成为镇上最好的照相师，从而实现了自己的人生理想。当然，那些莫名其妙地从蛋镇离开的人，也激起蛋镇人无穷的遐想，不同程度地丰富了他们的生活。胖子章一心想偷渡去美国，坐上小船从蛋河飘然远引，从此成为人们茶余饭后的谈资（《胖子，去吧，把美国吃穷》）。在这点上，他与凰具有同样的意义。

虽然电影本身已经具有足够的吸引力，如《深山来客》里鹿山人的妻子无论如何也要在生前看最后一次电影，或者像《先前的诺言》里的长毛小子兄弟挪用父亲的棺材钱买票看电影，又或者说是《全世界都给我闭嘴》里的电影让两位仇人和解，朱山坡还是更深入地将电影本身的特性与小说人物的塑造、特别是小说叙事的逻辑结合在一起。从前面的那些故事中，我们已经看到，电影与看电影，创造了许多奇迹，但仍然服从于现实的逻辑结构，具有存在的可能

性。但从中也可以看到，不管是借着人们熟睡之际逃离，还是从蛋河的迷雾中消失，已经呈现了电影艺术本身的幻觉色彩。但这些幻觉内在于现实，因为它们反映了人对于美好生活的追求与想象。而要完成它们，就不能仅仅在现实中寻找它的可能性，而必须借助于人的想象力，或者说魔法。也就是说，对于真实社会中无法解决的社会矛盾，或现实情境的无能为力，只有借助于魔法，才能找到一种想象中的解决方案。如《骑风火轮的跑片员》里，孙吴在已经死亡的情况下，仍然骑着自行车飞驰，以便把胶片送到电影院。而《苟滑脱逃》，更是充满奇幻色彩，当小偷苟滑被一群愤怒的乡下人围攻，在封闭的电影院里无处可逃时，竟跳进了银幕上的一列火车，众目睽睽之下消失了。他并不是一个魔术师，不会使用障眼法。他就是凭空不见了。第十一年，他又从银幕里的另一列火车上跳出来，匪夷所思地从一个时时刻刻身无分文的小偷摇身一变，成为一个腰缠万贯的大老板。他就是魔法的化身，这个魔法时刻不但让电影院的观众忘记了飞驰的火车的运动，也让读者忘记了时间的流逝。这是想象力的奇迹，而不是现实的奇迹。

这样，奇迹，或魔法，就将朱山坡笔下的蛋镇统一了起来。这里充满了幻觉、变形、化身，打碎了牢固的现实的坚冰，让人的生命力涌动出来，自由充溢于天地之间。

作者简介：张柱林，汉族，广西天峨人。广西文艺评论家协会副主席，广西民族大学文学院教授、博士生导师。主要研究领域：现当代文学与文化研究，现当代文学作家作品。出版《一体化时代的文学想象》《小说的边界：东西论》《桂海论痕》等三部著作，参与编撰著作多部，在《当代作家评论》《光明日报》《中国现代文学研究丛刊》等海内外报刊发表论文作品多篇。曾获广西文艺创作最高奖铜鼓奖、广西文艺评论奖、《南方文坛》年度优秀论文奖等奖项。

微型场域与审美的南方乡土

熊敬忠　李运彩

作为当代广西具有代表性作家的朱山坡，写作取向在于坚守乡土，心系家园与南方，以南方为文学书写的土壤，塑造出南方文学意象，为南方文学文坛做出了很大贡献。笔者在一次与朱山坡的交流中曾问他，作为从北流乡村走出的农家孩子，是什么原因推动自己如此努力的把家园以及南方以文学形式加以表现。他说有两个原因，一是对文学与家乡的无比热爱与眷恋，一是勤奋写作永不言弃，笔者深有同感。

朱山坡秉持"南方写作"，是广西"南方写作"的重要作家之一，"南方写作应当被理解为在南方写作，在如今商品经济高度发展的南方，在南方写作意味着在商业大潮中坚持写作，坚守一种被视为不合时宜、落伍的个人性生存与生活方式。"[1]"无论我身在何处，我都坚持'在南方写作'。"[2]朱山坡很多作品，总是不断营造南方独特的文化氛围：写南方的人、南方的事、南方的景和南方的情。

文学表现的一个显著形式是见微知著，以小见大，通过写小地方、小人物、小事件来折射时代变迁、地理风情与民情风俗。朱山坡熟练使用这一方法，在《蛋镇电影院》等作品中体现得淋漓尽致。这是文学的微型场域，而以微型场域呈现审美的南方乡土，构建出南方文学镜像，成为朱山坡的艺术追求。本文以《蛋镇电影院》系列为个例，探讨作家以"蛋镇电影院"为微型场域所塑造的南方乡土，并揭示当代语境下南方文学乡土的美学意味。

一

朱山坡认为"南方写作"是"在文学的版图里，南方将依然是南方。南方的经验，南方的腔调，南方的气息，构成了南方的独特性和丰富性，在文学里这些东西生命力无比强大"[3]，"我的小说基本上是以南方为背景，南方的经验，南方的腔调，散发着南方尤其是广西的气息。这只能是南方的小说，只能是南方作家的小说"[4]。由此，作家写出了以《蛋镇电影院》为代表，包括《米河水面挂灯笼》《风暴预警期》等在内的系列南方微型场域作品。

（一）《蛋镇电影院》中的地域特色

苏童和余华也是"南方写作"的实践者。所谓南方，是心灵与文化想象中的南方，"我所寻求的南方也许是一个空洞而幽暗的所在，也许它只是一个文学的主题"[5]。在苏童笔下，南方所表现出来的南方更多是一种颓废的意味和传奇色彩，"我厌恶南方的生活由来已久，这是香椿树街留给我的永恒印记"[6]。与余华、苏童不同，朱山坡书写的文学南方基于粤桂两地交界处的乡村和城镇，蕴含着浓厚的桂东南色彩，以及激情式的家乡情结。《蛋镇电影院》中的蛋镇，以作家故乡为原型，"我总是努力在小说中营造一种具有岭南特色（到底是有自己特色）的叙事氛围，释放一些信息，使人产生一种陌生感和怪异感，这也是我追求的小说气质的一部分"[7]。这里所说的岭南特色就是桂东南特色，即丰富的桂东南风俗人情、浓郁的南方文化氛围和深厚的人文关怀。

作家很早就意识到地方特色对于写作的重要性，在《蛋镇电影院》中，作者以独特的大街名称来营造南方氛围，如芒果大街、南洋大街、菠萝巷、珍珠港，等等，每一条都带有桂东南特色，让读者不自觉地就会感受到鲜明的岭南气息。在《凤凰》一章中，出现了南方独有的凤凰树。凤凰树主要分布于中国南部及西南部。而凤和凰是两个主人公的名字，凤和凰最初相遇于凤凰树下，离别也是在凤凰树下，在最后离开蛋镇之时也仍是聚在凤凰树下。"那时候，是五更天了吧，路灯亮得很疲惫了，天空中竟然飘洒着蒙蒙的烟雨，这种雨打衣不湿，甚至落不到地上，没有人会在意它。"这雨是南方的雨，朦胧，轻盈，使周围事物进入一种若有若无、隐隐约约的状态。在这样的情况下，眼障的陆清远清楚地看到了凤和凰"手挽着手，走路很轻巧，脚不着地，像腾云驾雾一般"离开了蛋镇。南方的雨，下得细腻、温柔，给人一种缠绵、朦胧的感觉，这也给凤和凰为什么离开蛋镇这一故事情节蒙上一层迷雾。

南方独特的地域性浸入在日常生活，尤其是地域方言与话语的表达方式之中，《蛋镇电影院》常常通过人物口语来表现蛋镇人的日常生活，如一些地方"脏话"——"妈的""狗娘养的""摸你妈呀"。这些话经常出现在南方村民口中，体现出了南方语言独有的地方特色。南方人在说话时喜欢加一些语气词，比如"啦、吧、呢"等。小说中，蛋镇的人们说话总是会带有一些语气词，比如，"连电线杆都冒汗了，你不觉得热呀？""请问，最近有没有好看的电影呀？""钱不够了，等下次吧！""你说什么呢？""怎么啦？""那你为什么不买票进去看电影呀？我没有阻止你呀？"这些就是蛋镇人的日常语言。通过乡土语言的记录，展现出一副落后、封闭、自娱自乐却又有情有义的生活画面。这些语气词，给人一种温柔细腻的感觉，具有独特的南方印记。

（二）南方小镇风情

商品经济大潮对城市、乡村的文化结构产生显著影响，缩小了城乡差异，消解了历史传统，这对于文学地域性来说，是某种程度的解构。尽管如此，朱山坡在文学书写中仍极力守护南方标签，"南方正在消失。但'南方'是不会彻底消失"[8]。不同于东西的"走出南方"，朱山坡把家乡的苦难生活作为反映对象，对乡民充满了无比深厚的人间情义。

就蛋镇而言，它并非一个富有的现代小镇，相反，它是一个落后、偏远、贫穷的小镇，朱山坡以细腻的笔触，再见了蛋镇的现实图景。比如，鹿山夫妇为了看一场电影，跋山涉水，来到蛋镇；长毛小子为了看一场电影，宁愿花掉给父亲买棺材的钱；孙吴为了跑片，骑着自行车来回奔波，最后死了；母亲给了我六块钱，要买三斤肉回家，因为"我和三个哥哥、两个妹妹以及母亲和卧病在床的祖母已经三个月零十七天没有吃肉了"，可"我"却花两块钱去看电影，还得用剩下的四块钱买三斤肉……这些描写可以真切地让人感受到二十世纪八九十年代农村人的贫困生活。虽然物质上贫穷，但蛋镇人的心里依旧留存着善念。在《深山来客》中，鹿山人就背着他的妻子来到蛋镇电影院观影，而他自己不看，以此表达对妻子的爱，"卢大耳知道，鹿山人不看电影其实是为了省钱。"蛋镇人了解到外来人生活的艰难，就把田七、人参、麦乳精以及名贵的山东阿胶送给他们。当鹿山人再次带妻子来看电影时，却看到告示，"台风将至，今天不放电影"，妻子掩面而泣。最后，老吴破例为她放了一场电影。"在蛋镇电影院历史上，这是头一回免费给一个人放电影。""可是，没有谁说阴阳怪气的话。"这是他们最后一次出现在蛋镇，后来蛋镇的人们总不愿意承认鹿山人的妻子已经去世了。《天色已晚》

中，老宋对"我"冷嘲热讽，说"我"用六块钱买一头猪回家，而"我"花了两块钱买了电影票，看完电影出来之后发现肉行已经散了，"我"号啕大哭。这时，卢大耳拿着老宋留给"我"的三斤肉出现了，"我"用四块钱买了三斤肉回家。在小说中，鹿山夫妇的爱情、蛋镇人和鹿山夫妇之间的情谊，以及老宋给"我"留肉的行为，处处都呈现出小镇人们淳朴、真挚、善良，显示了乡村文化境遇下的优美人性。

这样，朱山坡作品的南方风情就具有双向的审美意义，第一，以南方小镇为场域的地理景观，美丽、自然、纯净、安全；第二，南方小镇的审美格式化，把南方小镇的潜在文化品格升华为人的品性之美，以及作者对乡土的爱、味和思。在现代性世界图景中，乡土情结是一种具有对抗性的内在情感。

二

《蛋镇电影院》以蛋镇为中心点，编制了南方小镇故事。"蛋镇"是朱山坡以家乡为原型构建出来的，二十世纪八十年代的蛋镇生活是朱山坡写作的重点，蛋镇与电影院承载着他的成长记忆。

电影作为蛋镇的文化标签，是那个时代蛋镇群众的集体无意识心理。蛋镇电影，满足了蛋镇人的精神需求，使得这个封闭、孤独的南方小镇拥有了无限生机。朱山坡笔下的蛋镇和蛋镇电影院，具有丰富内涵。

（一）蛋镇：社会现实的缩影

蛋镇，一个在历史洪流下艰难存在的南方小镇，而蛋镇人的生活也同样艰难，但是他们却对自己的生命和理想不在乎，他们更关心的是那些和自己不一样的人的生活与命运，仿佛他们的生活才是生活。他们就像是鲁迅笔下的看客，没有理想，对生活麻木，而朱山坡赋予了那些异己的人不一样的思想，他们有自己的理想，但是他们却无法与蛋镇人交流沟通，因为蛋镇人不关心理想，他们只关心异己的人们能给单调、一成不变的生活带来怎样的乐趣，其他的一概不理。于是，怀揣着理想的人们只能在幻想、焦虑、孤独中坚守自己的理想。最终，离开蛋镇，或者付出生命，以此追崇心中的理想。比如《凤凰》中的凰，在夜深人静的时候离开了蛋镇，具体去了哪里，无人知晓。蛋镇的人们"为凤和凰的故事争论不休""关于凰和凤，是够他们猜测和争吵一辈子的了"，若

是外来人对此感兴趣，"哪个蛋镇人都能给他们讲上半天关于凰和凤的故事"；《胖子，去吧，去把美国吃穷》的胖子章说，"我什么都不怕，就怕老死在蛋镇。"于是在计划了许久之后，终于在全镇人的关注下，坐着自制的小船，离开蛋镇，出发去美国。而朱山坡将笔锋一转，不写胖子章是否能活着回来，相反，他将笔触伸向了那些"看客们"：有人说，胖子章第二天夜里便回来了，怕人笑话，一直躲在家里不出门，蛋镇人还跑到他家里翻箱倒柜，连地窖里的老鼠洞也不放过，还是不见胖子章的踪影。朱山坡通过细小的事情来呈现出历史洪流下的南方世界，既表现了对那些在文明洪流冲击之下不跟随大众而怀揣着梦想的人的赞扬，也表现出了对那些以他人的生活为乐趣的人的讽刺。

朱山坡在表现蛋镇生活时，也写到死亡，"孤独、绝望、恐惧和死亡是文学永恒探究不尽的主题"[9]。死亡是永远也写不完的，通过《蛋镇电影院》，朱山坡表达了对死亡独特感悟和内心体验：孙吴作为电影院的免费跑片员，在最后一次给蛋镇送回拷贝之后，就死了，"手脚僵硬，面无表情，目光呆滞，关键是后脑勺渗着血，滴洒在大街上"。

这是蛋镇人意料不到的；贾长腿在电影院的睡觉过程中猝然长逝；长毛小子的父亲因为过于劳累而死去……小说中，作者对死亡是轻描淡写的，没有沉重的氛围，也没有悲伤的表现。孙吴死后，人们依旧看电影，甚至有人因为电影的散场时间太晚而埋怨孙吴回来得晚。贾长腿的死亡可以归结为两个原因，一个是工作的劳累，他除了半夜要看守粮所之外，白天也要帮老婆从林场把橡胶汁收起来，过度劳累而死亡，另一个原因是因为他太过于思念布谷鸟，他只有在梦中才能与布谷鸟相见，这股强烈的思念促成了他在睡梦中长眠；长毛小子的父亲拼命工作，最后却只存下十八块钱，一份只够买厚棺材的钱。小说中对于死亡的描写并没有太多的言语，只是简单的描述一个事实，一定程度上淡化了死亡。作品通过对死亡的描写，呈现出了底层人民的苦难生活场景，也表达了作者对底层民众命运的同情和悲悯。

朱山坡以个性化的方式回顾他对蛋镇的历史记忆，写出了独特的蛋镇人，展现出了一个不一样的南方小镇。他笔下的蛋镇，是南方乡村底层社会的缩影。作品不仅叙述了南方小镇人的苦难、丑陋、绝望、冷漠和麻木，也表现了作家

对被时代遗忘的乡村的深切同情，从而发出乡村改革的呼唤。

（二）电影院：精神安放之处

电影院，是休闲娱乐的场所，也是人类与艺术之间的桥梁。电影总是在传递一种文化信息，担负着文化交流和思想解放的功能，蛋镇电影院作为文化载体，实现这一文化功能。蛋镇本地人、来蛋镇的人，似乎对电影有着一种偏执的热爱，只要到了镇上，做的一件事就是进电影院。在《先前的诺言》一章中，长毛小子为了将父亲生前对自己的诺言实现，没有听母亲的话给父亲买厚棺材，而是买了一副薄棺材，而剩下的两块钱拿去买了电影票，和弟弟一起去看电影。在那个年代，电影代表着文化的高度，是孩子们的理想，因此长毛小子无论如何也要去看电影；《鹿山夫妇》一章中，命不久矣的妻子让丈夫每隔一段时间就背着她来到蛋镇看电影，雷打不动，直至死亡；《在电影院睡觉的人》中的贾长腿，当群众演员的时候，被布谷鸟的长腿所迷惑，就将自己的腿缠到布谷鸟的长腿上，被布谷鸟扇了耳光。从此之后他在上半夜就睡不着觉了。后来，他坐到在电影院里被扇耳光的 7 排 16 号的位置上，不是看电影，而是睡觉，直

至在"等待布谷鸟"睡梦中猝然长逝；《大产房》中，旺兰一定要在电影院里看电影才能生孩子，前三个孩子都在电影院顺利生下，而第四个孩子却在医院中难产了。在旺兰看来，电影院不仅仅是一个休闲娱乐的地方，也是一个能让她延续下一代生命的地方，而电影则满足了旺兰逃离琐碎生活的愿望，从而得到了精神上的满足。

电影院是公共与个体兼容的特定文化空间，观影在某种意义上来说，是一种仪式感。在电影院，个人更加容易被影片所感染，代入感会更强，"只要我进了电影院，一切都变得如此美好。当片头曲响起，连最悲伤的事都可以忘记。而当想起片尾曲，不得不从座位上站起来，离开电影院时，我总是犹如从梦境中醒来，怅然若失，依依不舍"[10]。《天色已晚》中的"我"仿佛就是镜子里的作者，故事中描写了"我"在观影时的一系列内心活动，"她走动，我仿佛也跟着走动，她开心，我心里也甜蜜，她伤感，我潸然泪下……在这短暂的几十分钟里，我们心心相印，依依不舍……我们开始了漫长而伤感的告别……"看完了电影，"我"也终于完成了"伟大的理想"。"我"随着电影中的"熏子"

情感变化而变化，实现了"我"与熏子的情感共鸣。只有走进电影院，"我"在现实生活当中受到的苦难才会随之消失，取而代之的是"我"在精神上和心灵上的满足。

蛋镇电影院承载着时代的印记，散发出特有的历史气息。在《全世界都给我闭嘴》一章中，袁更凯和荣春天是情敌，同时都是退伍军人，在战争中，袁更凯耳朵聋了，荣春天失去了右腿。两个都是被战争"伤害"的人，身体上都留下了不可磨灭的痕迹，从战场回来以后，他们性格暴躁，无法与蛋镇人心平气和的相处。袁聋子听不见，却在看电影时突然警告所有的观众，"全世界都给我闭嘴"！而荣春天是一个笑点极低的人，看电影的时候总是很吵。于是两人便产生了冲突——袁聋子打了荣春天一巴掌。但荣春天却没有做出任何反应。再后来，蛋镇人就在电影院看到这样一副画面：袁聋子和荣春天紧挨着，亲密无间，像兄弟一样，肩并肩地坐在一起，耐心地等待电影的开始。这是蛋镇人没有想到的，他们预测过很多种情况，也许是单打独斗，也许是打群架……可这些并没有出现，相反的，他们两个人"亲密得像亲兄弟"，没有人知道中间发生了什么。也许是他们冰释前嫌了，因为"同病相怜"——他们都遭受了战争带来的身体上和心灵上的创伤；也许是他们不想再以互相对立的形象存在于蛋镇人的脑海里；也许是他们在思想意识上达成了共识……我们无法得知其中真正原因，他们和解的一个契机是在电影院里看电影，从而发生了后来的事情，由此可见，电影院作为一个枢纽，起到了至关重要的作用。

蛋镇电影院是人们的精神文化寄托，甚至承载着理想、未来与希望。在传播文化的过程当中，同时也联系着蛋镇与世界，电影院作为文化的载体给予了蛋镇人以精神的寄托和自我的释放。

三

朱山坡在小说创作中的艺术表现技巧独具特色，他通过独特的叙事视角和反讽的写作方法呈现出蛋镇的日常生活，展现了蛋镇人之间尚存的温情，以及作家对农村底层人民的悲惨生活的同情和悲悯。

（一）独特的叙述角度——"我们"

叙述角度也称为叙述视角，是作者创作小说的一种重要方式。《蛋镇电影院》的一个特殊之处是对叙述视角的选择。朱山坡所选择的叙述角度是"我们"，"我们"有限地进入小说中，但却不是情节重要的推动者，而是像第三人称一样去旁观，旁观蛋镇的众生百态。在小说中，蛋镇的每个人都是讲故事的人，同时也是故事里的人，读者既可以感受到"我们"的主角视角，也可以体会到"我们"的旁观视角。比如，在《天色已晚》中，作者通过以"我"的视角进行叙述，而"我"只是一个少年，这就让读者在阅读的过程当中不自觉地就会融入其中，体会到"我"可以看电影时的喜悦，感受到"我"与熏子相见的快乐以及在电影散场之后，肉行打烊，而"我"无处可以买肉的惶恐，还有最后卢大耳拿米老宋留给"我"的肉时的感动；在《下流美工》中，"我"因为很喜欢电影院精美的画报，常常把它们撕下来带回家收藏，吉大鼻子也是如此，后来"我"与吉大鼻子产生了冲突，再后来，"我"因为想要向美工学习精湛的绘画技术而放弃了当兵入伍的机会，但是最后美工却调离了蛋镇。故事通过"我"与吉大鼻子争夺电影画报的过程，展现了以"我"和吉大鼻子为代表的少年群体对美的追求，是审美文化得到发展的表现，但是在美工调离蛋镇之后，电影海报又恢复为老吴的公告体，也说明了蛋镇审美文化的倒退……朱山坡通过运用"我们"的主角视角，给予读者强烈的代入感，让读者拥有身临其境的真实感，这有利于描写小说人物的内心活动，表现出他们真实生动的性格。

小说中还有来自"我们"的旁观视角。朱山坡笔下的叙述者，像是把自己置身事外，旁观世界，没有深入任何一个人物的内心世界，面对故事的发展情节，不解释，也不作任何评价，只是客观地描写人物的外貌神态和言行举止，包括大段对话描写。朱山坡把自己代入小说中，为读者讲述一个又一个故事，不掺杂任何一丝个人情感，只是客观描述他所看到的每一个画面。例如，《越南人软囊羞》中，讲述了越南人软囊羞来到蛋镇卖白虎油，赚了钱之后却带着他所谓的"亲生父亲"曾千里的妻子白新衣离开了蛋镇；《三级片演员》里，蛋镇电影院放映员蒋卷毛在电影院和录像厅的卖票员闵彩虹发生关系并导致闵彩虹怀孕。蒋母不同意闵彩虹嫁入蒋家，"闵母跟她女儿一样有心计"，后来男女双方商定，蒋家给闵家五千块钱，闵彩虹同意堕胎，平息这件事。故事从旁观者的角度讲述了事情发生的起因、经过和结果，闵彩虹"第三天，便回到售票室上班，若无其事，像上了一趟厕所回来，只是肚子瘪下去了，像是饿了半个月"。

朱山坡通过客观的叙述以及人物对话，讲述了一个又一个发生在蛋镇的故事，让读者回味无穷。《1985年的莎士比亚》里，开头介绍了少年选择电影院作为排练《哈姆雷特》的原因：因为文化站录像厅放映三级片，蛋镇电影院曾经有一段时间门可罗雀。故事人物登场的叙述，渐显了人物个性；有的以对话结尾，故事结束却意味深长，如《下流美工》，作为艺术象征的白美工离开了蛋镇，这本就是蛋镇文化倒退的一种表现，而继承了画工技艺的"我"愿意以三个鸡蛋为酬劳为电影院手绘画报，但老吴拒绝了。这就意味着蛋镇的审美文化又重回旧日起点，人们内在的对美的精神需求不再得到满足，甚至可能还会消失……

人物对话的过程是故事情节的一个推动过程，朱山坡常常在简约、凝练的人物对话中表现出人物的身份、经历、性格以及命运，从中可以感悟到在传统的南方文明与现代世界文明的冲突之下，封闭、落后的南方小镇人们的苦难生活和精神困境，聆听到挣扎的呻吟和绝望的呼声。

（二）反讽与留白

余岱宗认为，"反讽叙述希望达到的效果，与叙述者字面上的陈述往往是错位的，'言在此而意在彼'是反讽的基本修辞面貌"[11]。朱山坡在《蛋镇电影院》中运用反讽。作品开篇第一段就写道："蛋镇人喜欢钻牛角尖，好吹毛求疵，有时候连简单的显而易见的问题都争吵得不可开交，难以达成共识。然而有两件事情毫无争议：一是电影院是看电影的地方，二是蛋镇最漂亮的姑娘是凰。"这段话就表现出了作品的语言特色，同时也奠定了整部作品的风格。刚开始看到这段话的时候不免觉得有些好笑，可在好笑背后却是幽默的反讽。仔细品味之后，就会发现，建造电影院就是为了看电影，凰是蛋镇最漂亮的姑娘，这是有眼睛的人都能看到的，这么浅显的事情还需要蛋镇人达成共识，这无疑是对蛋镇人愚笨、封闭、无所事事的嘲讽。《胖子，去吧，去把美国吃穷》这个标题本身就是反讽，在小说中，胖子章说，"现在我爸也养活不了我——我只能到美国才能永久地活下去"，还

有这样一句："他说得有道理，实际上也是为我们分忧，因为我们蛋镇太穷了，养不起这个食量惊人的大胖子。"表面上是赞同胖子章说的话，实际上却是讽刺他的食量——吃那么多，人家美国也养不起你。再比如，朱山坡通过人物的称谓变化，使故事情节带有一定的反讽效果。在《站住，麻风病先生》，对于来到蛋镇上的这位整日西装革履的男人，小说写的最初的称谓是"他"，后来变成了"西装男"，最后变成了蛋镇人口中的"麻风病先生"。虽然"麻风病先生"想通过谎称自己有麻风病而得以进电影院看电影，但是查明他并没有病，可蛋镇的人却从此称呼他为"麻风病先生"。本来给人起一个带有疾病色彩的称呼就是对人的不尊重，但是蛋镇人却又加了一个"先生"以表尊重，这两个词放在一起有强烈的反差，并且给人一种前后矛盾的感觉。朱山坡就是要这样的效果，两者前后形成的强烈反差，能给读者一定的反思，把蛋镇人"病态的内心和灵魂"表现得淋漓尽致，也把这个男人不予反抗、安之若命的生活态度呈现在读者面前。

恰当并巧妙地运用反讽会使作品产生深刻而独特的内涵，反讽最大的好处

在于它表面含义和真实含义存在一定矛盾和冲突，比起直接表达批判和挖苦，运用反讽会讽刺效果更具有深刻性与针对性。朱山坡通过展现蛋镇人的各种行为和对话，运用反讽表现出蛋镇人在那个年代里的愚蠢与无知，在讽刺的背后却蕴藏着朱山坡对他们的同情与怜悯，可笑又可怜。

朱山坡在作品当中常常给故事情节留白，"没有把人物和故事写得很满，留白很多，叙述节奏很快，让读者听得到小说里时间流逝的声音"[12]。有些故事中的悬念通常没有明确提示，也没有最终答案，需要读者通过故事中的场景、动作以及人们之间的对话和心理活动去自行揣摩和解读，留白给了读者宏阔的想象空间。比如，《凤凰》中的凰是电影院的售票员，和凤是恋人，而凤战死沙场，凰不相信，最后在某天深夜悄悄离开蛋镇，至于为什么离开，去了哪里，到底是不是和凰离开，没有人知道。同样，在《越南人软囊羞》中的软囊羞到底是不是曾千里的亲儿子？是不是真的越南人？在作品中并没有明确说明《胖子，去吧，把美国吃穷》中的胖子章，是否到了美国？他是否还活着？或者他已经死了，而灵魂飘荡在太平洋上。《站

住，麻风病先生》中，那个爱穿西装的外来人是否真的有麻风病？是不是真的来寻找传说中的圣旨……他们打破了蛋镇一如既往的单调生活，给蛋镇人带来了一丝不一样的色彩，增添了生活的乐趣。他们的事迹，成为蛋镇人茶余饭后的谈资，那些悄然离开蛋镇的人，激起了蛋镇人的无数遐想，在一定程度上丰富了蛋镇人的生活。这些问题引发读者进行思考，小说并没有给出明确答案，让读者自行想象和推测，扩大了读者的想象空间。朱山坡通过描写蛋镇生活的场景碎片，并将这些碎片有条理、有逻辑的拼凑起来，使《蛋镇电影院》中的十七个故事既独立成章，又构成一个整体，展示了底层生活的真实和心灵的真实，描绘了人物的精神高度和小镇人的温情。

在当今社会中，各种文化"百花齐放"，各地文化的差异不断缩小，文学地域性逐渐消解，朱山坡依然心系乡土，文心向南，弥足珍贵。《蛋镇电影院》系列乡土作品，以微型场域的文学镜像形式，曲折再现审美的文化乡土，展示了对文学传统的再度呼唤。论者坚信，朱山坡一定审视新时代乡村振兴的文化

背景，融合新语境与传统乡土叙事，为广西文学与
南方文坛奉献新的现实主义力作。

参考文献：

[1] 蓝君. 南方写作：挑战与价值 [J]. 天涯.1997(04):30.

[2][3][4][8][9][12] 朱山坡. 正在消失的南方 [M]. 江苏凤凰文艺出版社.2019 年，第 43 页，第 43 页，第 89 页，第 43 页，第 280 页，第 276 页.

[5] 苏童. 河流的秘密 [M]. 作家出版社.2009 年，第 139 页.

[6] 苏童. 少年血 [M]. 江苏文艺出版社.1995 年，第 168 页.

[7] 橙子. 朱山坡. 从不同的视角视察新乡土 [N]. 南宁日报.2006-06-14.

[10] 朱山坡. 蛋镇电影院 [M]. 上海文艺出版社.2019 年，第 273 页.

[11] 南帆. 二十世纪中国文学批评 99 个词 [M]. 浙江文艺出版社.2003 年，第 63 页.

我市举办座谈会，庆祝诗集《兰卡威一日》、电影《李明瑞》荣获广西文艺创作铜鼓奖

伍　迁　王耀前

　　"新南方是如此的独特，如此的受关注，它不仅仅涉及文学，还有电影、音乐、美术等，可以说，无论是诗集《兰卡威一日》，还是电影《李明瑞》，都是一个新南方创作的优秀范本。"3月12日，北流市委宣传部、北流市文联举办北流市庆祝诗集《兰卡威一日》、电影《李明瑞》荣获广西文艺创作铜鼓奖座谈会，《南方文坛》杂志副主编、广西文艺评论家协会副主席曾攀如是说。

　　近日，第十一届广西文艺创作铜鼓奖获奖名单正式公布，北流诗人谢夷珊的诗集《兰卡威一日》和电影《李明瑞》分别入选文学类、电影类获奖名单。北流市委常委、宣传部部长陈小凤在座谈会上对谢夷珊诗集《兰卡威一日》和电影《李明瑞》荣获广西文艺创作铜鼓奖表示热烈祝贺，并希望出席这次会议的北流文化艺术界朋友珍惜这次难得的机会，虚心向名家请教学习，不断拓展文学观念和文学视野，不断提高自己的创作水平，努

力创作出更多更优秀的作品，让北流文化能够在广西、在全国更加立体、高大。

在《兰卡威一日》中，谢夷珊以一种兼具地方精神和世界观念的"在地全球"意识，将南方经验由广西城镇，推广至东南亚国家。凭借对海外风景和本土景观的经验融通，再造了一个诗性的海洋文明与人类情感空间。

作为最早刊发谢夷珊作品的编辑之一，广西作家协会原副主席潘大林一直关注着谢夷珊的创作。对于诗集《兰卡威一日》，潘大林表示，"有浓烈的异域感，开拓出了一片广阔的空间。"诗集中的"河里的鱼虾没国籍，只有故乡"，让他非常感动。这让他想到他那些百多年前漂泊于海外的亲人。他称，在某种程度上，这本诗集记录了他祖辈勇闯南洋的历史。另外，诗集也给了喜欢文学创作的后来者极大的启发，即要不断开拓自己的视野、开拓自己的领域，勇敢的用自己的双脚走出去，用双眼望过去，用自己的笔写出来，获得更广宽的表达空间。

广州文学艺术创作研究院专业作家朱山坡认为，《兰卡威一日》是广西诗人写南方题材写海洋题材不可多得的一部作品，也是谢夷珊最优秀的作品。作为谢夷珊创作的见证者，他称谢夷珊是"专业写作 40 年"，一直坚持，一直在寻求转变。他说，很多才华横溢的诗人写写就不见了，"死于没新的作品"。而谢夷珊这些年不断在转身，而每一次转身都像脱胎换骨一样。

曾攀表示，《兰卡威一日》让他眼前一亮。他认为，必须把谢夷珊的诗集和谢夷珊的创作放到整个世界文学中，尤其是整个亚洲、整个东南亚的文学中去探索。他称，"关于新南方的写作，关于如何拓宽诗学的叙事、美学的视野，谢夷珊可以说做了一个非常好的表率，《兰卡威一日》堪称一个在新南方写作的一个非常优秀的范本。"他说，《兰卡威一日》实际上洞开了一扇大门，让更多人可以沿着这个延长线往前走，因为里面有很多值得挖掘的东西。它也给了人们新的指引，那就是要真正回到文化的本原，真正理解所在的地方，真正理解我们的南方，让南方像一个触角一样，不断地往远处伸延，而不是只回到南方这么小的一个区域里面，"我们的美学、触觉，我们的思维，不能仅仅在南方，还应有更广宽的视野"。同时，曾攀也认为，《兰卡威一日》抒情的地方有点过滥，他认为抒情性的东西可以稍稍减弱，加进思想性的东西，让能够冲击人思想的东西得到加强。

玉林师范学院文学与传媒学院院长肖国栋说，诗集《兰卡威一日》是一个以文学地理为坐标去精心刻画的一幅长卷。《南方文坛》编辑谭萃颖认为，《兰卡威一日》选材的眼光独到，读起来字字入心，是玉林乃至广西文坛的一个重要收获。本土诗人陈琦表示，谢夷珊的诗集《兰卡威一日》是他坚持创作的一个必然结果。他称赞谢夷珊在创作上，一直坚持自己的情感方式、语言方式和表达方式。而且在坚持中，把自己的风格坚持到了极致。本土诗人琬琦表示，从《兰卡威一日》可以看到，"谢夷珊的创作很苦、很孤独，也很享受"。而堪称谢夷珊"战友"的诗人吉小吉、梁晓阳、湖南锈才都纷纷表示，"《兰卡威一日》，让人看到了谢夷珊在诗歌创作上的突破"。

对于来自各方的赞誉，谢夷珊称，自己取得今天的成绩，跟诗坛上的各位同道的帮助是分不开的。当遇到创作上的困境时，总能得到同道的鼓励

与帮助。而近年来，在创作上还得到了北流市委宣传部领导的大力支持。

在曾攀看来，电影《李明瑞》给我们很大的启示，即在电影创作方面上，革命资源如何重新激发出来。他说，像李明瑞这个革命先辈的形象，如何的推陈出新，如何重新激发革命资源的活力，它提供了一个非常重要的范本。

肖国栋说，这是一部让他深感震撼的电影。前一段时间，他们单位在北流举行团建活动，他在北流的革命展览馆很认真地看了关于李明瑞的故事，深受感动。他说，这个题材在玉林师范学院曾经排过一个舞台剧和音乐剧，反响不错，也进行了多场演出。他觉得这部电影很有教育意义。

陈琦作为北流本土人，对李明瑞的事迹了然于胸。他认为，这部电影能够把一个党史人物和艺术完美地结合起来，成功打造出这部电影，还获得了铜鼓奖，可喜可贺。同时，北流市能够同时斩获两项铜鼓奖，是北流市委、市政府多年来对本土艺术创作大力支持的一个必然结果。

李明瑞的曾孙李开明在谈到这部电影时，数度哽咽。他觉得这部电影完整地展示了李明瑞参加革命的整个

历程，内心"深受触动"。他称，他全程参与了电影的制作和发行，感觉像跟着自己的祖辈参加了一次革命一样，心灵受到了洗礼。他同时表示，是北流的爱心企业家合力"把李明瑞搬上了影幕"，这几位爱心企业家在获悉要拍摄李明瑞的电影后，从财力上进行大力支持，让李明瑞的事迹走进千家万户。同时，他也对北流市委、市政府表示感谢，他说，在拍摄的过程中，北流市委、市政府专门派出宣传组进行协助，同时还帮助解决在拍摄过程中遇到的种种困难，在人力物力上全力支持，堪称摄影组的"后勤部队"。不过，让他感到遗憾的是，因为诸多原因，北流本地的古迹、景点几乎没有在影片中出现。他说，如果以后有机会再拍李明瑞的电影或电视，希望能在北流本土拍摄，让更多人了解北流的人文和历史，因为这里是李明瑞的家乡。

（据 2024 年 3 月 19 日《玉林日报》，人民网广西频道）

北流文坛，于斯为何能盛

——探秘北流才子的"文化密码"

邹　江

在广西文坛，玉林市的"天门关作家群"是近年受到区内外文学评论界较大关注的作家群体，而这个群体中，一批出生于 20 世纪 60 年代、70 年代的北流籍作家又逐渐占据着主流的位置！他们从人数到出产的作品都成泱泱大观之势，成为评论家探究的"北流才子群"现象！

一个偏居中国南方的小小城市，为何文风能"于斯为盛"，这里究竟有着怎样的文学生态？在市场经济大潮及现代网络文化冲击下，这里的文学生态又将发生怎样的嬗变？记者近日辗转于容山圭水这块大地上，深入采访了这批中青年作家中的核心成员，试图揭开其中的"文化密码"。

现象 "北流才子"渐成林

北流古今读书人素有一种"才子情结"：追慕文化名人，并孜孜以求于成为才子。当地文学界也不乏这样的才子出现，然而在作家这个层面真正出现"井喷"的现象应该是新世纪之后，在这 10 多年中，原来对《人民日报》《人民文学》《当代》《十月》等国家级的大报、文学大刊经常只能"望洋兴叹"的作家们，仿佛"如有神助"，投稿屡屡"中标"，并受到来自北京大学等名校的文学评论家的关注与重视，在这种人数、作品的累积效应下，北流文学的"森林生态"逐现雏形。

捅破"天窗纸"式的突破

北流的青年作家们一直幻想着突围广西，走向全国。然而在实力与理想间总是隔着那么一层薄薄的"天窗纸"，要捅破这层纸不容易，困兽犹斗般地努力却不得。

现在成为全国知名青年作家的朱山坡在一篇文章记述这样强烈刺激他神经的突破性事件："有一天，一条令人震惊的消息在北流水银泻地般不胫而走：吉小吉上《人民文学》了，市长亲自打电话向他祝贺！简直是天下大乱！"

吉小吉是北流诗人吉广海的原名，笔名虫儿，而《人民文学》是中国作家们圣殿级的文学刊物，以前像他这样的北流文人历经数代努力而没能在彼发表哪怕一个标点符号。

这条消息强烈刺激着小城文人们的神经，大家奔走相告。而身为公务员的朱山坡也心生"妒忌"，暂且放下写公文的笔，写起了诗歌。在 2005 年更是转向了小说创作，成就了一段大器晚成的佳话。

"窗户纸"捅破后，北流作家们犹如醍醐灌顶般觉醒，创作进入了集体"井喷期"。吉小吉、陈琦、朱山坡、谢夷珊、陈前总、伍迁、刘军海等的作品不断在《诗刊》《星星》《诗选刊》《绿风》等权威诗歌刊物和《人民文学》《十月》《钟山》等综合性大型文学刊物上亮相，不少诗作、小说被收入年度最佳等权威选本。

而文学类型也是全面开花，在小说方面，朱山坡走得很远，现在他的作品不仅走向全国，还走出国门，有数个国家的文字版本。在诗歌方面，吉小吉、谢夷珊、伍迁等创建的"漆沙龙"滚雪球般地促进壮大了北流的青年诗人群体，他们一批又一批通过诗歌走向远方，创造了广西诗坛上北流作为县级市，却能与南宁、桂林三足鼎立的格局。梁晓阳则着重于散文创作，其历时 10 年写成的长篇散文《吉尔尕朗河两岸》2013年 1 月出版，成为第六届鲁迅文学奖入围作品，他还著有讲述自己文学理想和精神家园的长篇散文《后出塞书》等，作品曾获首届中国西部散文奖。在小小说创作方面，韦延才独树一帜，屡屡获奖。而李一懿独辟蹊径，在儿童文学方面创出自己的一片天地。

他们以作品说话，逐渐占据了玉林文坛的主流位置。朱山坡、梁晓阳、吉小吉获选玉林首届签约文艺家，而梁晓阳、谢夷珊则是第二届玉林签约文艺家。目前入选中国作协的 3 名玉林作家全部是来自北流的，他们是朱山坡、吉小吉、梁晓阳。而朱山坡是广西作协副主席，陈琦则是玉林市文联副主席。

一点一滴的努力终于成就了北流文坛的"大树、藤蔓、小草"共生共荣的"森林生态"。

领军人物走向全国

以在国家级文学刊物发表作品作为起点，北流文坛的领军人物开始在国内文坛"攻城拔寨"，向"大家"进发。现在最具这种"大家"气质的首推林白及朱山坡。

林白本名林白薇，广西北流市人，童年、青少年时期一直在北流度过，武汉大学毕业后在南宁工作，后到北京，现为武汉市文联专业作家，居北京、武汉两地。这名在国内成名很久的著名作家虽然不是在北流出名，然而其作品的根一直扎根于家乡山水。这名大姐姐一样的"女神"一直像太阳一样温暖着家乡文学青年的心，因此也被他们视为北流文坛的领军人物。

林白从事过图书、电影、新闻等多个行业的工作。1994 年发表长篇小说《一个人的战争》引起文坛轰动。林白主要作品另有《说吧，房间》《万物花开》《妇女闲聊录》《致一九七五》……其作品被翻译成六种文字在国外发表出版，国际影响巨大。林白是中国女性主义文学代表作家，"是中国个人化写作和女性化写作的第一人，是真正走出国门的作家之一，她的作品极具个人风格，在整个中国文学史上都有她的位置"（邓一光语）。林白的长篇小说《万物花开》曾被中国小说学会列入当年出版的中国小说排行榜，2005 年因《妇女闲聊录》获得第三届华语文学传媒大奖年度小说家奖。

而本名龙琨的朱山坡是广西、江苏两地的签约作家，而能与苏童一样成为《钟山》杂志最看好的潜力作家，本身就说明了他的实力。他本人起步于诗歌，但是从 2005 年开始在《花城》《钟山》《中国作家》《大家》《天涯》等刊物发表中短篇小说 100 多万字，实现了自己华丽的蜕变。其曾获首届郁达夫小说奖、第九届《上海文学》奖，以"以对文字的刻薄、苛刻"书写了自己的精彩，其《陪夜的女人》《喂饱两匹马》《鸟失踪》《我的精神，病了》等作品为读者所熟悉，成为中国最具创作前景与实力的 20 位新锐小说家之一。

北流的"文学森林"因为有了像林白、朱山坡这样的大树，而对文学青年有了更大的"精神向心力"。

深厚的文脉

北流市城区的桥头公园，有一个古建筑——景苏楼，这是用来纪念宋代当地发生的一件"文化大事件"而建的。当年被贬谪到海南的大文豪苏东坡泛舟圭江途经北流，吸引了众多读书人在岸边与他挥手告别。此事件令北流人感到幸运不已，品味不绝，由此在清朝时筑楼纪念。这种"才子情结"在清朝嘉庆、道光年间，北流本土又出了个有"才压三江"美誉的李绍昉之后更是放大化了，

现在民间仍有许多关于李绍昉的传说，成为许多读书人励志的榜样，近代、现代的北流才子因此屡出不绝。

也因为这种深厚的文脉，北流人至今对读书人有一种由衷的尊敬。北流市白马镇"扶阳书院"年久失修，当地众商家闻讯于 2013 年捐资近 200 万元修建好这个书院。正是在这种浓厚的读书氛围影响下，在北流市教育局供职的刘军海在今年 10 月创建了"桂花香读书群"QQ 群，汇集了一批在玉林、北流非常有影响力的"读书人"，"大家在此说古论今，推荐书籍，非常热闹，达到了以文学会友的目的"！

11 月 11 日，该读书群群友数分钟"秒杀"200 多本本地作家创作书籍，"这是我们对本土文学的支持，我们还准备推出本土作家图书柜，更好地推广他们的作品"！

"一纸风行"孕育数代文青

在北流文青中，有一本叫《北流文艺》的内部杂志在他们心目中占据着重要的位置，正是从这里出发，他们开始了自己的"文学之旅"。

《北流文艺》原名《圭江文艺》《勾

漏》等，已有 60 多年办刊史，在许多文学刊物逐渐式微，甚至停刊的情况下，它至今还是欣欣向荣之势。其开始为年刊，2011 年改为季刊，2012 年 1 月改办双月刊，一年出刊 6 期。"北流历届党委、政府对《北流文艺》都非常关心支持，把它作为一项重要的文化事业扶持、支持！"现任北流文联主席、《北流文艺》主编梁晓阳说。

在 2012 年梁晓阳主编《北流文艺》后，杂志更是立足天门关作家群，放眼广西区内外，重点推出天门关作家，突出名家指路，兼顾发表区内外作家作品，为北流市培养了大量文艺创作人才，在广西区内文艺界有重要影响。其常年开设的栏目有：天门关作家推荐榜，天门关作家群，天门关视野名家，天门关文艺评论，天门关校园文学，天门关外等。"这种对本土青年作家挖掘、培养一直是《北流文艺》创办以来的传统，是我们梦开始的地方！"谢夷珊说。

而在《北流文艺》推动下，一个玉林市最大的文化创作活动正在开展。"在一位关心文化的商家支持下，投资数十万元举办向全国征稿的'铜石岭杯'文化创作活动。"梁晓阳说。

1960.7. 創刊号

传帮带传统

北流这帮青年作家的崛起离不开一批玉林资深文化前辈的扶持帮助，这里包括广西作协原副主席潘大林及老作家覃富鑫、李洪波等一批文学前辈对后来人的提携、帮助。

"虽然文学有点自我，永远都是靠自己写作，有点像在黑暗中摸来摸去。但是黑暗中如能有一点亮光，这个人可能就走出去了，走向更远更大的地方。"林白说。

而林白文学的指明灯中肯定有李洪波。这名年近 70 岁的老作家曾经是林白的初中语文老师，是他鼓励这名当时年方 10 多岁的小女孩坚定地走向文学之路。而梁晓阳、朱山坡的文学起点也离不开李洪波的指点。"当时我在一家即将倒闭的国营商业企业工作，正是人生彷徨时。李老师力主把我调到文联工作，让我专心文学创作。他帮助了不少的文学青年，是我们许多人的'师傅'！"梁晓阳说。

贵在坚持

现在朱山坡贵为国内许多文青的"文学偶像"，然而在人生很长的时间内他始终是人们眼中的"丑小鸭"。"在高中时候，他就埋头钻研文学，其学习成绩很不起眼，同学大多也不看好他！高考时只是考取一家中专学校，毕业分配到一家偏远的乡镇政府工作，在别人忙于名与利时，他却不声不响地埋头读书、笔耕。这些年一步一个脚印，其文学路从北流来到玉林，又从玉林上到南宁，成为现在所有同学都难以超越的一座大山！"其高中的一名同学说。

朱山坡的"书痴"在文友中出了名，

每到一个城市，他必定先到当地的书店，回家时原来空空的行囊必定装满了书！"他涉猎了世界上所有传统及先锋作家的作品，从中吸取丰富的营养，形成自己非常智慧、独特的文字风格！"

朱山坡对时间的利用也非常苛刻，他基本上把业余时间都利用到读书、写作上，因此他的 QQ 注明"不闲聊"，能推开的社交活动尽量不参加。

正是这种不懈的坚持与努力，在 2005 年后朱山坡的创作进入厚积薄发的"喷涌期"，被誉为大器晚成的怪才。"我想这并不奇怪，他的成功是缘于坚持，耐得住寂寞！"梁晓阳说。

远眺 "文气" 如何更久盛

目前北流的文学大旗主要是 20 世纪 70 年代出生的这批作家主撑，然而这些人中由于年龄及工作原因，创造力近年出现了衰退的现象，而 1980 年代的这批新生代作家还没有出现真正能领军的人物。"在经济大潮及网络文化冲击下，北流文坛面临青黄不接的危险！"当地的多位文坛中坚如此说。而他们也像当年扶持自己的前辈一样正在极力地扶持、影响年轻的一代走好文学路。

培养文学粉丝

今年北流市文联、教育局将首次推出"10 大校园文学奖"，奖励对象是面向该市所有的中小学学生，"我们通过开展这样的活动，让更多的孩子热爱文学！"刘军海说。

而从 2012 年开始，《北流文艺》就专门开辟了校园版块，专门刊登中小学生的文学作品，并对每稿都作精彩点评。而这些成名的作家也自费购买彼此的作品，赠送给贫困学生。

抱团互相取暖

从漆诗歌沙龙开始，北流的这些作家们就经常聚集在一起办文学会，进行群体互动式文学创作。

朱山坡曾经这样描写如此氛围："大家坐下来便互相挑剔对方的诗作，争论中往往阵营分明，各表观点，唇枪舌剑，说得兴起，以掌击桌，声震四周……"

为了文学他们从不拒绝批评，朱山坡等人曾经猛烈地批评一位诗人"对诗的感觉大不如前，诗写得一首比一首臭"。不留余地的当头棒喝，促其猛醒，

他又老马识途地回到了书房和诗歌中。

坚守精神家园

记者在调查中发现这批"北流军团"大多任职于政府、报社、学校等公职单位，他们一边在繁重的公务、家务等烦扰下，一边还坚守着文学创作。"在当前环境下单纯以文为生不现实，但是文学理想我们会坚持！"谢夷珊说。

这个有着姑娘的名字，着装却不拘细节的中年男人经常带着一身鱼腥味闯进文友聚集地，原来之前他刚刚帮助开办幼儿园的妻子斩杀一批大鱼。"一手拿着菜刀，另一只手又诗意地拿着毛笔，珊哥的状态就是我们所有文人的现状！"一位文友说。

在这种状态下，谢夷珊坚持文学创作 30 多年，并且始终保持着高水准的状态。近年除了写诗外，他把重点放在挖掘本土历史文化，"这种基础性的工作必须要做，再不做，这些文化将不复存在"！

（原载 2015 年 8 月 10 日《玉林日报》）

集体崛起的"北流作家群"

李子迟

北流是广西壮族自治区玉林市代管的一个县级市。跟许多大城市相比，它不过是一个小地方，却诞生了许多才华出众、成就卓著、优秀而著名的作家与诗人，或翩翩"飞"到了全国各地，络绎脱颖而出；或扎根、留守于北流本土，抱团发展、一起取暖，集体崛起、队伍庞大，如雨后春笋、又似群星熠熠，这在整个广西乃至全国都是不多见的。

这是因为北流历史悠久、位置优越、交通便利、行人熙攘、青山绿水、奇峰怪石、资源丰饶、经济发达，一直以来便文教卓盛、人文厚重、才俊辈出、佳话不断，可谓"物华天宝、地灵人杰"。北流是因境内一条向北而流、汇入西江的"母亲河"圭江（亦叫北流江）而得名。它古名"铜州"，位于广西东南部，南与广东高州、化州、信宜接壤；境内多丘陵、平原、河谷、山地，地形较为平坦；地处北回归线以南，属典型亚热带季风气候。北流在历史上曾富甲一方，素有"粤桂通衢""小佛山"和"金北流"之称；现为国家园林城市、国家卫生城市、全国绿化模范县（市）、全国粮食生产基地、中国日用陶瓷之都、中国荔枝之乡、中国建筑之乡、水泥之乡、水稻高产之乡、世界铜鼓王的故乡、广西第二大侨乡。改革开放以来，北流经济综合实力一直稳居广西十强县（市）前列，亦是全国投资潜力百强县（市）、全国农业百强县（市）、中国西部五十强县（市）。著名景区有中国十大名关之一的鬼门关（又名桂门关、天门关）、道教二十二洞天勾漏洞、以铸造"世界铜鼓王"而闻名的汉代冶铜遗址铜石岭、桂东南第一峰大容山等。

北流设郡县已有1500余年历史，南朝齐永明六年（488）即始在此置北流郡。古时的圭江流域是中原通往交趾（今越南）的必经之地，秦汉之初便接纳了来自黄河流域、长江流域的先进文化，并因陶瓷业的崛起而成为富庶地区；陶瓷业的繁荣又带动了航运和商业的鼎盛，圭江沿岸便成为桂东南交通与贸易的生命线。圭江两岸数百里呈现出一派"陶舍重重倚岸开，舟帆时时遮江来"的繁盛景象，舟楫穿梭，千帆竞秀。早在晋代，道家代表人物之一、著名医学家、化学家、散文家葛洪曾任勾漏令，著有《抱朴子》内外篇等典籍。唐宋以后，中原文化对北流大地的浸润影响加大，其中尤以"贬官文化"为甚。唐宋间一大批贬官南来，路经北流者不乏其人，

如唐代沈佺期、李德裕；宋代苏轼、李纲；明代解缙等皆饱学之士，虽鸿迹之偶经，但对北流文化的影响极其深远，其直接结果便是当地文气初开，"敦品力学，代不乏人"。中进士者，宋有冼积中、坦中庸，明有陈文昌、李文凤、李宏等。这些人物的出现，不仅标志着北流文化已渐与中原文化融为一体，更重要的是为清朝乾隆、嘉庆北流文化黄金时代的到来造成了一种蓄势。清朝北流一共诞生了13位进士，杰出者如阙邦觐、李绍昉等。现当代有史学家与国学大师陈柱、教育家与诗人冯振、教育家陈一百、音乐家何名忠、画家马达及名将李明瑞、俞作豫、俞作柏、中国科学院院士党鸿辛、东南亚华人领袖曾永森等。

正因为北流有如此深厚广袤的历史文化基础、源远流长的中华文明传统、层出不穷的历代文人墨客，加之地理位置优越、山川名胜优美、物质经济富庶等因素，时至今日在这里出现"北流作家诗人群"集体崛起、灿若群星的现象便不足奇怪了。而人才的"扎堆"式出现与聚集，也是古今中外的一个常见现象，这其中有基因、家族、传统的因子，有氛围、群体、梯队的因子，但更多的

是个体的禀赋、性情、兴趣，个体的自觉、勤奋、积累等因子。我粗略统计了一下，仅当下在世的北流籍（或在北流工作、生活的）作家诗人就不下数十位，确实不少，令人惊讶。随便举一些比较有成就、有名气的吧，譬如林白、朱山坡、吉小吉、陈琦、谢夷珊、梁晓阳、徐强、伍迁、曹英耀、李芳新、陈前总、何军、张向明、覃富鑫、王荣华、韦延才、安乔子、袁嘉见、韦绍忠、冯朝学、卢海涛、龙海锋、刘军海、刘红杉、池昭荣、张永诠、张惠、李景和、李洪波、李京东、李国伟、李宏伟、李峰、李一懿、李凯、陈弢、陈飞、吴建仁、邹小玲、顾弟芳、梁践、黄冠华、谢婉秋、傅雷鸣、曾九龄、廖冀等（排名不分先后）。

再具体介绍 8 位有代表性的人物：

先是两位以小说创作为主的作家。林白，女，1958 年生，原名林白薇，祖籍博白，生于北流，武汉大学图书馆学系毕业，现定居北京、武汉，主要有长篇小说《一个人的战争》《万物花开》《妇女闲聊录》《北去来辞》等，曾获第三届华语文学传媒大奖年度小说家奖、首届及第三届中国女性文学奖创作奖、第九届茅盾文学奖提名、各期刊文学奖，多次荣登年度中国小说排行榜；

代表作《一个人的战争》，手法大胆，场景奇特，剖析深刻，文笔细腻，确为中国"个人化写作"和"女性写作"代表作家之一。朱山坡，1973 年生，原名龙琨，南京大学中文系毕业，现任广西作家协会副主席等职，主要作品有《我的叔叔于力》《跟范宏大告别》等，短篇小说《推销员》获第七届鲁迅文学奖提名，《陪夜的女人》获首届郁达夫文学奖，还获得过《上海文学》奖、《朔方》文学奖、《雨花》文学奖等；代表作《推销员》，情节曲折跌宕，人物性格鲜明，具有较强现实批判性与艺术感染力。

无疑，北流当代文学成就最大的还是诗歌，当年的"漆诗歌沙龙群"名噪一时，朱山坡、虫儿、陈琦、谢夷珊、伍迁 5 位北流本土诗人号称"漆五君子"，由于朱山坡后来的创作主要是在小说上，这里介绍其他几位。虫儿，1974 年生，原名吉广海、吉小吉，南京大学中文系毕业，现供职于北流市政府办，并任玉林市作家协会副主席，1989 年开始在《人民文学》《青年文学》《诗刊》《天涯》《星星》等地发表大量诗歌，出版诗集两部，获《人民文学》征文奖等；代表作《寒风》，文风粗粝、阳刚、狂放、自信，洋溢着不羁的个性与充沛的激情。陈琦，1969年生，曾用笔名白丁，广西师范大学中文系毕业，先后任玉林市文联副主席、北流市作家协会主席等职，1991年起在《人民文学》《诗刊》《星星》《诗歌月刊》《诗选刊》等地发表大量诗歌，入选《2006年度中国诗歌精选》《中国诗歌白皮书》等书，与人结集出版有《南方抒情诗》《漆·五人诗选》等诗集；代表作《春来遍是桃花水》，风花雪月，画面美艳，既浪漫多情又生机无限。谢夷珊，20世纪70年代初生，笔名天鸟等，现供职于北流市外宣办，并任玉林市作家协会常务理事，80年代中后期开始写诗，作品发表于《人民文学》《青年文学》《星星》《广西文学》等，出版诗集《明媚世界》《漆·五人诗选》，获《人民文学》征文奖等；代表作《下漓江》，款款徐徐道来，意象纷繁、词藻丰富，并不时有哲理冒出。还有伍迁，长期在首府南宁的文化媒体之间走动，我跟他交往、合作多年，算是老朋友了，为人腼腆、善良、低调、爱笑，工作扎实、勤奋，他的诗歌创作成就同样丰硕，除了

《漆·五人诗选》外，这些年亦频频在各大报刊发表自己的佳作；代表作《路经杭州》，叙述平实，语言简洁，但是也不乏隽永。

最后是两位散文家。梁晓阳，1972年生，曾在新疆伊犁天山脚下生活过多年，长期从事长篇散文写作，现任北流市文联主席，著有《苍狼大地》等，《吉尔尕朗河两岸》获首届三毛散文奖、第六届鲁迅文学奖入围，另获首届中国西部散文奖等；并有小说多部发表，作品追求鲜明的西部自然文学和生态主义色彩，地方与民族风情浓郁，风格大气开阔、雄浑高亢。徐强，1975年生，广西民族学院（今广西民族大学）外语系毕业，先后任《贵港日报》副刊部主任、贵港市作家协会主席等职，擅长杂文、随笔等，作品发表于《杂文报》《杂文月刊》《杂文选刊》《中华文学选刊》等地，著有文集《下辈子做条狗》等，反映现实，针砭时弊，冷嘲热讽，话里有话；且旁征博引，具备很好的文史学养。

相信北流文坛的明天更可喜可观！

（原载2019年3月28日《贵港日报》）

时空叙事中的人生变幻

——读安乔子小说《伯父的绿皮火车》

吴 婷

即便在众多现实主义风格小说中，火车往往也作为一个隐喻，象征着旅程、转变和希望。而在中国当代文学中，绿皮火车更是一种特殊的符号，它见证了改革开放以来中国的巨大变迁。在信息更迭日新月异的今日，安乔子的《伯父的绿皮火车》（《北京文学》2023 年第 9 期）中，"绿皮火车"则作为一个意象承载着作者的故事、回忆与情感。我们可以聚焦该小说的叙事时间与叙事空间的运用，从而挖掘出其更深层次的隐喻真相。

叙事时间的清晰转化

小说的本质是叙事时间的艺术。《伯父的绿皮火车》整体所使用的是顺叙的方式行文，偶有插叙。"文学作品因其语言属性决定了它存在于时间中。"时间的处理对小说作品至关重要，而叙事时间也成为文学研究中的关键一环。安乔子在一开头就写到"一九九五年我九岁"，文章中也多次出现时间节点，如"一九九七年，就是香港回归那年的暑假""2000 年的春节"等，提供了一个清晰、连贯的故事线索，按照事件发生的先后顺序进行叙述，使读者能够逐步了解故事的来龙去脉，从而更好地理解和接受故事内容。但这并不意味着叙事主体与叙述者完全分离开来，他们之间存在着密切关联。从文本角度来看，作者采用顺叙的方式讲述故事，一定程度上在强调人物关系或突出故事情节的发展的同时，更是希望在有限的篇幅里展现更多的信息，让读者尽可能多地关注到作品背后的意义以及其所投射的"隐喻"。

在顺叙中，高潮部分的出现通常是由前期积累的矛盾和冲突引发的，是小说故事发展的必然结果。在《伯父的绿皮火车》中，伯父失去联系以及父母到深圳去寻找姐姐是小说的高潮，也是矛盾爆发、人物心理冲突最激烈的地方，最能体现人物性格和作者的思想、意图。高潮部分的处理需要巧妙地平衡前期铺垫与瞬间爆发的关系，既要让读者感受到情节的连贯性和合理性，又要确保高潮的出现具有足够的冲击力和吸引力。当伯父欺骗"我们"有关于姐姐的事情败露之后，父母言行的极端反差，尤其是父亲情绪处在暴怒中，所说出的话语，还有母亲悲愤之下将伯父的房间改造成鸡棚等行为，是"望女成凤"期待落空后的愤怒，也是积压多年的焦虑与恐惧的释放。小说由此写出了市场社会和乡土社会在当代史变迁中碰撞冲突又彼此借重的复杂纠葛。

在这清晰的叙事时间流转中，"绿皮火车"作为文学符号，不仅见证了中国社会的变迁和发展，也代表了传统与现代之间的人生选择与人生发展历程，从一开始的伯父会把旅途的细枝末节都一一通过信件告诉"我们"到伯父只是会在信中寥寥几句，再到"我们写给伯父的信就如同石沉大海，我们再也没有收到他的回信"，"我们"与伯父之间彻底失去了联系。在时代的浪潮中，通信工具的进步取代了旧有的书信往来，"我们"与伯父之间的距离越拉越远，只剩下了逢年过节的问候，仅此而已。

在小说的结尾，同时也是叙事时间线的末端，伯父从"衣锦还乡"到"流浪乞讨"，都与绿皮火车有着千丝万缕的联系，可见绿皮火车所担承的象征意义和寄托的情感内涵。

叙事空间的多维展现

物理空间是指行为或者故事发生的地点、场所或者环境。在一个物理的惯性系看来两个异地事件是同时发生的，在该小说的叙事空间前提下，小说得以叙述"伯父的绿皮火车"往返的两端："一头是贫困落后的玉城，一头是繁华的都市深圳。"连接这两个地方的则从玉城到深圳的铁路。相异叙事空间的对照艺术也充分展现了"绿皮火车"的隐喻作用，"绿皮火车"是空间的轨迹，连接着不同的地点，从此岸到彼岸，也连接过去与未来、理想与现实、光明与黑暗。安乔子是广西玉林北流人，"玉城"是玉林市中心一条街道的名字，小说显然用它来指代玉林市。玉林火车站建于 20 世纪 50 年代中期，是黎湛铁路的重要停靠站，连接着连接广西腹地和广东海港。

作者通过创造故事发生的地点或场景来划分和推进情节。小说以时间为线索，在构建两个地理空间的同时，也构建了复杂微妙的人物关系网，使读者能够更准确、更深入地了解人物的内心世界。小说充分利用连接两个物理空间的"绿皮火车"所蕴含的隐喻和象征，将物理空间拓展投射到人的心理空间，使作品呈现出多重而丰富的意义。

"我们"与伯父身处于不同的叙事空间，通过信件往来所触及到的彼此并不真实。伯父是在绿色的火车上工作的，他通过书信为我们展示了一个充满生机的外部世界，那些经历就如同云彩中的故事，那列载着伯父的火车仿佛是通往云端的，既遥远又令人憧憬。虽然后来的作者去到了伯父的城市，但后来伯父

的变化让作者觉得从没有真正了解过伯父，他到底是怎样一个人。但同时作者也还是存有期许的——就算伯父站在我面前，他还是从前那个愿意和我在信里真诚地聊天的伯父吗？由此我们可以更好地理解作品所传达的时代背景和人性的复杂多样，并分析其悲剧命运背后隐含的深层次原因——社会因素和心理因素，以及由此带来的对个体的影响。火车是"我"最熟悉的事物，它承载着我从童年到成年的全部记忆，也见证了"我"和伯父的成长历程。一趟火车不仅彻底改变了我伯父的人生轨迹，而且也对我整个人生产生了深远的影响。"我"一直梦想有一天能坐上火车，并最终实现这一愿望。然而，这一切却因为种种无法预料的事情而被搁浅在了火车之中，直到最后火车才将我送到了目的地。这其中包含了无数的艰辛，在这期间人们看到的更多是矛盾的过程。

小说的社会空间是指人物生活的社会环境、场景以及它们之间的相互关系。皮埃尔·布尔迪厄说："社会空间是有结构的，它把一些位置优越的条件提供给某些人，同时也就剥夺了另外一些人的相应条件。"在小说的细节真实里，经济地位悬殊的深圳和作者的家乡

农村，被再现为同一个语言实体：来自深圳的伯母对"我们"乡下人的蔑视溢于言表，这种蔑视"我们都听得懂"，因为她说的广东话"跟我们本地白话差不多"。从一开始，伯母就讨厌"我们"和乡村生活。母亲换上了她最好的衣服，伯母却不愿意一同合影。伯母认为乡下人都是不讲卫生，她觉得碗筷脏，吃饭前她总要用随身携带的手帕把筷子和碗擦了又擦，她更忍受不了去茅房里上厕所。她讨厌晚上睡觉时蚊子嗡嗡地将她围攻，就是一只苍蝇飞到她面前她都大惊小怪。尽管小说中的人物身处同一叙事空间，可心理的距离是遥远的。小说中的人物虽然处于同一叙事空间，但心理距离却很远。城乡差异是客观存在的事实，社会的阶级差异也是客观存在的事实。乡下人可能因为生活环境和文化背景的差异，对于城市的规则、设施和文化认知不足。

承认物理学相对性原理，电磁规律与旧时空观的矛盾仍未解决，就如同工业化进程中"城乡人"之间的差距和人们在走向城镇化的道路上的艰难和挣扎之间的矛盾并未得到妥善解决。随着社会的不断发展，城乡人的差距日益显现出来。受教育程度、生活方式、经济条件和社交网络等方面的差异，使得城乡人在生活和发展中面临着不同的挑战和机会。这种差距不仅影响着个人的成长和发展，也影响着整个社会的公平和和谐。因此，探讨城乡人的差距具有重要的现实意义。《伯父的绿皮火车》的艺术魅力展现得淋漓尽致，这不得不归功于作者对叙事空间的明确认知和对文本叙事时间的有效处理。

叙事时间的灵活运用和叙事空间的自然交融，形成了形式与意义融为一体的叙事结构。叙事时空的构建，是作家个人生命体验在文学作品中的体现。安乔子将个人经验上升为人类的普遍经验，在平凡的时空中揭示人性的弱点，带出世间的人情冷暖，体现了作家共同的叙事策略和叙事自觉，为城市与乡村人际关系的发展探索了新的路径。

作者简介：吴婷，笔名翻糖，玉林师范学院2023年卓越写作人才班学员。

"突 然 开 口"

——吉小吉小说艺术探赜

陈一默

　　小说无疑是这个世界有力的存证者。作为四大文学体裁之一，它的发育、发展更能体现社会生活的呈现。在文坛的百花园里，有很多的作家们其实不单单是一种文学形式的书写者，对于其他文学样式的抒发也有着不俗的表达。作为诗人的吉小吉，他在诗歌的殿堂里策马扬鞭，最近读到他的小说《突然开口》也同样带给人们不同程度的冲击力。梁启超在《论小说与群治之关系》中，把小说当作改造社会、启蒙民众的一个重要的文体，吉小吉的小说在这种重要命题中，自觉地践行着他作为一个作家的职责和良心。他在文章中所表露出来的小说天地令人侧目。知人论世，警钟长鸣。这里面所彰显出来的人性、人情和人道大比拼，有力地干预着我们的现实世界，勇敢而深刻地揭露了很多文学课题中不敢揭露的"事实的真相"，有着积极的社会意义。

　　小说看似是在一种普遍而常见的

命题中展开的。地点是江口市，看似闲笔的开头是由吉卫国的瞌睡起步的，围绕着"警察和杀人犯"之间的紧张情节铺开。场景的开头：给人的就是一种常规的办案必备，围绕着"问讯"—"问讯"—"再问讯"，到"沉默"—"沉默"—"再沉默"，案情几乎陷入了死一般的僵局。一波三折却又是这样产生的："杀人犯"光明，不是深圳警方要寻找的"光明"，主人公"光明"这才奇迹般地"打开了口"，开始了问讯以来的第一句话。但跟之前的似笑非笑，似哭非哭，还有就是"像个木头人"和"更像一座石头雕塑"之外，这个本市光明建筑工程公司的"光老总"，开口说的第一句话就是："这次就让我在这里过个年吧，我不会怪罪大家的。"小说叙述到这里，"内情"就更加扑朔迷离了。这就像慢慢吸收了水分的海绵，一点点地膨胀起来，慢慢地吊足了读者的胃口。随着时间的推移，直至一年后的一个清晨，刑警吉卫国偶然听到晨练的老头子们在讨论，在一份早报头版最醒目的位置看到了"原江口市委书记包兆盛在任江口市长期间，向中标承建江口市四大形象工程的建筑公司索要巨额贿赂一千八百万元，因害怕东窗事发，指派原江口市公安局副局长江宁想办法'让有关当事人永远闭上嘴巴'"这则"可怕"的消息。至此，小说以一种近乎"惊悚"的画面打开了镜头，读者的情感经历了过山车般的转轴后，对"光明"以及"光明背后的隐情"有了十分清晰无误的认知。

在小说里，作者的谋篇布局是非常出色的。单单从题目上我们不难看出，作为诗人身份的吉小吉，他这里面的《突然开口》无论从字面上看，还是从语义情景上看，其实是有多重隐喻的。一层是作为"杀人犯"主人公的光明面对一而再，再而三式审讯而采取的"惯常的沉默"与之相对应的东西；一层是公布他不是深圳警方要寻找的"杀人犯光明"的时候，他突然开口，要求在拘留所里过年的令人费解的举动；另外一层就是小说结尾看似不经意式冒出来的"新闻大爆炸大结局"，那就是——"让事实说话"，让"子弹"再飞一会儿，让"杀人"与真正的"杀人犯"给读者来了一场真正诛心的较量。最后的一层，就是作者要干预的主题：而对现实生活中的这种困局，是否有人？是否愿意？谁又能做到不会失声甚至大胆地"突然开口"？给予这种可怕的、甚至罪恶的势力以当头一击或者是迅猛的棒喝。以这种"突然开口"式的情景设置去层层推进，非常有吸引力和艺术感染力。不得不说，诗人吉小吉，在小说写作上的技法应用是得心应手和成功的。

另外小说始终有清晰的主线和明线，也有不可忽略的暗线。"杀人犯"光明的案情进展是主线，刑警吉卫国的办案经历是主线。两位主要主人公的人物形象和心理活动刻画都称得上是重要的暗线。比如含而不露地刻画光明的人物形象，多次采用了"似笑非笑，似哭非哭，像个木头人，更像一座石头雕塑"这样的十分惜墨如金的白描，采取"留白"的方式，让读者对这个主人公倾注更多的艺术承载。比如刑警吉卫国如厕的时候，不经意发现的那则关于光明的《总经理情系失学儿童》的通讯报道，也是一种或明或暗的承托。而对于吉卫国——这个从警官学校毕业出来干了三四年刑警、专心办案的年轻人，似乎"局外的他"更能有一种精准的预判。在案情的前面，吉小吉没有直接兜底出他

的"王炸"，而是让吉卫国在多种场境多种心理活动中去推动小说的展开，非常引人入胜和有嚼头。例如在小说的第二部分，吉卫国和方队找光明的老婆樊彬了解情况，在车上，吉卫国吃完了盒饭，"满脑子都是光明的那张笑脸，感到挺亲切的，他说，这个光明怎么这么犟啊，简直不是人了。不过，我总觉得他不怎么像个杀人凶手"。又比如，他知道光明去掉了"杀人犯"这个枷锁之后，提出了要求在拘留所过年的这个要求，小说里写道："这个时候的吉卫国说不出有多么的难受——如果光明宁愿留在拘留所里，这说明一个什么样的问题呢？吉卫国真不敢多想下去。"这就像一首诗歌的引信和炸弹，隐隐的安插着，一到最后即引燃了激烈的大爆炸，这都是为后面的艺术效果作了一层又一层精心而细致的铺垫。

再有就是小说中的"对比、衬托"的运用效果非常娴熟和老到。文中有好几处明面和侧面的对比，细心的读者应该不难发现。一是明面上的对比，比如对于光明这个人，小说中直接的对比如下：即是小说明面上有两种声音，一种说光明是好人，比如讨薪人

群中的一个人说："我们也知道是市里欠我们公司的钱，但光明总经理从来都不让我们去市政府闹，叫我们顾大局，有问题就找他。"又比如面对欠薪的工人，近视眼说他卖掉了别墅和小车，给工人发工资和支持三个工友的小孩上大学。另一种声音就是光明是坏人，说光明进公安局就是为了躲债，说："每年临近年关你们就把光明藏起来，公安局都被光明买通了。"让读者对光明这个人物有一种剥离式的"心理的无处安放"。另外一种对比就是光明这个人物成功前和落魄后的处境对比。再有一个就是光明这个人物自身形象前后的对比。还有一个就是小说的题旨与内核，随着案情的披露，让"突然开口"这样的一种震慑，指向了此类诸多事件的熔点。像这种对比着写，衬托着烘托、刻画的火线还有不少，在小说最后，吉卫国一个一个地解开衣服的扣钮，直至最终把穿戴得整整齐齐的警服上衣外套也脱了下来，有力地解释了"人民警察"——这种职业的内涵和定义。但最后一种对比却是十分劲辣的，即江口市公安局副局长江宁看似十分正派的正面人物形象，因为助纣为虐，随着事情的

败露，露出了十分阴森的獠牙……

通读吉小吉的整篇小说，布局巧妙，语言朴素，句子顺畅，主题清晰，结构严谨。叙事张弛有度，详略伸缩得当，故事情境和人物心理刻画等都十分贴切。让人感觉到——小说，好像就是这么写的。所谓"从俗世中来，到灵魂里去"，个人认为，一篇小说取得震颤人心的关键，不但要作者动真感情，能真切地感知命运，还要有个体生命的投入，才能走心，小说才能更谈得上有质感。小说甚至敢于触及生活及事件的黑暗面，吉小吉无疑是极其理性的，客观地打开。他不彰显那种阴暗，也不去突出某种小说家中存在的那种"愤"，他不徐不疾，娓娓道来，同时对刑侦心理也有一定的认知，看起来是做了一定功课的，这就使得这篇小说很有看头。新世纪以降，某些作家们似乎都十分迷恋某种虚构性质的写作，吉小吉的小说着眼于现实，贴近生活本身，从某一种程度上，写出了人物事件的在场感和质感，写出了细节感情和深刻体会，写出了生活中的大探微和知著。诚然，"人是万物的尺度"，他在小说中，用"人"去丈量"人"，彰显出了一

种非常深刻又宽大内省的人性角度、人生角度和社会角度。这就不得不令人佩服。谢有顺在他的《成为小说家》里曾说过：小说是活着的历史。吉小吉这是在为社会留证，为现实树碑，为历史留痕。我们所知道的人类有文明的历史已煌煌千年，欲盖弥彰的把戏却一直不曾消停。"绝口不谈主要的真实，而这种真实，即使没有文学，人们也早已洞若观火。——索尔仁尼琴"，不错，这种"皇帝的新装"一旦被一个看似不合时宜的"诗人的小孩"撕扯下来，是要露出一大片"丑陋的屁股"的。正像小说中所写："这个世界多么奇怪啊，当沉默的人突然开口说话了，原来还千方百计要求他开口说话的人们却都沉默了下来。"在这里，我把这种"突然的开口"看作是诗人吉小吉对世界人生无情的一次展览。看作是他用诗人的灵魂去铸炼小说容器的一剂药品。

"复活"的艺术

——关于金背巷人物系列的一点想法

崔加荣

收入在李洪波先生所著的小说作品选集《小城粤戏班》里面的中篇小说《金背巷》系列人物共有八章。八篇都是写金背巷的市井人物和坊传故事。娓娓道来的笔法，曲折的故事情节和丰满的人物形象，既引人入胜，又不落入俗套。有读者认为这些文章是很好的传奇故事，也有读者认为如此闲适简约的叙述明显是散文的特征。

对金背巷系列的文体评判何去何从，不妨从小小说名家孙方友的《陈州笔记》说起。

《陈州笔记》收录了孙方友先生的42篇短篇小说或小小说，作品无论是写民国时期有头有脸的大人物，还是社会底层的小市民，无不个性鲜明，经历传奇。孙方友先生用简洁平实的语言和生动明快的叙事娓娓道来，把本已成为历史或者淹没在生活的尘土之下的人物"复活、呈现"给读者，生动地再现了一个乃至几个时代的历史风貌。

《陈州笔记》文本本身以及这种用

接近随笔笔记的语言再现过去的人物和故事的书写形式，成了笔记体小说的重要代表，它的代表地位至今无人能撼。

而李洪波的金背巷系列人物小说里透露出来的文本特征和审美效果与笔记体小说不谋而合，可以称为典型的笔记体小说。

笔记体小说自古有之，最早可追溯到南朝时代的《世说新语》，蒲松龄的《聊斋志异》和纪昀的《阅微草堂笔记》是人们相对熟悉的笔记体小说。《干将莫邪》《宋定伯捉鬼》《太平广记》《洛阳伽蓝记》《郡国图志》《博物志》《酉阳杂俎》《考工记》等也都是笔记体小说的代表作品。

笔记体小说是一种古典的小说形式，它既有小说的情节和人物形象塑造功能，又有随笔散文的叙事风格，大多数笔记体小说都致力于挖掘历史人物奇闻轶事、传说故事，用简约、短小、灵活的叙事来呈现人物和时代。

金背巷系列人物小说大都是以一个或者几个人物的单一情节进行叙事，不设置复杂的开枝散叶式故事情节，人物关系也相对简单，抓住一两个人物的一生或者一段岁月的生活轨迹及其发生的曲折故事，生动地对他们进行"复活"。

因其篇幅短小、情节推进线条单一，故大多无法表达宏大的社会思想意识和生命力拓展，而是注重对人物的智慧与伦理的关注。

《黑牡丹与白玉兰》里金娘和万玉即"自我"又不"自恋"的豁达积极的生活态度，《琴师陆百一》里阿苗与陆百一冲破世俗、追求幸福而"续弦"，《表伯母与她的罗锅儿子》里刘亚哥与崔莺莺的转变，以及《一把竹骨油纸伞》里的小莲花被骗自杀等等，这些蕴藏在生活最前线的生活伦理和人生智慧，并未随着历史的车轮和时代变迁而落后，在今天的社会里，它们仍然闪耀着人性的光芒。

这种笔记体小说，没有复杂的情节构思和庞大的艺术加工系统，仅仅用半实明快的叙事，对人物所在的环境和关联事物进行描写，既有生动的细节，又对人物得到"刷锅"式的全景认识。在语言上多采用单刀直入，开门见山，很少赘言。

"金背巷中段有一间裁缝店，从来不挂招牌，但因为裁缝师傅叫林木森，所以人们都称该店为'六棵树裁缝店'。"

"何李三是专做芥菜包卖的。符苏九是专做牛腩粉卖的。他们所做的生意虽然不同，但各人名字都不约而同地用了父母的姓。他们的手艺都是祖传的，他们做的芥菜包与牛腩粉，都远近闻名。"

"话说陵宁街除了金背巷外，还有另外一条小巷，这条小巷位于金背巷的斜对面、文化商店正对面、福记时裁缝店旁边。这条小巷有个不雅的巷名叫摸奶巷。"

寥寥数笔，便能把过去社会生活状态呈现给读者，仿佛是一种神奇的"复活术"，同时也提高了笔记体小说极高的可读性和艺术价值，从而把它与通俗文学纯粹讲故事的核心目的区分开来。

更为难能可贵的是，金背巷系列里有的篇目很好地运用了孙方友先生的一波三折的"翻三番"技巧，虽然是一个人或两个人的单线情节推进，但是通过不断设置悬念和柳暗花明的"新发现"，令读者一直被意想不到的"未知"所控制，按照作者的思路读下去，这是增加小说耐读性的重要技巧之一。

《包牛》里，写到"自陵城戏院爆炸案发生以后，何符两家便产生了隔阂，从此不相往来，形同陌路"，故事基本上算是告一段落，似乎"剧终"了。但是后面笔锋一转，突然发起了新的叙事："偏偏现实生活有着许多意想不到的

事情。到了何符两家的下一代，竟然谈起恋爱来了。说起来话长——"

特别是《一把竹骨油纸伞》里，一连设置了三个波折。第一个貌似结尾的叙述是几近完美的：

"没过几天，陵城粤剧团在陵城戏院公开演出大型古装粤剧《白蛇传》。在第一场戏中，郭建生扮演的许仙与陵城粤剧团当红花旦卢瑞妃扮演的白素贞同游西湖，用竺枝山制作的竹骨油纸伞，圆了人妖之间的爱情梦，向广大观众演绎了人若无情人亦妖，妖若有情妖亦人的动人故事……"

但是下面又来了第二波新情节，让圭江粤剧社社长找到当年扮演白素贞至今已九十多岁的卢瑞妃借伞。但借完伞之后通过"伞面上画的莲叶和莲花，我似曾相识……"引出新的情节和结果，揭开前面第一个情节里小莲花的生活遭遇的真相。

这种单线索、多高潮的构思和叙事，既有蒲松龄《聊斋志异》里以人物为主的起承转合的自然写法，也有欧·亨利的爆炸式结尾，起到了意想不到的效果。

当然，金背巷作为一个系列，作者过于关注素材内容本身的关联性，对作品的文类文本及语体文体没有主动进行

统一和提纯，个别篇目"散文化"趋向比较明显，对笔记体小说的特征有所背离。我想，这是素材在作者内心占了上风，造成一种"不吐不快"的书写欲望，这种主观愿望支配、主导了作者的思维，从而忽视了作品的文体特征。

总之，这个系列令我眼前一亮，看到了作者打开了笔记体小说创作的大门，期待他带领一系列人物次第登场，带来一场连续不断的今古好戏。

作者简介：崔加荣，男，1973 年出生于河南省沈丘县，现居于惠州。中国诗歌学会会员，中国微型小说学会会员，中国散文学会会员，四川省作协会员，园洲诗词协会常务副会长，在《中国文艺家》《星星》《青年作家》《唐山文学》等报刊发表作品上百篇，著有小说集《又见槐花开》《梅家湾》、儿童文学《麦秆儿》和诗集《花开四季》《在路上》《流年》等。

真实，永远是文学作品的脊梁

——读陈奕娟散文《青春慢》及其他

秦汉永

好久好久没有读过这么真实感人、震撼人心的作品了！

2011 年，我在《黄河文学》上读到著名作家彭学明先生写的长篇纪实散文《娘》，当时给了我心灵上巨大的震撼！那时，我不禁想起原《江门文艺》副主编蔡祖英老师的一句经典名言：真实，永远是文学作品得以昂首挺胸的脊梁！

这次读陈奕娟创作的 3 万多字的纪实散文《青春慢》，让我再次感受到了真实的巨大魅力！

说实话，当我第一次看到《青春慢》时，刚开始阅读开头几百字，我便被作品所吸引并生出了几分激动！我一鼓作气地看完全文，读后给我最大的感觉就是真实！这可不是一般意义上的真实，而是原汁原味的真实，是深入骨髓的真实，真实得令人震惊！以至于很多个夜晚，散文中的人物和故事情节还屡屡闯进我的梦中……

陈奕娟的《青春慢》，主要讲述了她从 2000 年到 2020 年这二十年的打工生活和人生经历，文笔流利，语言质朴，情感饱满，爱憎分明，读来极是贴心！文字里，我常常想象这个记忆中身材苗条、腼腆羞涩，但却极具才华的古典小靓女，是如何从不满 15 岁离开校园、背起简单的行囊背井离乡，如何艰辛地找工作，如何躲避查暂住证，如何挨饿，如何为老板无理拖欠工资而勇于抗争，又如何亲近缪斯、爱上写作，如何遇到婚姻挫折敢于直面人生，如何遇到良师益友……经历种种又如何熬到今天，看到生活的曙光。《青春慢》虽说是陈奕娟的个人打工生活回忆录，但却是千千万万 60 后、70 后、80 后这三代历经磨难和劫难的打工人的真实缩影！相信这三代打工人，读到《青春慢》，会引起强烈的共鸣，会唤起内心深处最深刻的记忆！

暂住证这个名词，对于 60 后、70 后、80 后这三代在广东打过工的人来说，不会陌生，甚至可以说是刻骨铭心。20 世纪 90 年代至 21 世纪初，那是广东查暂住证最严的年代，那时的打工人没暂住证，比失去贞操更可怕！那些治安队员凶神恶煞的一天到晚到处打人，到处搜身，到处捉人关押。在那些年月里，打工人毫无尊严可言。打工人的尊严被治安队员随意践踏侮辱，剃阴阳头剃眉毛甚至剃阴毛也是常有的事，打工人被

无辜打死打伤者不在少数，这些事在当年的报刊上就公开披露过不少。著名打工作家鄢文江老师在他获得广东省鲁迅文学艺术奖的作品《触摸泣血的灵魂》里曾回忆起他当年在工厂打工时被查暂住证的往事，当年他和他老婆在租来的宿舍同居，有暂住证，有身份证，当然也有结婚证，可是照样还是被罚了一百元，问为什么，人家说不为什么，再问就罚两百元……对于这样一个血淋淋的、触目惊心的、非常丑恶的社会现象，我相信任何一个有正义良知、有社会责任感的作家，对此都不会沉默！在《青春慢》里，湖南小妹仔张静静被查暂住证吓得患了失语症；来自贵州年仅 14 岁的小李与治安队员斗智斗勇，最后硬是杀出一条血路，有惊无险地安然脱身；陈奕娟为躲避治安队员的搜查，多次爬上树甚至睡坟山、躲垃圾场……当然，这些事件只是冰山一角，事实的严重远不止如此。直到 2003 年，震惊全国的"孙志刚事件"发生，惊动中央，"流动人口收容制度"被废除，打工人的打工环境才有所好转。

不用说，陈奕娟是一位有正义良知、有社会责任感的作家，在再现真实这一主题上，陈奕娟将真实进行到底！在《青

春慢》里，男女工友同住铁皮房宿舍的故事，制衣厂男工撩妹的细节，青春打工妹招娣、阿珍的爱情之殇……都写得非常深刻，画面感和镜头感极强，就好像看电影一样，非常震撼！

陈奕娟的《青春慢》，最终是被她的家乡刊物《北流文艺》的编辑慧眼识珠地发现，并编发于 2023 年的《北流文艺》散文专号上。这一切，足见《北流文艺》杂志过人的胆识和编辑独到的眼光！这样的杂志和编辑，令人肃然起敬！

我和陈奕娟相识于 2008 年的《江门文艺》作者笔会，从那时起，我就开始关注她，关注她的作品。我惊讶于她的创作激情和内心丰富细腻的情感，她的经历和心路接近于扑朔迷离，但她笔下的文字却是那么的纯净，总是那么的与众不同！十多年来，她创作的散文形成了鲜明的个人风格，概括起来，就是三个字——真善美。

真。真实，真诚。真实的故事，真诚的文字。这种真实和真诚，在当今光怪陆离的文坛，显得非常弥足珍贵。正因为有了真实和真诚，她笔下的文字，记叙的故事惊心动魄，表达的情感催人泪下，令人开卷欲罢不能，掩卷回味不止……譬如她的《青春慢》《爱，随风飘》等。

善。善良、善心、爱心。在她创作的散文作品中，处处可以触摸到她一颗跳动的爱心和善心，譬如她的《人间最美四月天》《清明时节忆恩师》等。文如其人，人如其文，现实生活中的陈奕娟是一个非常善良的女孩，她有一颗无私的爱心。她在广东打工期间，每当身边的打工兄弟姐妹向她倾诉心事，她都热情有礼，千方百计为其排忧解难，深受广大打工兄弟姐妹的喜爱和信任。

美。优美。文字的优美。她写的散文写得非常纯净、清新、自然、细腻、好看、耐读，极具美感、质感，特别是画面感、镜头感极强，非常吸引人！她写情写景，都令人置身其中，感同身受，有身临其境之感！我甚至觉得她写的一些散文入选中学语文课本都不为过，譬如她的《渡我到对岸》《云南断章》等。

从 2007 年 2 月开始在《江门文艺》发表处女作《老板送雪糕》的陈奕娟，再到 2011 年开始全力向文学殿堂迈进的她，再到 2012 年出版诗集《睫毛下的雨季》的她，再到今天，陈奕娟凭着自己的勤奋和对文学的执着热爱，创作出数百篇优秀的散文作品，不少散文作品获奖并入选各种文集。她的散文创作

渐显成熟，颇有大家气息。以前很多人都说郑小琼和塞
壬的散文写得好，在我看来，现在的陈奕娟写的散文不
输她们俩！我看好陈奕娟！我为她感到骄傲和自豪！

当然，陈奕娟创作的大多数散文虽然都写得非常出
彩，语言非常优美，字里行间充满灵气、灵性、灵动，
但她所写的散文大多数都是写她丰富的内心世界以及
她的所见所闻、所感所悟，在宏大的散文主题创作上，
她少有涉及，因此她的作品思想内涵显得有些单薄。但
我相信，以陈奕娟现在优秀的写作功底和不断的艺术磨
砺，今后的她定能写出更成熟、更厚重、更大气、更优
秀的散文作品。

作者简介：秦汉永，笔名冰明，网名小飞侠，广西
梧州市藤县人。16 岁开始南下广东打工，18 岁开始发
表作品。现居广东中山。

关于三位北流诗人的三首诗

陈振波

让过去与现在融合并启示未来

——读吉小吉《影子》

诗人的卓越才能意味着他能够对过去加以审视，让过去的记忆融入现在，并启示未来的存在状态与写作可能。吉小吉《影子》一诗，通过与生俱来，同生共存的"影子"意象，象征匮乏的童年和历史，进而探讨如何直面过去以获致现时存在的精神支撑并升华未来的主题。

人类总是从祖祖辈辈中绵延而来，承续着祖辈的集体无意识。母亲点亮的煤油灯成为影子的制造者，似乎母亲就是过去记忆的根源。影子，在此象征着经由上一辈延续的贫穷（泥土墙）、饥饿（抢红薯）、顽劣（打架），等等。母亲自觉意识到这一点，让"我"把影子丢掉，即是在要求一种改变，包含着对原生生存状态和命运的反抗。

在经历城乡巨变，身份上完成了从农村到城市的蜕化，生存场景从农村的土房变换成了城市的大街小巷之后，精神的原生状态和童年记忆一直如影随形，挥之不去。时间，有时候是一种缓冲。当母亲终于放下灯盏，好像与过去记忆取得了和解，但影子一直存在，只是换了一种背景，从泥土墙到水泥墙。

Ｔ·Ｓ·艾略特在《传统与个人才能》一文中提到一种"历史意识"："不但要理解过去的过去性，而且还要理解过去的现存性。"他针对的是诗人要形成对过去文学传统的意识。而仅就个人记忆来说，过去的记忆不仅代表过去，同时也会影响现在。尤其是童年记忆会成为个人无意识，影响成人对世界的感知和判断。而随着现在存在状态的改变，同时也会修正对过去记忆的认识。此时，过去便不仅仅是过去，同时是现在存在的一部分。反之亦然。过去与现在成了相互融合，相互修改、相互校准的状态。吉小吉在诗中，表现着"我"对过去（影子）纠结又矛盾的情绪，经过内心的挣扎和岁月变迁，进而取得与过去的善意和解，接受过去，坦然面对过去的现在性和现在的过去性，影子"陪着我到天亮"。

关于影子，鲁迅《影的告别》是那样的触动人心，以致每次重读都激动不已。"我独自远行，不但没有你，并且再没有别的影在黑暗里。只有我被黑暗沉没，那世界全属于我自己。"以影子自况，融入黑暗的象征并成为其中的部分，是那样的决绝与惨烈。

直面过去，意味着勇气。吉小吉《影子》一诗隐喻了诗人对过去的复杂记忆与如何面对过去的纠结意识，终以坦然豁达的心态接纳、面对，从而获致现时的存在感。这种融汇过去与现在的经验与自觉，相信也是可以启示未来的。

影子

作者：吉小吉

影子。母亲点亮的煤油灯让我
第一次认识自己的影子
它摇曳在黑黄色的泥土墙上
后来我发现它一直跟着我
饥饿也一直跟着我
它跟着我抢两条红薯
它跟着我把五婆家狗娃的两颗门牙
干掉
责备一顿之后，母亲让我把影子丢掉
我就努力想把影子丢掉
但我一直没有成功
后来它跟着我进城
跟着我走过大街小巷
跟着我哭泣，或者摇头晃脑地笑

一次次点起煤油灯的母亲

三个月前终于放下手中的灯盏

她瘫痪在床以后

我在城里。日光灯照亮的白色水泥

墙上

影子，常常一动不动地看着我

影子常常一动不动地

陪着我，陪着我到天亮

茶与禅的相遇

——读伍迁《在姑辽山谈论一片叶子》

看到伍迁《在姑辽山谈论一片叶子》一诗的题目，如果是了解姑辽山的人，毫不迟疑地便会猜出所谈论的必然是姑辽山的茶叶。如果对姑辽山不甚了解，这一片叶子则会像投入深水的饵料，引起读者如群鱼一样的好奇，进而想要一探究竟。

作者倒也不故设机巧，而是直截了当地道出这一片叶子，指的就是姑辽山古茶树上的茶叶。据了解，姑辽山位于广西崇左市扶绥县，算是十万大山的余脉，终年云雾缭绕，盛产茶树。树龄百年以上的茶树就有一千多株，美名姑辽

茶，茶汤清澈，茶味醇厚，"回甘清奇"，具有保健、滋养人体等多种神奇功效。姑辽茶也是中国国家地理标志产品。

诗的第一节，作者以一位"他者"的视角和"据说"的语气，叙述姑辽茶的情况：年代久远，数量惊人。这简直就是祖先们留下了的巨大财富，是时间的馈赠，涵养着当地人独特的生活品位，也吸引着游客的步履。

诗的第二节直接引用来自福建武夷山的茶博士的话，增加了姑辽茶的分量，使读者对其美称和深受喜爱有了更多的了解。

最后一节，由谈论茶叶，谈论一个茶叶品牌创办的传奇经历，进而不期然而然地获致一种人生的状态：充满禅意和仙气。由一片茶叶引出，以小见大，使人对饮姑辽茶产生了一种无形的向往。

该诗叙述语气平静、克制，如同一篇新闻体的报道，却"看似平常最奇崛"，尤其诗最后一句，使全诗得到了升华。

伍迁《在姑辽山谈论一片叶子》可以理解为一首广告诗，或者说，这首诗产生了巨大的广告效应。通过这首诗，激发了读者想要一饮姑辽茶的愿望，以及，由品茗论道而形成的充满禅意和仙气的闲适悠然的人生念想。

在姑辽山谈论一片叶子

作者：伍迁

在云雾缭绕的姑辽山
我们开始谈论一片叶子
最古老的一株古茶树
据说已有一千多年
更多的姑辽山古茶树
有一千六百多株
比山下的百岁老人还老
"姑辽茶是贡茶
又称仙姑茶、福寿茶
男女老少都爱喝……"
茶博士来自福建武夷山
爱读《茶经》。健谈
我们说到"其叶有真香"
说到回甘清奇的姑辽茶
说到茶市的壮香红传奇
那一片回甘清奇的叶子
刹那间充满禅意和仙气

在悲苦里感悟人生

——读诺尘《路上偶遇佝偻老人》

当一个人老了，总会在某个不经意的时刻迎来某种契机，触发情感的开关，回味一生走过的路径，情绪瞬间激发。

有人悲欣交集，有人空有一身疲惫，更多的是，一生的苦难已成沧桑，在悲苦中，偶尔念及欣悦时刻，还是会乐以忘忧。

诺尘《路上偶遇佝偻老人》一诗，以第三人称视角，几乎是零度叙事地旁观一位路上偶遇的佝偻老人，并感同身受地模拟出了老人的心境，进而揭示存在的某种本真，可谓融情感于笔触，情景交融。

诗的首句，"雨后夕阳斜照"既是客观写景，同时也孕育了某种人生情境。短短六字，不动声色，看似随意写出，却有千钧之力，给全诗营造了强大的诗学张力。一个老人，衣衫褴褛，佝偻驼背，行走艰难。"道路并不平坦"，同样既是客观写实，也隐喻了人生之路的坎坷。而一个个水坑，透过夕阳的反光，恰似棋谱。人生如棋，每个人都在棋局里消耗。但棋局始终存在，证明不仅仅只有消极的虚度，相反，在躬身入局中，领略世间艰苦，才能品味人生的真谛。当老人看着那些水坑，或许会对自己的一生形成一种整体的反观，从而对自己有了更加深入的了解，瞬间获得了某种舒畅与坦然。因此，"笑得像个孩子"。里尔克说："我们必须尽量广阔地承受我们的生存；一切，甚至闻所未闻的事物，都可能在里边存在。"诗中老人的一生如果称不上广阔的话，至少，他承受了他的生存。而这，恰恰是我们每个人都在承受着的。

人生往往苦涩。海德格尔强调"在世界之中存在""向着此在本身展开"，不断领会，现身，"去存在"。对一生的诗意总结，葡萄牙诗人费尔南多·佩索阿说，"我的心略大于整个宇宙"。智利诗人巴勃罗·聂鲁达说，"爱情如此短暂，遗忘如此漫长""我坦言我曾历尽沧桑"。叙利亚诗人阿多尼斯说，"我的孤独是一座花园"。世间繁复，各人心态，冷暖自知。

《路上偶遇佝偻老人》一诗，描写了一种带泪的微笑，一种历尽坎坷之后的晚年感悟，写出了悲苦，也写出了从悲苦中生长出的人生感悟。"他在水坑里看到了自己／也终于看到了蓝天，白云，还有夕阳"。由此，我们不仅看到了"苦难"，也看到了"希望"。

路上偶遇佝偻老人

作者：诺尘

雨后夕阳斜照
一个衣衫褴褛的老人
腰直弯成九十度
拄一根和腿一样高的拐杖
一步一步踩着厚实的土地
道路并不平坦
超载的汽车的轮子硬是碾出了一个个坑
这时那一坑坑的水正像一张棋谱
老人盯着地上的一个水坑许久
突然他笑了，笑得像个孩子
绕过一个个水坑
脚步蹒跚而坚定
他在水坑里看到了自己
也终于看到了蓝天，白云，还有夕阳

自然、原乡与民间的美学合奏

——浅析安乔子诗歌

鹿义霞

安乔子习惯通过"及物"使日常物象入诗，将情绪的湍流披上日常化的外衣；她看似随意地勾勒着自然生态、时间意象与凡俗生活，实则流溢着多维的思考。其诗作既拥有足够的深挚沉潜，又拥有着饱满的思想张力。那些自然物象、日常情绪、古朴村落、普通人物，似乎距离宏大叙事特别遥远，却寄托着别样的生存体验和生命哲思，具有进入生活缝隙和透视时代脉动的能力。感性与理性、温润与深刻、此在与彼在，在其诗歌作品中有机融合在一起。

一、对自然的谛听与思考——"时光的飞鸟一下下地啄着"

对大自然的多维书写、审美建构及生命哲思是安乔子诗歌特别触动人心的部分。她的笔端涂抹着大自然的诱人色彩，也渗透着自然与人生、生灵与生命、流逝与寻找、古朴与现代等方面的多向思考。《古树》《蚯蚓》《春风》《白蘑菇》《缝月亮》《土豆花》《野蔷薇》《野菊花》《路遇野荆芥》《故乡的竹林》《落叶也是一种深情》……一旦凝视那些充满灵性的自然物象，她的思维总是特别活跃，想象总是特别腾挪，文字总是特别灵动。在她诗歌的疆土之上，物质自然、生态自然与人性自然是相互交融的。

舍勒认为诗人是"最深切地根植于地球和自然的幽深处的人"[1]。自然之所以让诗人那么钟情，是因为细小的物象之中蕴含着大世界，储存着大智慧，它们可以作为精神家园疗愈伤口，也可以作为时间之果抚慰乡愁，还可以超越世俗纠葛洗涤灵魂，更可以透过季节的脚步互文生命。

在安乔子笔下，大自然具有怡人的生命气息和耐人寻味的精神内涵，不但寄托着人们的美好想象，还与人的命运具有极强的同构性。她以女性的细腻和善感，从细小的自然物象之中寻找人间的真和素朴的美。被南方的雨滋养的蘑菇、有着柔软骨骼的野荆芥、踩着梯子攀爬的豌豆花、阅尽风霜与人事的古树、满溢风情的百里画廊、开在悬崖边的灯盏菊、轻盈而抒情的鸟语、开在山谷的野菊花、通向虚无之境的竹林，都是大自然美丽隽永的语言。在书写自然时，她最常用的修辞是拟人。白蘑菇身上有

几处"脏兮兮的黑"，像"可爱的小乞丐"，它"知道很多南方的秘密"；野荆芥"像从天上来的紫衣少女"，在风中"笑得花枝乱颤"；一条小河，携带着"上游人间的耳语"；露珠，像极了"婴儿的眼泪"；野菊花天真烂漫，"摇曳着婀娜的命"。关于自然书写，作者不仅仅满足于"日常生活之域"的诗意表达，还以它们为媒介，讲述生命的丰盈与疼痛、盛放与挫折、抗争与无奈。母亲从乡下带来的一棵吊兰长得最好，"因为它早已习惯了苦难"；蚯蚓吃力地躬耕，"每次都是一边流血，一边愈合"；土豆花脸贴着脸，"说着那些苍凉的往事"。那些自然物象携带着生命的密码和警示，让人读来颇为共鸣。

诗歌是时代的感应神经元。关注自然，自然会延伸至时代浪潮。在安乔子的诗歌中，既有着对自然的审美感知，也有着对自然的谛听与思考，还有着对于现实生态的警惕和忧思。比如这首《缝月亮》——"她隐藏在城市的高楼大厦里/父亲并不习惯在城市的打工生活/不习惯看不到月亮的晚上/只有在郊外的村庄，我才看见她的全部/听见她内心潺潺的流水声/多久，我没这么认真看月亮/我看见八月的村庄/八月，

母亲在窗口给一轮月亮缝补 / 一天天过去 / 直到她把万万的月亮 / 缝补成圆圆的月亮 / 把角落里所有的父亲都照得敞亮"。作者在反思现代文明的同时，也在积极思考人类应有的存在方式，对人与自然的关系进行辩证的思考。

在安乔子诗歌的疆土之上，自然是多维的，它既包括物质自然、生态自然，也指涉人性自然。她倾听自然、临摹自然，思索自然、忧患自然，也呼吁人们在自然的怀抱中建构健康的精神生态，让灵魂挣脱桎梏，以自然的姿态遨游。对物质自然、生态自然和人性自然几方面的有机思考与美学书写，在其文本中是融合在一起的。在安乔子笔下，自然既是日常生活的重要组成，也是钥匙，开启着她进一步理解社会人生的闸门。

二、对精神故乡的追寻与守护——"总有一只白鹭飞过你"

如果细读文本，我们会在安乔子的诗歌中一遍遍看到一个村庄的名字——荔枝庄。荔枝庄的风物与人事不但大大丰富了诗歌的言说空间，渲染了作者的情绪流向，而且标识了小说的地域性，成为作者想象和建构精神原乡的载体。除了荔枝庄系列，还有《影子游戏》《那时》《荔枝山》《大里特里桥》《在地图上找到中和村》《我想打听一个遥远的村庄》等诗均见证着作者追寻精神原乡的步履。在诗人，我们从语言的根部潜入作者的精神故乡。

在安乔子的精神故乡，时间既是一维流逝的，也是多维存在的。诗人以层次交错、缠绕盘旋的时间形式，让历史的线性时间让位于永恒的循环时间。这种诗歌时间就像迷宫，让我们跟着作者"穿越"。比如《回荔枝庄的路上》一诗中，母牛与小牛犊的对望，似乎有一种油画般的画面感，让人生出地老天荒之感。再如《荔枝山》一诗中，"听久了，耳朵也有悠长的隧道 / 看久了，眼睛像那条容易流泪的河 / 坐久了，黄昏就是我另外的样子 /……"最典型的莫过于《总有一只白鹭飞过你》一诗，地域的、人文的元素好似遗传的链条被写进了内置的程序，在旅人的耳畔和梦里清新而深沉地交响着，在游子的血液和记忆中亲切而鲜活地流淌着。

在诗人的精神故乡里，流行一种慢的生活，日子被打上质朴的光华，自然生态与精神生态均相对原始和单纯。诗人以语言的剪刀，剪去现实生活中的芜杂，以电影慢镜头式的方式呈现向往的生活。比如《影子游戏》："薄薄的月

光笼在万物之上 / 那些不被看见的战栗被山风——抚摸 / 儿子拿手电筒和我玩起了影子的游戏 / 地面上出现了飞鸟、孔雀、小狗、螃蟹、挖土机 / 还有更多在我们猜想里完成 / 儿子爽朗的笑声像被放大的影子 / 攫取了黑暗的每个角落 /……" 再如《那时》诗中描述的："那时日子白过天上的云 / 那时爷爷总有讲不完的故事 / 那时一毛钱可以买很多东西 / 一颗糖可以含很久 / 那时房子不像现在这么多 / 都是低矮的青砖黛瓦 / 但每一所房子都是温暖的 / 房门向远方敞开 / 那山那河那狗都一目了然 /……/ 父亲骑单车就可以去一趟城里 / 母亲赤脚就走遍她的村庄……"

安乔子在对精神故乡的想象中，动用或设置了很多记忆。记忆是多棱的，我们频频被往事打扰，也被往事温暖；我们频频被记忆砸痛，也被记忆温暖。诗人精于捕捉记忆或者想象的吉光片羽，将回忆潜藏在对细小而精美的意象描写中。越是细碎，越是典型，越是难忘。在此，山川、草木、村庄、牛羊、房屋等一一被人格化。诗人仿佛置身时间的磁场，变观望为亲历。如《小小村庄》所描述的："母亲活在小小的荔枝庄，小小的亚热带故乡 / 小小的像寄居在天边的一朵云 / 小小的像躺在地里的一只土豆 / 潮湿的青苔、蘑菇像空气般萦绕 / 荔枝林里寄居着成群的蕨类、地胆头、雷公根 / 它们一起过家家，玩泥巴，捉迷藏 / 荔枝庄的孩子像一陇陇的风在跑……"

频频回望也好，遥想慢生活也好，诗人其实是借对精神故乡的想象来抵制这个时代带来的丢失感。在现代性以狂飙姿态进行台风式的登陆中，带来的不仅是巨变，也有隐忧。工业发展与城乡拉锯下，心灵无依的漂流感以及"乡关何处"的苍茫感也逐渐侵入我们的心头。诗人挽回的办法就是制造缓慢的状态。对精神故乡的想象，也是诗歌介入现实、剖析生活、审视生命的另一种方式。

三、对民间的悲悯与敬畏——"在大地低处飞"

对生活的敏锐洞察，是诗歌的炼金术。安乔子将高蹈的诗魂拉回"大地低处"的人间，贴近生存本身，深描烟火人生，展示出诗人的悲悯情怀。对底层人群生存状态的关注、悲悯，对被命运之舟颠簸、戕害者的同情、怜爱，对城乡夹缝中人们生存际遇与精神境况的审视、体恤，是其诗歌重要的一维。其诗作，直面当今社会的复杂面相，书写生活中的各种痛感和钝感，擦亮了人世粗糙的纹理，展现了朴素的诗心。

在安乔子的人物画廊中，最多出现的是底层人、普通人，亲切如我们的爷爷奶奶、叔伯大娘，熟悉如我们的邻家兄弟姐妹。我们可以从这些人物身上，看到自己亲人的深深投影，嗅到生活的多重况味。底层生存书写方面，他善于抓住一些微末细节，以之展示生活的原生态。真实的民间世界里，既有湮没在城市的打工者，"没有一封信可以抵达那里"（《地址不详，查无此人》），也有踏破铁鞋寻子的异乡人，喉咙里有条哽咽的河，"饥渴的眼睛，像流浪的地图，长满了红色的荒草"（《一个吹口琴的异乡人》）；既有被命运的利剑刺中的女子，"摁住疼痛，把谷堆重新推平"（《晒谷场的女人》），也有开得咸苦如野菊花一般的她们，过着疼痛并寂寂无闻的一生，成为文化藩篱中的悲剧性存在（《野菊花》）；既有"被长相、打扮和方言出卖""把血汗卖给异乡"的打工族，也有像蚯蚓一样被"多少犁和铲插入身体""一边流血一边愈合"的弱势群体。那些坚强的、卑微的、坚韧的、孤独的、游荡的、被命运的风车撞到的、怀揣各种隐痛的底层人一并

走进安乔子的诗歌世界。他们被温暖，被伤害，被遗忘，被关怀……凡俗人生中的种种，除了个体遭际，还有来自精神深处的牵绊。

诗人既关注个体生命，也善于书写一代人的精神生态，通过具体展示普遍，通过细节展示深广。她写"把饭菜煮好了，又放锅里热着""孩子们都不懂她"的母亲，揭示老年人精神深处的孤独（《母亲喜欢的歌》）；她写在升平村、在中国农村"有无数这样的姑妈"，她们生活单一，渴望慰藉（《姑妈》）；她写深夜地铁车厢里疲惫的旅人，抱着行李在过道睡着，"一点点地漏掉身体里的重"（《她就这样睡着了》）；她写留守儿童饥渴的眼神，"妈妈跟蒲公英飞走了"（《在大里，我遇见另一个孩子》）；她还写疫情下，一群人逆向奔赴，"一个男人张开手隔着玻璃窗，拥抱穿着防护服的未婚妻"（《长着翅膀的人》）。诗人书写大时代下的个体生存境遇，也表现出对人类普遍命运的关注与思考。每个人既是独立的个体，也是时代的一滴水，投射着同时代很多人的影子。

安乔子所呈现的民间世界，有着丰富饱满的言说空间。乡下，融合着温馨、

淳朴与愚昧；城市，叠合着现代文明、文化快餐与精神失重。而城乡拉锯下的进城大军，又牵扯着千家万户，造成许许多多人身在夹缝中。诗人直面生活的多向度，凝视底层人以及时代共同的伤口，将疼痛感写得虚实结合。"在大地底处飞"的视角与写作姿态，让她挣脱素材洁癖，获得更真切的生命体验，呈现出更立体的民间世界。对世俗生活的关注，对个体生命的关怀，对时代精神碎片的整理，增强了其诗歌介入现实、审视生活的弹性与张力。从琐碎的日常生活与丰富的民间图景中捕捉诗意、寄托忧患、传达忧思，也许是一种更温暖的书写方式。

透视自然物象，寄托生命哲思；追寻精神原乡，构筑心灵家园；描摹凡俗世界，关注底层生存。安乔子的诗歌没有晦涩的语词牢笼，却发散出耐人寻味的意义生产网络。那些温润而深邃的文字，拥有着丰富的审美意蕴。

（原载《南方文学》2022 年第 1 期）

参考文献：

[1]鲁枢元.文学的跨界研究：文学与生态学［M］.上海：学林出版社，2011:70.

作者简介：鹿义霞，广西师范大学文学院副教授，河南大学文学博士。

世俗的真情和隐藏的悲悯

——论安乔子诗集《在清晨采集露珠》

周维强

最近几年，安乔子的诗歌作品开始不断亮相国内各大主流诗刊，凭借其独特的表达方式以及创作才情，开始赢得诗歌界的关注。安乔子的诗，不设置阅读难度，语言清新，在表达世俗真情的同时，也会把内心隐藏的悲悯情怀通过诗歌语言折射出来。看似自白式的话语，实则在净化自己心灵的同时，完成诗意的转换，以及对人生、世俗生活的哲理式思考。诗集《在清晨采集露珠》是她的第一部诗集，其中所收录的诗歌，多

发表在《诗刊》《扬子江诗刊》《星星》《青年作家》等刊，可以说，是对其个人创作成绩的阶段性总结。通读诗集，你会发现，诗人的诗思并不高蹈，诗人一直强调她生活在世俗世界中，并不是不食人间烟火气之人，他笔下的诗意也皆来自对世俗当下，那些触动人心的细节的诗意发现。诗歌中所涌动的真情，恰恰说明安乔子是一个热爱生活，介入世俗的诗人。这种"入世"的情怀，不仅需要一份勇气，还需要一份坦诚。而

在诗意背后，所隐藏的悲悯情怀，是人类的普世价值情绪，既是对心灵家园的修补与完善，又是对人生哲学的探索与追求。

读安乔子的诗，更加坚定了我对诗歌的一种认知，那就是，写诗是有感而发的情绪表达，因为心灵被触动而写诗，因为一种情绪的冲动而写诗，无须过多思索。正如诗集的名字所呈现的画面"在清晨采集露珠"，诗人就是一个有心人，一个采集露珠的有心人。在安乔子的诗里，你看不到修饰的痕迹，她的诗歌几乎都是浑然天成的，似乎，诗行之间的排列与组合早就安排好了，安乔子只是用诗意的双手捕捉到了诗歌之光而已。诗人工作生活在广西北流市，旧称"粤桂通衢"，安乔子有自己的本职工作，在完成自己的社会责任的同时，把业余时间用来进行诗歌创作，既是对诗意生活的补充，也是在繁忙的工作之余让精神世界得到诗意的转换。北流籍著名的诗人很多，像林白、吉小吉等，俱是我喜欢的诗人。由此我也相信，一个地方的文风形成，有着人文的传承和延续。

读《在清晨采集露珠》，看得出，安乔子是在把她个人的情感转化为人类共同的情感与文化经验，加以整合和传达。她积极寻找自己的个人内在感受，试图在生活经验与人生经验里，完成一种诗意的想象。让语言和诗意本身，产生魅力。安乔子的诗歌语言是情绪递进式的推进，鲜有跳跃性的语言，注重内在的关联，注重情绪的隐忍，同时，注重整体的协调与步骤上的统一。她写祖母的围巾，写父亲的病痛，写母亲的苦难，包括写给儿子的心灵笔记，都是饱含着真情去叙述，去记录。因其笔下对生活经验的提取带有很强的普遍性，即便是和她相隔很远的读者，也能够从她的诗行里感受到那份真切的爱意以及对苦难生活的深度理解。同时，她写故乡时，侧重强化一些鲜明的符号，比如"荔枝""南国""暴雨""树林"等，镌刻在诗人内心的有着强化记忆的意象，形成诗歌后，有了情感的助推，让读者读起来，颇能引起共鸣。

具体到文本里，我以为有以下三个方面的特点：

一、面向低处，找到真情的审美发现与诗意言说。安乔子的诗是面向低处的，低处的人、风景、事物，她以靠近的姿态和低处的一切交流着情感。这使得她的诗歌内敛、温润、充满智性，诗意的空间有着柔韧的延展性。有着较强的思考空间，可供读者回味。读安乔子的诗，你能够很准确地把握她诗歌内里的走向，语言运用自如，且搭配的自然，尤其是结尾处，往往有出其不意的打开方式，看似意外，实则情理之中。比如，《父亲体内的石头》这首诗，诗人把一个"误入歧途"的儿子比喻成一个父亲"体内的石头"，把一个父亲对儿子的爱，写得真切而纠结。尾句，"病痛发作的时候 / 他抱紧自己 / 抱紧体内那个叛逆的石头"，这种又爱又恨的爱子之情，经过诗人诗意的处理，双向撞击的情感世界里，诗歌的复杂层义有了多种的思考。而像《写给儿子》一诗，则是用一种情绪铺垫的方式，升华主题，前三节，都是写自己成为母亲后的心路历程抑或说精神蜕变，第四节尾部："我还是觉得愧疚 / 好像我做多少，都不及你给予我的多 / 不及你的一个笑 / 你知道吗，当你第一次喊我 / 我就知道我欠你的 / 要用一生去偿还"，柔软的诗心，真挚的母爱，心与心的交流与沟通，没有说"爱"，却让"爱"流进了血液，一生的相伴。

有的时候，我们写诗，不知不觉就把架子端起来了，就喜欢盯着大词不放，就喜欢仰望着苍天星辰，表达荡气回肠。

从而忽略了身边的亲人、风景，从而忽略了世俗生活的细节，感人的瞬间，也有可能错失对自己内心的审视。安乔子的诗歌，展现了什么是"润物无声"，展现了什么是语境、氛围、指向的存在意义，面向低处，俯向低处，到低处寻找诗意，在低处享受诗情带来的美好。生活在俗世中，感受生活的意蕴、内涵，人和诗一样，淡定、从容、不喜张扬。真诚的几乎可以触摸柔软的诗心。

像《探访一个城里的亲戚》《姑妈》《补鞋的人去了哪里》《电工》《乡村女教师》等诗，都是我读了又读的作品，之所以反复读，就是因为读到了"低处的光亮"展现生命的美好与顽强。这些根植于低处生活的诗歌，简单、直接，戳中诗读者的泪点，真实得让人叹息，简单的让人流泪。从容、宁静、挣扎、苦痛，感受到生活的疼痛的同时，又会让我们直言：这，就是生活！安乔子在展现底层人物命运时，她并没有站在旁观者的角度去写意，而是站在亲历者的视角去写实。诗人是他们的亲戚、朋友或者心灵的倾听者。

城里的亲戚下岗了，守着一个破旧的房子等待拆迁："剩下这孤零零的旧房，如同孤岛 / 这孤岛耗尽了她一生的热情"，其实，当下的国人，有多少不是被房子耗尽了一生的力气与热情？

安乔子笔下的《姑妈》，其实也是我的姑妈："在升平村，有无数这样的姑妈/在农村，有无数这样的姑妈/有时你会记起，有时你会遗忘/当你途径某个地方，你会指着远处说：/我有个姑妈就住在那里"，平凡的一生，一生平凡，姑妈老了，反复念叨着和儿女相关的琐事，因为有亲情在，就会有惦记在，血缘像一条线，连着亲人之间的惦念。

安乔子的诗歌没有脂粉气，没有无病呻吟，没有口号和呼喊。只有真实的人物，真实的情感，真实的意象，真实得让人流泪的细节，也许，这就是真正的诗意与美。

二、乡愁深处，用"荔枝"的意象建构起自己的精神家园。安乔子对"荔枝"这个单词相当钟情，在诗集中，"荔枝""荔枝庄""荔枝林"等词出现的频率最高。像《荔枝庄的事》《荔枝林》《回到荔枝庄》《荔枝山》《荔枝树下》等诗，皆是以"荔枝"为意象，形成诗意的文化母题，然后作为取之不尽的写作之源。安乔子生活在荔枝飘香的南国，歌咏荔枝林，赞颂荔枝树，是对故乡的反哺，亦是对乡愁的一种回归。诗人以

炽热的情怀，拥抱"荔枝庄"，和那些"荔枝"般丰润的女人攀谈，了解她们的命运，记录生活的思绪。从某种意义上来说，"荔枝"一词，对于安乔子，是在精神原乡里，亲近让心灵感到温暖的一种事物寄托。

诗人带着我们走进荔枝林，看见满树的荔枝、龙眼、黄皮，在美学的层面上，让生活绽放出富足和温暖。浓郁的乡情是一支古老而悠远的歌曲，有劳作的乡亲，有被时光收藏的感恩与爱，还有晨雾、露珠，河流弯曲时的思念。故乡是生命的出发地，是诗写者的情感本源，用"荔枝"做参照物，对于安乔子来说，就是在寻找记忆、期盼乃至那些割舍不掉的眷恋。不论是复杂的情感，还是对凡俗生活的热爱，一旦放到"荔枝庄"这个母题中，立马有了虚实结合的美丽景象。这里蕴藏着善良与真实，因为连接生命的根部，从而能够奔涌出泉水般的甘甜。

海德格尔说，诗人的天职是还乡，还乡使故土成为亲近本源之处。安乔子回到了荔枝庄，回到了低音部的区域，她的歌吟是在审视和体悟眼前的一草一木，一山一水。由于灵魂被唤醒，从而让安乔子的诗歌呈现出宁静的气息，比

如她写《一滴露珠里的荔枝庄》，说小小的露珠总有大爱，从露珠折射的镜像里："在荔枝庄，你的眼睛总走不出 / 这方寸之地 / 在晨光中分娩出巨大的痛之后 / 被谁深情的凝望"，看似呢喃的自语，实则是在轻声的倾诉，字里行间，诗人都在把那些敏感的词，抒发出令人动容的诗意来。而"风吹过荔枝林，你隐约在林中走来 / 风吹过荔枝林，你在一部风的诗集里 / 在一只蝴蝶的羽翼上，终日颤抖"（《荔枝林》），熟悉的荔枝林，是诗人内心深处潜藏着的乡愁，一提到"荔枝林"就如同激发了爱的迷恋，朴素的诗句，蕴藏着一种素朴的哲学，靠近心灵的颤音。

人是感情动物，诗人尤其注重感情的升华。在写作诗歌时，是对艺术天分的提取，是对才华的运用，更是打开心扉，与亲人与故乡进行一次长谈的契机。安乔子笔下的荔枝庄，是中国大地上一个普普通通的小村庄。于诗读者而言，它的普通是抽象的，但是对诗人而言却并不普通，因为爱的具体，因为她生于斯长于斯的钟情，安乔子笔下的"荔枝庄"是诗人生发诗意的源头，是具体的，和诗读者眼中的抽象相对立。

是的，"只有回到荔枝庄，你才做回一株植物 / 像那些善良的地胆头、雷公根 / 你可以绕山而过，重温一遍上学路上 / 五颗童年的小石头走在你前面 / 因为熟悉，再远的山路也绕过你 / 当月光接近你，狼嚎唤醒你的高山 / 父亲披着星光，举着火把走在前面 / 山上的小屋在你抬头那瞬间亮了 / 屈辱的岁月变成了慈祥的老母亲 / 一只萤火虫将心里的瓶子轻轻荡漾"（《回到荔枝庄》），安乔子写"荔枝庄"时，是执着而真诚的，诗人仿佛在演奏一曲和荔枝有关的钢琴曲，音色明亮，曲调悠扬。因为语言干净清爽，这些怀乡的诗作，颇有溪流流过山林的从容。

安乔子善于借"荔枝"来还原对于乡情的怀恋，想象力丰富，荔枝庄不仅有善良的乡亲，自然也有坎坷的命运，也有人性的劣根性，但经过诗人艺术的处理，充满活力的语言的布局，从而让她的诗歌内在的节奏，流淌出奔放的情感。生活的疼痛感隐藏其里，细细去读，又品读出不一样的风格。没有大开大合的场面，只有家长里短，只有生活琐细的情节，但就是这些温暖人心的细节，让我读到了诗人内心深处的生命体悟。英国诗人华兹华斯说，诗是强烈情感的自然流露，它源于平静中回忆起来的情感。安乔子把握住了这份情感，沉淀在诗行中，真切而深沉，丰沛而有情韵。

三、以女性独特的视角，抑或女性特有的敏感切入人生经验，引出灵魂的震颤。安乔子的诗歌中，其悲悯情怀是隐藏的。这可能与诗人内敛、娴静的性格有关，对于苦难的生活，对于书写对象苦难的经历，她都一一记在心上，然后去客观呈现。安乔子以敏感的心灵和细腻的笔触，温婉而真切地深入人生经验的底部。她的诗歌承袭了抒情的优雅与舒缓，且融入了现代笔法，读起来似在情感空间里感受一种情感波澜的微漾。

安乔子自述："写诗也是性格使然，我始终感到内心有一种忧愁的感情在支配我，它让我生出力量，让我敏感多情，让我面对现实时有一种内在的精神力量，如同万物就是我，我就是万物，我喜欢写诗也许是因为这种强烈感情在呼唤我。"是这种内在的动力推动着诗人的创作，从而抵达和谐的诗意时，有着自然而然的统一。隐藏在内心的悲悯情怀，在具体到物象时，就是智性的碰撞或随处可见的生活经验总结。我隐约感到，诗人在平衡内心深处的复杂心绪，看似诗意盎然的氛围里，其实是对身处苦难人群的同情。这份同情心，是真实

的，是自然而然的，是来自心灵深处本能的反应。

比如《劈木头》一诗，以"他是农民之子，小名叫木头"引出诗歌主旨，然后叙述"木头"的一生，他不断地劈木头，"把自己一片片劈开／又一片片垒起来／等待那一天一片片地把自己送去火葬场"，这苦难的一生，耗尽了青春和悲悯，实则，劈木头的过程就是我们每个平凡人的一生，这就是生活的真相。

安乔子善于从自我的人生经验出发，然后剖析，她的诗歌价值就在于对生活精细地刻画，形成那如涓涓溪流的思想。没有奔放的水流，却有着真情的力量。在看似舒缓的叙述中，体现了对生活细微的洞察以及深层次诗意的发掘，比如诗集里的《蘑菇》一诗，同样是写爱情，没有直抒胸臆的字词，甚至都没有爱的阐释，读者却能从字里行间感受到坚贞与坚守。从这个视角来看，安乔子是理性的，善于控制情感，这使得她的诗歌有着精简的表达方式，同时精简去的是冗长的情愫，保留的则是鲜活、饱满、多姿多样的生命色彩。

当然，诗歌写作更多是瞬间情绪的释放。美国诗人弗罗斯特就说："诗人的知识不是通过专门的工作获得的，即

使有人为自己定下了这样的目标。他们的知识更多是通过另外的、漫不经心的途径——头脑的敏锐和对艺术的爱好获得的。"诗集中有较大的篇幅，是诗人诗思的凝结，是瞬间美感的爆发，是一种释怀情绪的文字呈现。比如写于2009年的《七夕之夜》《爱人树》《棉花》，写于2010年的《你的到来如此寂静》，虽然带有青春写作的痕迹，但今天读来，诗句依旧鲜活、动感。和写于2021年的《野蔷薇》《我在水中央》等诗放在一起来读，可以感受诗人内心那微小如爱意的结晶。不得不说，安乔子是一个用心看待生活看待世界的诗人，她笔下的风景，都浸润着诗人放飞思绪的爱和美。似乎，她拥有一双翱翔的翅膀，能够将所见到的，浓缩在美的家园里。

能够想象得出，一个惯常行走在荔枝林，行走在粤桂边大山里的诗人，她对故乡的感情，是毋庸置疑的真挚。安乔子写诗，如同绘画、写生，善用素描，善用黑白色，勾勒出诗意的美。安乔子写出的诗，看上去都是"小"的，但"小"的空间里，却暗藏着诗人的大悲悯，就如同萤火，如同星光，如同暗夜里的烛光。

同时，作为敏感的女性诗人，对女性自身的身体变化引发的心灵变化，进行诗意的重组，也是诗人心灵史的一部分，像"乳房""子宫""母性"等，这些字词，经过诗人的提炼和诗意再发现，也让我们对母亲，对母亲孕育生命的痛楚有了新的认知。生命的孕育本来就是一个神圣的过程，如何通过细节展现，是考验一个诗人的凝神思考的根本。

安乔子曾在访谈中说她曾研读过郁葱、娜夜的诗，这两位诗人都有着对生活细节那明亮部分进行熟稔式切割的能力。甚或可以说，他们都有一颗童心，因为只有心中有童真的人，才会以清澈的目光看待众生，才会诗意永存。在这一点上，安乔子的诗歌似乎有了新的写作心得，她走出了自己的写作道路，那就是在保留生活最本真的那一部分的同时，完善情感深处的空白。

诗集《在清晨采集露珠》，将自己丰富的人生经历和故乡北流的人、事、物相结合，写出了真切的情感，写出了内心的真情和悲悯。语言是恳切的，情感是真挚的。安乔子笔下的"荔枝庄"，虽然地域很小，但因为有诗人广博的诗心来书写，它在纸上存在的形象，就有着抒情的气势和力量。安乔子的诗注重内在解构的重组和完善，取材上，更喜欢书写熟悉的事物，这使得诗歌在整体上构成了安宁、祥和的画面。因为熟悉的事物，总能够串联起往事里那些温暖的部分。安乔子对乡村的书写或描摹，展示了粤桂边地的风情，将自然要素和人文要素不动声色的串联在一起，不论村舍、山冈还是老人、孩子，抑或是父母亲人，都隐藏着地域文化的情感密码。阅读安乔子的诗集，不仅可以透过诗行了解岭南风情，还能够感受诗人的个体修养以及地域文化对一个诗人的立体塑造。从这个角度讲，诗集是诗人和地域在文本上的融合，情感上的重塑，立意上的再生。展现了一个桂地诗人的生活经验以及个性化的书写情怀。

作者简介：周维强，1986年生，从事评论写作多年，结业于浙江文学院青年作家（诸暨）班。在《女作家学刊》《星星诗刊·诗歌理论》《青春·中国作家研究》《中国艺术报》《当代教育》《浙江作家》《上海作家》《民族文汇》《青海湖》《新疆艺术》等报刊发表评论数百篇。荣获"钱潮杯"首届青年创意家·网络文艺评论奖，入围首届杭州青年文艺评论大赛奖，获第五届"诗探索·中国诗歌发现奖"提名。

在低处留恋的孩子

琬 琦

安乔子说她要出一本诗集了，叫我写些文字。我没有犹豫就答应了下来。无它，唯喜欢而已。

我已经不记得第一次与安乔子见面，是什么时间、什么地点了。但我总记得，她有一双孩子般纯净的眼睛，遇到别人说新鲜事的时候，她的眼睛就闪烁着，仿佛好奇而容易受惊的小鹿。她的诗歌轻盈、温暖而谦卑，即使是写忧伤与疼痛，也是克制的，没有故弄玄虚和歇斯底里。她的诗歌世界是低的，低得能看见一朵蘑菇的生长、两株衰草的

相依、一些蚂蚁匆忙的身影。我喜欢这种谦卑的视角，这视角让人对大自然产生敬畏，让一草一木都得到充分的尊重。安乔子的诗歌，也是以这样的视角，构建了一个轻盈、纯净而又温暖的世界。

"低"是安乔子的诗歌中经常出现的一个字眼。她的一首诗干脆就题为《在大地低处飞》："我喜欢把翅膀低垂，沿着人间最优美的弧线 / 从高山到树林、花朵、浅草、蚂蚁 / 我渴望——和它们亲近 / 大地那么忙碌，稻田和河流那么幸福……如今多少同类已经远

飞，而唯有我的瘦小与坚韧／我深深的爱／让我终日在低处留恋"。这种低处的留恋，让诗人对万事万物抱着一种怜惜之情，也让她常常自觉地认为，自己应该为这些美好的事物而奉献点什么。这是安乔子的赤子情怀，也使人读着她的诗句时有了一种感动。"我这唐突的一生，清贫的身体，会献出些什么？／今夜，允许我献出一地清光／今夜，让骨骼献出花骨玲珑，让我再献出／饱满的晨露"。

这世间，有很多人孜孜计算于自己得到了多少，但很少人会问过自己，我能为付出什么。这种谦卑而感恩的情怀，在安乔子的诗里呈现得很多。她写母亲的辛劳："她靠在我胸前，像这所低矮的房子／看不见窗，也看不见门／如同我看不见她的皱纹、凹陷的脸、血丝的眼睛／看不见她内心的疾病和疼痛／我也不敢低头看她一眼"，她写祖父的逝去："你说，多年后你也会在这里居住／清明时节，这满园的草木又绿了／风轻轻地吹，细雨将你淋湿／你看见他们一遍遍打扫你的居室／他们的祈福让你温暖又心疼"。这些关于血缘亲情的诗句，写得情感如此饱满，而又克制。诗中呈现的即使是哀伤，

也还是有一层淡淡的暖色覆盖着，给人以宁静的希望。

安乔子也写爱情。她诗歌里的爱情，总是与植物有关。《爱人树》一诗，颇有舒婷《至橡树》的气质，但却把"我"的位置放得更低，更无私："一年四季，我是你的枝桠，你的绿叶／是你一树树的白花／如果花草，一定是你恋着我的绿荫／如果蝴蝶和飞鸟，一定是你在我耳畔呢喃／如果风雨，一定是你在对我亲昵／无论你离开多久，一定有一棵爱人树／在你离开的地方，与你相拥一片土，根脉相连。"

我尤其喜欢《两棵草》与《蘑菇》这两首。在《两棵草》里，安乔子描写的爱情是两棵草的互相搀扶，是两棵草一起向天地万物宣告他们的幸福。而最后，安乔子写道："我们现在是爱着的，痛着的／高山上的两根衰败的败草"。也许，理想中的爱情就是这样，一直爱到年华逝去、面目衰老而仍然站在一起。爱情使我们安于平淡的生活，爱情更让我们超拔于芸芸众生与名利纷扰，仿佛在高山上俯瞰人间喧嚣。而《蘑菇》一诗，因为我如此喜爱，所以一定要在这里全诗照录：

亚热带，一场雨林之后，我到了出嫁的年龄

我选择了低低地，湿湿的一朵

爱美的蘑菇，爱雨的蘑菇

却羞涩得像含羞草

天黑了，我就跟这一朵回家吧

在白净的陶瓷碗上，摆下两双筷子

一夜就转化为了天长地久

没有人知道我们的爱情

可以长久地忍着疼痛，忍着悲伤

以及一切前因后果

这个在低处留恋的孩子，她对于爱情的理解就是隐忍，就是一种完整的交付。这样的女子值得人好好珍惜。而让我更疼惜的是她在诗歌写作方面的才华。整首诗的节奏轻灵，语言纯净，意象也很简单。这朵低低的、湿湿的、爱美的蘑菇，像她的外表一样纯洁单纯，这出嫁也像童话里的公主找到她的王子。婚姻的实质就是这样啊，在白净的陶瓷碗上，摆下两双筷子。这白净的陶瓷碗，既是现实生活，又是蘑菇的唯一意象。接下来最后三句，这看似柔弱的蘑菇，看似过家家式的爱情，背后却是作好了隐忍一切的打算。

现在，诗歌流派纷呈，江湖气息浓厚。有些诗人为了出位，不惜变身诗坛活动家，或者弄些吓人的旗号、写些吓人的句子。而我们的安乔子，独守一份纯净。这是难能可贵的。我衷心祝愿安乔子继续经营自己诗歌的植物王国，让它更为葳蕤，开出更多奇丽的花朵来。就像她在诗中所写："如今多少同类已经远飞，而唯有我的瘦小与坚韧／我深深的爱／让我终日在低处留恋"。

2014-10-15

两广诗人喜相聚，粤桂边地觅诗意

陈奕娟

2023 年 12 月 29—31 日，广东广西交界县市诗人采风团一行 40 多人，受邀到石窝镇、六靖镇、白马镇、扶新镇开展采风活动。

这次采风活动以"粤桂边寻找诗意·广东广西交界县市诗人迎元旦诗会"为主题，由玉林市作家协会、北流市文联、北流市作协主办，广西北流市漆诗歌沙龙及石窝、六靖、白马、扶新四个镇党委、人民政府共同协办。

参加活动的有广西玉林、梧州、北海和广东湛江、茂名等粤桂边诗人代表和广西贵港市特邀诗人代表以及漆诗歌沙龙诗人代表 40 多人。

本次采风的首站为广西北流市石窝镇陇西园景区，景区坐落于北流市石窝镇龙田村车头岭处，以四合院为中心，楼阁轩榭环绕四周，漏窗回廊迂回曲折，采风团成员在鸟语花香中，在亭台楼榭中品味乡居的诗意与浪漫。在风景如画的景区中漫步，感受乡村旅游魅力的同时，采风团成员也深深感受到新时代农民对美好生活的追求和向往。

随后，石窝镇人大推荐采风团成员走访石窝镇上珍村，边走边听边看边感受。沿着硬化村道两边尽是漂亮的别墅民居。青山环绕、绿水相依，一河两岸风景秀丽，河边建起了两座风雨桥，其中一座是上善桥，与三江风雨桥形神兼似，近年来，凭着高颜值以超高频次出现在抖音和快手等平台上，成为一座名副其实的"网红桥"。采风团成员聆听北流市人大代表、该村党支部书记李锋介绍石窝镇上珍村作为一个炉碴行业垄断全国富豪村情况及该村新农村建设情况。"炉渣回收综合利用项目成为上珍村村民脱贫致富的利器。"李锋说，如今上珍村村民在全国各地开设炉渣资源综合利用企业数百家，项目遍布长三角、珠三角等地，其中以浙江、江苏、山东、安徽、广东、河南、湖北、重庆、四川、上海最为普遍，还覆盖到西藏、新疆、甚至即将开拓到东南亚等地……

采风团成员来到六靖镇福盛村（作家朱山坡、企业家龙海盛家乡）参观。福盛村位于北流市六靖镇，作为六靖镇创新推行乡村振兴"六靖乡贤+"模式的成功典型案例，是目前北流首个由乡贤企业家全额捐资、整片规划实施建设的乡村振兴精品示范带。

福盛村村口处，气势恢宏的牌楼大门映入眼前，飞檐斗拱处，雕梁画栋间，皆精美典雅，以"福盛"两字开头的楹联，

诉尽了对未来的期盼。开阔壮观的福盛大道，白墙青瓦中点缀着绿意盎然，一步一景，应接不暇。我们经过了顶梁上雕刻着精致纹样的文化墙廊、乘凉休憩的古朴木质廊亭，一旁的水车在清幽幽的河边转呀转，旋转着天空的云朵，旋转着湍急的水流，一派幽静雅致意境，更是增添了不少诗意。

进到卧龙居内，宽敞的大厅里摆满了这位乡贤父母参与革命的故事物件，黑白的战友合照、陈旧的弹药背带、保存良好的军服和军人证书和依旧反射着光芒的勋章，无一不在阐述着那段难忘却坚定的历史。

随后，采风团成员六靖镇社峒村（诗人谢夷珊家乡）参观社峒谢氏乡贤文化，诗词长廊。社峒谢氏宗祠的磅礴豪迈气魄，体现了我国传统文化特色，从宗祠体会到复古的建筑工艺和构造特色。采风团在诗词长廊中品味历代谢氏文人的佳作，感受谢氏家族诗礼传家、文人辈出的优良家风，这些文化价值可以世代流传久演不衰。

下午来到粤桂边小镇大伦走访（诗人吉小吉家乡），感受粤桂边地淳厚民风。傍晚抵达白马镇参观了扶阳书院。晚上，在白马镇政府举行"边地诗歌与

新南方写作"主题创作座谈会。诗人吉小吉主持会议。会上作家诗人激情满怀，争相发言。

粤桂边地处广西广东交界，边界很广，风土人情和语言习俗等很多东西相似，文学素材非常丰富，文学创作大有可为。我向往北流这片土地，多次往返期间，从方言到饮食再到文化，一样"粤里粤气"的，每次到这里感觉自己只是到邻居家串了个门。在阅读北流作家作品时，他们所书写的故事背景我非常熟悉，他们所采用的地方语言感觉更是亲切，书中的对话感觉是在和自己聊家常。中国音乐家协会会员、茂名市作协王强进副主席激动地说。

玉林师范学院文学与传媒学院副教授杨荷泉在座谈会上发言说：粤桂边地北流，有南方之南那种肆意生长的植物，充满烟火气息的日常，还有浮动其上的神秘色彩，在林白和朱山坡两代作家笔下，构建起北望与回望的种种况味与想象。这也让我想起了新南方写作的指向，一方面凸显了"两广文学"，一方面也溢出了中国南方之南的文学地图，它包括了对中国以及世界某些亚热带和热带区域的文学书写，其写作对象不仅包括这些区域的陆地文化，同时也指向了这些区域的海洋文化。

广东、广西是一家，两广文化密不可分，粤桂边诗人、作家旺盛的创作、不俗的实绩和可期许的潜力，为"边地诗歌与新南方写作"的探讨提供了充足的话题元素。不同地域的标志或名称与一个个鲜活的人不可分割，地域、时代与个人命运彼此交融，对此次粤桂边地采风也赋予了更深刻的意义。粤桂边风物史融合，展现出一种巨大、宽阔的气象。粤桂边地北流的蛮荒和神秘，它赋予文学一种艺术且隐秘的力量。粤桂边诗人、作家此次互相交流创作体会，把智慧和思想融合在一起，相互促进相互提升，相信定能为新时代吟诵出更多壮丽的诗篇。中国作协会员、广西作协副主席庞白如是说。

最后一站是到扶新镇生态佰仁风景区采风。诗人、作家们都为这里原生态的自然环境感到震撼。大气磅礴的云开大山山脉是广西广东两省区界山，山脉呈东北—西南走向，连绵数百公里。这里千峰叠峙，万壑纵横，云鬟凝翠，鬓黛遥妆，重峦叠嶂，在薄雾的映衬下，更加绝伦精彩，让人宛如置身仙境之中。

登上佰仁生态旅游风景区海拔1040米的勾髻顶，视野陡然开阔，这是信宜、北流、容县三县市的界山。古称此山为信宜山脉的"龙祖"。山麓有畜牧场，饲养牛、羊、鹿。山顶周围有连片天然草场，山川秀丽，绵连不绝，远观云海被阳光勾勒出各种美妙的图案，就像神仙的天庭一样浮在空中。俯瞰被群山簇拥的两交界处的村庄田园，静谧古居雅韵如斯，陶醉其中，更能体会"诗和远方"就在我们身边和脚下。

粤桂边有厚重的历史文化，以及文化驱动力所带来的勃勃生机和无限可能，无不让人感叹。此次采风活动，诗人、作家们收获颇多，一致表示，粤桂边文化底蕴深厚、源远流长、与时俱进，民间的文化力量也很强大，他们将以更多的热情，创作出更多优秀的作品，回报粤桂边大地。

附：

参加"粤桂边寻找诗意·广东广西交界县市诗人迎元旦诗会"采风活动名单：

广西：

庞　白　中国作协会员、广西作协副主席、北海市文联副主席

高　方　玉林师范学院教授、中国作家协会会员、中国文艺评论家协会会员

杨荷泉　玉林师院文传学院副教授、玉林市文艺评论家协会副主席

赵　娜　中国文艺理论家协会会员、广西文艺评论家协会会员、玉林市文艺评论家协会副主席、玉林师范学院副教授

陈　琦　广西作协会员、玉林市党史办副主任

梁晓阳　中国作协会员、玉林市文联副主席、玉林市作协主席、北流市文联主席

吉小吉　中国作协会员、玉林市作协副主席、北流市作协主席

潘雄杰　广西作协会员、北流市文联副主席

潘静新　玉林市作协副主席、玉林日报社副刊部主任、散文家

钟　坚　玉林市党史办科长、词典作家、散文家

谢夷珊　中国作协会员、玉林市作协副主席、北流市对外宣传办公室主任

冯三四　中国作协会员、广西音乐家协会会员、南宁市作家协会副主席

谢　蓉　南宁市作家协会秘书长、《红豆》杂志编辑

高作余　中国作协会员、玉林市作协副主席

曾　昶　玉林市作协副主席、玉林

日报社编辑、记者

　　李然厚　广西作协会员、玉林市作协副主席、玉州区文联主席

　　琬　琦　中国作协会员、玉林市作协副主席、容县作协主席

　　刘军海　广西作协会员、北流市作协副主席

　　曹美兰　广西作协会员、玉林市作协副秘书长、北流市作协副主席

　　吴　菲　广西作协会员、玉林市作协副秘书长、容县作协副主席

　　龙海峰　广西作协会员、北流市作协副主席

　　陈丽冰　广西作协会员、北流市作协秘书长

　　马　路　广西作协会员、玉林市诗歌创作委员会副主任

　　覃琼燕　广西作协会员、北流市作协副秘书长

　　陈奕娟　广西作协会员、北流市作协副秘书长

　　廖　冀　北流诗人

　　冯建立　北流市作协副秘书长

　　梁进维　白马镇副镇长、北流诗人

　　李冬冬　玉林市诗人

　　党雪梅　玉林日报社编辑、记者

　　雪松岩　博白县诗人

　　韦宁清　贵港市诗人

　　蒙子奇　广西作协会员、梧州市作协副秘书长、岑溪市作协副主席

　　倪东荣　广西作协会员、诗人、梧州市年代文化传播公司总经理

　　黄小幸　梧州市苍梧诗人

　　谢珊梅　贵港市诗人

　　冯婉贞　贵港市诗人

广东省：

　　周承强　一级作家、中国作协会员、广东珠风小说研究会会长，曾获全国十大"军旅诗人"、大校军衔

　　扬　臣　广东医科大学副教授、诗人、湛江诗群成员

　　王强进　中国音乐家协会会员、茂名市作协副主席、诗人、词曲作家

　　风三城　广东省作协会员、信宜市作协副主席、诗人

　　凌　斌　广东省作协会员、湛江诗人

　　黄成龙　广东省作协会员、湛江诗人